Der wunde Punkt

Mark Haddon

Der wunde Punkt

Roman

Aus dem Englischen
von Anke Caroline Burger

Weltbild

Die englische Originalausgabe erschien 2006 unter dem Titel
A Spot of Bother bei Jonathan Cape, London.

Besuchen Sie uns im Internet:
www.weltbild.de

Genehmigte Lizenzausgabe
für Verlagsgruppe Weltbild GmbH,
Steinerne Furt, 86167 Augsburg

Übersetzung: Anke Caroline Burger
Umschlaggestaltung: ZERO Werbeagentur, München
Umschlagmotiv: Getty Images, München
Gesamtherstellung: Bagel Roto-Offset GmbH & Co.KG, Schleinitz
Printed in the EU
ISBN 978-3-8289-9151-4

2011 2010 2009 2008
Die letzte Jahreszahl gibt die aktuelle Lizenzausgabe an.

Für mein Continuity Girl

Mit Dank an Sos Eltis, Clare Alexander,
Dan Franklin und Bill Thomas

1

Alles fing damit an, dass George eine Woche vor Bob Greens Beerdigung einen schwarzen Anzug bei Alders anprobierte.

Es war nicht die Aussicht auf die Beerdigung, die ihn aus der Bahn geworfen hatte. Auch nicht Bobs Tod. Wenn er ganz ehrlich sein wollte, hatte er Bobs schulterklopfende Jovialität immer etwas ermüdend gefunden und war insgeheim erleichtert, dass er nicht mehr mit ihm zusammen Squash spielen musste. Auch die Art, wie Bob gestorben war (ein Herzinfarkt, während er sich ein Bootsrennen im Fernsehen ansah), war merkwürdig beruhigend. Als Susan vom Besuch bei ihrer Schwester nach Hause gekommen war, hatte sie ihn in der Zimmermitte gefunden, wo er mit einer Hand über den Augen dalag und so friedlich aussah, dass sie zuerst dachte, er schliefe.

Wahrscheinlich tat es weh. Aber mit Schmerzen konnte man fertig werden. Dann wurden bestimmt auch ziemlich bald die Endorphine ausgeschüttet, und dann kam das Gefühl, das gesamte Leben zöge vor dem geistigen Auge vorbei, was George vor ein paar Jahren auch schon einmal erlebt hatte, als er von einer Trittleiter gefallen war, sich den Ellbogen auf der Steineinfassung gebrochen hatte und ohnmächtig geworden war, was er als gar nicht so unangenehm in Erinnerung hatte. Mit dem Tunnel aus weißem Licht, sobald die Augen sich für immer schlossen, war es vermutlich nicht sehr viel anders, wenn man an die vielen Leute dachte, die hörten, wie die Engel sie heimriefen, und dann aufwachten und einen Assistenzarzt mit dem Defibrillator über sich stehen sahen.

Dann … nichts mehr. Es wäre vorbei.

Natürlich war es zu früh. Bob war einundsechzig gewesen. Und es war ein schwerer Schlag für Susan und die Söhne, auch wenn Susan jetzt aufblühte, da sie ihre Sätze nun selbst zu Ende sprechen durfte. Aber insgesamt kam es ihm wie ein guter Abgang vor.

Nein, es war die Stelle gewesen, die ihn umgehauen hatte.

Er hatte seine Hose ausgezogen und war gerade in die untere Hälfte des Anzugs gestiegen, als er ein kleines Oval hochgewölbter Haut an seiner Hüfte sah, das dunkler als die Haut drumherum war und leicht schuppte. Der Magen drehte sich ihm um, und er hatte Mühe, die Säure wieder hinunterzuschlucken, die in seinem Hals hochgestiegen war.

Krebs.

Seit John Zinewskis Boot *Fireball* vor mehreren Jahren gekentert war und er sich unter Wasser wiederfand, wo sich sein Fußknöchel in einem Seilgewirr verknotet hatte, hatte er sich nicht mehr so gefühlt. Aber das hatte drei oder höchstens vier Sekunden gedauert. Und diesmal war keiner da, der ihm helfen würde, das Boot wieder aufzurichten.

Er würde sich umbringen müssen.

Es war kein sehr angenehmer Gedanke, aber er würde das hinbekommen, was ihm ein bisschen mehr das Gefühl gab, die Situation unter Kontrolle zu haben.

Die einzige Frage war nur, wie.

Von einem Hochhaus zu springen war eine schreckliche Vorstellung; seinen Schwerpunkt über die Brüstung hinauszuschieben, die Möglichkeit, dass man es sich auf halbem Weg nach unten anders überlegen könnte. Was er jetzt auf keinen Fall gebrauchen konnte, waren noch weitere Angstschübe.

Zum Sich-Aufhängen brauchte man eine Ausrüstung, eine Schusswaffe besaß er nicht. Wenn er genug Whisky trank, würde er vielleicht den Mut aufbringen, mit dem Auto gegen eine Wand zu fahren. Vor Stamford gab es auf der A16 eine große Durchfahrt aus Stein. Er könnte völlig problemlos mit hundertfünfzig dagegenrasen.

Aber was war, wenn er den Mut verlor? Was, wenn er zu betrunken war, um das Auto zu steuern? Was, wenn gerade jemand aus einer Einfahrt kam? Was war, wenn er denjenigen totfuhr, selbst gelähmt wurde und dann im Gefängnis im Rollstuhl an Krebs starb?

»Sir ...? Wenn Sie mir bitte zurück ins Geschäft folgen würden?«

Ein junger Mann von ungefähr achtzehn Jahren starrte auf George herunter. Er hatte rotblonde Koteletten und eine marineblaue Uniform, die ihm mehrere Nummern zu groß war.

George merkte, dass er im gefliesten Eingang vor dem Laden kauerte.

»Sir ...?«

George rappelte sich auf. »Es tut mir schrecklich leid.«

»Wenn Sie jetzt bitte mitkommen würden ...?«

George blickte an sich hinunter und sah, dass der Hosenschlitz seines Anzugs offenstand. Er knöpfte ihn hastig zu. »Natürlich.«

Er ging wieder in das Geschäft hinein, zwischen den Handtaschen und dem Parfüm hindurch zur Herrenoberbekleidung, der Wachschutzmann an seiner Seite. »Ich muss einen Schwindelanfall gehabt haben.«

»Bedauere, Sir, das werden Sie mit dem Geschäftsführer besprechen müssen.«

Die düsteren Gedanken, die ihm noch wenige Sekunden zuvor durch den Kopf geschwirrt waren, schienen plötzlich sehr weit weg zu sein. Natürlich war er ein wenig unsicher auf den Beinen, etwa so wie kurz nachdem man sich mit dem Meißel ein Stück vom Daumen abgesäbelt hat, aber sonst fühlte er sich erstaunlich gut.

Der Geschäftsführer der Herrenabteilung stand mit vor den Geschlechtsteilen gekreuzten Händen an einem Regal mit Hausschuhen. »Danke, John.«

Der Wachmann nickte ihm ehrerbietig zu, machte auf dem Absatz kehrt und entfernte sich.

»So, Mr...«

»Hall. George Hall. Tut mir leid. Ich...«

»Wenn Sie so gut sein könnten und mir in mein Büro folgen würden«, sagte der Geschäftsführer.

Eine Frau mit Georges Hose in der Hand erschien. »Die hat er in der Kabine liegen lassen. Seine Brieftasche steckt noch drin.«

George redete weiter. »Ich glaube, ich hatte eine Art Blackout. Ich wollte wirklich keine Probleme machen.«

Wie gut es war, mit anderen Menschen zu sprechen. Sie sagten etwas. Er erwiderte etwas. Das stetige Ticktack einer Unterhaltung. Er hätte den ganzen Nachmittag so weitermachen können.

»Geht es Ihnen nicht gut?«

Die Frau stützte ihn am Ellbogen, und er ließ sich seitlich nach unten in einen Stuhl gleiten, der sich solider und bequemer anfühlte als jemals ein Stuhl zuvor.

Ein paar Minuten lang wurde es ihm vor den Augen verschwommen.

Dann drückte ihm jemand eine Tasse Tee in die Hand.

»Danke.« Er trank. Es war kein guter Tee, aber er war heiß und er war in einer richtigen Porzellantasse, an der man sich beruhigend festhalten konnte.

»Vielleicht sollten wir Ihnen ein Taxi rufen.«

Es war vermutlich am besten, dachte er, wenn er ins Dorf zurückfuhr und den Anzug ein andermal kaufte.

2

Er beschloss, Jean nichts von dem Vorfall zu sagen. Sie würde nur darüber reden wollen, und das war keine angenehme Vorstellung.

Reden wurde Georges Meinung nach überbewertet. Man konnte heutzutage den Fernseher nicht anschalten, ohne dass sich da irgendeine Person über ihre Adoption ausließ oder erklärte, warum sie auf ihren Mann eingestochen hatte. Er hatte nichts dagegen, dass die Leute miteinander sprachen – das war eine der Freuden des Lebens. Und jeder musste hin und wieder bei einem Glas Bier mal ordentlich über die Kollegen herziehen, die nicht häufig genug duschten, oder über halbwüchsige Söhne, die weit nach Mitternacht betrunken nach Hause schwankten und den Hundekorb vollkotzten. Ändern tat sich dadurch allerdings nichts.

Das Geheimnis der Zufriedenheit lag darin, viele Dinge komplett zu ignorieren, fand George. Wie ein Mensch zehn Jahre lang im selben Büro arbeiten oder Kinder haben konnte, ohne gewisse Gedanken dauerhaft ganz nach hinten in den Kopf zu verbannen, war ihm ein Rätsel. Und für die letzte grässliche Runde, wenn man einen Katheter und keine Zähne mehr hatte, schien ihm Gedächtnisverlust wie das reinste Geschenk des Himmels.

Er sagte Jean, dass er bei Alders nichts gefunden habe und am Montag wieder in die Stadt fahren würde, wenn nicht vierzigtausend andere Leute in Peterborough unterwegs waren. Dann ging er nach oben ins Bad und klebte ein großes Pflaster über das Wundmal an der Hüfte, damit er es nicht mehr zu sehen brauchte.

Den Großteil der Nacht über schlief er wie ein Stein und wachte erst auf, als Ronald Burrows, sein längst verstorbener Erdkundelehrer, ihm einen Streifen Plastikband über den Mund klebte und mit einem langen Metallnagel ein Loch in den Brustkorb hämmerte. Merkwürdigerweise beunruhigte ihn der Geruch am meisten; es roch wie eine mangelhaft geputzte öffentliche Bedürfnisanstalt, in der es vor kurzem jemandem sehr schlecht geworden war, nach Alkohol und nach Curry, ein Geruch, der, und das war das Schlimmste, der Wunde in seinem eigenen Körper zu entströmen schien.

Er fixierte die Troddeln an dem Lampenschirm über seinem Kopf und wartete, dass sich sein Puls verlangsamte, wie ein Mann, der aus einem brennenden Haus herausgeholt wird und noch nicht ganz glauben kann, dass er in Sicherheit ist.

Sechs Uhr.

Leise stand er auf und ging nach unten. Er steckte zwei Scheiben Brot in den Toaster und holte den Espressokocher heraus, den Jamie ihnen zu Weihnachten geschenkt hatte. Eine lächerlich kleine Maschine, die sie aus diplomatischen Gründen gut sichtbar aufgestellt hatten. Aber jetzt war es ein gutes Gefühl, den unteren Behälter mit Wasser zu füllen, Kaffee in den Trichteraufsatz zu schütten, die Gummidichtung an die richtige Stelle zu drücken und die Aluminiumteile zusammenzuschrauben. Es erinnerte ihn sehr an Gareths Dampflok, mit der er bei dem berühmt-berüchtigten Besuch in Poole 1953 hatte spielen dürfen. Und es war sehr viel besser als nur dazusitzen und den Bäumen hinten im Garten zuzusehen, die wie Seeungeheuer hin und her schwankten, während der Wasserkocher allmählich heiß wurde.

Die blaue Flamme seufzte unter dem Metallboden des Espressokochers. Wie Zelten im Haus. Ein kleines Abenteuer.

Der Toast sprang mit einem Knall heraus.

Das war natürlich auch das Wochenende gewesen, an dem Gareth den Frosch verbrannt hatte. Wenn man zurückblickte, war es komisch, dass eine ganze Lebensgeschichte in fünf Minuten eines Augustnachmittags so deutlich zum Ausdruck kommen sollte.

Er bestrich den Toast mit Butter und Marmelade, während der Kaffee herausgurgelte. Er schenkte sich den Espresso ein und nahm einen Schluck. Er war derartig stark, dass ihm die Haare zu Berge standen. George schüttete Milch hinein, bis der Kaffee die Farbe von Edelbitterschokolade annahm, setzte sich hin und nahm die Architektur-Zeitschrift in die Hand, die Jamie bei seinem letzten Besuch liegen gelassen hatte.

Das Azman-Owen-Haus.

Holzklappläden, Schiebetüren aus Glas, Bauhaus-Freischwinger, eine einzelne Vase mit weißen Lilien auf dem Tisch. Gütiger Himmel. Manchmal sehnte er sich danach, eine schmutzige Unterhose auf einem Architekturfoto zu entdecken.

»Interne Hochfrequenz-Rüttelflaschen mit konstanter Amplitude wurden verwendet, um Luftblasen zu minimieren und eine einheitliche Komprimierung zu erzielen …«

Das Haus sah aus wie ein Bunker. Was fanden die Menschen nur an Beton? Würden die Leute in fünfhundert Jahren unter den Brücken der M6 stehen und die Wasserflecken bewundern?

Er legte die Zeitschrift weg und fing mit dem Kreuzworträtsel des *Telegraph* an.

Nano. Byzanz. Quaste.

Um halb acht tauchte Jean in ihrem lila Bademantel auf. »Nicht gut geschlafen?«

»Bin um sechs aufgewacht. Ich konnte nicht wieder einschlafen.«

»Wie ich sehe, hast du das Dingsda von Jamie benutzt.«

»Es ist wirklich gar nicht so schlecht«, antwortete George, auch wenn seine Hand von dem Koffein zitterte und sich in ihm das ungute Gefühl breitgemacht hatte, das man hat, wenn man auf schlechte Nachrichten wartet.

»Möchtest du noch irgendwas? Oder bist du schon abgefrühstückt?«

»Ein Apfelsaft wäre schön, danke.«

Manchmal sah er sie morgens an und war ein wenig abgestoßen von der rundlichen, älteren Frau mit dem Hexenhaar und dem Doppelkinn. An einem Morgen wie diesem aber… »Liebe« war vielleicht das falsche Wort, auch wenn sie einander vor ein paar Monaten überrascht hatten, als sie gleichzeitig in dem Hotel in Blakeney aufgewacht waren und Geschlechtsverkehr hatten, ohne sich vorher die Zähne zu putzen.

Er legte ihr den Arm um die Hüften, und sie streichelte ihm geistesabwesend den Kopf, so wie man einen Hund streichelt.

Es gab Tage, an denen er Hunde beneidete.

»Ach, was ich dir noch sagen wollte.« Sie machte sich los. »Katie hat gestern Abend angerufen. Sie kommen heute zum Mittagessen.«

»Sie?«

»Sie und Jacob und Ray. Katie wollte gern mal einen Tag aus London rauskommen.«

Verdammter Mist. Das hatte ihm gerade noch gefehlt.

Jean beugte sich in den Kühlschrank. »Versuch bitte, dich einigermaßen zu benehmen.«

3

Jean spülte die gestreiften Henkeltassen aus und stellte sie aufs Abtropfregal.

Ein paar Minuten später tauchte George in seiner Arbeitskleidung wieder auf und ging hinaus in den Garten, um im Nieselregen zu mauern. Insgeheim war sie ziemlich stolz auf ihn. Mit Paulines Mann war es bergab gegangen, nachdem sie ihm die gravierte Karaffe überreicht hatten. Acht Wochen später fanden sie ihn mit einer Flasche Scotch um drei Uhr früh mitten auf dem Rasen, wo er bellte wie ein Hund.

Als George ihr die Pläne für das Atelier zeigte, musste sie an Jamies Pläne für die Maschine denken, mit der er als Kind den Weihnachtsmann hatte fangen wollen. Aber da war es nun, am Ende des Rasens, das Fundament stand schon, fünf Lagen Ziegelsteine, Fensterrahmen, die unter blauen Plastikplanen aneinander lehnten.

Ob sie nun sieben oder siebenundfünfzig waren – Männer brauchten ihre Projekte. Mussten etwas Totes zurück zur Höhle schleppen. Die Wellingborough-Filiale aufbauen. Ein warmes Mittagessen, zwanzig Minuten Zeit zum Spielen und goldene Sternchen, damit sie sahen, dass jemand hinguckte.

Sie schraubte die Espressokanne auseinander; ein Klumpen nasser Kaffeesatz plumpste auf das Ablaufbrett und fiel auseinander. »Na so was.«

Sie holte ein Wischprofituch aus dem Küchenschrank.

Man sollte meinen, sie würden aus dem Vietnamkrieg zurückkommen, so wie einige über die Pensionierung redeten. Keine Rücksicht auf die Frauen. Es spielte keine Rolle, wie sehr man jemanden liebte. Fünfunddreißig Jahre lang hatte man das Haus fast für sich allein, dann musste man es plötzlich teilen … nicht direkt mit einem Fremden, aber …

Sie konnte sich immer noch mit David treffen. Morgens musste sie in die Grundschule und nachmittags zu ihrem Teilzeitjob in der Ottakar's-Buchhandelsfiliale im Ort, da war es relativ einfach, ein paar Stunden länger von zu Hause wegzubleiben, ohne dass George es merkte. Aber solange er noch gearbeitet hatte, hatte sie nicht so sehr das Gefühl gehabt, ihn zu betrügen. Jetzt war er sieben Tage pro Woche zum Mittagessen zu Hause, und manche Dinge lagen einfach zu nah beieinander.

Zum Glück genoss er es, das Haus für sich zu haben, und er machte sich nicht sonderlich viele Gedanken darum, was sie tat, wenn sie nicht da war. Was die Angelegenheit einfacher machte. Die Schuldgefühle. Oder deren Fehlen.

Sie wusch den Kaffeesatz aus dem Tuch, wrang es aus und hängte es über den Wasserhahn.

Das war nicht nett von ihr gewesen. Wahrscheinlich hatte die Aussicht auf das Mittagessen mit Katie sie verstimmt. George und Ray, die sich bemühten, höflich zueinander zu sein, wenn sie eigentlich aufeinander losgehen wollten.

George war ein guter Mann. Trank nie zu viel. Schlug weder sie noch die Kinder. Brüllte nur ganz selten einmal herum. Letzte Woche hatte sie gerade erst gesehen, wie er sich einen schweren Schraubenschlüssel auf den Fuß hatte fallen lassen. Er kniff nur die Augen zusammen, richtete sich gerade auf und konzentrierte sich, als versuche er jemanden zu verstehen, der ihm von sehr weit weg etwas zurief. Und in seinem ganzen Leben hatte er nur einen Strafzettel bekommen.

Vielleicht lag da das Problem.

Sie wusste noch, wie eifersüchtig sie auf Katie gewesen war, als diese Graham kennen gelernt und damit geprahlt hatte, dass sie Freunde wären. Dass sie gleichberechtigt wären. Georges Gesicht das eine Mal beim Abendessen, als sie über die Geburt sprachen. Graham benutzte das Wort »Klitoris«, und George saß da mit der Gabel voller Schinken vor seinem offen stehenden Mund.

Aber das war natürlich auch das Problem mit der Gleichberechtigung. Graham lässt sie eines Tages einfach sitzen, und sie kann sich allein um Jacob kümmern. Was ein Mann wie George niemals tun würde.

Was Ray anging, hatte er allerdings Recht. Sie freute sich auch nicht mehr auf das Essen als George. Gott sei Dank kam nicht auch noch Jamie. Eines Tages würde er Ray in Katies Hörweite Mr Kartoffelkopp nennen. Oder in Rays. Und sie würde dann jemanden ins Krankenhaus fahren dürfen.

Er hatte zwar nur halb so viel Grips wie Katie, nannte sie aber trotzdem »mein süßes kleines Frauchen«. Den Rasenmäher hatte er damals allerdings repariert gekriegt. Was ihn bei George nicht unbedingt beliebter machte. Wenigstens war er solide. So was brauchte Katie momentan. Jemanden, der wusste, dass sie etwas Besonderes war. Jemanden mit einem guten Einkommen und einer dicken Haut.

Hauptsache, Katie heiratete ihn nicht.

4

George häufte den Mörtel auf eine Hartfaserplatte und untersuchte ihn mit der Kelle auf Klumpen.

Es war wie Flugangst.

Er nahm einen Mauerstein in die Hand, mörtelte die Unterseite, setzte ihn an Ort und Stelle und verschob ihn vorsichtig zur Seite, bis er bündig an der vertikal gehaltenen Wasserwaage anlag.

Anfangs hatten ihm die holprigen Flüge mit Propellermaschinen nach Palma und Lissabon nichts ausgemacht. Er erinnerte sich hauptsächlich an schwitzenden eingeschweißten Käse und das Gurgeln, wenn sich die Toilettenschüssel in der Stratosphäre entleerte. Dann musste das Flugzeug auf dem Rückflug von Lyon drei Mal enteist werden. Anfangs hatte er nur bemerkt, dass ihn in der Abflughalle alle zum Wahnsinn zu treiben versuchten (Katie machte Handstände, Jean ging zum Duty Free Shop, nachdem ihre Flugsteignummer ausgerufen worden war, der junge Mann gegenüber strich sich über die viel zu langen Haare, als wären sie eine Art zahmes Tier.). Und als sie an Bord gingen, war ihm von der dünnen, chemisch verfremdeten Luft in der Kabine eng um die Brust geworden. Aber erst, als sie zur Startbahn rollten, wurde ihm klar, dass das Flugzeug mitten in der Luft ein katastrophales mechanisches Versagen erleiden und er mehrere Minuten lang in einer großen Stahlröhre mit 200 Fremden erdwärts geschleudert werden würde, die alle weinen und sich in die Hose machen und dann in einem mandaringelben Feuerball aus verknäultem Metall sterben müssten.

Er wusste noch, dass Katie sagte: »Mum, ich glaube, mit Dad stimmt was nicht«, aber ihre Stimme schien von einer winzigen Scheibe aus Sonnenlicht ganz oben über einem tiefen Brunnen, in den er gefallen war, zu kommen.

Verbissen starrte er auf die Rückenlehne vor sich und versuchte sich einzureden, dass er zu Hause im Wohnzimmer säße. Aber er hörte alle paar Minuten ein ominöses *Ping* und sah an dem Spant rechts von sich ein kleines rotes Lämpchen blinken, das die Besatzung insgeheim darüber aufklärte, dass der Pilot im Cockpit gerade mit einer todbringenden Funktionsstörung rang.

Es war nicht so, dass er nicht mehr sprechen konnte, sondern dass Sprechen einer anderen Welt entstammte, an die er nur noch ganz vage Erinnerungen hatte.

Irgendwann hatte Jamie aus dem Fenster geguckt und gesagt: »Ich glaube, der Flügel fällt gerade ab.« Jean zischte: »Herrgott, hör auf mit diesem Kinderkram«, und George fühlte schon, wie die Nieten herauszischten und der Flugzeugrumpf zu Boden stürzte wie eine Tonne Rollsplitt.

Noch Wochen später wurde er bei jedem Flugzeug wütend, das er am Himmel sah.

Das war nur natürlich. Menschen waren nicht dafür gemacht, in Dosen verpackt und mittels ventilatorgetriebener Raketen durch den Himmel geschossen zu werden.

Er setzte einen Stein an die gegenüberliegende Ecke und spannte dann eine Schnur zwischen den beiden Ziegeln, damit das Ganze gerade wurde.

Natürlich fühlte er sich im Flugzeug furchtbar. In der Angst redete er sich ein, dass man sich so schnell wie möglich aus der

Gefahr retten musste. Leoparden, Vogelspinnen, merkwürdige Männer, die mit Speeren über den Fluss kamen. Wenn überhaupt, dann waren es die anderen, die ein Problem hatten, nicht er – sie saßen da, lasen den *Daily Express* und lutschten Bonbons, als säßen sie in einem großen Bus.

Aber Jean war eine Sonnenanbeterin. Und mit dem Auto nach Südfrankreich zu fahren, würde jeden Urlaub ruinieren, noch bevor er angefangen hatte. George brauchte also eine gute Taktik, damit das Grauen sich nicht ab Mai langsam in ihm aufbaute und dann in einer Art Anfall in Heathrow im Juli kulminierte. Squash, lange Spaziergänge, Kino, Tony Bennett auf voller Lautstärke, das erste Glas Rotwein um sechs, ein neuer *Flashman*-Roman.

Er hörte Stimmen und blickte auf. Jean, Katie und Ray standen auf der Terrasse wie ein Empfangskomitee, das darauf wartete, dass er in einem fremden Hafen andockte.

»George …?«

»Ich komme.« Er kratzte den überschüssigen Mörtel rund um den gerade gemauerten Stein ab, warf ihn zurück in den Eimer und machte den Deckel zu. Er stand auf und stapfte über den Rasen, wobei er sich die Hände an einem Lappen abwischte.

»Katie will uns etwas mitteilen«, verkündete Jean in jenem Tonfall, den sie immer anschlug, wenn sie über die Arthritis in ihrem Knie hinwegzutäuschen versuchte. »Aber sie will es erst sagen, wenn du auch da bist.«

»Ray und ich wollen heiraten«, sagte Katie.

Und schon machte George eine kurze übersinnliche Erfahrung. Er blickte aus fünf Metern Höhe auf die Terrasse hinunter, sah sich selbst, wie er Katie küsste und Ray die Hand schüttelte. Es war so wie damals bei seinem Sturz von der Trittleiter. Die Zeit verlangsamte sich auf einmal. Und der Körper wusste instinktiv, wie man den Kopf mit den Armen schützen musste.

»Ich lege eine Flasche Champagner ins Eisfach«, sagte Jean und trottete zurück ins Haus.

George kehrte in seinen Körper zurück.

»Ende September«, erklärte Ray. »Wir wollen nichts zu Aufwändiges. Euch nicht zu viele Umstände machen.«

»Genau«, sagte George. »Genau.«

Bei der Hochzeitsfeier würde er eine Rede halten müssen, eine Rede, in der er etwas Nettes über Ray sagen musste. Jamie würde sich weigern, zur Hochzeit zu erscheinen. Jean würde sich weigern, Jamie zu erlauben, nicht zur Hochzeit zu erscheinen. Und von nun an würde Ray zu ihrer Familie gehören. Sie würden ihn ständig sehen. Bis sie starben. Oder auswanderten.

Was dachte Katie sich bloß dabei? Man hatte keinen Einfluss auf seine Kinder, das wusste er. Es war schon schwer genug, sie dazu zu bringen, dass sie ihr Gemüse aufaßen. Aber Ray heiraten? Sie hatte sehr gute Noten in Philosophie gehabt. Und dann der Typ, der in Leeds in ihr Auto eingestiegen war. Sie hatte der Polizei ein Stück von seinem Ohr überreicht.

Jacob erschien mit einem Brotmesser fuchtelnd in der Tür. »Ich bin ein Effelant, und ich steige jetzt in den Zug und... und... und das ist meine Stoßzähne.«

Katie zog die Augenbrauen hoch. »Ich glaube, das wäre keine so tolle Idee.«

Jacob rannte vor Begeisterung quietschend zurück in die Küche, und Katie folgte ihm. »Komm her, mein kleines Äffchen.«

Jetzt war George allein mit Ray.

Rays Bruder saß im Gefängnis.

Ray arbeitete bei einer Maschinenbaufirma, die Fräsmaschinen für Spezialnockenwellen herstellte. George hatte keinerlei Vorstellung, was das sein könnte.

»So.«

»So.«

Ray verschränkte die Arme. »Und, wie läuft es mit dem Atelier?«

»Ist noch nicht zusammengebrochen.« George verschränkte die Arme, merkte, dass er Ray nachmachte, und ließ sie wieder fallen. »Ist allerdings auch noch nicht sehr viel da, was zusammenbrechen könnte.«

Sie schwiegen sehr, sehr lange. Ray schob drei Kieselsteinchen mit der Spitze seines rechten Schuhs auf den Platten zurecht. Georges Magen machte hörbare Geräusche.

Ray sagte: »Ich weiß, was du jetzt denkst.«

Einen kurzen, fürchterlichen Augenblick lang glaubte George, dass Ray die Wahrheit sagte.

»Dass ich geschieden bin und so weiter.« Er runzelte die Stirn und nickte. »Ich habe ein Wahnsinnsglück, George. Das weiß ich. Ich werde gut für deine Tochter sorgen. In der Hinsicht brauchst du keine Angst zu haben.«

»Gut«, sagte George.

»Wir würden die Rechnung gern selbst übernehmen«, sagte Ray, »falls ihr nichts dagegen einzuwenden habt. Ich meine, immerhin habt ihr's ja schon einmal mitgemacht.«

»Nein. Ihr braucht das nicht selbst zu bezahlen«, sagte George, der froh war, zumindest ein bisschen seine familiäre Stellung spielen lassen zu können. »Katie ist unsere Tochter. Wir sind dafür verantwortlich, dass sie mit Würde übergeben wird.« Übergeben? Es klang, als würde einem übel.

»Das ist nur fair«, sagte Ray.

Es ging nicht nur darum, dass Ray aus der Arbeiterschicht stammte oder dass er mit einem ziemlich starken nordenglischen Dialekt sprach. George war kein Snob, und Ray hatte es auf jeden Fall zu etwas gebracht, ganz gleichgültig, wo er herkam, wenn man nach der Größe seines Wagens und Katies Beschreibung seines Hauses urteilte.

Das Hauptproblem, fand George, war Rays Erscheinung. Er sah wie ein normaler Mensch aus, der vergrößert worden war. Er bewegte sich langsamer als andere Leute, so wie die großen Tiere im Zoo. Giraffen. Büffel. Er musste sich bücken, wenn er durch eine Tür ging, und hatte *Würgerhände*, wie Jamie wenig schmeichelhaft, aber zutreffend gesagt hatte.

In den fünfunddreißig Jahren in der herstellenden Industrie hatte George mit männlichen Männern jeder Couleur zu tun gehabt. Robuste Männer, Männer, die eine Bierflasche mit den Zähnen öffnen konnten, Männer, die im aktiven Militärdienst Leute umgebracht hatten, Männer, die, um mit Ted Monks charmantem Ausdruck zu sprechen, alles vögelten, was lange genug stillhielt. In deren Gesellschaft hatte er sich zwar nie vollständig zu Hause, aber nur selten eingeschüchtert gefühlt. Sobald er jedoch in Gesellschaft von Ray war, fühlte er sich an die Zeit erinnert, als er vierzehn gewesen und mit den Freunden seines älteren Bruders zusammen war: der leise Verdacht, dass es einen Geheimcode der Männlichkeit gab, in den er nicht eingeweiht war.

»Flitterwochen?«, fragte George.

»Barcelona«, antwortete Ray.

»Schön«, sagte George, der sich gerade nicht erinnern konnte, in welchem Land Barcelona lag. »Sehr schön.«

»Das hoffen wir«, sagte Ray. »Zu der Jahreszeit ist es da unten hoffentlich nicht mehr so heiß.«

George fragte Ray, wie es bei ihm auf der Arbeit laufe, und Ray sagte, dass sie eine Firma in Cardiff übernommen hätten, die Horizontal-Bearbeitungszentren herstelle.

So schlimm war das alles gar nicht. Zur Not konnte George ein Bonmot über Elektrowerkzeuge zum Besten geben. Aber es war, als ob man in der Weihnachtsgeschichte das Schaf spielen musste. Selbst der schönste Applaus würde dieser Rolle niemals Würde verleihen oder ihm den Wunsch nehmen, nach Hause zu seinem Buch über Fossilien zu rennen.

»Die haben Großkunden in Deutschland. Die Firma wollte mich dazu bringen, dass ich ständig nach München fahre. Das habe ich ihnen aber ganz schnell ausgetrieben. Der Grund dürfte klar sein.«

Als Katie ihn zum ersten Mal mit nach Hause gebracht hatte, hatte Ray einen Finger über das Regal mit den CDs oberhalb des Fernsehers gleiten lassen und gesagt: »Sie sind also ein Jazzfan, Mr Hall«, und George hatte sich gefühlt, als ob Ray einen Stapel Pornohefte bei ihm entdeckt hätte.

Jean erschien in der Tür. »Wie wär's, wenn du dich vor dem Essen waschen und umziehen würdest?«

George wandte sich wieder Ray zu. »Wir reden gleich weiter.« Und schon war er entkommen, durch die Küche, die Treppe hoch und in die geflieste Stille des abschließbaren Badezimmers.

5

Sie fanden es furchtbar. Genau wie sie es sich gedacht hatte. Katie hatte es ja geahnt.

Na und, damit konnte sie leben. Früher wäre sie deswegen noch ausgerastet. Ein Teil von ihr vermisste sogar diese Person, die ausrastete. Als ob sie ihre Grundsätze verraten hätte. Aber irgendwann gelangt jeder Mensch an einen Punkt, an dem er begreift, dass es reine Energieverschwendung wäre, die Ansichten seiner Eltern, worüber auch immer, ändern zu wollen.

Ray war kein Intellektueller. Er war auch nicht der schönste Mann, den sie je kennen gelernt hatte. Aber der schönste Mann, den sie je kennen gelernt hatte, hatte ihr aus großer Höhe auf den Kopf geschissen. Und wenn Ray sie in die Arme nahm, dann fühlte sie sich so sicher aufgehoben wie seit Ewigkeiten nicht mehr.

Sie dachte an das scheußliche Mittagessen bei Lucy. Das toxische Gulasch, das Barry gekocht hatte. Sein besoffener Kumpel, der ihr in der Küche an den Arsch gegrapscht, und Lucy, die einen Asthmaanfall erlitten hatte. Sie hatte aus dem Fenster geblickt und Ray mit Jacob auf den Schultern gesehen, wie sie Pferdchen spielten, auf dem Rasen herumrannten und über den umgedrehten Schubkarren sprangen. Und wie sie bei dem Gedanken an die Rückkehr in ihre winzige Wohnung mit dem Hamstergeruch geweint hatte.

Dann stand er mit einem Strauß Nelken bei ihr vor der Tür, was sie schon recht merkwürdig gefunden hatte. Er wollte nicht reinkommen. Sie bestand darauf. Hauptsächlich, weil es ihr so peinlich war. Sie wollte nicht die Blumen nehmen und ihm die Tür vor der Nase zumachen. Sie kochte ihm einen Kaffee, und er sagte, dass ihm Smalltalk nicht leicht falle, und sie fragte ihn, ob sie direkt zum Sex übergehen sollten. Das klang gedacht allerdings witziger als gesagt. Und wenn er ja gesagt hätte, dann hätte sie wahrscheinlich sogar zugestimmt, weil sie sich geschmeichelt gefühlt hätte, begehrt zu werden, trotz der Ringe unter den Augen und dem Cotswold-Wildlife-Park-T-Shirt mit den Bananenflecken darauf. Aber er meinte das ganz ernst mit dem Smalltalk. Er konnte den Kassettenrecorder reparieren und Frühstückseier braten und Ausflüge ins Eisenbahnmuseum organisieren, was er alles lieber tat als sich zu unterhalten.

Er konnte auch ungemütlich werden. Am Ende seiner ersten Ehe hatte er eine Tür mit der Hand durchschlagen und dabei zwei Sehnen in seinem Handgelenk durchtrennt. Dennoch war er einer der sanftmütigsten Männer, die sie kannte.

Einen Monat später fuhren sie zusammen nach Hartlepool, damit sie seinen Vater und seine Stiefmutter kennen lernte. Sie wohnten in einem Bungalow mit Garten, den Jacob wegen der drei Gartenzwerge am Zierteich und des kleinen Pavillondings, in dem man sich verstecken konnte, für den Himmel auf Erden hielt.

Alan und Barbara behandelten sie, als wäre die Gutsherrentochter zu Besuch gekommen, was Katie sehr nervös machte, bis ihr klar wurde, dass die beiden wahrscheinlich alle Fremden so behandelten. Alan hatte fast sein ganzes Leben lang in einer Bonbonfabrik gearbeitet. Als Rays Mutter an Krebs starb, fing er wieder an, in die Kirche seiner Kindheit zu gehen, und da lernte er dann Barbara kennen, die sich von ihrem Mann hatte scheiden lassen, als der Alkoholiker geworden war (als er sich *das Trinken angewöhnte* war der Ausdruck, den sie benutzte, was sich anhörte, als hätte er mit dem Morristanzen oder dem Heckenflechten angefangen).

Sie kamen Katie eher wie Großeltern vor (auch wenn ihre Großväter keine Tätowierungen hatten). Sie gehörten zu einer früheren Welt der Untertänigkeit und Pflichterfüllung. Im Wohnzimmer war eine ganze Wand mit Fotos von Ray und Martin bedeckt, von beiden gleich viele, trotz des heillosen Desasters, das Martin aus seinem Leben gemacht hatte. Im Wohnzimmer stand eine kleine Vitrine mit Porzellanfigürchen, und vor dem Klo lag ein plüschiger, halbrunder Teppich.

Barbara kochte einen Eintopf, und als Jacob sich über die »Bröckchen« im Eintopf beklagte, briet sie ihm Fischstäbchen. Sie fragten Katie, wovon sie denn so lebe, und sie erklärte, dass sie in London bei einem Kunstfestival mitarbeite, was aufgesetzt und überkandidelt klang. Also erzählte sie die Anekdote von dem versoffenen Nachrichtensprecher, den sie im Vorjahr angeheuert hatten, woraufhin ihr ein bisschen spät der Grund für Barbaras Scheidung wieder einfiel. Da ihr partout kein eleganter Themenwechsel in den Sinn kam, verstummte Katie beschämt mitten im Satz. Daraufhin fragte Barbara, was ihre Eltern machten, und Katie antwortete, dass Dad bis vor Kurzem eine kleine Firma geleitet habe, jetzt aber im Ruhestand sei.

Dabei wollte sie es bewenden lassen, doch Jacob rief: »Grandpa macht Schaukeln«, weswegen sie dann erklären musste, dass die Firma Shepherds Geräte für Kinderspielplätze herstellte, was besser klang als die Organisation eines Kunstfestivals, aber auch wieder nicht so solide, wie sie es sich gewünscht hatte.

Und vor ein paar Jahren hätte sie sich wahrscheinlich noch sehr unwohl gefühlt und wäre so schnell wie möglich nach London zurückgefahren, aber viele von ihren kinderlosen Londoner Freunden wirkten allmählich auch etwas aufgesetzt und überkandidelt auf sie, und es war gut, mit Leuten zusammenzusitzen, die selbst Kinder großgezogen hatten und mehr zuhörten als redeten und Gartenarbeit wichtiger fanden als den Friseurbesuch.

Vielleicht waren sie ja altmodisch. Vielleicht war Ray altmodisch. Vielleicht staubsaugte er nicht gern. Vielleicht stellte er die Tamponpackung immer wieder zurück in das Arzneischränkchen. Aber Graham machte Tai Chi und erwies sich doch als ausgemachter Wichser.

Es war ihr scheißegal, was ihre Eltern dachten. Außerdem schlief Mum mit einem von Dads ehemaligen Kollegen, und Dad tat so, als hätten die Seidentücher und das Glitzern in den Augen nur mit ihrem neuen Job nach dreißig Jahren Hausfrau und Mutter zu tun. Sie hatten also keinerlei Recht, irgendjemandem etwas über Beziehungen zu erzählen.

Himmel, sie mochte noch nicht einmal daran denken.

Sie wollte nichts weiter, als dieses Essen ohne größere Zwischenfälle über die Bühne zu bringen und einem grauenhaften Gespräch unter Frauen beim Abwaschen zu entkommen.

6

Das Mittagessen verlief ziemlich friedlich, jedenfalls bis zum Nachtisch.

Ein kleineres Problem ergab sich, als George seine Arbeitskleidung auszog. Er wollte gerade Hemd und Hose ausziehen, als ihm wieder einfiel, was sich darunter verbarg, und sein Magen machte diesen Satz, wie wenn im Horrorfilm die verspiegelte Kleiderschranktür zuging und der Zombie mit der Sichel sichtbar wurde, der hinter dem Helden stand.

Er schaltete das Licht aus, ließ die Jalousie herunter und duschte, »Jerusalem« singend, im Dunkeln.

Das Ergebnis war, dass er sich beim Hinuntergehen nicht nur sauber, sondern auch stolz fühlte, dass er so schnell und effektiv Maßnahmen ergriffen hatte. Als er ins Esszimmer kam, gab es Wein und Unterhaltung und Jacob, der Hubschrauber spielte, und George war endlich in der Lage, sich ein wenig zu entspannen.

Seine Befürchtung, dass Jean, wie sie nun einmal war, eine wohlmeinende, aber unpassende Bemerkung machen würde, und Katie, wie Katie nun einmal war, sofort darauf anspringen würde und die beiden daraufhin wie die Krähen aufeinander einhacken würden, erwies sich als unbegründet. Katie erzählte von Barcelona (was natürlich in Spanien lag, jetzt fiel es ihm auch wieder ein), Ray lobte das Essen (»Spitzensuppe, Mrs Hall«) und Jacob baute eine Startbahn aus Besteck, damit sein Bus abheben konnte, und wurde relativ fuchtig, als George sagte, Busse könnten nicht fliegen.

Sie waren gerade beim Brombeerstreuselkuchen, da fing die Stelle an zu jucken wie ein Fußpilz. Das Wort *Tumor* drängte sich in seinen Kopf, und es war ein hässliches Wort, das er nicht hören wollte, aber auch nicht loswerden konnte. Während er am Tisch saß, konnte er spüren, wie er wuchs, vielleicht zu langsam, um es mit bloßem Auge erkennen zu können, aber er wuchs, genau wie der Schimmel auf der Brotkante, die er als Junge in einem Marmeladenglas auf dem Fensterbrett aufbewahrt hatte.

Sie unterhielten sich über Hochzeitsvorbereitungen: Catering, Fotografen, Einladungen... So weit konnte George noch folgen. Dann diskutierten sie darüber, ob sie einen Saal in einem Hotel mieten sollten (Katies und Rays Vorschlag) oder ein Zelt für den Garten ausleihen sollten (was Jacob, den die Vorstellung eines Zeltes elektrisierte, für die beste Idee hielt). An dieser Stelle konnte George sich nicht mehr richtig konzentrieren.

Katie drehte sich zu ihm um und sagte etwas in der Art wie: »Meinst du, das Atelier ist dann schon fertig?«, aber sie hätte genauso gut Ungarisch sprechen können. Er sah wohl, dass ihr Mund sich bewegte, konnte aber die Geräusche nicht verarbeiten, die daraus hervorkamen.

In seinem Kopf wurde das Gaspedal durchgetreten. Der Motor heulte auf, die Räder drehten durch, das Gummi rauchte, aber er bewegte sich nicht vom Fleck.

Er war sich nicht ganz sicher, was als Nächstes geschah, elegant war es auf jeden Fall nicht und es hatte mit zerbrechendem Porzellan zu tun und mit ihm, wie er hastig zur Terrassentür hinaus flüchtete.

7

Jean hörte Tellergeklapper, und als sie sich umdrehte, war George verschwunden.

Nach ungefähr fünf Sekunden ungläubigen Schweigens blickte Jacob von seinem Bus hoch und fragte: »Wo ist Großvater?«

»Im Garten«, antwortete Ray.

»Allerdings«, sagte Katie mit hart werdendem Mund.

Jean versuchte sie zu beschwichtigen. »Katie …«

Aber es war zu spät. Katie stand auf und stürmte aus dem Zimmer, um ihren Vater zur Strecke zu bringen. Ein weiteres kurzes Schweigen entstand.

»Ist Mummy auch im Garten?«, fragte Jacob.

Jean sah Ray an. »Das tut mir leid.«

Ray sah Jacob an. »Deine alte Mum ist ein ganz schön feuriges Frauenzimmer.«

»Was ist feuriges Frauenzimmer?«, fragte Jacob.

»Sie wird manchmal ein bisschen böse, das ist es«, antwortete Ray.

Jacob dachte ein paar Augenblicke lang nach. »Können wir mit dem U-Boot spielen?«

»Na klar, dann komm, Käpt'n.«

Als Ray und Jacob oben auf dem Treppenabsatz waren, ging Jean in die Küche und stellte sich neben den Kühlschrank, von wo aus sie Katie sehen konnte, ohne selbst gesehen zu werden.

»Und das Wasser spritzt aus dem Spritzer«, schrie Jacob oben.

»Es ist mir ganz egal, was du denkst, Dad.« Katie marschierte auf der Terrasse hin und her, wobei sie mit den Armen wedelte wie eine Verrückte im Film. »Es ist mein Leben. Ich werde Ray heiraten, ob dir das passt oder nicht.«

Wo George genau war oder was er machte, war schwer zu sagen.

»Du hast ja keine Ahnung. Ray ist lieb. Ray ist nett. Und du kannst von mir aus denken, was du willst. Aber wenn du versuchst, uns dazwischenzufunken, dann machen wir es halt ohne euch.«

Sie schien auf den Boden zu starren. George hatte sich doch nicht etwa hingelegt?

Als er aus dem Zimmer gerannt war, hatte Jean vermutet, dass er sich Pudding auf die Hose gekleckert oder Gas gerochen hatte und Katie voreilige Schlüsse zog. Was ja nichts Neues war. Aber offensichtlich ging da irgendetwas Ernsteres vor sich, was sie ein wenig besorgniserregend fand.

»Also?«, fragte Katie hinter der Glasscheibe.

Jean konnte keine Antwort hören.

»Mein Gott. Ich gebe auf.«

Katie verschwand hinter dem Fenster, und an der Seite des Hauses waren Schritte zu hören. Jean riss die Kühlschranktür auf und griff nach einer Tüte Milch. Katie platzte zur Tür herein, zischte: »Was ist bloß los mit dem Mann?« und rauschte durch den Flur davon.

Jean stellte die Milch zurück und wartete darauf, dass George wieder auftauchte. Als das nicht geschah, stellte sie den Wasserkocher an und ging nach draußen.

Er saß auf dem Terrassenboden, mit dem Rücken an der Mauer, drückte die Hände auf die Augen und sah nicht wesentlich anders als der Schotte aus, der Apfelwein soff und vor den British Home Stores auf der Straße schlief. Und das machte ihr Angst.

»George?« Sie bückte sich zu ihm hinunter.

Er nahm die Hände von den Augen weg. »Ach, du bist das.«

»Stimmt irgendwas nicht?«, fragte Jean.

»Ich hatte bloß … ich konnte irgendwie nicht reden«, sagte George. »Und Katie war so furchtbar laut.«

»Ist alles in Ordnung?«

»Um ganz ehrlich zu sein, fühle ich mich nicht sehr gut«, antwortete George.

»Was hast du denn?« Sie fragte sich, ob er womöglich geweint hatte, aber das erschien ihr lächerlich.

»Ich hatte ein bisschen Atemnot. Ich musste an die frische Luft. Tut mir leid.«

»Es ging also gar nicht um Ray?«

»Ray?«, fragte George.

Er schien vergessen zu haben, wer gemeint war, was ebenfalls beunruhigend war.

»Nein«, sagte George. »Es ging nicht um Ray.«

Sie berührte ihn am Knie. Eine merkwürdige Geste. George ließ sich nicht gern bemitleiden. Wenn er krank war, wollte er Lemsip-Saft und eine Decke und das Zimmer für sich. »Geht's dir jetzt besser?«

»Ein bisschen. Wenn ich mit dir rede.«

»Wir rufen den Arzt an und besorgen dir einen Termin für morgen«, sagte Jean.

»Nein, bloß keinen Arzt«, sagte George mit einigem Nachdruck.

»Jetzt sei doch nicht albern, George.«

Sie streckte ihm die Hand hin. Er nahm sie und kam langsam auf die Füße. Er zitterte.

»Komm, wir gehen rein.« Sie hatte ein ungutes Gefühl. Sie waren jetzt in dem Alter, in dem einen Krankheiten anfielen, die dann nicht unbedingt ausheilten. Bob Green und der Herzinfarkt. Moira Palmers Niere. Aber wenigstens ließ George zu, dass sie sich um ihn kümmerte. Sie konnte sich nicht an das letzte Mal erinnern, ob sie so Arm in Arm gegangen waren.

Sie kamen in die Küche, in deren Mitte Katie stand, die eine Schüssel mit Streuseln leer aß.

Jean sagte: »Deinem Vater geht es nicht sehr gut.«

Katies Augen wurden schmal.

Jean fuhr fort: »Es hat nichts damit zu tun, dass du Ray heiratest.«

Katie sah George an und sprach mit dem Mund voller Streuseln. »Und warum zum Teufel hast du das nicht gesagt?«

Jean schob George in den Flur.

Er ließ ihre Hand los. »Ich glaube, ich gehe hoch und lege mich hin.«

Die beiden Frauen standen da und warteten ab, bis sie das dumpfe Klicken der Schlafzimmertür über ihren Köpfen hörten. Dann ließ Katie die leere Schüssel in die Spüle fallen. »Warum lässt du zu, dass ich mich wie ein Vollidiot aufführe?«

»Ich glaube nicht, dass du dazu irgendwelche Hilfe von mir brauchst.«

8

Allein in einem abgedunkelten Zimmer zu sein war nicht so beruhigend, wie George sich das erhofft hatte. Er legte sich aufs Bett und sah einer Fliege bei ihrem ziellosen Kreisen durch die grau gesprenkelte Luft zu. Zu seiner Überraschung fehlte es ihm nun, von Katie angeschrien zu werden. Am liebsten hätte er selbst gern ein bisschen herumgeschrien. Das hätte sicher einen therapeutischen Effekt. Aber im Schreien war er noch nie gut gewesen. Er taugte nur zum Adressaten solcher Gemütsregungen.

Die Fliege ließ sich auf einer Troddel am Lampenschirm nieder.

Alles würde gut werden. Jean würde ihn nicht zwingen, einen Arzt aufzusuchen. Niemand konnte ihn zu irgendetwas zwingen.

Er brauchte bloß an das Wort *Arzt* zu denken, und er konnte Gummischläuche riechen und das geisterhafte Leuchten der Röntgenbilder an den Leuchtkästen sehen, die dunkle Masse, Ärzte in beige-farbenen Nebenräumen, die ein Klemmbrett auf dem Knie hielten und sich diplomatisch ausdrückten.

Er musste sich ablenken.

Die acht amerikanischen Bundesstaaten, die mit M anfingen.

Maine. Missouri. Maryland. Das war der, den immer alle vergaßen. Montana. Mississippi. Oder war das nur ein Fluss?

Die Tür ging auf.

»Darf ich mit in deine Höhle kommen, Grandpa?«

Ohne eine Antwort abzuwarten, rannte Jacob quer durchs Zimmer, kletterte aufs Bett und steckte die Beine unter die Federdecke. »Dann kann uns das große... das große... das große gelbe monsterfressende Monster nicht kriegen.«

»Hier bist du wahrscheinlich in Sicherheit«, sagte George. »Hier kommen nicht sehr oft gelbe Monster vorbei.«

»Aber es ist das gelbe *monsterfressende* Monster«, berichtigte Jacob ihn.

»Das gelbe monsterfressende Monster«, wiederholte George.

»Was ist ein Heffalump?«

»Einen Heffalump gibt es in Wirklichkeit gar nicht.«

»Hat er ein Fell?«, wollte Jacob wissen.

»Da es ihn nicht gibt... hat er also auch kein Fell.«

»Hat er Flügel?«

Mit kleinen Kindern hatte George sich noch nie wohl gefühlt. Er wusste, dass sie nicht besonders schlau waren. Deswegen gingen sie ja auch noch in die Schule. Aber Angst konnten sie riechen. Sie sahen einem in die Augen, und dann musste man den Busschaffner spielen und wurde irgendwie den Verdacht nicht los, dass man jeden Moment aufgefordert werden konnte, einen höllisch schweren Test zu bestehen.

Als Jamie und Katie klein waren, war das noch nicht so gewesen. Von Vätern wurde nicht erwartet, dass sie Kuckuck mit ihren Kindern machten oder die Hand in einen Strumpf steckten und Mr Snakey-Snake spielten (Jacob und Jean waren beide ganz besessen von Mr Snakey-Snake). Man baute ein Baumhaus, sorgte für Gerechtigkeit und übernahm bei starkem Wind den Drachen. Und damit hatte sich die Sache.

»Hat er Düsentrieb oder einen Peller?«, fragte Jacob.

»Was hat Düsentrieb oder einen Propeller?«, fragte George.

»Hat das Flugzeug Düsentrieb oder einen Peller?«

»Tja, ich glaube, das musst du mir verraten.«

»Was glaubst du?«, fragte Jacob.

»Ich glaube, dass es wahrscheinlich einen Propeller hat.«

»Nein. Es hat Düsentrieb.«

Sie lagen nebeneinander auf dem Rücken und sahen die Decke an. Die Fliege war nicht mehr da. Ein schwacher Geruch nach feuchter Windel lag in der Luft. Irgendetwas zwischen Hühnersuppe und gekochter Milch.

»Schlafen wir jetzt?«, fragte Jacob.

»Ehrlich gesagt, würde ich mich lieber weiter mit dir unterhalten, Jacob.«

»Unterhältst du dich gerne, Großvater?«

»Manchmal«, sagte George. »Oft sage ich lieber nichts. Aber momentan würde ich mich, glaube ich, lieber unterhalten.«

»Was ist momtan?«

»Momentan ist jetzt. Jetzt gerade. Nach dem Mittagessen. Am Nachmittag. Am Sonntag.«

»Bist du lustig?«, wollte Jacob wissen.

»Ich vermute, dass man mich allgemein nicht als lustig bezeichnen würde.«

Die Tür ging wieder auf, und Rays Kopf erschien.

»Entschuldigung, George. Der Dreikäsehoch ist mir entwischt.«

»Macht nichts. Wir haben uns gut unterhalten, was, Jacob?«

Es war ein gutes Gefühl, seinem zukünftigen Schwiegersohn in einem von Rays anerkannten Fachgebieten Paroli bieten zu können.

Nicht so gut war es, dass Ray ins Zimmer kam und sich auf das Fußende des Bettes setzte. Auf das Bett von ihm und Jean.

»Ich glaube, ihr Männer habt die richtige Idee. Den Kopf aus der Schusslinie nehmen.«

Ray legte sich aufs Bett.

Das war genau der Punkt, an dem sich das Kinderproblem und das Rayproblem überschnitten. Man hatte manchmal das

Gefühl, dass gewisse Teile seines Gehirns einfach fehlten, dass er eines Tages genauso selbstverständlich ins Badezimmer hereinplatzen könnte, um sich ein Handtuch zu holen, während man sich selbst gerade den Hintern abwischte, und dass Ray dann gar nicht wüsste, was daran nicht richtig sein sollte.

Jacob rappelte sich auf. »Kommt, wir spielen Ringel-Rangel-Rose.«

Und schon war er da. Der Test. Man ließ sich auf ein harmloses Gespräch über Heffalumps ein, und ehe man sich's versah, wurde man zu irgendeinem fürchterlichen Zirkus gezwungen.

»Okay«, sagte Ray und ging auf die Knie.

Heilige Mutter Gottes, dachte George. Er würde doch nicht etwa dabei mitmachen müssen?

»George?«

Oh doch.

Er erhob sich auf die Knie. Jacob nahm seine linke und Ray seine rechte Hand. Er hoffte inständig, dass jetzt weder Jean noch Katie ins Zimmer kamen.

Jacob fing an, wie ein Gummiball auf und ab zu hüpfen. »Ringel, Rangel, Rose …«

»Nase in der Dose«, vollendete Ray.

George zog die Schultern im Rhythmus des Liedes hoch und runter.

»Das soll schreien Mäh.« Jacob sprang in die Luft und ließ sich kreischend zusammen mit Ray auf die Bettdecke plumpsen. George, der alle Hoffnung aufgegeben hatte, mit Anstand aus der Sache herauszukommen, ließ sich rückwärts aufs Kissen fallen.

Jacob lachte. Ray lachte. Und George kam die Idee, dass er vielleicht die Geheimtür aufkriegen und die lange, lange Rutschbahn bis zurück in die Kindheit hinuntergleiten könnte, wenn er nur die Türklinke fand, und dann würde sich jemand um ihn kümmern und er wäre in Sicherheit.

»Noch mal«, schrie Jacob, der sich schon wieder aufgerappelt hatte. »Noch mal, noch mal, noch mal, noch mal, noch mal, noch mal…«

9

Jamie warf sein Jackett über die Stuhllehne, lockerte die Krawatte und drehte, weil keiner zuguckte, eine kleine Pirouette durch die Küche, mit der er vor dem Kühlschrank landete. »Oh yeah.«

Er nahm eine Flasche Corona heraus, machte den Kühlschrank zu, holte die Silk Cuts aus der Schublade unter dem Toaster, ging durch die Balkontür nach draußen, setzte sich auf die Bank und zündete sich eine Zigarette an.

Es war ein guter Tag gewesen. Beim Miller-Haus hatten sie die Verträge unterschrieben. Und die Owens würden auch anbeißen. Das sah man den beiden an den Augen an. Na ja, *ihren* Augen sah man es an. Und sie hatte in der Ehe ganz offensichtlich die Hosen an. Außerdem war Carl immer noch wegen seines gebrochenen Fußgelenks krankgeschrieben, weswegen Jamie die Cohens übernommen und die Sache vor aller Welt nicht in den Sand gesetzt hatte. Im Gegensatz zu Carl.

Der Garten sah super aus. Vor allem keine Katzenscheiße. Vielleicht funktionierten die Löwendung-Kügelchen. Auf dem Heimweg hatte es geregnet, so dass die großen Kieselsteine sauber und dunkel glänzten. Die dicken Eisenbahnschwellen und die gestaffelten Blumenbeete. Forsythien, Lorbeer, Funkien. Gott weiß, warum die Leute sich einen Rasen anlegten. Hatte man nicht einen Garten, um darin zu sitzen und nichts zu tun?

Ein paar Gärten weiter waren schwach Reggaeklänge zu hören. Laut genug, damit sich das herrlich faule Sommergefühl einstellte. Nicht so laut, dass man sie auffordern wollte, es leiser zu drehen.

Er trank einen Schluck Bier aus der Flasche.

Eine merkwürdige, orangegelbe Blase erschien auf dem Giebel des Hauses gegenüber. Sie verwandelte sich langsam in einen Heißluftballon und schwebte westwärts hinter die Äste der Kirsche. Ein zweiter Ballon tauchte auf, dieser war rot und hatte die Form eines riesigen Feuerlöschers. Ganz allmählich füllte sich der ganze Himmel mit Ballons.

Er atmete eine kleine Wolke Zigarettenrauch aus und sah zu, wie sie sich seitwärts bewegte, bis sie über dem Deckel des Grills zerfloss.

Sein Leben war so ziemlich perfekt. Er hatte das Haus. Er hatte den Garten. Ältere Dame, fit wie ein Turnschuh, links. Eine christliche Familie rechts (man konnte über Christen sagen, was man wollte, aber wenigstens jodelten sie nicht beim Sex wie die Deutschen, die vorher da gewohnt hatten). Dienstags und donnerstags Fitnessclub. Tony kam drei Mal pro Woche.

Er zog an der Zigarette.

Passend zum Reggae gab es auch Vogelgesang. Mit zehn hätte er die Art noch erkannt. Jetzt hatte er keinen blassen Schimmer. Interessierte aber auch nicht. Es war ein gutes Geräusch. Natürlich. Beruhigend.

In einer halben Stunde würde Tony kommen. Sie würden rüber zu Carpenters gehen und dort essen. Auf dem Rückweg eine DVD von Blockbuster holen. Wenn Tony nicht zu fertig war, würde es vielleicht eine Runde Sex geben.

In einem Garten in der Nähe kickte ein Kind einen Fußball gegen eine Wand. *Doink. Doink. Doink.*

Alles schien in einer Art Balance zu schweben. Natürlich würde irgendjemand kommen und alles kaputt machen, dafür hatte man ja den Rest der Menschheit. Aber in diesem Augenblick …

Er bekam Hunger und fragte sich, ob noch Kartoffelchips da waren. Er stand auf und ging ins Haus.

10

Manchmal fragte sich Katie, ob Mum ihre Meinungen nur hatte, um sie in den Wahnsinn zu treiben.

Offensichtlich wäre es ihr am liebsten, wenn die Hochzeit gar nicht stattfinden würde. Aber falls doch, dann sollte es ein großartiges, öffentliches Ereignis werden. Katie wies darauf hin, dass es für sie schon die zweite Hochzeit war. Mum erwiderte, sie wollten nicht geizig wirken. Katie sagte, dass manche Restaurants wirklich unheimlich teuer seien. Ihre Mutter schlug eine kirchliche Trauung vor. Katie wollte wissen warum. Ihre Mutter sagte, das wäre hübsch. Katie wies sie darauf hin, dass es bei Religion nicht um hübsch ging. Ihre Mutter sagte, sie solle sich ein Kleid von einer Schneiderin machen lassen. Katie stellte fest, ein Brautkleid komme nicht in Frage. Ihre Mutter sagte ihr, sie solle sich nicht so anstellen. Und Katie wurde allmählich klar, dass sie sich das Ja-Wort in Las Vegas hätten geben und es den anderen hinterher hätten erzählen sollen.

Am nächsten Tag guckte Katie die neue Folge von *Brookside*, während Ray und Jacob eine behelfsmäßige Unterkunft aus zwei Küchenstühlen und der Picknickdecke bauten. Sie fragte, was sie da machten, und Jacob antwortete, dass sie ein Zelt bauten. »Für die Hochzeit.« Und Katie dachte: »Scheiß drauf.« Sie würde Ray heiraten. Und ihre Eltern sollten ihre Feier bekommen. Das würde sich schon vereinbaren lassen.

Sie rief ihre Mutter an und schlug einen Kompromiss vor. Ihre Mutter durfte ihr Festzelt und die Blumen und die Torte haben. Katie bekam dafür das Standesamt, keinen kirchlichen Segen und ein Kleid von der Stange.

Am Samstag danach zogen Ray und Jacob los, um einen neuen Auspuff einbauen zu lassen; Katie traf sich so lange in der Stadt mit Mona, um sich etwas zum Anziehen zu kaufen, bevor Mum es sich wieder anders überlegte.

Sie fand ein langes, schulterfreies Seidenkleid in Himmelblau bei Whistles. Rennen konnte man nicht darin (sonst kaufte Katie prinzipiell nie Klamotten, in denen man nicht rennen konnte), aber falls das Standesamt in Flammen aufgehen sollte, könnte Ray sie vermutlich über die Schulter werfen und retten, dachte sie sich. In einem Laden auf der Oxford Street kaufte sie ein Paar Wildlederschuhe in einem etwas dunkleren Blau mit einem kleinen Absatz. Es war ziemlich lustig, ein paar Stunden lang mit Mona, die Mädchenkram bis zum Abwinken machen konnte, Mädchenkram zu machen.

Als sie nach Hause kam, führte sie den Jungs ihre Neuerwerbungen vor, und Jacob sagte: »Du siehst wie eine feine Dame aus«, was etwas merkwürdig, aber sehr süß war.

Sie beugte sich nach unten und küsste ihn (sich nach unten zu beugen war in dem Kleid auch nicht besonders einfach). »Und für dich kaufen wir passend dazu einen kleinen Matrosenanzug.«

»Jetzt sei mal nicht zu grausam zu dem Kurzen«, sagte Ray.

Jacob sah sie mit ernstem Blick an. »Ich will mein Bob-der-Baumeister-T-Shirt anziehen.«

»Ich weiß ja nicht, ob Großmutter davon begeistert sein wird«, erwiderte Katie.

»Aber ich will mein Bob-der-Baumeister-T-Shirt anziehen«, sagte Jacob.

Diese Hürde würden sie nehmen, wenn es soweit war.

11

George saß im Auto vor dem Ärztehaus und umklammerte das Lenkrad wie ein Mann, der eine Bergflanke hinunter holperte.

Die Stelle unter seiner Wäsche fühlte sich wie ein Gullydeckel aus verrottetem Fleisch an.

Er konnte in die Praxis hineingehen oder er konnte wegfahren. Es so zu formulieren, beruhigte ihn ein wenig. Möglichkeit A oder Möglichkeit B.

Wenn er einen Arzt aufsuchte, würde man ihm die Wahrheit sagen. Er wollte die Wahrheit nicht hören, es sei denn, die Wahrheit wäre nicht so schlimm, wie er befürchtete. Die Stelle war möglicherweise etwas Gutartiges oder noch behandelbar. Dr. Barghoutian war allerdings nur Hausarzt. George würde möglicherweise an einen Spezialisten überwiesen werden und müsste dann mit der Aussicht auf diesen Termin eine Woche, zwei Wochen oder einen Monat leben (es war durchaus möglich, dass man nach sieben Tagen ohne Nahrung oder Schlaf vollkommen verrückt war, in dem Fall würde ihm die Angelegenheit aus der Hand genommen werden).

Wenn er wieder wegfuhr, würde Jean ihn fragen, wo er gewesen sei. Der Arzt würde zu Hause anrufen und fragen lassen, warum er nicht zu seinem Termin erschienen war. Womöglich würde er es nicht als Erster zum Telefon schaffen. Er würde an Krebs sterben. Jean würde herausfinden, dass er nicht beim Arzt gewesen war und fuchsteufelswild werden, dass er an Krebs starb und nichts dagegen unternommen hatte.

Alternativ bestand auch die Möglichkeit, dass die Stelle zwar gutartig oder behandelbar war, aber, wenn er jetzt wieder wegfuhr, zu einem bösartigen und unbehandelbar großen Tumor mutieren würde und er das erfahren und mit der schrecklichen Gewissheit leben müsste – wenngleich nur noch für sehr kurze Zeit –, dass sein Tod die direkte Folge seiner Feigheit war.

Er stieg schließlich aus dem Auto aus, aber nur, weil er es nicht mehr mit sich selbst auf so engem Raum aushielt.

Die Anwesenheit anderer Leute im Wartesaal beruhigte ihn ein wenig. Er ging zur Anmeldung und suchte sich einen Sitzplatz.

Was könnte er bei der Hochzeit über Ray sagen? Das war doch mal ein Problem, mit dem er sich wirklich beschäftigen sollte.

Ray verstand es mit Kindern umzugehen. Auf jeden Fall mit Jacob. Er konnte Sachen reparieren. Zumindest glaubte er das. Der Rasenmäher hatte eine Woche später den Geist aufgegeben, nachdem er daran herumgemacht hatte. So oder so war das kein ausreichender Grund für eine Eheschließung. Er hatte Geld. Ein ausreichender Grund, sicherlich, aber einer, den man nur als amüsante Seitenbemerkung anbringen konnte, nachdem man erst einmal klargemacht hatte, dass man den Kerl gut leiden konnte.

Ihm wurde ganz wirr im Kopf.

Ray war in Katie verliebt, und Katie war in ihn verliebt.

War sie das wirklich? Die Denkweise seiner Tochter war ihm immer ein Rätsel gewesen. Obwohl sie ihre Meinung immer sehr öffentlich kundtat. Über die Tapete in ihrem Zimmer. Über Männer mit Haaren auf dem Rücken. Aber sie hatte so dezidierte Ansichten (war eine Tapete wirklich so wichtig?), die so wechselhaft und so ganz offensichtlich nicht Teil eines zusammenhängenden Weltbildes waren, dass er sich manchmal gefragt hatte, besonders in ihrer Teenagerzeit, ob womöglich medizinisch etwas mit ihr nicht stimmte.

Nein.

Er ging das Ganze von der völlig falschen Seite an. Es war nicht Aufgabe des Brautvaters, seinen zukünftigen Schwiegersohn zu mögen (er spürte die Rückkehr des gesunden Menschenverstandes, sobald er diesen Gedanken formulierte). Das war die Aufgabe des Trauzeugen. Und wenn sich herausstellte, dass Rays Trauzeuge ein besserer Typ war als der Tölpel bei ihrer letzten Hochzeit, dann würde Georges Erleichterung seine Zweifel am Sinn dieser Hochzeit vielleicht aufwiegen (»Also habe ich alle bisherigen Freundinnen Grahams angerufen, um herauszufinden, auf was Katie sich gefasst machen muss. Und das haben sie gesagt…«).

Er blickte auf und sah ein Plakat mit zwei großen Fotos darauf an der Wand hängen. Die Abbildung links zeigte sonnengebräunte Haut und trug die Aufschrift: *Wie gefällt dir meine Bräune?* Die Abbildung rechts hatte die Aufschrift: *Wie gefällt dir mein Hautkrebs?* und zeigte etwas, was wie eine große Beule voller Zigarettenasche aussah.

Um ein Haar wäre ihm schlecht geworden, und er merkte, dass er sich an der Schulter einer winzigen Inderin zu seiner Rechten festgeklammert hatte.

»Entschuldigung.« Er stand auf.

Was dachten sie sich um Himmels willen dabei, ausgerechnet hier so ein Plakat aufzuhängen? Er steuerte den Ausgang an.

»Mr Hall?«

Er war schon halb bei der Tür, als er die Sprechstundenhilfe wieder seinen Namen rufen hörte, diesmal nachdrücklicher. Er drehte sich um.

»Sie können jetzt zu Dr. Barghoutian reingehen.«

Er war zu schwach, um sich dieser Anordnung zu widersetzen, und schritt den Gang entlang. Dr. Barghoutian stand strahlend in der Tür.

»George«, sagte Dr. Barghoutian.

Sie gaben sich die Hand.

Der Arzt führte ihn ins Sprechzimmer, schloss die Tür hinter sich, nahm Platz und lehnte sich zurück, wobei er einen Bleistiftstummel wie eine Zigarre zwischen Daumen und Zeigefinger der rechten Hand geklemmt hielt.

»Und was kann ich für Sie tun?«

Auf dem Regal hinter Dr. Barghoutians Kopf standen ein billiges Plastikmodell des Eiffelturms und ein gerahmtes Foto seiner Tochter auf einer Schaukel.

Jetzt war der Augenblick da.

»Ich hatte einen Schwindelanfall«, sagte George.

»Was für eine Art Schwindelanfall meinen Sie?«

»Beim Mittagessen. Ich konnte nicht mehr richtig atmen. Ich habe Sachen umgeworfen. Weil ich an die frische Luft gerannt bin.«

Ein Schwindelanfall, natürlich. Mehr war es nicht gewesen. Warum hatte er sich nur so darüber aufgeregt?

»Schmerzen in der Brust?«, fragte Dr. Barghoutian.

»Nein.«

»Sturz?«

»Nein.«

Dr. Barghoutian starrte ihn an und nickte weise. George fühlte sich nicht gut. Es war wie in der Szene kurz vor dem Ende jenes Films, nach dem Auftritt des russischen Killers, dem unerklärlichen Bürofeuer und den Eskapaden des Parlamentsabgeordneten mit dem Hang zu Prostituierten. Und es lief darauf hinaus, dass ein alter Eton-Absolvent in der Bibliothek eines Londoner Clubs alles wusste und Menschen mit einem einzigen Anruf vernichten konnte.

»Und wovor versuchten Sie zu fliehen?«, fragte der Arzt.

Darauf fiel George keine vernünftige Antwort ein.

»Hatten Sie vor etwas Angst?«

George nickte. Er fühlte sich wie ein Fünfjähriger.

»Und wovor hatten Sie Angst?«, fragte Dr. Barghoutian.

Es war gut so. Es war schön, ein fünfjähriger Junge zu sein. Um fünfjährige Jungen kümmerte man sich. Dr. Barghoutian würde sich um ihn kümmern. Er musste jetzt nur die Tränen zurückhalten.

George hob das Hemd hoch und öffnete den Reißverschluss seiner Hose.

Mit unendlicher Langsamkeit holte Dr. Barghoutian seine Brille aus dem Schreibtisch, setzte sie auf und beugte sich vor zu der Stelle. »Sehr interessant.«

Interessant? Gütiger Himmel. Er würde umrundet von Medizinstudenten und Gastprofessoren der Dermatologie an Krebs sterben.

Ein Jahr schien zu vergehen.

Dr. Barghoutian nahm die Brille ab und lehnte sich im Stuhl zurück. »Wenn mich nicht alles täuscht, ist das ein diskoidales Ekzem. Schmieren Sie eine Woche lang eine steroidhaltige Creme drauf, dann müsste der Fleck verschwinden.« Er unterbrach sich und ließ imaginäre Asche von seinem Bleistift auf den Teppich fallen. »Sie können sich wieder anziehen.«

George stopfte sein Hemd zurück in die Hose und zog den Reißverschluss zu.

»Ich drucke Ihnen ein Rezept aus.«

Als George das Wartezimmer durchquerte, ging er durch eine Säule aus Sonnenlicht, die aus einem hohen Fenster auf den grüngesprenkelten Teppich fiel. Eine Mutter gab einem Säugling die Brust. Neben ihr lehnte sich ein älterer Mann mit wettergegerbtem Gesicht und Gummistiefeln auf einen Wanderstock und schien über die Kinderwagen und eselohrigen Zeitschriften hinaus auf wogende Wiesen zu blicken, auf denen er zweifelsohne den Großteil seines Arbeitslebens verbracht hatte. Ein Telefon klingelte wie Kirchenglocken.

Er drückte die Glasschwingtür auf und trat hinaus in den Tag.

Die Vögel sangen. Im Grunde war kein Vogelgesang zu hören, aber es schien ihm, dass dieser Tag Vogelgesang verdient hätte. Über seinem Kopf zog ein Düsenjet einen weißen Reißverschluss in der Mitte des blauen Himmels auf und transportierte Männer und Frauen nach Chicago und Sydney, zu Konferenzen und Kollegen, zu Familientreffen und Hotelzimmern mit weichen Handtüchern und Meerblick.

Er blieb auf der Treppe stehen und atmete den Geruch von Laubfeuer und Regen ein.

Fünfzehn Meter entfernt wartete hinter einer sauber beschnittenen, hüfthohen Ligusterhecke der VW Polo wie ein treuer Hund auf ihn.

Sein Zuhause erwartete ihn.

12

Jamie aß seinen siebten Kartoffelchip, stellte die Pringles-Packung zurück in den Küchenschrank, ging ins Wohnzimmer, ließ sich aufs Sofa fallen und drückte den Knopf des Anrufbeantworters.

»Jamie, hallo. Hier ist Mum. Ich dachte, du wärst vielleicht schon zu Hause. Na ja, macht auch nichts. Du hast die Neuigkeiten sicher schon gehört, jedenfalls waren Katie und Ray am Sonntag da. Sie wollen heiraten. Was eine ganz schöne Überraschung war, wie du dir vorstellen kannst. Dein Vater steht immer noch unter Schock. Jedenfalls soll es am dritten Septemberwochenende stattfinden. Gefeiert wird bei uns. Im Garten. Katie meint, du sollst jemanden mitbringen. Aber wir werden vorher natürlich noch richtige Einladungen verschicken. Ruf doch zurück, wenn du mal Zeit hast, das würde mich freuen. Lieber Gruß.«

Heiraten? Jamie wurde etwas weich in den Knien. Er spulte die Nachricht noch einmal zurück, nur für den Fall, dass er es falsch verstanden hatte. Hatte er nicht.

Gott, seine Schwester hatte schon eine Menge Blödsinn in ihrem Leben angestellt, aber das war nun wirklich die Krönung.

Ray war doch nur was für den Übergang. Katie sprach Französisch. Ray las Biographien von Sportlern. Nach ein paar Bier würde er wahrscheinlich anfangen, sich über *unsere farbigen Mitbürger* auszulassen.

Sie wohnten zusammen seit… wie viel? Sechs Monaten?

Er hörte sich die Nachricht noch ein drittes Mal an, schlurfte in die Küche, holte sich ein Nogger aus dem Eisfach und trat auf den Balkon.

Warum traf ihn diese Neuigkeit eigentlich so sehr? Er sah Katie sowieso kaum noch. Und wenn, dann hatte sie immer Ray im Schlepptau. Was machte es für einen Unterschied, ob sie verheiratet waren oder nicht? Ein Stück Papier, weiter nichts.

Warum regte es ihn dann so auf?

Da streunte eine Katze im Garten. Er nahm einen Kieselstein von der Stufe und warf – daneben.

Scheiße. Ihm war Eis aufs Hemd gespritzt.

Er tupfte es mit einem feuchten Schwamm ab.

Es von Dritten zu hören. Das war es, was ihn nervte. Katie hatte sich nicht getraut, es ihm zu sagen. Sie wusste genau, wie er darauf reagieren würde. Beziehungsweise wie er darüber dachte. Also hatte sie Mum die Aufgabe überlassen.

Das war doch wieder das Problem mit dem Rest der Menschheit in Reinform. Sie kamen und machten alles kaputt. Man fuhr friedlich durch Streatham, und sie rasten einem in die Beifahrerseite, weil sie auf ihrem Handy quatschen mussten. Man fuhr übers verlängerte Wochenende nach Edinburgh, und sie griffen sich deinen Laptop und schissen dir aufs Sofa.

Er blickte in den Garten. Die blöde Katze war wieder da. Er legte das Eis hin und warf einen weiteren Kieselstein, diesmal kräftiger. Er prallte auf einer der Bahnschwellen ab, flog über die hintere Mauer in den angrenzenden Garten und traf einen unsichtbaren Gegenstand mit einem lauten *Knack*.

Mit dem Eis in der Hand ging er schnell hinein und schloss die Balkontür hinter sich.

Vor zwei Jahren hätte Katie diesen Ray nicht einmal mit dem Arsch angesehen.

Sie war erschöpft. Das war das Problem. Sie konnte nicht klar denken. Zwei Jahre lang musste sie sich in diesem miesen Loch von einer Wohnung mit sechs Stunden Schlaf allein um Jacob kümmern. Dann kreuzt Ray auf, Ray mit der Kohle und dem großen Haus und dem tollen Auto.

Er musste sie anrufen. Er legte das Nogger aufs Fensterbrett.

Vielleicht hatte Ray es ihren Eltern erzählt. Das war natürlich eine Möglichkeit. Wäre typisch Ray. Er kam mit seinen Riesenfüßen angetrampelt. Und auf der Heimfahrt kriegte er dann von Katie eins auf die Mütze, weil er ihr die Show gestohlen hatte.

Er wählte. Am anderen Ende klingelte das Telefon.

Jemand ging dran. Jamie fiel ein, dass es Ray sein könnte, woraufhin er beinahe den Hörer hätte fallen lassen. »Scheiße.«

»Hallo?« Es war Katie.

»Gott sei Dank«, sagte Jamie. »Tschuldigung. So habe ich das nicht gemeint. Ich meine, hier ist Jamie.«

»Jamie, hi.«

»Mum hat mir gerade von den großen Neuigkeiten erzählt.« Er versuchte locker und unbeeindruckt rüberzukommen, war aber durch die Ray-Panik immer noch ein wenig verwirrt.

»Genau. Wir haben erst auf dem Weg nach Peterborough beschlossen, dass wir es ihnen sagen würden. Dann sind wir zurückgekommen, und Jacob war ziemlich anstrengend. Ich wollte dich heute Abend anrufen.«

»Na dann … Glückwunsch.«

»Danke«, sagte Katie.

Eine ungemütliche Pause entstand. Er wollte, dass Katie sagte: *Hilf mir, Jamie, ich begehe gerade einen schrecklichen Fehler,* was sie offensichtlich nicht tun würde. Und er wollte sagen: *Was zum Teufel denkst du dir eigentlich dabei?* Aber wenn er das tat, würde sie nie wieder mit ihm reden.

Er erkundigte sich nach Jacob, und Katie erzählte, dass er ein Nashorn im Kindergarten gemalt und Kacka in die Badewanne gemacht hätte, weswegen er das Thema wechselte und fragte: »Tony kriegt also ’ne Einladung?«

»Natürlich.«

Und plötzlich wurde es ihm klar: eine Einladung als Paar. Aber er würde auf gar keinen Fall Tony mit nach Peterborough nehmen.

Als er aufgelegt hatte, nahm er das Eis vom Fensterbrett, wischte die braunen Tropfen weg und ging in die Küche, um Tee zu machen.

Tony in Peterborough! Ach, du meine Güte. Jamie wusste nicht, was schlimmer wäre: Wenn Mum und Dad so taten, als ob Tony sein Kollege war, für den Fall, dass die Nachbarn etwas merkten. Oder wenn sie sich total peinlich locker-flockig verhalten würden.

Die wahrscheinlichste Mischung war natürlich, dass Mum sich total peinlich locker-flockig verhalten und Dad so tun würde, als ob Tony einer seiner Kollegen sei. Und Mum wäre sauer auf Dad, weil er so tat, als ob Tony einer von Jamies Kollegen sei. Und Dad wäre sauer auf Mum, weil sie sich total peinlich locker-flockig verhielt.

An Rays Freunde mochte er noch nicht einmal denken. Er hatte auf dem College genug Rays kennen gelernt. Acht Bier, und sie waren nur noch um Haaresbreite davon entfernt, den nächsten Homosexuellen zum Zeitvertreib zu lynchen. Abgesehen von dem einen, der sich nicht zum Coming out traute. Es gab immer einen, der sich nicht zum Coming out traute. Früher oder später war der dann sternhagelvoll und schmiss sich an der Theke an einen heran und erzählte einem alles, und dann wurde er frech, wenn man ihn nicht mit hoch aufs Zimmer nehmen und ihm einen runterholen wollte.

Er fragte sich, wie es Jeff Weller wohl ging. Eine Ehe ohne Sex in Saffron Walden wahrscheinlich, ein paar alte Ausgaben von *Zipper* hinter dem Wasserboiler versteckt.

Jamie hatte eine Menge Zeit und Energie darauf verwendet, sein Leben genau so zu ordnen, wie er es führen wollte: Arbeit. Zuhause. Familie. Freunde. Tony. Sport. Entspannung. Manche Kategorien waren miteinander vereinbar. Katie und Tony. Freunde und Sport. Aber die Kategorien gab es aus gutem Grund. Es war wie im Zoo. Man konnte Schimpansen und Papageien mischen. Aber man brauchte die Käfige nur wegzunehmen, und schon hatte man ein Blutbad vor sich.

Er würde Tony gar nichts von der Einladung sagen. Das war doch die Lösung. Ganz einfach.

Er sah hinunter auf den Rest vom Eis. Was machte er da nur? Er hatte es gekauft, um sich nach dem Fernglas-Streit zu trösten. Er hätte es am nächsten Tag wegschmeißen sollen.

Er warf den Rest in den Mülleimer, holte die anderen vier aus dem Tiefkühlfach und schob sie hinterher.

Er legte *Born to Run* in den CD-Player ein und machte eine Kanne Tee. Er wusch das Geschirr und trocknete es ab. Er schenkte sich eine Tasse Tee ein, goss etwas fettarme Milch dazu und schrieb einen Scheck für die Gasrechnung aus.

Bruce Springsteen klang heute Abend besonders blasiert. Jamie drückte die Eject-Taste und las den *Telegraph*.

Um kurz nach acht erschien Tony in bester Laune, hüpfte zum Flur herein, biss Jamie in den Nacken, warf sich der Länge nach aufs Sofa und rollte sich eine Zigarette.

Jamie fragte sich manchmal, ob Tony im vorherigen Leben vielleicht ein Hund gewesen war und den Übergang nicht richtig geschafft hatte. Dieser gesegnete Appetit. Die Energie. Das Fehlen jeglicher Umgangsformen. Diese Fixierung auf Gerüche

(Tony steckte die Nase in Jamies Haar, atmete ein und sagte: »Ooh, wo warst du denn?«).

Jamie schob einen Aschenbecher hinüber zu Tonys Ende des Couchtisches und setzte sich. Er hob Tonys Beine in seinen Schoß und löste die Schnürsenkel seiner Stiefel. Manchmal würde er Tony am liebsten erwürgen. Meistens wegen seiner Schlampigkeit. Dann erblickte er ihn auf der anderen Seite des Zimmers, sah die langen Beine und den lockeren Landjungengang und spürte wieder genau dasselbe wie beim ersten Mal. Irgendetwas in seiner Magengrube, fast schmerzhaft, das Bedürfnis, von diesem Mann festgehalten zu werden. Und niemand sonst gab ihm dieses Gefühl.

»War's gut im Büro?«, fragte Tony.

»Wenn du's genau wissen willst, ja.«

»Und warum dann die miesen Vibes?«

»Was für miese Vibes?«, fragte Jamie.

»Das Fischmaul und die vielen Falten auf der Stirn.«

Jamie ließ sich zurück ins Sofa sinken und schloss die Augen. »Du erinnerst dich doch an Ray ...«

»Ray ...?«

»Der Freund von Katie, Ray.«

»Ach ja.«

»Sie heiratet ihn.«

»Na dann.« Tony zündete sich die Zigarette an. Ein brennender Tabakkrümel fiel ihm auf die Jeans und verlosch. »Wir packen sie ins Auto und bringen sie irgendwo in Gloucestershire ins Frauenhaus ...«

»Tony ....«, sagte Jamie.

»Was?«

»Nochmal von vorn, okay?«

Tony streckte ihm in gespielter Kapitulation die Handflächen entgegen. »In Ordnung.«

»Katie heiratet Ray«, sagte Jamie.

»Was nicht gut ist.«

»Nein.«

»Du wirst also versuchen, sie davon abzuhalten«, sagte Tony.

»Sie liebt ihn doch gar nicht«, antwortete Jamie. »Sie braucht nur jemanden mit einem festen Job und einem großen Haus, der ihr hilft, auf Jacob aufzupassen.«

»Es gibt schlimmere Gründe, jemanden zu heiraten.«

»Der Typ ist furchtbar«, sagte Jamie.

»Und jetzt?«, fragte Tony.

»Sie ist meine Schwester.«

»Und was wirst du tun?«, fragte Tony.

»Was weiß denn ich.«

»Das ist ihr Leben, Jamie. Du kannst nicht Anne Bancroft mit einem Kruzifix abwehren und sie in den nächsten Bus zerren.«

»Ich will sie ja gar nicht davon abhalten.« Jamie tat es bereits Leid, das Thema angeschnitten zu haben. Tony kannte Katie nicht gut. Und Ray kannte er schon gar nicht. Wenn Jamie ganz ehrlich war, dann wollte er einfach nur hören: *Du hast völlig recht.* Ein Satz, den Tony aber einfach nicht im Repertoire hatte. Nicht einmal, wenn er betrunken war. Ganz besonders nicht, wenn er betrunken war. »Natürlich ist das ihre Sache. Aber ...«

»Sie ist erwachsen«, erwiderte Tony. »Sie hat das Recht, ihr Leben in den Sand zu setzen.«

Ein paar Sekunden lang sagte keiner von beiden etwas.

»Und, bin ich eingeladen?« Tony blies ein Rauchwölkchen in Richtung Decke.

Jamie zögerte einen Sekundenbruchteil zu lang mit seiner Antwort, und Tony zog vielsagend-misstrauisch die Augenbrauen hoch. Jamie musste seine Taktik also stehenden Fußes ändern. »Ich hoffe inständig, dass es nicht dazu kommen wird.«

»Und wenn doch?«

Es brachte nichts, sich deswegen zu streiten. Nicht jetzt. Wenn die Zeugen Jehovas an der Tür klingelten, dann bat Tony sie herein und servierte ihnen Tee. Er seufzte. »Mum meint, ich soll jemanden mitbringen.«

»Jemanden?«, fragte Tony. »Reizend.«

»Du willst doch nicht etwa kommen, oder?«

»Warum nicht?«, wollte Tony wissen.

»Ray und seine Ingenieurskollegen, meine Mutter, die ein Riesentamtam um dich machen würde…«

»Ich habe den Eindruck, du hörst mir nicht zu.« Tony nahm Jamies Kinn und drückte es zusammen, so wie die Tanten das bei einem als Kind machten. »Ich will. Mit dir. Auf die Hochzeit deiner Schwester. Gehen.«

Ein Polizeiauto raste mit eingeschalteter Sirene Richtung Straßenende vorbei. Tony hielt Jamie immer noch am Kinn. Jamie sagte: »Wir sprechen später darüber, ja?«

Tony packte stärker zu, zog Jamie zu sich und roch an ihm. »Was hast du gegessen?«

»Ein Nogger.«

»Gott. Die Sache ist dir echt an die Nieren gegangen, was?«

»Ich habe den Rest weggeschmissen«, sagte Jamie.

Tony drückte seine Zigarettenkippe aus. »Geh und hol mir eins. Gott, seit wann hab ich kein Nogger mehr gegessen… Brighton, 1987, würde ich sagen.«

Jamie ging in die Küche, fischte ein Eis aus dem Müll, wusch das Ketchup vom Papier und brachte es ins Wohnzimmer.

Wenn er Glück hatte, würde Katie vor September einen Toaster nach Ray werfen, und es würde keine Hochzeit geben.

13

George verteilte eine ordentliche Portion steroidhaltige Creme auf dem Ekzem, zog seine Arbeitskleidung an und ging nach unten, wo er Jean begegnete, die gerade beladen vom Supermarkt zurückkehrte.

»Wie war's beim Arzt?«

»Gut.«

»Und …?«, fragte Jean.

George fand, dass Lügen einfacher war. »Wahrscheinlich Hitzschlag. Wassermangel. Ohne Hut draußen in der Sonne gearbeitet. Nicht genug Wasser getrunken.«

»Na, das ist ja eine Erleichterung.«

»Und wie«, bekräftigte George.

»Ich habe Jamie angerufen.«

»Und?«

»War nicht da«, antwortete Jean. »Ich habe ihm auf den Anrufbeantworter gesprochen, dass wir ihm noch eine Einladung schicken werden und dass er jemanden mitbringen kann, wenn er will.«

»Na wunderbar.«

Jean zögerte. »Wie fühlst du dich, George?«

»Bestens, bestens.« Er küsste sie und machte sich auf den Weg in den Garten.

Er kratzte den Inhalt des Eimers in den Mini-Container, spritzte den Eimer aus, rührte neuen Mörtel an und fing an zu mauern. Noch ein paar Kurse, und er konnte an die Einzementierung des Türrahmens gehen.

Mit Homosexualität an sich hatte er kein Problem. Männer, die Sex mit Männern hatten. Man könnte sich eventuell vorstellen, wenn man sich unbedingt so etwas vorstellen wollte, dass es Situationen gab, wo so etwas vorkommen könnte, Situationen, in denen es Kerlen verwehrt war, sich normal abzureagieren. Im Militärlager. Auf langen Seereisen. Mit den Einzelheiten mochte man sich lieber nicht beschäftigen, aber man könnte es eventuell als eine Art sportlicher Aktivität betrachten. Mal Dampf ablassen. Überschwang des Augenblicks. Hinterher ein Händedruck und eine heiße Dusche.

Es war die Vorstellung, dass zwei Männer zusammen Möbel kaufen gingen, die ihm zu schaffen machte. Zwei Männer, die sich aneinander kuschelten. Irgendwie wesentlich beunruhigender als Blödeleien auf öffentlichen Toiletten. Es vermittelte ihm das unangenehme Gefühl, dass es im Gefüge der Welt Schwachstellen gab. Wie wenn man einen Mann auf der Straße eine Frau schlagen sah. Oder wenn man sich plötzlich nicht mehr erinnern konnte, wie das eigene Kinderzimmer ausgesehen hatte.

Aber die Welt veränderte sich. Handys. Thai-Restaurants. Man musste flexibel bleiben, sonst verwandelte man sich in ein wütendes Fossil, das sich über jede Tüte auf der Straße aufregte. Außerdem war Jamie ein vernünftiger junger Mann, und wenn er jemanden mitbrachte, dann ganz sicher auch einen sehr vernünftigen jungen Mann.

Wie Ray die Sache sehen würde, stand in den Sternen.

Interessant würde es werden.

Er vermauerte einen weiteren Stein.

»Falls ich mich nicht völlig irre«, hatte Dr. Barghoutian gesagt.

Nur, um auf Nummer sicher zu gehen, natürlich.

14

Jean zog sich aus, während David duschte, und zog den Morgenmantel über, den er für sie hingelegt hatte. Sie ging hinüber zum Erkerfenster und setzte sich auf die Sessellehne.

So fühlte sie sich attraktiv, begehrenswert. Einfach in diesem Zimmer zu sitzen. Die cremeweißen Wände. Das Parkett. Der große Kunstdruck von einem Fisch im Metallrahmen. Es war wie ein Zimmer, das man in einer Zeitschrift sah und das Träume von einem anderen Leben weckte.

Sie sah auf den ovalen Rasen hinaus. Auf der einen Seite drei Büsche in großen Terrakottatöpfen. Drei auf der anderen. Ein Liegestuhl aus Holz.

Liebe zu machen gefiel ihr, aber das hier gefiel ihr auch. Einfach ruhig nachzudenken. Ohne dass der Rest ihres Lebens auf sie einstürmte und sie bedrängte.

Jean sprach nur selten über ihre Eltern, die Leute verstanden so was einfach nicht. Sie und ihre Geschwister waren schon Teenager gewesen, als ihnen endlich dämmerte, dass Tante Mary von nebenan die Freundin ihres Vaters war. Alle stellten sich eine heiße Seifenoper darunter vor. Aber es gab keine Intrigen, keine wüsten Streitereien. Ihr Vater arbeitete vierzig Jahre lang in derselben Bank und bastelte im Keller Vogelhäuschen. Und was ihre Mutter über dieses aparte Arrangement denken mochte, darüber wurde nie gesprochen, auch nach dem Tod von Jeans Vater nicht.

Sie vermutete, dass sie auch zu seinen Lebzeiten nie darüber gesprochen hatte. Der Schein blieb gewahrt. Damit hatte sich die Sache.

Jean schämte sich deswegen. Wie das jeder vernünftige Mensch tun würde. Wenn man nichts sagte, fühlte man sich wie ein Lügner. Wenn man jemandem die Geschichte erzählte, kam man sich wie ein bunter Hund vor.

Kein Wunder, dass die Kinder so schnell in alle Himmelsrichtungen entschwunden waren. Eileen in ihren Glauben. Douglas zu seinen Sattelschleppern. Und Jean zu George.

Sie hatten sich auf Bettys Hochzeit kennen gelernt.

Er hatte etwas Förmliches, fast Soldatisches an sich gehabt. Gut aussehend auf eine Art, wie man sie bei den jungen Männern von heute nicht mehr fand.

Alle hatten sich fürchterlich albern benommen (Bettys Bruder, der, der später bei dem fürchterlichen Fabrikunfall umkam, hatte einen Hut aus einer Serviette gebastelt und unter allgemeinem Gejohle »I've got a lovely bunch of coconuts« gesungen). Jean hatte gemerkt, dass George das alles ganz schön ermüdend fand. Sie wollte ihm sagen, dass sie das alles auch ganz schön ermüdend fand, aber er sah nicht wie jemand aus, den man einfach so aus heiterem Himmel ansprechen konnte.

Zehn Minuten später stand er neben ihr und bot ihr an, ihr noch etwas zu trinken zu holen, und sie machte sich lächerlich, indem sie um eine Limonade bat, um ihm zu zeigen, dass sie nüchtern und zuverlässig war, dann sagte sie Wein, weil sie nicht wie ein Kind wirken wollte, aber änderte sie ihre Meinung noch ein zweites Mal, weil er wirklich sehr attraktiv und sie ziemlich durcheinander war.

In der Woche danach lud er sie ins Restaurant ein, was sie eigentlich nicht wollte. Sie wusste, wie es kommen würde. Er war ehrlich und absolut zuverlässig, und sie würde sich in ihn verlieben; sobald er das über ihre Familie herausfand, würde er in einer Staubwolke entschwinden. Genau wie Roger Hamilton. Wie Pat Lloyd.

Dann erzählte er ihr, wie sein Vater sich sinnlos betrunken hatte und mit dem Gesicht nach unten auf dem Rasen eingeschlafen war. Wie seine Mutter im Bad geweint hatte. Und dass sein Onkel verrückt geworden und in irgendeinem schrecklichen Krankenhaus gelandet war. An diesem Punkt hatte sie einfach sein Gesicht genommen und ihn geküsst, was sie noch nie zuvor bei einem Mann gemacht hatte.

Der Grund war auch nicht, dass er sich im Laufe der Jahre verändert hatte. Er war immer noch aufrichtig. Er war immer noch zuverlässig. Aber die Welt hatte sich verändert. Und sie genauso.

Wenn es irgendeinen Anlass gegeben hatte, dann wahrscheinlich die Französischkassetten (waren sie eigentlich ein Geschenk von Katie gewesen? Sie wusste es nicht mehr). Ein Urlaub in der Dordogne war geplant worden, und sie hatte viel Zeit.

Ein paar Monate später stand sie in einem Lädchen in Bergerac und kaufte Brot und Käse und leckere Spinatküchlein, und die Verkäuferin entschuldigte sich für das Wetter, und Jean fing allen Ernstes ein Gespräch mit ihr an, während George gegenüber auf der Bank saß und seine Mückenstiche zählte. Damals passierte sonst nichts weiter, aber als sie nach Hause kamen, kam ihr alles ein bisschen kalt, ein bisschen klein, ein bisschen sehr englisch vor.

Durch die Wand hörte sie das schwache Sauggeräusch der aufgehenden Duschtür.

Dass es ausgerechnet David sein würde, erstaunte sie heute noch. Sie hatte einmal Spaghetti Bolognese für ihn gekocht. Sie hatte ein wenig über den neuen Wintergarten mit ihm geplaudert. Er trug Leinenjacketts und pfirsichfarbene oder himmelblaue Rollkragenpullis und rauchte Zigarillos. Er hatte drei Jahre lang in Stockholm gelebt, und als er und Mina sich im Guten trennten, steigerte das nur noch den Eindruck, dass er ein wenig zu modern für Peterborough war.

Er ging in den Vorruhestand, George verlor den Kontakt zu ihm und sie dachte nicht mehr an ihn, bis sie eines Tages bei Ottakar's von ihrer Kasse aufsah und ihn mit einem Exemplar von *Kochen mit Jamie Oliver. Von Anfang an genial* und einer Dose Minnie-Maus-Bleistiften vor sich stehen sah.

Sie tranken gegenüber einen Kaffee, und als sie ihm davon erzählte, dass sie mit Ursula nach Paris fahren würde, machte er sich nicht über sie lustig wie Bob Green. Und fragte sie auch nicht, wie zwei Damen mittleren Alters ein langes Wochenende in einer fremden Großstadt überleben würden, ohne überfallen oder erwürgt oder an Menschenhändler verkauft zu werden, wie George das getan hatte.

Es war auch nicht so, dass sie sich körperlich von ihm angezogen fühlte (er war kleiner als sie, und an seinen Manschetten hatte eine Menge schwarzer Haare herausgeguckt). Aber sie kannte keine Männer über fünfzig, die immer noch Interesse an der Welt um sich herum hatten, an neuen Menschen, neuen Büchern, neuen Ländern.

Es war, als würde man sich mit einer Freundin unterhalten. Außer dass er ein Mann war. Und sie sich erst seit fünfzehn Minuten kannten. Was sehr verstörend war.

In der Woche danach standen sie auf einer Fußgängerbrücke über der Schnellstraße, und dieses Gefühl stieg in ihr auf. Das sie manchmal am Meer hatte. Ablegende Schiffe, über den Wellen streitende Möwen, die klagenden Nebelhörner. Der Gedanke, dass man aufs weite Meer hinaussegeln und irgendwo anders neu anfangen könnte.

Er nahm ihre Hand und hielt sie fest, und sie war enttäuscht. Sie hatte einen Seelenfreund gefunden, und er würde alles mit einem plumpen Annäherungsversuch kaputt machen. Aber er drückte ihre Hand nur, ließ sie los und sagte: »Gehen wir. Du kommst zu spät nach Hause.« Und sie hätte am liebsten wieder nach seiner Hand gegriffen.

Später bekam sie Angst. Vor dem Jasagen. Vor dem Neinsagen. Ja zu sagen und dann erst zu merken, dass sie Nein hätte sagen sollen. Nein zu sagen und dann erst zu merken, dass sie Ja hätte sagen sollen. Davor, nackt vor einem fremden Mann zu stehen, wenn ihr Körper sie manchmal zum Weinen brachte.

Also erzählte sie es George. Dass sie David im Laden getroffen hatte, und vom Kaffee gegenüber. Aber nicht von den Händen und der Fußgängerbrücke. Sie wollte, dass er ärgerlich wurde. Sie wollte, dass er ihr Leben wieder einfach machte. Aber das tat er nicht. Sie ließ Davids Namen noch ein paar Mal in die Konversation einfließen und bekam keine Reaktion. Georges mangelnde Beunruhigung kam ihr allmählich richtiggehend wie eine Aufforderung vor.

David hatte schon andere Affären gehabt. Das wusste sie. Sogar bevor er es aussprach. Die Art, wie er bei jenem ersten Mal ihren Nacken mit der offenen Hand umfasst hatte. Sie war erleichtert. Sie wollte so etwas nicht mit jemandem tun, mit dem sie sich in unerforschte Gefilde begab, insbesondere nicht nach Glorias Horrorstory, wie sie eines Morgens den Mann aus Derby vor ihrem Haus aufgepflanzt gefunden hatte.

Und Jean hatte recht. Er war wirklich sehr haarig. Beinahe wie ein Affe. Was es irgendwie besser machte. Weil dadurch klar wurde, dass es im Grunde nicht um Sex ging. Auch wenn sie sich im Laufe der letzten Monate richtig an das seidige Gefühl unter ihren Fingern gewöhnt hatte, wenn sie ihm den Rücken streichelte.

Die Badezimmertür ging auf, und sie schloss die Augen. David kam näher und legte die Arme um sie. Sie konnte Kernseife und saubere Haut riechen. Sie spürte seinen Atem hinten an ihrem Hals.

Er sagte: »Wie mir scheint, hat sich eine schöne Frau in mein Schlafzimmer verirrt.«

Sie lachte über diese Kinderei. Sie war alles andere als eine schöne Frau. Aber dieses Spiel tat gut. Es war fast besser, als wenn es wahr wäre. Als wäre man wieder ein Kind. Einem anderen Menschen so nahe zu sein. Auf Bäume klettern und Badewannenwasser trinken. Zu wissen, wie sich alles anfühlte und schmeckte.

Er drehte sie zu sich herum und küsste sie.

Er wollte, dass sie sich gut fühlte. Sie konnte sich nicht mehr erinnern, wann das jemand zuletzt bei ihr getan hatte.

Er zog die Vorhänge zu und führte sie hinüber zum Bett und legte sie hin und küsste sie wieder und schob ihr den Morgenmantel von den Schultern, und sie schmolz in das Dunkel hinter ihren Augenlidern, so wie Butter in einer heißen Pfanne schmolz, so wie man nachts direkt nach dem Aufwachen wieder eindöste, sich einfach davontragen ließ.

Sie legte ihm die Hände um den Nacken und spürte die Muskeln unter der Haut und die winzigen Stoppeln, wo der Friseur die Haare ausrasiert hatte. Und seine Hände bewegten sich langsam an ihrem Körper nach unten, und sie sah ihnen beiden von der anderen Seite des Zimmers aus zu, wie sie etwas taten, was man sonst nur schöne Menschen in Filmen tun sah. Und vielleicht glaubte sie es jetzt wirklich: dass sie schön war, dass sie beide schön waren.

Ihr Körper fühlte sich an, als ob er unter der Bewegung seiner Finger vor und zurück schwankte, eine riesige Schaukel, auf der sie mit jedem Schwung höher kam und schneller wurde, so dass sie ganz oben schwerelos war, so hoch oben, dass sie den Vergnügungspark und die Dampfer in der Bucht und die grünen Hügel am anderen Ufer sehen konnte.

Er sagte: »Gott, ich liebe dich«, und sie liebte ihn ebenfalls, weil er das mit ihr machte, weil er einen Teil von ihr verstand, von dessen Existenz sie nichts geahnt hatte. Aber sie konnte es nicht aussprechen. Nicht jetzt. Sie konnte gar nicht sprechen. Sie drückte nur seine Schulter, was heißen sollte: *Mach weiter*.

Sie umfasste seinen Schwanz und bewegte ihre Hand hin und her, und es kam ihr nicht mehr merkwürdig vor, nicht mal wie ein Teil seines Körpers, sondern eher des ihren, und die Empfindungen flossen in einem ununterbrochenen Kreislauf durch sie hindurch. Und jetzt hörte sie sich auch hecheln wie einen Hund, aber auch das machte ihr nichts aus.

Und sie merkte, dass es so weit kommen würde, und sie hörte sich selbst »Ja, ja, ja« sagen, und sogar der Klang ihrer eigenen Stimme durchbrach die Verzauberung nicht. Und es überströmte sie wie eine Welle, die auf den Sand schwappt, zurückfließt, wieder hinauf auf den Sand schwappt und wieder zurückfließt.

Bilder explodierten in ihrem Kopf wie Feuerwerk. Kokosnussgeruch. Kaminböcke aus Messing. Die gestärkte Nackenrolle im Bett ihrer Eltern. Ein heißer Kegel aus abgemähtem Gras. Sie zerbrach in tausend kleine Stückchen, wie Schnee, oder wie die Funken eines Lagerfeuers, die hoch in die Luft flogen, dann ganz allmählich wieder zu Boden trudelten, so langsam, dass man kaum sehen konnte, wie sie fielen.

Sie hielt ihn am Handgelenk fest, damit er die Hand nicht mehr bewegte, und lag mit geschlossenen Augen da, schwindlig und atemlos.

Sie weinte.

Es war, als würde man seinen Körper nach fünfzig Jahren wiederfinden und merken, was für ein guter alter Freund er war, und verstände plötzlich, warum man sich die ganze Zeit über so einsam gefühlt hatte.

Sie öffnete die Augen. David blickte auf sie hinunter, und sie wusste, dass sie nichts zu erklären brauchte.

Er wartete ein paar Minuten. »Und jetzt«, sagte er, »bin ich, glaube ich, dran.«

Er ging auf die Knie und rutschte zwischen ihre Beine. Er spreizte sie sanft mit den Fingern und schob sich in sie hinein. Und dieses Mal sah sie ihm dabei zu, wie er nach vorn auf seine Arme rollte, bis sie ganz voll mit ihm war.

Manchmal genoss sie es, dass er das mit ihr machte. Manchmal genoss sie es, dass sie es mit ihm machte. Heute schien es diesen Unterschied nicht mehr zu geben.

Er begann sich schneller zu bewegen, und seine Augen wurden immer schmaler vor Lust und schlossen sich schließlich ganz. Also schloss sie auch die Augen und klammerte sich an seinen Armen fest und ließ sich vor und zurück schaukeln, bis er schließlich einen Höhepunkt erreichte und sich in ihr hielt und bebte wie ein Tier. Und als er die Augen öffnete, atmete er schwer und lächelte.

Sie lächelte zurück.

Katie hatte recht. Man verbrachte sein Leben damit, alles für andere Leute zu geben, nur damit die dann allmählich verschwanden, in die Schule, aufs College, ins Büro, nach Hornsey, nach Ealing. So wenig von der Liebe kam zurück.

Sie hatte das hier verdient. Sie hatte es verdient, sich wie jemand in einem Film zu fühlen.

Vorsichtig ließ er sich neben ihr nieder und zog ihren Kopf auf seine Schulter, so dass sie die kleinen Schweißperlchen sehen konnte, die in der Mitte seiner Brust standen, und sein Herz schlagen hörte.

Sie schloss wieder die Augen und konnte in der Dunkelheit spüren, wie die ganze Welt sich drehte.

15

»Herr, lehre mich doch, dass es ein Ende mit mir haben muss und mein Leben ein Ziel hat und ich davon muss.«

Bob lag in einem schwarz glänzenden Sarg, der aus diesem Blickwinkel wie ein Klavier aussah, unterhalb der Altarstufen.

»Sie gehen daher wie ein Schatten und machen sich viel vergebliche Unruhe.«

Es gab Anlässe, bei denen George diese Leute beneidete (die achtundvierzig Stunden zwischen dem Anprobieren der Hose bei Alders und dem Besuch bei Dr. Barghoutian waren so ein Anlass gewesen). Nicht diese Leute konkret, sondern ganz allgemein die regelmäßigen Kirchgänger, die, die beim Weihnachtsliedersingen vorne standen.

Aber entweder hatte man einen Glauben, oder man hatte keinen. Keine Rückerstattung, kein Umtausch. So wie damals, als sein Vater ihm erklärte, wie Zauberer die Damen entzweisägten. Man konnte dieses Wissen nicht zurückgeben, so sehr man das auch wollte.

Er blickte um sich und betrachtete die Buntglaslämmer und das lebensgroße Abbild des gekreuzigten Christus, und er dachte, wie lächerlich das alles war, diese Wüstenreligion, die mit Sack und Pack in die englischen Grafschaften verpflanzt worden war. Bankmanager und Turnlehrerinnen, die sich Geschichten über Zithern und Plagen und Gerstenfladen anhörten, als sei das die natürlichste Sache der Welt.

»Lass ab von mir, dass ich mich erquicke, ehe ich dahinfahre und nicht mehr bin.«

Der Vikar begab sich hinauf auf die Kanzel und hielt seine Trauerpredigt. »Ein Mann der Geschäftswelt, des Sportes, der Familie. Hart arbeiten und die Freizeit umso intensiver genießen. Das war sein Motto.« Offensichtlich wusste er nicht das Geringste über Bob.

Andererseits konnte man wahrscheinlich kaum erwarten, dass sie das volle Programm brachten, wenn man zu Lebzeiten nie einen Fuß in die Kirche gesetzt hatte. Und die Wahrheit wollte ja auch keiner hören (»Er war ein Mann, der keine Frau mit großen Brüsten sehen konnte, ohne eine kindische Bemerkung zum Besten zu geben. In späteren Jahren hatte er Mundgeruch.«).

»Robert und Susan wären im September vierzig Jahre verheiratet gewesen. Sie hatten einander bereits kennen und lieben gelernt, als die beiden Schüler auf der St. Botolph-Oberschule waren…«

George fiel sein dreißigster Hochzeitstag ein. Bob war über den Rasen auf ihn zugewankt gekommen, hatte ihm betrunken eine Hand auf die Schulter gehauen und gesagt: »Das Lustige ist doch: Wenn du sie umgebracht hättest, wärst du jetzt schon wieder auf freiem Fuß.«

»Siehe, ich sage euch ein Geheimnis: Wir werden nicht alle entschlafen, wir werden aber alle verwandelt werden; und das plötzlich, in einem Augenblick ...«

Die Predigt war zu Ende, und Bob wurde aus der Kirche getragen. George und Jean bewegten sich mit dem Rest der Trauergemeinde dem Ausgang zu und gruppierten sich im diesigen, gewehrgrauen Licht, das nach einem Unwetter noch vor dem Tee aussah, um das Grab. Susan stand auf der anderen Seite des Loches und sah aufgedunsen und gebrochen aus, ihre beiden Söhne rechts und links von ihr. Jack hatte den Arm um seine Mutter gelegt, war aber nicht groß genug, als dass die Geste überzeugend gewirkt hätte. Ben sah merkwürdig gelangweilt aus.

»Der Mensch, von der Frau geboren, lebt kurze Zeit und ist mit Unruhe gesättigt.«

Bob wurde an vier stabilen Juteseilen in die Erde hinabgelassen. Susan, Jack und Ben warfen eine weiße Rose auf den Sarg, und die andächtige Stille wurde durch einen Schwachkopf gestört, der mit aufgedrehtem Autoradio am Friedhof vorbeifuhr.

»... den Herrn Jesus Christus, der unseren nichtigen Leib verwandeln wird, dass er seinem verherrlichten Leibe gleich wird ...«

Er betrachtete die Totengräber, die den Sarg hinabließen, und merkte, dass er noch nie einen mit Bart gesehen hatte. Er fragte sich, ob es da Vorschriften geben mochte wie bei den Piloten, damit sich die Sauerstoffmasken luftdicht anschmiegten. Hatte vielleicht was mit Hygiene zu tun.

Und wenn deren Zeit kam? Ob sie durch die Arbeit mit den vielen Leichen kaltblütig geworden waren? Natürlich sahen sie die Leute nur hinterher. Eine Leiche zu werden, das war das Schwierige. Tims Schwester hatte fünfzehn Jahre lang in einem Pflegeheim gearbeitet und sich dann trotzdem bei laufendem Motor zum Schlafen in die Garage gelegt, als die Wucherung in ihrem Hirn gefunden wurde.

Der Vikar forderte sie auf, das Vaterunser zusammen zu sprechen. George sagte die Abschnitte laut, denen er zustimmte (»Unser tägliches Brot gib uns heute … und führe uns nicht in Versuchung«), und murmelte etwas bei allem, in dem es um Gott ging.

»Die Gnade unseres Herrn Jesus Christus und die Liebe Gottes und die Gemeinschaft des Heiligen Geistes seien mit uns. Amen … Und jetzt, meine Damen und Herren –« ein munterer Jugendgruppenführertonfall trat in die Stimme des Vikars – »möchte ich Sie im Namen von Susan und den anderen Mitgliedern der Familie Green einladen, sich zu einem Imbiss in der Gemeindehalle zu versammeln, die sich auf der anderen Straßenseite direkt neben dem Parkplatz befindet.«

Jean schüttelte sich theatralisch. »Wie ich diese Ereignisse hasse.«

Sie bewegten sich mit der Flut dunkel gewandeter Menschen, die jetzt leise miteinander sprachen, über den geschwungenen Kiesweg durch das überdachte Friedhofstor und hinaus auf die Straße.

Jean berührte ihn am Ellbogen und sagte: »Ich bin gleich wieder da.«

Er drehte sich um, weil er sie fragen wollte, wo sie hinging, aber sie strebte schon wieder der Kapelle zu.

Er drehte sich zurück und sah David Symmonds, der lächelnd mit ausgestreckter Hand auf ihn zukam.

»George.«

»David.«

David hatte die Firma Shepherds vor vier oder fünf Jahren verlassen. Jean war ihm ein paar Mal über den Weg gelaufen, aber George hatte ihn kaum gesehen. Nicht, weil er ihn nicht leiden konnte. Wenn alle im Betrieb so wie David gewesen wären, dann wäre der Laden wesentlich besser gelaufen. Kein Platzhirschgehabe. Kein Gewäsch über andere. Intelligent war er auch. Hinter dem ganzen Tamtam mit der nachhaltigen Forstwirtschaft, mit dem sie Cornwall und Essex bekommen hatten, steckte 'ne Menge Grips.

Er wirkte immer ein bisschen zu schick. Das traf es wahrscheinlich am besten. Teures Rasierwasser. Opernkassetten beim Autofahren.

Als er bekannt gab, dass er in den Vorruhestand treten wollte, gingen alle auf Distanz. Das kranke Tier in der Herde. Alle fühlten sich ein bisschen auf den Schlips getreten. Als ob er es quasi als Hobby betrieben hätte, diese Sache, der sie ihr Leben geopfert hatten. Auch keine überzeugenden Pläne. Fotografieren. Ferien in Frankreich. Segelflugabzeichen Gold C.

Jetzt, da George denselben Weg beschritten hatte, sah die Sache schon wesentlich anders aus, und wenn er daran dachte, dass John McLintock gesagt hatte, David sei nie wirklich »einer von uns« gewesen, dann hörte er jetzt den Neid heraus.

»Schön, dich zu sehen.« David drückte George die Hand. »Auch wenn die Umstände erfreulicher sein könnten.«

»Susan sah ganz schön mitgenommen aus.«

»Ach, ich glaube, Susan wird das schon schaffen.«

Heute trug David zum Beispiel einen schwarzen Anzug und einen grauen Rollkragenpullover. Andere Leute mochten das vielleicht pietätlos finden, aber George verstand jetzt, dass es einfach ein bisschen anders war. Eine Art, es nicht genau wie alle anderen zu machen.

»Und, viel zu tun?«, fragte George.

David lachte. »Ich dachte, man geht in Rente, damit man nicht mehr ständig was zu tun hat.«

George lachte. »Ja, da hast du wahrscheinlich recht.«

»Na, dann müssen wir wohl mal unsere Pflicht tun.« David wandte sich dem Eingang der Gemeindehalle zu.

George hatte nur selten das Bedürfnis, ein Gespräch in die Länge zu ziehen, aber David saß im selben Boot wie er, dachte er, und es war gut, sich mit jemandem zu unterhalten, der im selben Boot saß. Auf jeden Fall besser als Würstchen aus der Hand zu essen und über den Tod zu reden.

»Hast du schon die hundert besten Romane der Weltliteratur geschafft?«

»Du hast ein beängstigend gutes Gedächtnis.« David lachte wieder. »Bei Proust habe ich aufgegeben, zu schwere Kost. Bin jetzt stattdessen bei Dickens. Sieben hab ich schon, fehlen nur noch acht.«

George erzählte vom Atelier.

David erzählte von seinem Wanderurlaub in den Pyrenäen (»Dreitausend Meter über dem Meeresspiegel, und alles ist voller Schmetterlinge.«) Sie gratulierten sich gegenseitig dazu, Shepherds verlassen zu haben, bevor Jim Bowman die Wartung an ein Subunternehmen vergab und das Mädchen aus Stevenage den Fuß verlor.

»Na komm«, sagte David und schob George auf die Doppeltür zu. »Wir kriegen noch Ärger, wenn jemand mitkriegt, dass wir uns hier draußen amüsieren.«

Auf dem Kies waren Schritte zu hören; George drehte sich um und sah Jean näher kommen.

»Hatte meine Handtasche vergessen.«

»Ich habe David getroffen«, sagte George.

Jean wirkte ein wenig nervös. »David. Hallo.«

»Jean«, sagte David und streckte ihr die Hand entgegen. »Schön, dich zu sehen.«

»Ich dachte gerade«, sagte George, »dass es doch nett wäre, David mal zum Essen einzuladen.«

Jean und David wirkten ein wenig überrascht, und ihm wurde klar, dass es bei einem solch traurigen Anlass vielleicht unangemessen war, in die Hände zu klatschen und das Thema so aufgekratzt anzusprechen.

»Ach«, antwortete David, »Jean soll sich nicht meinetwegen am heißen Herd abrackern.«

»Jean wäre bestimmt froh, wenn sie mal jemand anderen als mich zur Gesellschaft hätte.« George steckte die Hände in die Hosentaschen. »Und wenn du bereit wärst, dein Leben aufs Spiel zu setzen, dann kann ich auch selbst einen ganz passablen Risotto zustande bringen.«

»Tja ...«

»Wie wär's mit dem übernächsten Wochenende? Samstagabend?«

Jean warf George einen Blick zu, bei dem ihm kurz der Gedanke kam, dass er in seiner Begeisterung vielleicht irgendeine wichtige Tatsache bezüglich David übersehen hatte, dass er zum Beispiel Vegetarier war oder beim letzten Mal auf der Toilette nicht runtergespült hatte.

Aber sie atmete tief ein und lächelte und sagte: »Schön.«

»Ich glaube nicht, dass ich an dem Samstag kann«, sagte David. »Das ist eine nette Idee ...«

»Dann am Sonntag«, sagte George.

David spitzte die Lippen und nickte. »Dann sehen wir uns an dem Sonntag.«

»Gut. Ich freue mich darauf.« George hielt die Türen auf. »Dann wollen wir uns mal unters Volk mischen.«

16

Katie brachte Jacob zu Max, wo die beiden in Junes Küche Schwertkämpfe mit Kochlöffeln ausfochten.

Dann fuhr sie mit Ray zusammen in die Stadt und stand eine kleine Meinungsverschiedenheit in der Druckerei durch. Ray fand, dass die Anzahl der Goldschnörkel auf einer Einladung ein Maß dafür waren, wie sehr man jemanden liebte, was merkwürdig für einen Mann war, der glaubte, bunte Strümpfe seien nur etwas für Mädchen. Wohingegen die von Katie bevorzugten Druckvorlagen offensichtlich wie Einladungen zu einem Buchführungsseminar wirkten.

Ray hielt seine Lieblingsvorlage hoch, und Katie sagte, dass es wie die Einladung zur Coming-out-Party von Prinz Eisenherz aussehe. An diesem Punkt sagte der Mann hinter dem Tresen: »Ich will ja nichts sagen, aber ich möchte nicht dabei sein, wenn Sie das Menü aussuchen.«

Beim Juwelier ging es glatter. Ray gefiel die Idee, dass sie beide dengleichen Ring haben würden, und es war von vornherein ausgeschlossen, dass er etwas anderes als einen schlichten Goldring tragen würde. Der Juwelier fragte, ob sie Gravuren wollten, woraufhin Katie erst einmal nichts einfiel. Hatten Eheringe Gravuren? »Meistens auf der Innenseite«, sagte der Mann. »Das Datum der Hochzeit. Oder vielleicht ein Kosename.« Er war offensichtlich ein Typ, der seine Unterhosen bügelte.

»Oder die Anschrift«, sagte Katie. »Wie bei einem Hund.«

Ray lachte, weil es dem Verkäufer unangenehm zu sein schien und Ray Typen nicht leiden konnte, die ihre Unterhosen bügelten. »Wir nehmen zwei von der Sorte.«

Sie aßen in Covent Garden zu Mittag und stellten, während sie Pizza aßen, eine Gästeliste auf.

Die von Ray war kurz. Freunde spielten für ihn keine besonders große Rolle. Er unterhielt sich im Bus mit Fremden und würde mit so ziemlich jedem ein Bier trinken gehen. Aber er hängte sich nie langfristig an irgendwelche Leute. Als er und Diana sich trennten, zog er aus, verabschiedete sich von den gemeinsamen Freunden und bewarb sich in London um eine neue Stelle. Seinen Trauzeugen hatte er vor drei Jahren zum letzten Mal gesehen. Schien ein alter Freund aus Rugbyzeiten zu sein, was nicht besonders Vertrauen erweckend auf Katie wirkte.

»Auf der M5 sind wir mal von der Polizei angehalten worden«, sagte Ray. »Mit ausgebreiteten Armen auf einem Volvo-Dachgepäckträger.«

»Mit ausgebreiteten Armen?«

»Mach dir nichts draus«, sagte Ray. »Er ist jetzt Zahnarzt.« Was auf andere Art und Weise beunruhigend war.

Ihre Liste war komplizierter, weil sie viel zu viele Freunde hatte, die alle ein nicht zu leugnendes Recht auf eine Einladung besaßen (Mona war bei Jacobs Geburt dabei gewesen; Sandra hatte sie einen Monat bei sich aufgenommen, nachdem Graham sich verpisst hatte; Jenny hatte Multiple Sklerose, was hieß, dass man sich beschissen fühlte, wenn man sie nicht mit einlud, auch wenn sie in Wirklichkeit fürchterlich anstrengend war ...). Wenn man die alle unterbringen wollte, bräuchte man einen Flugzeughangar, und bei jedem Namen, den sie dazuschrieb oder ausstrich, stellte sie sich vor, wie die Hexen die Köpfe zusammensteckten und tuschelten.

»Schieß einfach ein bisschen übers Ziel hinaus«, meinte Ray, »genau wie die Fluggesellschaften. Geh davon aus, dass fünfzehn Prozent nicht auftauchen werden. Halt ein paar Plätze zurück.«

»Fünfzehn Prozent?«, fragte Katie. »Ist das die Standardnichterscheinensrate bei Hochzeiten oder was?«

»Nein«, antwortete Ray. »Ich tue nur gerne so, als wüsste ich, wovon ich rede.«

Sie kniff ihm in ein Speckröllchen über dem Gürtel. »Wenigstens hast du jetzt jemanden in deinem Leben, der weiß, wann du Blödsinn redest.«

Ray stibitzte sich eine Olive von ihrer Pizza. »Das soll ein Kompliment sein, oder?«

Sie unterhielten sich über Junggesellen- und Junggesellinnenabende. Er war beim letzten Mal nackt in den Leeds and Liverpool Canal geworfen worden, sie war von einem Feuerwehrmann in essbarer Unterwäsche angegrapscht worden, und beide hatten sich auf der Toilette eines indischen Restaurants übergeben. Sie beschlossen, zu einem Dinner bei Kerzenlicht auszugehen. Nur sie beide.

Es wurde langsam spät, und die Trauzeugen sollten um acht zum Abendessen erscheinen. Also machten sie sich auf den Heimweg und holten unterwegs Jacob ab. Er hatte eine Schramme auf der Stirn, wo Max ihm mit der Knoblauchpresse draufgehauen hatte. Dafür hatte Jacob das Tarantula-T-Shirt von Max zerrissen. Sie schienen immer noch Freunde zu sein, weswegen Katie beschloss, lieber nicht weiter nachzubohren.

Wieder daheim, legte sie die Hühnerbrüste in eine Auflaufform und goss die Soße darüber und fragte sich, ob Sarah wirklich eine gute Wahl gewesen war. Wenn man ganz brutal ehrlich sein wollte, dann hatte sie Sarah ausgesucht, weil sie Ray eins auswischen wollte. Eine Anwältin mit einer Riesenklappe, die jeden Rugbyspieler das Fürchten lehren würde.

Der Verdacht machte sich in Katie breit, dass jemandem eins auswischen zu wollen vielleicht nicht das beste Motiv bei der Auswahl einer Trauzeugin war.

Doch als Ed dann kam, wirkte er eigentlich nur nervös. Ein massiger Mann mit roten Bäckchen, der eher nach Bauer als nach Zahnarzt aussah. Seit dem Teamfoto in Rays Arbeitszimmer war er fülliger geworden, und man konnte sich nur schwer vorstellen, dass er es auf das Dach eines stehenden Volvos hinauf schaffen würde, ganz zu schweigen von dem eines fahrenden.

Zu Jacob hatte er gar keinen Draht, wodurch Katie sich ziemlich überlegen fühlte. Dann erzählte er, dass seine Frau gerade vier Zyklen einer In-vitro-Befruchtung durchgemacht habe. Weswegen Katie sich richtig mies vorkam.

Als Sarah auftauchte, rieb sie sich die Hände und sagte: »Na wunderbar. Das ist also meine Konkurrenz«, und Katie trank erst einmal ein Glas Wein mit einem Zug leer, rein vorsorglich.

Das mit dem Wein war eine gute Idee.

Ed war charmant und ziemlich altmodisch. Wodurch er sich bei Sarah nicht gerade beliebt machte. Sie erzählte ihm von dem Zahnarzt, der ihr Zahnfleisch an dem Gummihandschuh der Helferin festgenäht hatte. Er erzählte ihr von dem Anwalt, der den Hund seiner Tante vergiftet hatte. Das Huhn schmeckte nicht. Ed und Sarah stritten sich über Zigeuner. Ob man sie zusammentreiben und in Lager stecken sollte. Sarah wollte Ed in ein Lager stecken. Ed, der eigene Meinungen bei Frauen eher bloß dekorativ fand, verkündete, dass Sarah ein heißer Feger sei.

Ray versuchte, das Gespräch in sicherere Bahnen zu lenken, indem er Erinnerungen an ihre Rugbyzeiten ausgrub, und die beiden fingen mit einer Serie scheinbar wahnsinnig komischer Geschichten an, in denen es ausnahmslos darum ging, wie sie sehr viel Alkohol zu sich genommen, Vandalismus in kleinerem Umfang verübt und jemandem die Hosen heruntergezogen hatten.

Katie trank noch zwei Gläser Wein.

Ed verkündete, dass er seine Rede mit den Sätzen einleiten würde: »Meine Damen und Herren, diese Aufgabe ist ungefähr so, wie wenn man gefragt wird, ob man mit der Queen schlafen möchte. Unzweifelhaft eine große Ehre, aber auch eine Pflicht, deren Erfüllung man nicht nur freudig entgegenblickt.«

Ray fand das fürchterlich komisch. Katie fragte sich, ob sie nicht jemand anderen heiraten sollte, und Sarah, der es völlig gegen den Strich ging, wenn Männer sich in den Mittelpunkt drängten, gab zum Besten, dass sie bei Kathrinas Hochzeit derartig besoffen gewesen sei, dass sie in der Halle eines Hotels in Derby eingeschlafen sei und sich in die Hose gemacht hätte.

Eine Stunde später lagen Katie und Ray nebeneinander im Bett und betrachteten die sich langsam drehende Decke, während sie Ed zuhörten, wie er nebenan unbeholfen mit dem Klappsofa kämpfte.

Ray nahm ihre Hand. »Tut mir leid.«

»Was denn?«

»Das eben.«

»Ich dachte, du hättest dich amüsiert«, erwiderte Katie.

»Hab ich auch. Ein bisschen zumindest.«

Eine Zeit lang sagte keiner von beiden etwas.

»Ich glaube, er war ein bisschen nervös«, sagte Ray. »Ich glaube, wir waren alle ein bisschen nervös. Außer Sarah natürlich. Die sieht nicht aus, als ob sie jemals nervös werden würde.«

Nebenan ertönte ein kurzes Jaulen, als Ed einen Teil seiner Anatomie in dem Klappmechanismus einklemmte.

»Ich werde ein Wörtchen mit Ed wechseln«, sagte Ray. »Über die Rede.«

»Und ich rede mit Sarah«, sagte Katie.

17

Am Samstagmorgen kam es zum großen Knall.

Tony wachte früh auf und ging in die Küche, um das Frühstück vorzubereiten. Als Jamie zwanzig Minuten später nach unten geschlendert kam, saß Tony am Esstisch und strahlte miese Stimmung aus.

Jamie hatte ganz offensichtlich etwas falsch gemacht. »Was gibt's?«

Tony kaute auf der Innenseite seiner Backe herum und trommelte mit einem Teelöffel auf den Tisch. »Diese Hochzeit«, sagte Tony.

»Na komm«, sagte Jamie. »Eigentlich will ich da auch nicht hin.« Er warf einen Blick auf die Uhr. Tony musste in zwanzig Minuten los. Jamie merkte, dass er im Bett hätte bleiben sollen.

»Aber hingehen wirst du trotzdem«, sagte Tony.

»Ich habe doch gar keine Wahl.«

»Und warum willst du dann nicht, dass ich mitkomme?«

»Weil es richtig Scheiße für dich sein wird«, antwortete Jamie, »und für mich wird es auch richtig Scheiße sein. Und wenn es für mich Scheiße ist, dann ist das egal, weil es nun halt mal meine Familie ist. Und deswegen muss ich hin und die Zähne zusammenbeißen und akzeptieren, dass es Scheiße für mich ist, weil es dem großen Ganzen dient. Aber ich möchte lieber nicht zusätzlich zu dem ganzen Mist auch noch dafür verantwortlich sein, dass es dir Scheiße geht.«

»Es ist nur eine verdammte Hochzeit«, sagte Tony. »Es ist keine Atlantiküberquerung auf dem Segelboot. Wie Scheiße kann das schon sein?«

»Es ist nicht nur eine verdammte Hochzeit«, sagte Jamie. »Es geht hier um meine Schwester, die den Falschen heiratet. Zum zweiten Mal übrigens. Außer dass wir es dieses Mal schon vorher wissen. Das ist ja wohl kaum ein Grund zum Feiern.«

»Es ist mir scheißegal, wen sie heiratet«, sagte Tony.

»Mir aber nicht«, sagte Jamie.

»Es geht doch gar nicht darum, wen sie heiratet«, sagte Tony.

Jamie nannte Tony ein gefühlloses Arschloch. Tony nannte Jamie ein mieses egoistisches Schwein. Jamie weigerte sich, weiter über die Sache zu reden. Tony stürmte hinaus.

Jamie rauchte drei Zigaretten, briet sich zwei Arme Ritter und merkte, dass er sowieso nichts Konstruktives zustande bringen würde. Da konnte er genauso gut raus nach Peterborough fahren und sich die Sache mit der Hochzeit aus erster Hand von Mum und Dad anhören.

18

George setzte die Fensterrahmen ein. Auf beiden Seiten waren sechs Lagen Ziegel über dem Fensterbrett. Genug Steine, damit die Fenster festsaßen. Er verteilte den Mörtel und schob das erste in die Öffnung.

In Wahrheit ging es nicht nur ums Fliegen. Urlaub an sich stand nicht wesentlich weiter oben auf der Liste von Georges Lieblingsbeschäftigungen. Amphitheater besichtigen, den Pembrokeshire-Küstenpfad ablaufen, Skilaufen lernen. Solche Dinge konnte er vernunftmäßig verstehen. Die fürchterlichen vierzehn Tage in Sizilien wurden durch die Mosaiken auf der Piazza Armerina fast wieder wettgemacht. Was er einfach nicht begreifen konnte, war, warum man sich in ein fremdes Land verfrachtete, nur um da am Pool herumzuhängen und langweiliges Essen und billigen Wein vorgesetzt zu bekommen, die angeblich durch die Aussicht auf einen Brunnen und einen Kellner mit schlechtem Englisch etwas ganz Tolles wurden.

Im Mittelalter hatten sie gewusst, wie man das anpackt. Heilige Feiertage. Pilgerfahrten. Canterbury und Santiago de Compostela. Dreißig mühsame Kilometer am Tag, einfache Herbergen und ein Ziel.

Norwegen wäre vielleicht noch in Ordnung gewesen. Berge, baumlose Weite, zerklüftete Küsten. Aber es musste ja Rhodos oder Korsika sein. Und das auch noch im Sommer, so dass die sommersprossigen Engländer unter dem Vordach sitzen und die *Sunday Times* von letzter Woche lesen mussten, während ihnen der Schweiß den Rücken herunterlief.

Wenn er jetzt so darüber nachdachte, fiel ihm ein, dass er beim Besuch der Piazza Armerina unter Überhitzung gelitten hatte und er sich eigentlich nur deshalb an die Mosaiken erinnern konnte, weil er einen Stapel Postkarten gekauft hatte, bevor er sich mit einer Flasche Wasser und einer Packung Nurofen ins Auto zurückgezogen hatte.

Das menschliche Gehirn war nicht für Sonnenbäder und Unterhaltungsromane gemacht. Jedenfalls nicht mehrere Tage lang. Das menschliche Gehirn war für die Herstellung von Dingen geschaffen. Speere machen, Antilopen jagen …

Die Dordogne 1984 war der absolute Tiefpunkt gewesen. Durchfall, Motten wie fliegende Hamster, die sengende Hitze. Morgens um drei Uhr auf einer durchgeschwitzten, klumpigen Matratze aufwachen. Dann das Gewitter. Als ob jemand auf Riesenbleche einhämmern würde. Blitze, die so hell waren, dass man sie sogar durch das Kissen hindurch sah. Am Morgen dann sechzig, siebzig tote Frösche, die sich langsam im Pool drehten. Am hinteren Ende trieb etwas Größeres, mit Haaren, eine Katze vielleicht, oder der Hund der Franzettis, in das Katie mit ihrem Schnorchel piekte.

Er brauchte etwas Alkoholisches. Er überquerte den Rasen und war gerade dabei, seine Arbeitsstiefel auszuziehen, als er Jamie in der Küche erblickte, der seine Tasche fallen ließ und den Teekocher aufsetzte.

Er blieb stehen und beobachtete ihn, so wie er es tat, wenn ein Reh im Garten war, was manchmal vorkam.

Jamie war auch irgendwie ein scheues Wesen. Nicht, weil er Sachen verstecken würde. Aber er war reserviert. Diskret. Irgendwie altmodisch, wenn George so darüber nachdachte. Wenn er andere Kleider und einen anderen Haarschnitt gehabt hätte, dann könnte man ihn sich vorstellen, wie er sich in einer Berliner Gasse eine Zigarette anzündete oder auf einem Bahnsteig vom Dampf eingehüllt wurde.

Ganz anders als Katie, die nicht mal die Bedeutung des Wortes *diskret* kannte. Sie war der einzige Mensch, den er kannte, der beim Mittagessen über Menstruation sprach. Und man wusste trotzdem, dass sie gewisse Dinge geheim hielt, Dinge, die dann völlig unvorhersehbar auf einen niederprasselten. Wie diese Hochzeit. Garantiert würde sie nächste Woche verkünden, dass sie schwanger sei.

Ach du lieber Gott. Die Hochzeit. Jamie musste wegen der Hochzeit gekommen sein.

Er würde es schaffen. Wenn Jamie ein Doppelbett wollte, würde er einfach sagen, dass das Gästezimmer schon von jemand anderem belegt sei, und ihm ein Zimmer irgendwo in einer schicken Pension reservieren. Hauptsache, George musste nicht das Wort *Partner* aussprechen.

Er erwachte aus seiner Geistesabwesenheit und merkte, dass Jamie ihm von der Küche aus zuwinkte und etwas verstört über Georges mangelnde Reaktion wirkte.

Er winkte zurück, zog den anderen Stiefel aus und ging hinein.

»Na, was führt dich in unsere Gegend?«

»Ach, ich wollte nur mal vorbeischauen«, antwortete Jamie.

»Deine Mutter hat mir gar nichts davon gesagt.«

»Ich habe auch nicht vorher angerufen.«

»Macht nichts. Sie kann das Mittagessen bestimmt so machen, dass es für drei Leute reicht.«

»Schon in Ordnung. So lange wollte ich gar nicht bleiben. Tee?«, fragte Jamie.

»Ja, gern.« George holte die Kekse heraus, während Jamie einen Beutel in einen zweiten Becher hängte.

»Also. Diese Hochzeit«, sagte Jamie.

»Was soll damit sein?«, fragte George, wobei er so zu klingen versuchte, als ob er noch nie über das Thema nachgedacht hätte.

»Wie findest du das?«

»Ich finde ...« George setzte sich hin und rückte den Stuhl so zurecht, dass er genau den richtigen Abstand vom Tisch hatte. »Ich finde, du solltest jemanden mitbringen.«

Da. Das hatte doch ziemlich neutral geklungen, soweit er das beurteilen konnte.

»Nein, Dad«, sagte Jamie müde. »Ich meine Katie und Ray. Wie findest du es, dass sie heiraten?«

Es stimmte wirklich: Man war schlichtweg nie und nirgends davor gefeit, seinen Kindern das Falsche zu sagen. Man hielt ihnen einen Olivenzweig hin, und es war der falsche Olivenzweig zum falschen Zeitpunkt.

»Und?«, hakte Jamie noch einmal nach.

»Wenn ich ehrlich sein will, dann versuche ich das alles zenmäßig nicht an mich herankommen zu lassen, damit mich das Ganze nicht zehn Jahre meines Lebens kostet.«

»Aber sie meint es ernst, was?«

»Deine Schwester meint alles ernst. Ob sie es in vierzehn Tagen auch noch ernst meinen wird, steht natürlich in den Sternen.«

»Aber was hat sie denn gesagt?«

»Nur, dass sie heiraten wollen. Deine Mutter kann dich über die emotionale Seite des Ganzen aufklären. Ich musste mich leider mit Ray unterhalten.«

Jamie stellte eine Tasse Tee vor George hin und zog die Augenbraun hoch. »Ich wette, das war spannend bis zum Gehtnichtmehr.«

Und da war sie, die kleine Tür, die sich ganz kurz öffnete.

Sie hatten nie dieses Vater-Sohn-Ding gemacht. Nur ein paar Samstagnachmittage auf der Silverstone-Rennbahn. Zusammen den Verschlag im Garten bauen. Das war es eigentlich schon.

Andererseits hatte er Freunde, die das Vater-Sohn-Ding machten, und soweit er wusste, hieß das nur wenig mehr, als dass man beim Rugbyspiel nebeneinandersaß und schmutzige Witze riss. Mütter und Töchter, das leuchtete ein. Kleider. Klatsch und Tratsch.

Es gab allerdings Augenblicke, wie jetzt, in denen er merkte, wie ähnlich Jamie und er sich waren.

»Ich geb's gerne zu, Ray ist ganz schön anstrengend«, sagte George. »Ich kann aus langjähriger Erfahrung sprechen«, er tunkte einen Keks ein, »wenn ich sage, dass es verschenkte Liebesmüh ist, die Meinung deiner Schwester ändern zu wollen. Ich vermute, die beste Taktik ist, sie wie eine Erwachsene zu behandeln. Sich zusammenzureißen. Nett zu Ray zu sein. Wenn in zwei Jahren alles den Bach runtergeht, nun ja, damit haben wir ja schon Erfahrung. Was ich auf gar keinen Fall will, ist, dass deine Schwester herausfindet, dass wir dagegen sind und wir dann dreißig Jahre lang einen mürrischen Schwiegersohn haben.«

Jamie trank seinen Tee. »Aber …«

»Was?«

»Nichts. Du hast vermutlich recht. Wir müssen sie gewähren lassen.«

Jean erschien mit einem Wäschekorb voller Schmutzwäsche in der Tür. »Hallo, Jamie. Das ist ja eine schöne Überraschung.«

»Hi, Mum.«

»Hier hast du deine zweite Meinung«, sagte George.

Jean stellte den Korb auf die Waschmaschine. »Über was?«

»Jamie fragt sich, ob wir Katie von einer unvernünftigen und überstürzten Eheschließung abhalten sollten.«

»Dad …«, sagte Jamie gereizt.

Und damit war schon wieder der Punkt erreicht, an dem sich der Weg von Jamie und George trennte. Jamie vertrug keine Scherze, zumindest keine auf seine Kosten. Wenn man's genau nahm, war er etwas überempfindlich.

»George.« Jean funkelte ihn vorwurfsvoll an. »Was hast du ihm da erzählt?«

George weigerte sich auf den Köder anzuspringen.

»Ich mache mir nur Sorgen um Katie«, sagte Jamie.

»Wir machen uns alle Sorgen um Katie«, sagte Jean und steckte dabei Wäsche in die Waschmaschine. »Meine erste Wahl wäre Ray auch nicht. Aber was soll man tun? Deine Schwester hat immer schon ihren eigenen Kopf gehabt.«

Jamie stand auf. »Ich geh dann besser mal wieder.«

Jean hörte auf, Wäsche in die Maschine zu stopfen. »Du bist doch gerade erst gekommen.«

»Ich weiß. Ich hätte euch vorher anrufen sollen. Ich wollte nur wissen, was Katie genau gesagt hat. Ich muss dann mal wieder.«

Und weg war er.

Jean drehte sich zu George um. »Warum musst du ihn immer provozieren?«

George kniff die Lippen zusammen.

»Jamie?« Jean lief in den Flur.

George erinnerte sich nur zu gut, wie sehr er seinen eigenen Vater gehasst hatte. Ein freundlicher Kinderschreck, der Münzen in deinem Ohr fand und Eichhörnchen aus Papier faltete und im Laufe der Jahre langsam zu einem wütenden, ewig betrunkenen Gnom zusammenschrumpfte, der überzeugt war, dass Kinder Schwächlinge wurden, wenn man sie lobte, und der nie zugab, dass sein eigener Bruder schizophren war und der immer weiter schrumpfte; als George und Judy und Brian alt genug waren, um ihn zur Rede zu stellen, hatte er das beeindruckende Kunststück fertiggebracht, sich in einen jammernden rheumatischen Wicht zu verwandeln, der nicht mehr genug Substanz hatte, um als Zielscheibe des Zorns zu dienen.

Er konnte nur hoffen, dass er seinen Kindern nicht das gleiche Schauspiel bot.

Jamie war ein guter Junge. Vielleicht nicht der Robusteste. Aber man kam recht ordentlich miteinander klar.

Jean erschien wieder in der Küche. »Er ist weg. Was war das denn bloß?«

»Weiß der Himmel.« George stand auf und stellte seine leere Tasse in die Spüle. »Das Rätsel der eigenen Kinder ist unlösbar.«

19

Jamie fuhr am Ortsrand in eine Parkbucht.

Ich finde, du solltest jemanden mitbringen.

Gütiger Himmel. Da mied man zwanzig Jahre lang das Thema, und dann raste es mit hundertdreißig an einem vorbei und verschwand in einer Staubwolke.

Hatte er sich womöglich die ganze Zeit in seinem Vater getäuscht? Hätte er sich doch mit sechzehn outen können, ohne eins aufs Dach zu bekommen? *Ich verstehe. Ein Junge in der Schule. Mag andere Jungs. Hat dann später Kricket für Leicestershire gespielt.*

Jamie war wütend. Auch wenn es ihm schwerfiel, genau zu sagen, auf wen oder warum er wütend war.

Dieses Gefühl überkam ihn jedes Mal, wenn er sich nach Peterborough verirrte. Jedes Mal, wenn er Bilder von sich als Kind sah. Jedes Mal, wenn er Plastilin roch oder Fischstäbchen probierte. Er war wieder neun. Oder zwölf. Oder fünfzehn. Und dabei ging es nicht darum, was er für Ivan Dunne empfand. Oder um seine fehlende Begeisterung für die Tanztruppe Pan's People. Es war die Übelkeit erregende Erkenntnis, dass er auf dem falschen Planeten gelandet war. Oder in der falschen Familie. Oder im falschen Körper. Die Erkenntnis, dass er keine

Wahl hatte und seine Zeit absitzen musste, bis er entkommen und sich seine eigene kleine Welt aufbauen konnte, in der er sich zu Hause fühlen würde.

Es war Katie gewesen, die ihn da durchgebracht hatte. Ihm sagte, dass er die Clique von Greg Pattershall links liegen lassen sollte. Die sagte, dass Graffiti nur zählen, wenn sie richtig geschrieben sind. Und damit hatte sie richtig gelegen. Die meisten aus der Clique endeten ganz beschissen als kleine Junkies auf dem Baker-Grundstück.

Er war wahrscheinlich der einzige Junge in der Schule, der Selbstverteidigung von seiner Schwester gelernt hatte. Einmal hatte er es ausprobiert, an Mark Rice, der in einen Busch geflogen war und fürchterlich geblutet hatte, was Jamie solch einen Schreck einjagte, dass er nie wieder jemanden schlug.

Jetzt hatte er seine Schwester verloren. Und niemand verstand das. Noch nicht mal Katie.

Er wollte bei ihr in der Küche sitzen und für Jacob Grimassen schneiden und Tee trinken und zu viel Dattel-Walnuss-Kuchen von Marks and Spencer essen und … noch nicht mal reden. Nicht mal etwas zu sagen brauchen.

Scheiße. Wenn er das Wort Zuhause sagte, würde er in Tränen ausbrechen.

Vielleicht, wenn er sich mehr um den Kontakt bemüht hätte. Vielleicht, wenn er ein bisschen mehr Dattel-Walnuss-Kuchen gegessen hätte. Wenn er sie und Jacob öfter zu sich eingeladen hätte. Wenn er ihr Geld geliehen hätte …

Das war doch sinnlos.

Er drehte den Schlüssel im Zündschloss, bog aus der Parkbucht und wäre beinah von einem grünen VW Transit über den Haufen gefahren worden.

20

Regentropfen liefen das Wohnzimmerfenster hinunter. Jean war vor einer Stunde in die Stadt gefahren, und George hatte gerade hinaus in den Garten gehen wollen, als eine schwarze Wolke aus Richtung Kings Lynn heranzog und den Rasen in einen Teich verwandelte.

Auch egal. Würde er halt ein bisschen zeichnen.

Auch wenn er es eigentlich anders vorgehabt hatte. Der Plan war, erst das Atelier fertig zu stellen und dann seine schlummernden künstlerischen Fähigkeiten wiederzubeleben. Aber schon mal ein bisschen zu üben könnte nicht schaden. Also durchsuchte er den Schrank in Jamies Zimmer und fand einen Block mit Aquarellpapier unter dem kaputten Trainingsfahrrad. Er entdeckte zwei brauchbare Bleistifte in der Küchenschublade und spitzte sie eher laienhaft mit dem Brotmesser an.

Er machte sich eine Tasse Tee, ließ sich am Esstisch nieder und fragte sich sofort, warum er so lange nicht mehr gezeichnet hatte. Der Duft von abgeraspeltem Holz, die Oberfläche des cremeweißen Papiers wie punzierte Bronze. Er wusste noch, wie er mit sieben oder acht in seinem Zimmer in der Ecke gesessen hatte, einen Block auf den Knien, und verschlungene Ritterburgen mit Geheimgängen gezeichnet hatte und Vorrichtungen, mit denen man kochendes Öl auf Eindringlinge schütten konnte. Er konnte die Ranken auf der Tapete wieder sehen und erinnerte sich nur zu gut an die Schläge, die er bekam, weil er sie mit dem Kugelschreiber ausgemalt hatte. Er konnte den kleinen Kordflicken auf seiner grünen Hose spüren, den er glatt gerieben hatte und nach dem seine Finger zwanzig, dreißig Jahre später in stressgeladenen Besprechungen immer noch suchten.

Er begann mit dem Zeichnen von großen schwarzen Schleifen auf dem ersten Blatt. *Lockerungsübungen* hatte Mr Gledhill das genannt.

Wie oft spürte er denn so etwas noch, diese herrliche, verstohlene Zurückgezogenheit in sich selbst? Vielleicht manchmal in der Badewanne. Auch wenn Jean sein Bedürfnis, hin und wieder allein zu sein, nicht nachvollziehen konnte und ihn regelmäßig mitten im Bad zurück auf die Erde holte, indem sie auf der Suche nach Wäschebleiche oder Zahnseide an die verschlossene Tür hämmerte.

Er fing an, den Gummibaum zu zeichnen.

Komisch die Vorstellung, dass er einmal so hatte leben wollen. Nicht unbedingt vom Zeichnen von Gummibäumen. Aber von Kunst im Allgemeinen. Stadtansichten. Fruchtschalen. Nackte Frauen. Die großen weißen Ateliers mit den Oberlichtern und Drehhockern. Jetzt natürlich lächerlich. Auch wenn es damals die Macht einer Welt besessen hatte, zu der sein Vater keinen Zugang hatte.

Es war keine sehr gute Zeichnung eines Gummibaums. Ehrlich gesagt, war es eine Kinderzeichnung eines Gummibaums. Irgendetwas an den fast, aber nicht ganz parallelen Linien der sich leicht verjüngenden Verästelungen hatte ihn aus dem Konzept gebracht.

Er klappte zum nächsten Blatt um und begann mit einer Skizze des Fernsehers.

Sein Vater hatte natürlich recht gehabt. Malerei war kein vernünftiger Beruf. Nicht, wenn man ein anständiges Einkommen und eine funktionierende Ehe haben wollte. Sogar die erfolgreichen Maler, die, über die etwas in der Wochenendbeilage stand, soffen wie die Löcher und lebten in den unmöglichsten Beziehungen.

Den Fernseher zu zeichnen stellte ihn vor das entgegengesetzte Problem. Die Linien waren allesamt gerade. Man konnte jede Art von Kurve zeichnen und würde sie wahrscheinlich irgendwo am Gummibaum wiederfinden. Man konnte irgendeine gerade Linie zeichnen und … Er musste zugeben, einige seiner Linien hätten besser zur Gummibaumzeichnung gepasst. War es in Ordnung, ein Lineal zu benutzen? Mr Gledhill war seit Langem tot. Vielleicht, wenn er ganz schwach mit dem Lineal vorzeichnete und dann mit gröberen Strichen darüber ging, um dem Ganzen mehr Charakter zu verleihen.

Er könnte die Kante der *Radio Times* benutzen.

Seine Mutter hielt ihn für Rembrandt und kaufte ihm vom Haushaltsgeld regelmäßig billige Zeichenblöcke, unter der Bedingung, dass er seinem Vater nichts davon verriet. Ein Mal hatte George ihn gezeichnet, als er nach dem Sonntagsessen im Sessel einschlief. Sein Vater war unerwartet aufgewacht, hatte sich das Blatt Papier geschnappt, es angesehen, in Stücke gerissen und ins Feuer geworfen.

Wenigstens waren er und Brian entkommen. Aber die arme Judy. Ihr Vater starb, und was tat seine Schwester? Heiratete sechs Monate später ebenfalls einen übellaunigen, kleingeistigen Alkoholiker.

Den man auch auf die Hochzeit würde einladen müssen. Das hatte er ganz vergessen. Halb so schlimm. Wenn es so lief wie erwartet, würde der berüchtigte Kenneth sehr schnell ins Koma fallen, so wie bei Katies erster Hochzeit, und sie konnten ihn mit einem Eimer daneben im Gerümpelkeller ablegen.

Die Knöpfe am Fernseher stimmten nicht. Es war ein Fehler gewesen, das mit der Randschraffierung zu versuchen. Zu viele Linien auf zu engem Raum. Die gesamte Konsole machte auf George einen leicht betrunkenen Eindruck, was möglicherweise von seiner mangelhaften Erinnerung an die Perspektivlehre und der Biegsamkeit der *Radio Times* herrührte.

An dieser Stelle hätte ein weniger großer Mann vielleicht negativen Gedanken erlaubt, sich in seinem Kopf auszubreiten, angesichts der Tatsache, dass er gerade achttausend Pfund für den Bau eines Gebäudes ausgab, in dem er wesentlich schwierigere Dinge als Gummibäume oder Fernseher zu zeichnen gedachte. Aber darum ging es doch. Sich weiterzubilden. Seinen Geist wachzuhalten. Und der Segelflugschein in Gold C war einfach nicht sein Ding.

George sah auf und blickte zum Fenster hinaus in den Garten. Er kam wieder zu sich und merkte, dass während seiner geistigen Abwesenheit der Regen aufgehört hatte, die Sonne herausgekommen war und die Welt wie frisch gewaschen aussah.

Er riss seine Zeichnungen vom Block ab, zerkleinerte sie sorgfältig in Stückchen und schob sie ganz nach unten in den Mülleimer. Er legte Block und Bleistifte oben auf eine Kommode, wo man sie nicht sehen konnte, zog die Stiefel an und ging nach draußen.

21

Jean traf sich mit ihrer Freundin in der Cafeteria von Marks and Spencer's.

Ursula zerbrach den kleinen Keks über dem Cappuccino, damit keine Krümel auf den Tisch fielen. »Eigentlich dürfte ich gar nichts davon wissen.«

»Ich weiß«, sagte Jean, »aber du weißt es. Und ich brauche Hilfe.«

Im Grunde brauchte sie keine Hilfe. Nicht von ihrer Freundin. Die sagte immer nur Ja und Nein (sie hatte auf dem Rundgang durch das Picasso-Museum nichts anderes gesagt: »Ja ... Nein ... Nein ... Ja ...«, als müsste sie entscheiden, welche Bilder sie für ihr Wohnzimmer haben wollte). Aber mit irgendjemandem musste Jean jetzt einfach reden.

»Na, dann schieß los«, sagte Ursula und verzehrte eine Kekshälfte.

»David kommt zu uns zum Essen. George hat ihn eingeladen. Wir sind ihm auf der Beerdigung von Bob Green über den Weg gelaufen. David konnte nicht Nein sagen.«

»Tja …« Ursula breitete die Hände auf dem Tisch auf, als würde sie eine große Landkarte flach streichen.

Und das war es, was Jean an ihrer Freundin mochte. Nichts brachte sie aus der Ruhe. Sie hatte eine Marihuanazigarette mit ihrer Tochter geraucht (»Erst wurde mir schlecht, dann musste ich mich übergeben«). Und ein Mann hatte allen Ernstes versucht, sie in Paris auszurauben. Ursula schrie ihn an, als ob er ein unartiger Hund wäre, woraufhin er sich eiligst aus dem Staub machte. Als Jean später darüber nachdachte, fragte sie sich, ob der Fremde womöglich nur betteln oder sich nach dem Weg hatte erkundigen wollen.

»Ich sehe da eigentlich gar kein Problem«, meinte Ursula jetzt.

»Komm, hör auf«, sagte Jean.

»Ihr habt ja nicht vor, verliebt rumzuturteln, oder?« Sie kaute nun auf der anderen Kekshälfte. »Natürlich wird dir dabei nicht wohl zumute sein. Aber es ist doch so: Wenn du ab und an etwas Unangenehmes nicht aushalten kannst, dann solltest du dich lieber nicht auf so eine Art von Abenteuer einlassen.«

Das klang plausibel. Dennoch kehrte Jean mit einem unguten Gefühl zum Auto zurück. Natürlich würde das Abendessen schon irgendwie über die Bühne gehen. Sie hatten schon viel peinlichere Abendessen überlebt. Der schreckliche Abend mit den Fergusons zum Beispiel, bei dem sie George auf der Toilette gefunden hatte, wo er sich das Kricketspiel im Radio anhörte.

Was Jean gar nicht gefiel, war die Art, wie alles ständig unordentlicher und verwickelter wurde und sich allmählich ihrer Kontrolle entzog.

Sie parkte in der Nähe von Davids Haus, weil sie wusste, dass sie sich entweder für Georges Einladung entschuldigen oder aber David ausschimpfen musste, weil er sie angenommen hatte. Es sei denn, es würde sich noch etwas anderes, eine dritte Möglichkeit, ergeben.

David hatte gerade seine Tochter angerufen.

Deren Sohn musste zu einer Operation ins Krankenhaus. David wollte hoch nach Manchester fahren, um zu helfen. Aber Mina hatte sich vorgedrängelt. Also war es am rücksichtsvollsten, wenn er sich im Hintergrund hielt. Was Mina ihm zweifellos als weiteren Beweis seines Versagens als Vater ankreiden würde.

Da wurde Jean klar, dass jeder ein unordentliches Leben hatte. Außer Ursula vielleicht. Und George. Und wenn sie ein Abenteuer erleben wollte, musste sie gelegentliche Scherereien in Kauf nehmen.

Sie legte die Arme um David, und sie hielten einander fest, und ihr wurde klar, dass dies die dritte Möglichkeit war, die sie vorher noch nicht richtig hatte benennen können. Das war es, wodurch alles wieder in Ordnung kam.

22

»Diese Geschichte mit dem Derby Hotel«, sagte Katie. »Die ist doch nicht ernsthaft wahr, oder?«

»Natürlich nicht«, antwortete Sarah. »Ich musste allerdings so kotzen, dass mir 'ne Menge zur Nase rausgekommen ist. Was echt nicht empfehlenswert ist.«

»Ray ist sonst nicht so«, sagte Katie.

»Na, da bin ich ja froh.«

»Na komm.« Katie war etwas brüskiert, dass Sarah nichts von der zu erwartenden weiblichen Unterstützung zeigte. »Du bist ja sonst auch nicht so... Einen Moment.« Katie stand auf und eilte zur Spielzeugkiste, um einen Disput zwischen Jacob und einem anderen Kind über einen einbeinigen Action Man beizulegen.

Sie kam zurück und setzte sich wieder hin.

»Sorry«, sagte Sarah. »Das war ein bisschen unangebracht.« Sie leckte den Teelöffel ab. »Und das ist wahrscheinlich jetzt auch ein bisschen unangebracht. Aber, scheiß drauf, ich frag's trotzdem … Euch ist es ja ganz ernst damit, oder? Du flüchtest dich ja nicht nur in diese Beziehung?«

»Mein Gott, Sarah, du bist meine Trauzeugin, nicht meine Mutter.«

»Deine Mutter kann ihn also nicht leiden«, schloss Sarah.

»Nee.«

»Der Kinderarzt mit dem Daimler ist er nicht.«

»Ach, die Hoffnung hat sie, glaube ich, schon lange aufgegeben«, antwortete Katie.

Sarah versuchte, den Teelöffel auf dem Tassenrand zu balancieren.

»Er ist ein guter Mensch«, sagte Katie. »Jacob liebt ihn. Und ich liebe ihn.« Das hatte sie in der falschen Reihenfolge gesagt. Aber es jetzt zu ändern, würde so aussehen, als wäre sie in der Defensive. »Außerdem musste Ed ihm versprechen, dass er die Rede vorher zu sehen kriegt.«

»Na, dann bin ich ja froh«, sagte Sarah.

»Über Ray? Oder über Ed?«, fragte Katie.

»Über Ray«, antwortete Sarah, »und dich.«

Sie legte den Teelöffel hin, und sie warteten darauf, dass die Atmosphäre wieder etwas auftaute.

»Apropos«, sagte Sarah. »Wie geht's deinem kleinen Bruder denn so? Den hab ich ja seit Urzeiten nicht mehr gesehen.«

»Gut. Hat sich 'n Haus in Hornsey gekauft. Ich sehe ihn ehrlich gesagt auch nicht mehr sehr oft. Hat aber einen richtigen Freund. Ich meine, einen richtig netten, neurosefreien Kerl. Bei der Hochzeit kannst du ihn kennen lernen.«

Sie saßen einige Minuten so da und sahen Jacob dabei zu, wie er eine Art Luftkampf zwischen dem amputierten Action Man und einem Kraken aus blauem Filz ausfocht.

»Ich mache das Richtige«, sagte Katie.

»Gut«, sagte Sarah.

23

Um vier Uhr nachmittags kehrte Jean zurück. Ihr verlängertes Mittagessen mit Ursula hatte wie üblich Wunder gewirkt. Das Fiasko mit Jamie war vergessen, und George war dankbar für den klassischen irischen Eintopf zum Abendessen, bei dem sie einander freundschaftlich wegen der drohenden Familienfeier bemitleiden konnten.

»Kann irgendjemand seine Schwiegersöhne oder -töchter wirklich leiden?« Er fuhr mit einem Stück Kruste durch den Teller, um die restliche Suppe aufzustippen.

»Der Mann von Jane Riley kam mir nett vor«, sagte Jean.

Jane Riley? George war immer wieder verblüfft, welch ein unglaubliches Personengedächtnis Frauen hatten. Sie betraten einen Raum voller Menschen und verleibten sich alles ein. Namen. Gesichter. Kinder. Berufe.

»Bei der Feier von John und Marilyn«, sagte Jean. »Der große Typ, der einen Finger in irgendeiner Maschine verloren hatte.«

»Ja, natürlich.« Düster erinnerte er sich wieder. Vielleicht fehlte Männern das Wiederauffindungssystem. »Der Buchhalter.«

»Vermesser.«

Nach dem Abwasch zog er sich mit *Sharps Feind* ins Wohnzimmer zurück und las die letzten zwanzig Seiten dieses blutigen historischen Schmökers. (»Zwei Leichen markierten diesen Winter. Der, dessen Haare im Schnee vor dem Tor Gottes verstreut lagen, und jetzt diese. Obadiah Hakeswill, der in den Sarg gehoben wurde, tot…«) Er sah sich versucht, mit dem nächsten seiner noch ungelesenen Weihnachtsgeschenke anzufangen. Aber man musste die Atmosphäre eines Romans erst einmal verklingen lassen, bevor man den nächsten aufschlug. Also schaltete George den Fernseher ein und geriet mitten in einen medizinischen Dokumentarfilm über einen Mann, der an Bauchkrebs gestorben war.

Jean machte eine sarkastische Bemerkung über sein Faible für die grässlichen Dinge und zog sich zurück, um Briefe zu schreiben.

Natürlich hätte er umschalten können. Aber eine Dokumentation war wenigstens lehrreich. Alles war besser als ein albernes Melodram in einem Frisiersalon.

Der Mann in der Sendung wirtschaftete ein wenig in seinem Garten herum, rauchte Zigaretten und verbrachte eine Menge Zeit unter einer Karodecke auf dem Sofa, wo er an diverse Schläuche angeschlossen war. Im Grunde war es nur etwas langweilig. Eigentlich relativ beruhigend.

Der Mann ging nach draußen und hatte Schwierigkeiten, sich vorzubeugen und seine Hühner zu füttern.

Jean war zu zart besaitet, das war es. *Wie wir sterben* war vielleicht nicht für jeden die passende Gute-Nacht-Sendung. Dafür las Jean Bücher von Leuten, die in Beirut entführt worden waren oder acht Wochen lang auf einem Rettungsboot überlebt hatten. Jeder starb früher oder später, nur sehr wenige Leute mussten hingegen wissen, wie man Haie abwehrt.

Die meisten Männer in Georges Alter dachten, sie würden ewig leben. So wie Bob Auto gefahren war, hatte er ganz offensichtlich nie dran gedacht, was fünf Sekunden später passieren könnte, geschweige denn fünf Jahre später.

Der Mann im Fernsehen wurde ans Meer gebracht. Er saß in einem Liegestuhl am Kiesstrand, bis ihm zu kalt wurde und er ins Wohnmobil zurückkehren musste.

Natürlich wäre es schön, wenn man friedlich im Schlaf sterben würde. Aber friedlich im Schlaf zu sterben war eine Idee, die Eltern erfunden hatten, damit ihre Kinder nicht so sehr vom Tod ihrer Großeltern und Hamstern traumatisiert wurden. Und zweifelsohne verschieden manche Leute wirklich friedlich im Schlaf, die meisten aber erst nach vielen scheußlichen Ringkämpfen mit Gevatter Tod.

Der Abgang seiner Wahl war schnell und endgültig. Andere wollten vielleicht noch ein bisschen mehr Zeit, um das Kriegsbeil mit entfremdeten Kindern zu begraben und ihren Frauen mitzuteilen, wo der Absperrhahn war. Er persönlich hätte es gern, wenn die Lichter ohne Vorwarnung ausgingen, und möglichst keine Schweinerei dabei entstand. Sterben war schon so schlimm genug, ohne dass man sich bemühen musste, es für die anderen erträglicher zu machen.

In der Werbepause schlurfte er in die Küche; als er mit einer Tasse Kaffee zurückkehrte, war der Mann in den letzten Wochen seines Lebens angelangt und fast permanent auf dem Sofa gestrandet, wo er spät in der Nacht ein bisschen weinte. Und wenn George den Fernseher in diesem Augenblick ausgeschaltet hätte, wäre der Abend auf angenehm ereignislose Weise weitergegangen.

Aber er stellte den Fernseher nicht aus, und als die Katze des Mannes auf die Karodecke über seinem Schoß sprang, um sich streicheln zu lassen, schraubte jemand eine Verkleidung an Georges Kopf ab, griff hinein und riss eine Handvoll sehr wichtiger Verbindungsdrähte heraus.

Er fühlte sich urplötzlich ganz fürchterlich. Der Schweiß quoll zwischen seinen Haaren und auf seinem Handrücken heraus.

Er würde sterben.

Vielleicht nicht diesen Monat. Vielleicht nicht dieses Jahr. Aber irgendwie, irgendwann würde er sterben, auf eine Art und in einem Tempo, die sich seinen Wünschen gänzlich entzogen.

Der Fußboden schien verschwunden zu sein, und ein riesiger, offener Schacht tat sich unter dem Wohnzimmer auf.

Mit gleißender Deutlichkeit wurde George klar, dass die Menschen blind und unbeschwert über eine Sommerwiese hüpften, die von einem dunklen, undurchdringlichen Wald umgeben war, und auf den fürchterlichen Tag warteten, an dem sie in die Dunkelheit hinter den Bäumen gezerrt und einer nach dem anderen abgeschlachtet werden würden.

Wie hatte er das um Himmels willen bisher übersehen können? Und warum bemerkte das sonst niemand? Warum lagen sie nicht heulend und zähneklappernd zusammengekrümmt auf dem Bürgersteig? Wie konnten sie durch ihr Leben schlendern, ohne sich dieser fürchterlichen Tatsache bewusst zu werden? Und wenn einem die Wahrheit erst einmal dämmerte, wie schaffte man es dann, sie wieder zu vergessen?

Unerklärlicherweise hockte er jetzt auf allen Vieren zwischen dem Sessel und dem Fernseher, wo er vor und zurück schwankte und sich zu beruhigen versuchte, indem er Kuhgeräusche machte.

Er überlegte, ob er den Stier bei den Hörnern packen, das Hemd herausziehen, die Hose öffnen und die wunde Stelle anschauen sollte. Ein Teil seines Gehirns wusste, dass sie unverändert aussehen und keinen Grund zur Sorge liefern würde. Ein anderer Teil seines Gehirns wusste mit gleich großer Gewissheit, dass es dort zappeln und sich winden würde wie eine Handvoll Lebendköder. Und ein dritter Teil seines Gehirns wusste, dass die genaue Beschaffenheit dessen, was er dort vorfinden würde, belanglos für das neue Problem war, das größer und weit weniger lösbar war als die Veränderungen seiner Haut.

Er war es nicht gewohnt, drei völlig verschiedene Stimmen im Kopf zu haben. In seinem Kopf herrschte ein unglaublicher Druck, der es möglich erscheinen ließ, dass ihm die Augen aus den Höhlen treten würden.

Er versuchte, sich zurück in Richtung Sessel zu bewegen, vornehmlich aus Gründen des Anstandes, aber er schaffte es nicht, als ob die fürchterlichen Gedanken, die sich seiner bemächtigt hatten, von einem scharfen Wind herbeigetrieben würden.

Er wiegte sich weiter vor und zurück und gab sich damit zufrieden, das Muhen auf niedrigster Lautstärke zu halten.

24

Jamie parkte außer Sichtweite von Katies Haus und sammelte sich.

Man entkam natürlich nie.

Die Schule war vielleicht Scheiße, aber dafür wenigstens einfach gewesen. Wenn man die Neuner-Reihe auswendig konnte, Greg Pattershall aus dem Weg ging und Karikaturen von Mrs Cox mit Draculazähnen und Fledermausflügeln zeichnen konnte, dann kam man mehr oder minder zurecht.

Was einem mit dreiunddreißig leider überhaupt nicht mehr weiterhalf.

Was sie einem in der Schule nicht beibrachten, war, dass dieses ganze Leben mit zunehmendem Alter immer verwickelter und komplizierter wurde. Man konnte immer die Wahrheit sagen, höflich sein, auf die Gefühle aller Menschen Rücksicht nehmen und musste trotzdem mit dem Scheiß anderer Leute fertig werden. Ob man nun neun oder neunzig war.

Daniel hatte er auf dem College kennen gelernt. Und anfangs war es eine Erleichterung gewesen, jemanden kennen zu lernen, der nicht alles in Sichtweite vögelte, nur weil er jetzt von zu Hause weg war.

Als dann der erste Stolz auf den festen Freund verblasste, merkte Jamie, dass er mit einem ornithologisch interessierten Black-Sabbath-Fan zusammenlebte. Und der erschreckende Gedanke stieg ihm in den Sinn, dass er vielleicht gar nicht anders war, dass er womöglich doch nicht interessant oder cool geworden war, nur weil die guten Bürger von Peterborough ihn als sexuellen Paria betrachteten.

Er hatte es mit Enthaltsamkeit versucht. Kein Problem – bis auf den Mangel an Sex. Ein paar Monate, und man war zu allem bereit, sogar, sich oben auf dem Heath hinter einem großen Busch einen blasen zu lassen, was in Ordnung war, bis man kam, dann rieselte der Feenstaub zu Boden, und man erkannte, dass der schöne Prinz lispelte und eine merkwürdige Warze am Ohr hatte. Und es gab Sonntagabende, an denen das Lesen eines Buches so schlimm war wie Zähne ziehen, also schaufelte man eine Dose gesüßter Kondensmilch vor *French and Saunders* in sich hinein, und irgendetwas Giftiges drang durch die Schiebefenster in den Raum und man fragte sich, worauf das alles in Gottes Namen eigentlich hinauslaufen sollte.

Er hatte keine übertrieben hohen Ansprüche. Kameradschaft. Gemeinsame Interessen. Ein bisschen Platz.

Das Problem war nur, dass alle anderen nicht wussten, was sie wollten.

Nach der Trennung von Daniel hatte er drei halbwegs anständige Beziehungen auf die Reihe bekommen. Aber irgendetwas veränderte sich immer nach sechs Monaten oder einem Jahr. Sie wollten mehr. Oder weniger. Nicholas fand, dass ihr Liebesleben prickelnder würde, wenn sie auch mit anderen schliefen. Steven wollte bei ihm einziehen. Mit seinen Katzen. Und Olly versank nach dem Tod seines Vaters in Depressionen, so dass Jamie nicht mehr sein Partner, sondern eine Art Sozialarbeiter war.

Sechs Jahre im Schnellvorlauf, und er saß nach der Arbeit mit Shona im Pub, wo sie ihm erzählte, dass sie versuchen würde, ihn mit einem niedlichen Handwerker zusammen zu bringen, der die Princes-Avenue-Wohnungen renovierte. Aber sie war betrunken, und Jamie konnte sich nicht vorstellen, wie ausgerechnet Shona die sexuelle Orientierung eines Mannes aus der Arbeiterklasse erkennen könnte. Also dachte er überhaupt nicht mehr an das Gespräch, bis sie rüberfuhren nach Muswell Hill und er durch die Wohnungen ging, die Innenmaße überprüfte und eine vage sexuelle Phantasie über den Typen hatte, der die Küche strich, als Shona hereinkam und sagte: »Tony, das ist Jamie. Jamie, das ist Tony«, und Tony drehte sich um und lächelte, und Jamie merkte, dass Shona wesentlich mehr auf dem Kasten hatte, als er ihr jemals zugetraut hatte.

Sie verkrümelte sich, und er unterhielt sich mit Tony über Bauunternehmer und Radfahren und Tunesien, mit einer kurzen Seitenbemerkung über die Teiche im Heath, um ganz sicher zu gehen, dass sie vom gleichen Blatt sangen, und Tony zog eine gedruckte Visitenkarte aus der Gesäßtasche und sagte: »Falls ich mal etwas für dich tun kann …« Konnte er, sehr sogar.

Jamie wartete ein paar Abende ab, um nicht notgeil zu wirken, und traf sich dann auf ein Bier mit ihm in Highgate. Tony erzählte, wie er mal nackt mit Freunden bei Studland gebadet hatte und wie sie die Mülleimer ausleeren und die schwarzen Säcke in behelfsmäßige Kilts verwandeln und so nach Poole zurücktrampen mussten, weil ihre Klamotten geklaut worden waren. Und Jamie erläuterte, dass er den *Herrn der Ringe* jedes Jahr wieder las. Aber vom Gefühl her stimmte es. Dass sie so unterschiedlich waren. Wie zwei ineinander passende Puzzleteile.

Nach einem Essen beim Inder gingen sie zu Jamie nach Hause, und Tony machte da auf dem Sofa mindestens zwei Dinge mit ihm, die noch nie jemand mit ihm gemacht hatte, dann kam er zurück und machte sie am nächsten Abend wieder, und plötzlich war das Leben so richtig gut.

Natürlich fühlte er sich unwohl, wenn er zu Chelseas Heimspielen mitkommen musste. Es war ihm unangenehm, wenn er sich auf der Arbeit krankmeldete, damit sie fürs verlängerte Wochenende nach Edinburgh fliegen konnten. Aber Jamie brauchte jemanden, der es ihm ein bisschen unangenehm machte. Weil sich alles zu bequem und angenehm zu machen das vordere Ende eines Pfeils war, an dessen dickem Ende er sich in seinen eigenen Vater verwandeln würde.

Und wenn eine Geländersprosse brach oder die Küche frisch gestrichen werden musste, tja, das wog dann die Clash-CD in voller Lautstärke und die Arbeitsstiefel im Waschbecken auf.

Sie stritten sich. Man konnte keinen Tag in Gesellschaft von Tony verbringen, ohne sich zu streiten. Aber Tony fand, kleine Zerwürfnisse gehörten dazu und machten Beziehungen erst interessant. Ihm gefiel auch die Methode, sich mittels Sex wieder zu versöhnen. Jamie fragte sich manchmal allen Ernstes, ob Tony vielleicht nur deshalb so oft einen Streit vom Zaun brach, damit sie sich hinterher wieder richtig versöhnen konnten. Aber es war zu lustvoll, als dass er sich beschwert hätte.

Und jetzt gifteten sie sich wegen einer Hochzeit an. Einer Hochzeit, die einen Scheißdreck mit Tony zu tun hatte und, wenn man's genau nahm, auch nicht viel mit Jamie.

Er hatte einen steifen Hals.

Er hob den Kopf und merkte, dass er die letzten fünf Minuten lang mit der Stirn auf dem Lenkrad gelegen hatte.

Er stieg aus. Tony lag richtig. Er konnte Katies Entscheidung nicht beeinflussen. Im Grunde waren es Schuldgefühle. Dass er nicht da gewesen war, um ihr zuzuhören.

Es war sinnlos, sich jetzt noch darüber den Kopf zu zerbrechen. Er musste es wiedergutmachen. Dann brauchte er auch keine Schuldgefühle mehr zu haben.

Mist. Er hätte Kuchen mitbringen sollen.

Auch egal. Es ging nicht um Kuchen.

Vierzehn Uhr dreißig. Sie hatten noch den ganzen Nachmittag vor sich, bevor Ray nach Hause kam. Tee. Plaudern. Huckepack und Flugzeug mit Jacob. Wenn sie Glück hatten, würde er Mittagsschlaf halten, und sie konnten sich richtig unterhalten.

Er ging den Gartenweg hoch und klingelte.

Die Tür ging auf, und der Flur wurde von Ray blockiert, der einen farbbespritzten Overall trug und eine Art Bohrmaschine in der Hand hielt.

»Ach, da haben wir uns heute wohl beide frei genommen«, sagte Ray. »Undichte Gasleitung auf der Arbeit.« Er hielt die Bohrmaschine hoch und drückte auf den Knopf, so dass sie ein wenig surrte. »Die Neuigkeiten hast du wohl schon gehört.«

»Habe ich.« Jamie nickte. »Herzlichen Glückwunsch.«

Glückwunsch?

Ray streckte ihm eine fleischige Pranke entgegen, von deren Gravitationsfeld Jamies Hand eingesaugt wurde.

»Da bin ich aber froh«, sagte Ray. »Ich dachte, du wärst gekommen, um mich zusammenzuschlagen.«

Jamie bekam ein Lachen hin. »Sehr lang würde die Schlägerei ja nicht dauern.«

»Nein.« Rays Lachen war lauter und entspannter. »Kommst du rein?«

»Gern. Ist Katie da?«

»Beim Einkaufen. Mit Jacob. Ich repariere gerade was. In 'ner halben Stunde ist sie wieder da.«

Bevor Jamie ein Termin einfiel, zu dem er dringend weiter musste, machte Ray schon die Tür hinter ihm zu. »Warum trinkst du nicht 'ne Tasse Kaffee, und ich mache so lange die Tür wieder an den Schrank da dran.«

»Ich hätte lieber einen Tee, wenn das in Ordnung wäre«, sagte Jamie. Das Wort *Tee* klang nicht sehr männlich.

»Ich denke mal, einen Tee kriegen wir hin.«

Jamie setzte sich an den Küchentisch und fühlte sich so ähnlich wie damals hinten in der Cessna vor dem verunglückten Fallschirmsprung.

»Gut, dass wir uns mal sehen.« Ray legte die Bohrmaschine beiseite und wusch sich die Hände. »Ich wollte dich etwas fragen.«

Die erschreckende Vorstellung tauchte auf, dass Ray die letzten acht Monate lang geduldig die Hasswellen in sich verdrängt und nur auf den Augenblick gewartet hatte, in dem er endlich einmal mit Jamie allein sein würde.

Ray setzte den Teekessel auf, lehnte sich gegen die Spüle, vergrub die Hände tief in den Hosentaschen und starrte zu Boden. »Was meinst du, soll ich Katie heiraten?«

Jamie glaubte sich verhört zu haben. Außerdem gab es gewisse Fragen, auf die man einfach keine Antwort gab, nur für den Fall, dass man das falsche Ende eines sehr dicken Stockes erwischt hatte (wie zum Beispiel mit Neil Turley damals im Sommer unter der Dusche, nach dem Fußball).

»Du kennst sie besser als ich.« Ray hatte denselben Ausdruck im Gesicht wie Katie mit acht, als sie versuchte, mit purer Willenskraft Löffel zu verbiegen. »Glaubst du …? Ich weiß, das wird sich jetzt schrecklich bescheuert anhören, aber glaubst du, dass sie mich wirklich liebt?«

Diese Frage hörte Jamie mit fürchterlicher Deutlichkeit. Er saß jetzt an der Tür der Cessna mit über tausend Meter Nichts zwischen seinen Füßen und Hertfordshire. In fünf Sekunden würde er wie ein Stein auf die Erde zustürzen, ohnmächtig werden und seinen Helm mit Erbrochenem füllen.

Ray blickte auf. In der Küche herrschte ein Schweigen wie das Schweigen in einer einsam gelegenen Scheune in einem Horrorfilm. Tief durchatmen. Die Wahrheit sagen. Höflich bleiben. Rücksicht auf Rays Gefühle nehmen. Sich den Problemen stellen. »Ich weiß es nicht. Ich weiß es wirklich nicht. Katie und ich haben im letzten Jahr nicht sehr viel miteinander gesprochen. Ich hatte viel zu tun, sie war mit dir beschäftigt…« Er sprach nicht weiter.

Ray schien auf die Größe eines völlig normalen menschlichen Wesens zusammengeschrumpft zu sein. »Sie hat so fürchterliche Wutanfälle.«

Jamie sehnte sich nach dem Tee, und wenn es nur war, um sich daran festzuhalten.

»Ich meine, ich werde auch mal wütend«, sagte Ray. Er warf Teebeutel in zwei Tassen und goss Wasser darüber. »Keine Frage. Aber Katie…«

»Ich weiß«, antwortete Jamie.

Hörte Ray ihm überhaupt zu? Schwer zu sagen. Vielleicht brauchte er einfach jemanden, bei dem er das alles mal loswerden konnte.

»Es ist wie eine schwarze Wolke«, sagte Ray.

Wie machte Ray das bloß? Eben hatte er noch das gesamte Zimmer eingenommen wie ein Lastwagen. Eine Minute später saß er unten in einem Loch und bettelte um Hilfe. Warum konnte er nicht auf eine Weise leiden, die alle aus sicherer Entfernung mitansehen konnten?

»Das hat nichts mit dir zu tun«, antwortete Jamie.

Ray blickte auf. »Wirklich?«

»Na ja, vielleicht hat es schon was mit dir zu tun.« Jamie machte eine Pause. »Aber auf uns wird sie auch wütend.«

»Verstehe.« Ray beugte sich vor und steckte Dübel in die vier Löcher, die er in den Küchenschrank gebohrt hatte. »Verstehe.« Er richtete sich auf und nahm die Teebeutel heraus. Die angespannte Atmosphäre lichtete sich etwas, und Jamie fing an, sich auf ein Gespräch über Fußball oder die Isolierung von Fabriketagen zu freuen. Doch als Ray den Tee vor Jamie hinstellte, sagte er: »Und, wie ist es bei dir und Tony?«

»Was meinst du?«

»Ich meine, wie ist es bei dir und Tony?«

»Ich glaube, ich weiß nicht, was du meinst«, erwiderte Jamie.

»Du liebst ihn doch, oder?«

Heiliger Strohsack. Wenn Ray immer solche Fragen stellte, wunderte es ihn nicht, dass Katie Wutanfälle bekam.

Ray steckte noch ein paar Dübel in die Schranktür. »Ich meine, Katie hat mir erzählt, du wärst einsam gewesen. Dann hast du diesen Typ kennen gelernt und … na, du weißt schon … Bingo.«

War es nach menschlichem Ermessen möglich, sich unwohler in seiner Haut zu fühlen, als er es in diesem Augenblick tat? Seine Hände zitterten, und der Tee schlug Wellen, wie in *Jurassic Park*, wenn der T. Rex im Anmarsch war.

»Katie meint, er wär ein anständiger Kerl.«

»Warum reden wir über Tony und mich?«

»Ihr streitet euch doch auch, oder?«, sagte Ray.

»Das geht dich nichts an, ob wir uns streiten oder nicht, Ray.«

Gütiger Himmel! Er wies Ray in seine Schranken. Jamie wies sonst nie jemanden in seine Schranken. Er fühlte sich so wie damals, als Robbie North die Petroleumdose ins Lagerfeuer warf: Er wusste, dass sehr bald etwas Schlimmes passieren würde.

»Entschuldigung.« Ray zuckte die Achseln. »Wie das bei euch Schwulen läuft, ist ein bisschen fremd für mich.«

»Das hat absolut nichts damit zu tun, dass … Ach.« Jamie stellte die Teetasse ab, damit er nichts verschütten konnte. Ihm war etwas schwindlig. Er atmete tief durch und sprach langsam. »Ja. Tony und ich streiten uns. Ja, ich liebe Tony. Und …«

Ich liebe Tony.

Er hatte gesagt, dass er Tony liebte. Er hatte es Ray gesagt. Er hatte es noch nicht mal ihm selbst gesagt.

Liebte er Tony?

Großer Gott!

Ray sagte: »Weißt du …«

»Nein. Warte.« Jamie vergrub den Kopf in den Händen.

Es war wieder genau dieses Ding – Leben/Schule/andere Leute. Man stellte sich mit den besten Absichten bei seiner Schwester ein, wurde in ein Gespräch mit jemandem verwickelt, der die Grundregeln menschlicher Konversation nicht begriffen hatte, und plötzlich hatte man eine Massenkarambolage im Hirn.

Er stählte sich. »Vielleicht ist es besser, wenn wir über Fußball reden.«

»Fußball?«, fragte Ray.

»Männerthemen.« Ihm kam die bizarre Idee, dass sie Freunde werden könnten. Vielleicht nicht direkt Freunde. Aber zwei Leute, die gut miteinander auskamen. Weihnacht in den Schützengräben und so weiter.

»Willst du mich verarschen?«, fragte Ray.

Jamie atmete tief durch. »Katie ist eine tolle Frau. Aber sie ist ganz schön anstrengend. Gegen ihren Willen kannst du ihr nicht mal einen Keks schenken. Wenn sie dich heiratet, dann tut sie das, weil sie dich heiraten will.«

Die Bohrmaschine rutschte von der Arbeitsfläche und traf mit einem Geräusch auf die Steingutfliesen, das klang, als explodierte eine Granate.

25

Irgendetwas stimmte nicht mit George.

Es fing an dem Abend an, an dem sie ins Wohnzimmer zurückgekommen war, und ihn auf dem Boden vorgefunden hatte, wo er unter dem Sessel nach der Fernbedienung suchte. Er richtete sich auf und fragte, was sie getan habe.

»Einen Brief geschrieben.«

»An wen?«

»Anna. In Melbourne.«

»Und was hast du ihr geschrieben?«, fragte George.

»Von der Hochzeit. Von deinem Atelier. Von dem Anbau, den die Khans an ihrem ehemaligen Haus gemacht haben.«

Gewöhnlich sprach George mit ihr nicht über ihre Familie, die Bücher, die sie gerade las, oder über die Frage, ob sie sich ein neues Sofa kaufen sollten. Doch an diesem Abend wollte er genau wissen, was für eine Meinung sie zu all diesen Dingen hatte. Als er endlich einschlief, war er vermutlich völlig erschöpft. Seit zwanzig Jahren hatte er kein derart langes Gespräch mehr geführt.

Am nächsten Tag ging es in ähnlicher Weise weiter. Wenn er nicht hinten im Garten arbeitete oder doppelt so laut wie normal eine CD des Jazzsängers Tony Bennett hörte, folgte er ihr von einem Zimmer ins nächste. Und als sie ihn fragte, ob alles in Ordnung sei, beharrte er darauf, wie gut es doch sei, miteinander zu reden, was sie nicht oft genug täten. Vielleicht hätte Jean sich ein wenig über so viel Aufmerksamkeit freuen sollen. Statt dessen machte es ihr Angst.

Mein Gott, sie hatte oft darum gebetet, dass er sich ein bisschen öffnen würde. Aber nicht über Nacht. Nicht, als ob er einen Schlag auf den Kopf gekriegt hätte.

Es war auch ein praktisches Problem. Sich mit David zu treffen, wenn ihr Mann sich nicht dafür interessierte, was sie tat, war das eine. Sich mit David zu treffen, wenn ihr Mann jede ihrer Bewegungen verfolgte, war etwas anderes.

Allerdings war er nicht sehr gut darin. Im Zuhören, im Bekunden von Interesse. Er erinnerte sie an Jamie im Alter von vier Jahren. *Froschi will mit dir telefonieren… Steig in den Sofazug ein, er fährt gleich los…!* Alles, um ihre Aufmerksamkeit auf sich zu ziehen.

Kurz bevor sie zu Bett gegangen waren, war er mit einem Wattestäbchen in der Hand aus dem Bad gekommen und hatte gefragt, ob sie es normal fand, so viel Ohrenschmalz zu haben.

David hingegen kannte sich damit aus, mit dem Zuhören, mit dem Bekunden von Interesse.

Am nächsten Nachmittag saßen sie in seinem Wohnzimmer bei offenen französischen Fenstern, und er redete über Briefmarken.

»Die Jersey-Besatzungsausgabe aus dem Zweiten Weltkrieg. Die dunkelgrüne Zululand von 1988 ein Shilling. Gezähnte. Ungezähnte. Auf dem Kopf stehende Wasserzeichen… Weiß der Himmel, was ich damit erreichen wollte. Wahrscheinlich einfacher, als erwachsen zu werden. Irgendwo habe ich sie noch.«

Die meisten Männer wollten einem erzählen, was sie alles wussten. Wie man nach Wisbech kam. Wie man ein Feuer anmachte. David vermittelte ihr das Gefühl, als sei sie diejenige, die Bescheid wusste.

Er zündete sich einen Zigarillo an, und sie saßen schweigend da und beobachteten die Spatzen am Vogelfutterhäuschen und den Makrelenhimmel, der sich hinter den Pappeln langsam von rechts nach links bewegte. Ein schönes Gefühl. Weil man mit David auch schweigen konnte. Und ihrer Erfahrung nach gab es nur sehr wenige Männer, mit denen man genussvoll schweigen konnte.

Jean machte sich zu spät auf den Rückweg und geriet in einen Stau an der Baustelle vor dem Gartencenter. Sie zerbrach sich gerade den Kopf, wie sie ihrem Mann erklären sollte, warum sie so spät kam, als ihr der Verdacht durch den Kopf schoss, dass er womöglich von ihrer Affäre wusste. Vielleicht waren seine Aufmerksamkeiten der Versuch, alles wiedergutzumachen, sie zurückzugewinnen oder ihr Schuldgefühle einzuflößen.

Doch als sie die Tüten in die Küche schleppte, saß er mit zwei Tassen heißem Kaffee am Küchentisch und schwenkte eine zusammengefaltete Zeitung.

»Du hast doch von den Underwood-Jungs geredet. Jedenfalls haben Wissenschaftler in Kalifornien offenbar eineiige Zwillinge untersucht …«

In der Woche danach war es ungewöhnlich ruhig im Laden. Das führte dazu, dass ihre Paranoia zunahm. Und da Ursula in Dublin war, konnte sie auch mit niemandem über ihre Ängste reden.

Die Morgen in der St. John-Schule, wenn sie mit Megan und Callum und Sunil in der Dschungelecke saß und *Die Hexe Winnie* und *Wolkenland* vorlas, waren ihre einzige Erholung. Besonders Callum, der keine fünf Sekunden still sitzen und in eine Richtung gucken konnte (leider durfte sie ihn nicht mit Keksen bestechen, wie sie das bei Jacob tat), lenkte sie von ihren Sorgen ab. Doch sobald sie zur Tür hinaus auf den Parkplatz trat, begann es wieder an ihr zu nagen.

Am Donnerstag verkündete George, dass er bei der Zeltfirma angerufen habe und Termine mit zwei Cateringunternehmen vereinbart hatte. Kaum zu glauben, dass dies der Mann war, der häufig den Geburtstag seiner Kinder vergaß. Sie war so überrascht, dass sie sich nicht einmal über die fehlende Beratung mit ihr beklagte.

Später an jenem Abend fragte eine düstere Stimme in ihrem Kopf, ob er sie vielleicht überflüssig machen wollte. Sich darauf vorbereitete, dass sie auszog. Oder dass er sie hinauswarf. Doch als der Tag des Abendessens mit David kam, war er unerwartet freudig gestimmt. Er verbrachte den Tag beim Einkaufen und mit dem Kochen von Risotto nach traditioneller Männerart, indem er alle Küchengeräte aus den Schubladen zog und wie chirurgische Instrumente bereitlegte und dann sämtliche Zutaten in kleine Schalen füllte, damit es möglichst viel abzuwaschen gab.

Sie wurde den Verdacht immer noch nicht richtig los, dass er eine Art Showdown plante, und mit steigender Anspannung im Laufe des Nachmittags spielte sie mit der Idee, irgendeine Krankheit vorzuschützen. Als es kurz nach halb acht endlich an der Tür klingelte, rannte sie über den Treppenabsatz, weil sie als Erste an der Tür sein wollte, stolperte über den losen Teppich und verdrehte sich den Knöchel.

Als sie endlich unten an der Treppe ankam, stand George im Flur, wischte sich die Hände an seiner gestreiften Schürze ab, während David ihm eine Flasche Wein und einen Blumenstrauß überreichte.

David fiel sofort auf, dass sie ein wenig humpelte. »Ist alles in Ordnung?« Instinktiv trat er einen Schritt nach vorn, um sie zu trösten, merkte, dass er im Begriff war, sich zu verraten, und trat wieder zurück.

Jean stützte sich auf Georges Arm und beugte sich hinunter, um ihren Knöchel zu reiben. Es tat nicht fürchterlich weh, aber sie wollte David nicht in die Augen sehen, und von der Befürchtung, dass er in diesem Sekundenbruchteil alles verraten haben könnte, wurde ihr ganz schwindelig.

»Schmerzen?«, fragte George.

»Nicht besonders schlimm«, antwortete Jean.

»Am besten setzt du dich hin und legst den Fuß hoch«, rief David. »Damit er nicht anschwillt.« Er nahm die Blumen und den Wein wieder an sich, damit George ihr helfen konnte.

»Ich bin noch beim Kochen«, sagte George. »Warum setzt ihr zwei euch nicht mit einem schönen Glas Wein ins Wohnzimmer?«

»Nein«, protestierte Jean etwas zu kräftig. Sie unterbrach sich, bis sie wieder zu Atem gekommen war. »Wir kommen zu dir in die Küche.«

George wies den beiden ihre Plätze am Tisch zu, zog einen dritten Stuhl für Jeans Knöchel heran, den sie eigentlich nicht brauchte, füllte zwei Weingläser und hobelte wieder an dem Stück Parmesan.

Es war immer merkwürdig, ganz gleich, wen sie zu Gast hatten: George hatte nicht gern andere Menschen in seinem Revier. Jean machte sich daher auf mühsame Konversation gefasst. Jedes Mal, wenn sie ihn zu einer Party mitschleppte, sah sie ihn unweigerlich tieftraurig in einer Männerrunde stehen, in der über Rugby und Steuererklärungen geredet wurde, wo er einen gepeinigten Gesichtsausdruck hatte, als leide er unter Kopfschmerzen. Sie hoffte wenigstens, dass David etwas einfallen würde.

Doch zu ihrem Erstaunen war es George, der den größten Teil des Gespräches bestritt. Er schien sich ganz ernsthaft darüber zu freuen, dass sie Besuch hatten. Die beiden Männer beglückwünschten einander zum Niedergang der Geschäfte bei Shepherds seit ihrem Abschied. Sie redeten über Wanderurlaube in Frankreich. David erzählte vom Segelfliegen. George von seiner Flugangst. David meinte, dieses Problem könne er lösen, indem er das Segelfliegen erlerne. George erwiderte, dass David seine Flugangst ganz offensichtlich unterschätze. David bekannte sich zur Angst vor Schlangen. George sagte, er solle sich vorstellen, ein paar Stunden lang eine Anakonda im Schoß zu halten. David lachte und sagte, dass er ihm zustimmen müsse.

Jeans Befürchtungen verflüchtigten sich und wurden durch merkwürdigere, aber gleichermaßen ungemütliche Gefühle ersetzt. Es war natürlich lächerlich, aber sie wollte nicht, dass die zwei sich so gut verstanden. George war herzlicher und witziger, als wenn er mit ihr allein war. Und David kam ihr durchschnittlicher vor.

Waren die beiden so auch auf der Arbeit miteinander umgegangen? Und wenn ja, warum hatte George dann David nicht ein einziges Mal mehr erwähnt, seit er aus der Firma ausgeschieden war? Sie fing an, sich ziemlich schuldig dafür zu fühlen, dass sie David ihr häusliches Leben als so trostlos geschildert hatte.

Als sie endlich ins Esszimmer umzogen, schienen George und David mehr miteinander gemein zu haben als Jean mit beiden zusammen. Es war, als wäre sie wieder auf der Schule. Beobachtete ihre beste Freundin dabei, wie sie sich mit einem anderen Kind anfreundete, und wurde selbst im Regen stehen gelassen.

Immer wieder drängelte sie sich ins Gespräch zurück, um nur ja auch etwas von der Aufmerksamkeit abzubekommen. Aber sie machte ständig die falschen Bemerkungen. Klang viel zu interessiert an *Great Expectations*, obwohl sie nur die Fernsehserie gesehen hatte. Äußerte sich viel zu abfällig über Georges frühere kulinarische Katastrophen, obwohl der Risotto eigentlich sehr gut schmeckte. Es war ermüdend. Schließlich schien es ihr einfacher, sich mit der Zuschauerrolle zu begnügen, den Männern das Reden zu überlassen und ihre Meinung nur beizusteuern, wenn sie gefragt wurde.

Nur einmal schien es George die Sprache zu verschlagen. David erzählte, dass die Frau von Martin Donnelly zu Untersuchungen ins Krankenhaus müsse. Jean drehte sich um und sah George mit dem Kopf zwischen den Knien dasitzen. Ihr erster Gedanke war, dass er sie alle mit seinen Kochkünsten vergiftet hatte und sich übergeben musste. Aber er lehnte sich zurück, verzog das Gesicht, rieb sich das Bein, entschuldigte sich und erhob sich zu einer Runde durch die Küche, um einen Krampf zu lösen.

Am Ende der Mahlzeit hatte er eine ganze Flasche Rotwein getrunken und sich in eine Art Komiker verwandelt.

»Jean kennt die Geschichte schon, und ich will meine Frau nicht langweilen, aber… jedenfalls holten wir ein paar Wochen später unsere Fotos ab. Es waren allerdings nicht unsere Fotos. Es waren Fotos von irgendeinem jungen Mann mit seiner Freundin. Im Adamskostüm. Jamie meinte, wir sollten *Wollen Sie eine Vergrößerung?* hinten drauf schreiben, bevor wir sie zurückbrachten.«

Beim Kaffee sprach David über Mina und die Kinder, und als sie auf der Eingangstreppe standen und ihn in einer kleinen rosa Rauchwolke entschwinden sahen, sagte George: »Du würdest mich doch nie verlassen, oder?«

»Natürlich nicht«, antwortete Jean.

Sie erwartete, dass er wenigstens den Arm um sie legen würde. Aber er klatschte nur in die Hände, sagte: »Na, dann wollen wir mal abwaschen« und ging zurück ins Haus, als wäre das einfach der nächste Teil des Vergnügens.

26

Katie hatte eine schreckliche Woche hinter sich.

Am Montag kamen die Festivalprogramme, und Patsy, die das Wort *Programm* immer noch nicht richtig schreiben konnte, schockierte alle damit, dass sie tatsächlich mal etwas wusste, dass nämlich das Foto von Terry Jones auf Seite sieben in Wirklichkeit ein Foto von Terry Gilliam war. Aidan schnauzte Katie an, weil er bei seinem Business-Studium nicht gelernt hatte, wie man eigene Fehler zugibt. Sie wollte alles hinschmeißen. Er weigerte sich, ihre Kündigung zu akzeptieren. Und Patsy weinte, weil alle so laut schrien.

Katie ging früher, um Jacob von der Kita abzuholen, und Jackie berichtete, dass er zwei andere Kinder gebissen habe. Sie nahm ihren Sohn beiseite und hielt ihm einen Vortrag, dass er sich nicht wie das böse Krokodil in *Ein dicker Kuss für dich* aufführen dürfe. Aber Jacob hatte an diesem Tag keine Lust auf Moralpredigten. Um ihre Niederlage erträglicher zu machen, brachte sie ihn heim, wo er keinen Joghurt bekam, bis sie ihr Gespräch über das Beißen geführt hatten. Was bei ihr dieselbe Art der Frustration hervorrief, die Prof. Benson wahrscheinlich empfunden hatte, als sie Kant auf der Uni durchnahmen.

»Das war mein Traktor«, sagte Jacob.

»Stimmt nicht. Der Traktor gehört allen«, sagte Katie.

»Ich hab damit gespielt.«

»Und Ben hätte ihn dir nicht wegnehmen dürfen. Aber das gibt dir kein Recht, ihn zu beißen.«

»Ich hab damit gespielt.«

»Wenn du mit etwas spielst, und jemand will es dir wegnehmen, dann musst du schreien und Jackie oder Bella oder Susie Bescheid sagen.«

»Du hast gesagt, ich darf nicht schreien.«

»Man darf schreien, wenn man ganz, ganz wütend ist. Aber du darfst nicht beißen. Du willst ja auch nicht, dass andere Kinder dich beißen oder hauen, stimmt's?«

»Ben beißt andere Kinder«, sagte Jacob.

»Aber du willst nicht wie Ben sein.«

»Kriege ich jetzt meinen Joghurt?«

»Erst, wenn du verstehst, dass es böse ist, andere Leute zu beißen.«

»Ich verstehe«, sagte Jacob.

»Zu sagen, dass man es versteht, ist nicht dasselbe, wie es wirklich zu verstehen.«

»Aber er wollte mir meinen Traktor wegnehmen.«

An diesem Punkt platzte Ray herein und machte die technisch korrekte Anmerkung, dass es wenig sinnvoll war, Jacob im Arm zu halten, während sie ihm eine Moralpredigt hielt, und das gab Katie auf der Stelle die Gelegenheit zu demonstrieren, wie man jemanden anschreien durfte, wenn man ganz, ganz wütend war.

Ray blieb völlig ruhig, was sie zur Weißglut trieb, bis Jacob ihm sagte, er dürfe Mummy nicht wütend machen, weil »Du bist gar nicht mein echter Daddy«, woraufhin Ray in die Küche stürmte und das Brotschneidebrett in zwei Stücke brach.

Jacob fixierte seine Mutter mit dem Blick eines Fünfunddreißigjährigen und sagte schnippisch: »Ich esse jetzt meinen Joghurt«, dann verschwand er. Er wollte mit dem Essen fertig sein, bevor *Thomas, die kleine Lokomotive* begann.

Am nächsten Morgen sagte sie ihren Zahnarzttermin ab und verbrachte ihren freien Tag damit, Jacob mit ins Büro zu nehmen, wo er sich wie ein hirnamputierter Schimpanse benahm, während Patsy und sie fünftausend Erratum-Zettel einlegten. Bis zur Mittagspause hatte er die Kette von Aidans Fahrrad abgemacht, einen Kasten mit Karteikarten ausgeleert und sich heißen Kakao in die Schuhe gegossen.

Am Freitag war sie zum ersten Mal seit zwei Jahren aufrichtig erleichtert, als Graham auftauchte, um ihn für achtundvierzig Stunden zu übernehmen.

Am Samstagmorgen zog Ray los, um Fußball zu spielen, und sie machte den Fehler, sich am Hausputz zu versuchen. Sie wuchtete das Sofa herum, um an die Flusen und den Glibber und die Spielzeugteile darunter zu kommen, als irgendetwas in ihrem Rücken riss. Sie hatte fürchterliche Schmerzen und lief herum wie der Butler in einem Vampirfilm.

Ray stellte das Abendessen in die Mikrowelle, und sie versuchten es mit einer Runde orthopädisch korrektem, sanftem Sex, aber die Ibuprofen-Schmerztabletten schienen sie an allen entscheidenden Stellen taub gemacht zu haben.

Am Sonntag gab sie sich geschlagen, legte sich aufs Sofa und verdrängte die Rabenmutter-Schuldgefühle mit Cary-Grant-Videos.

Um sechs stand ihr Ex-Mann mit Jacob vor der Tür.

Ray war in der Dusche, weswegen sie ihnen selbst aufmachte und dann zu ihrem Stuhl in der Küche zurückhumpelte.

Graham fragte, was geschehen sei, aber Jacob war zu beschäftigt damit, ihr zu berichten, wie wahnsinnig toll es im Museum für Frühgeschichte gewesen sei.

»Und da waren ... da waren Selette von Elefanten und Nasenhörnern und ... und ... die Dinosaurier sahen aus wie Gespenster.«

»Einer der Säle wurde gerade gestrichen«, erklärte Graham. »Alles war mit Staubdecken abgehängt.«

»Und Daddy hat gesagt, dass ich lange aufbleiben darf. Und wir haben ... wir haben Eier gegessen. Und Toast. Und ich habe einen Stegosaurus aus Schokolade gekriegt. Aus dem Museum. Und da lag ein totes Eichhörnchen. Im Garten von ... im Garten von Daddy. Da waren Würmer drin. In den Augen.«

Katie streckte die Arme aus. »Willst du deine Mummy gar nicht umarmen?«

Aber Jacob war nicht zu bremsen. »Und ... und ... und wir sind mit dem Doppeldecker gefahren und ich darf die Faahkaten behalten.«

Graham hockte sich vor ihn. »Wart mal ein Minütchen, kleiner Mann, ich glaube, deiner Mummy geht es nicht so gut.« Er legte Jacob einen Finger auf die Lippen und sah Katie an. »Was ist los?«

»Hab mir den Rücken gezerrt. Beim Sofa-Rumschieben.«

Graham sah Jacob ernst an. »Du bist jetzt mal besonders lieb zu deiner Mummy, in Ordnung? Jag sie nicht herum. Versprochen?«

Jacob sah Katie an. »Hast du Aua am Rücken?«

»Ja, ein bisschen. Aber wenn ich eine Umarmung von meinem kleinen Äffchen bekomme, wird es bestimmt gleich besser.«

Jacob rührte sich nicht von der Stelle.

Graham richtete sich auf. »Tja, ich muss dann mal los.«

Jacob fing an zu heulen: »Ich will nicht, dass Daddy weggeht.«

Graham wuschelte ihm durch die Haare. »Tut mir leid, Kumpel. Ist leider nicht zu ändern.«

»Na komm, Jacob.« Katie streckte ihm wieder die Arme entgegen. »Ich will dich mal knuddeln.«

Jacob aber steigerte sich in einen Zustand opernreifer Verzweiflung hinein, schlug durch die Luft und trat gegen den nächsten Stuhl. »Nicht gehen. Nicht gehen.«

Graham versuchte ihn festzuhalten, damit er sich nicht weh tat. »Komm, komm, komm…« Normalerweise wäre er jetzt gegangen. Sie hatten das immer auf die harte Tour durchgezogen. Aber normalerweise hätte Katie Jacob auch einfach hochheben und festhalten können, während Graham den beschleunigten Rückzug antrat.

Jacob stampfte mit den Füßen auf. »Keiner… keiner hört mir zu. Ich will… ich hasse…«

Kurz darauf erschien Ray mit einem Handtuch um die Hüften in der Tür. Mittlerweile war es Katie egal, was er dazu sagen und wie Graham darauf reagieren würde. Ray ging zu Jacob, warf ihn sich über die Schulter und verschwand mit ihm.

Zum Reagieren blieb keine Zeit. Sie starrten nur auf die leere Tür und hörten, wie das Gezeter leiser wurde, während der Mann aus der Dusche Jacob nach oben trug.

Graham erhob sich. Sie befürchtete, dass er eine zynische Bemerkung zum Besten geben würde, und war sich nicht sicher, wie sie darauf reagieren würde. Aber er sagte nur: »Ich setz einen Tee auf«, und das war das Netteste, was er seit langem zu ihr gesagt hatte.

»Danke.«

Er setzte den Wasserkessel auf. »Du guckst mich so merkwürdig an.«

»Das Hemd. Das habe ich dir zu Weihnachten gekauft.«

»Stimmt. Mist. Sorry. Ich wollte damit nicht …«

»Nein. Ich wollte dich nicht …« Sie weinte.

»Was ist denn los?« Er streckte die Hand aus, um sie zu berühren, hielt sich aber zurück.

»Ach, nichts. Tut mir leid.«

»Läuft alles gut?«, fragte Graham.

»Wir wollen heiraten.« Mittlerweile weinte sie Rotz und Wasser. »Ach, Scheiße. Warum sage ich …«

Er reichte ihr ein Taschentuch. »Das sind ja große Neuigkeiten.«

»Ich weiß.« Sie putzte sich lautstark die Nase. »Und du? Wie steht's bei dir?«

»Ach, nichts Besonderes.«

»Erzähl«, forderte Katie ihn auf.

»Ich hatte da was mit einer Arbeitskollegin laufen.« Er nahm ihr das durchweichte Taschentuch weg und gab ihr ein neues. »Es hat nicht hingehauen. Ich meine, sie war toll, aber … sie hat in der Dusche so eine Badekappe aufgesetzt, damit sie keine nassen Haare kriegt.«

Er holte ein paar Feigenplätzchen heraus, und sie leiteten ihr Gespräch in sichere Bahnen. Ray, der bei Jamie voll ins Fettnäpfchen getreten war. Grahams Oma, die für einen Strickwarenkatalog Modell gestanden hatte.

Nach zehn Minuten entschuldigte er sich. Sie war traurig. Das überraschte sie, und er zögerte gerade lang genug, um anzudeuten, dass er das Gleiche empfand. Es gab einen kurzen Augenblick, in dem beide etwas Unangemessenes hätten sagen können. Er machte der Sache ein Ende.

»Pass auf dich auf, ja?« Er gab ihr einen sanften Kuss auf den Kopf und ging.

Sie saß ein paar Minuten lang reglos da. Jacob hatte aufgehört herumzukrakeelen, und Katie fiel plötzlich auf, dass sie keine Schmerzen gespürt hatte, solange sie sich mit Graham unterhalten hatte. Jetzt kehrten sie mit voller Wucht zurück. Sie spülte noch zwei Ibuprofen mit einem Glas Wasser hinunter und schleppte sich nach oben. Sie blieb vor der Tür zum Kinderzimmer stehen und spähte hinein.

Jacob lag mit dem Gesicht nach unten auf dem Bett und hatte den Kopf in Richtung Wand gedreht. Ray saß neben ihm, tätschelte ihm den Po und sang ihm ganz leise und völlig falsch »Zehn kleine Negerlein« vor.

Katie weinte schon wieder. Sie wollte nicht, dass Jacob es sah. Auch Ray nicht. Also wandte sie sich ab und schlich zurück in die Küche.

27

Es kam ihm vor allem so fürchterlich ungerecht vor.

George war nicht naiv. Auch guten Menschen passierten schlimme Dinge. Das wusste er. Und umgekehrt genauso. Aber als die Benns vom Freund ihrer Tochter ausgeraubt wurden oder als Brians erste Frau ihre Brustimplantationen herausnehmen lassen musste, konnte man nicht anders, man dachte einfach, dass es ihnen irgendwie recht geschah.

Er kannte Männer, die ihr ganzes Eheleben lang eine Geliebte hatten. Er kannte Männer, die bankrott gemacht und im Monat danach dieselbe Firma unter einem anderen Namen wieder angemeldet hatten. Er kannte einen Mann, der seinem Sohn mit einem Spaten das Bein gebrochen hatte. Warum passierte denen nicht so etwas?

Dreißig Jahre lang hatte er Geräte für Spielplätze hergestellt und installiert. Gute Spielgeräte. Nichts Billiges wie von Wicksteed oder Abbey Leisure, sondern ordentliche Qualitätsprodukte.

Er hatte Fehler begangen. Er hätte Alex Bamford rausschmeißen sollen, als er ihn fast bewusstlos in der Bürotoilette auf dem Boden liegen sah. Und er hätte nach schriftlichen Attesten für Jane Fullers Rückenprobleme fragen und nicht warten sollen, bis sie mit dieser Komikernummer in der Lokalzeitung auftauchte.

Er hatte siebzehn Leute wegrationalisiert, aber sie hatten eine anständige Abfindung und das beste Empfehlungsschreiben bekommen, das er schreiben konnte, ohne direkt zu lügen. Es war vielleicht keine Herzchirurgie gewesen, aber auch keine Waffenproduktion. Er hatte auf seine bescheidene Art das Glück eines kleinen Teiles der Bevölkerung gesteigert.

Und jetzt musste das Schicksal gerade ihm derart zusetzen.

Aber Klagen half ja nichts. Er hatte sein ganzes Leben damit verbracht, Schwierigkeiten zu bewältigen. Jetzt galt es, eine neue zu meistern.

Sein Verstand arbeitete nicht mehr richtig. Das musste er unter Kontrolle bekommen. Er hatte solche Situationen schon bewältigt. Immerhin hatte er achtzehn Jahre lang mit seiner Tochter im selben Haus gelebt, ohne dass es zum Eklat gekommen war. Als seine Mutter starb, ging er am nächsten Morgen wieder ins Büro, damit ihnen das Glasgow-Geschäft nicht durch die Lappen ging.

Er brauchte eine Strategie genauso, als wenn Jean einen Urlaub zu zweit in Australien gebucht hätte.

Er suchte sich ein Blatt steifes, cremeweißes Briefpapier, stellte eine Liste von Regeln auf und versteckte sie dann in dem feuerfesten Safe hinter der Garderobe zusammen mit seiner Geburtsurkunde und der Grundbucheintragung des Hauses:

1. Immer beschäftigt bleiben.
2. Lange Spaziergänge machen.
3. Gut schlafen.
4. Im Dunkeln duschen und an- und ausziehen.
5. Rotwein trinken.
6. An etwas anderes denken.
7. Reden.

Was das Beschäftigtsein betraf, so war die drohende Hochzeit ein Geschenk des Himmels. Beim letzten Mal hatte er Jean die Organisation überlassen. Jetzt, da er Zeit genug hatte, konnte er die Vorbereitungen übernehmen und so auch noch bei allen Pluspunkte gewinnen.

Einen langen Spaziergang um den Stausee oder ein kleines Dreieck um die Dorfkirchen draußen bei Helmsdon zu machen, war eine echte Freude. Das hielt fit und half ihm beim Einschlafen. Natürlich gab es schwierige Augenblicke. An einem Nachmittag hatte er mitten auf dem Pikeley Hill eine Fabriksirene aufheulen hören, obwohl keinerlei Gebäude zu sehen waren, und bei der Vorstellung von Raffineriekatastrophen und Nuklearangriffen fühlte er sich plötzlich sehr weit von der Zivilisation entfernt. Aber er schaffte es, laut singend zurück zum Auto zu marschieren und auf der Heimfahrt *Ella Live at Montreux* aufzudrehen, um sich abzulenken.

Beim Duschen und Umziehen das Licht auszumachen war eine Frage des gesunden Menschenverstandes. Und von jenem Abend einmal abgesehen, als Jean ins Badezimmer gekommen war, das Licht angeschaltet und geschrien hatte, als sie ihn sah, wie er sich im Dunkeln abtrocknete, war es auch ganz einfach.

Der Rotwein widersprach vermutlich der Meinung der Ärzte, aber zwei oder drei Gläser Ridgemont Cabernet taten Wunder für sein seelisches Gleichgewicht.

An etwas anderes zu denken war die schwierigste Aufgabe der 7-Punkte-Liste. Er schnitt sich gerade die Fußnägel oder ölte eine Heckenschere, und es stierte ihn aus dem Untergrund an wie ein dunkler Umriss in einem Haifischfilm. Wenn er in Peterborough unterwegs war, konnte er sich durch Seitenblicke auf hübsche junge Damen und die Vorstellung, wie sie nackt aussehen würden, einigermaßen ablenken. Doch an einem normalen Werktag traf man nur wenige hübsche junge Damen im Ort. Wenn er mutiger gewesen wäre und allein gelebt hätte, hätte er sich vielleicht Pornohefte gekauft. Aber er war nicht mutig, und Jean machte in allen Ecken sorgfältig sauber. Also gab er sich mit dem Kreuzworträtsel zufrieden.

Das Reden war die eigentliche Offenbarung. Er hätte nicht geahnt, dass er seiner Ehe durch das Sortieren seines Kopfinhaltes neues Leben einhauchen könnte. Nicht, dass sie zuvor langweilig oder lieblos gewesen wäre. Ganz und gar nicht. Sie kamen wesentlich besser miteinander zurecht als viele Paare aus ihrem Bekanntenkreis, die sich mit unterschwelligem Beschuss und übelgelauntem Schweigen nur deshalb arrangierten, weil es einfacher als eine Trennung war. Er und Jean stritten sich selten, größtenteils dank seiner Selbstbeherrschung. Schweigen gab es allerdings auch bei ihnen.

Insofern war es eine freudige Überraschung, dass er sagen konnte, was ihm gerade durch den Kopf ging, und Jean mit oft interessanten Kommentaren darauf reagierte. An manchen Abenden schenkte ihm diese Art des Gesprächs sogar ein so tiefes Wohlbehagen, dass er das Gefühl hatte, sich von Neuem in sie zu verlieben.

Ein paar Wochen nach Beginn dieses selbstauferlegten Programms erhielt George einen Anruf von Brian.

»Gails Mutter ist vierzehn Tage bei uns. Da hab ich mir gedacht, ich fahre ins Wochenendhaus und schaue nach, ob die Arbeiter alles richtig gemacht haben. Ich wollte fragen, ob du vielleicht mitkommen willst. Ein bisschen rustikal und einfach wird's schon werden. Klappbetten, Schlafsäcke. Aber du bist doch für so was zu haben.«

Normalerweise wollte er nie mehr als ein paar Stunden in Gesellschaft seines Bruders verbringen. Aber diesmal klang Brians Stimme jungenhaft begeistert. Er wirkte wie ein Neunjähriger, der unbedingt sein neues Baumhaus vorzeigen wollte. Und die Aussicht auf eine lange Bahnfahrt, windumtoste Spaziergänge am Helford und ein Bier am Kamin im örtlichen Pub war verlockend.

Er könnte einen Zeichenblock mitnehmen. Und den Peter-Ackroyd-Wälzer, den Jean ihm zu Weihnachten geschenkt hatte.

»Ich komme mit.«

28

Jamie staubsaugte die Teppiche und putzte das Bad. Er dachte kurz darüber nach, ob er die Kissenhüllen waschen sollte, aber Tony würde es nicht mal auffallen, wenn sie schlammverkrustet wären.

Am nächsten Nachmittag kürzte er den Besuch in den Eigentumswohnungen auf der Creighton Avenue ab, sagte im Büro Bescheid, dass er auf dem Handy erreichbar sei, und fuhr dann nach einem Abstecher zum Tesco-Supermarkt heim.

Lachs, dann Erdbeeren. Genug, um zu beweisen, dass er sich Mühe gegeben hatte, aber nicht so viel, dass er sich zu fett zum Sex fühlte. Er stellte eine Flasche Pouilly Fumé in den Kühlschrank und eine Vase mit Tulpen auf den Esstisch.

Er kam sich dumm vor. Da regte er sich wer weiß wie darüber auf, dass er Katie verlieren könnte, und tat nichts, um den wichtigsten Menschen in seinem Leben festzuhalten.

Er und Tony sollten zusammenziehen. Das wäre es doch – nach Hause zu kommen, und die Fenster wären erleuchtet und unbekannte Musik liefe. Samstagsmorgens im Bett liegen, brutzelnden Speck riechen und das Klappern von Geschirr durch die Wand hindurch hören.

Er würde Tony mitnehmen auf die Hochzeit. Dieser ganze Schwachsinn von wegen piefiger Doppelmoral. Er hatte doch vor sich selbst Angst. Alt zu werden. Sich für etwas zu entscheiden. Bei einer Sache zu bleiben.

Natürlich würde es grässlich werden. Aber es war egal, was die Nachbarn dachten. Es war egal, ob Mum Tony behandeln würde, als ob er der verlorene Sohn wäre. Es war egal, ob sein Vater über der Schlafzimmeraufteilung graue Haare bekommen würde. Es war egal, ob Tony auf einer langsamen Fummelei zu Lionel Richies *Three Times A Lady* bestehen würde.

Er wollte sein Leben mit Tony teilen. Das Gute und das Beschissene.

Er atmete tief durch und hatte mehrere Sekunden lang das Gefühl, nicht auf dem Kiefernholzboden seiner Küche, sondern auf einer einsamen schottischen Steilklippe zu stehen, mit donnernder Brandung und Wind im Haar. Größer. Erhaben.

Er nahm zwei Treppenstufen auf einmal. Unter der Dusche fühlte er sich, als würde etwas Schmutziges weggewaschen und der Dreck im Abfluss verschwinden.

Als es an der Tür klingelte, hatte er gerade eine Hemdfragenkrise. Er entschied sich für verblassten Jeansstoff und ging hinunter.

Als er die Tür aufmachte, war sein erster Gedanke, dass Tony vielleicht schlechte Nachrichten erhalten hatte. Vielleicht über seinen Vater.

»Was ist los?«

Tony atmete tief durch.

»Hey. Komm rein«, sagte Jamie.

Tony rührte sich nicht vom Fleck. »Wir müssen miteinander reden.«

»Komm rein, dann reden wir.«

Tony wollte nicht reinkommen. Er schlug vor, zum Park am Ende der Straße zu laufen. Jamie schnappte sich seinen Schlüssel.

Es geschah neben der kleinen roten Tonne für Hundescheiße.

Tony sagte: »Es ist aus.«

»Was?«

»Mit uns. Es ist vorbei.«

»Aber …«

»Du willst gar nicht wirklich mit mir zusammen sein«, sagte Tony.

»Das will ich wohl«, sagte Jamie.

»In Ordnung. Vielleicht willst du mit mir zusammen sein. Aber das willst du nicht genug. Diese verdammte Hochzeit. Da ist mir klar geworden … Mein Gott, Jamie. Bin ich einfach nicht gut genug für deine Eltern? Oder bin ich nicht gut genug für dich?«

»Ich liebe dich.« Warum passierte das jetzt? Es war so unfair, so hirnrissig.

Tony sah ihn an. »Du weißt doch gar nicht, was Liebe ist.«

»Das weiß ich wohl.« Er klang wie Jacob.

Tony verzog keine Miene. »Jemanden zu lieben heißt, das Risiko einzugehen, dass derjenige vielleicht dein hübsch geordnetes kleines Leben durcheinanderbringt. Und du willst nicht, dass jemand dein hübsch geordnetes kleines Leben durcheinanderbringt, stimmt's?«

»Hast du einen anderen?«

»Du hörst mir einfach nicht zu.«

Er hätte alles erklären sollen. Den Lachs. Das Staubsaugen. Die Worte waren schon in seinem Kopf. Er bekam sie nur nicht heraus. Es tat zu weh. Und der Gedanke, allein zurück nach Hause zu gehen, die Tulpen vom Tisch zu fegen, sich aufs Sofa zu legen und die Flasche Wein allein auszutrinken, hatte etwas krankhaft Tröstliches an sich.

»Es tut mir leid, Jamie. Ganz ehrlich. Du bist ein netter Kerl.« Tony vergrub die Hände in den Taschen, um zu zeigen, dass es keine Umarmung zum Abschied geben würde. »Ich hoffe, du findest jemanden, mit dem du dich wohl fühlen wirst.« Er drehte sich um und ging davon.

Jamie stand mehrere Minuten lang reglos im Park. Zurück in seiner Wohnung, fegte er die Tulpen vom Tisch, entkorkte die Weinflasche, nahm sie mit zum Sofa und weinte.

29

Ray drehte sich im Bett zu Katie um und sagte: »Bist du dir sicher, dass du mich heiraten willst?«

»Natürlich will ich dich heiraten.«

»Du würdest es mir ja sagen, wenn du es dir anders überlegt hättest, ja?«

»Mein Gott, Ray«, antwortete Katie. »Was soll das denn auf einmal?«

»Du würdest es ja nicht nur deswegen machen, weil wir es schon allen erzählt haben?«

»Ray …«

»Liebst du mich?«, fragte er.

»Warum redest du auf einmal so merkwürdiges Zeug?«

»Liebst du mich so, wie du Graham geliebt hast?«

»Nein, das tue ich nicht«, sagte Katie.

Eine Sekunde lang konnte sie echten Schmerz auf seinem Gesicht sehen.

»Ich war völlig hin und weg von Graham. Ich hielt ihn für ein Geschenk Gottes. Ich wusste nicht mehr, ob ich Männchen oder Weibchen war. Und als ich dann herausgefunden hatte, wie er wirklich ist …« Sie legte Ray die Hand ans Gesicht. »Bei dir weiß ich, was ich habe. Ich weiß, was an dir wunderbar ist. Ich weiß, welche Fehler du hast. Und ich will dich trotzdem heiraten.«

»Und, worin bestehen meine Fehler?«

Das zu erklären war jetzt aber nicht ihre Aufgabe. Er war derjenige, der sie trösten sollte. »Komm her.« Sie zog seinen Kopf auf ihre Brust.

»Ich liebe dich so sehr.« Er klang winzig.

»Keine Angst. Ich lass dich nicht vorm Altar stehen.«

»Tut mir leid. Dumm von mir.«

»Vor der Hochzeit können einem schon mal die Nerven durchgehen.« Sie fuhr mit der Hand über die Härchen auf seinem Oberarm. »Erinnerst du dich an Emily?«

»Ja?«

»Musste sich in der Sakristei übergeben.«

»Au wei.«

»Sie musste sich beim Gang durch die Kirche einen Riesenblumenstrauß vorhalten, damit man den Fleck nicht gesehen hat. Barrys Dad dachte, es würde nach Roddy riechen. Vom Junggesellenabend, weißt du.«

Sie schliefen ein und wurden um vier Uhr von dem weinenden Jacob aufgeweckt: »Mummy, Mummy, Mummy …«

Ray wollte schon aufstehen, aber sie bestand darauf hinzugehen.

Als sie in Jacobs Zimmer trat, war er noch im Halbschlaf und versuchte sich von einem großen orangenfarbenen Durchfallfleck in der Mitte des Bettes wegzukrümmen.

»Komm her, mein kleines Eichhörnchen.« Sie hob ihn hoch, und sein Kopf fiel verschlafen an ihre Schulter.

»Es is alles ... alles ... is so nass.«

»Ich weiß. Ich weiß.« Vorsichtig zog sie ihm die Schlafanzughose aus, rollte sie so zusammen, dass die Bescherung auf der Innenseite war, und warf das Bündel auf den Flur. »Na komm, mein Häschen, jetzt machen wir dich mal sauber.« Sie griff sich einen Windelbeutel, eine frische Windel und eine Packung feuchte Tücher aus der Schublade und wischte seinen Po sanft sauber.

Sie zog ihm die frische Windel an, fischte eine neue Schlafanzughose aus dem Wäschekorb und half seinen unbeholfenen Füßchen in die Hosenbeine. »So. Jetzt fühlst du dich gleich viel besser.«

Sie drehte die Winnie-Pu-Decke um, um sicherzustellen, dass sie sauber geblieben war, und machte daraus ein Nest auf dem Boden. »Du legst dich jetzt mal ganz kurz hin, und ich gucke mir so lange dein Bettchen an.«

Jacob weinte, als sie ihn auf den Boden zu legen versuchte. »Ich will nich ... lass ...« Aber als sein Kopf die Bettdecke berührte, rutschte ihm der Daumen in den Mund, und seine Augen fielen wieder zu.

Sie band den Windelbeutel zu und steckte ihn in den Müll. Schließlich zog sie das Bett ab, warf die schmutzigen Laken auf den Flur und drehte die Matratze um. Sie nahm ein neues Bettlaken aus dem Schrank und hielt es an ihr Gesicht. Gott, wie herrlich, dicke, oft gewaschene Baumwolle wie einen Pelz in der Hand zu fühlen, der Geruch von Waschpulver. Sie machte das Bett und steckte die Ecken stramm fest, damit das Laken glatt und ordentlich dalag.

Nachdem sie das Kissen aufgeschüttelt hatte, beugte sie sich hinunter und hob Jacob hoch.

»Mein Bauch macht aua.«

Sie hielt ihn auf dem Schoß. »Gleich kriegst du einen Löffel Calpol.«

»Rosa Saft«, sagte Jacob.

Sie schlang die Arme um ihn. Davon bekam sie nicht genug. Nicht, wenn er wach war. Maximal eine halbe Minute. Dann war schon wieder Hubschrauber und hüpf-di-hüpf auf dem Sofa angesagt. Natürlich erfüllte es sie mit Stolz, wenn sie ihn im Kreis sitzen sah, wie er Bella beim Vorlesen zuhörte, oder ihn beobachtete, wie er mit anderen Kindern auf dem Spielplatz redete. Aber früher war er Teil ihres Körpers gewesen, früher hatte sie alles wieder gutmachen können, indem sie ihn fest an sich drückte, und das fehlte ihr jetzt. Schon konnte Katie sich vorstellen, dass er von zu Hause weggehen würde, jetzt schon war manchmal Distanz zu spüren, und aus ihrem Baby wurde ein eigener kleiner Mensch.

»Ich will zu meinem Daddy.«

»Der ist oben und schläft.«

»Mein echter Daddy«, sagte Jacob.

Sie umfasste seinen Kopf mit der Hand und küsste ihn auf die Haare. »Manchmal fehlt er mir auch.«

»Aber er kommt nicht wieder.«

»Nein. Er kommt nicht mehr wieder.«

Jacob weinte lautlos.

»Aber ich lasse dich niemals im Stich, niemals. Das weißt du doch, ja?« Sie wischte ihm mit dem Ärmel ihres T-Shirts den Rotz von der Nase und wiegte ihn.

Sie sah hinauf zur Bob-der-Baumeister-Größentabelle und dem Segelboot-Mobile, das sich still im Halbdunkel drehte. Von irgendwo unter dem Fußboden kam das metallische Geräusch eines Wasserrohrs.

Jacob hörte auf zu weinen. »Darf ich morgen einen Eisbärsaft trinken?«

Sie strich ihm die Haare aus den Augen.

»Ich weiß noch nicht, ob du morgen in die Kita gehen kannst.« Seine Augen wurden feucht. »Aber wenn doch, dann bekommst du auf dem Heimweg deinen Eisbärsaft, in Ordnung?«

»In Ordnung.«

»Aber wenn du einen Eisbärsaft trinkst, dann kannst du keinen Pudding zum Abendessen kriegen. Ist das abgemacht?«

»Is abgemacht.«

»Jetzt holen wir dir mal was von dem Calpol.«

Sie legte ihn auf das frische Laken und holte die Flasche und die Spritze aus dem Badezimmer.

»Mund auf.«

Er schlief schon fast wieder. Sie spritzte ihm die Medizin in den Mund, wischte mit der Fingerspitze einen Tropfen von seinem Kinn und leckte ihn ab.

Sie gab ihm einen Kuss auf die Wange. »Ich muss jetzt wieder ins Bett, mein Äffchen.«

Aber er wollte ihre Hand einfach nicht loslassen. Und sie wollte nicht, dass er losließ. Ein paar Minuten sah sie den schlafenden Jungen an, dann legte sie sich neben ihn.

Das machte alles wieder wett: die Müdigkeit, Jacobs Wutanfälle, die Tatsache, dass sie seit sechs Monaten keinen Roman mehr gelesen hatte. Das war es, was Ray ihr gab.

Das war es, was Ray ihr eigentlich geben sollte.

Sie strich Jacob über den Kopf. Er war ganz ganz weit weg und träumte von Himbeereis und Baggermaschinen und der Kreidezeit.

Dann war es plötzlich Morgen, und Jacob rannte in seinem Spidermankostüm durchs Zimmer.

»Wach auf, Schatz.« Ray strich ihr die Haare aus dem Gesicht. »Unten wartet schon was Gebrutzeltes auf dich.«

Nach der Kita kamen Jacob und sie später als sonst nach Hause, weil sie unterwegs Halt gemacht und einen Eisbärsaft getrunken hatten, und Ray war schon aus dem Büro zurückgekehrt.

»Graham hat angerufen«, sagte er.
»Worum ging's?«
»Hat er nicht gesagt.«
»Irgendwas Wichtiges?«, fragte Katie.
»Hab nicht gefragt. Er meinte, er versucht's später noch mal.«
Ein rätselhafter Anruf von Graham pro Tag war so ziemlich Rays Limit. Deshalb benutzte sie das Telefon im Schlafzimmer, als sie Jacob zu Bett gebracht hatte.
»Hier ist Katie.«
»Toll, dass du zurückrufst.«
»Und, was gibt's Geheimnisvolles?«
»Nichts Geheimnisvolles. Ich mache mir nur Sorgen um dich. Das war nicht gerade eine Nachricht, die ich unbedingt Ray hinterlassen wollte.«
»Tut mir leid. Ich war nicht in bester Verfassung, als du letztens hier warst, mit meinem Rücken und so.«
»Redest du mit irgendjemandem?«, fragte Graham.
»Was, meinst du mit einem Therapeuten oder was?«
»Nein, ich meine einfach nur reden.«
»Natürlich rede ich mit Leuten«, erwiderte Katie.
»Du weißt, was ich meine.«
»Graham, hör zu …«
»Wenn ich mich nicht einmischen soll«, sagte Graham, »dann mische ich mich nicht ein. Und ich will auch nicht schlecht über Ray reden. Wirklich nicht. Ich habe mich nur gefragt, ob du vielleicht Lust auf einen Kaffee hättest. Wir sind doch noch Freunde, oder? Na gut, vielleicht sind wir keine Freunde. Aber ich hatte irgendwie den Eindruck, als ob du vielleicht mal ein paar Sachen loswerden müsstest. Womit ich nicht unbedingt Negatives meine.« Er machte eine Pause. »Ich fand es richtig schön, neulich abends mit dir zu reden.«
Weiß Gott, was in ihn gefahren war. Seit Jahren hatte er ihretwegen nicht mehr so besorgt geklungen. Wenn es Eifersucht

war, hörte es sich nicht nach Eifersucht an. Vielleicht hatte ihm die Frau mit der Badekappe das Herz gebrochen.

Sie ermahnte sich. Das war kein netter Gedanke. Menschen können sich ändern. Er war wirklich nett zu ihr. Und er hatte recht. Sie redete nicht mit genug Leuten.

»Am Mittwoch mache ich früher Schluss. Da hätte ich eine Stunde Zeit, bevor ich Jacob abhole.«

»Wunderbar.«

30

Zahnbürste. Flanellhemd. Rasierer. Wollstrickjacke.

George begann mit dem Packen eines Koffers, fand dann aber, dass das nicht rustikal genug aussah, und grub Jamies alten Rucksack auf dem Dachboden aus. Er war ein bisschen abgewetzt, aber ein Rucksack hatte nun mal abgewetzt zu sein.

Drei Paar Unterhosen. Zwei Unterhemden. Den Ackroyd. Gartenhose.

Das war doch mal Urlaub nach seinem Geschmack.

Einmal hatten sie es probiert. Snowdonia, 1980. Ein verzweifelter Versuch seinerseits, nach dem grauenhaften Flug nach Lyon vom Vorjahr auf dem Boden der Wirklichkeit zu bleiben. Und vielleicht hätte es ja auch geklappt, wenn er abgehärtetere Kinder oder eine weniger auf Komfort fixierte Frau gehabt hätte. Regen an sich war nichts Schlimmes. Das gehörte nun mal dazu, wenn man zurück zur Natur wollte. Und abends hatte es ja meistens aufgeklart, so dass sie auf den Isomatten vorm Zelt sitzen und das Abendessen auf dem Primuskocher kochen konnten. Doch jeder Vorschlag in den Folgejahren, ob sie nicht nach Skye oder in die Alpen fahren wollten, wurde stets mit der Gegenfrage »Warum gehen wir nicht in Nordwales zelten?« und höhnischem Gelächter abgewehrt.

Jean setzte ihn um kurz nach neun in der Ortsmitte ab, und er kaufte sich bei Ottakar's die amtliche topographische Landranger-Karte Nummer 204, *Truro, Falmouth und Umgebung*. Dann besorgte er sich eine Kollektion Bleistifte (2B, 4B und 6B), einen Skizzenblock, Radiergummi und beim Campingausstatter nur ein paar Ecken weiter ein Schweizer Offiziersmesser. Damit konnte er die Bleistifte anspitzen und wäre im Falle eines Falles in der Lage, Stöckchen zu schnitzen und Steine aus Pferdehufen zu entfernen.

Er traf eine Viertelstunde zu früh am Bahnhof ein, kaufte sich eine Fahrkarte und setzte sich auf den Bahnsteig.

Eine Stunde bis King' Cross. Mit der Hammersmith and City Line nach Paddington. Viereinhalb Stunden bis Truro. Zwanzig Minuten nach Falmouth. Dann weiter mit dem Taxi. Wenn die Sitzplatzreservierung zwischen Paddington und Truro geklappt hatte und er nicht vor der Toilette auf dem Rucksack sitzen musste, würde er ein paar hundert Seiten in seinem Buch schaffen.

Kurz vor Abfahrt des Zuges fiel ihm ein, dass er seine Steroidcreme vergessen hatte.

Es spielte ja sowieso keine Rolle. Es war eine Behandlung für ein Ekzem, nichts weiter, eine triviale Angelegenheit. Er könnte von Kopf bis Fuß mit diesem Ausschlag bedeckt sein, und es wäre nicht weiter schlimm.

Den Satz *von Kopf bis Fuß mit diesem Ausschlag bedeckt sein* mit dem passenden Bild dazu hätte er nicht denken sollen.

Er sah hinauf zur Anzeigetafel, um festzustellen, wie viel Zeit er noch bis zur Abfahrt des Zuges hatte, bemerkte aber stattdessen einen entstellten Landstreicher auf der benachbarten Bank. Die ihm zugewandte Seite seines Gesichtes war vollständig mit eitrigem Schorf bedeckt, als ob irgendeine Wucherung seitlich aus seinem Kopf herauswüchse.

Er versuchte den Blick abzuwenden. Aber es gelang ihm nicht. Es war wie Höhenangst: Der Abgrund schien einen anzusaugen.

Denk an etwas anderes.

Er drehte den Kopf nach unten und zwang sich, seine Aufmerksamkeit auf fünf graue Kaugummiovale zu richten, die zwischen seinen Füßen auf dem Beton klebten.

»*I took a trip on a train and I thought about you.*« Er summte die Worte des Sinatra-Songs. »*I passed a shadowy lane and I thought about you.*«

Der entstellte Landstreicher rappelte sich auf.

Lieber Gott im Himmel, er kam auf ihn zu.

George hielt den Kopf gesenkt. »*Two or three cars parked under the stars, a winding stream, moon shining down …*«

Der Landstreicher ging an George vorbei und bewegte sich im langsamen Zickzackkurs über den Bahnsteig.

Er war betrunken. Betrunken genug, um aufs Bahngleis zu stolpern. Zu betrunken, um wieder hinaufzuklettern. George blickte auf. Der Zug kam in einer Minute. Er stellte sich vor, wie der Landstreicher über die Betonkante kippte, das Kreischen der Bremsen, den platschenden Aufprall und den Körper, der über die Gleise geschoben und von den Rädern wie ein Schinken in Scheiben geschnitten wurde.

Er musste den Landstreicher aufhalten. Dazu müsste er ihn allerdings anfassen, und George wollte den Landstreicher nicht anfassen. Dieses Geschwür. Der Gestank.

Nein. Er brauchte den Landstreicher nicht aufzuhalten. Es waren auch noch andere Leute auf dem Bahnsteig. Und wo waren die Bahnbediensteten? Die waren zuständig für den Landstreicher.

Wenn er um das Bahnhofsgebäude herum an das andere Ende des Bahnsteigs ginge, bräuchte er nicht mitansehen, wie der

Landstreicher starb. Aber am anderen Ende des Bahnsteigs würde er womöglich den Zug verpassen. Wenn der Landstreicher allerdings unter den Zug kam, würde das eine Verspätung nach sich ziehen. George würde den Anschluss nach Truro verpassen und viereinhalb Stunden vor der Toilette sitzen müssen.

Dr. Barghoutian hatte Katies Blinddarmentzündung nicht erkannt. Hatte sie für Bauchschmerzen gehalten. Drei Stunden später rannten sie im Laufschritt durch die Unfallchirurgie, und Katie lag auf dem Operationstisch.

Wie hatte George das um alles in der Welt vergessen können?

Dr. Barghoutian war ein Kurpfuscher.

George massierte die falsche Creme voller Chemie in einen Tumor. Eine steroidhaltige Creme. Von Steroiden wuchs Gewebe schneller und kräftiger. Er massierte eine Creme, von der Gewebe schneller und kräftiger wuchs, direkt in einen Tumor.

Die Wucherung im Gesicht des Landstreichers. Genauso würde George aussehen. Überall.

Der Zug fuhr ein.

George nahm den Rucksack in die Hand und sprang in die offene Tür des nächstbesten Abteils. Wenn er sich nur schnell genug auf die Reise begab, könnte er diese schurkischen Gedanken vielleicht abschütteln.

Er ließ sich in einen Sitz fallen. Sein Herz schlug so schnell, als wäre er den gesamten Weg von zu Hause hergerannt. Er fand es sehr schwierig, still zu sitzen. Ihm gegenüber saß eine Frau in einem malvenfarbenen Regenmantel. Es war ihm gleichgültig, was sie von ihm dachte.

Der Zug fuhr an.

George sah zum Fenster hinaus und stellte sich vor, er würde in einem kleinen Flugzeug parallel zum Zug fliegen, wie er es als kleiner Junge immer getan hatte, er zog den Schaltknüppel zurück, um über Zäune und Brücken zu kommen, er ließ das

Flugzeug nach links und rechts ausscheren, um einen Bogen um Schuppen und Telegrafenmasten zu machen.

Der Zug wurde schneller. Über den Fluss hinweg. Über die A 605.

Ihm war schlecht.

Er befand sich in einer auf dem Kopf stehenden Kabine eines sinkenden Schiffes, in die unaufhörlich Wasser strömte. Undurchdringliche Finsternis. Die Tür war irgendwo unter ihm. Wo, spielte keine Rolle. Sie führte nur zu anderen Orten, an denen man sterben würde.

Er strampelte wie verrückt und versuchte, den Kopf in der schrumpfenden Pyramide abgestandener Luft zu halten, wo Wände und Decke zusammentrafen.

Sein Mund war unter Wasser.

Er hatte öliges Wasser in der Luftröhre.

Er ließ den Kopf zwischen die Beine hängen.

Er würde sich übergeben müssen.

Er richtete sich wieder auf.

Ihm wurde am ganzen Körper kalt, und das Blut floss aus seinem Kopf.

Er ließ den Kopf wieder zwischen die Beine hängen.

Er hatte das Gefühl, in einer Sauna zu sitzen.

Er richtete sich auf und öffnete das kleine Fenster.

Die Frau in dem malvenfarbenen Regenmantel funkelte ihn an.

Der eitrige Schorf würde ihn mit der Langsamkeit des Bösen strangulieren, ein widerwärtiges, krustiges Anhängsel, das sich von seinem eigenen Körper nährte.

Feldbetten? Spaziergänge am Helford? Bier am Kamin mit Brian? Hatte er denn völlig den Verstand verloren? Es würde die reinste Hölle werden.

In Huntingdon stieg er aus, stolperte zur nächsten Bank, setzte sich und rekonstruierte im Geiste das *Telegraph*-Kreuzworträtsel von heute Morgen. Kniefall. Humpen. Pferdeschuh.

Es ebbte ein wenig ab.

Er würde an Krebs sterben. Es war ein schrecklicher Gedanke. Aber wenn er ihn irgendwo da einordnen könnte, in der Gedanken-über-den-Krebstod-Schachtel, dann würde es ihm vielleicht besser gehen.

Gazelle. Knauserei. Babylonischer Gott...

Er musste den nächsten Zug zurück nach Hause nehmen. Mit Jean plaudern. Eine Tasse Tee trinken. Musik auflegen. Laut. Sein eigenes Haus. Sein eigener Garten. Alles genau da, wo es hingehörte. Kein Brian. Keine Landstreicher.

Rechts von ihm war eine Anzeigetafel. Vorsichtig stand er auf und stellte sich vor sie, damit er sie lesen konnte.

Gleis 2. In zwölf Minuten.

Er ging zur Treppe. In einer Stunde würde er zu Hause sein.

31

Nachdem sie George hinausgelassen hatte, setzte Jean sich wieder ans Steuer, drehte eine schnelle Runde durch den Dschungel der Einbahnstraßen und fuhr zurück ins Dorf.

In ihrem ganzen Leben hatte sie bisher noch keine vier Tage allein verbracht. Gestern hatte sie sich noch darauf gefreut. Aber jetzt, da es so weit war, erfüllte es sie mit Angst.

Sie merkte, wie sie die exakte Zahl der Stunden ausrechnete, die sie zwischen der Arbeit bei Ottakar's und in St. John's allein sein würde.

Am Sonntag würde sie den Abend mit David verbringen. Aber Sonntagabend schien auf einmal sehr weit weg.

In diesem Augenblick parkte sie vor dem Haus, blickte auf und sah auf dem Gartenweg niemand anderen als David stehen, der sich mit Mrs Walker von nebenan unterhielt.

Was in drei Teufels Namen machte er da? Mrs Walker war es nicht mal entgangen, als sie angefangen hatten, sich Orangensaft vom Milchmann bringen zu lassen. Weiß Gott, was die Frau sich jetzt dachte.

Jean stieg aus.

»Ah, Jean. Habe ich doch noch Glück.« David lächelte sie an. »Ich wusste nicht, ob ich George zu Hause erwischen würde. Ich habe meine Lesebrille vergessen, als ich neulich zum Abendessen da war.«

Lesebrille? Mein Gott, der Mann konnte lügen, dass sich die Balken bogen. Jean wusste nicht, ob sie beeindruckt oder erschrocken sein sollte. Sie sah Mrs Walker an. Die Nachbarin wirkte, wenn überhaupt, dann ganz begeistert von David.

»Mr Symmonds und ich haben uns ein bisschen unterhalten«, sagte sie. »Er hat mir erzählt, George könne sehr gut Risotto kochen. Ich dachte, er wollte mich auf den Arm nehmen.«

»Unglaublich, aber wahr«, sagte Jean. »George kocht. Alle fünf Jahre einmal.« Sie drehte sich zu David um. »Da wird er aber enttäuscht sein. Ich habe ihn gerade im Ort abgesetzt. Er fährt seinen Bruder besuchen. In Cornwall.«

»Das ist aber schade«, sagte David.

Er wirkte derartig locker, dass Jean sich allmählich fragte, ob er vielleicht wirklich eine Lesebrille vergessen hatte. »Na, warum kommst du nicht kurz rein.«

Er wandte sich Mrs Walker zu. »Hat mich sehr gefreut.«

»Mich auch.«

Sie gingen hinein.

»Tut mir leid«, sagte David. »Ich war ein bisschen zu früh hier.«

»Zu früh?«

»Ich dachte, du wärst schon vom Bahnhof zurück. Die Begegnung mit der neugierigen Nachbarin war nicht Teil des Planes.« Er zog die Jacke aus und hängte sie über einen Stuhl.

»Des Planes? David, das hier ist unser Zuhause. Du kannst nicht einfach herkommen, wie es dir gerade passt.«

»Immer mit der Ruhe.« Er nahm sie bei der Hand und führte sie zum Küchentisch. »Ich möchte mit dir über etwas sprechen.« Er wartete, bis sie sich gesetzt hatte, holte seine Lesebrille aus der Jackentasche und legte sie vor sich auf den Tisch. »Damit ich sie als Beweis für deine Nachbarin schwenken kann, wenn ich gehe.«

»Du machst das nicht zum ersten Mal.«

»Das?« Er lächelte nicht. »Das habe ich noch nie gemacht.«

Ihr war plötzlich sehr unbehaglich zu Mute. Es juckte sie in den Fingern, Tee aufzusetzen, abzuwaschen, irgendwas. Aber er hatte ihre rechte Hand ergriffen und seine andere Hand darübergelegt, als hätte er ein kleines Tierchen hochgehoben, das er am Weglaufen hindern wollte.

»Ich muss dir etwas sagen. Ich muss es dir unter vier Augen sagen. Und ich muss es sagen, wenn du Zeit hast, darüber nachzudenken.« Er machte eine Pause und atmete tief durch. »Ich bin ein alter Mann…«

»Du bist nicht alt.«

»Bitte, Jean, ich übe das jetzt seit Wochen. Lass mich einfach aussprechen, bevor ich mich total lächerlich mache.«

Sie hatte ihn noch nie so angespannt erlebt.

»Wenn man mal mein Alter erreicht hat, dann bekommt man keine zweite Chance mehr. Na gut, vielleicht bekommt man manchmal doch eine zweite Chance. Vielleicht ist das hier meine zweite Chance. Aber…« Er sah hinunter auf ihre Hände. »Ich liebe dich. Ich will mit dir zusammen leben. Du machst mich sehr glücklich. Ich weiß, dass es egoistisch ist, aber ich will mehr. Ich will abends mit dir ins Bett gehen und morgens mit dir aufwachen. Bitte, lass mich ausreden. Für mich ist das einfach. Ich bin alleinstehend. Ich brauche auf keine anderen Leute Rücksicht zu nehmen. Ich kann tun und lassen, was ich will. Für dich sieht es anders aus. Ich weiß. Ich habe Respekt vor George. Ich mag George. Aber ich habe dich über ihn reden hören, und ich habe euch zwei zusammen erlebt und ... Du wirst wahrscheinlich Nein sagen. Und wenn das so ist, habe ich Verständnis dafür. Aber wenn ich dich nie gefragt hätte, würde ich das für den Rest meines Lebens bereuen.«

Sie begann am ganzen Körper zu zittern.

»Bitte. Denk doch einfach mal darüber nach. Wenn du Ja sagen würdest, würde ich alles in meiner Macht Stehende unternehmen, um es so schmerzlos und einfach wie möglich für dich zu gestalten ... Aber wenn es unmöglich ist, dann werde ich einfach so tun, als hätte dieses Gespräch nie stattgefunden. Ich will dich auf gar keinen Fall verscheuchen.« Er blickte auf und sah ihr wieder in die Augen. »Bitte sag mir, dass ich nicht gerade alles kaputt gemacht habe.«

Sie legte ihre Hand auf seine, so dass ihre vier Hände einen kleinen Turm auf dem Tisch bildeten. »Weißt du ...«

»Was?« Er wirkte zutiefst besorgt.

»So was Nettes hat noch nie jemand zu mir gesagt.«

Er stieß einen Seufzer aus. »Du brauchst mir jetzt keine Antwort zu geben.«

»Das werde ich auch nicht tun.«

»Denk einfach mal darüber nach.«

»Es wird mir schwer fallen, an irgendetwas anderes zu denken.« Sie lachte ein wenig. »Du lächelst. Das erste Lächeln, seit du das Haus betreten hast.

»Erleichterung.« Er drückte ihre Hand.

Sie schob den Stuhl zurück, ging um den Tisch herum, setzte sich auf seinen Schoß und küsste ihn.

32

Katie und Graham redeten nicht über Ray. Sie redeten nicht mal über die Hochzeit. Sie redeten über *Bridget Jones* und den Tanklaster aus den Fernsehnachrichten am Morgen, der halb vom Westway herunterhing, und über die bizarre Frisur der Frau, die hinten in der Ecke des Cafés saß.

Dieses Gefühl, als würde man einen alten Pulli überziehen, der passte und gut roch, hatte Katie gefehlt.

Sie hatte die Bedienung gerade um die Rechnung gebeten, als sie Ray ins Café und auf sich zukommen sah. Eine halbe Sekunde lang fragte sie sich, ob es irgendeinen Notfall gebe. Dann sah sie seinen Gesichtsausdruck und wurde fuchsteufelswild.

Ray blieb neben dem Tisch stehen und sah auf Graham hinunter.

»Was soll das?«, fragte Katie.

Ray sagte nichts.

Graham legte seelenruhig sieben Ein-Pfund-Münzen in das Edelstahlschälchen und streifte seine Jacke über. »Ich geh dann mal lieber.« Er stand auf. »Schön, dass wir uns gesehen haben.«

»Es tut mir wirklich leid«, sagte Katie zu ihm, bevor sie sich Ray zuwandte. »Himmel Herrgott, Ray. Werd erwachsen.«

Einen fürchterlichen Augenblick lang fürchtete sie, er würde Graham schlagen. Aber das tat er nicht. Er beobachtete nur, wie ihr Ex-Mann langsam in Richtung Tür schritt.

»Na, das war ja ganz reizend, Ray. Wirklich reizend. Wie alt bist du eigentlich?«

Ray starrte sie an.

»Sagst du jetzt auch mal was, oder willst du mit diesem bescheuerten Gesichtsausdruck da stehen bleiben?«

Er drehte sich um und verließ das Café.

Die Kellnerin kam zurück, um das Edelstahlschälchen abzuholen, und Ray war draußen auf dem Bürgersteig vor dem

Fenster zu sehen. Er hievte eine Mülltonne über seinen Kopf, brüllte wie ein durchgedrehter Penner und schleuderte sie auf den Bürgersteig.

33

Als George endlich zu Hause war, fühlte er sich um einiges ruhiger.

Das Auto stand vor der Tür. Daher war er überrascht und ein wenig enttäuscht, niemanden zu Hause vorzufinden. Andererseits war es enorm wohltuend, in seinem eigenen Flur zu stehen. Der schweinchenförmige Notizblock auf der Telefonkonsole. Der schwache Geruch nach Toast. Dieses Fichtennadelzeug, mit dem Jean die Teppiche säuberte. Er stellte den Rucksack ab und ging in die Küche.

Er wollte gerade den Wasserkocher anstellen, als ihm auffiel, dass einer der Stühle auf dem Boden lag. Er bückte sich und richtete ihn wieder auf.

Der Gedanke an Geisterschiffe schoss ihm durch den Kopf: Alles war noch genau wie in dem Augenblick, da die Katastrophe passierte, halb gegessene Mahlzeiten, unvollendete Tagebucheintragungen.

Er ermahnte sich. Hier war nur ein Stuhl umgekippt. Er füllte den Wasserkocher, steckte ihn in die Steckdose, legte die Handflächen flach auf die Resopal-Arbeitsplatte, atmete langsam aus und ließ die verrückten Gedanken entschwinden.

Das war der Moment, in dem er das Geräusch hörte, irgendwo über seinem Kopf; als ob jemand schwere Möbel rücken würde. Erst dachte er, das müsse Jean sein. Aber es war ein Geräusch, das er noch nie im Haus gehört hatte, ein rhythmisches Stoßen, fast mechanisch klingend.

Um ein Haar hätte er laut geschrien. Aber diesen Impuls unterdrückte er. Er musste wissen, was da vor sich ging, bevor er auf sich aufmerksam machte. Vielleicht würde ihm das Überraschungsmoment noch zugute kommen.

Er ging auf den Flur und stieg die Treppe hoch. Als er oben angelangt war, wurde ihm klar, dass der Lärm aus einem der Schlafzimmer kam.

Er überquerte den Treppenabsatz. Die Tür zu Katies Kinderzimmer war geschlossen, aber die Tür zu seinem und Jeans Zimmer war nur angelehnt. Dort kam der Lärm her.

Sein Blick fiel auf die vier Marmoreier in der Obstschale auf der Kommode. Er nahm das schwarze und hielt es ganz fest. Es war keine tolle Waffe, aber immerhin sehr massiv, und er fühlte sich damit sicherer. Er ließ das Ei ein paar Mal schwer in seine Handfläche fallen.

Er machte sich darauf gefasst, gleich einem Drogensüchtigen gegenüberzustehen, der ihre Schubladen durchwühlte. Eigentlich hätte er vor Furcht bibbern müssen, aber sein Angstvorrat schien nach den Ereignissen des Morgens aufgebraucht zu sein.

Er trat einen Schritt auf die Tür zu und schob sie vorsichtig auf.

Zwei Leute hatten Geschlechtsverkehr auf dem Bett.

Er hatte noch nie zwei Leute gesehen, die Geschlechtsverkehr miteinander hatten, nicht in Wirklichkeit. Es sah nicht sehr attraktiv aus. Sein erster Impuls war, sich schnell abzuwenden, um der Peinlichkeit zu entgehen. Dann fiel ihm wieder ein, dass dies sein Zimmer war. Und sein Bett.

Er wollte die beiden gerade laut fragen, was das bitte schön sollte, als er bemerkte, dass es alte Leute waren. Dann machte die Frau das Geräusch, das er von unten gehört hatte. Und es war nicht irgendeine Frau. Es war Jean.

Der Mann vergewaltigte sie.

George reckte die Faust mit dem Marmorei darin hoch und machte noch einen Schritt nach vorn, aber sie sagte: »Ja, ja, ja, ja«, und er konnte jetzt erkennen, dass der nackte Mann zwischen ihren Beinen David Symmonds war.

Ohne Vorwarnung kippte das Haus zur Seite. George wich einen Schritt zurück und hielt sich am Türrahmen fest, damit er nicht umfiel.

Zeit verging. Wie viel Zeit genau war schwer zu sagen. Irgendetwas zwischen fünf Sekunden und zwei Minuten.

Er zog die Tür zu, so dass sie wieder angelehnt war, und hielt sich am Geländer fest. Lautlos legte er das Marmorei in die Schale zurück und wartete darauf, dass das Haus sich wieder aufrichtete, wie ein Schiff in einem langen Wellental.

Als das endlich geschah, tastete er sich wie ein Blinder die Treppe hinunter, hob den Rucksack hoch, ging zur Haustür hinaus und schloss sie leise.

In seinem Kopf summte ein Geräusch, wie man es ansonsten wohl zu hören bekommt, wenn man auf den Gleisen liegt und ein Schnellzug über einen hinwegdonnert.

George lief los. Das tat ihm gut. Laufen befreit den Kopf.

Ein blauer Kombi fuhr vorbei.

Diesmal war es der Bürgersteig, der zur Seite kippte. George blieb stehen, beugte sich vor und erbrach sich am Fuß einer Straßenlaterne.

Er verharrte in dieser Haltung, um seine Hose nicht zu beschmutzen, fischte ein benutztes Taschentuch heraus und wischte sich den Mund ab. Das Taschentuch auf die Straße zu werfen gehörte sich nicht, und er wollte es gerade wieder einstecken, als sich das Gewicht des Rucksacks unerwartet verlagerte, er die Hand nach der Laterne ausstreckte, um sich festzuhalten, ins Leere fasste und in eine Hecke fiel.

Er kaufte gerade einen Fleischkuchen und einen Obstsalat bei Knutsford Services an der M6, als er von Hundegebell geweckt wurde, die Augen öffnete und merkte, dass er in ein großes Stück bedeckten Himmels starrte, das von Blättern und Zweigen eingerahmt war.

Er betrachtete eine Weile den bedeckten Himmel.

Es roch stark nach Erbrochenem.

Allmählich wurde ihm klar, dass er in einer Hecke lag. An seinen Schultern hing ein Rucksack. Jetzt erinnerte er sich wieder: Er hatte sich auf der Straße erbrochen, und seine Frau hatte ein paar hundert Meter entfernt Geschlechtsverkehr mit einem anderen Mann.

Er wollte nicht, dass ihn irgendjemand hilflos in der Hecke liegen sah.

Er brauchte mehrere Sekunden, um sich genau daran zu erinnern, wie man seine Gliedmaßen bewegte. Als es ihm wieder einfiel, zog er sich einen Zweig aus den Haaren, streifte den Rucksack ab und rappelte sich vorsichtig auf.

Auf der anderen Straßenseite stand eine Frau, die ihn mit nachsichtigem Interesse beobachtete, als ob er ein Tier in einem Safaripark wäre. Er zählte bis fünf, atmete tief ein und hievte sich den Rucksack auf die Schultern.

Versuchsweise machte er einen Schritt.

Und noch einen, der schon etwas weniger versuchsweise war.

Er schaffte es.

Er lief auf die Hauptstraße zu.

34

Katie würde sich am Montag entschuldigen müssen.

Sie stand in der Mitte der Abteilung Kleinkind Eins, wo Ellen versuchte, ihr etwas über einen Weltgedenktag in der nächsten Woche zu erzählen, während Jacob an ihrem Halstuch zerrte.

Aber in Katies Kopf schwirrten so viele Gedanken um Ray, dass sie nichts aufnehmen konnte. Und das Bild, das ihr immer wieder vor Augen trat, entstammte einem Zombiefilm, in dem Ellens Kopf mit einem Brett abgeschlagen wurde und Blut aus dem durchtrennten Hals spritzte.

Als sie in den Bus stiegen, versuchte sie, Ray aus ihrem Kopf zu verbannen, indem sie Jacob fragte, was er in der Kita gemacht hatte. Aber er war zu müde zum Erzählen. Er steckte den Daumen in den Mund und die andere Hand in ihre Jacke, um das weiche Innenfutter zu massieren.

Der Busfahrer versuchte, einen neuen Geschwindigkeitsrekord aufzustellen. Es regnete, und sie roch den Schweiß der Frau neben ihr.

Sie wollte etwas kaputt machen. Oder jemandem weh tun.

Sie legte den Arm um Jacob und versuchte, etwas von seiner Ruhe in sich aufzunehmen.

Mein Gott, ein Aufstand und ein Theater, als wäre sie mit Graham ins nächstbeste Hotel gezogen und hätte ihm die Seele aus dem Leib gevögelt.

Der Bus kam mit einem Wahnsinnsruck zum Stehen.

Beim Aussteigen nutzte Katie die Gelegenheit, dem Busfahrer mitzuteilen, dass er ein Idiot sei. Unglücklicherweise hob Jacob in diesem Augenblick einen interessanten Schmutzklumpen auf, so dass Katie über ihn stolperte, was den Effekt ihrer Worte etwas verringerte.

Als sie zur Haustür reinkamen, war Ray schon da. Katie wusste es sofort. Das Licht im Flur war zwar aus, aber es lag etwas unangenehm mürrisch Knisterndes in der Luft, als würde man eine Höhle betreten und wissen, dass um die Ecke das Untier saß und an einem Schenkelknochen nagte.

Sie gingen in die Küche. Ray saß am Esstisch.

Jacob sagte: »Wir sind mit dem Bus gefahren. Mummy hat ein schlimmes Wort gesagt. Zu dem Busfahrer.«

Ray antwortete nicht.

Sie ging in die Hocke und sprach mit Jacob. »Jetzt gehst du mal nach oben und spielst da ein bisschen, ja? Ich muss mich mal mit Ray unterhalten.«

»Ich will aber hier unten spielen.«

»Gleich darfst du wieder runterkommen und hier spielen«, antwortete Katie. »Warum holst du nicht deinen Playmobil-Laster raus?« In den nächsten fünf Sekunden würde er sich kooperativ verhalten müssen, sonst würde irgendein Ventil explodieren.

»Will aber nicht«, sagte Jacob. »Das ist langweilig.«

»Ich meine das ganz ernst. Du gehst jetzt nach oben. Ich komme gleich nach. Hier, ich zieh dir den Anorak aus.«

»Will den Anorak nicht ausziehen. Ich will einen Monstersaft.«

»Mein Gott, Jacob«, schrie Katie. »Geh nach oben. Sofort.«

Einen Augenblick lang dachte sie, dass Ray seine berühmte männliche Diplomatennummer abziehen und Jacob durch schiere Willenskraft überzeugen würde, friedlich nach oben zu gehen, so dass sie über die verdammte Verlogenheit des Ganzen vor Wut schreien müsste. Aber Jacob stampfte nur mit den Füßen auf, sagte: »Ich hasse dich« und verzog sich mit der Anorakkapuze auf dem Kopf wie ein sehr erbostes kleines Rumpelstilzchen.

Sie drehte sich zu Ray um: »Wir haben zusammen einen Kaffee getrunken. Er ist der Vater meines Kindes. Ich wollte einfach mit ihm quatschen. Und wenn du glaubst, dass ich jemanden heirate, der mich so behandelt, wie du mich heute behandelt hast, dann wirst du noch dein blaues Wunder erleben.«

Ray starrte sie an, ohne ein Wort zu sagen. Dann stand er auf, trottete auf den Flur, nahm sich seine Jacke und knallte die Haustür hinter sich zu.

Mein Gott.

Sie stand in der Küche und hielt ungefähr fünf Minuten lang ganz fest den Rand der Spüle umklammert, damit sie nicht anfing zu schreien oder etwas herumzuschmeißen, so dass Jacob es oben mit der Angst bekommen hätte.

Sie genehmigte sich einen Schluck Milch aus dem Kühlschrank und stieg die Treppe hinauf. Jacob saß in seinem Anorak, Kapuze auf dem Kopf, auf der Bettkante und wirkte angespannt, so wie sonst nach elterlichen Streitigkeiten, als würde er auf das Taxi ins Kinderheim warten.

Sie setzte sich zu ihm aufs Bett und hob ihn auf ihren Schoß. »Es tut mir leid, dass ich böse zu dir war.«

Sie merkte, wie er sich entspannte, als sich seine kleinen Arme um sie legten. »Du wirst ja manchmal auch böse, stimmt's?«

»Ja«, antwortete er, »ich werde auf dich böse.«

»Aber ich habe dich trotzdem lieb.«

»Ich hab dich auch lieb, Mummy.«

Sie hielten sich ein paar Sekunden lang im Arm.

»Wo ist Daddy Ray hingegangen?«, fragte Jacob.

»Er ist rausgegangen. Er mag Streit nicht.«

»Ich mag auch keinen Streit.«

»Ich weiß«, sagte Katie.

Sie schob ihm die Kapuze vom Kopf, strich ihm ein paar Milchschorf-Schuppen aus dem Haar und küsste ihn.

»Ich hab dich ganz lieb, mein kleines Eichhörnchen. Ich liebe dich mehr als alles auf der ganzen weiten Welt.«

Er machte sich los. »Ich will mit meinem Laster spielen.«

35

George fuhr mit dem Bus in die Stadt und nahm sich ein Zimmer im Cathedral Hotel.

Er hatte sich in teuren Hotels nie wohl gefühlt. Hauptsächlich wegen des Trinkgeldes. Wem musste man wann Trinkgeld geben und wie viel? Reiche Leute wussten so etwas entweder instinktiv, oder es war ihnen völlig schnuppe, ob sie die niederen Chargen vor den Kopf stießen. Wenn Normalverbraucher wie George etwas falsch machten, dann wurde ihnen garantiert dafür ins Rührei gespuckt.

Diesmal verspürte er jedoch keine dieser nagenden Ungewissheiten. Er stand unter Schock. Später würde es noch unerfreulich genug werden. Darüber machte er sich keine Illusionen. Aber momentan war der Schockzustand relativ angenehm.

»Ihre Kreditkarte, Sir.«

George nahm seine Karte in Empfang und steckte sie in die Brieftasche.

»Hier ist Ihr Zimmerschlüssel.« Der Herr am Empfang wandte sich an einen wartenden Hoteldiener. »John, würdest du Mr Hall zu seinem Zimmer bringen?«

»Ich glaube, ich finde es schon allein«, wehrte George ab. »Dritter Stock und dann nach links.«

Oben leerte er den Rucksack auf dem Bett aus. Er hängte die Hemden, Pullover und Hosen in den Kleiderschrank und legte seine Unterwäsche in die Schublade darunter. Die kleinen Sachen drapierte er ordentlich auf den Tisch.

Er ging um die Ecke, wusch sich die Hände, trocknete sie mit einem geradezu lächerlich flauschigen Handtuch ab und hängte es dann wieder akkurat auf den beheizten Handtuchhalter.

An den Umständen gemessen hielt er sich wirklich sehr gut.

Er entfernte die Plastikverpackung von einem Plastikbecher und füllte ihn mit Whisky aus der Minibar. Dann nahm er sich noch ein Tütchen Erdnüsse und trat ans Fenster, wo er kauend und trinkend über das Gewirr grauer Dächer hinwegblickte.

Es könnte nicht einfacher sein. Ein paar Tage im Hotel. Dann würde er sich etwas zur Miete suchen. Vielleicht eine Wohnung in der Stadt oder ein Cottage auf dem Dorf.

Er trank den Whisky aus und steckte noch sechs Erdnüsse in den Mund.

Danach wäre er sein eigener Herr. Er würde selbst entscheiden, was er tun, wen er sehen und wie er die Zeit verbringen wollte.

Gänzlich unvoreingenommen betrachtet, konnte man das durchaus als etwas Positives verbuchen.

Er faltete die Oberkante der halb leer gegessenen Erdnusstüte und legte sie auf den Tisch, dann spülte er den Becher aus, trocknete ihn mit einem kostenlosen Schönheitstüchlein ab und stellte ihn zurück neben das Waschbecken.

Zwölf Uhr zweiundfünfzig.

Jetzt noch einen Happen essen und dann ein kleiner Verdauungsspaziergang.

36

Als David sich von ihr verabschiedet hatte, schlenderte Jean im Morgenrock in die Küche hinunter.

Alles leuchtete ein bisschen: die Blumen auf der Tapete, die am Himmel am Ende des Gartens wie Schneewehen aufgetürmten Wolken.

Sie machte sich einen Kaffee und ein Schinkenbrot und nahm ein paar Paracetamol wegen ihres Knies.

Und das Leuchten wurde etwas schwächer.

Oben in Davids Armen hatte es möglich geschienen. Das alles hier hinter sich zu lassen. Ein neues Leben zu beginnen. Doch jetzt, da er nicht mehr hier war, kam es ihr absurd vor. Eine unsinnige Idee. Etwas, das Leute im Fernsehen machten.

Sie blickte auf die Wanduhr. Dann auf die Rechnungen im Toastständer und die Käseglocke mit dem Efeumuster.

Plötzlich sah sie ihr ganzes Leben wie Bilder in einem Fotoalbum vor sich. Sie stand mit George vor der Kirche in Daventry, der Wind ließ die Blätter wie orangegelbes Konfetti von den Bäumen regnen, und das wahre Fest fing erst an, als sie am nächsten Morgen die Verwandten zurückließen und in Georges flaschengrünem Austin nach Devon fuhren.

Einen ganzen Monat im Krankenhaus nach Katies Geburt. George brachte ihr jeden Tag Fish and Chips mit. Jamie auf seinem roten Dreirad. Das Haus in der Clarendon Lane. In jenem ersten Winter Eisblumen am Fenster und steif gefrorene Waschlappen, die man weichrubbeln musste. Alles schien so solide, so normal, so gut.

Wenn man das Leben eines anderen so betrachtete, würde man nie darauf kommen, dass etwas fehlen könnte.

Sie wusch ihren Teller ab und stellte ihn ins Trockengestell. Das Haus wirkte auf einmal etwas trist. Die Ablagerungen unten an den Wasserhähnen. Die Risse in der Seife. Der traurige Kaktus.

Vielleicht wollte sie zu viel. Vielleicht wollte heutzutage jeder zu viel. Waschmaschine mit Trockner. Eine Bikinifigur. Gefühle wie damals mit einundzwanzig.

Sie ging nach oben und merkte, wie sie sich beim Anziehen ihrer Kleider langsam wieder in ihr altes Selbst verwandelte.

Ich will abends mit dir ins Bett gehen und morgens mit dir aufwachen.

David verstand das nicht. Man konnte vielleicht Nein sagen. Aber man konnte nach einem solchen Gespräch nicht einfach so tun, als habe es nie stattgefunden.

George fehlte ihr.

37

George las das Peter-Ackroyd-Buch bei einem ausgedehnten Mittagessen in einer vollen, aber sehr angenehmen Pizzeria auf der Kemble Street.

Er hatte immer gedacht, dass es traurig sein müsse, allein zu essen. Stattdessen fühlte er sich jetzt den anderen überlegen. Vor allem wegen des Buches. Er lernte etwas, während alle anderen die Zeit verschwendeten. Als würde man nachts arbeiten.

Nach dem Essen ging er spazieren. Die Stadtmitte war für zielloses Herumschlendern nicht so geeignet, aber es schien ihm noch absurder zu sein, ein Taxi anzuhalten und sich irgendwo auf dem freien Feld absetzen zu lassen, weswegen er durch Eastfield in Richtung Umgehungsstraße lief.

Irgendwann würde er das Auto abholen müssen. Vielleicht nachts, um der Gefahr auszuweichen, Jean über den Weg zu laufen. Aber gehörte ihm das Auto überhaupt? Er wollte auf keinen Fall einen unangenehmen Streit. Oder schlimmer noch, des Diebstahls verdächtigt zu werden. Vielleicht war es insgesamt gesehen besser, sich ein neues Auto zuzulegen.

Er merkte, dass er in die falsche Richtung gegangen war. Er hätte sich Richtung Westen halten sollen. Aber das hätte ihn auch in die Nähe von Jean geführt. Und dorthin wollte er nicht, und wenn die Gegend noch so anheimelnd war.

Er überquerte die Umgehungsstraße, ging am Gewerbegebiet

vorbei und fand sich auf Feldwegen zwischen sattem Grün wieder.

Eine Weile hatte er das Gefühl, die kühle Luft, der offene Himmel würden ihn genauso stärken wie ein strammer Marsch am Helford entlang, nur dass er sich die Gesellschaft seines Bruders und eine sechsstündige Zugfahrt erspart hatte.

Linker Hand kam nun eine alte Fabrik ins Blickfeld. Rostige Schornsteine. Leitungen und schmuddelige Trichter. Kein schöner Anblick, ebenso wenig wie der ausrangierte Kühlschrank auf dem Rastplatz dahinter. Der graue Himmel und die endlosen Felder ringsum drückten ihm allmählich aufs Gemüt.

Er wollte am Atelier weiterbauen.

Ihm wurde klar, dass er nicht mehr in der Lage sein würde, am Atelier weiterzubauen.

Er würde sich ein anderes Projekt suchen müssen. Ein kleineres Projekt. Billiger müsste es auch sein. Das Segelfliegen kam ihm ungebeten in den Sinn und musste sehr schnell verscheucht werden.

Schach. Joggen. Schwimmen. Gemeinnützige Arbeiten.

Zeichnen könnte er natürlich trotzdem. Das konnte man so gut wie überall und zwar für wenig Geld.

Ihm kam der Gedanke, dass Jean vielleicht gar nicht mehr zu Hause wohnen wollte. Woanders hinziehen wollte. Mit David zusammen. Dann könnte er am Atelier weiterbauen.

Und das war der aufmunternde Gedanke, der es ihm möglich machte, umzukehren und kräftig in die Gegenrichtung auszuschreiten, in Richtung Innenstadt.

Als er im Zentrum war, wurde es schon dunkel. Aber es schien ihm noch nicht spät genug, um ins Hotel zurückzukehren und dort etwas zu Abend zu essen. Zum Glück kam er an einem Kino vorbei. Seit Jahren schon hatte er keinen Film mehr auf der Leinwand gesehen.

Training Day sah nach einem schleimigen Polizei-Actionfilm aus. *Spy Kids* war offensichtlich auf ein jüngeres Publikum ausgerichtet, und *A Beautiful Mind – Genie und Wahnsinn*, fiel ihm jetzt ein, sollte doch von jemandem handeln, der verrückt wurde. Das wäre jetzt nicht das Richtige für ihn.

Er kaufte eine Eintrittskarte für *Der Herr der Ringe – Die Gefährten*. Die Kritiken waren gut gewesen, und er meinte sich zu erinnern, Tolkiens Roman vor Urzeiten gern gelesen zu haben. Er ließ sich die Karte abreißen und suchte sich einen Platz in der Mitte des Kinosaals.

Ein halbwüchsiges Mädchen, das mit einer Gruppe anderer Halbwüchsiger in der Reihe vor ihm saß, drehte sich um, wohl weil sie wissen wollte, wer sich hinter sie gesetzt hatte. George schaute sich um und merkte, dass er ein alleinstehender älterer Mann in einem Kino voller junger Leute war. Es war nicht ganz so, wie auf einem Spielplatz herumzulungern, aber er fühlte sich unwohl.

Er stand auf, bewegte sich zurück zum Gang und suchte sich einen Platz in der Mitte der ersten Reihe, wo das Bild schön groß und scharf sein würde und ihm niemand etwas Ungehöriges vorwerfen könnte.

Der Film war ziemlich gut.

Nach etwa vierzig Minuten richtete sich die Kamera jedoch auf das Gesicht von Christopher Lee, der den bösen Saruman spielte, auf dessen Wange George einen kleinen dunklen Fleck bemerkte. Er hätte sich wahrscheinlich nichts dabei gedacht, aber ihm fiel ein, in der Zeitung gelesen zu haben, dass Christopher Lee vor kurzem gestorben war. Woran war er bloß gestorben? George wusste es nicht mehr. Es war unwahrscheinlich, dass es Hautkrebs gewesen war. Hätte es aber sein können. Und wenn es Hautkrebs war, dann sah er jetzt gerade Christopher Lee dabei zu, wie er starb.

Aber vielleicht war das ja auch Anthony Quinn gewesen.

Er zermarterte sich das Hirn und versuchte sich an die Nachrufe zu erinnern, die er in den letzten Monaten gelesen hatte. Auberon Waugh, Donald Bradman, Dame Ninette de Valois, Robert Ludlum, Harry Secombe, Perry Como … Er hatte sie vor Augen, aufgereiht wie die Krieg führenden Sklaven in diesem Film, die entbehrlichen Fußsoldaten in einem riesigen Krieg zwischen elementaren Kräften, die sich völlig ihrer Kontrolle entzogen; alle wurden sie unaufhaltsam wie in einem grausamen kosmischen Spiel auf die Kante eines gewaltigen Abgrundes zugestoßen, wo Welle um Welle über den Rand fiel und schreiend in der Tiefe verschwand.

Als er wieder auf die Leinwand sah, wurde er dort mit einer Nahaufnahme nach der anderen konfrontiert, die grotesk verzerrte Gesichter zeigten, von denen jedes eine absonderliche Wucherung oder Pigmentstörung aufwies – auf bestem Wege zum Melanom.

Ihm ging es nicht gut.

Als die Orks wieder auftauchten, konnte er deutlich erkennen, was sie waren, untermenschliche Kreaturen, von deren Köpfen die Haut abgezogen worden war, so dass sie keine Lippen oder Nasenlöcher mehr hatten, sondern nur noch Gesichter aus rohem Fleisch. Ob ihr Aussehen die Folge einer bösartigen Hauterkrankung war oder ob sie gar keine Haut hatten und daher immun gegen Hautkrebs waren oder im Gegenteil dadurch unnatürlich anfällig dafür waren, etwa so wie die Albinokinder in der Sahara – er wusste es nicht. Jedenfalls war es mehr, als er ertragen konnte.

Ohne einen Gedanken daran zu verschwenden, was die anderen Zuschauer von ihm denken mochten, erhob er sich und arbeitete sich im Zickzackkurs den schrägen Gang hinauf zum Ausgang, stürzte hinaus in ein schrecklich helles und leeres Foyer, stolperte durch die großen Schwingtüren und fand sich auf einer dunklen Straße wieder.

38

Jean wollte es sich gerade mit einem Glas Wein gemütlich machen und die Nachrichten anschauen, als Brian anrief und berichtete, dass George gar nicht gekommen sei. Sie waren sich ziemlich schnell einig, dass er vermutlich auf einem Abstellgleis bei Exeter saß und Virgin Trains verfluchte. Jean legte auf und vergaß das Gespräch.

Sie fischte einen Putenburger aus dem Gefrierschrank, setzte den Dampfkochtopf auf und schälte Karotten.

Sie verspeiste das Abendessen, während sie sich romantischen Schwachsinn mit Tom Hanks anschaute. Der Abspann lief gerade, als Brian wieder anrief und sagte, sein Bruder sei immer noch nicht eingetroffen. Er sagte, er würde sich in einer Stunde wieder melden, falls er nichts von ihm höre.

Das Haus kam ihr auf einmal schrecklich leer vor.

Sie machte noch eine Flasche Wein auf und trank zu schnell ein Glas.

Das war doch albern. Leuten wie George stieß nichts zu. Und wenn doch (wie damals in Norwich, als ihm ein Glassplitter ins Auge geflogen war), rief er umgehend zu Hause an. Falls er ins Krankenhaus gebracht werden musste, würde sich in seiner Jackentasche ein Zettel mit Brians Telefonnummer und der Wegbeschreibung zu seiner Hütte und womöglich sogar einer handgemalten kleinen Karte befinden.

Warum dachte sie überhaupt an solche Sachen? Zu viele Jahre voller Sorge um Kinder im Teenageralter, die auf Partys gingen und Drogen nahmen. Zu viele Jahre, in denen sie sich an alle Geburtstage erinnern und heiße Lockenstäbe aus der Steckdose herausziehen musste, die auf dem Teppich liegen geblieben waren.

Sie schenkte sich noch ein Glas Wein ein und versuchte, weiter fernzusehen, aber sie konnte nicht mehr still sitzen. Sie wusch ab. Dann räumte sie den Kühlschrank aus. Sie säuberte den kleinen Abfluss in der Rückwand des Kühlschranks, wusch die Einlegebretter in heißem Wasser, wischte die Innenseiten ab und trocknete sie mit dem Geschirrhandtuch.

Jean knotete den Müllbeutel oben zusammen und brachte ihn hinaus in den Garten. Als sie neben der Mülltonne stand, hörte sie das *Wack-wack-wack* eines Polizeihubschraubers. Sie blickte auf und sah den schwarzen Umriss oberhalb des langen Kegels eines Suchscheinwerfers in dem schmutzig orangenen Himmel über der Stadtmitte. Und sie konnte die blöde Vorstellung einfach nicht unterdrücken, dass sie nach George suchten.

Sie ging hinein und schloss ab. Ihr wurde klar, dass sie die Polizei alarmieren musste, wenn sie in der nächsten Stunde nichts von ihm hörte.

39

Jamie taumelte wie ein Zombie durch die nächsten Tage und verlor eine Villa in Dartmouth Park an John D. Wood, weil er selbstmitleidige Tagträume von Tony hatte, statt sich bei den ältlichen Besitzern einzuschleimen.

Am dritten Tag machte er sich im Büro zum Hanswurst, weil er beim Ausschneiden und Einfügen nicht aufgepasst hatte und auf Primelocation ein Einzimmerstudio im zweiten Stock mit Swimming Pool anpries.

An diesem Punkt beschloss er, sich zusammenzureißen. Er fand im Handschuhfach seines Wagens eine *Clash*-CD, ließ sie ganz laut laufen und stellte im Geiste eine Liste aller Eigenschaften von Tony zusammen, die ihn zum Wahnsinn trieben (Rauchen im Bett, Fehlen jedes Feinschmeckersinnes, schamloses Furzen, die Sache mit dem Löffelgeklopfe, die Fähigkeit, eine halbe Stunde lang über die Schwierigkeiten beim Einbau eines Velux-Fensters zu sprechen …)

Zu Hause zerbrach er die CD theatralisch und warf sie in den Müll.

Wenn Tony zurückkommen wollte, sollte er sich gefälligst melden. Jamie würde nicht vor ihm zu Kreuze kriechen. Er würde ein Singleleben führen. Und es in vollen Zügen genießen.

40

Die Atmosphäre in der Innenstadt wurde spürbar aggressiver, als immer mehr junge Leute zu einer Nacht der Saufgelage zusammenströmten. George ging hinunter an den Fluss, um dort ein bisschen Ruhe und Frieden und eine Erklärung für den kreisenden Hubschrauber zu finden.

Auf der Uferpromenade wurde ihm klar, dass das, was da vor sich ging, ernster und interessanter war, als er sich vorgestellt hatte. Ein Notarztwagen parkte am Geländer, und dahinter stand ein Streifenwagen, dessen Blaulicht sich in der kalten Luft drehte.

Normalerweise wäre er weitergegangen, damit ihn niemand für sensationslüstern hielt. Aber heute war nichts normal.

Der Helikopter flog so niedrig, dass George den Krach als Vibration in Kopf und Schultern spürte. Er lehnte sich gegen das kalte Metallgeländer und wärmte seine Hände in den Hosentaschen. Ein Suchscheinwerfer unten am Hubschrauber bewegte sich im Zickzack über die unruhige Wasseroberfläche.

Jemand war in den Fluss gefallen.

Ein Windstoß trug ein kurzes Sprechfunkgeknarze zu ihm herüber und blies es dann wieder weg.

Auf sehr makabre Weise war es eigentlich herrlich. Wie in einem Film. So wie das Leben nur selten war. Das kleine gelbe

Rechteck des Krankenwagenfensters, die über den Himmel ziehenden Wolken, das Knirschen von Füßen auf dem Kies, alles war heller und intensiver als sonst.

Am gegenüberliegenden Flussufer liefen zwei Sanitäter in neongelben Jacken den Treidelpfad ab, stocherten mit einem langen Stock im Gebüsch und leuchteten mit einer Taschenlampe ins Unterholz. Wahrscheinlich waren sie auf der Suche nach einer Leiche.

Eine Sirene heulte los, verstummte aber sofort wieder. Eine Autotür knallte zu.

George warf einen Blick auf das Wasser zu seinen Füßen.

Er hatte sich den Fluss im Winter noch nie richtig angesehen. Nicht bei Nacht. Nicht bei so hohem Wasserstand. Er wusste, dass er keine Probleme haben würde, wenn er ins Wasser fiel. Er war ein guter Schwimmer. Vierzig Bahnen jeden Morgen, sobald sie in einem Hotel mit Pool übernachteten. Und als John Zinewskis *Fireball* kenterte, hatte er kurz Angst gehabt, es aber nie für möglich gehalten, dass er ertrinken könnte.

Das hier war etwas anderes. Es sah nicht mal nach Wasser aus. Es bewegte sich zu schnell, verwirbelte und strudelte und rollte über sich selbst wie ein großes Tier. Stromaufwärts von der Brücke türmte es sich vor den Pfeilern wie Lava an einem Felsen auf. Unterhalb der Pfeiler verschwand es in einem schwarzen Loch.

Plötzlich erkannte er, wie gallertartig Wasser wirklich war, wenn es sich als Masse fortbewegte, wie Teer oder Sirup. Es würde einen hinunterziehen und gegen eine Betonmauer werfen, und man konnte nichts dagegen tun, auch wenn man ein noch so guter Schwimmer war.

Jemand war in den Fluss gefallen. Plötzlich wurde ihm klar, was das bedeutete.

Er stellte sich den ersten Schock der gewaltsamen Kälte vor, das verzweifelte Greifen nach einem Halt in der Uferbefestigung, wo die Steine voller glitschigem Moos waren, er stellte sich brechende Fingernägel vor, blitzschnell mit Wasser vollgesaugte Kleider.

Aber vielleicht hatte derjenige ja genau das gewollt. Vielleicht hatte er sich hineingestürzt. Vielleicht hatte er gar nicht versucht, aus dem Fluss zu klettern, und der einzige Kampf war der Kampf ums Loslassen, den Hunger nach Licht und Leben zum Verstummen zu bringen.

Er stellte sich vor, wie derjenige versuchte, im Dunkeln unterzugehen. Er erinnerte sich an die Folge über das Ertrinken in *Wie wir sterben*. Er sah diesen Menschen vor sich, wie er versuchte, Wasser zu atmen, wie die Luftröhre sich in einem Krampf verschloss, um das Lungengewebe zu schützen. Mit verschlossener Luftröhre konnte man nicht mehr atmen. Und je länger man ohne Atemluft verbrachte, desto schwächer wurde man. Man würde anfangen, Wasser und Luft zu schlucken. Das Wasser und die Luft würden einen Schaum bilden, und von da an würde es unaufhaltsam dem Ende entgegengehen. Der Schaum löste einen Brechreiz aus (diese Einzelheiten hatten sich seinem Gedächtnis wirklich erstaunlich plastisch eingeprägt). Das Erbrochene füllte den Mund, und in diesem letzten verzweifelten Atemzug, wenn der Sauerstoffmangel im Blut schließlich zur Entspannung des Krampfes in der Luftröhre führte, hatte man keine Wahl mehr, sondern musste das Ganze runterschlucken, Wasser, Luft, Schaum, Erbrochenes, alles.

Er stand jetzt seit fünf Minuten am Flussufer. Den Hubschrauber hatte er vor zehn Minuten bemerkt. Gott weiß, wie lange es gedauert hatte, bis Alarm geschlagen worden war oder der Helikopter eintraf. Wer es auch sein mochte: Mittlerweile war er mit an Sicherheit grenzender Wahrscheinlichkeit tot.

Ein ähnliches Grauen wie zuvor im Zug überkam ihn jetzt, überwältigte ihn diesmal jedoch nicht. Es hielt sich die Waage mit einem tröstlichen Gefühl. Er konnte sich vorstellen, auch so etwas zu tun. Das Drama. Genauso, wie man sich einen friedlichen Tod vorstellen konnte, wenn nur das richtige Musikstück lief. Wie das Barber-Adagio, das immer auf Classic FM zu laufen schien, wenn er im Auto saß.

Es schien so gewalttätig: Selbstmord. Aber hier, jetzt, aus der Nähe betrachtet, war es etwas ganz anderes, ein Fall von Gewaltausübung an jenem Körper, der einen an ein unlebbares Leben kettete. Man machte sich los und war frei.

Er blickte über das Geländer. Das Wasser unter seinen Füßen wogte und schwappte hin und her, mal blau, mal schwarz im sich drehenden Licht des Streifenwagens.

41

Jean rief Jamie an, der aber nichts wusste. Sie rief ihre Tochter an, aber Katie war offensichtlich sehr beschäftigt, und Jean wollte sich nicht sagen lassen, dass sie hysterisch sei und legte auf, bevor sie das Streiten anfingen.

Sie rief im Krankenhaus an. Sie rief Virgin Trains an. Sie rief Wessex Trains und die Zuggesellschaft GNER an. Schließlich rief sie die Polizei an und erhielt die Auskunft, dass sie morgen früh wieder anrufen solle, sofern er dann immer noch nicht wieder aufgetaucht sei.

Es war ihre Schuld. Weil sie daran gedacht hatte, ihn zu verlassen.

Sie versuchte zu schlafen, aber jedes Mal, wenn sie einnickte, malte sie sich ein Klopfen an der Tür aus, und vor der Tür stand ein junger Polizist mit ernstem Gesichtsausdruck, und sie war so nervös und voller Angst, als ob jeden Moment eines ihrer Gliedmaßen abgehackt würde.

Um fünf Uhr morgens schlief sie endlich ein.

42

Nach einem Restaurantbesuch war ihm nicht zu Mute. Stattdessen kaufte er sich an einem Kiosk ein pappiges Sandwich, eine Apfelsine und eine schon leicht braune Banane.

Er kehrte in sein Hotelzimmer zurück, machte sich einen Nescafé und verspeiste sein kleines Abendbrot. Als er den letzten Bissen hinuntergeschluckt hatte, wurde George klar, dass er nun nichts mehr zu tun hatte. Es war nur eine Frage der Zeit, bis sein Geist sich vom Anker losreißen und abdriften würde.

Er klappte die Minibar auf, um eine Dose Carlsberg herauszuholen, hielt dann aber inne. Wenn er in den frühen Morgenstunden aufwachen würde und die Mächte der Finsternis im Zaum halten musste, würde er seinen Grips noch benötigen. Statt des Biers nahm er einen Mars-Riegel und schaltete den Eurosport-Kanal im Fernsehen ein.

Fünf junge Männer standen auf einer bergigen Felsnase, ihre Helme und Rucksäcke leuchteten in Neonfarben.

George war gerade mit der Frage beschäftigt, wie man an der Fernbedienung die Lautstärke verstellen konnte, als sich einer der jungen Männer urplötzlich umdrehte, auf den Abgrund zurannte und ins Nichts stürzte.

George schrie laut auf, warf sich auf den Fernseher und versuchte, den Mann festzuhalten.

Eine andere Kameraeinstellung, und George sah den Mann vor einer enormen Felswand hinunterfallen. Eine, zwei, drei Sekunden. Dann ging sein Fallschirm auf.

Georges Herz hämmerte immer noch. Er schaltete auf einen anderen Sender um.

Auf Kanal 45 bekam ein Wissenschaftler einen elektrischen Schock, die Haare standen ihm zu Berge, und sein Skelett wurde kurz sichtbar. Auf 46 wand sich eine Gruppe von Frauen mit pneumatischen Brüsten in Bikinis zu Popmusik.

Auf 47 schwenkte die Kamera über das Chaos nach einem terroristischen Anschlag in einem Land mit einer nicht zu verstehenden Sprache. Auf 48 wurde für billigen Schmuck geworben. Auf 49 lief eine Sendung über Elefanten. Auf 50 flimmerte ein Schwarz-Weiß-Film mit Aliens.

Wenn es nur vier Programme gegeben hätte, wäre er gezwungen gewesen, sich eines davon anzusehen, aber die Riesenauswahl machte süchtig, und er schaltete mehrmals hintereinander durch alle Programme und hielt bei jedem Bild ein paar Sekunden lang an, bis ihm ein wenig schlecht wurde.

Er schlug den Wälzer von Ackroyd auf, aber das Lesen schien ihm um diese Uhrzeit doch eine zu beschwerliche Aufgabe. Er ließ Wasser in die Badewanne einlaufen.

Als er sich auszog, fiel ihm ein, dass es eine Region seines Körpers gab, die er nicht sehen wollte. Er machte das Licht im Badezimmer aus und begann sich zu entkleiden. Unterhose und Unterhemd wollte er erst unmittelbar vor dem Besteigen der Badewanne ablegen.

Doch während er auf der Bettkante saß und sich die Schuhe auszog, bemerkte er auf seinem rechten Bizeps eine Konstellation kleiner roter Pünktchen. Sechs oder sieben vielleicht. Er rieb daran, weil er dachte, dass es Kleiderfussel sein könnten, aber das waren sie nicht. Es waren auch keine kleinen Schorfstellen, die vom Reiben verschwunden wären.

Als der Boden sich in mittlerweile vertrauter Weise zu einem breit gähnenden Schacht öffnete, tröstete er sich kurz mit dem Gedanken, dass er fürs Erste zumindest nicht mehr an Jean und David zu denken brauchte.

Der Krebs breitete sich aus. Oder hatte sich in ihm schon neue Art von Krebs eingenistet, nach dem der erste sein Immunsystem geschwächt hatte?

Er hatte keine Ahnung, wie lang die Flecken schon dort waren. Er konnte sich nicht daran erinnern, seine Bizeps je zuvor genauer in Augenschein genommen zu haben. Wahrscheinlich waren diese Flecken schon seit Jahren da. Eine andere Stimme in seinem Kopf behauptete, dass sie Symptome für etwas waren, das seine tödliche Arbeit unter der Oberfläche bereits getan hatte.

In der Hockstellung fühlte er das Sandwich, die Banane, die Orange und insbesondere den Mars-Riegel unangenehm in der Magengegend. Er wollte sich nicht wieder erbrechen, erst recht nicht in einem Hotel. Mit geschlossenen Augen zwang er sich zum Aufstehen und lief zwischen dem Fenster und der Tür hin und her, weil er hoffte, dass sich so der beruhigende Effekt des Nachmittagsspaziergangs wiederholen würde. Als er das zweihundert Mal getan hatte, ließ der Rhythmus das Panikgefühl allmählich abklingen.

Das war jedoch der Augenblick, in dem er Wasser auf einen gefliesten Fußboden schwappen hörte. Er brauchte mehrere Sekunden, um zu begreifen, was das Geräusch bedeuten könnte. Als es ihm klar wurde, öffnete er die Augen und raste aufs Badezimmer zu, stolperte dabei über die Ecke des Bettes und schlug mit dem Kopf gegen den Türrahmen.

Er rappelte sich auf und wankte in die Dunkelheit des Badezimmers, wo er behutsam voranschritt, damit er nicht auch noch auf den überfluteten Fliesen ausrutschte. Er drehte die Hähne zu, warf sämtliche Handtücher auf den Boden, zog vorsichtig den Stöpsel aus der Wanne heraus und kniete dann neben der Toilette, um wieder zu Atem zu kommen.

Der Schmerz in seinem Kopf war beträchtlich, brachte aber eine gewisse Erleichterung, weil es eine alltäglichere Art von Schmerz war, der in vorhersehbarer Art und Weise stärker und schwächer wurde.

George fasste sich mit der Hand an die Stirn, die warm und feucht war. Er hatte überhaupt keine Lust, die Augen aufzureißen und nachzusehen, ob es Blut oder Badewasser war.

Er drückte die Tür hinter sich mit dem Fuß zu, so dass es noch dunkler wurde.

Flauschige rosa Lichtflecken schwebten wie ein weit entferntes Dorf auf einem Gobelin hinter seinen Augenlidern.

Als er wieder Luft bekam, richtete er sich mühsam auf und tastete sich mit fest zugekniffenen Augen zurück ins Schlafzimmer. Er schaltete das Licht aus und zog sich wieder an. Dann öffnete er die Augen, holte mehrere Dosen, Flaschen und Tüten aus der Minibar und kehrte zum Sessel vor dem Fernseher zurück. Er machte eine Dose Carlsberg auf, fand den Musikvideosender und wartete auf weitere sich windende Frauen mit pneumatischen Brüsten in der Hoffnung, dass sie eine sexuelle Fantasie stimulieren könnten, die packend genug wäre, um ihn vergessen zu lassen, wo er war, wer er war und was in den letzten zwölf Stunden geschehen war.

Er aß ein Snickers.

Er fühlte sich wie ein kleines Kind nach einem sehr, sehr langen Tag. Er wollte von einem großen, starken Menschen in ein warmes Bett getragen werden, wo er in tiefen Schlaf fiele, bevor dann ein neuer Tag anbräche, an dem alles wieder gut und einfach würde.

Die Frau, die gerade sang, sah aus, als ob sie zwölf wäre. Sie hatte keinen nennenswerten Busen und trug Jeans und ein zerfetztes T-Shirt. Ihr zuzusehen wäre unanständig gewesen, wenn sie nicht so schrecklich wütend gewirkt hätte und alle paar Takte auf die Kamera zugesprungen wäre und ins Objektiv geschrien hätte. Sie erinnerte George an Katie in jüngeren Jahren in einer ihrer explosiveren Gemütslagen.

Die Musik war lärmend und monoton, aber als der Alkohol zu wirken begann, wurde ihm klar, wie junge Leute, die vielleicht auch betrunken waren oder unter dem Einfluss bewusstseinsverändernder Drogen standen, sie unterhaltsam finden konnten. Der peitschende Rhythmus, die schlichte Melodie. Als würde man sich aus der Sicherheit eines Wohnzimmers ein Gewitter anschauen. Die Vorstellung, dass außerhalb des eigenen Kopfes etwas noch Gewalttätigeres passierte.

Auf die junge Frau folgten zwei Schwarze, die über einem dröhnenden Discobeat brüllten. Sie trugen viel zu weite Hosen und Baseballmützen, und ihr Ghettoslang war nicht zu verstehen. Oberflächlich betrachtet, wirkten sie weit weniger wütend als das junge Mädchen aus dem letzten Video, vermittelten aber den Eindruck, dass sie, im Gegensatz zum wütenden jungen Mädchen, nicht lange fackeln würden, bevor sie einem das Haus ausraubten.

Sie hatten drei Backup-Sängerinnen, die wirklich sehr wenig anhatten.

Er machte ein Wodkafläschchen auf.

Um Mitternacht hatte er sich einen Vollrausch angetrunken und fragte sich, warum ihm diese Idee nicht früher gekommen war. Er fühlte sich ungemein entspannt und vergaß ständig, wo er war. Er ging auf die Toilette, schwankte zurück zum Bett und ließ sich auf die Daunen fallen. Sein Hirn fühlte sich so leer an wie schon lange nicht mehr. Vielleicht war er auf dem Weg, ein Alkoholiker zu werden. Was ihm in diesem Augenblick als eine gar nicht so unvernünftige Lösung seiner Probleme erschien.

Dann umfing ihn Bewusstlosigkeit.

Mitten in der Nacht machte er einen Landeanflug auf einen Flughafen. Vielleicht Heathrow. Oder Charles de Gaulle. Er saß in einem Flugzeug oder einem Hubschrauber, und die Frau, die neben ihm saß, hatte einen Schoßhund, was auf wirklichen Flügen nicht vorkam.

Er fühlte sich merkwürdig gelassen. Das Flugzeug oder der Hubschrauber schienen ihm wie die Arme des großen, starken Menschen, von dem er gern ins Bett gebracht worden wäre.

Er sah zum Fenster hinaus in die Dunkelheit. Die Aussicht war atemberaubend schön, der Verkehr floss tief unten wie Lava in den Spalten eines großen, schwarzen Berges. Musik spielte, entweder in seinem Kopf oder auf den kostenlosen Kopfhörern, etwas Pompöses mit Streichern, das unendlich beruhigend war. Und das Karomuster auf dem gewebten Überzug des Sitzes vor ihm zog Kreise, wie kleine Wellen, die gegen eine Hafenmauer schlugen, sich überkreuzten und ein schimmerndes Muster nassen Sonnenlichts bildeten.

Dann krachte das Flugzeug, oder der Hubschrauber, gegen etwas.

Es gab einen riesengroßen Knall, und alles rutschte mehrere Meter zur Seite. Darauf folgte eine Sekunde betäubter Stille. Das Flugzeug trudelte nach rechts unten, Menschen schrien, die Luft war plötzlich voller Essen und Handgepäck, und der Schoßhund flog durch die Luft, wie ein Ballon am Ende eines Fadens.

George versuchte verzweifelt, seinen Sitzgurt zu öffnen, aber seine Finger waren taub, wie in Fäustlingen, und er blickte durch das winzige Bullauge aus Plexiglas hinaus auf brennendes Kerosin und dicken schwarzen Rauch, der aus der Unterseite des rechten Flügels quoll.

Plötzlich wurde das Dach des Flugzeugs aufgerissen wie der Deckel einer Sardinenbüchse, und ein tobender Wind begann, kleine Kinder und Flugbegleiterinnen hinaus in die Finsternis zu reißen.

Ein Getränketrolley tanzte den Mittelgang hinunter und riss dem Mann zu Georges Linken den Kopf ab.

Jetzt saß er nicht mehr im Flugzeug.

Er fuhr zusammen mit Brian Schlitten auf dem Lunn Hill.

Er half Jean, den Absatz ihres Schuhs aus einem Gitter in Florenz zu befreien. Er stand in der Schulstunde von Mrs Amery und versuchte, immer und immer wieder *parallel* zu buchstabieren, während alle über ihn lachten.

Dann war er wieder im Flugzeug, stand gleichzeitig aber auch mitten in der Nacht in seinem eigenen Garten, sah hinauf zum Schlafzimmer und fragte sich, woher die grunzenden Geräusche stammen mochten, als das Äußere des Hauses von einem grellen orangenfarbenen Licht erleuchtet wurde. Er drehte sich um und sah etwas wie eine Flutwelle aus Schrott auf sich zukommen, deren Mitte von einem Kerosinmeteor erleuchtet wurde.

Die Erde bebte. Ein Schaufenster wurde mit Eimern heißen schwarzen Plastiks bespritzt. Ein Liegesessel hüpfte auf einem Pfauenschwanz aus weißen Funken eine Wohnstraße hinunter. Eine menschliche Hand fiel auf die Drehscheibe auf einem Kinderspielplatz.

Der Bug des Flugzeugs bohrte sich in ein mehrstöckiges Parkhaus, und George wachte auf. Er fand sich in durchweichten Kleidern auf einem großen Bett in einem Zimmer wieder, das er nicht kannte, den Geschmack von Erbrochenem im Mund, im Kopf einen Schmerz wie von einem Metalldorn, und dem Wissen, dass der Traum nicht zu Ende war, dass George immer noch da draußen durch die Nacht taumelte und den letzten Aufprall herbeisehnte, der dem Ganzen ein Ende bereiten würde.

43

Um neun Uhr wurde sie vom Telefon geweckt. Jean sprang aus dem Bett, rannte auf den Flur und hob ab. Es war David. Nach einer Weile fragte er, ob etwas geschehen sei.

Also erzählte sie ihm von Georges Verschwinden.

»Ich würde mir keine Sorgen machen«, beschwichtigte David. »Er hat eine Firma geleitet und weiß im Zweifelsfall, wie man sich Hilfe holt. Wenn er sich bisher noch nicht bei dir gemeldet hat, dann nur, weil er dir unnötige Sorgen ersparen will. Es gibt garantiert irgendeine harmlose Erklärung dafür.«

Ihr wurde klar, dass sie David schon gestern Abend hätte anrufen sollen.

»Außerdem«, sagte er, »bist du allein zu Hause. Als Mina und ich uns getrennt haben, konnte ich einen ganzen Monat lang nicht richtig schlafen. Hör mal. Warum schläfst du Sonntagnacht nicht hier? Dann kann ich mich um dich kümmern.«

»Ich danke dir. Das würde ich sehr gern tun.«

»Du brauchst dich nicht bei mir zu bedanken«, sagte David. »Für gar nichts.«

44

Als Jamie am nächsten Tag von der Arbeit nach Hause kam, erschien ihm das Singleleben endlich wie eine große Chance und nicht mehr wie ein Problem. Er legte U2 auf, schön laut, machte sich eine Tasse Tee und bügelte seine Hose.

Danach ging er ins Bad und duschte, legte nach dem Haarewaschen noch eine Pause ein, um sich schnell einen runterzuholen, wobei er sich einen großen kanadischen Kerl mit sehnigen Bizeps und kleinen Härchen vorstellte, der in der Skihütte ins Badezimmer kam, das weiche, weiße Handtuch fallen ließ, zu ihm in die Duschkabine kam, sich vor ihn hinkniete, seinen Schwanz in den Mund nahm und einen Finger in seinen Hintern steckte.

Als er ungefähr eine halbe Stunde später einschlief, nachdem er einen Artikel über Epilepsie im *Observer* gelesen hatte, hatte er das Gefühl, auf dem besten Weg zu einem neuen Leben zu sein.

45

Katie wusste nicht recht, wie sie sich fühlte.

Ray war nicht zurückgekehrt. Entweder irrte er durch die Straßen, oder er hatte sich bei jemandem auf dem Sofa einquartiert. Morgen früh würde er mit einem Blumenstrauß oder einer Schachtel ekliger Pralinen von der Tankstelle aufkreuzen, und sie würde klein beigeben müssen, weil er total gepeinigt aussah. Und sie konnte gar nicht beschreiben, wie sehr sie das ankotzen würde.

Andererseits hatten Jacob und sie das Haus mal für sich.

Sie guckten *Die kleine Lok Ivor,* lasen *Hexe Winnie* und fanden das Daumenkino, das Jamie in die Ecke von Jacobs Zeichenblock gemalt hatte: Es zeigte einen Hund, der mit dem Schwanz wedelt und einen Kackhaufen macht, und der Kackhaufen steht auf und verwandelt sich in ein Männchen und rennt davon. Jacob bestand darauf, dass sie jetzt auch so etwas malten, und Katie schaffte es, ein ganz kleines Daumenkino von einem unförmigen Hund im Sturm zu zeichnen, von dem Jacob drei Bilder bunt ausmalte.

In der Badewanne hielt er die Augen sechs ganze Sekunden lang geschlossen, während sie das Shampoo auswusch, und sie diskutierten darüber, wie groß ein Wolkenkratzer ist, und warum er immer noch in die Welt passt, auch wenn der Wolkenkratzer zehn Mal so groß ist, weil die Erde ganz ganz riesig ist, und da war nicht nur die Erde, sondern auch noch der Mond und die Sonne und die Planeten und der ganze Weltraum.

Zum Abendessen gab es Tortellini mit Pesto, und Jacob fragte: »Fahren wir immer noch nach Barcelona?«

Katie antwortete: »Natürlich«, und sie kam erst später, nachdem Jacob zu Bett gegangen war, ins Grübeln. Stimmte das denn, was sie Ray an den Kopf geworfen hatte? Würde sie sich wirklich weigern, jemanden zu heiraten, der sie so wie er behandelte?

Sie würde das Haus verlieren. Jacob würde zum zweiten Mal einen Vater verlieren. Sie würden in eine schäbige kleine Wohnung ziehen müssen. Bohnen auf Toastbrot. Jedes Mal nicht zur Arbeit erscheinen können, wenn Jacob krank war. Aidan beknien, um nicht einen Job zu verlieren, den sie längst hasste. Kein Auto. Keinen Urlaub.

Und wenn sie ihn doch heiratete? Würden sie aufeinander herumhacken wie ihre Eltern und aneinander vorbeileben? Würde sie mit dem Erstbesten einen halbherzigen kleinen Seitensprung machen?

Es war gar nicht so sehr die Vorstellung, ohne Mann zu leben, die sie deprimierte. Ein bis zwei Jahre alleinerziehend in London, auch das konnte man überstehen. Es war die faule Kompromissbereitschaft, die weh tat, die Vorstellung, alle Prinzipien über Bord zu werfen, die sie mal gehabt hatte. Immer noch hatte. Die Vorstellung, sich Mums herablassende Vorträge über die jungen Frauen von heute anzuhören, die alles wollten, und nicht mehr Kontra geben zu können.

Es müsste schon eine verdammt große Schachtel Pralinen sein.

46

Der Kater vertrieb Georges Sorgen fast so wirkungsvoll wie der Alkohol selbst.

Mit Anfang zwanzig hatte er hin und wieder einmal zu tief ins Glas geschaut, aber genau konnte er sich daran nicht erinnern. Zwischen seinen Augäpfeln und den sie umgebenden Höhlen schienen kratzende Sandkörner zu sitzen.

Er schluckte zwei Nurofen-Tabletten, erbrach sich und merkte, dass er abwarten musste, bis der Schmerz von allein abklang.

Am liebsten hätte er aufs Duschen verzichtet, aber er hatte sich im Schlaf eingenässt. Außerdem hatte er sich den Kopf am Türrahmen aufgeschlagen, und als er sein Gesicht im Spiegel erblickte, erinnerte es ihn an den Landstreicher, den er am Vortag auf dem Bahnsteig gesehen hatte.

Er zog den Vorhang zu, drehte den Hebel auf heiß, schloss die Augen, entledigte sich seiner Kleider, tastete sich unter den Wasserstrahl, verteilte vorsichtig etwas Shampoo auf dem Kopf und rotierte dann langsam wie ein Dönerspieß, um es abzuwaschen.

Erst als er aus der Duschkabine hinaustrat, fiel ihm wieder ein, dass die Handtücher ganz feucht waren. Blind tastete er sich ins Schlafzimmer vor, zog sein eigenes Handtuch aus dem Rucksack, trocknete sich behutsam ab und steckte seinen Körper vorsichtig in saubere Kleider.

Jetzt hätte er gern ein paar Stunden lang auf der Bettkante gesessen und sich nicht bewegt. Aber er brauchte frische Luft und musste aus diesem Chaos raus.

Er warf die nassen Handtücher in die Badewanne und spülte sich mit etwas Zahnpasta und kaltem Wasser den Mund aus.

Er packte den Rucksack, wobei er merkte, dass er nicht in der Lage war, sich vorzubeugen. Also musste er sich auf den Teppich legen, um die Schnürsenkel zu binden.

Er überlegte, ob er das Bett machen sollte, aber er fand es schlimmer, die Flecken zu verstecken, als sie sichtbar zu lassen. Das Blut an der Wand zum Bad bearbeitete er allerdings mit feuchtem Toilettenpapier.

Er würde dieses Hotel nie wieder betreten können.

Er zog die Jacke an, vergewisserte sich, dass er seine Brieftasche noch hatte, und blieb einige Minuten lang sitzen, um Kraft zu sammeln, bevor er sich den Rucksack auf den Rücken hievte. Es schienen Backsteine darin zu sein. Im Flur musste er sich auf halbem Weg zum Aufzug an die Wand lehnen und abwarten, bis sein Kopf wieder ausreichend durchblutet war.

In der Halle wurde er von dem Mann an der Rezeption mit einem fröhlichen »Morgen, Mr Hall« begrüßt. George ging einfach weiter. Sie hatten seine Kreditkartennummer. Er wollte ihnen nicht sagen, was er mit dem Zimmer angestellt hatte, und auch nicht lange erklären, was passiert war. Er wollte auch nicht mit einer mysteriösen Kopfverletzung an der Rezeption stehen.

Ein Portier öffnete die Tür, und George trat hinaus in den Lärm und das Licht des Morgens.

Die Luft war voller Gerüche, deren Bestimmung es zu sein schien, seinen Magen aufs Äußerste zu reizen: Autoabgase, gebratener Frühstücksspeck, Zigarettenqualm, Ammoniak …

Er musste mit jemandem reden. Und Jean war der einzige Mensch, mit dem er reden konnte. Was die Szene im Schlafzimmer anbelangte: Damit konnten sie sich später beschäftigen.

Tatsächlich erschien ihm die Szene im Schlafzimmer momentan im Vergleich zum Besteigen eines Busses als das kleinere Übel. Der Fünf-Minuten-Marsch zum Busbahnhof forderte ihn wie eine Alpenüberquerung, und als der Bus endlich vorfuhr, sah George sich mit dreißig ungewaschenen Menschen in einen engen Raum eingezwängt und fünfundzwanzig Minuten lang kräftig durchgeschüttelt.

Als er im Dorf ausgestiegen war, blieb er noch ein paar Minuten auf der Bank an der Bushaltestelle sitzen, um zu sich zu kommen und das mahlende Pochen in seinem Kopf ein wenig abebben zu lassen.

Was sollte er sagen? Unter normalen Umständen hätte er Jean nie verraten, dass er drauf und dran war, verrückt zu werden. Unter normalen Umständen wäre er allerdings auch nicht kurz vorm Durchdrehen. Vielleicht würde sein ungepflegter Zustand so viel Mitleid erregen, dass er nicht allzu viel erklären musste.

Er raffte sich auf, hob den Rucksack hoch, atmete tief ein und lief nach Hause.

Als er zur Tür hereinkam, stand Jean in der Küche.

»George.«

Er stellte den Rucksack an der Treppe ab und wartete, dass sie auf den Flur trat. Er sprach sehr leise, wegen seiner Kopfschmerzen. »Ich glaube, ich werde vielleicht verrückt.«

»Wo warst du?« Jean sagte das sehr laut. Oder vielleicht klang es auch nur laut. »Wir haben uns fast zu Tode gesorgt.«

»Ich war in einem Hotel«, antwortete George.

»Einem Hotel?«, wiederholte Jean. »Aber du siehst aus, als ...«

»Ich habe mich nicht ... Wie ich schon sagte, ich glaube, dass ich vielleicht ...«

»Was ist das da an deinem Kopf?«, fragte Jean.

»Wo?«

»Da.«

»Ach, das.«

»Genau, das«, sagte Jean.

»Ich bin gestolpert und gegen einen Türrahmen gefallen«, erklärte George.

»Was für ein Türrahmen?«

»Im Hotel.«

Jean wollte wissen, ob er getrunken habe.

»Ja. Aber nicht, als ich mir den Kopf gestoßen habe. Könntest du vielleicht ein bisschen leiser sprechen?«

»Warum um alles in der Welt warst du in einem Hotel?«

So hatte er sich das nicht vorgestellt. Er war derjenige, der hier gewisse Dinge höflicherweise unerwähnt ließ. Er war derjenige, dem ein wenig Nachsicht gebührte.

Sein Kopf tat so schrecklich weh.

»Warum bist du nicht nach Cornwall gefahren?«, fragte Jean. »Brian hat angerufen und wollte wissen, was los war.«

»Ich muss mich setzen.« Er schleppte sich in die Küche und zog sich einen Stuhl heran, der fürchterlich über die Fliesen quietschte. Er nahm Platz und stützte die Stirn in die Hand.

Jean folgte ihm. »Warum hast du mich nicht angerufen, George?«

»Weil du…« Fast hätte er es gesagt. Aus Trotz. Zum Glück fehlten ihm die Worte. Geschlechtsverkehr war wie die Benutzung der Toilette. Über so etwas redete man nicht, erst recht nicht morgens um halb zehn in der eigenen Küche.

Und während er noch mit sich rang und keine Worte fand, trat ihm wieder das Bild vor Augen, das Skrotum des Mannes, ihre schlaffen Oberschenkel, sein Hinterteil, die abgestandene Luft, das Grunzen. Und es fühlte sich an, als bekäme er einen Schlag in die Magengrube. Er empfand es als unfassbar falsch, dazu gesellten sich Angst, Ekel und etwas, das weit über diese Gefühle hinausging und so verstörend war, als wenn er zum Fenster hinausgeblickt und gesehen hätte, dass das Haus von einem Meer umgeben war.

Er wollte dafür auch keine Worte finden. Wenn er es einem anderen Menschen beschrieb und erklärte, würde er das Bild nie wieder loswerden. Diese Erkenntnis brachte eine Art Erlösung mit sich.

Er brauchte es keinem anderen Menschen zu beschreiben. Er konnte es vergessen. Er konnte es in seinen Hinterkopf verbannen. Wenn es dort lang genug ungestört liegen würde, würde es verblassen und seine Macht verlieren.

»George, was hast du in dem Hotel gemacht?«

Sie war wütend auf ihn. Sie war auch früher schon wütend auf ihn gewesen. Das war sein altes Leben. Es hatte etwas Tröstliches. Damit konnte er durchaus umgehen.

»Ich habe Angst vor dem Sterben.« Da. Jetzt hatte er es ausgesprochen. Endlich.

»Das ist doch absurd.«

»Ich weiß, dass es absurd ist, aber es stimmt trotzdem.« Er spürte eine innerliche Wärme, die er nie erwartet hätte, am wenigsten an einem Morgen wie diesem. Jetzt redete er offener als je zuvor mit Jean.

»Warum?«, fragte sie. »Du stirbst nicht.« Sie zögerte. »Oder?«

Sie hatte Angst. Na, das konnte gar nicht schaden, wenn sie auch ein bisschen Angst hatte. Er zog das Hemd aus der Hose, genau wie in Dr. Barghoutians Untersuchungszimmer.

»George …?« Sie stützte sich mit einer Hand auf der Stuhllehne ab.

Er hob sein Unterhemd hoch und zog den Bund seiner Hose herunter.

»Was ist das?«, fragte sie.

»Ekzem.«

»Ich verstehe nicht, George.«

»Ich glaube, dass das Krebs ist.«

»Aber es ist kein Krebs.«

»Dr. Barghoutian hält es für ein Ekzem.«

»Und warum zerbrichst du dir dann den Kopf darüber?«

»Außerdem habe ich rote Pünktchen auf dem Arm.«

Das Telefon läutete. Mehrere Sekunden lang machte keiner von beiden eine Bewegung. Dann schoss Jean in erstaunlichem Tempo durchs Zimmer und rief: »Bleib sitzen. Ich geh dran«, obwohl George keinerlei Anzeichen gemacht hatte, sich zu bewegen.

Sie nahm den Hörer ab. »Hallo … Ja. Hallo … Ich kann jetzt nicht sprechen … Nein, nein, nichts Schlimmes … Er ist wieder da … Ja. Ich rufe später zurück.« Sie legte auf. »Das war … Jamie. Ich habe ihn gestern Abend angerufen. Als ich mir Sorgen gemacht habe, wo du stecken könntest.«

»Hast du noch ein paar von den Kodeintabletten?«, fragte George.

»Ich glaube schon.«

»Ich habe einen fürchterlichen Kater.«

»George?«

»Was?«, fragte er.

»Meinst du nicht, du solltest dich vielleicht lieber hinlegen? Dann wirst du dich in ein paar Stunden bestimmt wieder besser fühlen.«

»Ja. Ja, das ist vielleicht eine gute Idee.«

»Na komm, dann wollen wir dich mal nach oben bringen«, sagte Jean.

»Und das Kodein. Ich brauche unbedingt was von dem Kodein.«

»Ich geh es gleich suchen.«

»Und vielleicht nicht das Bett. Vielleicht lege ich mich nur aufs Sofa.«

47

Ray erschien nicht am nächsten Morgen. Am nächsten Abend auch nicht. Katie war zu wütend, um bei ihm im Büro anzurufen. Ray war derjenige, der ein Friedensangebot machen musste.

Aber als er am Tag danach auch nicht auftauchte, gab sie klein bei und rief an, und wenn es nur war, um sich zu beruhigen. Er war in einer Besprechung. Eine Stunde später rief sie noch einmal an. Er war nicht mehr im Büro. Sie wurde gefragt, ob sie eine Nachricht hinterlassen wolle, aber das, was sie zu sagen hatte, war nichts, was sie einer Sekretärin gern mitteilen wollte. Sie griff noch ein drittes Mal zum Telefon, er war nicht an seinem Platz, und sie fragte sich allmählich, ob er sich verleugnen ließ. Sie würde es nicht noch einmal versuchen.

Und außerdem: Sie genoss es, das Haus für sich zu haben, und sie würde es auf keinen Fall aufgeben, bevor sie dazu gezwungen würde.

Am Dienstagabend baute sie mit Jacob die Brio-Eisenbahn auf dem Wohnzimmerteppich auf. Die Brücke, den Tunnel, den Lastkran, die dicken Schwellen, mühsam aus zahlreichen Teilchen zusammengesetzt. Jacob baute ein Krokodil aus lauter Güterwaggons und ließ es in einen Lego-Erdrutsch krachen. Katie stellte die Bäumchen und den Bahnhof auf und formte aus Jacobs Zudecke eine Berglandschaft.

Sie hatte sich ein Mädchen gewünscht. Heute schien ihr das lächerlich. Als ob das etwas ändern würde. Außerdem konnte sie sich nicht recht vorstellen, auf dem Teppich zu knien und Begeisterung für Barbies Besuch beim Friseur aufzubringen.

»Brumm-wumm. Das haut … haut … haut dem Fahrer den Arm ab«, sagte Jacob. »Tatü-tata-tatü …«

Sie hatte keine Ahnung von Verbrennungsmotoren oder dem Weltall (Jacob wollte Rennfahrer werden, wenn er groß war, am liebsten auf dem Pluto), aber die Aussicht auf Schweißgeruch und Death Metal in zwölf Jahren war ihr lieber als Shoppingtrips und Essstörungen.

Nachdem Jacob eingeschlafen war, mixte sie sich einen Gin Tonic und blätterte ein wenig im neuen Roman von Margaret Atwood, ohne wirklich zu lesen.

Sie nahmen so viel Platz weg – das war das Problem mit Männern. Es waren nicht nur das breitbeinige Sitzen und das Poltern auf der Treppe. Es war die ständige Forderung nach Aufmerksamkeit. Wenn man mit einer anderen Frau zusammensaß, konnte man ruhig denken. Männer hatten ein kleines Blinklicht oben auf dem Kopf. *Hallo. Ich bin's. Ich bin immer noch da!*

Und wenn Ray gar nicht wiederkam?

Ihr kam es so vor, als würde sie beiseite treten und ihr Leben ausgebreitet vor sich sehen. Als ob es mit jemand anderem geschähe.

Vielleicht lag es am Alter. Mit zwanzig war das Leben wie der Ringkampf mit einem Kraken. Jede Sekunde zählte. Mit dreißig war es ein Spaziergang auf dem Land. Meistens dachte man an etwas anderes. Mit siebzig war es wahrscheinlich so, als würde man sich Billard im Fernsehen anschauen.

Der Freitag kam und ging ohne ein Zeichen von Ray.

Jacob sagte, er würde gern die Großmama sehen, was keine schlechte Idee war. Sie könnte die Füße hochlegen, während Mum sich ein bisschen um den Kleinen kümmerte. Dad und Jacob konnten irgendwas für Männer im Aerodome unternehmen. Mum würde sich nach Ray erkundigen, aber vermutlich würde sie sich nicht allzu lang bei diesem Thema aufhalten.

Sie rief zu Hause an, und die Begeisterung ihrer Mutter über den Vorschlag hatte schon etwas Unnatürliches. »Außerdem müssen wir ja auch noch über das Menü und den Sitzplan sprechen. Wir haben nur noch sechs Wochen.«

Katie wurde schwer ums Herz.

Wenigstens Jacob würde sich amüsieren.

48

Jean rief ihren Schwager an und erklärte ihm, dass George unterwegs schlecht geworden und er deswegen nach Hause zurückgekehrt sei. Brian fragte, ob es etwas Ernstes sei. Davon gehe sie nicht aus, antwortete Jean. Er war so erleichtert, dass er keine weiteren Fragen stellte, wofür sie ihm ungemein dankbar war.

George lag seit fünf Stunden fest schlafend auf dem Sofa.

War es etwas Ernstes? Jean konnte sich absolut keinen Reim auf die Sache machen: morgens um halb zehn mit einer Wunde an der Stirn aufzutauchen, in einem Zustand, als hätte er im Straßengraben geschlafen.

Sie vermutete, dass ihm etwas Schreckliches zugestoßen war. Aber seine einzige Erklärung war, er sei im Hotel gewesen. Sie fragte, warum er nicht angerufen habe, damit sie sich nicht so viele Sorgen zu machen brauchte, aber er wollte keine Antwort geben. Offensichtlich hatte er sehr viel getrunken. Er roch nach Alkohol. Als sie das merkte, stieg Wut in ihr auf.

Dann sagte er, dass er sterben würde, und sie merkte, dass mit ihm etwas nicht stimmte.

Er erklärte, er habe Krebs. Aber es war kein Krebs, nur ein Ekzem. Er wollte ihr unbedingt einen Ausschlag an seiner Hüfte zeigen. Sie fragte sich ganz ernsthaft, ob er vielleicht wirklich den Verstand verlor.

Sie wollte den Arzt anrufen, aber das wollte George nicht, weil er ja bereits beim Arzt gewesen sei. Es gab nichts, was der noch für ihn tun könne.

Sie gab bei Ottakar's und im Sekretariat der Schule Bescheid, dass sie die nächsten Tage nicht zur Arbeit kommen könne.

Schließlich rief sie David vom Telefon oben an. Er hörte sich die ganze Geschichte an und sagte: »Vielleicht ist es ja gar nicht so merkwürdig. Denkst du nicht auch manchmal ans Sterben? Wenn man nachts um drei aufwacht und nicht wieder einschlafen kann? Und nicht mehr zur Arbeit zu gehen hat oft die merkwürdigsten Folgen. Auf einmal hat man so schrecklich viel Zeit…«

Ungefähr zur Teezeit begann George sich zu rühren. Sie machte ihm einen Kakao und Toast, und er wirkte schon ein wenig menschlicher. Sie versuchte, ihn zum Reden zu bringen, aber es ergab nicht mehr Sinn als am Morgen. Es fiel ihm äußerst schwer, darüber zu sprechen, das spürte sie, weswegen sie nicht weiter in ihn drang.

Sie holte ihm seine Lieblingsbücher und -CDs. Er wirkte vor allem so müde. Etwa eine Stunde später bereitete sie das Abendessen zu und brachte es ins Wohnzimmer, damit sie es gemeinsam vor dem Fernseher auf dem Couchtisch verspeisen konnten. Er aß alles auf und bat um ein weiteres Kodein, und sie sahen sich einen David-Attenborough-Film über Affen an.

Ihre Panik legte sich allmählich.

Es war, als würde man die Uhr dreißig Jahre zurückdrehen. Jamie mit seinem Drüsenfieber. Katie mit ihrem gebrochenen Knöchel. Tomatensuppe und Toastsoldaten. Zusammen *Crown Court* anschauen. *Dr. Doolittle* und *Die Schweizer Familie Robinson.*

Am nächsten Tag verkündete George, dass er im Bett bleiben wolle. Er nahm den Fernseher mit nach oben und machte es sich im Bett gemütlich, worüber Jean, ganz ehrlich gesagt, ein bisschen traurig war.

Jede halbe Stunde oder so steckte sie den Kopf herein, um nach ihm zu sehen, aber er schien nicht viel zu brauchen. Das hatte sie immer schon an ihm bewundert. Er klagte und jammerte nie, wenn er krank war. Nie wollte er der Mittelpunkt der Aufmerksamkeit sein. Zog sich einfach wie ein kranker Hund in sein Körbchen zurück und rollte sich zusammen, bis er wieder Stöckchen jagen konnte.

Am Abend versicherte er ihr, dass er allein zurechtkommen würde, so dass sie am Morgen darauf in die Stadt fuhr und vier Stunden lang Bücher verkaufte. Danach traf sie sich mit Ursula zum Mittagessen. Sie war im Begriff, ihr alles zu erzählen, merkte dann jedoch, dass sie es im Grunde nicht erklären konnte, ohne über den Krebs und das Ekzem und die Angst vor dem Tod und die Trinkerei und die Beule am Kopf zu sprechen, aber sie wollte nicht, dass man George für verrückt hielt;

also erzählte sie ihrer Freundin, dass er die Cornwall-Reise wegen einer schlimmen Magenverstimmung abgesagt habe, und Ursula erzählte ihr, wie »herrlich« es bei ihrer Tochter und ihren vier Kindern in Dublin gewesen sei, während ihr Schwiegersohn, ein Handwerker, ihr Badezimmer herausriss.

49

Die Entdeckung, geistesgestört zu sein, war schon überraschend. Aber am meisten überraschte George, wie schmerzlich es war.

Früher hatte er nie über diese Dinge nachgedacht. Sein Onkel, die ungewaschenen Menschen, die Bussen hinterherschrien, Alex Bamford damals zu Weihnachten... Er hatte immer das Wort *wahnsinnig* benutzt. So wie in *wahnsinnige Schlaglöcher* oder *wahnsinniges Golfspiel.* Alles chaotisch und durcheinander und eher amüsant.

Aber jetzt kam ihm das alles gar nicht mehr amüsant vor. Wenn er an seinen Onkel dachte, der zehn Jahre in St. Edward ohne einen einzigen Verwandtenbesuch festgesessen hatte, oder an den heruntergekommenen Mann, der für ein paar Münzen in der Church Street Stepp tanzte, dann merkte er, wie es in seinen Augenwinkeln brannte.

Wenn er die Wahl hätte, dann wäre es ihm lieber gewesen, jemand hätte ihm ein Bein gebrochen. Bei einem Beinbruch brauchte man nichts zu erklären. Es wurde auch nicht erwartet, dass man es durch Willenskraft wieder heilte.

Die Angst spülte in Wellen über ihn hinweg. Wenn eine Woge ihn überrollte, dann fühlte er sich so wie vor ein paar Jahren, als er vor Jacksons einen kleinen Jungen hinaus auf die Straße rennen sah, der haarscharf an der Kühlerhaube eines bremsenden Autos vorbeischrammte.

Zwischen den Wellen sammelte er alle Kraft für die nächste und versuchte verzweifelt, nicht an sie zu denken, damit sie nicht noch schneller wiederkamen.

Am stärksten war das unablässig bohrende Gefühl des Grauens, das rumpelte und donnerte und die ganze Welt dunkel werden ließ, wie die Raumschiffe in Science-Fiction-Filmen, deren schwarz versengter Rumpf ins Bild glitt und immer weiter durchs Bild glitt, weil sie in Wirklichkeit viele tausend Mal größer waren, als man erwartet hatte.

Die Vorstellung, wirklich Krebs zu haben, erschien ihm allmählich fast wie eine Erleichterung; die Vorstellung, ins Krankenhaus zu gehen, sich Schläuche in den Arm stecken zu lassen, sich von Ärzten und Schwestern sagen zu lassen, was man tun sollte, nicht mehr mit dem Problem ringen zu müssen, wie man die nächsten fünf Minuten überlebte.

Den Versuch, mit Jean zu reden, hatte er aufgegeben. Sie bemühte sich, aber er konnte sich ihr nicht verständlich machen.

Es war nicht ihre Schuld. Wenn vor einem Jahr jemand mit solchen Sorgen zu ihm gekommen wäre, hätte er genauso reagiert.

Vielleicht lag es auch daran, dass Jean nie deprimiert war. Sie wurde wütend. Sie war traurig. Und sie durchlief diese Empfindungen wesentlich intensiver als er (als er zum Beispiel im Keller aufräumte und das alte Vogelhaus ins Feuer warf, hatte sie ihm einen Boxhieb verpasst). Aber nach ein oder zwei Tagen war alles wieder vergessen.

Immerhin leistete sie ihm jetzt Gesellschaft, kochte ihm Essen und wusch seine Wäsche, und für all das war er sehr dankbar.

Auch für das Kodein war er sehr dankbar. Die Schachtel war noch beinahe voll. Sobald er die Schrecken des Aufwachens abgeschüttelt hatte, konnte er sich geistig auf die zwei Tabletten zum Mittagessen einstellen, die ihn in einen sanft schützenden Nebel hüllen würden, bis er dann zum Abendessen eine Flasche Wein öffnen würde.

Er hatte versucht, die erste Nacht auf dem Sofa zu verbringen, aber das war ungemütlich, und Jean war der Ansicht, dass verrücktes Benehmen zu verrückten Gedanken führte. Also zog er nach oben. In dem Bett zu liegen, in dem er die beiden dabei beobachtet hatte, war nicht so schlimm, wie er es sich vorgestellt hatte. Im Grunde waren doch fast überall schon schlimme Sachen geschehen: Morde, Vergewaltigungen, schreckliche Unfälle. Er wusste zum Beispiel, dass 1952 im Haus der Farmers eine ältere Dame bei einem Brand gestorben war, aber davon spürte man nichts mehr, wenn man heute auf einen Drink zu ihnen ging.

Bald merkte er, dass es seine Vorzüge hatte, oben zu bleiben. Man brauchte nicht an die Tür zu gehen, wenn man im Bett lag, blieb von unerwarteten Besuchern verschont, und man konnte die Vorhänge zuziehen, ohne eine Diskussion darüber heraufzubeschwören. Er holte sich Fernseher und Videorekorder ins Schlafzimmer und machte die Luken dicht.

Nach ein paar Tagen raffte er sich auf und fuhr zum Videoverleih.

Und wenn er nachts aufwachte und die Orks mit den gekochten, hautlosen Gesichtern in schweigenden Hundertschaften im mondhellen Garten auf ihn warteten, so konnte er, wie er bald herausfand, vorübergehend Schutz im Badezimmer finden, wo er sich zwischen Toilette und Badewanne zwängte und sich ganz leise die Lieder vorsang, die er als kleines Kind gesungen hatte.

50

Katie und Jacob stolperten zur Tür herein und ließen ihre Taschen fallen.

Mum gab beiden einen Kuss und sagte: »Dein Vater ist im Bett. Fühlt sich nicht so gut.«

»Was hat er denn?«

»Ehrlich gesagt, weiß ich es auch nicht so recht. Ich glaube, er bildet sich das alles wohl nur ein.« Sie zuckte ein wenig zusammen, während sie die Worte *bildet sich alles nur ein* aussprach, so als hätte sie gerade eine Dose geöffnet, deren Inhalt schon schlecht geworden war.

»Er ist also nicht krank?«, fragte Katie.

»Er hat ein Ekzem.«

»Kann ich mein Bob-der-Baumeister-Video gucken?«, wollte Jacob wissen.

»Tut mir leid, aber der Videorekorder ist jetzt oben bei deinem Großvater«, antwortete Mum.

»Man braucht nicht im Bett zu liegen, wenn man ein Ekzem hat«, erwiderte Katie. Wie so oft bei ihren Eltern hatte sie den Eindruck, dass etwas vor ihr geheim gehalten wurde, ein Gefühl, das an Bedrohlichkeit zunahm, je älter die beiden wurden.

»Darf ich das Video zusammen mit Großvater gucken?«, bettelte Jacob und zog an Katies Hosenbein.

»Lass mich erst ein wenig mit ihm reden«, sagte Katie.

»Er meint, er hätte Angst vor dem Sterben«, sagte Mum in einem gespielten Flüsterton.

»Aber ich will es jetzt sofort gucken«, jammerte Jacob.

»Zwei Minuten«, sagte Katie.

»Du weißt, wie er ist«, sagte Mum. »Ich habe keinen blassen Schimmer, was in seinem Kopf vor sich geht.«

»Muss Großvater sterben?«, fragte Jacob.

»Deinem Großvater geht es bestens«, antwortete Mum.

»Oder auch nicht«, antwortete Katie.

»Ich will einen Keks«, sagte Jacob.

»Na, so ein Zufall«, sagte Mum zu Jacob. »Gerade heute Morgen habe ich Jaffa-Kekse gekauft.«

»Mum, du hörst mir nicht zu«, sagte Katie.

»Kann ich zwei kriegen?«, fragte Jacob.

»Du bist ja ganz schön anspruchsvoll heute«, sagte Mum.

»Kann ich bitte zwei Kekse kriegen?«, fragte Jacob und drehte sich zu Katie um.

»Mum …« Katie konnte sich gerade noch bremsen. Sie wollte nicht schon streiten, bevor sie die Jacke ausgezogen hatte. Sie war sich nicht einmal ganz sicher, was genau sie verärgerte. »Na schön. Geh mit Jacob in die Küche. Du darfst ihm einen Keks geben. Einen. Ich gehe hoch und spreche mit Dad.«

»Wie du meinst«, antwortete Mum in gespielt fröhlichem Singsang. »Möchtest du ein bisschen Orangensaft zu deinem Keks, Jacob?«

»Wir sind mit einem Zug gefahren«, sagte Jacob.

»Na, so was«, sagte Mum. »Was für ein Zug war das denn?«

»Es war ein Monsterzug.«

»Na, das klingt mir ja nach einem ziemlich aufregenden Zug. Willst du damit sagen, dass er wie ein Monster aussah, oder meinst du, dass Monster darin saßen?«

Die beiden verschwanden in der Küche, und Katie ging die Treppe hinauf.

Es war ein merkwürdiges Gefühl, zu Dad ans Bett zu kommen. Eigentlich machte er um Krankheiten keinen großen Wind. Weder um seine eigenen noch um die anderer. Bei ihm hieß es: die Zähne zusammenbeißen und an etwas anderes denken. Dass er jetzt einen Zusammenbruch gehabt haben sollte, war ebenso unerhört, als würde er auf Friseur umschulen.

Sie klopfte an die Tür und trat ins Zimmer.

Er hatte sich das Federbett bis ans Kinn gezogen, wie eine verängstigte alte Frau in einem Märchen. Sofort stellte er den Fernseher ab. War das wirklich *Lethal Weapon* gewesen?

»Hallo, junge Frau.« Er wirkte kleiner, als sie ihn in Erinnerung gehabt hatte. Vielleicht lag das auch an dem Pyjama.

»Mum hat gesagt, dir geht es nicht so gut.« Sie wusste nicht, wo sie sich niederlassen sollte: Sich auf die Bettkante zu setzen war zu vertraulich, stehen war zu medizinisch, und auf dem Sessel hätte sie unweigerlich sein getragenes Unterhemd berührt.

»Nein. Nicht sehr.«

Sie schwiegen einige Augenblicke und starrten in das schiefergrüne Rechteck des Fernsehbildschirms, auf dem sich das Fenster verzerrt spiegelte.

»Möchtest du darüber sprechen?« Sie war selbst überrascht, was sie da Dad soeben gefragt hatte.

»Eigentlich nicht.«

Sie hatte ihn noch nie so unverblümt sprechen hören. Sie hatte das unheimliche Gefühl, dass sie zum ersten Mal wirklich miteinander kommunizierten. Es war, als würde man im Wohnzimmer auf einmal eine neue Tür entdecken. Keineswegs nur angenehm.

»Leider versteht mich deine Mutter nicht richtig«, sagte Dad.

Katie wusste nicht, was sie dazu sagen sollte.

»Sie kann damit nichts anfangen.«

Mein Gott. Solche Sachen müssten Eltern unter sich ausmachen. Aber es schien, als brauche er jemanden zum Reden, und Mum war offensichtlich nicht sehr scharf darauf. »Womit kann sie nichts anfangen?«

Er atmete lange lautlos ein. »Ich habe Angst.« Er starrte in den Fernseher.

»Wovor?«

»Vor dem Sterben … Ich habe Angst vor dem Sterben.«

»Gibt es etwas, das du Mum nicht gesagt hast?« Sie sah einen Stoß Videos neben dem Bett. *Volcano, Independence Day, Godzilla, Fletchers Visionen …*

»Ich glaube …« Er machte eine Pause und verzog den Mund. »Ich glaube, ich habe Krebs.«

Ihr war etwas wirr und schwindlig zumute. »Wirklich?«

»Dr. Barghoutian meint, es wäre ein Ekzem.«

»Aber du glaubst ihm nicht.«

»Nein«, sagte er. »Ja.« Er dachte angestrengt nach. »Nein, eigentlich nicht.«

»Vielleicht solltest du fragen, ob du zu einem Facharzt gehen darfst.«

Dad runzelte die Stirn. »Das geht nicht.«

Fast hätte sie gesagt: *Lass mich mal sehen*, aber die Vorstellung war in mancherlei Hinsicht zu abstoßend. »Geht es wirklich um Krebs? Oder geht es um etwas anderes?«

Dad rieb erfolglos an einem kleinen Marmeladenfleck auf der Bettdecke. »Ich glaube, dass ich vielleicht verrückt werde.«

Unten hörte man Jacob quietschen, der von Mum durch die Küche gejagt wurde.

»Vielleicht solltest du mit jemandem sprechen.«

»Deine Mutter meint, ich benehme mich albern. Womit sie natürlich recht hat.«

»Irgendeinen Therapeuten oder so«, sagte Katie.

Dad sah sie verständnislos an.

»Dr. Barghoutian könnte dich bestimmt an jemanden überweisen.«

Dad sah sie weiter verständnislos an. Sie stellte sich vor, er säße mit einer Schachtel Taschentüchern neben sich auf dem Tisch in einem Zimmerchen, einem schrecklich munteren jungen Mann mit Strickjacke gegenüber, und sie musste ihm recht geben. Aber sie wollte nicht die Einzige sein, an der das Ganze hängen blieb. »Du brauchst Hilfe.«

Aus der Küche drang ein Knall herauf. Dann Gebrüll. Dad reagierte auf keines der beiden Geräusche.

Katie sagte: »Ich muss jetzt mal runter.«

Auch darauf reagierte er nicht.

Er sagte ganz leise: »Ich habe mein Leben vergeudet.«

Sie sagte mit einer Stimme, die normalerweise für Jacob reserviert war: »Du hast dein Leben nicht vergeudet.«

»Deine Mutter liebt mich nicht. Ich habe dreißig Jahre mit einem Beruf verbracht, der mir nichts bedeutet hat. Und jetzt…« Er weinte. »Es tut so weh.«

»Dad, bitte.«

»Außerdem habe ich rote Pünktchen auf dem Arm.«

»Was?«

»Ich traue mich noch nicht mal sie anzusehen.«

»Dad, hör mir zu.« Sie drückte mit beiden Händen an ihre Schläfen, damit sie sich besser konzentrieren konnte. »Du hast Angst. Du bist deprimiert. Du… ist ja auch egal. Es hat nichts mit Mum zu tun. Auch nicht mit deinem Beruf. Das ist alles nur in deinem Kopf.«

»Tut mir leid«, sagte er. »Ich hätte nichts sagen sollen.«

»Mein Gott, Dad. Du hast ein schönes Zuhause. Du hast Geld. Du hast ein Auto. Du hast jemanden, der sich um dich kümmert…« Sie war wütend. Es war die Wut, die sie eigentlich für Ray aufgespart hatte. Aber sie konnte sich nicht stoppen, als sie erst einmal damit angefangen hatte. »Du hast dein Leben nicht vergeudet. Das ist doch wirklich Schwachsinn.«

Sie hatte seit zehn Jahren nicht mehr *Schwachsinn* zu Dad gesagt. Sie musste aus dem Zimmer verschwinden, bevor es ernsthaft in diesem Stil weiter bergab ging.

»Manchmal bekomme ich keine Luft.« Er machte keine Anstalten, sich die Tränen aus dem Gesicht zu wischen. »Ich fange an zu schwitzen und weiß, dass etwas Schreckliches passieren wird, aber ich habe keine Ahnung, was.«

Da fiel es ihr wieder ein. Die Sache beim Mittagessen. Wie er rausgerannt war und sich auf der Veranda auf den Boden hockte.

Unten hatte Jacob aufgehört zu brüllen.

»So etwas nennt man Panikanfall«, sagte sie. »So was hat jeder mal. Na gut, vielleicht nicht jeder. Aber viele Leute. Du bist nicht merkwürdig. Oder anders. Oder total außergewöhnlich.« Der Klang ihrer eigenen Stimme alarmierte sie ein wenig. »Es gibt Medikamente dagegen. Es gibt Methoden, wie man damit umgehen kann. Du musst zu einem Arzt gehen. Es geht hier nicht nur um dich. Du musst etwas unternehmen. Du musst aufhören, so egoistisch zu sein.«

Sie schien irgendwo vom Kurs abgekommen zu sein.

Er antwortete: »Vielleicht hast du recht.«

»Nicht vielleicht, ganz sicher.« Sie wartete, dass ihr Pulsschlag sich verlangsamte. »Ich rede mit Mum. Sie soll sich darum kümmern.«

»Gut.«

Es war wieder wie auf der Terrasse. Wie er das alles einfach ohne jede Gegenwehr aufnahm, machte ihr Angst. Sie musste an die alten Männer denken, die unrasiert und mit Urinbeuteln an Rollständern durchs Pflegeheim schlurften. Sie sagte: »Ich gehe jetzt nach unten.«

»Okay.«

Einen Augenblick lang dachte sie daran, ihn zu umarmen. Aber sie hatten heute schon genug neue Dinge gewagt. »Soll ich dir einen Kaffee bringen?«

»Nicht nötig. Ich habe hier noch eine Thermoskanne.«

»Und tue nichts, was ich nicht auch tun würde«, sagte sie in einem völlig unangemessenen schottischen Komödienakzent, hauptsächlich vor Erleichterung. Sie zog die Tür hinter sich zu.

Unten in der Küche saß Jacob auf Mums Knie und ließ sich Schokoladeneis aus der Packung verabreichen. Zweifellos als

Betäubungsmittel. Bestimmt zusätzlich zu dem Schokoladenkeks.

Mum sah auf und fragte ihre Tochter mit munterer Stimme: »Und, was für einen Eindruck hat dein Vater auf dich gemacht?«

Die Begabung alter Leute, völlig aneinander vorbeizureden, verblüffte sie immer wieder. »Er muss zum Arzt gehen.«

»Versuch ihm das mal klarzumachen.«

»Das habe ich getan«, sagte Katie.

»Ich habe eine Beule«, sagte Jacob.

Sie beugte sich hinunter und nahm ihn in die Arme. Er hatte Eis in der Augenbraue.

»Tja, wie du sicherlich festgestellt haben wirst«, sagte Mum, »ist es sinnlos, deinen Vater zu irgendetwas überreden zu wollen.«

Jacob entwand sich den beiden und durchwühlte seinen Batman-Rucksack.

»Red nicht lange darüber«, erwiderte Katie, »tu's einfach. Ruf Dr. Barghoutian an. Fahr Dad in die Praxis. Bitte Dr. Barghoutian um einen Hausbesuch. Irgendwas.«

Sie sah, wie Mum zornig wurde. Sie sah außerdem, wie Jacob mit *Bobs schönstes Weihnachtsfest* in den klebrigen Pfoten auf den Flur zumarschierte. »Wo willst du hin, mein Goldstückchen?«

»Ich gucke jetzt zusammen mit Großvater *Bob der Baumeister.*«

»Ich glaube, das ist keine so gute Idee.«

Jacob sah zu Tode betrübt aus.

Vielleicht sollte sie ihn gehen lassen. Dad war depressiv. Er war aber nicht so verrückt, dass er Glühbirnen verspeiste. Vielleicht wäre ihm ein bisschen Abwechslung sogar willkommen. »Na, dann geh. Aber sei lieb zu ihm. Er ist sehr müde.«

»Okay«, sagte Jacob.

»Und, Jacob?«

»Was?«

»Frag ihn nicht, ob er sterben muss.«

»Warum nicht?«, wollte Jacob wissen.

»Das tut man nicht.«

»Okay.« Jacob wackelte davon.

Katie wartete einige Augenblicke, dann drehte sie sich zu Mum um. »Die Sache ist ernst. Mit Dad.« Sie erwartete, dass sie sagen würde: *Jetzt hör mir mal gut zu, mein Fräulein* ..., was sie aber nicht tat. »Er hat Depressionen.«

»Das habe ich auch schon bemerkt«, antwortete Mum schnippisch.

»Ich meine bloß ...« Katie machte eine Pause und sprach leiser weiter. In dieser Auseinandersetzung musste sie Recht behalten. »Bitte. Bring ihn zum Arzt. Oder lass den Arzt herkommen. Oder geh selbst in die Praxis. Diese Sache wird nicht von allein wieder verschwinden. Demnächst haben wir die Hochzeit und ...«

Mum seufzte und schüttelte den Kopf. »Du hast Recht, wir wollen ja nicht, dass er sich vor allen Leuten blamiert, was?«

51

Mel Gibson hing in einer behelfsmäßigen Dusche an einer Kette, und ein Orientale folterte ihn mit einem Überbrückungskabel.

George war so vertieft in den Film, dass er beim Klopfen an der Tür als Erstes dachte, Katie habe einen umgehenden Hausbesuch von Dr. Barghoutian arrangiert.

Aber als die Tür aufging, war es Jacob.

»Ich will mein Video gucken«, sagte Jacob.

George drückte auf der Fernbedienung herum. »Und was für ein Video ist das?«

Mel Gibson schrie auf, dann verschwand er.

»*Bob, der Baumeister*«, sagte Jacob.

»Verstehe.« George fiel plötzlich wieder ein, wie Jacob ihn das letzte Mal in diesem Zimmer besucht hatte. »Ist dein Daddy auch da?«

»Welcher Daddy?«, fragte Jacob.

George war ein wenig schwindlig. »Ist Graham hier?« Heute schien ja wirklich alles möglich zu sein.

»Nein. Und Daddy Ray ist auch nicht hier. Er ist weg… Er ist weggegangen und nicht wiedergekommen.«

»Verstehe«, sagte George. Er fragte sich, was der Kleine damit wohl meinte. Wahrscheinlich war es am besten, nicht nachzufragen. »Das Video…«

»Darf ich's gucken?«

»Ja. Du darfst es gucken«, antwortete George.

Jacob warf *Lethal Weapon* raus, steckte die *Bob der Baumeister*-Kassette ein und spulte sie mit dem beiläufigen Können eines Technikers in einer Kontrollzentrale zurück.

So rissen die jungen Leute die Welt an sich. Die ganze Spielerei mit neuen Technologien. Eines Tages wachte man auf und stellte fest, dass die eigenen Fähigkeiten nur noch lächerlich waren. Laubsägearbeiten. Kopfrechnen.

Jacob spulte im Schnellvorlauf durch die Werbung, hielt das Band an und kletterte ins Bett neben George. Diesmal roch er besser, süß und nach Plätzchen.

George dachte, dass Jacob nicht über Panikanfälle sprechen oder einen Therapeuten empfehlen würde. Das war ein tröstlicher Gedanke.

Ob Kinder auch geistesgestört sein konnten? Richtig geistesgestört, nicht nur behindert wie die Henderson-Tochter? Er wusste es nicht. Vielleicht war gar nicht genug Hirn da, das Funktionsstörungen erleiden konnte, bis sie auf die Uni kamen.

Jacob sah ihn an. »Du musst auf *Play* drücken.«

»Entschuldigung.« George drückte auf die Taste.

Fröhliche Musik erklang, und der Vorspann zeigte eine sternenbeschienene Modellschneelandschaft. Zwei Plastikrentiere verschwanden zwischen den Fichten, und eine Spielzeugfigur kam auf einem Motorschlitten ins Bild geröhrt.

Der Motorschlitten hatte ein Gesicht.

Jacob steckte den Daumen in den Mund und hielt sich mit der anderen Hand an Georges Zeigefinger fest.

Tom, die besagte Spielzeugfigur, ging in seine Polarstation und hob den Telefonhörer ab. Der Bildschirm teilte sich, und Toms Bruder Bob, der ihn aus einem Bauunternehmen in England anrief, wurde am anderen Ende der Leitung sichtbar.

Vor dem Büro standen eine Dampfwalze, ein Bagger und ein Kran.

Auch die Dampfwalze, der Bagger und der Kran hatten Gesichter.

George ließ im Geiste Dick Barton und die Goons, Lord Snooty und Biffo den Bären Revue passieren. Im Laufe der Jahre schien alles lauter und greller und schneller und einfacher geworden zu sein. In fünfzig Jahren würden Kinder die Konzentrationsfähigkeit von Spatzen und keinerlei Phantasie mehr haben.

Bob tanzte durch den Bauhof und sang: »Tom kommt zu Weihnachten! Tom kommt zu Weihnachten …!«

Vielleicht machte George sich etwas vor. Vielleicht machten alle alten Leute sich etwas vor, wenn sie so taten, als würde die Welt zum Teufel gehen, weil es leichter war, als zuzugeben, dass sie den Anschluss verpasst hatten, dass die Zukunft ein Dampfer war, der gerade ablegte, und sie standen auf ihrer kleinen Insel und wünschten ihn dahin, wo der Pfeffer wächst, wussten aber im Grunde ihres Herzens, dass sie nichts mehr zu tun hatten, als auf dem Kies zu sitzen und darauf zu warten, dass die großen Krankheiten aus dem Unterholz krochen.

George konzentrierte sich auf die Mattscheibe.

Lethal Weapon war doch auch recht trivial, wenn man es sich genau überlegte.

Bob half dabei, den Marktplatz für das jährliche Weihnachtskonzert von Lenny und den Lasers vorzubereiten.

Jacob rutschte ein bisschen näher und fasste nach Georges ganzer Hand.

Während Bob rund um die Uhr arbeitete, damit das Konzert reibungslos ablief, machte Tom auf dem Weg zur Fähre halt, um ein Rentier aus einer Gletscherspalte zu retten, und verpasste das Schiff. Das gemeinsame Weihnachtsfest hatte sich damit erledigt.

Bob war sehr traurig.

Rätselhafterweise war George auch ziemlich traurig. Besonders bei der Rückblende in die Kindheit, in der Tom einen Spielzeugelefanten zu Weihnachten bekam, ihn jedoch zerbrach und dann weinte, bis Bob ihn wieder reparierte.

Ein wenig später, als Lenny (von den Lasers) von Bobs Kummer hörte und in seinem Privatjet an den Nordpol flog, damit Tom rechtzeitig zu Heiligabend da war und Tom und Bob beim Konzert wieder vereint wurden, liefen George echte Tränen das Gesicht herunter.

»Bist du traurig, Großvater?«, fragte Jacob.

»Ja«, antwortete George. »Ja, ich bin traurig.«

»Weil du sterben musst?«, fragte Jacob.

»Ja«, sagte George. »Genau.« Er legte den Arm um Jacob und zog ihn an sich.

Nach ein paar Minuten machte Jacob sich los.

»Ich muss mal kackern.« Er rutschte vom Bett und verschwand.

Das Video war zu Ende, und der Bildschirm füllte sich mit weißem Rauschen.

52

Katie zog sich einen Stuhl heran.

»Wir leihen uns das lange Festzelt aus.« Ihre Mutter setzte die Brille auf und schlug den Prospekt auf. »Der Platz reicht – gerade so. Aber die Heringe müssen in die Blumenrabatten. Und …« Sie zog einen Din-A4-Plan heraus, auf dem der Grundriss des Zeltes zu sehen war. »Der Tisch an der Stirnseite kann rund oder oval sein. Es gibt acht Plätze pro Tisch und maximal zwölf Tische, das ergibt …«

»Sechsundneunzig«, sagte Katie.

»… einschließlich Tisch an der Stirnseite. Hast du deine Gästeliste dabei?«

Hatte Katie nicht.

»Wirklich, Katie, ich kann nicht alles allein machen.«

»Es war ziemlich hektisch in letzter Zeit.«

Sie hätte Mum von ihrem Streit mit Ray erzählen sollen. Wenn eine Tante vergessen wurde, dann würde Ray das bitte schön selbst zu verantworten haben. Falls die Hochzeit überhaupt stattfand.

»Ich habe dir doch gesagt, dass Jamie vielleicht jemanden mitbringt, oder?«, fragte Jean.

»Er heißt Tony, Mum.«

»Entschuldigung. Ich war nur … du weißt schon, ich wollte keine voreiligen Schlüsse ziehen.«

»Sie sind schon länger zusammen als Ray und ich.«

»Und du kennst ihn«, sagte Mum.

»Du meinst: Wird Dad damit umgehen können?«

»Ich meine: Ist er nett?«

»Ich habe ihn nur einmal gesehen.«

»Und?«, fragte Mum.

»Na ja, den kurzen Lederhosen und der blonden Faschingsperücke nach zu urteilen …«

»Du nimmst mich auf den Arm, oder?«

»Ja.«

Jean sah plötzlich ernst aus. »Ich will doch nur, dass ihr glücklich seid. Alle beide. Ihr seid immer noch meine Kinder.«

Katie nahm Mums Hand. »Jamie ist ein vernünftiger Mensch. Er wird sich vermutlich einen besseren Mann aussuchen als wir alle beide.«

Jetzt blickte ihre Mutter noch ernster drein, und Katie fragte sich, ob sie vielleicht ein bisschen zu weit gegangen war.

»Du bist ja glücklich mit Ray, oder?«

»Ja, Mum. Ich bin glücklich mit Ray.«

»Gut.« Ihre Mutter rückte die Brille zurecht. »Gut. Nun zu den Blumen.«

Nach etwa einer Stunde hörten sie Schritte, und Katie drehte sich um, wo sie den grinsenden Jacob in der Tür stehen sah, dem Hose und Windel an einem Bein hingen.

»Ich habe einen Kacka gemacht. Ich habe es… Ich habe es auf dem Klo gemacht. Ganz allein.«

Katie ließ den Blick auf der Suche nach braunen Bröckchen über den beigen Teppichboden schweifen. »Na, das hast du ja toll gemacht.« Sie stand auf und ging zu ihm. »Aber eigentlich hättest du mich ruhig vorher rufen können.«

»Großvater hat gesagt, er will mir nicht den Po abwischen.«

Nachdem sie Jacob zu Bett gebracht hatte, kam Katie nach unten, wo ihre Mutter zwei Gläser Wein einschenkte. »Es gibt etwas, worüber ich mit dir reden muss, Katie.«

Sie nahm das Glas und hoffte, dass es etwas Belangloses sein würde, dann gingen die beiden ins Wohnzimmer.

»Ich weiß, dass du momentan viel im Kopf hast, und ich weiß, dass ich dir das eigentlich nicht sagen sollte.« Jean setzte sich und trank einen großen Schluck Wein. »Aber du bist die Einzige, die das wirklich versteht.«

»A-ha«, sagte Katie zögernd.

»Seit sechs Monaten ...« Mum faltete die Hände, als ob sie beten wollte. »Seit sechs Monaten treffe ich mich mit jemandem.«

Mum sagte *treffe ich mich mit jemandem* sehr vorsichtig, als spräche sie Französisch.

»Ich weiß«, sagte Katie, die wirklich überhaupt nicht über diese Sache reden wollte.

»Nein, das glaube ich kaum«, sagte Mum. »Ich meine ... ich treffe mich mit einem anderen Mann.« Sie zögerte, dann fügte sie hinzu: »Einem Mann, der nicht dein Vater ist.«

»Ich weiß«, sagte Katie wieder. »Es ist David Symmonds, stimmt's? Der Typ, der mit Dad zusammengearbeitet hat.«

»Mein Gott, woher ...?« Jean klammerte sich an der Sofalehne fest.

Kurzzeitig war es recht unterhaltsam, Mum mit dem Rücken zur Wand zu sehen. Dann allerdings nicht mehr, weil ihre Mutter gar zu entsetzt wirkte.

»Na ja ...« Katie ließ die letzten Monate Revue passieren. »Du hast erzählt, dass du ihn im Laden getroffen hättest. Er hat sich von seiner Frau getrennt. Er ist ein attraktiver Mann, für sein Alter. Du hast erzählt, du hättest ihn wieder getroffen. Du hast angefangen, dir teure Kleider zu kaufen. Und du ... du hattest eine andere Haltung. Da schien es mir ziemlich klar, dass du ...« Sie beendete den Satz nicht.

Mum hielt immer noch die Sofalehne umklammert. »Glaubst du, dein Vater weiß es auch?«

»Hat er etwas gesagt?«

»Nein.«

»Dann bist du in Sicherheit, glaube ich«, sagte Katie.

»Aber wenn du es bemerkt hast ...«

»Weibliche Intuition«, sagte Katie.

Weibliche Intuition? Es klang schon falsch, als es aus ihrem Mund kam. Aber Jean schien sich etwas zu entspannen.

»Es ist okay, Mum«, sagte Katie, »von mir brauchst du dir keine Vorhaltungen anzuhören.«

War es wirklich in Ordnung? Katie war sich nicht sicher. Jetzt, da die Sache auf dem Tisch war, sah es ein wenig anders aus. Hauptsache, Mum wollte nicht auch noch Sextipps.

»Außer, dass es nicht okay ist«, machte Mum beharrlich weiter.

Einen kurzen, verwirrten Augenblick lang fragte Katie sich, ob Mum vielleicht schwanger war. »Warum nicht?«

Sie betrachtete den Lack auf ihren Fingernägeln. »David hat mich gebeten, deinen Vater zu verlassen.«

»Ah.« Katie starrte in das flackernde orangerote Licht, das aus dem künstlichen Kaminfeuer kam, und dachte an Jamie, der es vor Jahren auseinandergenommen hatte, weil er die kleinen Metallpropeller sehen wollte, die von der heißen Luft der Glühbirnen angetrieben wurden.

»Genau genommen«, sagte Mum, »tue ich David damit Unrecht. Er hat gesagt, er möchte, dass ich bei ihm einziehe. Aber er versteht auch, dass ich das vielleicht nicht will. Dass es vielleicht nicht möglich ist.«

Jetzt stand Katie mit dem Rücken zur Wand.

»Er will nichts überstürzen. Er ist auch damit zufrieden, wie es jetzt ist. Er will nur … er will nur mehr Zeit mit mir verbringen. Aber alles ist sehr, sehr schwierig. Wie du dir vorstellen kannst.«

Gott, war das nicht der, der diese komischen Damen-Zigarillos rauchte? »Was ist mit Dad?«

»Ja, natürlich, das auch«, sagte Mum.

»Er hat eine Art Nervenzusammenbruch.«

»Es geht ihm jedenfalls nicht sehr gut.«

»Er kann nicht aufstehen.«

»Stimmt nicht, er kommt manchmal nach unten«, sagte Mum. »Um Tee zu kochen und in die Videothek zu gehen.«

Katie sagte leise, aber deutlich: »Du kannst Dad nicht verlassen. Nicht momentan. Nicht, solange es ihm derart schlecht geht.«

Katie hatte Dad noch nie in Schutz genommen. Sie fühlte sich merkwürdig edel und erwachsen, weil sie nicht an sich und ihre Gefühle dachte.

»Ich habe nicht vor, deinen Vater zu verlassen«, sagte Mum. »Ich wollte nur ... ich wollte es dir nur sagen.« Sie beugte sich vor und hielt kurz Katies Hand fest. »Danke. Jetzt, wo ich es los bin, geht es mir schon besser.«

Sie saßen schweigend da. Das orangerote Licht züngelte unter den Plastikkohlen, und Katie hörte von oben eine Hollywood-Gewehrsalve.

Jean erhob sich vom Sofa. »Ich gehe mal besser hoch und gucke nach ihm.«

Katie saß etliche Minuten lang da und starrte die Reproduktion der Fuchsjagd an der Wand gegenüber an. Der Sturm über dem Hügel. Der humpelnde Bauernhofhund. Der gestürzte Reiter, der, das sah sie erst jetzt, von den Hufen des Pferdes zermalmt würde, das gerade über die Hecke hinter ihm sprang.

Achtzehn Jahre lang hatte sie es jeden Tag gesehen und nie richtig angeschaut.

Sie schenkte sich noch ein Glas Wein ein.

Es war erschreckend, wie ähnlich sie sich waren: Mum und sie.

Um die Sache mit David konnte man sich auch später kümmern.

Um die Sache mit Ray konnte man sich auch später kümmern.

Mum war verliebt.

Sie spulte die Worte in ihrem Kopf ab und wusste, dass sie davon bewegt sein müsste. Aber was fühlte sie? Nichts als

Traurigkeit für den vom Pferd gefallenen Reiter, dessen nahenden Tod sie nie bemerkt hatte.

Sie weinte.

Gott, sie vermisste Ray.

53

Am folgenden Wochenende fuhr Jamie nach Bristol zu Geoff und Andrew. Noch etwas, das er jetzt, wo er wieder Single war, tun konnte. Seit den College-Zeiten hatte er Geoff fast jeden zweiten Monat gesehen. Dann hatte Jamie den Fehler gemacht, Tony mitzubringen.

Der letzte Besuch würde ihm für immer ins Gedächtnis gebrannt bleiben. Andrew sprach über imaginäre Zahlen, und Tony fand, er wolle nur heraushängen lassen, dass er den anderen geistig meilenweit überlegen war. Dabei war Andrew Mathematikdozent. Tony produzierte sich dann mit der KY-Zahnpasta-Story und theatralischen Rülpsern. Weswegen Jamie, wieder zurück in London, Blumen und einen langen Brief schicken musste.

Seit ihrem letzten Treffen hatte Geoff etwas zugenommen. Er trug jetzt wieder eine Brille und sah aus wie die weise Eule aus einem Kinderbuch. Er hatte auch einen neuen Job, die Finanzbuchhaltung für eine Softwarefirma, deren Produkte zu beschreiben unmöglich schien. Andrew und er waren in ein großes Haus in Clifton gezogen und hatten einen Highland Terrier namens Jock adoptiert, der Jamie auf den Schoß sprang, als sie im Garten saßen, Tee tranken und rauchten.

Dann kam Andrew nach Hause, und Jamie war schockiert. Bisher hatte der Altersunterschied keine Rolle gespielt. Andrew war immer der Schlankere, Fittere von beiden gewesen. Aber jetzt wirkte er alt. Es war nicht nur der Stock. Man konnte sich auch mit achtzehn den Knöchel brechen. Es war die Art, wie er sich bewegte. Als ob er Angst hätte zu fallen.

Er schüttelte Jamie die Hand. »Tut mir leid, dass ich so spät komme. Hab in einem blöden Ausschuss festgesessen. Du siehst gut aus.«

»Danke«, sagte Jamie, der das Kompliment gern erwidert hätte, es aber nicht konnte.

Jamie und Geoff radelten zu einem Postkarten-Pub auf dem Land, während Andrew und Jock mit dem Auto nachkamen.

Anfangs schien es traurig, wie Geoffs Leben durch Andrews Krankheit eingeschränkt wurde. Aber Geoff war ihm so treu ergeben wie eh und je und schien willens, Andrew in jeder Hinsicht zu unterstützen. Das machte Jamie in anderer Weise traurig.

Er konnte es einfach nicht verstehen. Weil er es plötzlich aus Tonys Warte sah. Andrew war ein großzügiger Mann. Aber er machte keinen Smalltalk, und er stellte keine Fragen. Wenn das Gespräch sich aus seinem Interessenbereich herausbewegte, schaltete er ab und wartete, dass es wieder zurückkam.

Andrew ging früh zu Bett, und Jamie und Geoff saßen im Garten und tranken eine Flasche Wein aus.

Jamie erzählte von der bevorstehenden Heirat seiner Schwester und versuchte zu erklären, warum ihm diese Verbindung nicht geheuer war. Weil Ray seine Schwester nicht zum Zug kommen ließ. Weil sie so verschieden waren. Plötzlich fiel ihm auf, wie sehr das alles auch auf Geoff und Andrew zutraf. Er versuchte schnell das Thema zu wechseln.

Geoff konnte man nichts vormachen. Vielleicht kam jedes Gespräch früher oder später darauf. »Andrew und ich haben ein angenehmes Leben miteinander. Wir lieben uns. Wir sorgen füreinander. Wir haben nicht mehr so viel Sex wie früher. Um ehrlich zu sein, haben wir gar keinen Sex. Aber, ohne da jetzt in

Einzelheiten gehen zu wollen, es gibt Methoden, damit umzugehen.«

»Weiß Andrew davon?«

Geoff antwortete nicht. »Ich werde für ihn da sein. Immer. Bis zum Ende. Das weiß er.«

Eine Stunde später lag Jamie auf dem Gästesofa, betrachtete die Teppichrolle, den ausrangierten Ski-Heimtrainer und den Cellokasten und verspürte den Schmerz der Entwurzelung, der ihn immer in Businesshotels und Gästezimmern überkam; wie sehr das eigene Leben schrumpfte, sobald man die Ausstattung wegnahm.

Die Sache mit Geoff und Andrew beunruhigte ihn, aber er wusste nicht genau, warum. Vielleicht weil Geoff Sex mit anderen Männern hatte und Andrew es nicht wahrhaben wollte? War es der Gedanke, dass Geoff zusehen musste, wie sein Geliebter alt wurde? War es, weil Jamie sich nach der bedingungslosen Liebe sehnte, die sie hatten? Oder weil die bedingungslose Liebe plötzlich so unattraktiv schien?

In der Woche darauf verbrachte er drei Tage mit den Vorstellungsgesprächen für eine neue Sekretärin und der Erledigung des damit verbundenen Schriftverkehrs. Er war auf Johnnys Abschiedsparty und sah mit Charlie *A Beautiful Mind.* Zum ersten Mal seit zwei Monaten ging er wieder schwimmen. Er holte sich etwas vom Chinesen und aß es in der Badewanne, unten *The Dark Side of the Moon* voll aufgedreht. Er las *Abschiedssymphonie,* und die Tatsache, dass er den Roman in drei Tagen durch bekam, machte fast wieder wett, wie wahnwitzig deprimierend die Lektüre war.

Er brauchte jemanden.

Nicht zum Sex. Noch nicht. So weit würde er seiner Erfahrung nach erst in ein paar Wochen sein. Erst fing man an, hässliche Kerle anziehend zu finden. Dann schaute man Heteros nach. Wenn man kurz davor war, sich auch mit Sex mit einer der Freundinnen zufrieden zu geben, hatte man ganze Wagenladungen von Problemen am Hals.

Er brauchte ... Das Wort *Gefährte* ließ ihn immer an ältliche Bühnenschriftsteller im seidenen Smoking denken, die sich mit ihren hübschen Sekretären an der italienischen Riviera niedergelassen hatten. Wie Geoff, aber mit mehr Glamour.

Er wollte ... dieses Gefühl, wenn man jemanden im Arm hielt. Wie sich der ganze Körper entspannte. Als hätte man einen Hund auf dem Schoß.

Er musste irgendjemandem nahe sein. War es nicht das, was alle wollten?

Für die Botanik wurde er langsam ein bisschen zu alt, und in der Disco kam es ihm immer wie eine Junggesellenparty vor, nur dass die Hormone in die andere Richtung flossen. Männer machten das, was sie getan hatten, seit sie von den Bäumen geklettert waren: Scharten sich in Horden zusammen, betranken sich und redeten Schwachsinn, alles, um dem Alptraum zu entgehen, ernsthaft sein zu müssen oder nichts zu tun zu haben.

Außerdem war Jamies Erfolgsbilanz im Rückblick nicht besonders überzeugend. Simon, der katholische Priester. Gary mit den Nazi-Sammlerobjekten. Mein Gott, man sollte meinen, die Leute würden das entweder von vornherein beichten oder ganz geheim halten, statt es dann beim Frühstück auf den Tisch zu bringen.

Beim Gang durch Tesco's legte er eine Büchse gesüßter Kondensmilch in seinen Korb, kam aber an der Kasse noch zu sich und ließ sie neben dem Band verschwinden, als keiner hinsah.

Zuhause lag er auf dem Sofa und schaltete müßig zwischen der *Antiques Roadshow* und einer Sendung über die Chinesische Mauer hin und her, als ihm einfiel, dass er Ryan anrufen könnte.

Er kramte sein Adressbuch hervor.

54

Am nächsten Tag beging Katie um sechzehn Uhr den Fehler, Jacob mitzuteilen: »Noch eine halbe Stunde, mein Freund, dann fahren wir zurück nach London.«

Wie auf Knopfdruck Tränen und lautstarkes Wehgeschrei.

»Ich hasse dich.«

»Jacob …«

Sie versuchte ihn durch Reden zu beruhigen, aber er arbeitete sich auf den ganz großen Ausbruch zu. Also brachte sie ihn ins Wohnzimmer, schloss die Tür zu und sagte ihm, er dürfe rauskommen, sobald er sich beruhigt hatte.

Dann aber kam Jean, ging einfach zu Jacob ins Zimmer und sagte: »Sei nicht so gemein zu ihm.« Zwei Minuten später futterte er Schokokugeln in der Küche.

Es war schon seltsam mit den Großeltern heutzutage. Vor dreißig Jahren hätte es bei solchen Gelegenheiten einen Klaps gegeben, und man hätte das Kind ohne Abendbrot zu Bett geschickt. Heute gab es Nachschlag vom Pudding und Spielzeug auf dem Esstisch.

Katie packte den Wagen voll und verabschiedete sich von Dad. Als sie ihm sagte, dass Mum zum Arzt gehen würde, schien er zu erstarren, aber sie hatte schon seit ein paar Stunden keine Kraft mehr für weitere Gefühlszuwendungen. Sie drückte ihm einen Kuss auf die Stirn und machte die Schlafzimmertür leise hinter sich zu. Sie trug den strampelnden Jacob ins Auto, und sobald er spürte, dass jeder weitere Widerstand zwecklos war, ließ er sich schweigsam und erschöpft in den Sitz fallen.

Zweieinhalb Stunden später fuhren sie zu Hause vor. Im Flur war das Licht an, und die Vorhänge waren zugezogen. Ray war da. Oder war da gewesen.

Jacob lag in einer Art Koma, weswegen sie ihn aus dem Kindersitz hob und zur Haustür trug. Im Flur war es still. Sie stieg die Treppe hinauf und legte ihn in sein Bett. Vielleicht würde er weiterschlafen. Falls Ray in irgendeiner Ecke lauerte, wollte sie kein Streitgespräch mit ihm führen, während sie sich um ein wach werdendes Kind kümmern musste. Vorsichtig zog sie Jacob Schuhe und Hose aus und deckte ihn zu.

Sie hörte ein Geräusch und ging hinunter.

Ray tauchte mit der blauen Reisetasche und Jacobs Batman-Rucksack aus dem Auto im Flur auf.

Er zögerte, sah kurz auf, sagte »Entschuldigung« und brachte alles in die Küche.

Sie sah, dass er es ernst meinte. Er wirkte irgendwie gebrochen. Ihr wurde klar, wie selten sie jemanden sich entschuldigen gehört hatte, der es ernst meinte.

Sie folgte ihm und setzte sich ihm gegenüber an den Tisch.

»Ich hätte das nicht tun sollen.« Er zwirbelte einen Kugelschreiber mit dem Finger in kleinen Kreisen herum. »Weglaufen. Das war dumm. Du kannst Kaffee trinken, mit wem du willst. Es geht mich nichts an.«

»Es geht dich etwas an«, sagte Katie. »Und ich hätte es dir auch gesagt …«

»Aber ich wäre eifersüchtig gewesen. Ich weiß. Es ist nicht deine Schuld …«

Ihre ganze Wut löste sich in Nichts auf. Ray war ehrlicher und selbstkritischer als all ihre Geschwister und Eltern zusammen. Wie hatte ihr das bisher entgehen können?

Sie berührte seine Hand. Er reagierte nicht.

»Du hast gesagt, du könntest niemanden heiraten, der dich so behandelt.«

»Ich war wütend«, sagte Katie.

»Ja, aber du hattest Recht«, erwiderte Ray. »Du kannst niemanden heiraten, der dich so behandelt.«

»Ray …«

»Lass mich ausreden. Ich habe in den letzten paar Tagen viel nachgedacht.« Er zögerte kurz. »Du solltest mich nicht heiraten.«

Sie versuchte ihn zu unterbrechen, aber er hielt die Hand hoch.

»Ich bin nicht der Richtige für dich. Deine Eltern mögen mich nicht. Dein Bruder mag mich nicht …«

»Die kennen dich doch gar nicht.« Drei Tage lang hatte sie das Haus für sich gehabt und die Ruhe genossen. Jetzt hatte sie schreckliche Angst davor, dass er wieder weggehen würde. »Außerdem hat es nichts mit ihnen zu tun.«

Er verengte die Augen ein wenig, während sie sprach, und ließ es über sich ergehen wie Kopfschmerzen. »Ich bin nicht so schlau wie du. Ich kann nicht gut mit Menschen umgehen. Wir hören nicht dieselbe Musik. Wir lesen nicht dieselben Bücher. Wir mögen nicht dieselben Filme.«

Das stimmte. Und es war doch ganz falsch.

»Wenn du mal sauer bist, weiß ich nie, was ich sagen soll. Na klar, wir kommen ganz gut miteinander zurecht. Und ich bin gern mit Jacob zusammen. Aber … ich weiß nicht … in einem Jahr, in zwei Jahren, in drei Jahren …«

»Ray, das ist doch lächerlich.«

»Wirklich?«

»Ja«, sagte sie.

Er sah ihr direkt ins Gesicht. »Du liebst mich nicht wirklich, stimmt's?«

Katie sagte nichts.

Er sah sie unverwandt an. »Na los, sag's schon. Sag: Ich liebe dich.«

Sie konnte es nicht.

»Ich liebe dich nämlich. Und das ist das Problem.«

Die Zentralheizung sprang an.

Ray stand auf. »Ich muss ins Bett.«

»Es ist erst acht.«

»Ich habe in den letzten paar Tagen nicht viel geschlafen. Nicht so richtig… Sorry.«

Er ging nach oben.

Sie ließ den Blick durchs Zimmer gleiten. Zum ersten Mal, seit sie mit Jacob hier eingezogen war, sah sie es mit anderen Augen: eine fremde Küche, auf die ein paar von ihren Sachen aufgepfropft waren. Die Mikrowelle. Der Emaille-Brotkasten. Jacobs Alphabetzug.

Ray hatte recht. Sie konnte es nicht sagen. Sie hatte es schon seit langem nicht mehr gesagt.

Dabei war alles ganz anders.

Irgendwo gab es eine Antwort. Eine Antwort auf Rays Zweifel, die ihr nicht das Gefühl gab, egoistisch, dumm und gemein zu sein. Irgendwo war sie. Wenn sie die Antwort nur finden könnte.

Sie fasste nach dem Kuli, mit dem Ray gespielt hatte, und legte ihn in eine Richtung mit der Maserung der Tischplatte. Vielleicht würde ihr Leben nicht auseinanderfallen, wenn sie ihn ganz genau richtig hinlegen konnte.

Sie musste etwas tun. Aber was? Die Taschen auspacken? Abendbrot essen? Alles schien auf einmal so sinnlos zu sein.

Sie ging zur Kommode. Im Toastständer lehnten drei Flugtickets nach Barcelona. Sie zog die Schublade auf und holte die Einladungen heraus und die Briefumschläge, die Gästeliste und die Liste der Geschenkwünsche. Sie holte die fotokopierten Straßenkarten und Hotelempfehlungen und das Briefmarkenheftchen heraus und legte alles auf den Tisch. Sie schrieb oben auf alle Einladungen Namen und steckte sie zusammen mit den gefalteten A4-Blättern in die Umschläge. Sie klebte sie zu, frankierte sie und ordnete sie zu drei ordentlichen weißen Pagoden an.

Als sie damit fertig war, nahm sie den Schlüsselbund und die Briefe und warf sie am Ende der Straße in den Briefkasten, ohne zu wissen, ob das positives Denken war, mit dem sie ein gutes

Ende herbeizwingen wollte, oder ob sie sich dafür bestrafte, dass sie Ray nicht genug liebte.

55

Jean hatte einen Termin für George vereinbart und fuhr ihn, nachdem sie von der Schule zurückgekehrt war, zum Ärztehaus.

Sie freute sich nicht gerade darauf. Aber Katie hatte ihr mit gutem Grund gesagt: Man musste den Stier bei den Hörnern packen.

Unterwegs instruierte sie ihn. Er musste Dr. Barghoutian die Wahrheit sagen. Durfte nicht um den heißen Brei herumreden von wegen Sonnenstich oder Schwindelgefühle. Er durfte die Praxis erst verlassen, wenn Dr. Barghoutian versprochen hatte, etwas zu unternehmen. Und danach hatte George ihr genau zu berichten, was der Arzt gesagt hatte.

Sie erinnerte ihn daran, dass Katies Hochzeit kurz bevorstand, und dass er in Erklärungsnot geraten würde, wenn er seine Tochter nicht anständig weggeben und eine Rede darauf halten würde. Auf eine perverse Art und Weise schien er Gefallen daran zu finden, so drangsaliert zu werden. Er versprach, alles zu tun, was sie verlangte.

Jetzt saßen sie nebeneinander im Wartezimmer. Sie versuchte mit ihm zu plaudern. Über den indischen Architekten, der gegenüber von ihnen eingezogen war. Dass sie die Glyzinie zurückschneiden mussten, bevor sie unters Dach kroch. Aber er hatte mehr Interesse an einer verjährten Ausgabe der Prominenten-Postille *OK!*.

Als er aufgerufen wurde, klopfte Jean ihm sanft aufs Bein, um ihm Glück zu wünschen. Leicht gebeugt schlurfte er durch den Raum, ohne die Augen vom Teppich zu nehmen.

Sie versuchte sich an ihrem P. D.-James-Roman, kam aber nicht in die Geschichte. In solchen Wartezimmern fühlte sie sich immer unwohl: Die Leute sahen so schäbig aus, als ob sie nicht mehr auf sich achtgäben, was wahrscheinlich auch der Fall war. Krankenhäuser waren weniger schlimm. Solange sie sauber waren. Weiße Wände und ordentliche Betten. Patienten, die wirklich krank waren.

Sie konnte George nicht verlassen. Ihre Gefühle spielten jetzt keine Rolle. Sie hatte an George zu denken. Sie hatte an Katie zu denken. Sie hatte an Jamie zu denken.

Doch wenn sie sich vorstellte, dass sie ihn nicht verlassen, dass sie Nein zu David sagen würde, war es so, als ob ein Licht am Ende eines dunklen Tunnels verlöschte.

Sie nahm Georges *OK!*-Magazin in die Hand und las etwas über den 100. Geburtstag der Königinmutter.

Zehn Minuten später stand George vor ihr.

»Und?«, fragte sie.

»Können wir zum Auto gehen?«

Sie stand auf und marschierte vorweg.

Dr. Barghoutian hatte ihm ein Rezept für ein Antidepressivum geschrieben und für die nächste Woche einen Termin beim klinischen Psychologen vereinbart. Das Gespräch hatte George offensichtlich erschöpft. Sie beschloss nicht weiter nachzubohren.

Sie fuhren zur Apotheke. Er murmelte irgendetwas, das sie nicht ganz verstand, von Broschüren über Krankheiten, also ging sie allein hinein und kaufte nebenan im Gemüseladen Rosenkohl und Karotten, während das Rezept bearbeitet wurde.

Auf der Heimfahrt öffnete er das Tütchen und betrachtete ausgiebig die Medikamentenpackung. Ob er entsetzt oder erleichtert war, wurde ihr nicht deutlich. Daheim in der Küche passte sie auf, dass er auch ordentlich die erste Tablette mit einem Schluck Wasser einnahm. Den Rest stellte sie in den Küchenschrank über dem Toaster.

Mit einem »Danke« zog er sich ins Schlafzimmer zurück.

Sie hängte die Wäsche auf, kochte Kaffee, füllte Scheck und Bestellformular für das Festzelt aus und erklärte, sie müsse kurz los, um mit der Floristin zu sprechen.

Sie fuhr zu David und versuchte ihm zu erklären, dass sie jetzt unmöglich eine Entscheidung treffen könne. Er entschuldigte sich, dass er sie in einem so schwierigen Moment darum gebeten hatte. Sie sagte ihm, er solle sich nicht entschuldigen. Er sagte ihr, dass sich nichts verändert habe und dass er warten würde, bis sie so weit sei.

Er nahm sie in die Arme, sie hielten einander fest, und es war, als käme sie nach einer langen und schwierigen Reise nach Hause. Niemals würde sie das aufgeben können.

56

Jamie trank einen Cappuccino auf der Greek Street und wartete auf Ryan.

Ganz ehrenwert war es nicht, Ryan war immerhin Tonys Ex. Aber Ryan hatte zugesagt, also verhielt sich Ryan auch nicht völlig ehrenwert.

Scheiß drauf. Was war schon Ehre? Er kannte nur einen einzigen moralisch integren Menschen, und das war Maggie. Die fing sich gerade in irgendeiner gottverlassenen Ecke Westafrikas scheußliche Krankheiten ein und hatte noch nicht mal Möbel.

Außerdem hatte Tony ihn verlassen. Was war schon dabei, wenn sich jetzt etwas mit Ryan ergab?

Der allerdings schon fünfzehn Minuten auf sich warten ließ.

Jamie bestellte einen zweiten Kaffee und klappte Daniel Dennetts *Philosophie des menschlichen Bewusstseins* auf, das er sich in einem seiner Erbauungs-Anfälle gekauft hatte (wie den

Gymnastikball, die blöde Opern-CD). Zu Hause las er *Friedhof der Kuscheltiere*, aber so was in der Öffentlichkeit zu lesen war wie in Unterhosen aus dem Haus zu gehen.

Das bedeutet nicht, dass das Gehirn nie »Puffererinnerungen« benutzt, um die Schnittstelle zwischen den internen Gehirnvorgängen und der asynchronen Außenwelt abzufedern. Das »echohafte Gedächtnis«, mit dem wir Stimulusmuster kurzzeitig bewahren, während das Gehirn mit ihrer Verarbeitung beginnt, ist ein gutes Beispiel (Sperlin 1960; Neisser 1967. Vgl. auch Newell, Rosenbloom und Laird, 1989, S. 1067).

Auf dem Schutzumschlag pries ein Zitat aus einer Besprechung der *New York Review of Books* das Buch als »klar verständlich und witzig« an.

Andererseits wollte er sich auch nicht als jemand darstellen, der Schwierigkeiten bei der Lektüre von *Philosophie des menschlichen Bewusstseins* hatte. Deswegen überflog er die Seiten nur und blätterte alle paar Minuten um.

Er dachte über die neue Website nach und fragte sich, ob die Hintergrundmusik falsch gewählt war. Er erinnerte sich an die Reise nach Edinburgh letztes Jahr. Das Schnurren der Reifen auf dem Kopfsteinpflaster vor dem Hotel. Er fragte sich, warum dieses Pflaster heutzutage nicht mehr verlegt wurde. Wahrscheinlich wegen der Krankenwagen und Rollstühle. Er stellte sich vor, Ryan würde ihm ganz kurz die Hand auf den Oberschenkel legen und sagen: »Ich bin so froh, dass du dich gemeldet hast.«

Fünfundzwanzig Minuten Verspätung.

Allmählich fühlte Jamie sich peinlich auffällig.

Er bezahlte, packte seine Sachen zusammen und kaufte sich einen *Telegraph* am Zeitungsstand an der Ecke. Er holte sich ein Bier im Pub gegenüber und fand einen freien Tisch auf dem Bürgersteig, von dem aus er das Café im Auge behalten konnte.

Drei Minuten später ließ sich ein Mann in Lederhose und weißem T-Shirt auf der Bank an der anderen Seite des Tisches nieder. Er stellte einen Motorradhelm auf den Tisch, hielt die rechte Hand wie eine Pistole, zielte mit dem Lauf auf Jamies Kopf, spannte den Daumen, machte ein klickendes Geräusch und sagte: »Immobilienmakler.«

Jamie war etwas verstört.

»Lowe and Carter«, sagte der Mann.

»Mhm, ja«, sagte Jamie.

»Kurier. Wir sind in dem Gebäude gegenüber von euch. Manchmal hol ich Sachen bei euch ab. Du hast einen Schreibtisch ganz hinten in der Ecke an dem großen Fenster.« Er streckte ihm die Hand hin. »Mike.«

Jamie schüttelte sie. »Jamie.«

Mike nahm *Philosophie des menschlichen Bewusstseins* in die Hand, das Jamie so auf den Tisch gelegt hatte, dass es Eindruck schinden konnte, ohne gelesen werden zu müssen. Auf Mikes rechtem Oberarm prangte eine Tätowierung, ein breites keltisches Band. Er betrachtete das Buch kurz und legte es dann wieder hin. »Ein meisterliches Geflecht tiefer Einsichten.«

Jamie fragte sich, ob der Mann geisteskrank war.

Mike lachte sich einen. »Steht hinten drauf.«

Jamie drehte das Buch um und sah nach.

Mike trank einen Schluck. »Ich steh mehr auf dramatische Gerichtssachen.«

Einen Augenblick lang fragte Jamie sich, ob Mike damit meinte, dass er gern Dinge ausheckte, mit denen er vor Gericht landete.

»So was wie John Grisham«.

Jamie entspannte sich ein wenig. »Ich habe auch so meine Schwierigkeiten mit dem Buch, muss ich zugeben.«

»Versetzt worden?«, fragte Mike.

»Nein.«

»Ich hab dich gegenüber hocken sehen.«

»Ach so … ja.«

»Freund?«, fragte Mike.

»Exfreund vom Exfreund.«

»Nicht schön.«

»Da liegst du wahrscheinlich nicht falsch«, pflichtete Jamie ihm bei.

Er warf einen Blick über Mikes Schulter und sah Ryan vor dem Café stehen, wie er die Straße hinauf und hinunter blickte. Er wirkte kahlköpfiger, als Jamie ihn in Erinnerung hatte. Er trug einen beigen Trenchcoat und einen kleinen blauen Rucksack.

Jamie wandte sich ab.

»Verrat mir ein Geheimnis«, sagte Mike. »Etwas, das du noch nie jemandem erzählt hast.«

»Als ich sechs war, hat mein Freund Matthew mit mir gewettet, dass ich nicht in den Blumentopf im Zimmer meiner Schwester pinkeln würde.«

»Und? Hast du's getan?«

»Ja. Ich habe in den Blumentopf gepinkelt.« Aus den Augenwinkeln verfolgte Jamie, wie Ryan den Kopf schüttelte und in Richtung Soho Square davon ging. »Genau genommen ist es eigentlich kein Geheimnis, weil meine Schwester es gemerkt hat. Ich meine, nach ein paar Tagen hat es angefangen, total zu stinken.« Ryan war verschwunden. »Ich hatte so eine kleine Plastikgitarre, die ich in Portugal im Urlaub gekriegt habe. Die hat sie verbrannt. Im Garten. Irgendwie war die leicht entflammbar. Wahrscheinlich hat sich Portugal 1980 noch nicht um Sicherheitsstandards geschert. Jedenfalls weiß ich noch, wie meine Schwester schrie und die Saiten gerissen sind. Die Narbe hat sie immer noch am Arm.«

Wenn seine Eltern Mike sähen, würden sie glauben, dass er Autoknacker war. Die abrasierten Haare, die fünf Ohrringe. Aber das ... das, was da zwischen ihnen passierte, diese namenlose Spannung in der Luft ... die ließ alles andere schal und langweilig wirken.

Mike wich seinem Blick nicht aus und fragte: »Hunger?« und schien mindestens drei Dinge damit zu meinen.

Sie gingen zu einem kleinen Thai-Restaurant ein Stück weiter die Greek Street hinunter.

»Früher war ich Fliesenleger. Schickes Zeug: Terrakotta, Marmor, Schiefer. Küchen. Kamine. Das Motorradfahren ist nur für die Kohle. Solang ich noch die Kurse absolviere, in Alexander-Technik und Massage. Dann mach ich mich selbstständig. Und verdien genug Geld, damit ich wieder hoch in den Norden ziehen und mir was mit einem eigenen Behandlungszimmer leisten kann.«

Draußen nieselte es. Jamie hatte drei große Bier intus, und die von den nassen Autos reflektierten Lichter waren kleine Sternchen.

»Was mir übrigens«, sagte Mike, »an Amsterdam am besten gefällt ... also eigentlich an ganz Holland, meine ich ... dass es überall diese abgefahrenen modernen Gebäude gibt. Hier bauen die Leute doch immer nur so billig wie irgend möglich.«

Jamie ging darauf ebenso wenig ein wie auf die Alexander-Technik. Er konnte sich eigentlich nicht vorstellen, dass Mike irgendeine Art von Therapie durchführte. War doch alles Angeberei. Hin und wieder berührte Mike jedoch Jamies Hand mit den Fingern oder sah ihn an und lächelte und sagte nichts, und da war eine Weichheit, die ihn umso mehr anmachte, als sie ansonsten gut verborgen war.

Hübsche Arme hatte er auch. Kleine Muskelerhebungen an den Adern, ohne dass er sehnig aussah. Und starke Hände.

Massage. Das konnte er sich gut vorstellen.

Mike schlug vor, in einen Club zu gehen. Aber Jamie wollte ihn nicht mit anderen teilen. Er sah den Salzstreuer an, stählte sich innerlich und fragte Mike, ob er mit zu ihm kommen wolle. Er verspürte wie immer diesen leichten Ruck im Bauch, halb Begeisterung, halb Panik. Wie beim Fallschirmsprung. Nur besser.

»Und wie hast du es da? Das Traumschloss jedes Immobilienmaklers? Balkon aus Stahl? Kücheninsel mit Granitarbeitsplatte? Arne-Jacobsen-Stühle?«

»Viktorianisches Reihenhaus mit weißem Sofa und Habitat-Couchtisch«, sagte Jamie. »Und woher kennst du überhaupt Arne-Jacobsen-Stühle?«

»Ich hab schon eine Menge sehr edler Schuppen von innen gesehen, nur dass du's weißt.«

»Geschäftlich oder privat?«, fragte Jamie.

»Von beidem was.«

»Und heißt das nun ja, oder lässt du mich zappeln?«

»Komm, wir fahren mit der U-Bahn«, sagte Mike.

Sie betrachteten ihre Spiegelbilder in dem schwarzen Glas gegenüber, als die Bahn durch Tufnell Park und Archway rumpelte; ihre Beine berührten sich, und die Elektrizität floss, aber die anderen Fahrgäste stiegen ein und aus, ohne etwas zu merken. Jamie konnte es kaum abwarten, festgehalten zu werden, aber zugleich wollte er, dass die Fahrt Stunden dauerte, nur für den Fall, dass das, was später kam, nicht mit den Phantasien in seinem Kopf mithalten konnte.

Zwei Mormonen stiegen ein und nahmen gegenüber von ihnen Platz. Schwarze Anzüge, gepflegter Haarschnitt. Die kleinen Namensschilder aus Plastik.

Mike lehnte sich zu Jamies Ohr vor und sagte: »Ich will deinen Mund ficken.«

Sie lachten immer noch, als sie zur Haustür hineinstolperten.

Mike drückte Jamie an die Wand und küsste ihn. Jamie spürte Mikes harten Schwanz durch dessen Jeans. Er steckte Mike die Hände unters T-Shirt und sah im Wohnzimmer ein rotes Lämpchen blinken.

»Wart mal kurz.«

»Was?«

»Anrufbeantworter.«

Mike lachte. »Dreißig Sekunden. Dann komm ich dich holen.«

»Im Kühlschrank ist Bier«, sagte Jamie. »Wodka und so was ist in dem Schrank vorm Fenster.«

Mike machte sich los. »Wie wär's mit 'ner Tüte?«

»Na klar.«

Jamie ging ins Wohnzimmer und drückte auf die Taste. »Jamie, hi. Hier ist Katie.« Sie war betrunken. Oder klang sie nur betrunken, weil er selbst betrunken war? »Mist. Du bist ja nicht etwa da, oder? Mist.« Sie war nicht betrunken. Sie weinte.

»Na ja ... Jedenfalls gibt's heute die tolle Neuigkeit, dass die Hochzeit abgeblasen ist. Weil Ray findet, dass wir nicht heiraten sollten.«

War das gut oder schlecht? Ein Gefühl, wie wenn man nicht weiß, ob es der Zug ist, in dem man sitzt, der sich bewegt, oder der Zug auf dem Gleis gegenüber.

»Ach, und wir waren übrigens am Wochenende zu Hause und Dad liegt im Bett, weil er einen Nervenzusammenbruch hat. Einen ganz schlimmen, mit Panikattacken und Alpträumen vom Sterben und so weiter. Und Mum überlegt, ob sie ihn wegen des Kerls aus seiner Firma verlassen soll.«

Jamies erster Gedanke war, dass Katie vielleicht selbst gerade einen Zusammenbruch erlitten hatte.

»Deswegen hab ich mir gedacht, ich ruf besser mal bei dir an. So wie die letzten Tage gelaufen sind, hattest du wahrscheinlich gerade einen ganz fürchterlichen Verkehrsunfall und gehst nicht ans Telefon, weil du im Krankenhaus liegst oder tot bist oder das Land verlassen hast oder so... Ruf mich an, okay?«

Piep.

Jamie blieb einen Augenblick sitzen, um das zu verdauen oder zu vergessen oder was auch immer. Dann stand er auf und ging rüber in die Küche.

Mike zündete sich gerade am Gasherd einen Joint an. Er richtete sich auf, atmete tief ein und hielt mit dem obligatorischen verwunderten Gesichtsausdruck den Rauch an. Er sah ein bisschen so aus, wie Jamie sich fühlte.

Mike atmete aus. »Willst du?«

Es würde bestimmt noch eine grässliche Szene geben, oder? Man schleppt jemanden die halbe Northern Line hoch, wegen Sex, der dann nicht stattfindet, und plötzlich hat man einen frustrierten und muskulösen Fremden in der Wohnung, der keinerlei Grund mehr hat, nett zu einem zu sein.

Er fragte sich, ob Mike schon mal ein Auto geknackt hatte.

»Was gibt's?«, fragte Mike.

»Familiäre Probleme.«

»Schlimm?«

»Allerdings«, sagte Jamie.

»Jemand gestorben?« Mike nahm eine Untertasse aus dem Trockenständer und legte den Joint auf den Rand.

»Nein.« Jamie setzte sich. »Falls meine Schwester ihren Verlobten nicht umbringt. Oder mein Vater sich selbst. Oder mein Vater den Geliebten meiner Mutter.«

Mike beugte sich vor und nahm Jamies Arm. Es waren erstaunlich starke Hände.

Mike zog Jamie hoch. »Wenn du meine fachkundige Meinung hören willst... dann brauchst du etwas, um dich abzulenken.« Mike zog ihn an sich. Sein Schwanz war immer noch hart.

Einen Sekundenbruchteil lang malte Jamie sich aus, Katies haltlose Prophezeiungen würden wahr werden. Ein unschönes Gerangel. Er selbst würde dabei ausrutschen und sich den Schädel an der Ecke des Küchentischs aufschlagen.

Er machte sich los. »Wart. Es geht jetzt nicht.«

Mike legte ihm eine Hand um den Nacken. »Vertrau mir. Es wird dir bestimmt gut tun.«

Jamie wich vor Mikes Hand zurück, die aber nicht nachgab.

Dann machte Mike auf einmal das mit dem weichen Blick. »Was willst du denn tun, wenn ich jetzt weggehe? Hier sitzen und dir die Haare raufen? Es ist zu spät, um noch jemanden anzurufen. Na, komm. Ein paar Minuten, und du denkst an nichts mehr außerhalb von diesem Zimmer hier. Das garantier ich dir.«

Und wieder war es wie der Fallschirmsprung. Nur noch stärker. Der Alkoholnebel hob sich kurz, und Jamie wurde klar, dass Tony ihn deshalb verlassen hatte: Weil Jamie immer die Kontrolle behalten wollte. Weil er vor allem Neuen oder Unziemlichen Angst hatte. Und als der Nebel sich wieder zusammenzog, schien es Jamie, dass er mit diesem Mann Sex haben musste, um Tony zu beweisen, dass er sich ändern konnte.

Er ließ sich von Mike heranziehen.

Sie küssten sich wieder.

Er legte Mike die Arme um den Rücken.

Es war gut, so festgehalten zu werden.

Er spürte etwas brechen und auftauen, etwas, das ihn viel zu lange gefangen gehalten hatte. Mike hatte ihm den Weg gewiesen. Er konnte loslassen, die anderen Leute sollten sich selbst um ihre Probleme kümmern. Zum ersten Mal in seinem Leben würde er nur im Augenblick leben.

Mike ließ die Hand auf Jamies Schwanz gleiten, und Jamie merkte, wie er steif wurde. Mike ließ den Knopf aufspringen und schob seine Boxershorts nach unten und hielt Jamies Schwanz mit der Hand umfasst.

»Fühlst du dich schon besser?«, fragte Mike.

»M-hm.«

Mit der freien Hand hielt Mike Jamie den Joint hin. Beide nahmen einen Zug, und Mike legte ihn zurück auf die Untertasse.

»Blas mir einen«, sagte Mike.

Und in diesem Augenblick passierte etwas ganz und gar Merkwürdiges mit Mikes Augen. Er ließ Jamies Schwanz los und schien irgendetwas mehrere Meilen hinter Jamies Kopf anzustarren.

»Scheiße«, sagte Mike.

»Was?«, fragte Jamie.

»Meine Augen.«

»Was ist mit deinen Augen?«

»Ich kann nicht…« Mike schüttelte den Kopf. Er fing an zu schwitzen; auf seiner Stirn und auf seinen Armen erschienen kleine Schweißtröpfchen. »Scheiße. Ich kann nicht mehr richtig sehen.« Mike stolperte seitwärts und ließ sich auf einen Stuhl fallen.

Katie hatte doch recht. Es würde sich nur anders abspielen: Mike war derjenige, der den Anfall erlitt. Der Krankenwagen würde kommen. Er kannte weder Namen noch Anschrift von Mike…

O Gott, der Joint! Durfte man einen Joint im Garten vergraben, während jemand gerade einen Anfall hatte? Was war, wenn Mike an seiner eigenen Zunge erstickte, während Jamie draußen war?

Mike krümmte sich zusammen. »Ich bin blind. Oh mein Gott. Mein Bauch.«

Sein *Bauch*?

»Diese Scheißkrabben.«

»Was?«, sagte Jamie, der sich zum zweiten Mal im Laufe dieses Abends die Frage stellte, ob Mike vielleicht geisteskrank war.

»Es ist nicht so schlimm«, sagte Mike. »Ich hatte das schon mal.«

»Was schon mal?«

»Hol mir 'ne Schüssel.«

Jamies Gehirn war so überlastet, dass er ein paar Sekunden brauchte, bis er begriff, was für eine Art Schüssel Mike meinte. Als er es endlich begriffen hatte, hatte Mike bereits vor dem Stuhl auf den Boden gekotzt.

»Ach, Scheiße«, sagte Mike.

Jamie sah sich selbst, wie er in seiner eigenen Küche stand und auf einen großen Fladen Erbrochenes hinuntersah, während sein Penis über dem Bund seiner Boxershorts baumelte, und es tat ihm auf einmal fürchterlich leid, dass er das Café vor Ryans Ankunft verlassen hatte, auch wenn der einen schrecklichen Rucksack und Haarausfall hatte. Jamie begriff, dass dies hier jetzt die Strafe war. Und verklemmt und ein Kontrollfreak zu sein war schlecht, ganz sicher, aber es hatte auch Vorteile, und wenn er ein bisschen mehr verklemmter Kontrollfreak gewesen wäre, dann wäre es nie so weit gekommen.

Er zog sich wieder an.

»Tut mir echt leid«, sagte Mike.

Jamie zog die Schublade auf und reichte ihm das Küchenhandtuch mit dem Doppeldeckeraufdruck, das ihm noch nie richtig gefallen hatte.

Mike wischte sich das Gesicht ab. »Ich muss auf die Toilette.«

»Oben an der Treppe«, sagte Jamie.

»Wo ist die Treppe?«, fragte Mike.

Gütiger Gott im Himmel, der Mann konnte wirklich nichts mehr erkennen.

Jamie half ihm die Treppe hinauf und kehrte dann in die Küche zurück, damit er nicht zu hören oder zu riechen brauchte, was im Badezimmer geschehen würde.

Er wollte Mike aus dem Haus raus haben. Aber er wollte auch ein besserer Mensch werden. Und ein besserer Mensch zu sein hieß, Mike nicht aus dem Haus zu wünschen, sondern sich um ihn zu kümmern. Wenn guten Menschen schlimme Sachen zustießen, konnten sie sagen, dass es ein Unfall war oder Pech oder der Lauf der Welt. Aber wenn schlechten Menschen schlimme Sachen zustießen, wussten sie, dass sie selbst schuld waren, und dadurch wurden die schlimmen Sachen noch viel schlimmer.

Er holte die Gummihandschuhe zum Abwaschen unter der Spüle heraus, nahm zwei Supermarkttüten aus dem Schrank und steckte sie ineinander. Er holte den Tortenheber aus der Grabbelschublade, kniete sich hin und begann, das Erbrochene vom Boden ab- und in die Tüten zu kratzen. Keine angenehme Aufgabe, und oben wartete zweifellos noch Schlimmeres auf ihn.

Reue. Das war das Wort, nach dem er gesucht hatte.

Nun sickerte das Erbrochene auch noch in die Spalten zwischen den Dielenbrettern.

Jamie wischte den Boden mit einigen Blättern Küchenpapier ab und warf sie ebenfalls in die Supermarkttüten. Er füllte eine Kanne mit Spülwasser, schrubbte die Spalten mit der Wurzelbürste aus und warf die Wurzelbürste dann auch in die Plastiktüte.

Aus der Gästetoilette drang ein schreckliches Geräusch an sein Ohr.

Er schüttete etwas Salmiakreiniger auf den Boden, verteilte ihn mit einem Tuch. Er wischte den Tortenheber ab und dachte kurz darüber nach, ihn über Nacht in eine Salmiaklösung einzulegen, bis ihm aufging, dass er ihn vermutlich ohnehin nie wieder benutzen würde. Also konnte er den Tortenheber auch gleich entsorgen. Er verknotete die Griffe der inneren Supermarkttüte, dann die Griffe der äußeren Tüte, hatte Angst, dass alles auslaufen könnte, stellte sie in eine dritte Plastiktüte, deren Griffe er ebenfalls verknotete. Er trug sie durch den Flur, öffnete die Haustür und warf das Ganze in die Mülltonne.

Von der Toilette her war wieder ein schreckliches Geräusch zu hören.

Er liebte Tony. Es war ihm plötzlich und schmerzlich glasklar. Ihre lächerlichen Streitereien. Wegen der Hochzeit. Wegen des Fernglases. Wegen Ketchup. Lappalien ohne jede Bedeutung.

Sobald er hier alles erledigt hatte, würde er Tony aufsuchen. Egal, wie spät es war. Um sich zu entschuldigen. Ihm alles zu erklären.

Sie würden zusammen auf die Hochzeit gehen. Nein. Noch besser. Er würde nächstes Wochenende mit Tony zusammen nach Peterborough fahren.

Er ging hoch zum Bad und klopfte leise.

»Alles in Ordnung?«

»Eigentlich nicht«, antwortete Mike.

Selbst durch die Tür hindurch roch es übel. Zögerlich fragte er Mike, ob er Hilfe benötige, und hörte ihn mit beträchtlicher Erleichterung Nein sagen.

»Im Schlafzimmer hab ich Imodium«, sagte Jamie, »das hilft gegen Übelkeit.«

Mike schwieg.

Einige Minuten später hatte Jamie eine Kollektion rezeptfreier Arzneimittel vor sich auf dem Küchentisch ausgebreitet. Er saß da wie ein eingeborener Händler, der auf die Männer aus dem großen Boot wartet.

Imodium. Tabletten gegen Sodbrennen. Paracetamol. Ibuprofen. Aspirin. Antihistamine. (Waren Antihistamine für eine solch heftige allergische Reaktion vorgesehen? Er war sich nicht sicher.)

Er stellte den Wasserkessel auf und sah nach, ob er alle in Frage kommenden Tees und Kaffees vorrätig hatte. Im Kühlschrank war ein guter halber Liter teilentrahmter Milch. Und er hatte noch eine ungeöffnete Dose Kakaopulver von einem abgebrochenen Backprojekt.

Er war auf alles vorbereitet.

Nach zehn Minuten oder so hörte er das *ka-snick*, mit dem die Badezimmertür aufgeschlossen wurde, dann Mikes Schritte auf der Treppe. Offensichtlich ging er sie sehr vorsichtig herunter.

Eine Hand erschien am Türrahmen, und Mike manövrierte sich in Sichtweite. Er sah nicht sehr gesund aus.

Jamie wollte sich gerade erkundigen, was er ihm an Medikamenten und heißen Getränken anbieten könne, als Mike sagte: »Es tut mir so leid« und durch den Flur in Richtung Haustür verschwand.

Als Jamie auf die Beine gekommen war, hatte Mike die Tür schon hinter sich zugezogen. Jamie zögerte. Gut sein hieß, sich um Leute zu kümmern. Es hieß nicht, dass man sie gefangen hielt. Mike konnte offensichtlich wieder etwas sehen. Sonst wäre er nicht weggegangen.

Oder?

Jamie trat ans Fenster und hob den Vorhang hoch, um einen Blick auf die Straße zu werfen. Sie war menschenleer. Er war sich ziemlich sicher, dass Blinde sich nicht in einem solchen Tempo bewegten.

Er ging nach oben. Das Badezimmer war makellos sauber.

Er schnappte sich Schlüssel und Jacke, ging hinaus und schloss die Tür hinter sich ab. Er war noch zu betrunken, um fahren zu können.

Natürlich hätte er sich ein Taxi rufen können, aber er wollte nicht warten. Zu Fuß würde er eine halbe Stunde zu Tonys Wohnung brauchen, und die frische Luft würde ihm jetzt gut tun. Und wenn er Tony aufwecken musste, das alles war wichtiger als der Schlaf.

Erst ging er durch Woodvale Gardens, am Krankenhaus vorbei über die Park Road. Es hatte aufgehört zu regnen, und in den meisten Häusern brannte kein Licht mehr. Die Straßen leuchteten schmutzig orange, und die Schatten unter den Autos waren dick und schwarz.

Tony hatte recht. Er war egoistisch gewesen. Wenn man sein Leben mit einem anderen Menschen teilen wollte, musste man Kompromisse eingehen.

Er überquerte die Priory Road.

Morgen würde er Katie anrufen. Wahrscheinlich hatte sie wieder einmal hoffnungslos übertrieben. Was verständlich war, wenn es zwischen ihr und Ray gerade nicht so gut lief. Und sein Vater war kurz vorm Verrücktwerden? Und Jean verließ ihn? Er wusste nicht, was von beidem schwerer vorstellbar war.

Ein besoffener Radfahrer eierte im Zickzack vorbei.

Er konnte sich wohl vorstellen, dass sein Vater sich zu viele Sorgen machte und dass seine Mutter beteuerte, sie halte das nicht mehr aus. Das war so ziemlich der Normalzustand.

Es würde, ja, es musste alles wieder gut werden. Er würde mit Tony auf diese Hochzeit gehen, komme, was wolle.

Er lief die Allison Road entlang, als ein kleiner Hund aus einem Gartentor kam. Nein, kein Hund. Ein Fuchs. Das schwerelose Trippeln. Der buschige Schwanz.

Ein Automotor wurde angelassen, und der Fuchs verschwand in einer Seitenstraße.

Um halb eins bog er in die Vale Road ein.

Unterwegs hatte sich seine Stimmung gebessert. Er überlegte, ob er eine Trauermiene machen sollte, aber das war ein dummer Gedanke. Er wollte Tony nicht wiederhaben, weil er einen schrecklichen Abend verbracht hatte. Es war der schreckliche

Abend, der ihm klar gemacht hatte, dass er Tony wiederhaben wollte. Für immer. Und das war ein schöner Gedanke.

Er klingelte und wartete dreißig Sekunden.

Er klingelte wieder.

Weitere dreißig Sekunden vergingen, bevor er Schritte hörte. Tony öffnete die Tür in seinen Boxershorts und sonst nichts. Er hatte einen eiskalten Ausdruck in den Augen. »Jamie …?«

»Es tut mir leid«, sagte Jamie.

»Nicht so schlimm. Was ist passiert?«

»Nein. Ich meine, mir tut alles so leid. Alles andere.«

»Soll heißen?«

Jamie riss sich zusammen. Er hätte das ein bisschen gründlicher planen sollen. »Weil ich schuld bin, dass du mich verlassen hast. Weil … Tony, ich hatte einen beschissenen Abend und da sind mir eine Menge Sachen klar geworden …«

»Jamie, es ist verdammt noch mal mitten in der Nacht. Ich muss morgen früh zur Arbeit. Worum geht es?«

Tief durchatmen. »Ich vermisse dich«, sagte Jamie. »Und ich will, dass du zurückkommst.«

»Du bist besoffen, stimmt's?«

»Nein. Ich meine, ich war es. Aber jetzt bin ich nicht mehr … Hör mir doch zu, Tony. Ich meine es ganz ernst.«

Tonys Gesichtsausdruck veränderte sich nicht. »Ich gehe jetzt wieder ins Bett. Und es wäre vermutlich eine gute Idee, wenn du jetzt das gleiche tätest.«

»Du hast jemanden da, stimmt's?« Jamie fing an zu weinen. »Deswegen willst du mich nicht reinlassen.«

»Komm, werd erwachsen, Jamie.«

»Scheiße.«

Tony wollte die Tür zumachen.

Jamie hatte angenommen, dass Tony ihn wenigstens reinlassen würde. Damit sie reden konnten. Es war der gleiche Egoismus wie immer. Zu glauben, dass alle sich an seinen Plan halten würden. Jamie verstand das jetzt. Aber es war zu schwierig, das in einer halben Sekunde zu äußern.

»Warte.« Er machte einen Schritt über die Schwelle, damit Tony die Tür nicht schließen konnte.

Tony wich ein wenig zurück. »Gott. Du stinkst nach Kotze.«

»Ich weiß«, sagte Jamie, »aber es ist nicht meine Kotze.«

Tony drückte die flache Hand gegen Jamies Brust und schob ihn zurück nach draußen auf die Treppe. »Gute Nacht, Jamie.«

Die Tür ging zu.

Ein paar Minuten lang stand Jamie auf der Treppe. Er wollte sich auf das kleine Betonfleckchen bei den Mülltonnen legen und bis morgen früh schlafen, damit Tony vor Mitleid weich würde, wenn er herauskam und ihn da sah. Aber ihm wurde rasch klar, dass das so hirnrissig und unbeherrscht und kindisch war wie der Rest seines hirnrissigen, unbeherrschten, kindischen Planes.

Er setzte sich auf den Rinnstein und weinte.

57

Jean würde die Hochzeit selbst organisieren müssen. Vom Rest der Familie hatte sie offensichtlich keine Unterstützung zu erwarten.

Sie liebte ihre Tochter wirklich. Aber gemessen an Katies großen Worten, Frauen stünden Männern in nichts nach, konnte sie geradezu wahnsinnig chaotisch sein.

Katie nannte das *locker bleiben.*

Wie sie mit all ihren Klamotten in schwarzen Müllsäcken von der Uni nach Hause gekommen war und sie in der offenen Garage stehen ließ, so dass die Müllmänner sie mitnahmen. Wie sie Farbe auf die Katze gekleckert hatte. Und auf Malta ihren Pass verlor.

Armer George. Katie hatte ihm das Leben wirklich schwer gemacht. Sie waren wie Geschöpfe von zwei verschiedenen Planeten.

Zwölf Jahre lang Streit wegen Zahnpastaresten. George glaubte, dass sie es mit voller Absicht tat, um ihn zur Weißglut zu bringen. Spuckte die Zahnpasta ins Waschbecken, ohne sie wegzuspülen, wo sie zu harten Klumpen wurden. Katie wollte nicht einsehen, dass er sich über etwas so Lächerliches aufregen konnte.

Und sie machte es immer noch. Heute Morgen zum Beispiel. Jean hatte alles weggeputzt, wie früher.

Insgeheim war sie ja auch ein wenig stolz darauf, dass ihre Tochter sich von niemandem etwas sagen ließ. Natürlich bereitete es ihr manchmal Sorgen. Ob Katie jemals einen anständigen Job finden würde? Oder ungeplant schwanger würde? Oder nie einen Mann finden würde. Oder sonstwie in Schwierigkeiten geriet. Sie hatte bereits eine Verwarnung wegen unhöflichen Betragens gegenüber einer Politesse erhalten.

Aber es freute Jean, dass sie einen solch freien Geist in die Welt gesetzt hatte. Manchmal sah sie ihre Tochter an und beobachtete kleine Gesten oder Ausdrücke an ihr, die sie als ihre eigenen wiedererkannte; dann fragte sie sich, ob sie wohl Katie ähnlicher gewesen wäre, wenn sie dreißig Jahre später auf die Welt gekommen wäre.

Ein Treppenwitz war nur, dass Jamie sich als schwul entpuppt hatte. Falls er mal heiraten sollte, würde er seine Gästeliste und Einladungen jedenfalls Jahre im Voraus fertigstellen.

Man konnte es nicht ändern.

Bei Katies erster Hochzeit waren Jean die Vorbereitungen für das Fest wie die Planungen für die Landung der Alliierten in der Normandie erschienen. Aber seit sie im Buchladen arbeitete und sich in der Schule engagierte, war ihr klar, dass es nicht schwieriger als ein Hauskauf oder eine Urlaubsbuchung war, nur eine Reihe kleiner Aufgaben, die bis zu einem bestimmten Termin erledigt werden mussten. Man schrieb alles zu Erledigende auf. Man erledigte es. Man hakte es auf der Liste ab.

Sie kümmerte sich um die Blumen. Sie bestellte die mobile Disco, die Claudia bei Chlöes Hochzeit aufgeboten hatte. Sie besprach die letzten Feinheiten des Menüs mit dem Partyservice. Und sie engagierte einen Fotografen.

Alles würde wie am Schnürchen laufen, und alle würden sich gut amüsieren. Am Ende des Tages würde sie die Füße hochlegen und genau wissen, was sie geleistet hatte.

Sie schrieb Katie einen Brief, in dem sie alles aufführte, was noch zu erledigen war (eine Musikkassette für das Standesamt, Rays Anzug, Geschenk für die Trauzeugen, Ringe …). Der Brief würde Katie rasend machen, aber wenn sie an das Benehmen ihrer Tochter am Wochenende dachte, schien es Jean durchaus möglich, dass sie die Hochzeit schlicht und einfach vergessen hatte.

Jean bestellte die Platzkarten für das Essen. Sie kaufte sich ein neues Kleid und brachte Georges Anzug zur Reinigung. Sie bestellte die Hochzeitstorte. Sie reservierte drei Mietwagen, mit denen die nächsten Verwandten zurück ins Dorf fahren konnten. Schließlich schrieb sie Namen auf die Einladungen und adressierte die Umschläge.

Sie überlegte kurz, ob sie David von der Liste streichen sollte. Nach dem gemeinsamen Abendessen hatte George darauf bestanden, auch ihn einzuladen. Damit sie mehr Leute waren, damit sie nicht »von Rays Klan überschwemmt« wurden. Aber Jean wollte nicht, dass George unangenehme Fragen stellte. Also schickte sie die Einladung los. David brauchte ja nicht zu kommen.

58

Es war fast eine Freude gewesen, Dr. Barghoutian zu sehen.

Natürlich war George in den letzten paar Wochen wesentlich anspruchsloser geworden. Dennoch war es seltsam wohltuend, seine Probleme mit jemandem zu besprechen, der für das Zuhören bezahlt wurde. Wohltuender, als *Volcano* oder *Projekt: Peacemaker* zu gucken, da er bei den Filmen immer noch das Hämmern der Angst verspürte, so, als ob auf der anderen Straßenseite Bauarbeiten stattfänden.

Seine Ängste laut auszusprechen war, welch überraschende Erfahrung, weniger schrecklich als der Versuch, sie zu ignorieren. Als ob man seinem Feind ins Auge blickte.

Die Pillen hingegen bekamen ihm nicht so gut. In der ersten Nacht hatte er Schlafstörungen, die in der zweiten Nacht noch qualvoller wurden. Er weinte sehr viel und musste den Drang unterdrücken, in den frühen Morgenstunden lange Spaziergänge zu unternehmen.

Er nahm jetzt zum Frühstück ein paar Kodein, trank dann am Vormittag einen großen Whisky und putzte sich hinterher gründlich die Zähne, damit Jean keinen Verdacht schöpfte.

Die Vorstellung, sich in die Psychiatrie zu begeben, erschien ihm langsam immer angenehmer. Aber wie kam man in die Psychiatrie? Vielleicht, indem man sein Auto in den Vorgarten der Nachbarn steuerte? Indem man sein Bett anzündete? Oder sollte er sich einfach mitten auf die Straße legen?

Spielte es eine Rolle, ob man so etwas willentlich tat? Oder war es bereits ein Zeichen von Geisteskrankheit, wenn man sich so verhielt, als sei man geisteskrank?

Und wenn das Bett besser brannte als erwartet?

Vielleicht sollte er in einem großen Kreis um das Bett Wasser auf den Teppich gießen, damit das Feuer sich nicht ausbreitete.

Die dritte Nacht war fast unerträglich.

Gleichwohl schluckte er die Pillen beharrlich weiter. Dr. Barghoutian hatte ihn gewarnt, dass sie Nebenwirkungen haben könnten; im Allgemeinen bevorzugte George Behandlungsmethoden, die unangenehm oder mit Schmerzen verbunden waren. Nachdem er von der Trittleiter gefallen war, hatte er sich erst von einer Osteopathin behandeln lassen, die wenig mehr getan hatte, als hinter seinem Kopf in die Hände zu klatschen. Der Erfolg blieb unter der Wahrnehmungsschwelle. Schließlich hatte er einen Chiropraktiker aufgesucht, der ihn fest von hinten gepackt und mit einem gewaltigen Ruck hochgehoben hatte, dass die Wirbel vernehmbar geknackt hatten. Kurz darauf konnte er wieder normal laufen.

Dennoch war er jetzt dankbar, als an Tag sechs der medikamentösen Behandlung sein Termin beim klinischen Psychologen bevorstand.

Bis zu diesem Zeitpunkt hatte er mit Vertretern dieses Berufsstandes weder beruflich noch privat Kontakt gehabt. Seiner Meinung nach waren sie Tarotkartenlegerinnen nicht unähnlich. Durchaus möglich, dass man ihn fragen würde, ob er seine Mutter nackt gesehen habe und in der Schule gehänselt wurde (was wohl aus den schrecklichen Gladwell-Zwillingen geworden war?). Oder war das eher Psychoanalyse?

Doch die Unterredung mit Ms Endicott, als sie dann stattfand, bot nichts von dem sentimentalen Blödsinn, auf den er sich eingestellt hatte. Im Gegenteil: Er konnte sich nicht erinnern, je ein so anregendes Gespräch geführt zu haben.

Sie sprachen über seine Arbeit. Sie sprachen über seinen Ruhestand. Über seine Zukunftspläne. Über Jean, Jamie und Katie. Und sie sprachen über die bevorstehende Hochzeit.

Ms Endicott fragte nach den Panikattacken, wann sie auftraten, wie lang sie dauerten und was er dabei empfand. Sie fragte, ob er an Selbstmord gedacht habe. Sie wollte wissen, was genau ihm Angst mache, und war unendlich geduldig, als er nach Worten für das nur schwer in Worte zu Fassende suchte (die Orks zum Beispiel, oder wie der Fußboden nachzugeben schien). Einige Details seiner Zustände waren ihm zwar peinlich, doch Ms Endicotts Aufmerksamkeit war ernst und unerschütterlich.

Die Psychologin erkundigte sich nach dem wunden Punkt an seiner Hüfte und sagte, Dr. Barghoutian könne ihn, George, ja an einen Dermatologen überweisen, falls er sich davon Linderung verspreche. Er schüttelte den Kopf und erklärte, im Grunde seines Herzens wisse er, dass es nur ein Ekzem sei.

Als sie ihn fragte, ob er Freunde habe, mit denen er darüber spreche, entgegnete er, dass man über solche Dinge nicht mit Freunden spreche. Er für seinen Teil würde sich jedenfalls nicht gern von seinen Freunden mit so etwas belästigen lassen. Das gehörte sich einfach nicht. Sie nickte zustimmend.

Er verließ die Praxis, ohne Aufgaben oder Übungen erledigen zu müssen, nur mit der Verabredung eines zweiten Termins in einer Woche. Als er auf dem Parkplatz stand, fiel ihm ein, dass er vergessen hatte, die Nebeneffekte des Medikaments zu erwähnen. Dann wurde ihm bewusst, dass er nicht mehr derselbe war, der an diesem Morgen in den Bus gestiegen war. Er war stärker, stabiler, weniger ängstlich. Jetzt konnte er mit den Nebenwirkungen von ein paar Pillen fertig werden.

Am Spätnachmittag lag er im Bett und verfolgte ein Golfturnier auf BBC2. Dieser Sport hatte ihm noch nie zugesagt. Aber die adretten Pullover und die vielen Grünflächen, die sich bis in die Ferne erstreckten, hatten etwas Beruhigendes.

Es schien unfair, dass all seine Bemühungen, sich um die geistigen Aspekte des Problems zu kümmern, nichts dazu beigetragen hatten, die körperliche Seite des Problems zu beheben.

Ihm kam die Idee, dass man die Stelle einfach entfernen lassen könnte; wenn sie an einem Finger oder Zeh wäre, dann hätte sich die Sache damit. Dann bräuchte er nichts weiter zu unternehmen, als die Tabletten zu schlucken und jede Woche zur Poliklinik zu gehen, bis alles wieder normal wäre.

Ein Plan begann in seinem Kopf zu reifen.

Der Plan kam ihm wie ein ziemlich guter Plan vor.

59

Katie warf die Einladungen in den Briefkasten, sprach Jamie eine Nachricht auf den Anrufbeantworter und setzte sich dann wieder an den Tisch.

Sie hätte gern etwas zerbrochen oder kaputt gemacht. Aber das durfte sie nicht. Schon gar nicht nach der Moralpredigt, die sie Jacob gehalten hatte, als er gegen den Videorekorder getreten hatte.

Sie nahm das große Messer und stach damit sieben Mal in das Brotschneidebrett. Als sie zum achten Mal hineinstach, brach die Schneide ab, und sie schnitt sich die Hand an dem abgebrochenen Ende auf, das aus dem Brotschneidebrett ragte. Sofort war alles voller Blut.

Katie wickelte sich ein Stück Küchenrolle um die Hand, holte den Erste-Hilfe-Kasten heraus, klebte ein paar große Pflaster über die Wunde und warf das zerbrochene Messer weg.

An Schlaf war nicht zu denken. Ins Bett zu gehen hieß, dass sie sich an Rays Seite legen musste. Aufs Sofa auszuweichen wäre das Eingeständnis einer Niederlage gewesen.

Liebte sie Ray?

Liebte sie Ray nicht?

Sie setzte den Wasserkessel auf, griff sich eine Packung Schokokekse, aß sechs davon im Stehen, bis ihr etwas übel wurde, und stellte den Rest zurück in den Schrank.

Wie konnte Ray bloß in so einer spannungsgeladenen Situation schlafen?

Hatte sie ihn jemals geliebt? Oder war es nur Dankbarkeit? Weil er so gut mit Jacob auskam. Weil er Geld hatte. Weil er jedes Gerät dieser Welt zu reparieren verstand. Weil er sie brauchte.

Aber, verdammt noch mal, das waren handfeste Dinge. Sogar das Geld. Natürlich konnte man jemanden lieben, der arm und unfähig war und gemeinsam von einer Katastrophe in die nächste stolpern. Aber das wäre keine Liebe, sondern Masochismus.

Bücher und Filme waren ihr scheißegal. Es war ihr auch egal, was ihre Familie dachte.

Warum fiel es ihr dann so schwer, ihm zu sagen: Ich liebe dich.

Vielleicht, weil er wie Clint Eastwood in das Café marschiert war und eine Mülltonne durch die Straße geschmissen hatte.

Der Mann hatte wirklich Nerven! Verschwand einfach drei Tage lang. Sie hatte nicht mal gewusst, ob er überhaupt noch am Leben war. Dann kreuzte er wieder auf, entschuldigte sich ein paar Mal, blies die Hochzeit ab und erwartete, dass sie ihm was von Liebe erzählte.

Drei Tage. Mein Gott.

Wenn man Vater sein wollte, musste man verdammt noch mal ein bisschen mehr Verantwortung zeigen.

Vielleicht sollten sie wirklich nicht heiraten. Vielleicht war es eine alberne Idee, aber wenn er jetzt versuchen würde, ihr die Schuld in die Schuhe zu schieben …

Ha. Sie fühlte sich schon besser. Viel besser.

Sie stellte die Tasse hin und marschierte nach oben, um ihn aufzuwecken und ihm gründlich die Meinung zu sagen.

60

George beschloss, es am Mittwoch zu tun.

Jean unternahm einen seit Langem geplanten Ausflug zu ihrer Schwester. Sie hatte vage Andeutungen gemacht, sie könne absagen, falls George Gesellschaft brauchte, aber er bestand darauf, dass sie fuhr.

Als sie schließlich aus Northampton anrief und mitteilte, dass sie gut angekommen sei, suchte er die Utensilien zusammen. Wenn er erst einmal angefangen hatte, würde er nicht mehr viel Kraft oder Zeit haben, es musste also alles an Ort und Stelle sein.

Er spülte zwei Kodein mit einem großen Glas Whisky hinunter. Im Badezimmer stapelte er drei alte blaue Handtücher aufeinander. Er legte das schnurlose Telefon auf den Küchentisch, füllte die Schublade der Waschmaschine mit Pulver und ließ die Tür offen.

Er holte eine leere Zwei-Liter-Eispackung hinten aus der Vorratskammer, probierte aus, ob der Deckel passte, und nahm sie dann zusammen mit ein paar Müllbeuteln mit nach oben. Er legte die Müllbeutel auf den Boden und stellte die Eispackung auf die Wasserhähne der Badewanne. Er klappte das Erste-Hilfe-Köfferchen auf und stellte es auf die Ablage vor dem Spiegel.

Whisky und Kodein begannen zu wirken.

Er ging wieder nach unten, holte die Schere aus der Schublade und schärfte sie mit dem kleinen grauen Wetzstein, den sie sonst für das Tranchiermesser benutzten. Da er gerade dabei war, wetzte er auch das Tranchiermesser und nahm beide Gerätschaften mit nach oben, wo er sie auf dem Rand der Badewanne den Hähnen gegenüber ablegte.

Natürlich hatte er Angst. Aber die Chemie wirkte sich dämpfend auf seine Befürchtungen aus, und der Gedanke, dass seine Probleme bald ausgestanden sein würden, spornte ihn an.

Er zog den Vorhang im Badezimmer zu und schloss die Tür zum Flur. Er schaltete alle Lichter aus und wartete ab, bis seine Augen sich an die Dunkelheit gewöhnt hatten. Jetzt zog er sich aus, faltete seine Kleider und legte sie ordentlich gestapelt oben an die Treppe.

Als er ins Bad ging, wurde ihm klar, dass er nicht ohnmächtig und nackt auf dem Boden seines Badezimmers gefunden werden wollte. Also zog er die Unterhose wieder an.

Er stellte die Dusche auf warm, drehte den Duschkopf in Richtung Rückwand und zog die Duschtür zu.

Die Badematte war dick und flauschig. War sie waschbar? Er wusste es nicht genau. Um auf Nummer sicher zu gehen, schob er sie auf die andere Seite des Badezimmers.

Er stellte den Fuß in die Badewanne, um die Wassertemperatur auszuprobieren. Genau richtig. Er stieg hinein.

Jetzt war es so weit. Wenn er erst einmal angefangen hatte, gab es keine Umkehr mehr.

Er überprüfte noch ein letztes Mal, ob alles an Ort und Stelle war: die Schere, die Eispackung, die Mülltüten …

Der Anfang würde besonders schwierig, das wusste er. Aber es würde nicht lange dauern. Er atmete tief durch.

Er nahm die Schere in die rechte Hand und fuhr auf der Suche nach dem wunden Punkt mit den Fingern der linken Hand über seine Hüfte. Er packte das Fleisch außen herum; das Übelkeit erregende Prickeln, das sich von seinen Fingern hoch in den Arm zog (so, als ob er eine Spinne oder Hundekacke anfassen würde), bestätigte nur die Notwendigkeit dessen, was er jetzt begann.

Er zog die Stelle vom Körper weg.

Er warf einen Blick nach unten, dann sah er woanders hin.

Er hatte die Haut zu einem weißen Gipfel hochgezogen, wie geschmolzener Käse auf einer Pizza.

Er klappte die Schere auf.

Tief einatmen und dann durch den Mund aus, wenn der Schmerz kommt. So hatte der Chiropraktiker es ihm gesagt.

Er setzte die Schneiden der geschärften Schere an der straff gezogenen Haut an und drückte fest zu.

Er brauchte nicht extra ans Ausatmen zu denken. Es geschah ganz von allein.

Der Schmerz war so weit jenseits von jedem Schmerz, den er je zuvor empfunden hatte, dass es sich anfühlte, als würde ein Düsenjet ein paar Meter über seinem Kopf zur Landung ansetzen.

Er sah wieder nach unten. Eine solch große Menge Blut hatte er nicht erwartet. Es sah wie etwas aus einem Film aus. Es war dicker und dunkler, als er gedacht hätte, fast ölig und erstaunlich warm.

Beim Blick nach unten stellte er außerdem fest, dass er das Gewebe rund um die Stelle nicht völlig durchschnitten hatte. Im Gegenteil, es hing noch an seiner Hüfte fest wie ein kleines, blutiges Steak.

Er versuchte die Stelle noch einmal zu packen, klappte die Schere wieder auf und versuchte einen zweiten Schnitt zu setzen. Aber das Blut machte alles glitschig, und das Fett schien diesmal zäher.

Er beugte sich vor, legte die Schere auf den Rand der Badewanne und griff nach dem Tranchiermesser.

Doch als er aufstand, trieb ein Schwarm kleiner weißer Lichtchen in sein Blickfeld, und sein Körper schien weit entfernt zu sein. Er streckte die Hand aus, um sich an der gekachelten Wand abzustützen. Leider umfasste die immer noch das Tranchiermesser. Er ließ das Tranchiermesser fallen und presste die Hand gegen die Wand. Das Messer fiel ins Wasser und landete mit der Spitze in Georges Fußrücken.

In diesem Augenblick begann sich der ganze Raum zu drehen. Die Decke schwenkte ins Blickfeld, er sah eine hyperreale

Großaufnahme des kleinen, avocadogrünen Magnetdings, das die Seife festhielt, dann stieß er mit dem Hinterkopf an den Heißwasserhahn.

Er lag auf der Seite und starrte in die Badewanne hinunter. Sie sah aus, als hätte man darin ein Schwein abgestochen.

Die Stelle hing immer noch an seinem Körper fest.

O mein Gott! Die traumatisierten Krebszellen flossen jetzt bestimmt gerade durch den fleischernen Isthmus zwischen Hautlappen und Hüfte und errichteten kleine Kolonien in der Lunge, im Knochenmark, im Gehirn …

Mittlerweile wusste er, dass er nicht die Kraft hatte, es ganz zu entfernen.

Er musste ins Krankenhaus. Die würden es ihm abschneiden. Vielleicht konnten sie es ihm ja schon im Krankenwagen abschneiden, wenn er die Situation eindringlich erläuterte.

Sehr langsam bewegte er sich auf allen vieren.

Seine Endorphine taten keine schrecklich gute Wirkung.

Er musste die Treppe hinunterkommen.

Verdammt.

Er hätte das Ganze in der Küche machen sollen. Er hätte sich in die alte Plastikbabybadewanne stellen können, mit der die Kinder früher im Sommer gespielt hatten. Oder war das einer der Gegenstände, die er 1985 hinten aus der Garage geräumt hatte?

Gut möglich.

Er beugte sich über den Wannenrand und fasste nach einem der Handtücher.

Er zögerte. Wollte er wirklich Handtuchfussel in eine offene Wunde drücken?

Sehr vorsichtig stand er auf. Die weißen Lichtchen kamen und gingen wieder.

Er sah nach unten. Es war schwer, im Bereich der Wunde zu sehen, was nun was war, und ihm wurde ein wenig übel, wenn er hinschaute. Er wandte den Blick ab und ließ ihn kurz auf den bespritzten Kacheln ruhen.

Einatmen. Anhalten. Ausatmen. Drei. Zwei. Eins.

Er warf wieder einen Blick nach unten. Er nahm den losen Hautlappen und drückte ihn zurück an seine Stelle. Er passte nicht sehr gut. Sobald er ihn losließ, rutschte er wieder aus der Wunde heraus und schaukelte unangenehm an seinem rotfeuchten Scharnier hin und her.

Irgendetwas pulsierte da allen Ernstes in der Wunde.

Er fasste wieder nach dem Fleisch, hielt es nach unten und drückte das Handtuch darauf.

Er wartete eine Minute ab, dann kam er auf die Füße.

Wenn er den Krankenwagen sofort rief, würde der vielleicht zu schnell kommen. Er musste erst ein bisschen saubermachen, dann würde er anrufen.

Zunächst einmal musste er die Dusche saubermachen.

Doch als er nach dem Duschkopf fasste, schien der plötzlich höher als sonst angebracht zu sein, und George konnte sich nicht richtig strecken.

Er würde es so lassen und sich irgendeine Geschichte ausdenken, wenn Jean vom Sainsbury's zurückkam.

War sie beim Sainsbury's? Es war alles so verschwommen.

Er beschloss sich anzuziehen.

Aber auch das würde nicht so einfach werden. Er trug eine blutgetränkte Unterhose. In der Kommode im Schlafzimmer lag frische Unterwäsche, aber die stand auf der anderen Seite von zehn Metern cremefarbenem Teppichboden, und immer noch floss eine beträchtliche Menge Blut sein Bein herunter.

Er hätte es besser planen sollen.

Er drückte das Handtuch fester auf die Wunde und wischte das Blut vom Boden, indem er sich auf die anderen beiden Handtücher stellte und mehrere Minuten lang auf ihnen durchs Bad rutschte. Er versuchte sich zu bücken, um die beiden Handtücher hochzuheben und in die Wanne zu werfen, aber sein Körper wollte sich genauso wenig falten wie strecken lassen.

Er beschloss, Schadensbegrenzung zu betreiben. Er stolperte ins Schlafzimmer und wählte 999. Als er zurück in Richtung Tür blickte, sah er, dass er Fußabdrücke auf dem cremefarbenen Teppichboden hinterlassen hatte. Jean würde sehr unglücklich sein.

»Polizei, Feuer oder Krankenwagen?«

»Polizei«, sagte George, ohne nachzudenken. »Nein, halt. Krankenwagen.«

»Ich stelle durch ...«

»Sie sind beim Notarztwagen. Von welcher Nummer rufen Sie an?«

Was hatte er für eine Telefonnummer? Er schien sich nicht mehr daran erinnern zu können. Er sagte sie so selten.

»Hallo, Anrufer?«, fragte die Frau am anderen Ende der Leitung.

»Entschuldigung«, sagte George. »Ich weiß die Nummer nicht mehr.«

»Macht nichts. Sprechen Sie.«

»Richtig, ja. Ich habe mich geschnitten. Mit einem großen Meißel. Es blutet ziemlich stark.«

Katies Nummer zum Beispiel. An die konnte er sich ganz problemlos erinnern. Oder doch nicht? Nein, auch ihre Nummer schien ihm entfallen zu sein.

Die Frau am anderen Ende der Leitung sagte: »Können Sie mir Ihre Adresse nennen?«

Auch an die konnte er sich nur sehr mühsam erinnern.

Als er aufgelegt hatte, merkte er natürlich, dass er vergessen hatte, nach dem Meißel zu suchen, bevor er ins Bad gegangen war. Jean würde auch so schon ungehalten genug sein. Wenn sie herausfand, dass er alles schmutzig gemacht hatte, weil er den Krebs mit ihrer guten Schere abgeschnitten hatte, würde sie vor Wut außer sich geraten.

Der Meißel war aber im Keller, und der Keller war sehr weit weg.

Er fragte sich, ob er den Hörer wirklich aufgelegt hatte.

Dann fragte er sich, ob er es geschafft hatte, sich an seine Adresse zu erinnern, bevor er aufgelegt hatte. Falls er tatsächlich aufgelegt hatte.

Man konnte Anrufe zurückverfolgen.

Zumindest in Filmen konnten sie das.

Aber in Filmen fielen die Leute schon ohnmächtig um, wenn man nur ihre Schulter drückte.

Er bemerkte sein Spiegelbild im Flurspiegel und fragte sich, warum ein verrückter, nackter, blutender Mann neben dem Telefontischchen stand.

Die Kellertreppe war wirklich sehr steil.

Es wäre vermutlich gut, eine neue Treppe mit flacheren Stufen einzubauen, bevor Jean und er alt und gebrechlich wurden. Ein Handlauf könnte sicher auch nicht schaden.

Beim Durchqueren des Kellers trat er auf etwas, das sich wie ein Legosteinchen anfühlte, eins von denen, die Jacob manchmal herumliegen ließ. Er stolperte und ließ das Handtuch fallen. Er hob das Handtuch wieder auf. Es war mit Sägemehl und verschiedenen toten Insekten bedeckt. Er fragte sich, warum er ein Handtuch in der Hand hatte. Er legte es auf den Deckel der Kühltruhe. Aus irgendeinem Grund schien das Handtuch blutgetränkt zu sein. Er würde jemanden darauf hinweisen müssen.

Der Meißel.

Er fasste in den kleinen grünen Korb und zog ihn unter dem Spalthammer und dem Maßband heraus.

Er drehte sich um, die Knie gaben leicht unter ihm nach, und er rollte seitlich in das Planschbecken, das er halb aufgeblasen ließ, damit sich kein Schimmel auf der Innenseite bilden konnte.

Er betrachtete das Bild eines Fisches aus unmittelbarer Nähe. Oben aus dem Fischkopf kam eine Wasserfontäne, was zeigen sollte, dass es ein Wal war. Aber er war auch rot, was darauf hinwies, dass es vielleicht ein ganz anderer Fisch war.

Er roch Gummi und hörte das Spritzen von Wasser und sah kleine muschelförmige Glitzerpunkte vor sich tanzen und die ziemlich attraktive junge Frau in ihrem limettengrünen Bikini aus dem Hotel in Portugal.

Wenn die Erinnerung ihn nicht trog, war das der Ort gewesen, an dem sie ihm den verdorbenen Nachtisch in der ausgehöhlten Ananas vorgesetzt hatten.

Er schien ziemlich starke Schmerzen zu haben, auch wenn er nicht genau hätte sagen können, warum.

Er war auch sehr müde.

Er würde ein bisschen schlafen.

Ja, das schien ihm eine gute Idee zu sein.

61

Katie würde ihre Beziehung retten.

Um acht Uhr rief sie im Büro an. Sie wollte eine Nachricht hinterlassen, wurde aber durch Aidan aus dem Konzept gebracht, der selbst ans Telefon ging (wenn er nicht so verdammt gut gelaunt geklungen hätte, hätte sie geglaubt, dass er im Büro schlief; sie konnte sich nicht vorstellen, dass er Überstunden schob, wenn keiner zusah).

»Lass mich raten«, sagte Aidan sarkastisch. »Du bist krank.«

Es wäre einfacher gewesen, Ja zu sagen, aber heute war ein Tag für Aufrichtigkeit. »Nein, mir geht's sogar bestens. Aber ich muss mir heute freinehmen.«

»Geht nicht.«

Im Hintergrund war ein gurgelndes Geräusch zu hören. War es möglich, dass er auf dem schnurlosen Telefon sprach und dabei pinkelte? »Du wirst einen Tag ohne mich überleben«, sagte Katie.

»Der Feuerinspektor hat das Henley unsicher gemacht. Die Lizenz für den Ballsaal ist rückgängig gemacht worden. Wir haben also einiges zu tun.«

»Aidan«, sagte sie in jenem schnappenden Grollton, mit dem sie böse Kinder zur Raison brachte.

»Was?«, sagte er mit der leicht zitternden Stimme, mit der böse Kinder antworteten, wenn man das schnappende Grollen machte.

»Ich bleibe zu Hause. Ich kann dir alles später erklären. Morgen suche ich dir einen neuen Veranstaltungsort.«

Aidan versuchte sich durchzusetzen. »Katie, wenn du nicht um zehn Uhr hier bist…«

Sie legte auf. Es war durchaus möglich, dass sie jetzt keinen Job mehr hatte. Das war aber nur von untergeordneter Bedeutsamkeit.

Ray erschien um kurz nach neun, nachdem er Jacob zur Kita gebracht hatte. Er meldete sich auf der Arbeit und redete mit einigen Leuten, um sicherzustellen, dass in seiner Abwesenheit nicht alles zusammenbrechen würde. Dann sagte er: »Und jetzt?«

Katie warf ihm seine Jacke zu. »Wir fahren mit der U-Bahn in die Stadt. Du darfst dir aussuchen, was wir heute Morgen machen. Und ich bestimme, was wir heute Nachmittag machen.«

»Okay.«

Sie würden wieder ganz von vorn anfangen. Aber diesmal war Katie nicht mehr verzweifelt und allein. Sie würde herausfinden, ob sie ihn nur brauchte oder auch mochte.

Mit seinen Zornbewältigungsproblemen würden sie sich später beschäftigen. Und wenn die Hochzeit abgeblasen wurde, konnte das sowieso jemand anders übernehmen.

Ray wollte mit dem Millenium-Riesenrad fahren. Sie kauften zwei Vorverkaufskarten und aßen Eis auf einer Bank, wo sie einer großen Welle auf dem Weg zur Nordsee hinterhersahen.

»Erinnerst du dich noch an das Domino?«, fragte Katie. »Dort hat man so eine Art Backstein aus Vanilleeis gekriegt, der zwischen zwei Waffeln mit Rautenmuster steckte. Vielleicht gibt's das ja sogar noch ...«

Ray hörte ihr nicht so richtig zu. »Das ist wie Urlaub.«

»Gut«, sagte Katie.

»Das einzige Problem mit Urlaub ist doch«, sagte Ray, »dass man hinterher nach Hause fahren muss.«

»Angeblich ist in Urlaub fahren das Viertstressigste, was einem passieren kann«, sagte Katie. »Direkt nach Tod des Ehepartners und einem neuen Job. Und Umziehen, wenn ich mich recht erinnere.«

»Das Vierte?«, sagte Ray und starrte aufs Wasser. »Was ist, wenn dein Kind stirbt?«

»Okay. Vielleicht nicht das Vierte.«

»Frau stirbt. Behindertes Kind«, sagte Ray.

»Tödliche Krankheit«, sagte Katie. »Verlust eines Körperteils. Autounfall.«

»Haus brennt ab«, sagte Ray.

»Kriegsausbruch«, sagte Katie.

»Sehen, wie ein Hund überfahren wird.«

»Sehen, wie ein Mensch überfahren wird.«

»Selbst einen Menschen überfahren«, sagte Ray.

»Selbst einen Hund überfahren.«

»Eine ganze Familie überfahren.«

Sie lachten wieder.

Vom Riesenrad war Ray enttäuscht. Zu gut gebaut, meinte er. Er brauchte Wind in den Haaren, einen rostigen Handlauf und wenigstens eine vage Möglichkeit, dass das ganze Ding zusammenbrechen könnte.

Katie dachte, dass sie eine Höhenbegrenzung im Plan für den Tag hätte einbauen sollen. Ihr war übel. Marble Arch, Battersea-Kraftwerk, der Gurkenturm, irgendwelche grünen Hügel da hinten, die verdammt noch mal aussahen, als wären sie in Nepal. Sie starrte nach unten auf das helle Holz der ovalen Mittelbank und versuchte sich vorzustellen, sie säße in der Sauna.

Ray erzählte: »Als wir klein waren, fuhren wir zu Cousins, die in einem Bauernhaus gewohnt haben. Man konnte aus dem Kinderzimmerfenster raus aufs Dach klettern. Wenn Mum und Dad das geahnt hätten, wären sie ausgerastet. Aber ich weiß es noch ganz genau, dieses Gefühl, höher als alles drumherum zu sein, Dächer, Felder, Autos … Als ob man Gott wäre.«

»Wie lange dauert es noch?«, fragte Katie.

Ray schien sich bestens zu unterhalten. Er warf einen Blick auf die Uhr. »Ach, nur noch 'ne Viertelstunde oder so.«

62

Außer dass es kein Swimming Pool war, weil ihr limettengrünes Bikinihöschen (sie hieß Marianna, wenn er sich recht erinnerte) seitlich verrutschte, und dann war ein rhythmisches Klatschen zu hören, wie das Geräusch von Rudern auf Wasser, weil er sich ein Bootsrennen im Fernsehen ansah (vielleicht war es auch Marlena gewesen), aber vielleicht nicht im Fernsehen, weil er sich an eine stabile Granitbalustrade lehnte, er fühlte aber auch einen Teppich, der sich gegen sein Gesicht drückte, was darauf hindeutete, dass er vielleicht doch drinnen war, und der Sprecher sagte etwas über die Küche, und eine Methode, einen Gummibaum zu zeichnen, war es, ihn zu fotografieren und dann ein Dia auf ein großes Stück Papier zu projizieren, das er mit Kreppband an die Wand geklebt hatte, und ihn dann nachzuzeichnen, was manche Leute Betrug nennen würden, obwohl Rembrandt auch Linsen benutzt hatte, jedenfalls wurde das in dem Artikel im *Sunday Times Magazine* behauptet, oder war das Leonardo da Vinci gewesen, und denen warf niemand Betrug vor, weil es doch nur darauf ankam, wie das Bild hinterher aussah, und sie waren weiß gekleidet und hoben ihn hoch in die Luft und es war kein Kreis aus Licht, eher ein aufrecht stehendes Rechteck oben an einer Treppe, aber wenn er jetzt so darüber nachdachte, dann hatte er den Diaprojektor wahrscheinlich 1985 zusammen mit der Plastikbabybadewanne weggeworfen, und irgendjemand sagte: »George…? George…? George…?«, und dann wurde er in ein Rechteck aus hellem Licht gehoben und etwas wurde über seinen Mund gelegt und die Türen gingen zu, und er schwebte jetzt in einer Art Aufzugsschacht aus Kristall direkt über dem Haus nach oben, und er sah unter sich das unfertige Atelier und die verstopfte Regenrinne über dem Badezimmerfenster, die er wirklich schon lange hätte reinigen sollen, und eine Dampflok der Nene Valley Railway und die drei Seen des Parks und die Steppdecke aus Feldern und das kleine Restaurant in Agrigent und die Schmetterlinge in den Pyrenäen und die sich überkreuzenden Kondensstreifen der Düsenjets und das Blau des Himmels, das langsam schwarz wurde, und die kalten kleinen Feuer der Sterne.

63

Schon immer hatte Jean ihre Schwester anstrengend gefunden. Auch vor ihrer Neu- und Wiedergeburt. Es war sogar ein bisschen besser mit ihr geworden, seit sie Jesus gefunden hatte. Weil es jetzt einen Grund dafür gab, warum Eileen so anstrengend war. Eileen würde in den Himmel kommen, man selbst aber nicht, also brauchte man sich gar nicht erst zu bemühen, miteinander auszukommen.

Aber, bei Gott, diese Frau schaffte es, dass man sich schon allein durch die Art, wie sie ihre formlose, rehbraune Strickjacke trug, konsumfixiert und egoistisch vorkam.

Beim Mittagessen verspürte Jean das starke Bedürfnis, David zu erwähnen. Nur, um das Gesicht ihrer Schwester zu sehen. Aber Eileen würde es wahrscheinlich als ihre Christenpflicht betrachten, George darüber in Kenntnis zu setzen.

Wenigstens hatte sie jetzt das Treffen mit Eileen hinter sich gebracht. Ein Jahr lang hatte sie erst einmal Ruhe.

Als sie endlich zu Hause ankam, freute Jean sich auf ein Gespräch mit George.

Sie hatte ihren Schlüsselbund in der Hand, als sie bemerkte, dass etwas nicht stimmte. Durch das kleine Mattglasrechteck hindurch konnte sie erkennen, dass das Telefontischchen schräg dastand. Und unten an der Treppe lag etwas Dunkles. Das dunkle Ding hatte Arme. Sie betete, dass es ein Mantel war.

Sie machte die Tür auf.

Es war ein Mantel.

Dann sah sie das Blut. Auf der Treppe. Auf dem Flurteppich. Und an der Wand neben der Wohnzimmertür prangte ein blutiger Handabdruck.

Sie schrie nach George. Keine Antwort.

Ihr erster Impuls war, sich umzudrehen, wegzurennen und bei den Nachbarn die Polizei anzurufen. Aber dann stellte sie sich das Telefongespräch vor. Sie könnte nicht einmal sagen, wo er war oder was ihm zugestoßen war. Zuerst musste sie ihn also suchen.

Als Jean hineinging, stand ihr jedes Härchen am Körper zu Berge. Sie ließ die Tür offen. Damit die Verbindung nicht abriss. Zum Himmel. Zur Luft. Zur normalen Welt.

Das Wohnzimmer sah genauso aus, wie sie es am Morgen zurückgelassen hatte.

Sie betrat die Küche. Der Linoleumboden war voller Blut. Er war gerade beim Wäschewaschen gewesen. Die Tür der Maschine stand auf, darüber eine Schachtel Persil-Tabs.

Die Kellertür stand offen. Langsam stieg sie die Treppe hinunter. Noch mehr Blut. Große Streifen davon innen in dem Planschbecken und Rinnsale an den Seiten der Kühltruhe. Aber keine Leiche.

Sie versuchte sehr, sehr angestrengt nicht daran zu denken, was hier geschehen sein mochte.

Sie ging ins Esszimmer, dann die Treppe hinauf, in die Schlafzimmer. Ängstlich tastete sie sich ins Badezimmer.

Hier hatten sie es getan. In der Dusche. Sie sah das Messer und wandte den Blick ab. Sie taumelte zurück und ließ sich in den Sessel auf dem Flur fallen und schluchzte hemmungslos.

Hinterher hatten sie ihn irgendwohin gebracht.

Sie musste jemanden anrufen. Sie raffte sich auf und stolperte über den Treppenabsatz zum Schlafzimmer. Sie hob den Telefonhörer ab, der ihr plötzlich so unvertraut vorkam. Als hätte sie noch nie ein Telefon gesehen. Die zwei Teile, die man auseinander nehmen konnte. Das Geräusch, das dabei entstand. Die Tasten mit den schwarzen Zahlen darauf.

Sie wollte nicht die Polizei anrufen. Sie wollte nicht mit Fremden sprechen. Noch nicht.

Sie rief Jamie bei der Arbeit an. Er war nicht im Büro. Sie rief bei ihm zu Hause an und hinterließ eine Nachricht.

Sie rief Katie an. Nicht zu Hause. Sie hinterließ eine Nachricht.

Ihre Handynummern hatte sie vergessen.

Sie rief David an. Er sagte, er wäre in einer Viertelstunde da.

Es war unerträglich kalt im Haus, und sie zitterte.

Sie ging nach unten, nahm sich ihren Wintermantel und setzte sich auf das Gartenmäuerchen.

64

Jamie machte an einer rund um die Uhr geöffneten Tankstelle halt und kaufte sich ein Päckchen Silk Cuts, einen Twix und zwei Cadbury's Boost. Als er einschlief, hatte er alle Schokoriegel aufgegessen und elf Zigaretten geraucht.

Als er am nächsten Morgen aufwachte, hatte jemand einen Drahtbügel zwischen sein Großhirn und die Schädelplatte gesteckt. Es war so spät, dass er nicht mehr duschen konnte. Er zog sich an, stürzte einen Nescafé mit zwei Nurofen herunter und rannte zur U-Bahn.

In der U-Bahn fiel ihm ein, dass er Katie nicht zurückgerufen hatte. Als er am anderen Ende ausstieg, holte er sein Handy aus der Jackentasche, aber konnte sich doch nicht zum Anrufen durchringen. Er würde sich heute Abend bei ihr melden.

Im Büro wurde ihm schlagartig klar, dass er sie hätte anrufen sollen.

So konnte es nicht weitergehen.

Es ging um mehr als nur um Tony. Er stand am Scheideweg. Was er in den nächsten paar Tagen tun und lassen würde, gab unwiderruflich die Richtung seines weiteren Lebens vor.

Die Leute sollten ihn mögen. Und die Leute mochten ihn ja auch. Zumindest hatten sie das früher einmal getan. Jetzt war es nicht mehr so einfach. Es war nicht mehr selbstverständlich. Es war nicht mehr so, dass im Zweifelsfall alle für ihn waren. Er selbst eingeschlossen.

Wenn er nicht aufpasste, würde er zu einem jener traurigen Männer mutieren, denen Möbel wichtiger waren als Menschen. Er würde mit jemandem zusammenleben, dem Möbel ebenfalls wichtiger waren als Menschen, und sie würden ein Leben führen, das von außen her völlig normal wirkte, in Wirklichkeit aber eine Art lebender Tod war, bei dem das Herz zu einer Rosine verschrumpelte.

Oder noch schlimmer, er würde von einer unappetitlichen Affäre zur nächsten stolpern, abartig fett werden, weil es niemanden mehr interessierte, wie er aussah, dann würde er eine schreckliche Krankheit bekommen, weil er so fett war und eines langsamen Todes in einem Krankenhaus voll seniler alter Männer sterben, die nach Urin und Kohl rochen und in die Nacht hinausheulten.

Er musste die Details der drei Neubauten in West Hampstead eingeben. Zweifellos würde er einen Tippfehler oder ein falsch beschriftetes Foto einbauen, damit Jack Riley ins Büro stürmen konnte, um jemandem in den Arsch zu treten.

Beim letzten Mal hatte Jamie die Zeile eingefügt: »Das Haus wird zwischen Vertragsabschluss und Fertigstellung garantiert an Wert verlieren« und die Beschreibung ausgedruckt, um Shona zum Lachen zu bringen, dann musste er ihr das Blatt schnell aus den Händen reißen, als er Riley vorn beim Gespräch mit Stuart stehen sah.

Erstes Schlafzimmer. 4,88 m max. x 3,40 m max. Zwei Schiebefenster nach vorn. Abgezogene Dielenböden. Telefonanschluss ...

Manchmal fragte er sich, warum er in drei Teufels Namen diesen Job machte.

Er rieb sich die Augen.

Er musste mit dem Gejammer aufhören. Er würde ein guter Mensch werden. Und gute Menschen jammerten nicht. In Afrika starben Kinder. Jack Riley spielte, im globalen Zusammenhang betrachtet, keine Rolle. Andere Leute hatten überhaupt keine Arbeit.

Zähne zusammenbeißen.

Er fügte die Innenansichten ein.

Drüben am Tisch ihm gegenüber spulte Giles wieder mal seine Kugelschreiber-Nummer ab: Er ließ ihn zwischen Daumen und Zeigefinger hin- und herspringen, warf ihn in die Luft und ließ ihn eine gerade Anzahl von Malen kreiseln, bevor er ihn an der Kappe auffing. Etwas Ähnliches hatte Jamie früher mit dem Taschenmesser gemacht. Als er neun war.

Und vielleicht hätte es ihm nichts ausgemacht, wenn es jemand anderes gewesen wäre, Josh, Shona oder Michael. Aber es war Giles. Er trug Herrenhalstücher. Und er nahm seinen Penguin-Schokoriegel aus der Verpackung, faltete sie zusammen und fasste die untere Hälfte des Riegels mit der jetzt doppellagigen Folie an, damit ja keine Schokolade an seine Finger kam, auf eine Art, dass man ihm am liebsten eine Kugel durch den Kopf gejagt hätte. Außerdem gab er jedes Mal, wenn der Stift in seine Hand fiel, ein Geräusch von sich. Ein kleines Schnalzen mit der Zunge. Wie wenn man das Geräusch von Pferdehufen für Kinder nachmachte. Aber jedes Mal nur ein Schnalzen.

Jamie füllte ein paar Seiten mit Allgemeinen Geschäftsbedingungen aus und druckte drei Fragebögen für Hauskäufer.

Er gab Tony keine Schuld. Mein Gott, er selbst hatte sich wie ein totaler Idiot aufgeführt. Tony hatte recht daran getan, ihm die Tür vor der Nase zuzuschlagen.

Wie konnte man verdammt noch mal verlangen, dass einen jemand liebte, wenn man sich nicht mal selbst leiden konnte?

Er schrieb die zugehörigen Briefe, steckte das Ganze in Umschläge und beantwortete eine Reihe von Anrufen vom Vortag.

Um halb eins ging er nach draußen und holte sich ein Sandwich zum Mittagessen und aß es bei Regen im Park unter Karens Schirm und war dankbar für die Ruhe.

Sein Kopf tat immer noch weh. Zurück im Büro, leierte er Shona zwei Nurofen aus dem Kreuz und verbrachte dann einen

Großteil des Nachmittags damit, gebannt den Wolken zuzusehen, wie sie hinter den kleinen Treppenhausfenstern vorbeizogen.

Um 14:39 Uhr fing Giles wieder mit der Kuli-Nummer an, die er um 14:47 Uhr immer noch machte.

Ob Tony jemand anderen dagehabt hatte? Na, Jamie konnte sich schlecht beschweren. Nur die verdorbenen Shrimps hatten ihn vom Vögeln mit Mike abgehalten. Warum zum Teufel sollte Tony niemanden dahaben?

So machte man das doch, oder? Gut sein. Man brauchte keine Brunnen in Burkina Faso zu bohren. Man brauchte nicht seinen Couchtisch zu verschenken. Man musste nur willens sein, Dinge vom Standpunkt anderer Leute aus zu betrachten. Immer daran denken, dass sie auch Menschen waren.

Was der bescheuerte Giles Mynott nicht tat.

Schnalz. Schnalz. Schnalz.

Jamie musste pinkeln.

Er erhob sich von seinem Hocker, drehte sich um und prallte gegen Josh, der gerade eine Tasse unglaublich heißen Kaffees zu seinem Schreibtisch trug.

Jamie hörte sich sehr laut sagen: »Du. Verdammter. Idiot. Du.«

Es wurde sehr still im Büro.

Stuart kam herüber. Es war wie damals, als der Rektor über den Spielplatz auf ihn zueilte, nachdem er Sharon Parker den Anorak zerrissen hatte.

»Ist irgendwas, Jamie?«

»Es tut mir so leid. Wirklich.«

Stuart machte einen auf Mister Spock, so dass man ihm absolut nicht ansehen konnte, was er gerade dachte.

»Meine Schwester hat gerade ihre Hochzeit abgesagt«, erklärte Jamie. »Mein Vater hatte einen Nervenzusammenbruch, und meine Mutter will ihn wegen einem anderen verlassen.«

Stuart wurde milder. »Vielleicht solltest du den Rest des Nachmittags freinehmen.«

»Ja. Danke. Das werde ich tun. Danke.«

Er saß in der U-Bahn und wusste, dass er in die Hölle kommen würde. Die einzige Hoffnung auf Reduzierung der heißen Mistgabeln, die ihn dort erwarteten, war, Katie und Mum zu Hause umgehend anzurufen.

Ein alter Mann mit einer verkrüppelten Hand saß ihm gegenüber. Er hatte einen gelben Regenmantel an und trug einen fettigen Rucksack voller Papiere, sah Jamie direkt an und murmelte dabei vor sich hin. Jamie war sehr erleichtert, als er bei Swiss Cottage ausstieg.

Der Anruf bei Mum war heikel. Durfte er überhaupt wissen, dass sie Dad verlassen wollte? Durfte Katie das überhaupt wissen? Vielleicht hatte sie ja nur etwas belauscht und zu viel hineininterpretiert. Wäre nicht untypisch für sie.

Er würde als Erstes bei Katie anrufen.

Doch als er nach Hause kam, blinkte sein Anrufbeantworter.

Er drückte auf *Play* und zog die Jacke aus.

Zuerst dachte er, jemand wollte ihm einen Streich spielen. Oder eine Verrückte, die sich verwählt hatte. Eine Frau atmete laut und schnell ins Telefon.

Dann sagte die Frau seinen Namen: »Jamie…? Jamie…?«, und ihm wurde klar, dass es sich um seine Mutter handelte. Er musste sich sehr schnell auf die Sofalehne setzen.

» Jamie…? Bist du da…? Mit deinem Vater ist irgendetwas Schreckliches geschehen. Jamie…? Oh, Mist, Mist, Mist, Mist, Mist.«

Das Band schaltete sich ab.

Alles war sehr still und reglos. Er stürzte durchs Zimmer, wobei er das Telefon zu Boden riss.

Die Nummer seiner Eltern. Welche Telefonnummer hatten sie, verdammt noch mal? Herrgott, er hatte sie bestimmt siebentausend Mal gewählt. Null eins sieben drei drei.... Zwei vier zwei...? Zwei zwei vier...? Zwei vier vier...? Scheiße.

Er wählte gerade die Auskunft, als ihm die Nummer wieder einfiel. Er rief sie an. Er zählte, wie oft es klingelte. Vierzig Mal. Nichts.

Er rief bei Katie an.

Anrufbeantworter.

»Katie. Hier ist Jamie. Scheiße, du bist nicht da. Elender Mist. Ich hab nämlich gerade so einen Anruf von Mum gekriegt, der mir echt Angst macht. Ruf mich an, ja? Nein, ruf mich nicht an. Ich fahr hoch nach Peterborough. Wahrscheinlich bist du ja längst da. Bis später. Ich fahr jetzt los.«

Etwas Schreckliches. Warum waren alte Leute nur immer so verdammt vage?

Er rannte hinauf, griff sich den Autoschlüssel, rannte wieder hinunter und musste sich im Flur ein paar Sekunden an die Wand lehnen, damit er nicht ohnmächtig wurde, und der Gedanke kam ihm, dass er auf eine schwer zu benennende Art Schuld an dem Ganzen hatte, weil er Katie nicht zurückgerufen, weil er Ryan versetzt, weil er Tony nicht geliebt und Stuart nicht die ganze Wahrheit gesagt hatte.

Doch als er die M 25 überquerte, fühlte er sich bereits wesentlich besser.

Notsituationen hatte er immer irgendwie gemocht. Zumindest die anderer Leute. Das rückte die eigenen Probleme wieder in eine neue Perspektive. Als wäre man auf einer Fähre. Man brauchte nicht darüber nachzudenken, was man die nächsten paar Stunden über tun würde oder wo man hin musste. Alles war vorgegeben.

Wie hieß es so schön: In Kriegszeiten gibt es keine Selbstmorde.

Er würde mit seinem Vater sprechen. Und zwar über alles.

Immer hatte Jamie ihm die Schuld an ihrer Sprachlosigkeit gegeben. Hatte seinen Vater immer für einen verknöcherten Spießer gehalten. Das war reine Feigheit. Jetzt sah er das. Und Faulheit. Es bestätigte nur seine eigenen Vorurteile.

Baldock, Biggleswade, Sandy …

Noch vierzig Minuten, dann war er da.

65

Katie und Ray standen vor einer Skulptur mit dem Titel *Blitzschlag mit Lichtschein auf Hirsch*. Aus der Wand ragte ein Stahlträger, an dem ein knubbeliges Dreieck aus schwarzem Metall baumelte; davor lagen Müllreste auf dem Boden, die den Hirsch, eine Ziege und nicht weiter definierte »Urtiere« darstellen sollten; sie hätten Katies Meinung nach aber auch die Kreuzigung Christi oder das Rezept für ein Käse-Toastbrot sein können.

Der Aluminiumhirsch war aus einem Bügelbrett gemacht. Katie hatte das Schild mit der Beschreibung des Kunstwerks sehr genau gelesen. Sie hatte eine Menge solcher Belehrungen von Kunstwerken gelesen, aus vielen Fenstern gestarrt und sich das geheime Leben der anderen Museumsbesucher vorgestellt, weil Ray sich die Objekte sehr ausführlich ansah. Und das nervte sie total.

Sie waren aus lauter falschen Gründen hier. Katie wollte in ihrem Element sein, war es aber nicht. Und er sollte nicht in seinem Element sein, aber es ging ihm prächtig.

Was immer man auch von Ray hielt, aber man konnte ihn in der Mitte Turkmenistans absetzen, und er wäre bei Nachteinbruch im nächsten Dorf und würde Pferdefleisch essen und einen mit den Leuten da draußen rauchen.

Er hatte wieder einmal gewonnen. Dabei war es kindisch, dies alles für einen Zweikampf zu halten. Er gewann trotzdem. Dabei wollte sie gewinnen.

Endlich saßen sie in der Cafeteria.

Er hielt einen Zuckerwürfel so, dass die Ecke gerade die Oberfläche seines Tees berührte und eine braune Hochwasserlinie langsam den Würfel hinaufwanderte. »Das meiste ist natürlich Quatsch«, schwadronierte er. »Aber … es ist wie alte Kirchen: Man muss einfach zur Ruhe kommen und genauer hinschaun … Was ist los, Maus?«

»Nichts.«

Allmählich wurde es ihr klar: Dass er Mülltonnen durch die Gegend warf, war gar nicht das Problem. Nicht die Siegerin zu sein war das Problem.

Es gefiel ihr, dass sie intelligenter war als Ray. Dass sie Französisch sprach und er nicht. Es gefiel ihr, dass sie eine Meinung zur Massentierhaltung hatte und er nicht.

Aber das alles zählte nichts. Er war ein besserer Mensch als sie. Jedenfalls in den Bereichen, die zählten. Außer im Mülltonnenwerfen. Und vielleicht hätte sie auch schon Mülltonnen geworfen, wenn sie ein bisschen kräftiger wäre.

Zehn Minuten später saßen sie auf der großen Rampe, von der aus man in die riesige Turbinenhalle blickte.

Ray sagte: »Ich weiß, dass du dich wirklich anstrengst, Schatz.«

Katie sagte nichts.

Ray sagte: »Du brauchst das nicht zu tun.« Er machte eine Pause. »Du brauchst mich nicht nur wegen Jacob und dem Haus und dem Geld und so weiter zu heiraten. Ich werfe dich nicht raus. Egal, was du tun willst, ich werde versuchen, damit zurechtzukommen.«

66

Jamie durchquerte den Wartesaal, als ein adretter Spätsechziger aus einem der grünen Plastiksitze aufsprang und sich Jamie auf leicht beunruhigende Weise in den Weg stellte.

»Jamie?«

»Ja?«

Der Mann trug ein Leinenjackett und einen schiefergrauen Rolli. Wie ein Arzt sah er nicht aus.

»David Symmonds. Ich bin ein Bekannter Ihrer Mutter. Ich kenne sie aus der Buchhandlung, in der sie arbeitet. Im Ort.«

»Aha.«

»Ich habe sie hergebracht«, erklärte der Mann. »Sie hat mich angerufen.«

Jamie wusste nicht genau, was von ihm erwartet wurde. Sollte er sich bei dem Mann bedanken? Ihn bezahlen? »Ich suche jetzt lieber mal nach meiner Mutter.« Der Mann kam ihm auf beunruhigende Weise bekannt vor. Vielleicht war er Nachrichtensprecher oder jemand aus der Fernsehwerbung.

Mr Symmonds sagte: »Ihre Mutter kam nach Hause und stellte fest, dass Ihr Vater ins Krankenhaus eingeliefert worden war. Vermutlich waren Einbrecher im Haus.«

Jamie hörte ihm kaum zu. Nach seinen verzweifelten Anrufen hatte er auch noch vor verschlossener Tür gestanden, und jetzt war er nicht in der Stimmung für weitere Verzögerungen.

Symmonds fuhr ungerührt fort: »Und wir vermuten, dass Ihr Vater den Einbrecher aufgescheucht hat. Aber es ist alles okay … Entschuldigung. Das ist ein alberner Ausdruck. Jedenfalls lebt er.«

Jamie fühlte sich plötzlich sehr schwach.

»Überall war sehr viel Blut«, sagte der Mann.

»Was?«

»In der Küche. Im Keller. Im Badezimmer.«

»Was meinen Sie?«, fragte Jamie.

Der Mann trat einen Schritt zurück. »Sie sind in Zimmer vier. Ich werde mich dann wohl mal am besten auf den Weg machen. Jetzt sind Sie ja da und können sich um Ihre Mutter kümmern.« Der Mann hielt die Hände gefaltet wie ein Pfarrer. Seine Baumwollhose hatte Bügelfalten.

Jamie dachte nur: Jemand hat versucht, meinen Vater zu ermorden.

»Richten Sie ihr alles Gute von mir aus. Und sagen Sie ihr, dass ich an sie denke.«

»Ja.«

Der Mann trat beiseite, und Jamie ging zu Zimmer vier. Vor dem Vorhang blieb er stehen und bereitete sich innerlich auf das vor, was er jetzt sehen würde.

Doch als er den Vorhang zur Seite schob, hörte er seine Eltern lachen. Das hatte er schon lange nicht mehr erlebt.

Sein Vater hatte keine sichtbaren Wunden, und als die beiden sich zu Jamie umdrehten, hatte er sonderbarerweise das Gefühl, bei einem seltenen romantischen Augenblick zu stören.

»Dad?«, sagte Jamie.

»Hallo, Jamie«, sagte sein Vater.

»Tut mir leid, dass ich dir so eine Nachricht hinterlassen habe«, sagte Jean. »Dein Vater hatte einen Unfall.«

»Mit einem Meißel«, erläuterte sein Vater.

»Ein Meißel?«, fragte Jamie. War der Mann im Wartezimmer wahnsinnig?

Sein Vater lachte vorsichtig. »Leider habe ich das Haus ganz schön dreckig gemacht. Als ich saubermachen wollte.«

»Aber jetzt ist alles wieder in Ordnung«, sagte seine Mutter.

Vielleicht sollte er sich für die Störung entschuldigen und wieder gehen; niemand würde ihm das im Geringsten übelnehmen. Statt dessen fragte er seinen Vater, wie er sich fühle.

»Ich habe ein bisschen Schmerzen.«

Darauf fiel Jamie nichts Rechtes ein, weswegen er sich an seine Mutter wandte: »Im Wartezimmer hat mich ein Typ angesprochen. Der dich angeblich hierhergebracht hat.«

Er wollte gerade die guten Wünsche ausrichten, aber Jean sprang mit einem entsetzten Gesichtsausdruck auf die Füße und sagte: »Oh. Ist er noch da?«

»Er wollte gerade gehen. Weil du ihn jetzt wohl nicht mehr brauchst.«

»Vielleicht kann ich ihn ja noch einholen«, sagte sie und verschwand in Richtung Wartezimmer.

Jamie setzte sich auf den Stuhl neben dem Bett seines Vaters. Plötzlich erinnerte er sich wieder, wer dieser David Symmonds war. Und was Katie ihm auf den Anrufbeantworter gesprochen hatte. Und das Bild trat ihm vor Augen, wie seine Mutter durch den Wartesaal sprintete, zum Krankenhaus hinauslief und auf den Beifahrersitz eines kleinen roten Sportwagens sprang, dann wurde die Tür zugeschlagen, das Gaspedal durchgetreten, und die beiden verschwanden in einer großen Abgaswolke.

Jamie glaubte, sein Vater spräche von der Affäre, als er sagte: »Es war eigentlich kein Unfall«, und war nahe daran, etwas sehr Dummes zu erwidern.

»Ich habe Krebs«, sagte sein Vater.

»Wie bitte?«

»Hatte ich zumindest.«

»Krebs?«, fragte Jamie.

»Dr. Barghoutian hielt es für ein Ekzem«, fuhr sein Vater fort. »Aber ich war mir nicht sicher.«

Wer war Dr. Barghoutian?

»Also habe ich es abgeschnitten«, sagte sein Vater.

»Mit einem Meißel?« Jamie wurde klar, dass Katies Vermutung stimmte: Mit seinem Vater war etwas nicht in Ordnung.

»Nein, mit einer Schere.« Sein Vater schien ganz normal zu finden, was er da von sich gab. »Ehrlich gesagt, habe ich es nicht geschafft, es ganz abzuschneiden. War viel schwieriger, als ich vermutet hatte. Erst dachte ich, sie würden das dumme Ding wieder drannähen. Aber besser weg damit, dann kann die Wunde von unten her granulieren. Meinte die nette junge Ärztin. Scheint aus Indien zu stammen.« Er hielt kurz inne. »Wahrscheinlich erzählen wir das lieber nicht deiner Mutter.«

»In Ordnung«, sagte Jamie, auch wenn er nicht recht wusste, womit er sich da einverstanden erklärte.

»Und«, sagte sein Vater, »wie geht es dir?«

»Mir geht's gut«, antwortete Jamie.

Sie saßen ein paar Augenblicke schweigend da.

»Ich hatte in letzter Zeit ein paar Probleme«, sagte George.

»Katie hat mir davon erzählt.«

»Aber jetzt ist alles wieder in Ordnung.« Seinem Vater fielen die Augen zu. »Wenn es dir nichts ausmacht, werde ich jetzt ein bisschen schlafen. Es war ein anstrengender Tag.«

Jamie hatte plötzlich Angst, sein Vater könnte hier vor seinen Augen sterben. Er hatte noch nie jemanden sterben sehen und kannte die Anzeichen des nahenden Todes nicht. Doch als er das Gesicht seines Vaters betrachtete, sah es eigentlich genauso aus, wie wenn er auf dem Sofa döste.

Nach wenigen Sekunden schnarchte er.

Jamie nahm die Hand seines Vaters. Es schien ihm angemessen. Dann schien es ihm ziemlich merkwürdig, also ließ er sie wieder los.

In einer Kabine in der Nähe stöhnte eine Frau, als habe sie Wehen. Aber das würde doch sicherlich woanders vor sich gehen, oder?

Welchen Teil seines Körpers hatte sein Vater abzuschneiden versucht? Spielte das eine Rolle? Es gab keine Antwort, die einen solchen Versuch normal erscheinen ließ.

O Gott, es war sein Vater, der das getan hatte. Der Bücher alphabetisch ordnete und regelmäßig alle Uhren aufzog.

Vielleicht waren es die ersten Zeichen von Altersdemenz.

Jamie betete, dass seine Mutter nicht einfach abgehauen war. Sonst würden er und Katie sich um ihren Vater kümmern müssen, der langsam in Richtung eines dieser Horror-Pflegeheime abbaute.

Das wäre hart.

Vielleicht musste es so kommen. Vielleicht musste sein Leben ja mal in Stücke geschlagen werden. Rückkehr ins Dorf. Fürsorge für seinen Vater. Die wichtigen Dinge des Menschseins lernen. Etwas Spirituelles.

Der Vorhang rauschte, und seine Mutter stand außer Atem vor ihm: »Entschuldigung. Ich habe ihn gerade noch eingeholt. Jemand von der Arbeit. David. Er hat mich hierher gefahren.«

»Dad schläft«, sagte Jamie, obwohl das Schnarchen unüberhörbar war.

Hatte sie gerade Sex mit diesem Mann gehabt? Es war ein Tag der Offenbarungen.

Seine Mutter setzte sich, und Jamie atmete tief durch. »Dad meint, er hätte Krebs.«

»Ach, ja, das«, erwiderte seine Mutter.

»Er hat also nicht Krebs?«

»Laut Dr. Barghoutian nicht.«

»Verstehe.«

Jamie wollte mit ihr über die Schere reden. Aber als er den Satz in seinem Kopf formulierte, klang es zu verrückt, um ihn laut auszusprechen, wie ein perverser Wachtraum, den auszusprechen er später bereuen würde.

Seine Mutter sagte: »Ich hätte es dir sagen sollen, bevor du hergekommen bist.«

Wieder war sich Jamie nicht recht sicher, worauf sie sich bezog.

Sie sagte: »Deinem Vater ging es in letzter Zeit nicht sehr gut.«

»Ich weiß.«

»Wir hoffen, dass es sich allmählich wieder legen wird«, sagte seine Mutter.

Sie würde also nicht mit diesem Symmonds weglaufen. Jedenfalls nicht in unmittelbarer Zukunft.

Jamie sagte: »Gott, dass immer alles auf einmal passieren muss!«

»Was meinst du?« Seine Mutter hatte einen besorgten Gesichtsausdruck.

»Na ja, wo jetzt auch noch die Hochzeit abgesagt ist und so.«

Der Gesichtsausdruck seiner Mutter verwandelte sich von besorgt zu einer ganz anderen Art von besorgt, wodurch Jamie klar wurde, dass sie gar nicht gewusst hatte, dass die Hochzeit abgesagt worden war. Er hatte alles kaputt gemacht, und Katie würde ihn umbringen, und seine Mutter würde auch nicht sehr erfreut sein. Er hätte Katie wirklich auf der Stelle zurückrufen sollen.

»Wie meinst du das, die Hochzeit ist abgesagt?«, fragte seine Mutter.

»Na ja …« Jamie ging auf Zehenspitzen. »Sie hat so was am Telefon geäußert … hat eine Nachricht hinterlassen … Aber ich habe seitdem noch nicht mit ihr gesprochen. Wahrscheinlich war es nur ein Missverständnis oder so.«

Seine Mutter schüttelte traurig den Kopf und stieß einen langen Seufzer aus. »Na ja, wenigstens eine Sache weniger, über die wir uns den Kopf zerbrechen müssen.«

67

Auf dem Rückweg hielten Katie und Ray vor der Kita.

Jacob zeigte ein unnatürliches Interesse daran, warum sie ihn beide zusammen abholten. Er merkte sofort, dass etwas nicht stimmte. Katie lenkte ihn erfolgreich damit ab, dass sie ihm erzählte, sie hätten einen großen Konzertflügel von der Decke hängen sehen (*Concert for Anarchy*, 1990, von Rebecca Horn; mein Gott, sie könnte sich wahrscheinlich um einen Job in dem Museum bewerben), und bald unterhielten sich Jacob und Ray schon darüber, dass Australien auf dem Kopf stand, und dass die Höhlenmenschen nach den Dinosauriern kamen, aber vor den Pferdekutschen.

Zu Hause hörte sie den Anrufbeantworter ab. Eine sonderbare Stimme sagte, dass ihrem Vater etwas Schreckliches zugestoßen sei. So sonderbar war diese Stimme, dass Katie davon ausging, es müsse sich bei dem fraglichen Vater um jemand anderen als ihren Vater handeln. Dann sagte die Frau, sie würde Jamie anrufen, und Katie merkte, dass es Mum war, und das jagte ihr fürchterliche Angst ein. Also ließ sie die Nachricht noch mal ablaufen.

Danach kam noch eine Nachricht. Von Jamie.

»…Ich hab nämlich gerade so einen Anruf von Mum gekriegt, der mir echt Angst macht. Ruf mich an, ja? Nein, ruf mich nicht an. Ich fahr hoch nach Peterborough. Wahrscheinlich bist du ja längst da. Bis später.«

Auch Jamie sagte nicht genau, was mit Dad los war.

Sie sagte Ray, dass sie das Auto nehmen würde. Ray sagte, er würde sie nach Peterborough fahren. Sie sagte, er müsse dableiben und sich um Jacob kümmern. Ray sagte, sie würden Jacob mitnehmen. Katie sagte, er solle keinen Quatsch reden. Ray sagte, er lasse sie nicht Auto fahren, solange sie so durcheinander sei.

Den letzten Teil der Auseinandersetzung bekam Jacob mit.

Ray ging vor ihm in die Hocke: »Großvater ist krank. Was sagst du zu einem kleinen Abenteuer? Wir fahren alle zusammen hin und gucken, wie es ihm geht.«

»Meinst du, er will Schokolade haben?«, fragte Jacob.

»Kann sein«, antwortete Ray.

»Er kann den Rest von meinen Schokotalern kriegen.«

»Ich hole die Schokotaler«, sagte Ray. »Du suchst jetzt deinen Schlafanzug, deine Zahnbürste und eine saubere Hose für morgen, in Ordnung?«

»In Ordnung.« Jacob verzog sich langsam nach oben.

Dad hatte einen Selbstmordversuch begangen. Eine andere Erklärung fiel Katie nicht ein.

Ray sagte: »Pack deine Sachen. Ich kümmere mich um Jacob.«

Was hätte ihm sonst da oben in seinem Schlafzimmer zustoßen sollen? Tabletten? Rasierklingen? Strick? Sie musste es wissen, wenigstens, damit diese Bilder sie nicht weiter verfolgten.

Vielleicht war er gedankenlos aus dem Haus gelaufen und war unters Auto gekommen.

Es war ihre Schuld. Er hatte sie um Hilfe gebeten, und sie hatte sich gedrückt und das Ganze Mum überlassen, obwohl sie wusste, dass die mit so etwas nicht umgehen konnte.

Sie griff sich einen Pulli aus der Schublade und den kleinen Rucksack von der Garderobe.

Lebte er überhaupt noch?

Wenn sie nur ein bisschen länger mit ihm geredet hätte. Wenn sie nur von der Arbeit weggeblieben wäre und die Woche bei ihren Eltern verbracht hätte. Wenn sie nur ein bisschen eindringlicher auf Mum eingeredet hätte. Mein Gott, sie wusste nicht mal, ob er überhaupt beim Arzt gewesen war. Die letzten paar Tage hatte sie nicht mehr an ihn gedacht. Nicht ein einziges Mal.

Im Auto war es ein bisschen besser. Ray hatte recht. Sie wäre längst schon jemandem hinten reingefahren. Sie mühten sich durch das Ende der Rushhour nach Norden, ein Stau nach dem anderen, eine rote Ampel nach der anderen, während Ray und Jacob mehrere tausend Strophen von *The Wheels on the Bus* sangen.

Als sie endlich in Peterborough ankamen, war Jacob längst eingeschlafen.

Ray hielt vor dem Haus an, sagte: »Warte hier« und stieg aus.

Eigentlich müsste sie widersprechen. Schließlich war sie kein Kind. Und hier ging es um ihren Vater. Aber sie war erschöpft und froh, dass ein anderer für sie die Entscheidungen fällte.

Sie sah, wie Ray an die Tür klopfte und sehr lange wartete. Nichts geschah. Er ging ums Haus herum.

Am Ende der Straße fuhren drei Kinder abwechselnd mit dem Fahrrad über eine kleine Rampe, die sie aus einem Brett und einer Holzkiste gebaut hatten, genau wie Juliet und sie es mit neun auch gemacht hatten.

Wo blieb Ray? Sie stieg aus und war schon halb ums Haus herumgegangen, als er wieder erschien.

Er hielt beschwörend die Hände hoch. »Nein, geh da nicht hin.«

»Warum?«

»Keiner zu Hause.«

»Woher weißt du das?«, fragte sie.

»Weil ich hinten durchs Fenster eingebrochen bin.« Er drehte Katie um und schob sie zurück in Richtung Auto.

»Du bist was?«

»Darum kümmern wir uns später. Ich muss das Krankenhaus anrufen.«

»Warum darf ich nicht ins Haus gehen?«, fragte Katie.

Ray nahm sie an beiden Schultern und sah ihr ins Gesicht. »Glaub's mir einfach.«

Er öffnete die Fahrertür, holte sein Handy aus dem Handschuhfach und wählte.

»George Hall«, sagte Ray. »Richtig.«

Sie warteten.

»Danke«, sagte Ray ins Telefon.

»Und?«, fragte Katie.

»Er ist im Krankenhaus«, sagte Ray. »Steig ein.«

»Und was haben sie über seinen Zustand gesagt?«

»Nichts.«

»Warum nicht?«, fragte Katie.

»Weil ich nicht gefragt habe.«

»Mein Gott, Ray.«

»Die sagen einem gar nichts, wenn man kein Angehöriger ist.«

»Ich bin aber verdammt noch mal seine Angehörige!«

»Badauere«, sagte Ray. »Aber steig jetzt bitte ein.«

Sie stieg ein, und Ray fuhr los.

»Warum wolltest du nicht, dass ich das Haus sehe?«, fragte Katie. »Was war da?«

»Da war sehr viel Blut«, sagte Ray ganz leise.

68

Sie hatte Jamie gerade in die Krankenhauskantine geschickt, damit er sich etwas zu essen holte, als ein Arzt erschien. Er trug einen dunkelblauen Pullover mit V-Ausschnitt, ohne Krawatte.

»Mrs Hall?«

»Ja?«

»Ich heiße Dr. Parris.«

Er gab ihr die Hand. Er war ziemlich gut aussehend. Er hatte etwas von einem Rugbyspieler an sich.

»Könnten wir vielleicht einen Moment nach draußen gehen?«, fragte er so höflich, dass sie gar nicht auf die Idee kam, sich Sorgen zu machen.

»Und?«, fragte sie, als sie auf einer Terrasse standen.

Er zögerte. »Wir würden Ihren Mann gern heute Nacht dabehalten.«

Sie hatte keine Einwände gegen diesen vernünftigen Vorschlag.

Er räusperte sich: »Wir würden gern eine psychiatrische Untersuchung durchführen.«

»Na ja, ja, er war in letzter Zeit wirklich etwas niedergeschlagen.« Sie war von der Gründlichkeit des Krankenhauses beeindruckt, fragte sich aber, woher sie von Georges Anwandlungen wussten. Vielleicht hatte Dr. Barghoutian einen Vermerk in Georges Krankenakte gemacht. Was Besorgnis erregend wäre.

Dr. Parris sagte: »Wenn sich jemand Verletzungen zufügt, möchten wir den Grund dafür wissen. Ob er so etwas schon einmal gemacht hat. Wie wahrscheinlich es ist, dass er es wieder versuchen wird.«

Jean sagte: »Vor ein paar Jahren hat er sich den Ellbogen gebrochen. Normalerweise ist er immer sehr vorsichtig.« Sie begriff nicht recht, was Dr. Parris eigentlich sagen wollte, und lächelte.

Dr. Parris lächelte zurück, aber es war kein richtiges Lächeln. »Und da hat er sich den Ellbogen gebrochen …?«

»Er ist von der Trittleiter gefallen.«

»Man hat Ihnen wohl nichts von der Schere gesagt?«

»Was für eine Schere?«

Also erzählte er alles.

Erst wollte sie Dr. Parris sagen, dass er George mit einem anderen Familienvater verwechseln müsse. Aber dann sprach er von dem Blut im Badezimmer und von dem Ekzem. Sie schämte sich, dass sie die alberne Ausrede mit dem Meißel geglaubt hatte. Und bekam schreckliche Angst um George.

Er war drauf und dran, völlig den Verstand zu verlieren.

Sie wollte Dr. Parris fragen, was genau George denn fehle, ob es schlimmer werden, ob er einen dauerhaften Schaden davontragen würde. Aber das waren egoistische Fragen, und Jean wollte sich nicht zum zweiten Mal zum Narren machen. Sie bedankte sich bei ihm für das Gespräch, kehrte zu dem Stuhl neben Georges Bett zurück und wartete darauf, dass Dr. Parris die Station verließ. Und als sie allein war, weinte sie.

69

Jamie saß im Kenco-Restaurant – *Angebot des Tages, Schlachtplatte, Internationale Küche und mehr!* –, trank Kaffee und aß eine Fleischpastete mit Käse und Zwiebeln.

Am liebsten würde er hier sitzen bleiben, bis Katie eintraf und genug Fetzen zwischen ihrer Mutter und ihr geflogen waren und die Lage sich wieder etwas beruhigt hatte, bevor er zurück an den Unglücksort ging.

Ihm gefiel es irgendwie im Kenco-Restaurant. So wie es ihm auch in Raststätten und Flughafenlounges irgendwie gefiel. Andere Leute laufen gern in Kathedralen oder zwischen Äckern herum.

Die schwarzen Plastiktabletts, die künstlichen Grünpflanzen und die dazugesteckten kleinen Spaliere, so dass man sich wie im Gartencenter fühlte... An einem solchen Ort konnte man nachdenken. Die Anonymität blieb gewahrt. Kollegen oder Freunde würden einen hier nicht überfallen. Man konnte für sich sein, ohne sich allein zu fühlen.

Bei Teenagerpartys war er immer hinaus in den Garten geschlendert, hatte sich auf eine Bank im Dunklen gesetzt, Camels geraucht, im Hintergrund die erleuchteten Fenster und das gedämpfte Hämmern von Jeff Becks *Hi, Ho, Silver Lining*, hatte hinauf in die Sternbilder gestarrt und über all die großen Fragen nachgedacht, ob es einen Gott gab und was das Böse war und das Mysterium des Todes, Fragen, die wichtiger als alles andere auf der Welt schienen, bis dann ein paar Jahre vergangen waren und ihm ein paar echte Fragen übergebraten wurden, wie man zum Beispiel seinen Lebensunterhalt verdiente und warum Leute sich erst liebten und dann nicht mehr liebten und wie lange man weiterrauchen konnte, ohne sich Lungenkrebs einzufangen.

Vielleicht waren die Antworten ja gar nicht das Wichtige. Vielleicht waren es die Fragen, die zählten. Nichts als gegeben hinzunehmen. Vielleicht war es das, wodurch man jung blieb.

Und vielleicht konnte man alles durchstehen, solange man eine halbe Stunde am Tag hatte, um sich an so einen Ort wie diesen hier zu setzen und seinen Gedanken nachzuhängen.

Ein alter Mann mit Echsenhaut und einem Gazeviereck über dem Adamsapfel setzte sich mit einer Tasse Tee an den Tisch gegenüber. Die Finger an der rechten Hand des Mannes waren so gelb vom Nikotin, dass sie gefirnisst aussahen.

Jamie warf einen Blick auf die Uhr. Er war schon vierzig Minuten weg. Er hatte auf einmal ziemliche Schuldgefühle.

Er schluckte den Bodensatz vom Kaffee hinunter, stand auf und ging zurück zum Hauptkorridor.

70

Sie sah George beim Schlafen zu.

Sie dachte an den Tag, als sie Georges Onkel in dem fürchterlichen Krankenhaus in Nottingham besucht hatten, kurz vor seinem Tod. Diese traurigen alten Männer, die um den Fernseher saßen, rauchten und durch die Flure schlurften. Stand das auch George bevor?

Jean hörte Schritte, der Vorhang teilte sich, und Katie erschien, keuchend und mit gerötetem Gesicht.

»Wie geht es Dad?«

»Deinem Vater geht es gut. Kein Grund zur Sorge.«

»Wir haben so eine Angst gehabt.« Katie war immer noch außer Atem und sah bemitleidenswert aus. »Was ist denn bloß passiert?«

Jean griff auf die Geschichte vom Unfall mit dem Meißel zurück. Seit sie wusste, dass sie nicht stimmte, kam ihr diese Story lächerlich vor, aber ihre Tochter schien zu erleichtert zu sein, um Fragen zu stellen.

»Gott sei Dank …. Ich dachte …« Katie sprach leiser weiter, aus Angst, George könnte hören, was sie sagte. »Ich will lieber nicht drüber reden.« Sie rieb sich das Gesicht.

»Über was reden?«, fragte Jean tonlos.

»Ich dachte, er hätte … du weißt schon«, flüsterte Katie. »Er war deprimiert. Er hatte Angst vor dem Tod. Mir fiel keine andere Erklärung dafür ein, dass du in so einem Zustand warst.«

Selbstmord. Davon hatte der Arzt gesprochen, oder? *Sich Verletzungen zufügen.*

Katie berührte sie an der Schulter und sagte: »Wie geht es dir, Mum?«

»Es geht«, sagte Jean. »Na ja, wenn ich ehrlich bin, eigentlich nicht. Es ist, gelinde gesagt, alles etwas anstrengend. Aber ich bin froh, dass du und Jamie da seid.«

»Apropos …«

»Er ist in die Kantine gegangen«, erläuterte Jean. »Dein Vater hat geschlafen, und Jamie hatte noch nichts gegessen. Da habe ich ihn runtergeschickt.«

»Ray meinte, zu Hause sähe es schlimm aus.«

»Unser Haus«, sagte Jean. »Mein Gott, das Haus hatte ich ganz vergessen.«

»Tschuldigung.«

»Du kommst ja mit nach Hause, oder?«, fragte Jean. »Dein Vater soll über Nacht hierbleiben.«

»Natürlich«, antwortete Katie. »Wir tun, was am besten für dich ist.«

»Danke«, sagte Jean.

Katie betrachtete George. »Er scheint zumindest keine Schmerzen zu haben.«

»Nein.«

»Wo hat er sich denn geschnitten?«

»An der Hüfte«, antwortete Jean. »Er muss auf den Meißel gefallen sein, als er ihn in der Hand hielt.« Sie beugte sich vor und schlug die Bettdecke zurück, um Katie die verbundene Wunde zu zeigen, aber seine Schlafanzughose hatte sich ein wenig zu weit nach unten verschoben, so dass man sein Schamhaar sah, weswegen sie die Decke schnell wieder hochzog.

Katie ergriff die Hand ihres Vaters. »Dad?«, sagte sie. »Ich bin's, Katie.« Dad murmelte etwas Unverständliches. »Du bist ein alter Idiot. Aber wir lieben dich trotzdem.«

»Und ist Jacob auch da?«, fragte Jean.

Aber Katie hörte nicht zu. Sie setzte sich auf den anderen Stuhl und fing an zu weinen.

»Katie?«

»Es tut mir leid.«

Jean ließ sie eine Weile weinen, dann sagte sie: »Jamie hat mir das mit der Hochzeit erzählt.«

Katie sah auf. »Was?«

»Dass du die Hochzeit absagen willst.«

Katie sah gepeinigt aus.

»Das macht doch nichts«, sagte Jean. »Ich weiß, dass du es wahrscheinlich jetzt nicht erwähnen wolltest. Mit dem Unfall deines Vaters und so weiter. Und wo schon alles in die Wege geleitet ist. Aber das Allerschlimmste wäre doch, es nur deswegen zu tun, weil man keine Umstände machen will.«

»Verstehe«, sagte Katie und nickte vor sich hin.

»Das Wichtigste ist doch, dass du glücklich wirst.« Sie machte eine Pause. »Ich weiß nicht, ob dir das hilft, aber wir hatten von vornherein unsere Zweifel.«

»Wir?«

»Dein Vater und ich. Ray ist natürlich ein anständiger Kerl. Und Jacob hat ihn offensichtlich sehr gern. Aber wir hatten immer das Gefühl, dass er nicht ganz der Richtige für dich wäre.«

Katie sagte eine beängstigend lange Zeit gar nichts.

»Wir haben dich sehr, sehr lieb«, sagte Jean.

Katie unterbrach sie. »Und du weißt das von Jamie?«

»Er sagte, du hättest bei ihm angerufen.« Irgendetwas stimmte hier nicht. Jean wusste allerdings nicht genau, was.

Katie erhob sich, einen stahlharten Ausdruck in den Augen. Sie sagte: »Ich bin gleich wieder da« und verschwand zwischen den Vorhängen.

Sie wirkte sehr wütend.

Es sah nicht gut aus für Jamie. So viel war Jean jedenfalls klar. Sie lehnte sich zurück, schloss die Augen und stieß einen langen Seufzer aus. Sie hatte keine Energie mehr für so etwas. Nicht jetzt.

Die Kinder wurden wirklich nie erwachsen. Weit über dreißig, und sie benahmen sich immer noch wie Fünfjährige. Eine Minute war man beste Freunde. Dann sagte man etwas Falsches, und sie gingen in die Luft wie eine Rakete.

Sie lehnte sich vor und nahm Georges Hand. Man konnte über ihren Mann sagen, was man wollte, aber wenigstens war er kalkulierbar.

Zumindest war er es bisher gewesen.

Sie drückte seine Finger und merkte, dass sie keinen blassen Schimmer hatte, was in seinem Kopf vor sich gehen mochte.

71

Als Jamie in den Wartesaal kam, sah er am anderen Ende des Raumes Ray und Jacob, die einander auf den grünen Plastiksitzen gegenüber saßen. Ray führte das Zauberkunststück mit der Münze vor, jenes, das Väter seit Anbeginn der Münzprägung auf der ganzen Welt machen.

Jamie setzte sich auf den Platz neben Jacob und sagte: »Hallo, Jungs.«

Jacob sagte: »Ray kann Zaubern machen.«

Ray sah Jamie fragend an: »Und …?«

Ein paar Sekunden lang kam Jamie partout nicht darauf, was Ray meinen könnte. Dann fiel es ihm wieder ein. »Oh, ja. Dad. Sorry. Ich war in der Kantine. Es geht ihm gut. Na ja. Eigentlich geht es ihm nicht sehr gut. Ich meine, es gibt andere Probleme, aber körperlich ist alles so weit in Ordnung. Mum hat alle angerufen, weil …« Er konnte nicht erklären, warum Mum alle angerufen hatte, ohne Jacob Alpträume zu verschaffen. »Ich erklär's später.«

»Ist Grandpa tot?«, fragte Jacob.

»Nein, es geht ihm bestens«, antwortete Jamie. »Du brauchst dir keine Sorgen zu machen.«

»Gut«, sagte Ray. »Gut.« Er stieß einen Seufzer aus, wie ein Theaterschauspieler, der Erleichterung darstellen muss.

Dann fiel Jamie das mit der Hochzeit ein, und er fand es nicht richtig, sich nichts anmerken zu lassen. Also sagte er: »Und wie geht es dir?« in einem bedeutsamen Tonfall, um zu zeigen, dass es eine ernsthafte Frage war, keine reine Floskel.

Und Ray antwortete: »Mir geht es gut«, in einem ebenso bedeutsamen Tonfall, um anzudeuten, dass er genau wusste, worauf Jamie hinauswollte.

»Mach den Zaubertrick«, sagte Jacob. »Zauber... zauber das in mein Ohr.«

»Na schön.« Ray sah Jamie mit dem leichten Anflug eines Lächelns an, und Jamie gestattete sich die Vorstellung, dass Ray möglicherweise doch ein Mensch war, mit dem man auskommen konnte.

Die Münze war ein Zwanzig-Pence-Stück. Jamie hatte ein Zwanzig-Pence-Stück in der Gesäßtasche seiner Cordhose. Er fischte es unauffällig heraus und hielt es in der rechten Hand. »Diesmal«, sagte Jamie, »wird Ray die Münze in meine Hand zaubern.« Er streckte die rechte Faust vor.

Ray sah Jamie mit einem Stirnrunzeln an, als hätte dieser irgendetwas Perverses vor. Dann fiel bei Ray der Groschen, und er lächelte, diesmal richtig, und sagte: »Probieren wir's doch mal aus.«

Ray steckte die Münze theatralisch zwischen Daumen und Zeigefinger.

»Ich muss den Zauberstaub drüberstreuen«, sagte Jacob voller Panik, als ob ihm jemand anders mit dem Zauberstaub zuvorkommen könnte.

»Na gut, dann mal los«, sagte Ray.

Jacob streute unsichtbaren Zauberstaub über die Münze.

Ray machte eine große Geste mit der freien Hand, senkte sie wie ein Taschentuch über die Münze, ballte sie zur Faust und zog sie weg. Die Münze war verschwunden.

»Die Hand«, sagte Jacob. »Zeig mir die Zauberhand.«

Langsam öffnete Ray die Faust.

Keine Münze.

Jacobs Augen wurden groß vor Staunen.

»Und jetzt«, sagte Jamie und hielt die Faust hoch. »*Bzzäng*!«

Er wollte die Faust gerade öffnen und die Münze zeigen, als Ray »Katie…?« sagte; der Ausdruck auf seinem Gesicht versprach nichts Gutes. Und Jamie drehte sich um und sah Katie auf sich zustreben, und der Ausdruck auf ihrem Gesicht versprach auch nichts Gutes.

Er sagte: »Katie, hi«, und sie boxte ihn seitlich gegen den Kopf, so dass es ihn aus dem Sitz warf und er sich auf dem Boden wiederfand, wo er Jacobs Schuhe aus nächster Nähe betrachten konnte.

Er hörte Anfeuerungsrufe von einer leicht verwirrten Person auf der anderen Seite des Wartesaals, und Ray, der sagte: »Katie… Was zum Teufel…?«, und Jacob, der verwirrt feststellte: »Du hast Onkel Jamie geschlagen«, und das Geräusch rennender Füße.

Als er sich zu einer sitzenden Haltung hochgestemmt hatte, kam ein Sicherheitsmann auf sie zu und sagte: »Hey, hey, hey, beruhigt euch, Leute.«

Katie sagte zu Jamie: »Was, verdammt noch mal, hast du Mum erzählt?«

Jamie sagte zu dem Sicherheitsmann: »Es ist in Ordnung, sie ist meine Schwester.«

Ray sagte zu Jacob: »Ich glaube, wir zwei gehen jetzt mal nach den Großeltern schauen.«

Der Mann vom Sicherheitsdienst sagte: »Wenn ich noch irgendwas von Ihnen hier höre, dann werd' ich Sie allesamt vor die Tür setzen«, aber niemand beachtete seine Worte so recht.

72

Fünf Minuten später hörte Jean Schritte, die schwerer als die von Katie waren. Vielleicht wieder ein Arzt. Sie machte sich auf alles gefasst.

Doch als der Vorhang sich öffnete, war es Ray mit Jacob auf den Schultern.

Ihr war umgehend klar, was passiert war. Katie hatte es Ray gesagt. Dass George und sie ihre Zweifel hatten. Dass Ray nicht gut genug für ihre Tochter war.

Ray setzte Jacob ab.

Jacob sagte: »Hallo, Grandma. Ich hatte … ich habe … Schokoladentaler mitgebracht. Für Grandpa.«

Jean hatte keine Ahnung, was ein Mann wie Ray tat, wenn er wütend war. Sie stand auf und sagte: »Ray. Es tut mir wirklich so leid. Natürlich mögen wir dich. Wirklich. Wir haben nur … Es tut mir wirklich so schrecklich Leid.«

Sie hoffte, dass sie im Boden versinken würde, was aber nicht geschah, weswegen sie zwischen die Vorhänge tauchte und davonrannte.

73

Katie sah Jamie zu, wie er sich aufrappelte, und drei Dinge schossen ihr in sehr schneller Folge durch den Kopf.

Erstens würde sie sich schwer anstrengen müssen, das Ganze Jacob zu erklären. Zweitens hatte sie gerade das letzte Fetzchen moralischer Überlegenheit über Ray eingebüßt. Drittens war es das erste Mal, dass sie seit ihrem Streit mit Zoë Canter über die roten Sandalen in der Schule jemanden richtig geschlagen hatte, und es fühlte sich verdammt gut an.

Sie setzte sich neben ihren Bruder. Ein paar Augenblicke lang sagte keiner von beiden etwas.

»Es tut mir leid«, sagte sie, obwohl es ihr nicht leid tat. Nicht wirklich. »Die letzten paar Tage waren furchtbar.«

»Dito«, sagte Jamie.

»Soll heißen?«

»Tony hat die Flatter gemacht.«

»Oh, Mist. Das ist wirklich schade«, sagte Katie. Über Jamies Schulter hinweg sah sie eine Frau, die sehr wie Mum aussah, auf den Hauptkorridor des Krankenhauses zurasen, als würde sie von unsichtbaren Hunden gehetzt.

»Und es war auch kein Meißel«, sagte Jamie. »Er wollte sich *den Tumor offensichtlich rausschneiden*. Mit der Schere.«

»Na, das hört sich schon etwas logischer an«, erwiderte Katie.

Jamie wirkte etwas enttäuscht. »Ich dachte, ein bisschen mehr Erstaunen könntest du schon zeigen.«

Also erzählte Katie ihm von dem Besuch zu Hause, den Panikanfällen und *Lethal Weapon*.

»Ach, was ich ganz vergessen habe«, sagte Jamie. »Er war hier.«

»Wer?«

»Mums Lover.«

»Wie meinst du das: Er war hier?«, fragte sie.

»Er hat sie scheinbar hierhergefahren. Hat sich ziemlich im Hintergrund gehalten. Verständlicherweise. Er ist mir über den Weg gelaufen, als ich hier angekommen bin.«

»Und, wie ist er?«

Jamie zuckte die Achseln.

»Würdest du mit ihm vögeln?«, fragte sie.

Jamie zog die Augenbrauen hoch, wodurch ihr klar wurde, dass sie allmählich wohl selbst ein wenig übergeschnappt war.

»Einen ältlichen bisexuellen Liebhaber mit meiner eigenen Mutter teilen?«, sagte Jamie. »Ich glaube, das Leben ist auch so schon schwierig genug.« Er machte eine Pause. »Adrett. Sonnengebräunt. Rolli. Ein bisschen zu viel Aftershave.«

Sie beugte sich zu ihm hin und nahm seine Hände. »Ist alles wieder in Ordnung?«

Er lachte. »Ja. Erstaunlicherweise ja.«

Sie wusste genau, was er meinte. Und in diesem Augenblick war es auch wirklich in Ordnung. Wie sie friedlich nebeneinander saßen. Das Auge des Orkans.

»Und, heiratet ihr nun?«, fragte Jamie.

»Was weiß ich. Mum findet's natürlich gut, wenn wir nicht heiraten. Also ist da etwas in mir, das Ray heiraten will, nur um ihr eins auszuwischen.« Sie wurde ganz still. »Eigentlich müsste es doch so einfach sein, oder? Ich meine, entweder liebt man jemanden, oder man liebt ihn nicht. Das ist nun wirklich nicht so schwierig wie Quantentheorie oder so. Aber ich habe keinerlei Durchblick, Jamie. Null.«

Ein junger Asiate im dunkelblauen Anzug kam zur Doppeltür herein und schritt zur Rezeption. Er wirkte nüchtern, aber sein Hemd war voller Blut.

Sie dachte an die ganzen Comics mit Jungs, die in Krankenhauswartezimmern mit einem Stielkochtopf auf dem Kopf herumsitzen, und fragte sich, ob es wirklich möglich war, den Kopf in einem Kochtopf festzuklemmen.

Den Tumor mit der Schere rausschneiden. Wenn man es sich recht überlegte, war es logisch. Für ein Ekzem allerdings wäre es eine etwas radikale Behandlungsmethode.

Der Asiate fiel um. Er sackte nicht in sich zusammen, sondern fiel steif wie ein Brett oder wie der vorschnellende Sekundenzeiger einer großen Uhr hin. Als er auf dem Boden landete, gab es einen lauten Knall. Es war witzig und gleichzeitig überhaupt nicht witzig.

Er wurde auf einer Trage abtransportiert.

Dann tauchten Ray und Jacob auf.

Jacob erzählte: »Er war… Da war ein… Großvater hat geschnarcht.«

Ray sagte: »Ihr habt nicht zufällig eure Mum gesehen, oder?«

»Warum?«, fragte Jamie.

»Sie war etwas merkwürdig, dann hat sie die Kurve gekratzt.«

Jacob sah Jamie an. »Mach Zauber mit der Münze.«

»Gleich, ja?« Er stand auf und wuschelte Jacob durch die Haare. »Ich geh mal nach ihr gucken.«

Zehn Minuten später waren sie auf dem Weg zurück ins Dorf.

Sie nahmen Mum in Rays Wagen mit. Jean war offensichtlich nicht allzu begeistert davon, vorn neben Ray zu sitzen, aber Katie fand es auf perverse Weise unterhaltsam, wie die beiden eine höfliche Konversation zu führen versuchten.

Außerdem fand sie es schön, mit Jacob hinten zu sitzen. Wie Kinder. Keine Verantwortung. Die Erwachsenen würden sich um alles kümmern. Wie damals im Sommer in Italien, als der Motorblock des Alfa Romeo hinter Reggio Emilia einen Riss bekam und sie an den Straßenrand fuhren und der Mann mit dem unglaublichen Schnurrbart kam und sagte, der Motor sei *completamente morte* oder so etwas in der Art, und Dad sich tatsächlich ins Gras übergab, auch wenn es damals nur wie eine weitere Facette merkwürdigen elterlichen Verhaltens schien und schlecht roch, und sie und Jamie saßen auf dem Grünstreifen und spielten mit dem Fernglas und dem kleinen Schneeflockenpuzzle aus Holz und tranken Orangenlimo ohne eine Sorge in der Welt.

74

Jamie kniete mit einem Putzeimer voll Seifenwasser auf der Treppe und schrubbte das Blut seines Vaters aus dem Teppichboden.

Das war das Problem mit Büchern und Filmen. Wenn große Dinge passierten, ertönte Orchestermusik, und jeder wusste, wo man eine Abschnürbinde herbekam, und nie fuhr draußen gerade der Eismann vorbei. Passierten einem im echten Leben große Dinge, so schmerzten plötzlich die Knie und das Wischtuch löste sich einem unter den Händen auf.

Jamie war als Erster zu Hause angekommen; als Katie und Ray neben ihm hielten, kam Mum auf der Beifahrerseite herausgeschossen, als stünde der Wagen in Flammen. Es herrschte ein großes Durcheinander, weil Jacob offensichtlich des Blutes wegen nicht ins Haus gehen sollte. Die Verständigung erfolgte aber ausschließlich per Zeichensprache, damit Jacob nicht kapierte, was los war.

Jamie verstand nun, was Katie damit meinte, dass Ray echte Fähigkeiten habe. Er zog nämlich ein Zelt aus dem Kofferraum und erzählte Jacob, sie würden jetzt beide im Garten schlafen, weil ein Krokodil im Haus sei und wenn Jacob ganz viel Glück hatte, dann brauchte er nicht reinzugehen und sich zu waschen und dürfte ins Blumenbeet pinkeln.

Aber es war kein Job. Man heiratete nicht einen Mann, weil er so geschickt war. Man heiratete einen Mann, weil man ihn liebte. Zu viel zu können, war außerdem nicht sehr sexy. Patent zu sein war etwas für Väter.

Jamie schamponierte immer noch die Treppe ein, als Katie neben ihm auftauchte.

»Er wollte es doch nicht etwa aufheben, oder?« Sie schwenkte einen leeren Eiskrembehälter.

»Was ist *es* eigentlich?«, fragte Jamie.

»Linke Hüfte«, sagte Katie und machte eine kleine Schnipp-Schnapp-Bewegung an ihrer Jeanstasche.

»Wie viel?«, fragte Jamie.

»Hamburgergröße«, sagte Katie. »Angeblich. Die Wunde selbst habe ich nicht gesehen. Jedenfalls ... das Badezimmer ist fertig. Mum hat die Küche erledigt. Gib mir das da, und du kannst rausgehen und nach Ray und Jacob gucken.«

»Du willst lieber Blut aus dem Teppich schrubben als mit deinem Verlobten sprechen?«

»Wenn du gemein sein willst, kannst du es selber machen!«

»Sorry«, lenkte Jamie ein. »Angebot angenommen.«

»Außerdem«, sagte Katie, »sind Frauen leider besser im Putzen, so schwer es mir fällt, das zuzugeben.«

Der Himmel war bedeckt und der Garten stockdunkel. Jamie musste eine halbe Minute lang auf der Terrasse stehen bleiben, bevor er etwas erkennen konnte.

Ray hatte das Zelt so weit entfernt wie möglich von Katies Familie aufgeschlagen. Als Jamie kam, sagte eine körperlose Stimme: »Hallo, Jamie.«

Ray saß mit dem Rücken zum Haus da. Sein Kopf war nur als Umriss zu sehen.

»Ich habe dir einen Kaffee mitgebracht.« Jamie reichte ihm die Tasse.

»Prost.«

Ray saß auf einer Isomatte. Er rutschte zur Seite und machte das andere Ende für Jamie frei, der sich setzte. Die Matte war ein wenig vorgewärmt. Aus dem Zelt kamen kleine hauchende Schnarcher.

»Und, was hat er nun angestellt?«, fragte Ray.

»Oh, verdammt«, sagte Jamie. »Dir hat keiner Bescheid gesagt, was?«

Jamie erzählte die ganze Geschichte, und Ray stieß einen langgezogenen Pfiff aus. »Was für ein Spinner.«

Er wirkte beeindruckt, und Jamie war ein paar Sekunden lang merkwürdig stolz auf seinen Vater.

Sie saßen schweigend da.

Es war wie damals bei den Teenagerpartys. Ohne »*Hi Ho Silver Lining*«. Und Jamie war nicht wie früher allein im Garten. Aber es war in Ordnung so. Ray war in irgendeiner geheimnisvollen Art und Weise verstoßen worden und dadurch ebenfalls ein Außenseiter. Außerdem konnte Jamie ihn nicht sehen, weswegen er nicht so bedrohlich wirkte wie sonst.

Ray sagte: »Ich bin weggerannt.«

»Wie bitte?«

»Katie ist mit Graham Kaffee trinken gegangen. Ich bin ihnen gefolgt.«

»Ooh, das war wohl nicht so gut, was?«

»Ehrlich gesagt, hätt ich ihn am liebsten umgebracht«, sagte Ray. »Ich hab eine Mülltonne durch die Gegend geschmissen. Da wusst ich, dass ich's verschissen hatte. Die Nerven sind mir durchgegangen. Ich hab bei einem Typen von der Arbeit gepennt.« Er machte eine Pause. »Was natürlich noch schlimmer war, als ihr ins Café zu folgen.«

Jamie wusste nicht, wie er reagieren sollte. Schon bei hellem Tageslicht war ein Gespräch mit Ray schwierig genug. Ohne jede Körpersprache war es so ziemlich unmöglich.

»Wenn man's genau nimmt«, sagte Ray, »ging es eigentlich gar nicht um Graham. Graham war nur ein …«

»Auslöser?«, sagte Jamie, der froh war, auch etwas beisteuern zu können.

»Ein Symptom«, sagte Ray höflich. »Katie liebt mich nicht. Ich glaube, das hat sie auch nie getan. Aber sie gibt sich unheimlich Mühe, so zu tun als ob. Weil sie Angst hat, dass ich sie vor die Tür setze.«

»Aha«, sagte Jamie.

»Ich werde sie aber nicht vor die Tür setzen.«

»Danke.« Das klang merkwürdig. Doch wenn er sich jetzt berichtigt hätte, wäre das noch bizarrer.

»Aber man heiratet jemanden ja nicht, wenn man ihn nicht liebt, oder?«, sagte Ray.

»Nein«, antwortete Jamie, obwohl es offensichtlich Leute gab, die das taten.

Sie saßen eine Weile da und lauschten einem Zug in der Ferne (komisch, dass man Züge immer nur nachts hörte). Es war unerwartet angenehm. Auch wenn Ray am Boden zerstört war. Und Jamie ihn nicht sehen konnte. Also gab Jamie zum Besten: »Ach Gott, der fabelhafte Graham«, als würde er nur laut denken, so, als spräche man mit einem Freund.

Er spürte Ray zusammenzucken. Selbst im Dunkeln.

»Du kennst ihn ja«, sagte Jamie. »Du weißt, wie er ist.«

»Ich versuche, mich im Hintergrund zu halten«, antwortete Ray.

Jamie nippte an seinem Kaffee. »Tja, er sieht natürlich unglaublich gut aus.« Es war wahrscheinlich unklug, das zu sagen. »Aber das war's auch schon. Er ist langweilig. Und oberflächlich. Und ein Schwächling. Und noch nicht mal besonders intelligent. Man merkt es bloß nicht gleich. Weil er so süß ist und so locker und so selbstbewusst. Also vermutet man irgendwie, dass er den großen Durchblick hat.« Er warf einen Blick hinter sich zum Haus und bemerkte eine zerbrochene Scheibe im Küchenfenster, die ordentlich durch ein Holzbrett ersetzt worden war. »Er arbeitet für eine Versicherung … Es kommt nicht sehr häufig vor, dass jemand einen Job hat, neben dem meiner geradezu spannend wirkt.«

Jamie machte es richtiggehend Spaß, so im Dunkeln mit Ray zu reden. Die Fremdheit, die Heimlichkeit. Man konnte Dinge so viel leichter aussprechen. So sehr, dass Jamie seine innere Deckung vernachlässigte und sich dabei ertappte, wie er eine kurze, aber eindringliche sexuelle Phantasie von Ray hatte und erst drei Sekunden später merkte, was er da tat – ein Gefühl etwa so, wie nachts in der Küche auf eine Nacktschnecke zu treten.

Ray sagte: »Deine Mum ist nicht gerade begeistert, mich in der Familie zu haben, was?«

Und Jamie dachte, *Zum Teufel, was soll's?* und antwortete: »Nicht besonders. Aber sie glaubte auch, die Sonne würde aus Grahams Arsch scheinen. Auf ihre Menschenkenntnis kann man sich nicht unbedingt verlassen.« Er hätte was drum gegeben, in diesem Augenblick Rays Gesicht sehen zu können. »Als Graham Katie und Jacob sitzen ließ, hat sie ihn natürlich zur Inkarnation des Bösen erklärt.«

Ray schwieg.

Oben ging ein Licht an, und seine Mutter erschien kurz am Schlafzimmerfenster, von wo sie hinunter in den dunklen Garten blickte. Wie klein und traurig sie aussah.

Jamie sagte: »Gib die Hoffnung nicht auf«, und merkte, dass er hoffte, Ray und Katie blieben zusammen, wenn er auch nicht genau wusste, warum. Weil einfach irgendetwas funktionieren musste, wenn alles andere schiefging? Oder fing er etwa an, Sympathien für den Mann zu entwickeln?

»Danke, Kumpel«, sagte Ray.

Und Jamie zögerte und sagte dann: »Tony hat mich sitzen gelassen.« Er war sich auch nicht ganz sicher, warum er das sagte.

»Und du wärst gern wieder mit ihm zusammen ...«

Jamie versuchte Ja zu sagen, aber bei der Vorstellung krampfte sich seine Kehle zusammen, und dafür fühlte er sich Ray dann doch nicht nahe genug. »Mm-hm.«

»Deine Schuld oder seine?«

Jamie beschloss aus sich herauszugehen. Es war eine Art Sühne. Wie ein Sprung ins kalte Wasser. Es war gut für die Charakterbildung. Wenn er weinte, scheiß drauf. Er hatte sich diese Woche schon oft genug zum Narren gemacht. »Ich wollte mit jemandem zusammen sein. Und gleichzeitig wollte ich aber solo bleiben.«

»Damit du, was weiß ich, auch mit anderen Kerlen etwas haben kannst?«

»Nein, darum ging es nicht mal.« Merkwürdigerweise war ihm gar nicht nach Weinen zumute. Im Gegenteil. Vielleicht lag es an der Dunkelheit, aber es war einfacher, mit Ray darüber zu sprechen als mit seiner Schwester oder seinen Eltern. »Ich wollte keine Kompromisse machen. Ich wollte nichts teilen. Ich wollte keine Opfer bringen. Was albern ist. Jetzt ist mir das auch klar.« Er machte eine Pause. »Wenn man jemanden liebt, muss man auch etwas dafür aufgeben.«

»Wem sagst du das«, pflichtete Ray bei.

»Ich hab die Karre voll in den Dreck gefahren«, sagte Jamie. »Und jetzt weiß ich nicht, wie ich sie da wieder rausholen soll.«

»Dann gib du die Hoffnung mal auch nicht auf«, sagte Ray.

Jamie wischte sich ein Insekt aus dem Gesicht.

»Das Dumme ist...«, sagte Ray.

»Was ist das Dumme?«

»Ich liebe Katie. Sie ist wirklich verdammt anstrengend, aber ich liebe sie. Und ich weiß, dass ich nicht der Hellste bin. Und manchmal bescheuerte Sachen mache. Aber sie bedeutet mir wirklich sehr viel.«

Wie auf ein Stichwort ging die Küchentür auf, und Katie erschien mit einem Teller in der Hand.

»Wo steckt ihr?« Sie machte ein paar vorsichtige Schritte auf dem Rasen und trat auf etwas. »Mist.« Sie bückte sich, um die fallen gelassene Gabel wiederzufinden.

»Wir sind hier«, sagte Jamie.

Sie schlenderte zu ihnen herüber. »Drinnen gibt's was zu essen. Warum geht ihr zwei nicht rein und esst, ich bleib so lange bei Jacob.«

»Gib mir den Teller«, sagte Ray. »Ich bleib hier draußen.«

»Na gut«, sagte Katie. Es klang, als hätte sie genug Meinungsverschiedenheiten für diesen Tag gehabt. Sie reichte Ray den Teller. »Spaghetti Bolognese. Willst du ganz sicher keine Männerportion?«

»Das reicht schon«, sagte Ray.

Katie ging auf alle Viere herunter und steckte den Kopf ins Zelt. Sie kuschelte sich dicht an Jacob und küsste ihn auf die Wange. »Schlaf schön, mein Hase.« Dann kroch sie wieder hinaus und wandte sich an Jamie. »Na komm. Wir müssen Mum Gesellschaft leisten.«

Sie ging zurück in Richtung Haus.

Jamie stand auf, legte Ray eine Hand auf die Schulter und tätschelte sie ein wenig. Ray reagierte nicht.

Er lief durch das feuchte Gras auf das erleuchtete Haus zu.

75

Katie wusste, dass es beim Abendessen Krach geben würde, sie konnte es geradezu riechen. Sollte es besonders schlecht laufen, würden sie sich gleichzeitig über ihre Hochzeit, Dads Geisteszustand und Mums Liebhaber streiten.

Als sie die Spaghetti Bolognese halb verspeist hatten, gab Mum zum Besten, sie hoffe wirklich, dass George keine weiteren dummen Unfälle mehr haben würde. Sie hatte einen leicht gepeinigten Gesichtsausdruck; es schien ziemlich eindeutig, dass Mum wusste, dass die Meißelstory Humbug war, aber nicht wollte, dass ihre Kinder das erfuhren. Ein betretenes Schweigen entstand, eines von denen, bei denen man das Kauen hört; Jamie rettete die Situation, indem er sagte: »Und wenn doch, dann macht er's hoffentlich im Garten.« Jetzt konnten sie alle Anspannung mit einem etwas gezwungenen Lachen vertreiben.

Sie räumten die Teller ab, als Mum die Bombe fallen ließ. »Und: Gibt es jetzt eine Hochzeit oder nicht?«

Katie biss die Zähne zusammen. »Ich weiß es einfach nicht, ja?«

»Tja, wir werden es aber ziemlich bald wissen müssen. Ich meine, es ist ja gut und schön, dass wir alle äußerst verständnisvoll sind, aber ich werde ein paar ziemlich unangenehme Telefongespräche führen müssen, und die würde ich lieber nicht länger als unbedingt notwendig vor mir herschieben.«

Katie stützte sich mit den flachen Händen auf dem Tisch ab, um die Ruhe zu bewahren. »Was willst du denn hören? Die Situation ist schwierig. Ich weiß es noch nicht.«

Jamie blieb mit den Tellern in der Tür stehen.

»Also was ist, liebst du ihn nun oder nicht?«, fragte Mum.

Und das war der Augenblick, in dem Katie ausrastete. »Was zum Teufel verstehst du denn schon von Liebe?«

Mum sah aus, als hätte sie eine Ohrfeige bekommen.

Jamie sagte: »Hört auf, hört auf. Bitte keine Schreierei, bitte.«

»Halt du dich da raus«, sagte Katie.

Mum lehnte sich im Stuhl zurück, schloss die Augen und sagte: »Tja, wenn du so denkst, dann wird man wohl davon ausgehen können, dass es keine Hochzeit geben wird.«

Jamie zitterten die Hände. Er stellte die Teller zurück auf den Tisch. »Katie. Mum. Können wir jetzt einfach damit aufhören? Wir haben doch heute alle schon genug mitgemacht.«

»Was hat das verdammt noch mal mit dir zu tun?«, fragte Katie, und sie wusste, dass es kindisch und gehässig war, aber sie konnte jetzt keine Scheißvorhaltungen gebrauchen.

Dann rastete auch Jamie aus, was sie seit sehr langer Zeit nicht mehr erlebt hatte.

»Es hat eine Menge mit mir zu tun. Du bist meine Schwester. Und du bist meine Mutter. Und ihr beide macht alles kaputt.«

»Jamie...«, sagte Mum, als ob er sechs wäre.

Er aber beachtete sie gar nicht, sondern drehte sich zu Katie um. »Ich habe die letzten zwanzig Minuten draußen bei Ray gesessen, und er ist ein total netter Kerl und reißt sich den Arsch auf, um dir das Leben leichter zu machen.«

Katie sagte: »Na, das sind ja ganz neue Töne.«

»Halt den Mund und hör mir zu«, sagte Jamie. »Er lässt sich diesen ganzen Scheiß gefallen. Und er gibt dir ein Zuhause, in dem du so lange wohnen kannst, wie du willst, obwohl du ihn nicht liebst, weil du ihm etwas bedeutest und weil Jacob ihm etwas bedeutet. Er kutschiert dich hierher und hockt draußen im Garten, weil er genau weiß, dass Mum und Dad ihn nicht leiden können ...«

»Das habe ich nie gesagt«, konterte Mum schwach.

»Und ich habe heute bei Dad gesessen und mit ihm geredet, und mit ihm stimmt etwas ganz und gar nicht, und er hatte keinen Unfall mit einem bescheuerten Scheißmeißel. Er hat mit einer Schere an sich herumgeschnippelt, und ihr hofft, dass es irgendwie von allein wieder weggeht. Aber es wird nicht von allein wieder weggehen. Er braucht jemanden, der ihm zuhört, sonst steckt er den Kopf in den Ofen, und wir alle werden uns richtig beschissen fühlen, weil wir so getan haben, als wäre nichts gewesen.«

Katie war so sprachlos über Jamies plötzlichen Sinneswandel, dass sie seine Worte gar nicht hörte. Ein paar Sekunden lang sagte niemand etwas, dann fing Mum an zu weinen.

Jamie sagte: »Ich geh jetzt mit dem Pudding raus in den Garten«, ließ die Teller auf dem Tisch stehen und verschwand.

76

Jean ging hinauf, legte sich aufs Bett und weinte, bis sie keine Tränen mehr übrig hatte.

Sie fühlte sich unglaublich einsam.

Hauptsächlich wegen Jamie. Bei Katie hatte sie Verständnis. Katie hatte es gerade nicht leicht. Außerdem brach sie ständig Streit vom Zaun. Aber was war nur in Jamie gefahren? Hatte er irgendeine Vorstellung, was sie heute durchgemacht hatte?

Sie verstand die Männer in ihrer Familie nicht mehr.

Sie richtete sich auf und putzte sich die Nase mit einem Taschentuch aus der Schachtel auf dem Nachttisch.

Im Grunde war sie sich nicht sicher, ob sie das je getan hatte.

Sie erinnerte sich noch an Jamie mit fünf. Verschwand in seinem Zimmer, um *für sich* zu sein. Auch jetzt redeten sie manchmal miteinander, und es war, als würde man mit jemandem in Spanien sprechen. Das Wesentliche verstand man. Die Uhrzeit. Den Weg zum Strand. Aber es gab eine ganze Ebene, die einem entging, weil man die Sprache nicht ordentlich beherrschte.

Und vielleicht hätte es ja geklappt, wenn sie ihn hin und wieder mal in den Arm nehmen könnte. Aber er war für Umarmungen nicht zu haben. Genauso wenig wie George.

Sie trat ans Fenster, zog den Vorhang zurück und blickte hinunter in den dunklen Garten. Irgendwo da hinten im Schatten unter den Bäumen stand ein Zelt.

Sie hatte plötzlich große Lust, den Platz mit Ray zu tauschen und da unten mit Jacob im Schlafsack zu liegen.

Weg vom Haus. Weg von der Familie. Weg von allem.

77

Als George zu sich kam, waren Jean, Katie, Jamie, Jacob und Ray nicht mehr da. Eigentlich war er darüber erleichtert. Er war schrecklich müde, und seine Familie konnte ganz schön anstrengend sein.

Da er gern ein bisschen gelesen hätte, fing er an nachzudenken, wie er wohl an eine gescheite Zeitschrift herankommen könnte, als der Vorhang von einem großen, glatzköpfigen Mann in einer zerschlissenen Jeansjacke auseinandergeschoben wurde, der in der Hand ein Klemmbrett hielt.

»Mr Hall?« Er schob eine Nickelbrille hoch auf seinen stark glänzenden Kopf.

»Ja.«

»Joel Foreman. Psychiater.«

»Ich dachte, Sie würden hier alle um fünf nach Hause gehen«, sagte George.

»Schön wär's.« Er blätterte in den Seiten auf seinem Klemmbrett. »Leider ist es meiner Erfahrung nach so: Je später der Tag, desto verrückter werden die Leute. Meist handelt es sich um selbst verabreichte Medikamente. Aber auf Sie trifft das natürlich nicht zu.«

»Auf keinen Fall«, erwiderte George. »Ich habe allerdings Antidepressiva genommen.« Er beschloss, nichts vom Kodein und dem Whisky zu sagen.

»Welche Sorte?«

»Sorte?«

»Wie heißen die Pillen?«

»Lustral«, antwortete George. »Offen gesagt, fühle ich mich seitdem fürchterlich.«

Dr. Foreman war einer dieser Männer, die ihre humoristischen Neigungen ohne jedes Lächeln auslebten. Er sah beunruhigend wie ein Bösewicht in einem James-Bond-Film aus.

»Tränenausbrüche, Schlaflosigkeit und Angstzustände«, sagte Dr. Foreman. »Ich muss immer lachen, wenn ich das als mögliche Nebenwirkungen lese. Ich würde die Dinger ganz offen gesagt wegschmeißen.«

»Gut«, sagte George.

»Wie ich höre, haben Sie sich ein bisschen als Amateurchirurg betätigt.«

George erklärte langsam und bedächtig, wie er im Krankenhaus gelandet war, und warf ein paar selbstironische Bemerkungen ein.

»Mit einer Schere. Praktische Herangehensweise«, sagte Dr. Foreman. »Und wie fühlen Sie sich jetzt?«

»So gut wie schon lange nicht mehr.«

»Schön zu hören«, sagte Dr. Foreman. »Aber Sie werden ja trotzdem noch zu dem Psychologen gehen, richtig?« Es war keine Frage.

»Werde ich.«

»Gut«, sagte Dr. Foreman und stach die Spitze seines Kugelschreibers ins Klemmbrett.

George entspannte sich ein wenig. Die Untersuchung war vorbei, und wenn ihn nicht alles täuschte, hatte er bestanden. »Vor einer Woche habe ich noch gedacht, dass mir ein Aufenthalt in einer Anstalt oder so ähnlich gut tun würde. Ausruhen von der Welt. So etwas in der Art.«

Dr. Foreman reagierte erst nicht, und George befürchtete, dass er eine Information preisgegeben hatte, die den Psychologen veranlassen könnte, seine Einschätzung zu überdenken. Wie wenn man nach der bestandenen Fahrprüfung dem Prüfer beim Zurücksetzen über den Fuß fährt.

Dr. Foreman klemmte sich das Brett unter den Arm. »Ich würde mich an Ihrer Stelle von der Psychiatrie fernhalten.« Er ließ die Hacken zusammenknallen. Eine Mischung aus Militärparade und *Der Zauberer von Oz*. George fragte sich, ob dieser Mann vielleicht selbst ein bisschen neben der Spur war. »Reden Sie mit Ihrer Psychologin. Nehmen Sie regelmäßige Mahlzeiten ein. Gehen Sie früh ins Bett. Treiben Sie regelmäßig Sport.«

»Da fällt mir ein«, erwiderte George. »Wissen Sie, wo ich etwas zu lesen herbekommen könnte?«

»Ich werde sehen, was ich da tun kann.« Bevor George genauer angeben konnte, welche Art von Lesestoff er meinte, hatte der Psychiater ihm schon die Hand geschüttelt und war verschwunden.

Eine halbe Stunde später kam ein Krankenpfleger und brachte ihn auf die Station. George fand den Rollstuhl erniedrigend und versuchte aufzustehen. Es war kein Schmerz im eigentlichen Sinne, eher das Gefühl, dass mit seiner Bauchregion irgendetwas nicht stimmte und seine Eingeweide durch jenes Loch herausplumpsen würden, das er früher am Tag hergestellt hatte. Als er sich wieder setzte, lief ihm der Schweiß an Gesicht und Armen herunter.

»Sind Sie jetzt brav?«, fragte der Krankenpfleger.

Zwei Schwestern tauchten auf, und er wurde in den Rollstuhl verfrachtet.

Er wurde zu einem leeren Bett in einem Gemeinschaftssaal gefahren. Ein winziger Araber schlief in dem Bett zu seiner Linken in einem Gewirr aus Schläuchen und Kabeln. Rechts von ihm hörte ein Teenager Musik aus Kopfhörern. Sein Bein lag im Streckverband, und er hatte fast seine gesamten Habseligkeiten mit ins Krankenhaus gebracht: einen Stapel CDs, eine Kamera, eine Flasche HP-Sauce, einen kleinen Roboter, ein paar Bücher, einen großen aufblasbaren Hammer …

George lag im Bett und starrte an die Decke. Er hätte alles für eine Tasse Tee und ein Plätzchen gegeben.

Er war schon fast soweit, die Aufmerksamkeit des Teenagers auf sich zu lenken, um herauszufinden, ob es eine Überschneidung irgendeiner Art in ihren literarischen Vorlieben gab, als plötzlich Dr. Foreman am Fußende des Bettes stand. Er überreichte George zwei Taschenbücher und sagte: »Geben Sie die bei den Schwestern wieder ab, wenn Sie durch sind. Sonst werde ich Sie mit allen Höllenhunden hetzen.« Er lächelte kurz und ging davon, wobei er ein paar Worte mit einer Schwester in einer Sprache wechselte, die weder Englisch noch sonst etwas war, das George kannte.

George starrte auf die Bücher. *Hafen des Unglücks* und *Anker vor Australien*, beide von Patrick O'Brian.

Es war fast unheimlich, wie gut Dr. Foreman ihn zu kennen schien. Letztes Jahr hatte George *Master and Commander. Bis ans Ende der Welt* gelesen und seitdem vorgehabt, auch noch etwas anderes von O'Brian auszuprobieren. Er fragte sich, ob er vielleicht etwas gesagt hatte, während er nicht bei Sinnen war.

Er las ungefähr achtzig Seiten von *Hafen des Unglücks*, aß ein fades Krankenhausessen mit Rindfleischeintopf, gekochtem Gemüse, Pfirsichen und Pudding und fiel dann in einen traumlosen Schlaf, der nur durch einen langen, schwierigen Gang auf die Toilette um 3 Uhr früh unterbrochen wurde.

Am Morgen wurden ihm eine Schale Cornflakes und eine Tasse Tee zusammen mit einem kurzen Vortrag über Wundpflege vorgesetzt. Die Oberschwester fragte ihn, ob er zu Hause eine Toilette im Erdgeschoss und eine Frau habe, die ihn herumschieben könne. Er bekam einen Rollstuhl, den er zurückbringen sollte, wenn er wieder laufen konnte, und seine Entlassungspapiere.

Er rief Jean an und sagte, er dürfe nach Hause kommen. Sie schien davon nicht übermäßig begeistert zu sein, was ihn etwas reizte, bis ihm wieder einfiel, was er mit dem Teppichboden gemacht hatte.

Er bat sie, ihm Kleidung mitzubringen.

Sie sagte, sie würden versuchen, ihn so bald wie möglich abzuholen.

Er lehnte sich zurück und las die nächsten siebzig Seiten von *Hafen des Unglücks*.

Kapitän Jack Aubrey schrieb gerade einen Brief über Byrnes glückbringende Schnupftabaksdose nach Hause, als George aufblickte und Ray durch die Station laufen sah. Sein erster Gedanke war, dass dem Rest seiner Familie etwas Schreckliches zugestoßen sein müsse. Und tatsächlich war Rays gewohnte Hey-Kumpel-Miene einem eher säuerlichen Gesichtsausdruck gewichen.

»Ray.«

»George.«

»Ist alles in Ordnung?«, fragte George.

Ray ließ eine Reisetasche aufs Bett fallen. »Deine Anziehsachen.«

»Ich bin bloß überrascht, dich hier zu sehen. Ich meine, dich und nicht Jean. Oder Jamie. Ich wollte nicht unhöflich sein. Es ist mir nur ein bisschen peinlich, dass sie dich das machen lassen.« Er versuchte sich aufzurichten. Es tat weh. Sehr sogar.

Ray streckte ihm die Hand hin und zog George vorsichtig hoch, so dass er sich auf die Bettkante setzen konnte.

»Es ist ja alles in Ordnung, oder?«, fragte George.

Ray stieß einen desillusionierten Seufzer aus. »*In Ordnung*?«, sagte er. »So würde ich das nicht nennen. Totales Chaos. Das trifft die Sache wahrscheinlich schon eher.«

War Ray möglicherweise betrunken? Um zehn Uhr morgens? George konnte keine Fahne riechen, trotzdem wirkte Ray etwas außer sich. Und das war der Mann, der ihn nach Hause fahren würde.

»Weißt du was?«, fragte Ray und setzte sich neben George auf die Bettkante.

»Was?«, sagte George leise, weil er die Antwort nicht wirklich hören wollte.

»Ich glaube, dass du wahrscheinlich der Normalste in der ganzen Familie bist«, sagte Ray. »Außer Jamie. Der scheint den Kopf richtig herum angeschraubt zu haben. Und er ist homosexuell.«

Der kleine Araber starrte zu ihnen herüber. George betete, dass sein Englisch nicht gut war.

»Ist etwas zu Hause vorgefallen?«, fragte George zögernd.

»Jean und Katie haben sich am Frühstückstisch angebrüllt. Ich schlug vor, dass sie sich etwas beruhigen sollten, woraufhin mir gesagt wurde, ich solle mich Zitat *verpissen* Zitatende.«

»Von Jean?«, fragte George, der das kaum glauben konnte.

»Von Katie«, sagte Ray.

»Und worum ging es bei der Auseinandersetzung?«, fragte George. Langsam bedauerte er es, dass er Dr. Foremans Test bestanden hatte. Noch ein paar Tage im Krankenhaus schienen ihm plötzlich sehr willkommen.

»Katie will mich nicht mehr heiraten«, sagte Ray. »Was vermutlich eine Erleichterung für dich sein wird.«

George hatte keine Ahnung, wie er das beantworten sollte. Er spielte mit der Idee, sich vom Bett fallen zu lassen, damit jemand kommen und ihn retten würde, entschied sich aber dagegen.

»Deswegen habe ich gesagt, dass ich dich abholen gehe. Schien einfacher, als im Haus zu bleiben.« Ray atmete tief durch. »Tschuldigung. Warum belaste ich dich damit. Die letzten Tage waren etwas stressig.«

Die beiden saßen ein paar Augenblicke nebeneinander wie zwei ältere Herren auf einer Parkbank.

»Also«, sagte Ray. »Dann bringen wir dich mal besser nach Hause, sonst fragen sie sich noch, wo wir abgeblieben sind.« Er stand auf. »Brauchst du Hilfe beim Anziehen?«

Den Bruchteil einer Sekunde lang dachte George, Ray würde ihm jetzt die Krankenhaus-Schlafanzughose herunterziehen, und die Vorstellung war so beunruhigend, dass er einen hörbaren Quiekser von sich gab. Aber Ray zog nur den Vorhang rund um Georges Bett zu und ging eine Schwester suchen.

78

Katie fühlte sich wie ein ausgewrungener Putzlappen.

Man dachte immer, dass Krisen helfen würden, Probleme zu lösen, sie in eine gewisse Perspektive zu rücken. Als sie in Peterborough angekommen waren, hatte sie sich vorstellen können, ein paar Tage zu bleiben, vielleicht eine Woche, nur sie und Jacob. Dad im Auge behalten, um sicherzugehen, dass er sich nicht noch etwas abhacken würde. Mum helfen. Eine bessere Tochter sein und wiedergutmachen, dass sie das letzte Mal einfach abgehauen war.

Aber als Dad mit Ray aus dem Krankenhaus heimkam und allen sagte, sie könnten nach Hause fahren, war sie erleichtert. Noch ein Tag, und sie würden einander an die Gurgel gehen.

Der Anblick des Rollstuhls schockierte sie, aber Dad wirkte merkwürdig vergnügt. Selbst Mum wollte sich offensichtlich lieber allein um ihn kümmern, als das Haus mit ihren Kindern zu teilen.

Beim Abschied nahm Katie sich zusammen und entschuldigte sich.

Jean sagte: »Vergessen wir's einfach, ja?«

Und George setzte noch eins drauf, indem er sagte: »Danke, dass ihr da wart. Es war schön, euch zu sehen.« Dabei nahm er sie jetzt zum ersten Mal im Wachzustand wahr.

Was Jacob daran erinnerte, dass er Großvater noch gar nicht seine Schokoladentaler gegeben hatte. Also ging Ray nach draußen, holte die Packung aus dem Handschuhfach, und Dad machte ein Mordstheater, öffnete sie, aß ein paar davon und verkündete, dass sie köstlich seien, obwohl die Autoheizung sie zu einer braunen Masse zusammengeschmolzen hatte.

Sie stiegen ins Auto und fuhren weg, und Ray und Jacob spielten eine halbe Stunde lang *Ich sehe was, was du nicht siehst,* und sie merkte, wie sie sich richtig auf die Rückkehr in das Haus freute, aus dem sie erst vor wenigen Tagen noch unbedingt hatte wegrennen wollen.

Kaum zu Hause, bauten Ray und Jacob die Eisenbahn im Wohnzimmer auf, während sie Abendessen kochte. Sie badete Jacob, und Ray brachte ihn ins Bett.

Keiner von beiden hatte die Kraft zum Streiten, und sie verbrachten die nächsten paar Tage damit, die Rolle der pflichtbewussten Eltern zu spielen, damit Jacob nicht aus dem Gleichgewicht geriet. Katie konnte sich vorstellen, wie sie sich langsam in die Menschen verwandeln würden, die sie spielten, und das Problem, das sie lösen sollten, geriet immer mehr in den Hintergrund, und die beiden verwandelten sich in ein Team, dessen Aufgabe es war, für ein Kind zu sorgen und einen Haushalt zu führen, obwohl sie keine Gemeinsamkeiten hatten; sie würden darüber reden, was bei Tesco's besorgt werden musste und was sie am Wochenende machen würden, würden ins Bett gehen und das Licht ausmachen und sich auf die andere Seite rollen und versuchen, nicht von dem Leben zu träumen, das sie hätten führen können.

79

Jean meldete sich bei der Arbeit ab.

Sie hatte nicht gewusst, wie es sein würde, wenn George aus dem Krankenhaus kam. Er wirkte überraschend normal. Er entschuldigte sich für alle Umstände, die er gemacht hatte, und versicherte, dass er sich schon lange nicht mehr so gut gefühlt habe.

Sie fragte ihn, ob er über das reden wolle, was geschehen war, aber er sagte ihr, dass sie sich keine Sorgen mehr darum zu machen brauche. Sie sagte, er solle es ihr sagen, falls er sich jemals wieder schlechter fühle. Es zeigte sich ziemlich schnell, dass Dr. Parris stark übertrieben hatte. Und ihre Befürchtungen waren völlig unbegründet gewesen.

Nach wie vor hatte er starke Schmerzen. Aber er wollte auf keinen Fall den Rollstuhl benutzen. Also verbrachte sie den Großteil der Woche damit, ihm aus dem Bett und ins Salzbad und wieder herauszuhelfen und ihn an der Hand zu halten, wenn er die Treppe hinunterging, und ihn zur Poliklinik zu fahren, wo der Verband gewechselt wurde.

Nach drei oder vier Tagen konnte er sich wieder selbstständig bewegen, und zu Beginn der zweiten Woche steuerte er wieder selbst das Auto. Sie kehrte an ihren Arbeitsplatz zurück, nicht ohne ihm zuvor einzuschärfen, dass er sie jederzeit anrufen könne, falls er Hilfe brauche.

Sie rief beim Floristen und dem Partyservice und dem Autoverleih an und annullierte die Bestellungen. Im Blumenladen machten sie ihr lautstarke Vorhaltungen, weswegen sie dann dem Partyservice und dem Autoverleih sagte, ihre Tochter sei schwer erkrankt, woraufhin man derart verständnisvoll reagierte, dass es ihr noch unangenehmer war, als wenn sie angeraunzt worden wäre.

Sie brachte es noch nicht übers Herz, die Gäste anzurufen und ihnen mitzuteilen, dass die Hochzeit nicht stattfand.

Und alles lief gut. Vor ein paar Tagen hatte sie noch gedacht, ihr Leben zerbreche in tausend Stücke. Und jetzt kehrte langsam alles zum Normalzustand zurück. Mehr konnte sie sich nicht erhoffen.

Aber manchmal saß sie abends am Küchentisch und dachte an die Wäsche und das Kochen und Putzen, und sie spürte etwas Schweres, Dunkles auf sich lasten; schon aufzustehen und den Wasserkocher aufzusetzen war wie Waten durch tiefes Wasser.

Dieses Deprimiertsein kannte sie so noch nicht. Früher hätte sie sich Sorgen gemacht. Sich aufgeregt und sich wieder beruhigt. Und sie war nie länger als ein paar Stunden niedergeschlagen gewesen.

Auch wenn sie sich dafür schämen musste: Jean wünschte trotzdem, George würde es schlechter gehen. Damit er sie ein bisschen mehr bräuchte. Aber ehe sie es sich versah, war er wieder draußen bei der Arbeit am Atelier, mauerte und sägte Holz.

Sie fühlte sich in Seenot auf offenem Meer. George war da drüben auf seiner Insel. Und David auf einer anderen. Und Katie und Jamie wieder auf einer anderen. Alle hatten festen Boden unter den Füßen. Nur sie trieb zwischen ihnen im Wasser und wurde von der Strömung langsam immer weiter weggetragen.

In der Woche danach fuhr sie zu David und parkte bei ihm um die Ecke. Sie wollte gerade aussteigen, als sie merkte, dass sie es nicht konnte. Wenn sie sich früher heimlich getroffen hatten, war es immer der Beginn eines neuen Lebens gewesen, anders und aufregend, eine Fluchtmöglichkeit. Aber jetzt sah sie es als das, was es wirklich war: eine Affäre wie jede andere, billig und geschmacklos, eine egoistische Kompensation für das Chaos, in das sich ihr wahres Leben verwandelt hatte.

Sie stellte sich vor, in der Schule im Lehrerinnenzimmer zu sitzen und mit Sally und Bea und Miss Cottingham Tee zu trinken und Garibaldi-Kekse zu essen; zum ersten Mal hatte sie das Gefühl, etwas an sich zu haben, das ihre Heimlichkeiten verriet.

Das war albern. Gewiss. Als hätten die anderen nicht auch einiges zu verbergen. Sie wusste zum Beispiel aus erster Hand, dass Beas Sohn Drogenprobleme hatte. Aber es schien unmoralisch, nachmittags mit David im Bett zu liegen und am nächsten Morgen Kindern das Lesen beizubringen. Und wenn sie zwischen beidem hätte wählen dürfen, hätte sie ohne langes Überlegen David gewählt, und das kam ihr noch verworfener vor.

Sie schaltete den Motor an und fuhr wieder weg. Am Abend rief sie David an und bat um Entschuldigung. Er war charmant und voller Mitgefühl und sagte, er könne sich gut vorstellen, was sie gerade durchmache. Er konnte es sich nicht vorstellen. Sie hörte es seiner Stimme an.

80

George lag auf dem Bett, die Hose heruntergezogen, und ließ sich den Verband wechseln.

Die Schwesternschülerin war ziemlich attraktiv, wenn auch ein bisschen mollig. Frauen in Uniform hatten ihm immer schon gefallen. Samantha hieß sie. Fröhlich, ohne geschwätzig zu sein.

Sie zog das große Pflaster über der Wunde ab. »So, Mr Hall. Jetzt beißen Sie mal die Zähne zusammen.«

George klammerte sich am Bettrand fest.

Die Schwester zog am Ende der Mullbinde. Die ersten Meter weißen Bandes ließen sich einfach abwickeln. Dann saß es fest. George bildete im Kopf Anagramme des Wortes *Verband*. Die

Schwester zog mit einem leichten Ruck daran, und der Rest des Verbandes löste sich aus der Wunde, woraufhin er etwas sagte, was er normalerweise nie in Anwesenheit einer Dame sagen würde. »Entschuldigung.«

»Sie brauchen sich nicht zu entschuldigen.«

Die Schwester hielt den alten Verband hoch. Er sah wie eine große Kastanie aus, die in Blut und Zitronencreme eingelegt worden war. Sie ließ es in den kleinen Schwingeimer neben dem Bett fallen. »So, jetzt hole ich Ihnen mal einen neuen.«

George ließ sich zurücksinken und schloss die Augen.

Jetzt, wo er sich daran gewöhnt hatte, mochte er den Schmerz irgendwie. Er wusste, wie es sich anfühlen und wie lange es dauern würde. Und wenn es abebbte, war sein Kopf fünf oder zehn Minuten lang unnatürlich klar, als ob sein Hirn saubergespritzt worden wäre.

Aus einem Nebenzimmer hörte er jemanden »Wirbelsäulenskoliose« sagen.

Er war erleichtert, dass die Hochzeit abgesagt worden war. Für Katie tat es ihm leid. Aber vielleicht war es ja auch für sie eine Erleichterung. Sie hatten bei ihrem Besuch nicht sehr viel miteinander geredet. Eigentlich redete er auch nur selten über solche Dinge. Ray hatte im Krankenhaus allerdings ein bisschen merkwürdig gewirkt, wodurch sich Georges Vorbehalte gegen die Beziehung nur noch verstärkt hatten.

Wie dem auch sein mochte, jedenfalls war George froh, dass das Haus nicht von einer Omnibusladung fremder Menschen überrannt würde. Er fühlte sich noch ein wenig zu unsicher auf den Beinen, als dass er gern große Reden geschwungen hätte.

Bei Jean schien die Erleichterung auch zu überwiegen.

Arme Jean. Er hatte ihr wirklich einiges zugemutet. Offensichtlich machte sie sich immer noch Sorgen um ihn. Kein Wunder, der Anblick des Teppichs erinnerte sie Tag für Tag an das Geschehene. Wenn er wieder ein bisschen fitter war, würde er sie zum Essen ausführen. Das neue Restaurant in Oundle sollte gut sein, vor allem die Fischgerichte.

»So, bitte schön«, sagte Samantha. »Das hätten wir geschafft.«

»Danke schön.«

»Kommen Sie, ich helfe Ihnen beim Hinsetzen.«

Er würde Jean auf dem Heimweg ein paar Blumen kaufen, was er schon sehr lange nicht mehr getan hatte. Das würde sie aufmuntern.

Dann würde er den Teppichverleger anrufen.

81

Jamie wartete auf einen Kaufinteressenten in der Princes-Avenue-Wohnung, in der er Tony zum ersten Mal gesehen hatte.

Die Eigentümer zogen nach Kuala Lumpur. Sie waren sauber und kinderlos, Gott sei Dank. Keine expressionistischen Kulizeichnungen auf den Fußleisten, kein Spielzeuggeröll auf dem Esszimmerboden (Shona hatte einem Ehepaar die Finchley-Sechszimmerwohnung gezeigt, und die Frau vertrat sich den Fuß auf einem Power-Ranger-Dino-Bike). Arbeiteten in der Stadt und waren fast nie zu Hause, so wie es aussah. Den Herd hätte man ablecken können. Ikea-Möbel. Nichtssagende Poster in gebürsteten Stahlrahmen. Seelenlos, aber verkäuflich.

In der Küche fuhr er mit den Fingerspitzen über die Malerarbeiten und erinnerte sich, wie er dort Tony mit dem Pinsel in der Hand beobachtet hatte, bevor sie ein Wort miteinander gewechselt hatten, als er noch ein schöner Fremder war.

Jetzt erkannte Jamie mit absoluter Klarheit, was er getan hatte.

Er hatte den rechten Augenblick abgewartet. Dann war er entkommen. Er hatte sich eine kleine Welt gebaut, in der er sich sicher fühlte. Und er schwebte weit draußen im Orbit und war völlig allein. Es war kalt und dunkel, und er hatte keine Ahnung, wie er seine Welt zurück in Richtung Sonne lenken sollte.

Es hatte einen Moment gegeben, in Peterborough, kurz nachdem Katie ihn geschlagen hatte, als ihm klar wurde, dass er diese Menschen brauchte. Katie, seine Mutter, seinen Vater, Jacob. Sie trieben ihn manchmal in den Wahnsinn. Aber sie hatten ihn auf seinem ganzen Lebensweg begleitet. Sie waren ein Teil von ihm.

Jetzt hatte er Tony verloren und mit ihm allen Halt. Er brauchte einen Ort, wo er hin konnte, wenn er in der Scheiße steckte. Er brauchte jemanden, den er in den dunklen Stunden anrufen konnte.

Er hatte bei allen verschissen. Diese schrecklichen Szenen im Esszimmer. Seine Mutter hatte ihm gesagt: »Du verstehst doch gar nichts.« Und es stimmte: Seine Eltern waren Fremde. Er hatte sie zu Fremden gemacht. Absichtlich. Welches Recht hatte er denn, ihnen zu sagen, wie sie ihr Leben zu führen hatten? Er hatte verdammt noch mal dafür gesorgt, dass sie kein Recht hatten, ihm zu sagen, wie er seines zu führen hatte.

Es klingelte.

Scheiße.

Er atmete tief durch, zählte bis zehn, schaltete sein Verkäufergehirn ein und machte einem Mann mit einem allzu offensichtlichen Toupet auf.

82

Katie war gerade mit dem Abwasch fertig geworden.

Jacob war im Bett. Und Ray saß am Küchentisch und legte neue Batterien in das schnurlose Telefon ein. Sie drehte sich um, lehnte sich an die Spüle und trocknete sich die Hände am Küchenhandtuch ab.

Ray ließ die Rückseite des Telefonhörers wieder einrasten. »Wir müssen etwas tun.«

Sie sagte: »Ich weiß«, und es war ein gutes Gefühl, endlich über die Sache selbst zu sprechen, statt sich aus dem Hinterhalt wegen Fahrten zur Kita und fehlender Teebeutel anzufallen.

Ray sagte: »Es ist mir egal, wie wir die Sache lösen.« Er ließ sich mit dem Stuhl nach hinten kippen und stellte das Telefon zurück in die Ladestation. »Hauptsache, wir brauchen dabei nicht in die Nähe deiner Familie zu kommen.«

Den Bruchteil einer Sekunde lang fragte sie sich, ob sie beleidigt sein sollte. Aber das konnte sie nicht, weil Ray recht hatte: Ihr Betragen war einfach bodenlos gewesen. Plötzlich fand sie das Ganze eigentlich eher komisch und musste lachen. »Bedauere, dir das alles zugemutet zu haben.«

»Es war … lehrreich«, sagte Ray.

Sie konnte seinem Gesichtsausdruck nicht ansehen, ob er das lustig fand oder nicht, weswegen sie mit dem Lachen aufhörte.

»Deinem Dad hab ich gesagt, er wäre noch der Normalste in der ganzen Familie.« Ray stellte eine der verbrauchten Batterien hochkant hin. »Da hat er ein bisschen Schiss gekriegt.« Er stellte die andere Batterie hochkant daneben. »Ich hoffe, es geht ihm wieder besser.«

»Toi-toi-toi.«

»Jamie ist ein anständiger Kerl«, sagte Ray.

»Ja.«

»Wir haben uns gut unterhalten. Im Garten.«

»Worüber?«, fragte Katie.

»Über dich und mich. Ihn und Tony.«

»Aha.« Es schien etwas gewagt, sich nach Einzelheiten zu erkundigen.

»Ich hatte immer gedacht, dass er merkwürdig wäre, du weißt schon, weil er schwul ist und so.«

»So was würde ich lieber nicht zu Jamie sagen.«

Ray sah hoch zu ihr. »Ich mag ja doof sein. Aber so doof bin ich nun auch wieder nicht.«

»So habe ich das nicht gemeint …«

»Komm her, du«, sagte Ray. Er rutschte mit dem Stuhl zurück.

Sie setzte sich auf seinen Schoß, und er schlang die Arme um sie, und das war es. Als ob sich die Welt von innen nach außen stülpen würde.

Hier gehörte sie hin.

Sie merkte, wie sich jeder Muskel in ihrem Körper entspannte. Sie berührte sein Gesicht. »Ich bin so fürchterlich zu dir gewesen.«

»Du warst unerträglich«, sagte Ray. »Aber ich liebe dich immer noch.«

»Halt mich einfach fest.«

Er drückte sie an sich, und sie vergrub das Gesicht an seiner Schulter und weinte.

»Ist ja gut«, sagte Ray und streichelte ihr sanft den Rücken. »Ist ja gut.«

Wie hatte sie so blind sein können? Er hatte ihre Familie in übelster Verfassung erlebt und alle Zumutungen voller Würde über sich ergehen lassen. Sogar die abgesagte Hochzeit.

Aber nicht er hatte sich verändert. Er war derselbe wie eh und je. Der großzügigste, verlässlichste, ehrenwerteste Mensch in ihrem Leben.

Das war ihre Familie: Ray und Jacob.

Sie fühlte sich dumm und erleichtert und schuldbewusst und glücklich und traurig und etwas wackelig auf den Beinen von so vielen Gefühlen gleichzeitig. »Ich liebe dich.«

»Schon gut«, sagte Ray. »Du musst es nicht sagen.«

»Nein. Ich meine es ganz ernst. Ich liebe dich wirklich.«

»Lass uns jetzt erst mal gar nichts mehr sagen, ja? Es wird immer zu kompliziert, wenn wir uns streiten.«

»Wir streiten uns doch gar nicht«, sagte Katie.

Er hob ihren Kopf und legte ihr einen Finger auf die Lippen, damit sie nichts mehr sagen konnte, und küsste sie. Es war das erste Mal seit Wochen, dass sie sich richtig küssten.

Er führte sie nach oben, und sie liebten sich, bis Jacob einen Alptraum von einem bösen blauen Hund hatte und sie ziemlich überstürzt aufhören mussten.

83

Als Jamie von der Arbeit nach Hause kam, rief er Tony an. Niemand nahm ab. Er wählte Tonys Handynummer und hinterließ die Nachricht, er möge ihn zurückrufen.

Er putzte die Küche und aß, während im Fernsehen ein Film über einen Riesenalligator in einem See in Maine lief. Tony meldete sich nicht.

Früh am nächsten Morgen rief er bei Tony in der Wohnung an. Wieder keine Antwort. In der Mittagspause hinterließ er noch einmal eine einfache und klare Nachricht auf Tonys Handy.

Nach der Arbeit ging er schwimmen, um nicht immer nur dazusitzen und auf den erlösenden Anruf zu warten. Er schwamm sechzig Bahnen, und anschließend war er ganze fünf Minuten lang erschöpft und frei von Anspannungen.

Als er zu Hause ankam, griff er wieder zum Telefonhörer, ohne Erfolg.

Er war versucht bei ihm vorbeizuschauen. Aber allmählich gewann er den Eindruck, dass Tony ihm aus dem Weg ging, und er wollte nicht schon wieder eine Szene verursachen.

Es war nicht Traurigkeit. Oder keine Traurigkeit, wie er sie kannte. Es war, als ob jemand gestorben wäre. Eine Veränderung, mit der man leben musste, in der Hoffnung, dass es irgendwann nicht mehr so schrecklich weh tun würde.

Er rief weiter an, jeden Morgen und jeden Abend. Aber er erwartete keine Antwort mehr. Es war ein Ritual. Etwas, das den Tagen eine gewisse Form gab.

Er hatte sich in einen kleinen Raum irgendwo tief in seinem Kopf zurückgezogen und funktionierte auf Autopilot. Aufstehen. Zur Arbeit gehen. Nach Hause kommen.

Er stellte sich vor, er würde, ohne hinzusehen, auf die Straße treten und von einem Auto überfahren werden; er würde keine Schmerzen spüren, keine Überraschung, nur eine Art unbeteiligtes Interesse an dem, was mit dieser Person geschah, die er im Grunde gar nicht mehr war.

Am nächsten Tag erhielt er überraschend einen Anruf von Ian und nahm dessen Einladung zu einem Drink an. Sie hatten sich vor zehn Jahren am Strand in Cornwall kennen gelernt und festgestellt, dass sie in London nur vier Straßen voneinander entfernt wohnten. Ian studierte Tiermedizin. Sein Comingout hatte er erst mit fünfundzwanzig; nach vier Jahren Monogamie erwies er sich als HIV-positiv; von da an ging es ständig bergab mit ihm, und er beging langsam und teuer Selbstmord in Form von Zigaretten, Alkohol, Kokain und chaotischem Sex, bis er bei einem Motorradunfall einen Fuß verlor, einen Monat im Krankenhaus lag und dann nach Australien verschwand.

Ein paar Monate später hatte er Jamie eine Postkarte mit einem Wombat darauf geschickt und geschrieben, dass jetzt alles schon besser aussehe. Dann hatte er zwei Jahre lang nichts von sich hören lassen, und jetzt war Ian wieder da.

Bestimmt ging es ihm noch beschissener als Jamie. Vielleicht trug er aber auch stoisch sein Schicksal. Jedenfalls würden ein paar Stunden mit ihm ausreichen, dass Jamie seine eigenen Sorgen vergleichsweise gering erschienen.

Obwohl er sich verspätete, war Jamie als Erster da. Er holte sich gerade ein Bier, als ein schlanker, sonnengebräunter Mann in einem engen schwarzen T-Shirt ohne sichtbares Hinken »Jamie« sagte und ihn ganz fest an sich drückte.

Fünfzehn, zwanzig Minuten lang lief alles prächtig. Es tat gut zu hören, wie Ian sein Leben in den Griff bekommen hatte. Und seine Stories über abartige Pferdekrankheiten und Riesenspinnen waren wirklich witzig. Dann erzählte Jamie ihm von Tony, und Ian kam auf Jesus zu sprechen, was man in Kneipen sonst eher selten hörte. Es hörte sich wie eine neue Wunderdiät an. Aber in Verbindung mit dem neuen Körper war es irritierend. Und als Ian austrat, starrte Jamie zwei Männer am anderen Ende der Theke an, von denen einer als Teufel (hautenger Einteiler aus rotem Samt, Hörner, Dreizack) und einer als Engel (Flügel, weiße Weste, Rüschenröckchen) verkleidet war; sie wollten garantiert mit dem Cowboy hinter der Theke (lederne Reithosen, Sporen) zu einer tollen Kostümparty, vermittelten Jamie aber das Gefühl, auf einem Trip mit wenig empfehlenswerten Drogen zu sein; wenn nicht er selbst, dann zumindest alle anderen. Und ihm wurde klar, dass er sich hier nicht wohl fühlte.

Ian kehrte an den Tisch zurück und schien zu spüren, dass das Thema Religion Jamie unangenehm war, und so erzählte er aus seinem aktiven und vielgestaltigen Liebesleben, das Jamie im Gegensatz zu allen christlichen Lehren zu stehen schien, wie er sie bisher verstanden hatte. Jamie fing an, unter der verwirrten Verständnislosigkeit zu leiden, die alte Leute übermannt, wenn man ihnen vom Internet erzählt, und er fragte sich, ob er vielleicht einfach verpasst hatte, was sich in der letzten Zeit so in den Kirchen getan hatte.

Bei dem etwas verkorksten Abschied versprach er Ian, sich ernsthaft zu überlegen, ob er nicht an einer Erweckungsveranstaltung in King's Cross teilnehmen wollte. Ian umarmte ihn wieder ganz fest, und jetzt merkte Jamie, dass es eine christliche Umarmung war, keine echte.

Mehrere Stunden später hatte er einen Traum, in dem er Tony durch eine endlose Flucht von Räumen hinterherlief, manche in seiner alten Schule, manche in Häusern, die er im Laufe der letzten paar Jahre verkauft hatte, und er schrie, aber Tony konnte ihn nicht hören, und Jamie konnte nicht rennen wegen all der kleinen Wesen auf dem Boden, die wie Küken mit Menschengesichtern aussahen und miauten und quiekten, sobald er auf sie trat.

Als er endlich um sieben Uhr wach wurde, wollte er direkt zum Telefon gehen und Tony anrufen. Er konnte sich gerade noch rechtzeitig davon abhalten.

Er würde die Sache ein für alle Mal klären. Nach der Arbeit würde er zu Tony fahren. Sein Sprüchlein aufsagen. Ihn anschreien, dass er nicht ans Telefon gegangen war. Herausfinden, ob er weggezogen war. Irgendwas. Er musste dieser Warterei einfach ein Ende bereiten.

84

Bei David wurde gerade ein neuer Boiler eingebaut, weswegen Jean mit ihm auf der Gartenterrasse des Fox and Hounds saß. Anfangs hatte die Vorstellung, sie könnten gesehen werden, sie nervös gemacht, aber David hatte sie beruhigt: Das Restaurant war leer, und sie waren nur wenige Meter vom Auto entfernt, so dass sie, wenn nötig, rasch aufbrechen konnten.

Sie trank einen Gin-Tonic, was Jean sich auf dem Heimweg von der Schule sonst nie gestattet hätte. Sie brauchte einen kleinen Mutmacher. Ihr momentanes Leben war ein heilloses Durcheinander, das sie entwirren musste.

Sie sagte: »Ich weiß nicht, wie lange wir noch so weitermachen können.«

»Willst du es abbrechen?«, fragte David.

»Vielleicht. Ja.« Es klang so grausam, jetzt wo sie es so laut aussprach. »Ach, ich weiß es nicht, ich weiß es einfach nicht.«

»Was hat sich denn verändert?«

»George«, antwortete sie. »Dass George krank ist.« War das denn nicht offensichtlich?

»Und sonst nichts?«, fragte David.

Er wirkte sorglos, und sie begann, sich über sein Selbstvertrauen zu ärgern. Wie konnte er alles so an sich abgleiten lassen? »Das ist keine Lappalie, David.«

Er nahm ihre Hand.

Sie sagte: »Ich sehe es jetzt anders. Es fühlt sich falsch an.«

Er sagte: »Du hast dich nicht verändert. Ich habe mich nicht verändert.«

Darüber regte sie sich immer wieder auf: dass Männer immer so schrecklich überzeugt von sich waren. Sie hämmerten Sätze zusammen wie Hütten oder Regale, und man konnte sich draufstellen, so solide waren sie. Und die Gefühle, die einen mitten in der Nacht überwältigten, lösten sich in Rauch auf.

»Ich versuche nicht, dich zu überreden.«

»Ich weiß.« Aber ganz sicher war sie sich nicht.

»Wenn du krank wärst, wenn du schwer krank wärst, würde ich dich immer noch lieben. Ich hoffe, dass du mich immer noch lieben würdest, wenn ich schwer krank wäre.« Er sah ihr in die Augen. Zum ersten Mal wirkte er traurig, was sie beruhigte. »Ich liebe dich, Jean. Das sind nicht nur Worte. Ich meine das so. Ich werde warten, wenn ich muss. Ich kann eine Menge ertragen. Das ist nämlich Liebe. Und ich weiß, dass es George nicht gut geht. Und ich weiß, dass es dir das Leben schwer macht. Aber es ist etwas, mit dem wir leben und das wir irgendwie klären müssen. Wie wir das tun werden, weiß ich nicht, aber wir werden es schaffen.«

Sie lachte laut auf.

»Worüber lachst du?«

»Über mich«, sagte sie. »Du hast völlig recht. Und es macht mich wütend. Aber du hast trotzdem recht.«

Er drückte ihre Hand.

Eine Zeit lang saßen sie schweigend da. David fischte etwas aus seinem Bierglas, und hinter der Hecke rumpelte ein großes Landwirtschaftsfahrzeug vorbei.

»Ich fühle mich scheußlich«, sagte sie.

»Weswegen?«, fragte er.

»Wegen der Hochzeit.«

Er wirkte erleichtert.

»Ich war so beschäftigt mit dem, was mit George passierte, dass ich … Katie muss eine schlimme Zeit durchmachen. Sich zu verloben. Dann die Hochzeit abzusagen. Die beiden wohnen zusammen. Ich hätte Mitleid mit ihr haben müssen. Aber wir haben uns nur gestritten.«

»Du hattest alle Hände voll zu tun.«

»Ich weiß, aber …«

»Wenigstens findet die Hochzeit nicht statt«, sagte David.

Die Bemerkung kam ihr herzlos vor. »Aber es ist so traurig.«

»Nicht so traurig, wie jemanden zu heiraten, den man nicht liebt«, sagte David.

85

Sie würden heiraten.

Katie freute sich jetzt in einer ganz anderen Weise darauf als zu Anfang. Diesmal wusste sie, dass es so richtig war. Sie würden die Sache selbst in die Hand nehmen, so dass es wirklich *ihre* Hochzeit würde. Und ganz insgeheim machte es ihr auch ein bisschen Spaß, dass es einer Menge von Leuten gewaltig stinken würde.

Sie hatte Angst gehabt, Ray zu fragen. Würde er ihr glauben? Würde er das Risiko eingehen wollen, dass sie ein zweites Mal kalte Füße bekommen könnte?

Dann dachte sie: *Scheiß drauf.* Was sollte man denn sonst tun, wenn man jemanden liebte und ihn heiraten wollte? Und da die Einladungen ja nun einmal bereits verschickt waren, war es wohl angebracht, die Frage ziemlich schnell an den Mann zu bringen.

Also nahm sie ihren Mut zusammen und fragte. Mit Kniefall. Damit sie es ins Lustige wenden konnte, falls alles schrecklich schiefgehen sollte.

Sein Gesicht erhellte sich. »Natürlich will ich dich heiraten.«

Sie war derart überrascht, dass sie ihn vom Gegenteil zu überzeugen versuchte. »Bist du dir wirklich sicher?«

»Hey.« Er hielt sie an den Schultern.

»Was?«

»Ich habe Ja gesagt. Ich habe gesagt, dass ich dich heiraten will.«

»Ich weiß, aber …«

»Weißt du was?«, fragte Ray.

»Was?«

»Du bist wieder da.«

»Soll heißen?«

»Die alte Katie«, sagte er.

»Du hast also wirklich Lust zu heiraten? In vierzehn Tagen?«

»Nur, wenn du versprichst, mich nicht noch einmal zu fragen.«

»Versprochen.«

Sie starrten einander einige Sekunden lang an, bis sie es wirklich begriffen hatten. Dann fingen sie an, wie die Kinder durchs Zimmer zu hüpfen.

Katie hatte sich darauf eingestellt, dass Mum sauer sein würde, aber sie klang nur ungewöhnlich resigniert. Offensichtlich war sie noch gar nicht dazu gekommen, den Gästen mitzuteilen, dass die Hochzeit abgeblasen worden war. Vielleicht hatte sie schon mit einer Rücknahme der Absage gerechnet.

Katie teilte ihr mit, dass sie alles selbst arrangieren würden. Jean sollte ihr nur die nötigen Telefonnummern geben. »Und Ray und ich zahlen für das Ganze. Nach allem, was ihr mitmachen musstet, scheint mir das nur fair zu sein.«

»Tja, wenn du drauf bestehst«, erwiderte Mum. »Ich weiß allerdings nicht, wie dein Vater darauf reagieren wird.«

»Mit mehr Geld in der Tasche«, sagte Katie, aber Mum lachte nicht. »Wie geht es Dad eigentlich?«

»Er wirkt ziemlich ausgeglichen.« Worüber sie nicht sonderlich glücklich zu sein schien.

»Gut«, sagte Katie. Vielleicht hatte Mum einfach einen schlechten Tag. »Das freut mich wirklich sehr.«

Der Florist war einigermaßen ungehalten. Vielleicht könnte er den Auftrag gerade noch so erfüllen, aber es würde dann mehr kosten. Katie sagte, sie würde die Blumen irgendwo bestellen, wo die Leute freundlicher seien, und legte auf. Sie verspürte eine befriedigend rechtschaffene Empörung wie seit langem nicht mehr und dachte *Scheißblumen!* Ray meinte, sie sollten sich auf dem Weg zum Standesamt einen Strauß holen gehen, was sie beide äußerst komisch fanden.

Die Leute vom Partyservice waren viel verständnisvoller. Sie schienen zu glauben, dass sie gerade aus dem Krankenhaus käme, Katie reagierte gedankenschnell, und als sie etwas von negativen Testergebnissen murmelte, wurde am anderen Ende der Leitung allen Ernstes gejubelt. »Es ist uns eine Ehre, das Essen für diese Feier zur Verfügung zu stellen.«

Der Inhaber der Konditorei dagegen wusste nicht einmal, dass die Hochzeitstorte schon einmal abbestellt worden war und hielt Katie nur für verrückt.

86

Als George ihr die Blumen überreichte, weinte sie. Das war nicht die Reaktion, die er erwartet hatte. Denn Jean weinte nicht, weil die Blumen so besonders hübsch waren – er hatte sie bei dem kleinen Supermarkt an der Bushaltestelle kaufen müssen, und sogar ihm war klar, dass es sich um keinen umwerfend tollen Strauß handelte.

Vielleicht war sie immer noch bedrückt über sein Missgeschick im Bad. Oder über den Teppichboden (die Teppichverleger kamen erst nächste Woche). Oder über den Streit mit Katie und Jamie. Oder darüber, dass die Hochzeit ins Wasser fiel oder darüber, dass sie nicht ins Wasser fiel. Oder darüber, dass Katie und Ray jetzt selbst als Organisationskomitee fungierten, so dass Jean entmachtet war. Seiner Erfahrung nach konnten Frauen sich über Dinge erregen, die den meisten Männern nicht einmal auffallen würden.

Er beschloss, nicht nachzuhaken.

Er selbst sah der Hochzeit mit resignierter Ergebenheit entgegen. Wenn Ray und Katie schon so ein Riesendurcheinander veranstalteten, war es nur recht, dass sie die Kosten selbst trugen.

Die Vorstellung, eine Rede halten zu müssen, bedrückte ihn nicht mehr so heftig wie noch vor Kurzem. Er fühlte sich jetzt widerstandsfähiger, und die Aufgabe schien nicht mehr so übermächtig wie bisher. Hätte er damals bloß geahnt, dass Katies Ehe mit Graham nicht halten würde, dann hätte er sich die Rede aufgehoben, die er beim letzten Mal gehalten hatte.

Vielleicht sollte er ein paar Anekdoten aus ihrem Leben zum Besten gegeben. Ausführen, wie aus dem kleinen Wildfang von vor dreißig Jahren ein... was? geworden war. *Eine erfolgreiche junge Frau? Eine erfolgreiche junge Frau und wunderbare Mutter? Die Frau, die ihr jetzt vor euch seht?* Keine dieser Formulierungen traf es so richtig.

Die beste Tochter der Welt? Das war vielleicht etwas übertrieben. *Meine Lieblingstochter.* Das war es. Humorvoll, lobend, aber nicht sentimental.

Vielleicht sollte er Jean nach ihrer Meinung fragen. Der richtige Tonfall war nie seine Stärke gewesen, weshalb er sich bei Abschieds- und Weihnachtsfeiern immer davor gedrückt hatte, eine Rede zu halten.

Katies erste Ehe und einige ihrer schlimmeren Teenager-Streiche würde er vornehm verschweigen. Niemand würde es lustig finden, dass Katie Kaffee in einen elektrischen Kamin geschüttet und eine Explosion verursacht hatte, durch die die Tapete ein neues Design erhielt. Oder vielleicht doch?

Er würde von ihren Plänen erzählen, Rennfahrerin zu werden, und von dem Morgen, an dem sie sich seine Autoschlüssel auslieh, die Handbremse des Vauxhall Chevette lockerte und ins geschlossene Garagentor rollte, wobei sie Jamie beinahe überfahren hätte.

Auf jeden Fall würde er sich die Ansprache erst ein paar Tage vor dem Fest ausdenken. Er wollte das Schicksal nicht herausfordern, und seine Tochter war jederzeit imstande, die Hochzeit auch ein zweites Mal abzusagen.

Noch ein Thema, das unerwähnt bleiben sollte.

Er rief bei dem Restaurant in Oundle an und reservierte einen Tisch für zwei Personen. Jean wirkte immer noch etwas verschnupft, und stärkere Medizin als Blumen schien notwendig.

Und der Fisch schmeckte wirklich ausgezeichnet. George saß vor Zahnbrasse mit Spinat und Pinienkernen und einem Nouvelle-Cuisine-Pfützchen Soße. Jean hatte Forelle bestellt.

Während des Hauptgangs hing eine kleine schwarze Wolke über Jeans Kopf. Als der Nachtisch serviert wurde, ließ er alle Vorsicht außer Acht und fragte, was los sei.

Sie brauchte wirklich sehr lange, bis sie eine Antwort fand. Was George verstehen konnte. Er hatte in letzter Zeit selbst so einiges an seelischem Auf und Ab mitgemacht, das sich nicht leicht in Worte fassen ließ.

Schließlich sagte Jean etwas. »Im Krankenhaus.«

»Ja?«

»Da habe ich etwas zu Katie gesagt.«

»Ja?« George atmete ein wenig auf. Also etwas zwischen Mutter und Tochter. Hitzig, aber schnell vergessen.

»Ich habe was ganz Dummes gemacht.«

»Das kann ich kaum glauben.«

»Ich habe ihr gesagt, dass ich erleichtert sei«, sagte Jean. »Dass die Hochzeit abgesagt war.«

»Aha.«

»Ich habe gesagt, dass wir von Anfang an unsere Zweifel bei Ray hatten.«

»Was ja auch tatsächlich so war.«

»Sie hat es Ray weitergesagt. Ich bin mir völlig sicher. Ich hab's ihm an den Augen angesehen.«

George ließ sich das eine Weile durch den Kopf gehen. Wenn Männer Probleme hatten, wollten sie, dass ihnen jemand eine Antwort gab, aber wenn Frauen Probleme hatten, dann wollten sie hören, dass man sie gut verstehe. David hatte ihm das damals bei Shepherds erklärt, in jenem Sommer, in dem Pams Sohn der Sekte beitrat.

Er sagte: »Du hast Angst, dass Ray dich ablehnt.«

»Uns beide ablehnt.« Jeans Stimmung besserte sich zusehends.

»Na ja, ich vermute, dass er schon lange weiß, dass wir nicht unbedingt mit ihm einverstanden sind.«

»Es ist aber etwas anderes, das klipp und klar gesagt zu bekommen.«

»Da hast du natürlich recht. Wenn ich jetzt darüber nachdenke, dann war sein Verhalten wirklich etwas merkwürdig, als er mich im Krankenhaus abgeholt hat.«

»Inwiefern?« Jean wirkte plötzlich wieder nervös.

»Na ja... Er sagte, zu Hause wäre alles ein fürchterliches Chaos.«

»Na, da lag er auf jeden Fall richtig.«

»Er meinte, ich wäre noch der normalste Mensch in der Familie. Das sollte wahrscheinlich ein Witz sein.«

Es schien ein besserer Witz zu sein, als George geahnt hatte, da Jean lautlos zu lachen anfing. »Dir gegenüber fand ich das etwas unfair, muss ich sagen.« Er streckte die Hand nach Jean aus. »Es ist schön, dich lachen zu sehen. Ich habe dich so lange nicht mehr lachen sehen.«

Sie fing wieder an zu weinen.

»Ich weiß, was ich tun werde.« Er ließ ihre Hand los. »Ich rufe Ray an. Mal gucken, ob ich die Sache nicht wieder einrenken kann.«

»Hältst du das wirklich für eine gute Idee?«

»Vertrau mir«, sagte er.

Er wusste nicht, ob es eine gute Idee war oder nicht. Oder ob man ihm vertrauen sollte. Ja, in Wahrheit wusste er überhaupt nicht, warum er diesen wahnwitzigen Vorschlag geäußert hatte. Aber jetzt gab es kein Zurück mehr. Und falls es etwas gab, mit dem er Jean glücklich machen konnte, dann würde er das selbstverständlich tun.

87

Jamie kam von der Arbeit nach Hause und hatte eine Nachricht von Katie auf dem Anrufbeantworter, dass die Hochzeit doch wieder stattfände. Sie wirkte total begeistert. Und ihre Fröhlichkeit versetzte ihn in eine so optimistische Stimmung wie seit Langem nicht mehr. Vielleicht würde das Schicksal sich ja bei ihnen allen noch zum Guten wenden.

Er war versucht, seine Schwester direkt zurückzurufen, aber er musste erst etwas anderes regeln.

Er parkte in der Nähe von Tonys Wohnung und sammelte sich, weil er diesmal keinen Mist bauen wollte.

Sieben Uhr an einem Montagabend. Wenn Tony überhaupt mal zu Hause war, dann jetzt.

Aber was sollte Jamie ihm sagen? Er wusste genau, was er fühlte, aber sobald er es in Worte zu fassen versuchte, klang es unbeholfen, sentimental und wenig überzeugend. Wenn man einfach nur den Deckel auf seinem Kopf hochheben und sagen könnte: »Da, guck.«

Er klopfte, und eine junge Frau, die er noch nie gesehen hatte, erschien an der Haustür. War Tony umgezogen? Die Frau hatte langes dunkles Haar und trug eine Männer-Pyjamahose mit ungeschnürten Doc Martens. In einer Hand hielt sie eine brennende Zigarette, in der anderen ein zerfleddertes Taschenbuch.

»Ich wollte zu Tony.«

»Aha«, sagte sie. »Du musst der berüchtigte Jamie sein.«

»Berüchtigt, ich weiß ja nicht.«

»Ich hab mich schon gefragt, wann du aufkreuzen würdest.«

»Kennen wir uns?«, fragte Jamie und versuchte redlich, nicht aggressiv zu klingen. Er fühlte sich wie bei dem Treffen mit Ian. Er verstand auf Teufel komm raus nicht, was hier vor sich ging.

Die Frau manövrierte das Taschenbuch in die Hand mit der Zigarette und streckte ihm die andere hin. »Becky. Tonys Schwester.«

»Hi«, sagte Jamie und gab ihr die Hand. Jetzt erkannte er ihr Gesicht auch von Fotos und bereute es, damals nicht mehr Interesse gezeigt zu haben.

»Die, der du immer aus dem Weg gegangen bist«, sagte Becky.

»Aus dem Weg gegangen?«, fragte Jamie. »Ich dachte, du wohnst in ...« Scheiße. Den Satz hätte er nicht anfangen sollen. Sie half ihm nicht weiter. »Irgendwo ganz weit weg.«

»Glasgow. Dann Sheffield. Kommst du rein, oder unterhalten wir uns hier zwischen Tür und Angel?«

»Ist Tony da?«

»Kommst du sonst nicht rein?«

Jamie bekam den Eindruck, dass Tony nicht da war und Becky ihn hart ins Verhör nehmen würde, aber es schien ihm nicht der geeignete Augenblick zu sein, um ein Mitglied von Tonys Sippe vor den Kopf zu stoßen. »Doch, doch.«

»Gut«, sagte Becky und schloss die Tür hinter ihm.

»Und, ist er da?«

Sie gingen die Treppe zu seiner Wohnung hoch.

»Er ist auf Kreta«, antwortete Becky. »Ich hüte so lange die Wohnung. Ich arbeite gerade im Battersea Arts Centre.«

»Puuh«, sagte Jamie.

»Soll heißen?«, fragte Becky.

»Das soll heißen, dass ich versucht habe, ihn anzurufen. Ich dachte, er will mir aus dem Weg gehen.«

»Tut er auch.«

»Oh.«

Jamie setzte sich an den Küchentisch, bis ihm wieder einfiel, dass das hier Beckys Wohnung war, zumindest zeitweilig, und Tony und er nicht mehr zusammen waren und er kein Recht mehr hatte, sich hier wie zu Hause zu fühlen. Er stand wieder auf, Becky sah ihn merkwürdig an, und er setzte sich wieder hin.

»Glas Wein?« Becky streckte ihm eine Flasche entgegen.

»Ja, danke«, sagte Jamie, um nicht unhöflich zu wirken.

Sie schenkte ihm ein Glas ein. »Ich gehe nicht ans Telefon. Das macht das Leben wesentlich einfacher.«

»Verstehe.« Jamies Kopf war voller Dinge, die er Tony hatte sagen wollen und die er nun nicht loswerden konnte. »Das Battersea Arts Centre. Was zeigen die da so, Bilder, Ausstellungen …«

Becky bedachte ihn mit einem abschätzigen Gesichtsausdruck und schenkte sich auch ein Glas ein. »Das ist ein Theater. Ich arbeite am Theater.« Sie sagte das Wort *Theater* sehr langsam, als ob sie mit einem Kleinkind redete. »Ich bin Inspizientin.«

»Verstehe«, sagte Jamie. Seine Kenntnis des Theaters beschränkte sich auf einen Zwangsbesuch von *Miss Saigon*, der ihm nicht zugesagt hatte. Das erzählte er Becky lieber nicht.

»Du scheinst ja nicht sehr gut aufgepasst zu haben, wenn Tony von seiner Verwandtschaft erzählt hat, was?«

Jamie konnte sich an kein Gespräch erinnern, in dem Tony ihm erzählt hatte, was seine Schwester machte. Es war sogar möglich, dass Tony es ihm nie gesagt hatte. Aber das behielt er wohl auch besser für sich. »Ja … und wann kommt Tony wieder?«

»Bin mir nicht ganz sicher. In ein paar Wochen, glaube ich. Es war alles ziemlich improvisiert.«

Jamie überschlug es schnell im Kopf. Zwei Wochen. »Scheiße.«

»Was ist Scheiße?«

Jamie wusste nicht, ob Becky immer so spröde war oder nur ihm gegenüber. Er strengte sich fürchterlich an, nichts Falsches zu sagen. »Ich wollte, dass wir zusammen wo hingehen. Auf eine Hochzeit nämlich. Die Hochzeit meiner Schwester. Sie heiratet.«

»Ja, das macht man meistens auf einer Hochzeit.«

Langsam dämmerte Jamie, warum Tony sich nicht stärker bemüht hatte, ihn mit seiner Schwester bekannt zu machen. Diese Frau konnte Katie wirklich das Wasser reichen. »Wir haben uns gestritten.«

»Ich weiß.«

»Es war meine Schuld.«

»Das hab ich mitbekommen«, sagte Becky.

»Jedenfalls habe ich gedacht, wenn er mit mir auf die Hochzeit kommen würde …«

»Ich glaube, es war genau die Hochzeit, die er vermeiden wollte. Indem er nach Kreta fährt.«

»Ah.«

Becky drückte die Zigarette in dem kleinen Glasaschenbecher in der Mitte des Tisches aus, und Jamie konzentrierte sich darauf, wie der Rauch hochstieg und sich in kleine Spiralen aufteilte, um nicht an das ungemütliche Schweigen denken zu müssen.

»Er hat dich geliebt«, sagte Becky. »Das weißt du ja wohl, oder?«

»Wirklich?« Das war eine dumme Frage. Aber er war so schockiert, dass es ihm egal war.

Tony liebte ihn. Warum zum Teufel hatte Tony das nie gesagt? Jamie war immer davon ausgegangen, dass Tony genauso fühlte wie er. Dass er sich nicht vorschnell festlegen wollte.

Tony liebte ihn. Er liebte Tony. Wie in Gottes Namen hatte er es fertiggebracht, alles so unglaublich zu vermasseln?

»Das wusstest du wohl nicht, was?«, sagte Becky.

Es gab absolut nichts, was Jamie darauf antworten konnte.

»Herrgott«, sagte Becky. »Männer sind manchmal wirklich schrecklich begriffsstutzig.«

Jamie wollte sich gerade verteidigen, dass nichts von alledem passiert wäre, wenn Tony es ihm nur gesagt hätte. Aber das schien ihm dann doch keine sehr erwachsene Antwort zu sein. Außerdem wusste er ganz genau, warum Tony es ihm nie gesagt hatte. Weil er Tony nicht erlaubt hatte, es ihm zu sagen, weil er nicht wollte, dass Tony es ihm sagte, weil er Angst davor gehabt hatte, dass Tony es ihm sagte.

»Wie kann ich ihn erreichen?«

»Weiß der Himmel«, sagte Becky. »Er wohnt bei einem Freund, der da irgend so 'ne Ferienwohnung hat.«

»Gordon.«

»Klingt richtig. Er dachte, das Handy würde da funktionieren.«

»Tut es nicht, ich hab's probiert.«

»Sag ich doch«, sagte Becky.

»Ich brauch eine Zigarette«, sagte Jamie.

Becky lächelte zum ersten Mal. Sie gab ihm eine Zigarette und zündete sie ihm an. »Das hat dich jetzt ganz schön kalt erwischt, was?«

»Hör zu«, sagte Jamie. »Falls er anruft...«

»Macht er nicht.«

»Aber falls er es doch tut...«

»Es ist wirklich ernst, mmhm?«, sagte Becky.

Jamie nahm seinen Mut zusammen. »Ich liebe ihn. Es ist mir bloß erst klar geworden, als... Mein Gott, Tony hat mich sitzen lassen. Dann hat meine Schwester die Hochzeit abgeblasen. Dann hatte mein Dad einen Nervenzusammenbruch und musste ins Krankenhaus. Und wir sind alle nach Peterborough gefahren und haben uns mehr oder minder gegenseitig die Augen ausgekratzt. Und es war fürchterlich. Ganz fürchterlich. Dann sollte die Hochzeit doch wieder stattfinden.«

»Das wird ja eine richtig lustige Feier, was?«

»Und mir ist klar geworden, dass Tony der einzige Mensch ist, der ...«

»Oh Jesus, fang bloß nicht an zu flennen. Weinende Männer kann ich nicht ertragen. Hier, trink noch einen.« Sie goss ihm den restlichen Wein ins Glas.

»Sorry.« Jamie wischte sich die leicht feuchten Augen und schluckte den Kloß in seinem Hals herunter.

»Schick ihm 'ne Einladung«, sagte Becky. »Schreib irgendwas Kitschiges drauf. Ich leg sie ganz oben auf seinen Briefstapel. Oder auf sein Kopfkissen. Egal. Wenn er rechtzeitig wiederkommt, tret ich ihm in den Arsch und sorg dafür, dass er kommt.«

»Wirklich?«

»Wirklich.« Sie zündete sich die nächste Zigarette an. »Ich kenne seine früheren Freunde. Echte Idioten. Meiner unmaßgeblichen Meinung nach. Wir zwei kennen uns natürlich noch nicht sehr lang, aber glaub mir, du kommst mir wie eine gigantische Verbesserung vor.«

»Ryan schien doch ganz okay.« Jamie stellte sich vor, er würde Becky mit Katie bekannt machen, und fragte sich, ob die beiden Busenfreundinnen werden oder sofort den Frauenboxsport vorantreiben würden.

»Ryan. Oh Gott. Was für ein Arschloch. Frauenhasser. Man kann angeblich nicht mit ihnen arbeiten, weil sie nicht zäh genug sind, weißt du, und dann verpissen sie sich und kriegen Kinder. Ist wahrscheinlich nicht mal schwul. Nicht richtig. Du kennst die Sorte. Können einfach die Vorstellung von Sex mit Frauen nicht aushalten. Kinder hat er auch gehasst. So was macht mich immer total sauer. Ich meine, was glaubt der denn, wo die Erwachsenen herkommen? Du willst Busfahrer und

Ärzte? Dann brauchst du auch Kinder. Ich bin bloß froh, dass ich nicht die arme Frau bin, die einen Gutteil ihres Lebens damit verbracht hat, dem den Hintern zu wischen. Hunde mochte er auch nicht. Katzen auch nicht. Jemandem, der Tiere nicht mag, kann man nie trauen. Das ist meine Faustregel. Du hättest nicht zufällig Lust, dir ein Tiefkühl-Curry mit mir zu teilen?«

88

Der Boiler war repariert, und David hatte das Haus wieder für sich, weswegen sie auf dem Rückweg vom Buchladen bei ihm vorbeifuhr.

Jean erzählte ihm von der Hochzeit, und er lachte. Auf eine nette Art. »Hoffen wir nur, dass das Ereignis selbst weniger ereignisreich sein wird als seine Vorgeschichte.«

»Willst du immer noch kommen?«

»Würdest du dich denn freuen?«

»Ja«, antwortete sie. »Ja, das würde ich.« Sie würde sich nicht an ihm festhalten können. Aber falls Jamie und Ray sich schlugen oder Katie es sich bei der Zeremonie anders überlegen sollte, dann würde sie jemanden anschauen können, der verstand, was sie gerade durchmachte.

Er umarmte sie und machte ihr eine Tasse Tee und saß mit ihr im Wintergarten und erzählte ihr von dem exzentrischen Installateur, der am Boiler gearbeitet hatte.

Aber so nett die Unterhaltung auch war – sie wollte an den letzten verbleibenden Ort gebracht werden, an dem sie, wenigstens für kurze Zeit, vergaß, wer sie war und wie sie lebte. Und es machte ihr Angst, dass sie das so sehr wollte. Aber sie wollte es dennoch.

Sie nahm seine Hand und sah ihm in die Augen und wartete darauf, dass er ihre Gedanken erriet, ohne dass sie diese laut aussprechen musste.

Er lächelte zurück, zog eine Augenbraue hoch und sagte: »Komm, wir gehen nach oben.«

89

Zu seiner zweiten Therapiesitzung konnte George nicht gehen, weil er im Krankenhaus war. Dementsprechend graute ihm etwas vor seinem nächsten Zusammentreffen mit Ms Endicott, so ähnlich, wie ihm damals vor dem Gang zu Mr Love gegraust hatte, dem er erklären musste, warum er Jeffrey Browns Schulranzen aufs Dach geworfen hatte.

Doch sie hörte sich seine Geschichte respektvoll an und stellte ihm Fragen, was genau er mit dem Wegschneiden des wunden Punkts hatte erreichen wollen und wie er sich während des Eingriffs gefühlt hatte. Wenn er ihr mitteilen würde, dass er seine Frau in Pastetenform verspeist hatte, würde Ms Endicott ihn fragen, welche Art Soße er dazu gereicht hätte, dachte George.

Ihre Gewissenhaftigkeit zerrte allmählich an seinen Nerven. Er verkündete, dass er sich jetzt viel besser fühle, und sie wollte wissen, in welcher Hinsicht. Er beschrieb seine Haltung zu Katies Hochzeit, und Ms Endicott bat um eine Definition von »zenmäßig«.

Als Ms Endicott am Ende der Sitzung sagte, sie freue sich auf nächste Woche, gab George ein zweideutiges »Mm-hm« zum Besten, weil er sich nicht sicher war, dass er wirklich wiederkommen würde. Halb erwartete er, dass Ms Endicott ihn jetzt über diese Unentschlossenheit ausfragen würde, aber die fünfundvierzig Minuten waren vorbei, und offensichtlich durften sie sich jetzt wieder wie normale Menschen benehmen.

90

Jamie kehrte erst spät von Tonys Wohnung zurück. Jedenfalls zu spät, um noch Leute mit Kindern anzurufen. Er beschloss, am nächsten Tag bei Katie und Ray vorbeizufahren, eine Einladung abzuholen und seine Glückwünsche persönlich zu übermitteln.

Er mochte Becky. Während des Mikrowellencurrys war sie weicher geworden, auch wenn sie nach wie vor nichts von Immobilienmaklern hielt. Die meisten kratzbürstigen Frauen waren ihm sympathisch. Bestimmt, weil er mit Katie zusammen aufgewachsen war. Was er wirklich nicht ausstehen konnte, waren tiefsinnig schräg gelegte Köpfe und Haare in den Nacken werfen und rosa Mohair (warum so was bei Rugbyspielern und Bauarbeitern so viel Erfolg hatte, würde ihm ein ewiges Rätsel bleiben). Er überlegte kurz, ob sie vielleicht eine Lesbe war. Dann fiel ihm eine Geschichte von Tony ein, wie sie mit einem Jungen auf einer Party die Klobrille ihrer Eltern zerbrochen hatte. Aber man konnte sich ja auch ändern.

Er erzählte von Katies und Rays stürmischer Beziehung und konnte Becky davon überzeugen, dass Ray ein guter Kandidat für die Kastration war, dann musste er einlenken und sie mühsam zur Einsicht bringen, dass er doch ein anständiger Kerl sei, was ihm wesentlich schwerer fiel, weil es im Grunde schwer war, ganz genau zu beschreiben, was sich nun geändert hatte.

Sie erzählte von ihrer Kindheit in Norwich. Die fünf Hunde. Die Abneigung ihrer Mutter gegen Hausarbeit. Die krankhafte Hingabe ihres Vaters an Dampfloks. Der Autounfall in Schottland (»Wir sind rausgekrochen, ohne einen einzigen Kratzer abbekommen zu haben, und dann drehen wir uns um, und das Hinterteil vom Auto war abgerissen, und da lag ein halber Hund auf der Straße. Da hab ich heute noch Alpträume von«). Der Junge, der als Pflegekind bei ihnen war und eine Schwäche für Messer hatte. Tony und ein Freund zündeten ein Verbrenner-Flugmodell an, ließen es aus dem Kinderzimmerfenster fliegen und sahen zu, wie es langsam hinten im Garten zur Landung ansetzte, dramatisch Flammen warf, dann kehrtmachte und in ein halbfertiges Haus nebenan flog…

Die meisten Storys hatte Jamie in der einen oder anderen Form schon einmal gehört, diesmal hörte er aber richtig zu.

»Klingt ja alles schlimm.«

»War es aber gar nicht«, erwiderte Becky. »Tony erzählt es nur so.«

»Ich dachte, deine Eltern hätten ihn vor die Tür gesetzt. Nach der Sache mit ihm und…«

»Carl. Carl Waller. Genau. Aber Tony wollte vor die Tür gesetzt werden.«

»Wirklich?«

»Schwul zu sein war die reinste Erlösung für ihn.« Becky zündete eine Zigarette an. »Das hieß, er konnte ein Rebell sein, ohne dass er Fixer oder Autoknacker werden musste.«

Jamie verdaute das langsam. Tausend Meilen zwischen ihnen, und er fühlte sich Tony näher als je zuvor. »Aber Tony und du, ihr wart euch doch auch irgendwie nicht sehr nah, oder? Und jetzt lebst du in seiner Wohnung.«

»Wir haben uns zusammengesetzt, als ich nach London gezogen bin. Vor ein paar Wochen. Plötzlich fiel uns auf, dass wir uns ganz gut leiden können.«

Jamie lachte. Eigentlich vor Erleichterung. Dass Tony dieselben Fehler unterlaufen waren wie ihm.

»Was ist daran so lustig?«, wollte Becky wissen.

»Nichts«, sagte Jamie. »Es ist nur… wirklich gut.«

Es schien wirklich, als ob sich bei allen Leuten das Schicksal wendete. Vielleicht lag ja was in der Luft.

Als er am nächsten Abend zu Katie kam, öffneten sie und Ray gemeinsam die Tür, was symbolträchtig wirkte, und er brachte jetzt das »Herzlichen Glückwunsch« viel aufrichtiger heraus als beim ersten Mal.

Er wurde in die Küche gebeten und bekam von Jacob nur ein kurzes Grunzen zur Begrüßung zu hören, da er im Wohnzimmer völlig in ein *Feuerwehrmann Sam*-Video vertieft war.

Katie wirkte etwas aufgedreht. Wie Leute, die in den Nachrichten interviewt werden, nachdem sie mit dem Hubschrauber aus irgendetwas Grauenhaftem gerettet worden sind.

Auch Ray wirkte verändert, aber Jamie wusste nicht, ob es nur an seiner eigenen veränderten Einstellung zu ihm lag. Katie und er verstanden sich eindeutig besser. Sie berührten einander, was er bisher nicht bei ihnen erlebt hatte. Es gab sogar offensichtliche ödipale Spannungen (»Hör auf, Mummy zu umarmen…«, »Ich will aber Mummy umarmen…«), als das *Feuerwehrmann Sam*-Video vorbei war und Jacob auf der Suche nach einem Tetrapack Apfelsaft in die Küche kam. Jamie vermutete, dass Katie und Ray sich erst verliebt hatten, nachdem sie den ganzen Mist durchgemacht hatten, den die meisten anderen Paare sich für das Ende ihrer Beziehung aufhoben.

Jamie bat um eine Einladung für Tony, und Ray war geradezu verdächtig erfreut, dass er kommen würde.

»Sehr wahrscheinlich ist es nicht«, sagte Jamie. »Er ist *incommunicado* in Griechenland. Ich hoffe bloß, dass er rechtzeitig wiederkommt.«

»Wir könnten ja nach ihm suchen«, sagte Ray voller tatendurstiger Begeisterung, die Jamie nicht ganz angemessen fand.

»Ich glaube, das müssen wir den Göttern überlassen«, sagte Jamie.

»Ganz, wie du meinst«, sagte Ray.

In diesem Augenblick brüllte Katie: »Jacob!«, und sie drehten sich um und sahen Jacob, der gerade seinen Apfelsaft absichtlich auf den Küchenboden schüttete.

Ray brachte ihn dazu, dass er sich entschuldigte, und schleppte ihn dann zum Spielen in den Garten, um ihm zu beweisen, dass Stiefväter auch zu etwas anderem gut waren, als Mütter mit Beschlag zu belegen.

Jamie und Katie plauderten seit zehn Minuten über die Hochzeit, als Katie einen Anruf von zu Hause erhielt. Ein paar Minuten später kehrte sie etwas verwirrt zurück.

»Das war Dad.«

»Wie geht's ihm?«

»Scheinbar gut. Aber er wollte mit Ray sprechen. Wollte mir nicht verraten, um was es geht.«

»Vielleicht will er seine Brautvaterrolle durchsetzen und für alles bezahlen.«

»Wahrscheinlich. Na, wir werden's erfahren, wenn Ray ihn zurückruft.«

»Auch wenn ich Dad nicht viele Chancen gebe«, sagte Jamie.

»Und«, sagte Katie, »was willst du Tony schreiben?«

91

George war so tollkühn, sich nackt vor den Spiegel zu stellen.

Er hatte heute seinen letzten Besuch in der Arztpraxis hinter sich gebracht. Die Wunde war granuliert, was den täglichen Verbandswechsel überflüssig machte. Jetzt entfernte er nach dem Frühstück das Pflaster vom Vortag, setzte sich zehn Minuten lang in ein warmes Salzbad, trocknete sich vorsichtig ab und klebte ein frisches Pflaster auf die Stelle.

Nachdem er die Tabletten geschluckt hatte, wollte er die Gewissheit feiern, dass seine Schwierigkeiten gelöst waren.

Er atmete mehrere Male kräftig ein und aus, zog den Bauch ein, nahm die Schultern zurück und stellte sich in Habtachtstellung vor das Waschbecken.

Die Wolke roter Pünktchen auf seinem Bizeps erregte seine Aufmerksamkeit; dieselben, die er im Hotelzimmer gesehen und inzwischen vergessen hatte. Sie schienen größer und zahlreicher geworden zu sein.

Ihm war übel.

Die nahe liegende Konsequenz wäre eigentlich gewesen, sich schnell vom Spiegel abzuwenden, sich anzuziehen, ein paar weitere Kodein-Tabletten zu schlucken und eine Flasche Wein aufzumachen. Aber er konnte seine Neugierde nicht bezwingen und begann, seine Haut genau zu untersuchen. Auf den Armen. Auf der Brust. Auf dem Bauch. Er drehte sich um und sah über die Schulter, damit er seinen Rücken im Spiegel sehen konnte.

Das war keine gute Idee. Es war, als würde man im Labor in eine Petrischale starren. Auf jedem Quadratzentimeter neues Grauen: dunkelbraune Muttermale, die zerfurcht wie Sultaninen waren, Leberflecken, die zu Archipelen dunkelbrauner Inseln zusammengeklumpt waren, fleischfarbene Hautunebenheiten, die schlaff oder voller Flüssigkeit waren. Seine Haut hatte sich in einen Zoo fremdartiger Lebensformen verwandelt. Wenn er noch genauer hinsähe, würde er erkennen, wie sie sich bewegten und wuchsen.

Wäre er nur noch einmal zu Dr. Barghoutian gegangen. Oder zu einem anderen, besseren Arzt.

Welche Arroganz zu glauben, dass er seine Probleme mit langen Spaziergängen und Kreuzworträtseln lösen könnte. Die Krankheit hatte ihm die ganze Zeit über die Zunge herausgestreckt, sich munter ausgebreitet und andere Krankheiten verursacht.

Er wandte den Blick erst vom Spiegel ab, als ihm schwummerig vor Augen wurde, seine Knie nachgaben und er auf dem Fußboden landete.

In diesem Augenblick mutierte das vor seinem inneren Auge noch sehr lebhafte Bild seiner eigenen nackten Haut zu dem des Hinterteils des Mannes, das sich im Schlafzimmer zwischen Jeans Beinen auf- und abbewegt hatte.

Er konnte sie wieder hören: die Tiergeräusche. Er konnte sie wieder sehen: die faltige Haut, die sich schwabbelnd bewegte. Die Dinge, die er nicht erblickt hatte, sich aber nur zu deutlich vorstellen konnte: das Organ des Mannes, das hinein und hinaus glitt. Das Saugen und Gleiten. Die rosa Falten.

In diesem Haus. In seinem eigenen Bett.

Er konnte es sogar riechen. Den Klogeruch. Intim und ungewaschen.

Er würde sterben. Und niemand ahnte es.

Seine Frau hatte Geschlechtsverkehr mit einem anderen Mann.

Und er musste eine Rede bei der Hochzeit seiner Tochter halten.

Er klammerte sich an der untersten Sprosse des beheizbaren Handtuchhalters fest, wie ein Mann, der nicht von einer Flutwelle weggespült werden will.

Es war wieder wie vorher. Nur schlimmer. Er hatte keinen Boden mehr unter den Füßen. Das Badezimmer, das Haus, das Dorf, Peterborough … alles war weggefegt und zerhäckselt und weggeweht, nichts war mehr da als endloser Raum, nur noch er und die Handtuchstange. Als wäre er aus einem Raumschiff getreten, und die Erde gab es nicht mehr.

Er war wieder verrückt. Und diesmal gab es keine Hoffnung. Er hatte gedacht, er hätte sich geheilt. Aber er hatte versagt. Er konnte sich auf niemanden mehr verlassen. Er würde bis zu seinem Tod in dieser Verfassung bleiben.

Kodein. Er brauchte das Kodein. Er hatte keine Chance gegen den Krebs. Oder Jean. Oder die Hochzeit. Er konnte es nur ein bisschen erträglicher machen.

Er zog sich am Handtuchhalter hoch und rappelte sich auf. Doch als er sich aufrichtete, war das weiche Fleisch an seinem Bauch zu sehen, und es juckte und bewegte sich. Er nahm ein Handtuch und wickelte es sich um den Unterleib. Er fasste nach dem Rand der Badewanne und stemmte sich hoch.

Er würde es schaffen. Es war ganz einfach: Pillen schlucken und abwarten. Mehr brauchte er nicht zu tun.

Er öffnete das Arzneischränkchen und holte die Packung heraus. Er schluckte vier Tabletten mit Wasser aus dem Badewannenhahn herunter, um dem Spiegel über dem Waschbecken zu entgehen. War vier gefährlich? Er hatte keine Ahnung, es war ihm auch egal.

Er taumelte ins Schlafzimmer, ließ das Handtuch zu Boden gleiten und schaffte es irgendwie, trotz seiner zitternden Hände in die Kleider zu schlüpfen. Er stieg ins Bett und zog sich die Decke über den Kopf und sagte sich Kindergedichte vor, bis ihm klar wurde, dass es hier passiert war, genau hier, wo sein Kopf jetzt lag, und er hätte sich am liebsten übergeben und wusste, dass er etwas unternehmen musste, irgendetwas, um sich zu beschäftigen, bis die Medikamente zu wirken anfingen.

Er warf die Bettdecke von sich, stand auf und atmete ein paar Mal hintereinander ganz tief durch, um zu sich zu kommen, bevor er nach unten ging.

Da er annahm, dass Jean anderswo beschäftigt war, wollte er sich eine Flasche Wein schnappen und damit so schnell wie möglich raus zum Atelier verschwinden. Falls das Kodein nicht wirkte, würde er sich betrinken. Es war ihm egal, was Jean dachte.

Aber Jean war nicht anderswo beschäftigt. Er hatte es halb die Treppe herunter geschafft, als sie hinter dem Geländer auftauchte, ihm das Telefon entgegenstreckte und genervt sagte: »Da bist du ja. Ich hab dich gerufen. Ray will mit dir sprechen.«

George erstarrte, wie ein Tierchen, das von einem Raubvogel entdeckt worden ist und hofft, dass es unsichtbar wird, wenn es reglos verharrt.

»Redest du jetzt mit ihm, oder nicht?«, sagte Jean und hielt das Telefon in seine Richtung.

Er sah, wie sein Arm sich hob, um den Apparat entgegenzunehmen, während er die letzten Stufen hinunterschritt. Jean hatte einen Gummihandschuh an und hielt ein Küchenhandtuch in der Hand. Sie übergab ihm das Telefon, schüttelte den Kopf und verschwand wieder in der Küche.

George hielt den Hörer ans Ohr.

Die Bilder in seinem Kopf sprangen fröhlich von einem grotesken Bild aufs nächste um. Das Gesicht des Landstreichers auf dem Bahnhof. Jeans nackte Oberschenkel. Seine eigene kranke Haut.

»George? Hier ist Ray. Katie meinte, du wolltest mit mir sprechen.«

Es war wie ein Anruf, der einen mitten in der Nacht aufweckte. Er hatte nicht die leiseste Vorstellung, worüber er mit Ray hatte sprechen wollen.

Passierte das alles wirklich, oder war er in eine Art Wahnzustand verfallen? Lag er noch oben im Bett?

»George?«, sagte Ray. »Bist du dran?«

Er versuchte etwas zu antworten. Ein leises Miauen drang aus seinem Mund. Er entfernte den Hörer von seinem Kopf und starrte ihn an. Rays Stimme kam immer noch aus den kleinen Löchern. George wollte dem Ganzen ein Ende machen.

Vorsichtig legte er den Hörer wieder auf. Er drehte sich um und ging in die Küche. Jean füllte die Waschmaschine, und er hatte keine Kraft für die Auseinandersetzung, die bevorstand, wenn er jetzt mit einer Flasche Wein zur Tür hinausgehen würde.

»Das ging ja schnell«, sagte Jean.

»Verwählt«, sagte George.

Er hatte den halben Garten auf Socken durchquert, bevor ihm klar wurde, warum Jean auf die brillante Ausrede nicht hereingefallen war.

92

Jamie setzte sich mit einer Tasse Tee, seinem besten Füller und dem Briefpapier hin, das er ganz unten in der Schreibtischschublade gefunden hatte. Teures Briefpapier, wie das, auf dem er sich als Kind bei den Verwandten für Geschenke bedanken hatte müssen.

Er fing an zu schreiben.

Lieber Tony,

Ich liebe Dich, und ich will, dass Du zur Hochzeit kommst. Letzte Woche war ich in Peterborough. Dad hatte einen Nervenzusammenbruch und landete im Krankenhaus, nachdem er sich mit der Schere ein Stück Haut abgeschnitten hat (ich erkläre alles später). Im Krankenhaus lief ich dem Mann über den Weg, mit dem Mum ein Verhältnis hat (das erkläre ich auch später). Katie und Mum hatten einen Riesenkrach wegen der Hochzeit. Sie war abgesagt. Aber jetzt ist sie wieder angesagt (ich erkläre…

Er riss das Blatt Papier ab, zerknüllte es und fing von vorne an. Tony hatte genug damit zu tun gehabt, vor seiner eigenen Familie zu flüchten. Dies war nicht der richtige Augenblick, um mit den Fehlern der eigenen Familie zu kokettieren.

Lieber Tony,
ich liebe Dich und will, dass Du mit zur Hochzeit kommst. Letzte Woche war ich in Peterborough und mir wurde klar, dass Du meine Familie bist …

Zu rührselig.

Lieber Tony,
ich liebe Dich.
Die Hochzeit sollte nicht stattfinden. Jetzt findet sie doch wieder statt. Weiß Gott, was an dem Tag passieren wird, aber ich will Dich an meiner Seite haben …

Gott. Jetzt verkaufte er es als Horrorshow.

Warum war das nur so verdammt schwierig?

Er ging mit der Teetasse nach draußen, setzte sich auf die Bank und zündete sich eine Zigarette an. In einem Garten in der Nähe spielten Kinder. Sieben, acht Jahre alt. Es erinnerte ihn an seine Kindheit. Planschbecken und olympischer Hürdenlauf über Bambusstöcke. Fahrradwettrennen und von Bäumen springen. Nur noch ein paar Jahre, und sie würden rauchen oder die Bierdosen schwenken.

Es war so verdammt schwierig, weil er es Tony nicht persönlich sagen konnte. Wenn man jemandem etwas persönlich sagte, sah man dessen Gesicht an, wie er reagierte, und konnte es ein wenig darauf abstimmen. Wie wenn man ein Haus verkaufte (»Die Gegend ist sehr urban und lebendig.« »Das haben wir auch gemerkt.« »Bedaure. Immobilienmaklersprache. Leider nicht abzuschalten.«).

Und Tony hatte sich seit ihrer Trennung verändert. Nach allem, was Becky erzählt hatte. Wenn er sich Tony jetzt vorstellte, sah er einen weniger selbstsicheren, verletzlicheren Menschen, jemanden, der ihm ähnlicher war.

Jamie hatte sich auch verändert.

Es war wie ein Schachspiel.

Nein, er stellte sich nur dumm an.

Er wollte Tony zurückerobern. Es wäre schön, wenn er zur Hochzeit käme, aber wenn er sie verpasste – na und? Irgendwann würde er schon aus Griechenland zurückkommen.

So betrachtet, wäre es vielleicht sogar ein Geschenk des Himmels, wenn Tony sie verpassen würde, falls es eine Katastrophe werden sollte.

Problem gelöst.

Er drückte die Zigarette aus und ging hinein.

Lieber Tony,
bitte komm mit auf die Hochzeit. Frag Becky. Sie weiß alles.
Ich liebe Dich.
Jamie
xxx

Er steckte den Brief in den Umschlag, legte einen fotokopierten Anfahrtsplan bei, klebte ihn zu, frankierte ihn und brachte ihn zum Briefkasten, bevor er es sich anders überlegen konnte.

93

Unter anderen Umständen hätte George vielleicht Selbstmord begangen. Zwei Nächte in Folge hatte er von dem Ertrunkenen in Peterborough geträumt, und in seinem Traum rief ihn der Fluss, wie einen sonst vielleicht ein riesiges Federbett rufen würde, und selbst im Traum war es erschreckend, wie sehr er loslassen und sich ins Kalte, Dunkle sinken lassen und alles für immer zurücklassen wollte. Aber es waren nur noch sechs Tage bis zur Hochzeit, und es wäre nicht anständig, seiner Tochter so etwas anzutun.

Er musste also eine Methode finden, wie er von einem Tag zum nächsten gelangte, bis der Zeitpunkt gekommen war, dass man etwas Drastisches unternehmen konnte, ohne die festliche Stimmung zu stören. Vermutlich erst nach Katies und Rays Rückkehr von der Hochzeitsreise.

Nachdem er sich im Spiegel betrachtet hatte, war er überzeugt, dass er ein Organversagen erleiden würde. Es schien unvorstellbar, dass der menschliche Körper so viel Angstzustände aushalten konnte, ohne dass innerlich etwas barst oder die Funktion einstellte. Anfangs war diese Ahnung eine weitere Angst, die er seinen übrigen Ängsten hinzufügen konnte: Angst vor dem Krebs, vor dem Verrücktwerden, vor einem Kollaps mitten in der Hochzeitsgesellschaft. Doch nach vierundzwanzig Stunden sehnte er es richtiggehend herbei: einen Schlaganfall. Herzversagen. Irgendwas. Es interessierte ihn wirklich nicht mehr, ob er überlebte oder nicht, Hauptsache, er war bewusstlos und für nichts mehr verantwortlich.

Er fand keinen Schlaf mehr. Sobald er sich hinlegte, spürte er, wie seine Haut unter der Kleidung mutierte. Er lag reglos da, wartete, bis Jean eingeschlafen war, stand auf, schluckte noch mehr Kodein und schenkte sich einen Whisky ein. Er sah sich die merkwürdigen Programme an, die nach Mitternacht im Fernsehen liefen. Dokumentarfilme der Offenen Universität über Gletscher. Schwarzweißfilme aus den Vierzigern. Landwirtschaftsmeldungen. Er weinte und lief im Kreis auf dem Wohnzimmerteppich herum.

Am nächsten Tag verkroch er sich ins Atelier und dachte sich sinnlose Tätigkeiten aus, nur damit er beschäftigt war, während im Haus gerade zwei Männer den neuen Teppich verlegten. Fensterrahmen abschmirgeln. Den Betonfußboden kehren. Alle restlichen Ziegelsteine, einen nach dem anderen, auf die andere Seite des Ateliers tragen. Eine Anzahl kleinerer Bauwerke im Stil von Stonehenge errichten.

Er hatte starke Schwierigkeiten mit dem Essen. Ein paar Gabeln voll, und ihm wurde übel wie auf einer Fähre bei Seegang. Er zwang ein bisschen Toast mit Butter herunter, damit Jean sich keine Sorgen machte, und musste dann nach oben verschwinden, um sich im Bad zu übergeben.

Am Nachmittag des zweiten Tages verlor George den Verstand. Er stand nach dem Mittagessen vom Esstisch auf, ohne seinen Nachtisch anzurühren, und sagte, er müsse wohin. Wohin genau, das wusste er selbst nicht. Er erinnerte sich daran, das Haus durch die Vordertür verlassen zu haben. Was er dann tat, daran konnte er sich später nicht mehr erinnern. Weißes Rauschen füllte seinen Kopf, das dem weißen Rauschen im Fernsehen nicht unähnlich war, wenn kein Sender da war, nur dass dies hier lauter und sehr viel eindringlicher war. Es war nicht angenehm, aber besser, als vor der Toilettenschüssel zu knien, während der Toast wieder hochkam, oder im Bett zu liegen und zu spüren, wie die Stellen sich vervielfältigten und miteinander verschmolzen.

Möglicherweise fuhr er mit dem Bus. Auch wenn er davon später nichts mehr wusste.

Als er wieder zu sich kam, stand er in der Arztpraxis an der Anmeldung. Eine Frau hinter einem Computerbildschirm fragte routinemäßig: »Was kann ich für Sie tun?«

Sie beugte sich vor und wiederholte die Frage, jetzt langsamer und sanfter; scheinbar war ihr gerade klar geworden, dass hier jemand vor ihr stand, der nicht ihre Zeit verschwenden wollte, sondern an einem echten geistigen Defekt litt.

»Ich möchte zu Dr. Barghoutian«, sagte George.

Ja, das schien eine gute Idee, da er schon einmal hier war. Vielleicht war er ja sogar deswegen hierhergekommen.

»Haben Sie einen Termin?«

»Ich glaube nicht«, antwortete George.

»Dr. Barghoutian ist heute leider völlig ausgebucht. Wenn es ein Notfall ist, könnten Sie zu einem anderen Arzt hier gehen.«

»Ich will aber zu Dr. Barghoutian.«

»Bedauere. Dr. Barghoutian ist mit anderen Patienten beschäftigt.«

George wusste nicht mehr, wie man jemandem höflich widersprach. »Ich muss zu Dr. Barghoutian.«

»Es tut mir schrecklich leid, aber …«

Der Weg in die Praxis hatte offensichtlich Georges gesamte Energie aufgebraucht (vielleicht war er gelaufen). Er hatte keine Ahnung, was er seinem Hausarzt sagen würde, aber sein gesamtes Sein schien darauf ausgerichtet gewesen zu sein, in das kleine Behandlungszimmer vorzudringen. Jetzt, wo es unmöglich war, konnte er sich einfach nicht vorstellen, was er stattdessen tun könnte. Er fühlte sich abgrundtief allein und merkwürdig kalt (seine Kleider waren nass; vielleicht regnete es draußen). Er ließ sich zu Boden gleiten und rollte sich in dem Winkel zwischen Teppich und Holz des Anmeldungsschalters zusammen und weinte ein bisschen.

Er umklammerte seine Knie. Er würde sich nicht vom Fleck rühren. Er würde für immer hierbleiben.

Jemand legte eine Decke über ihn. Oder träumte er nur, dass jemand eine Decke über ihn legte?

Er erinnerte sich daran, irgendwo gelesen zu haben, dass man sich kurz vor dem Kältetod angenehm warm und wohlig fühle und dass dies ein Zeichen für das kurz bevorstehende Ende sei.

Aber das Ende stand nicht kurz bevor. Und er würde auch nicht für immer liegen bleiben, weil jemand »Mr Hall …? Mr Hall …?« sagte, und als er die Augen öffnete, erblickte er Dr. Barghoutian, der vor ihm hockte; George war so weit weg gewesen, dass er ein paar Sekunden brauchte, bis er begriff, wo er war und warum Dr. Barghoutian ebenfalls da war.

Jemand half ihm auf die Füße, führte ihn den Gang entlang in Dr. Barghoutians Sprechzimmer, wo er sanft auf einen Stuhl gesetzt wurde.

Mehrere Minuten lang konnte er nichts sagen. Dr. Barghoutian wirkte nicht über Gebühr besorgt, sondern lehnte sich nur zurück und sagte: »Lassen Sie sich ruhig Zeit.«

George nahm sich zusammen und begann zu sprechen. An jedem anderen Tag wäre er über seine Unfähigkeit zur Formulierung ganzer Sätze entsetzt gewesen, aber heute war ihm alles egal. Er klang wie ein Mann in einem Comicstrip, der in eine Oase kriecht. »Krebs ... sterbe ... solche Angst ... Tochter heiratet ...«

Dr. Barghoutian ließ ihn eine ganze Weile so fortfahren. Der Druck in Georges Kopf ließ etwas nach, und die Beherrschung der Syntax fiel ihm wieder leichter. »Ich will ins Krankenhaus ... Ich will ins psychiatrische Krankenhaus ... Bitte ... Jemand muss sich um mich kümmern ... Sicherheit ...«

Dr. Barghoutian ließ ihn aussprechen. »Diese Hochzeit findet am Samstag statt, vermute ich mal.«

George nickte.

Dr. Barghoutian tippte sich ein paar Mal mit dem Bleistift gegen die Zähne. »Genau. So machen wir das.«

Als George das hörte, fühlte er sich gleich besser.

»Am Montagmorgen kommen Sie wieder zu mir.«

George fühlte sich viel schlechter. »Aber ...«

Dr. Barghoutian hielt den Bleistift hoch. George unterbrach sich.

»Ich besorge Ihnen einen Termin beim Hautarzt. Und wenn Sie dann immer noch Angstgefühle haben, dann sehen wir, ob wir Ihnen eine Autorität in Sachen psychiatrischer Hilfe beschaffen können.«

George fühlte sich wieder ein bisschen besser.

»Erst mal schreibe ich Ihnen ein Rezept für Valium auf, ja? Nehmen Sie so viele, wie Sie brauchen, ich empfehle allerdings, sich bei der Hochzeit mit dem Sekt zurückzuhalten. Sonst landen Sie noch irgendwo unterm Tisch.«

Dr. Barghoutian schrieb rasch das Rezept. »Ich vermute stark, dass Sie sich bei unserem nächsten Treffen schon viel ruhiger fühlen werden. Wenn nicht, können wir etwas dagegen tun.«

Es war nicht die Lösung, die George sich erhofft hatte. Aber die Aussicht auf einen weiteren Termin am Montag und eine Autorität in Sachen psychiatrischer Hilfe beruhigte ihn.

Er würde einen Weg finden, sich vor dem Hautarzt zu drücken.

»So, wie wär's, wenn Sie jetzt nach Hause fahren? Soll die Sprechstundenhilfe Ihre Frau anrufen, damit Sie abgeholt werden?«

Die Vorstellung, dass Jean informiert würde, dass er hier in der Arztpraxis zusammengebrochen sei, brachte ihn unerwartet schnell wieder zu sich. »Nein, wirklich nicht. Es geht schon.«

Er dankte Dr. Barghoutian, erhob sich und merkte, dass er in eine dünne grüne Decke gehüllt war.

»Zehn Uhr Montagmorgen«, sagte Dr. Barghoutian und händigte ihm das Rezept aus. »Ich sorge dafür, dass Sie den Termin bekommen werden. Und vergessen Sie nicht, das in die Apotheke zu bringen, bevor Sie nach Hause gehen.«

Er lief aus der Poliklinik über die Straße zu Boots, wo er das Fliesenmuster auf dem Fußboden studierte, damit er keine Broschüren zu sehen brauchte. Er ging drei Mal um den Park, holte das Medikament ab, schluckte zwei Valiumtabletten und fuhr mit dem Taxi nach Hause.

Er hatte sich schon gefragt, wie er Jean diesen ungeplanten Ausflug darstellen sollte, doch als er zur Tür hereinkam, sah er einen kleinen Spiderman-Rucksack im Flur und begriff, dass Katie und Jacob gekommen waren, um die letzten Hochzeitsvorbereitungen zu treffen. Als die drei aus dem Garten hereinkamen, schien Jean sich kaum über seine Mitteilung zu wundern, er sei lang spazieren gegangen und habe dabei das Gefühl für die Zeit verloren.

»Großvater, fang mich!«, rief Jacob.

Aber George war nicht in der Stimmung zum Fangen spielen. Er sagte: »Vielleicht können wir nachher etwas spielen, das ein bisschen ruhiger ist.« Das meinte er ernst. Das Valium fing an zu wirken, denn kaum war er oben auf dem Bett, fiel er in tiefen Schlaf.

94

Katie hatte einen Termin beim Friseur.

Wann der arrangiert worden war, war ihr nicht so recht klar. An ihren Haaren war nichts auszusetzen, das man nicht mit der Nagelschere und einer guten Spülung in Ordnung bekommen hätte. Irgendwie schien sie bei der Zeitplanung nicht mitgedacht zu haben.

Gott sei Dank gab es nicht auch noch Brautjungfern.

Sie erklärte Ray, dass sie den Friseurtermin absagen wolle, er fragte warum, und sie antwortete, sie habe keinerlei Lust, sich wie in einem Brautkatalog aufzubrezeln. Ray entgegnete: »Na komm, gönn dir doch ruhig mal was.« Und sie dachte: *Warum nicht?* Neues Leben. Neue Frisur. Und ging hin und ließ fast alles abschneiden. Jungenhaft. Zum ersten Mal seit sieben Jahren ohrfrei.

Und Ray hatte recht gehabt: Es war nicht nur, dass man sich etwas gönnte. Im Spiegel sah sie nicht mehr die Mutter eines Kleinkindes. Im Spiegel sah sie eine Frau, die ihr Schicksal selbst in der Hand hatte.

Jean war entsetzt. Nicht nur wegen der Frisur. Es war das Zusammenwirken von Frisur und abgesagtem Blumenschmuck und der Entscheidung, nicht in einer Limousine am Standesamt vorzufahren.

»Ich habe nur Angst, dass …«

»Dass was?«, fragte Katie.

»Ich habe nur Angst, dass … es keine richtige Hochzeit wird.«

»Weil ich nicht genug Haare auf dem Kopf hab?«

»Sei nicht so schnippisch.«

Schon möglich, aber Mum war … komisch, dass es kein Wort dafür gab, obwohl Eltern es doch so oft machten. Übersetzten jede Sorge in eine Sorge darüber, dass etwas nicht richtig oder anständig gemacht wurde. Nicht richtig zu essen. Sich nicht richtig zu kleiden. Sich nicht richtig zu benehmen. Als ob die Welt an Schicklichkeit genesen würde.

»Na, es wird auf jeden Fall sehr viel richtiger sein als die letzte Hochzeit.«

»Ray und du …?«

»Wir verstehen uns besser als je zuvor.«

»Das klingt ja nicht wahnsinnig überzeugend.«

»Wir lieben uns.«

Mum zuckte ein wenig zusammen und wechselte das Thema, genau wie Jacob, wenn das Wort ausgesprochen wurde. »Ach, übrigens, haben dein Vater und Ray …?«

»Was haben mein Vater und Ray?«

»Sie hatten ja keine Aussprache, oder?«

»Wann?«, fragte Katie.

»Neulich. Am Telefon.« Mum wirkte etwas besorgt.

Katie zermarterte sich das Gehirn, konnte sich aber an nichts erinnern.

»Ray rief an und wollte mit deinem Vater sprechen. Hinterher sagte dein Vater, dass derjenige sich verwählt habe. Da habe ich mich gefragt, ob es vielleicht irgendein Missverständnis gegeben hat.«

Ein bärtiger Mann erschien in der Tür, um wegen der Anbringung der Zeltschnüre nachzufragen.

Katie sprang auf. »Hör mal, Mum, warum rufst du nicht ein paar Blumenläden an, wenn du dich dann besser fühlst? Vielleicht kann man noch kurzfristig was machen.«

»Okay«, sagte Mum.

»Aber nicht bei Buller's.«

»Okay.«

»Ich hab sie beschimpft«, sagte Katie.

»Okay.«

Katie ging mit dem bärtigen Mann in den Garten. Die Mittelstange stand bereits, und weiße Segelbahnen wurden von fünf Männern in flaschengrünen Sweatshirts in die Luft gehoben. Jacob raste wie ein gedopter Welpe zwischen den Schnurrollen und den aufgestapelten Stühlen herum, völlig versunken in ein komplexes Superheldenspiel, und Katie erinnerte sich wieder, wie magisch es früher gewesen war, einen vertrauten Ort so verwandelt zu sehen. Ein umgedrehtes Sofa. Ein Zimmer voller Ballons.

Dann stieß Jacob einen Falttisch um, stürzte zu Boden und klemmte sich dabei die Finger in dem Klappmechanismus. Er schrie herzerweichend, und Katie hob ihn hoch und tröstete ihn und brachte ihn in ihr Zimmer und holte die Salbe und die Minnie-Maus-Pflaster heraus, und Jacob hörte auf zu weinen, und Mum kam hoch und erklärte, das mit den Blumen sei geregelt.

Die beiden saßen nebeneinander auf dem Bett, während Jacob seinen roten Roboter in einen Dinosaurier und wieder zurückverwandelte.

»Und dann werden wir jetzt wohl endlich Jamies Freund kennen lernen«, sagte Mum, und die Pause vor dem Wort *Freund* war so kurz, dass sie fast nicht wahrnehmbar war.

Katie blickte hinunter auf ihre Hände und sagte »Ja.« Jamie tat ihr wirklich schrecklich leid.

Es gab noch viel zu tun. Sie fuhr mit Jacob in den Ort, um die Torte abzuholen und die Kassette beim Standesamt abzuliefern. Sie wollte eigentlich mit ein bisschen *Feuerwerksmusik* anfangen und dann direkt zu *I Feel Good* überblenden, sobald sie sich das Ja-Wort gegeben hatten, aber die Frau am Telefon sagte ziemlich von oben herab, dass es bei ihnen keine Überblendungen gebe, und Katie wurde klar, dass es wahrscheinlich sowieso zu kompliziert war. Irgendeine Großtante würde zusammenbrechen, und sie müssten sie in die stabile Seitenlage bringen, während James Brown jaulte wie ein geiler Hund. Also entschieden sie sich für das Bach-Violinstück von der Sammel-CD, die Dad ihr zu Weihnachten geschenkt hatte. Sie fuhren bei Sandersons und Sticky Fingers vorbei, um den Bierhumpen mit Monogramm für Ed und die Megapackung belgischer Pralinen für Sarah abzuholen, und zerstörten auf der Heimfahrt um ein Haar die Torte, weil ein paar Kinder einen Fußball vors Auto kickten.

Sie setzten sich zusammen hin zum Abendessen, Mum, Dad, Jacob und sie, und es war gut. Kein Streit. Niemand war beleidigt. Niemand vermied zwanghaft irgendwelche heiklen Themen.

Katie brachte Jacob zu Bett, half Mum beim Abwasch, und die Himmelsschleusen öffneten sich. Mum war, typisch Eltern, ganz außer sich über das schlechte Wetter. Aber Katie ging hoch auf den Dachboden und öffnete das Fenster zum Garten und stand dort, während das Festzelt knackte und klatschte und der Wind wie Brandung in den schwarzen Bäumen rauschte.

Sie liebte Unwetter. Donner, Blitz, prasselnder Regen. Musste etwas mit dem Kindheitstraum vom Leben auf einem Schloss zu tun haben.

Sie dachte an ihre letzte Hochzeit. Graham hatte am Vortag eine merkwürdige allergische Reaktion von ihrem Shampoo bekommen. Eispackungen. Antihistamine. Der Laster, der

Onkel Brians Jaguar den Kotflügel abfuhr. Die verrückte Frau, die singend in die Feier reingeplatzt war.

Sie fragte sich, was diesmal alles schiefgehen würde, aber dann merkte sie, dass das dumm von ihr war. Wie Mum und der Regen. Die Angst, nichts zu haben, worüber man sich beschweren konnte.

Sie schloss das Fenster, wischte das Wasser mit dem Ärmel vom Fensterbrett und ging die Treppe hinunter, um nachzusehen, ob noch etwas in der Weinflasche war.

95

George merkte, dass Dr. Barghoutian gar nicht so dumm war.

Das Valium war gut. Das Valium war sogar richtig gut. Er ging nach unten, holte sich eine Tasse Tee und machte ein paar Kartenspiele mit Jacob.

Nachdem Katie in den Ort gefahren war, zwängte er sich hinter dem Festzelt vorbei, um nach dem Atelier zu sehen, wo er feststellte, dass es sich – weil der Zugang zum Garten nun blockiert war – in einen geheimen Zufluchtsort verwandelt hatte, wie ihn Kinder so lieben und wie er ihn, wenn er ganz ehrlich war, immer noch recht gern hatte. Er zog sich den Klappstuhl heran und saß zehn herrliche Minuten so da, bis einer der Arbeiter auf der anderen Seite ums Zelt kam und in ein Blumenbeet pinkelte. George fand, dass es höflicher war, seine Anwesenheit durch Husten bekannt zu geben, als jemandem schweigend beim Urinieren zuzusehen, weswegen er hustete; der Mann entschuldigte sich und verschwand, aber George hatte trotzdem das Gefühl, dass jemand in sein Refugium eingedrungen war, und kehrte ins Haus zurück.

Er machte sich ein Schinkenbrot mit Tomaten, das er mit einem Glas Milch hinunterspülte.

Das einzige Problem mit dem Valium war, dass es dem rationalen Denken abträglich war. Erst nach dem Abendessen, als die Wirkung der beiden Tabletten, die er nachmittags geschluckt hatte, langsam abnahm, fing er an zu rechnen. Die Packung hatte nur zehn Tabletten enthalten. Wenn er sie weiterhin in diesem Tempo schluckte, hätte er schon vor Beginn der Hochzeit keine mehr übrig.

Langsam dämmerte es ihm, dass Dr. Barghoutian zwar weise, aber nicht großzügig war.

Er würde jetzt aufhören müssen, die Pillen zu schlucken. Und morgen durfte er auch keine nehmen.

Das Schildchen auf der kleinen braunen Flasche warnte vor gleichzeitigem Alkoholgenuss. Blödsinn. Wenn er sich nach seiner Rede hinsetzte, würde er das erste Glas in Reichweite leeren. Sollte er daraufhin in ein Koma fallen, konnte es ihm nur recht sein.

Aber erst einmal bis Samstag durchhalten.

Er spürte es kommen, sogar jetzt schon, während er auf dem Sofa saß, eine Jacques-Loussier-CD hörte, den *Daily Telegraph* gefaltet auf seinem Schoß; so wie sie vor ein paar Jahren in St. Ives den Sturm über dem Meer heranziehen sahen, eine graue Wand aus verdicktem Licht, einen Kilometer entfernt, das Wasser darunter dunkel; alle standen nur da und guckten und merkten erst, wie schnell diese Wand sich vorschob, als es zu spät war, dann schrien und rannten sie, während der Hagel wie Gewehrfeuer auf den Strand prasselte.

Sein Körper fing an zu zucken und zu jucken; sämtliche Zeiger bewegten sich unaufhörlich auf den roten Bereich zu. Die Angst war wieder da. Er wollte sich an der Hüfte kratzen. Aber wenn noch irgendwelche Krebszellen übrig waren, wollte er die auf keinen Fall aufscheuchen.

Die Versuchung, noch ein Valium zu schlucken, war sehr groß.

Gütiger Gott im Himmel. Man konnte über Vernunft, Logik, gesunden Menschenverstand und Phantasie sagen, was man wollte, aber wenn es ernst wurde, war die *einzige* Fähigkeit, die man wirklich brauchte, die Fähigkeit, an absolut gar nichts zu denken.

Er stand auf und ging auf den Flur. Vom Essen war noch etwas Wein übrig. Den würde er trinken und dann noch ein paar Kodein schlucken.

Doch als er in die Küche kam, war sie dunkel und die Tür zum Garten offen; Katie stand auf der Schwelle, sah hinaus in den prasselnden Regen und trank die Weinreste direkt aus der Flasche.

»Trink das nicht«, sagte George viel lauter als beabsichtigt.

»Tschuldigung«, sagte Katie. »Ich dachte, du wärst schon im Bett. Ich wollte sie sowieso austrinken. Dann kriegst du nichts von meinen Bakterien ab.«

George fiel keine Art ein, wie er sagen konnte: »Gib mir die Flasche«, ohne gestört zu wirken.

Katie nahm noch einen Schluck. »Ach, ich liebe den Regen.«

George stand da und sah sie an. Irgendwann drehte sie sich um und merkte, dass er sie beobachtete. Ihm wurde klar, dass er sich ein wenig merkwürdig verhielt. Aber er brauchte Gesellschaft.

»Scrabble«, sagte er.

»Was?«, fragte Katie.

»Hast du vielleicht Lust, Scrabble mit mir zu spielen?«

Katie wiegte den Kopf langsam hin und her und überdachte den Vorschlag. »Warum nicht?«

»Schön«, sagte George. »Hol du das Brett aus dem Schrank, ich muss nur kurz ein Kodein schlucken. Kopfschmerzen.«

George war die Treppe halb nach oben gegangen, als ihm ihr letztes Scrabblespiel wieder einfiel. Es hatte in einer ebenso hitzigen wie unnötigen Debatte über Georges völlig regelkonforme Verwendung des Wortes *Zibbe*, eines Ausdrucks für Mutterschaf oder abwertend für Mädchen, geendet.

Na ja. Es würde seinen Geist zumindest beschäftigen.

96

Es war alles ein bisschen anstrengend.

Jamie schaffte es, ein Drittel der Zeit, in der er nicht schlief, nicht an Tony zu denken. Ein weiteres Drittel stellte er sich diverse melodramatische Szenen ihrer Wiedervereinigung vor. Im letzten Drittel überließ er sich weinerlichen Gedanken daran, wie er allein nach Peterborough führe und viel zu viel oder gar kein Mitleid bekäme und Katie zuliebe gute Miene zum bösen Spiel machen musste.

Er hatte vor, am Freitagnachmittag früh zu fahren, damit er nicht in den Stau geriet. Am Donnerstagabend aß er eine Fertiglasagne und einen Obstsalat von Tesco und sah sich dabei den Film *The Blair Witch Project* an, der wesentlich gruseliger als erwartet war, so dass er das Video in der Mitte anhalten, alle Vorhänge zuziehen und die Haustür abschließen musste.

Er machte sich auf Alpträume gefasst. Insofern war es eher überraschend, dass er einen Sextraum mit Tony hatte. Nicht, dass er sich beschwert hätte. Es war richtig geiles Übereinanderherfallen, wie bei frisch aus dem Gefängnis Entlassenen. Verwirrend war nur die Location: das Wohnzimmer seiner Eltern, wo eine Cocktailparty stattfand. Tony warf ihn mit dem Gesicht nach unten aufs Sofa, schob ihm drei Finger in den Mund und fickte ihn ohne jede Vorrede. Sämtliche Details waren wesentlich deutlicher, als sie in einem Traum zu sein hatten. Der Knick in Tonys Schwanz, die Farbkleckse auf seinen Fingern, das verschlungene Rankenmuster auf dem Kissenbezug, der sich aus äußerster Nähe in Jamies Gesicht drückte, das Stimmengewirr, das Klingen von Weingläsern. So lebhaft sogar, dass er mehrmals am nächsten Morgen daran dachte und in kalten Schweiß ausbrach, bevor ihm wieder einfiel, dass es ein Traum gewesen war.

97

Jean sah erst, wie schlimm es war, als sie im Morgenmantel nach unten ging und durch den Nieselregen über den Rasen lief.

Im Festzelt, wo morgen siebzig Leute essen sollten, stand Wasser.

Sie wurde das Gefühl nicht los, dass das nicht passiert wäre, wenn sie die Hochzeit organisiert hätte, auch wenn sie nur unwesentlich mehr Einfluss auf das Wetter hatte als Katie und Ray.

Sie fühlte sich ... alt.

Das lag nicht nur an dem Regen, sondern auch an George. Eine Zeit lang hatte er normal gewirkt. Dann, nach dem Abendessen, war von einem Augenblick auf den anderen alles wieder vorbei. Er wollte nicht reden. Er wollte nicht helfen. Und sie hatte keine Ahnung, warum.

Statt wütend zu werden, hätte sie sich Sorgen machen müssen, das war Jean bewusst. Aber wie konnte man besorgt sein, wenn man gar nicht wusste, was los war?

Sie ging in die Küche und machte sich Toast und Kaffee.

Eine halbe Stunde später tauchten Katie und Jacob auf. Jean berichtete Katie vom Zelt und wurde fast ärgerlich, als ihre Tochter sich weigerte, in Panik auszubrechen.

Es war ja auch nicht Katies Garten. Wenn die Gäste durch den Schlamm waten müssten, würden sie Jean die Schuld geben, nicht der Braut.

»Und, du kleiner Mann...« Jean wuschelte dem Kleinen durch die Haare. »Was möchtest du zum Frühstück?«

»Ich will Eier«, sagte Jacob.

»Ich will Eier was?«, sagte Katie, die völlig in die Zeitung vertieft war.

»Ich will Eier, bitte«, sagte Jacob.

»Rührei, Spiegelei oder weiches Ei?«, fragte Jean.

»Was ist Spiegelei?«, fragte Jacob.

»Er will Rührei«, sagte Katie geistesabwesend.

»Sollst du haben.« Jean küsste ihn auf den Kopf. Wenigstens für einen Menschen konnte sie etwas tun.

98

Mum hatte recht: Eine Hochzeit ohne Katastrophen hätte gegen irgendeine ungeschriebene Regel des Universums verstoßen. Wie Schnee an Weihnachten. Oder eine schmerzfreie Geburt.

Sie rief die Leute vom Zeltverleih an, die im Laufe des Tages mit Wischlappen, Eimern und Gasheizern vorbeikommen würden.

Dann kreuzten Tante Eileen und Onkel Ronnie mit ihrem Labrador im Schlepptau auf; ihre Hundebetreuerin war im Krankenhaus. Da Jacob Hunde nicht ausstehen konnte, wurde das Tier nach draußen gesperrt, wo es jaulte und versuchte, sich durch die Hintertür zu kratzen.

Der Partyservice ließ vernehmen, das Menü müsse geändert werden, weil eine Gefriertruhe über Nacht ausgefallen sei. Sadie rief an, um zu sagen, dass sie gerade erst aus Neuseeland zurückgekommen sei und die Einladung in der Post gefunden habe: ob sie denn noch kommen könne. Und Brian und Gail riefen an, weil ihr Hotel ihre Reservierung verschusselt hatte und jemand sich darum würde kümmern müssen. Beispielsweise die Braut. Oder die Brauteltern.

Daraufhin beschloss Katie, an diesem Tag nicht mehr von den Möglichkeiten der fernmündlichen Kommunikation Gebrauch zu machen. Sie begab sich nach oben, wo Dad sich im Bad eingeschlossen hatte, möglicherweise um sich vor Eileen und Ronnie zu verstecken. Also ging sie ganz nach oben auf die Toilette, pinkelte, spülte, hörte die Fäkalienpumpe schwerfällig arbeiten und sah das Wasser bis einen Zentimeter unter den Rand der Toilettenschüssel steigen. In diesem Moment überkam sie ein Todestrieb, und statt die auf dem Aufkleber angegebene Nummer anzurufen, dachte sie: »Ich probier's noch mal« und spülte ein zweites Mal, mit vorhersehbarem Ergebnis.

Zwei Sekunden später kniete sie auf dem Boden und versuchte, einen See verdünnten Urins mit einer Staumauer aus beigen Handtüchern einzudämmen. Sie rief: »Verdammte beschissene verfickte …«, woraufhin Jacob hinter ihr erschien und sie darauf hinwies, dass man solche Worte nicht in den Mund nehmen durfte.

»Jacob, kannst du mal ganz schnell Großmutter holen und ihr sagen, dass sie ein paar Mülltüten mitbringen soll?«

»Das stinkt aber.«

»Jacob, hol jetzt bitte Großmutter oder du wirst ohne Taschengeld aufwachsen.«

Aber der Labrador war wieder im Haus, und Jacob weigerte sich, in die Nähe des Erdgeschosses zu gehen, also raste Katie selbst die Stufen hinunter, wo sie Mum und Dad im Flur vorfand, die eine heftige Auseinandersetzung darüber führten, dass Dad sich nicht ausreichend einsetzte, wobei sie flüsterten, wahrscheinlich, damit Eileen und Ronnie es nicht hörten. Katie sagte, das Klo sei übergelaufen. Mum sagte, Dad solle sich drum kümmern, der sich jedoch weigerte. Jean sagte etwas sehr wenig Damenhaftes zu Dad, das Katie nicht ganz verstand, weil Ray gerade am anderen Flurende auftauchte und rief: »Eure Tante hat mich reingelassen, ich hoffe, das war okay.«

Mum war entsetzt und entschuldigte sich wiederholte Male, dass sie schon wieder in Rays Gegenwart gestritten hatten: Ob sie ihm denn eine schöne Tasse Tee machen könne, fragte sie, woraufhin Katie sie nachdrücklich daran erinnerte, dass das Klo immer noch überliefe. Sie war unheimlich sauer auf Ray, weil er letzte Nacht in London verbracht und etwas ganz Geheimes organisiert hatte, und Dad verpisste sich, als gerade keiner hinsah, und Ray jagte die Treppe hoch, und Mum sagte, sie würde Wasser aufstellen, und Katie holte ein paar Müllsäcke aus der Küche, um die uringetränkten Handtücher zur Waschmaschine zu transportieren, und bemerkte unterwegs die schlammigen Pfotenabdrücke auf dem Esszimmerteppich und warf Ronnie ein Wischtuch zu und sagte, er könne ruhig selbst hinter seinem verdammten Hund saubermachen, was er tun musste, weil er ein Christ war.

Der für die Fäkalienpumpe zuständige Mann kündigte an, in einer Stunde zu erscheinen, und Eileen und Ronnie gingen trotz Regens auf einen langen Spaziergang mit ihrem Labrador, und alles war gut, bis Katie ihr Kleid aus dem Koffer holte, um es zu bügeln, und sah, dass sich ein halber Liter Kokos-Duschlotion über den Saum ergossen hatte. Sie fluchte so laut, dass Eileen und Ronnie es wahrscheinlich noch ein paar Äcker weiter weg hörten. Also hielt Ray die Fäuste hoch und sagte: »Schlag mich«, was sie auch tat, mehrmals, längere Zeit, bis Ray sagte: »Das reicht jetzt, es fängt an weh zu tun.«

Er schlug vor, sie solle in den Ort fahren und sich ein neues Kleid kaufen, und sie wollte ihm gerade einen Vortrag halten, warum er eigentlich glaube, dass alle weiblichen Probleme durch Shoppen zu lösen seien, als er sehr ruhig sagte: »Kauf dir ein neues Kleid. Such dir ein Café. Setz dich mit einem Buch und einer Tasse Kaffee schön hin und komm erst in ein paar Stunden wieder, ich kümmere mich hier so lange um alles.« Und da küsste sie ihn, schnappte ihre Tasche und rannte los.

99

George hatte naiverweise angenommen, dass er nichts tun müsse, wenn Katie und Ray die Organisation selbst in die Hand nahmen.

Jean verstand nicht, wie leicht es geschehen konnte, dass er einfach weiter und weiter fahren würde, bis nach Aberdeen zum Beispiel, wenn er es wagen würde, in Peterborough Blumen abzuholen. Sie verstand nicht, wie viel Ruhe er brauchte.

Dann lief oben die Toilette über, und alles wurde so hektisch, dass George sich ins Schlafzimmer zurückzog. Jean platzte herein, um Bettwäsche und Handtücher für Ronnie und Eileen zu holen, und sie war sehr unnachsichtig mit ihm. Er schloss sich im Badezimmer ein, aus dem Jean ihn kurz darauf auch vertrieb, weil jemand auf die Toilette musste. An diesem Punkt wurde es George überdeutlich, dass sich all diese Komplikationen im Laufe des nächsten Tages multiplizieren würden, bis er ihnen nicht mehr gewachsen wäre.

Er hatte die Augen vor der Wirklichkeit verschlossen. Es war undenkbar, dass er mit all diesen Leuten plaudern oder gar sich vor sie hinstellen und eine Rede halten könnte.

Er wollte nicht, dass Katie sich für ihn schämen musste.

Er konnte nicht an der Hochzeitsfeier teilnehmen.

100

Jean hatte sich in Ray getäuscht.

Er war noch nicht einmal eine Stunde hier, und schon lief alles wieder wie am Schnürchen: Katie war nach Peterborough weggelobt worden. Ein Handwerker war unterwegs, der die Toilette reparieren würde, und Eileen und Ronnie holten, von ihrem possierlichen Hündchen begleitet, die Blumen ab.

Und so merkwürdig es schien, auch das Wetter schien Ray zu gehorchen. Jean bereitete ihm kurz nach seiner Ankunft eine Tasse Tee zu, als sie zum Fenster hinausblickte: Der Regen hatte aufgehört, und die Sonne kam zwischen den Wolken hervor. Eine halbe Stunde später tauchten die Männer vom Festzelt auf und trockneten es, und Ray kommandierte sie im Garten herum, als wäre er ihr Chef.

Gewiss, manchmal war er etwas dreist. Keiner von uns, wenn man es so sagen wollte. Doch langsam dämmerte ihr, dass es nicht unbedingt erstrebenswert war, *einer von uns* zu sein. Immerhin versagte ihre Familie gerade ziemlich offensichtlich bei der Organisation einer Hochzeit. Vielleicht war etwas Dreistigkeit genau das, was ihnen allen fehlte.

Nachmittags kamen Jeans Bruder und seine Frau vorbei und erklärten, sie würden abends gern mit George und ihr zum Essen ausgehen.

»George fühlt sich nicht wohl«, sagte Jean.

»Na, wenn George nichts dagegen hat, könntest du ja allein mit uns kommen«, sagte Douglas.

Sie wollte gerade höflich ablehnen, als Ray sagte: »Geh ruhig. Wir halten hier so lang die Stellung.«

Und zum ersten Mal war sie froh, dass Katie diesen Mann heiratete.

101

Jamie spürte das leichte Unwohlsein in seinem Bauch, das ihn bei jeder Rückkehr überfiel: die Familie. Als wäre er wieder vierzehn. Er parkte gegenüber vom Haus, stellte den Motor ab und sammelte sich.

Er musste sich einschärfen, dass er jetzt erwachsen war, dass inzwischen alle erwachsen waren, dass man die Kämpfe, die man mit vierzehn ausgefochten hatte, jetzt nicht mehr weiterzuführen brauchte.

Ach, wenn nur Tony bei ihm wäre.

Er sah Onkel Douglas mit seiner Frau aus dem Seitentörchen herauskommen. Mary. Oder Molly. Er fragte besser jemanden, bevor er ins Fettnäpfchen trat.

Er ließ sich auf dem Sitz nach unten rutschen, damit man ihn nicht sah, und wartete, bis sie ins Auto gestiegen waren.

Gott, er hasste Tanten. Der Lippenstift. Das Lavendelparfüm. Die lustigen Anekdoten, wie man sich bei einem Weihnachtsgottesdienst in die Hose gemacht hatte.

Endlich fuhren die beiden weg.

Was sollte er antworten, wenn er nach Tony gefragt wurde?

Das war doch das Problem, oder? Man zog von zu Hause fort, aber man wurde nie erwachsen. Jedenfalls nicht richtig. Man beging seine Fehler jetzt nur auf andere, kompliziertere Weise.

In diesem Augenblick fuhr Katie vor und parkte neben seinem Wagen. Sie stiegen gleichzeitig aus.

»Na, du«, sagte Katie. Sie umarmten sich. »Kein Tony?«

»Kein Tony.«

Sie streichelte ihn am Arm. »Das ist wirklich schade.«

»Hör mal, was ich dich fragen wollte. Was hast du eigentlich Mum darüber erzählt?«

»Gar nichts.«

»Verstehe.«

»Sag ihnen einfach die Wahrheit«, meinte Katie.

»Aha.«

Katie blickte ihm in die Augen. »Sie werden's schon verkraften. Müssen sie. Dieses Wochenende bin ich die Prinzessin. Und keiner benimmt sich daneben, abgemacht?«

»Abgemacht«, sagte Jamie. »Super Haarschnitt übrigens.«

»Danke.«

102

Als sie in die Küche traten, saß Sainte Eileen am Tisch inmitten eines kleinen Urwalds.

»Wir haben deine Blumen abgeholt«, sagte Eileen und stand auf.

Einen Augenblick lang dachte Katie, man habe ihr ein ganz besonderes Geschenk gemacht.

»Hallo, mein Schatz«, sagte Mum und küsste Jamie.

Eileen wandte sich Jamie zu und sagte: »Diesen jungen Mann haben wir ja seit ... ach, ich weiß gar nicht wie lange nicht mehr gesehen.«

»Sehr lange«, sagte Jamie.

»Und ...«, sagte Mum leicht angespannt. »Wo ist Tony?«

Katie verstand, dass Mum sich für das mangelhaft geplante Erscheinen des Freundes ihres Sohnes vor ihrer wiedergeborenen und unvorbereiteten Schwester stählte. Weswegen sie jetzt Jamie und Mum gleichermaßen bemitleidete. Leider hatte sie nicht die Macht, alle Probleme zu lösen, auch wenn sie ein Wochenende lang Prinzessin war.

»Er wird nicht kommen«, sagte Jamie. Katie sah, wie er seinen Mut zusammennahm. »Wir hatten ein paar Schwierigkeiten. Ich erspar dir den Rest der Geschichte, jedenfalls ist er nach Kreta gefahren. Wo es zu dieser Jahreszeit sehr schön sein soll.«

Katie klopfte Jamie diskret auf die Schulter.

»Da tut mir leid«, sagte Mum, und es klang, als meine sie es ernst.

Auf eine blauäugig-unschuldige Art fragte Eileen: »Wer ist Tony?«, und allen im Raum lief es kalt den Rücken hinunter.

»Wie dem auch sei«, sagte Mum und rieb sich die Hände. »Wir haben noch viel zu tun.«

»Tony ist mein Freund«, erklärte Jamie.

Und Katie dachte, falls alles schiefgehen sollte, falls das Standesamt abbrannte oder sie sich auf dem Weg dahin den Fuß verknackste, wäre es die Sache allein für den Ausdruck auf Eileens Gesicht in diesem Augenblick wert gewesen.

Eileen sah aus, als warte sie auf Anweisungen von Gott, wie sie sich verhalten solle.

Es war schwer zu sagen, was Mum dachte.

»Wir sind Homosexuelle«, sagte Jamie.

Das, dachte Katie, ist jetzt doch ein bisschen zu dick aufgetragen, und sie zog ihn in Richtung Flur. »Komm mit, du.«

Ein Mann stand in der Küchentür und sagte: »Ich soll hier die Toilette reparieren.«

103

Jamie und Katie gingen in ihr Zimmer und ließen sich rückwärts aufs Bett fallen. Sie lachten so sehr, dass sie es Ray und Jacob nicht erklären konnten. Und sie fühlten sich wieder wie vierzehn.

Jamie hatte Druck auf der Blase, ging hinauf, und als er vom Klo wiederkam, tauchte sein Vater auf und sagte: »Jamie, ich muss mit dir reden.« Keine Begrüßung, keine Höflichkeiten. Nur ein verschwörerisches Flüstern und eine Hand auf dem Ellbogen seines Sohnes.

Er folgte George ins Schlafzimmer und setzte sich auf die Sessellehne.

»Jamie, hör zu …«

Jamie war immer noch aufgedreht von der Begegnung in der Küche, aber die Stimme seines Vaters hatte etwas Beruhigendes an sich.

»Der Krebs«, sagte George, wobei er schamvoll zusammenzuckte, »scheint leider zurückgekommen zu sein.«

Jamie merkte, dass es um ernste Dinge ging, und setzte sich ein wenig aufrechter hin. »Der Krebs ist wieder da?«

»Ich habe Angst, Jamie. Solche Angst. Vor dem Sterben. Vor dem Krebs. Eigentlich fast ständig. Nicht schön. Gar nicht schön. Kann nicht schlafen. Kann nicht essen.«

»Hast du mit Mum darüber gesprochen?«

»Ich gehe ihr wohl leider etwas auf die Nerven«, sagte George. »Ich kann nicht viel mithelfen. Ich muss irgendwo ruhig sitzen. Allein.«

Jamie wollte sich erst hinüberbeugen und seinen Vater trösten, so wie man einen verängstigten Hund trösten würde. Aber er fragte nur: »Kann ich dir denn irgendwie helfen?«

»Ja, kannst du«, antwortete George, wobei sich seine Miene merklich aufhellte. »Weißt du, die Sache ist, ich kann wirklich nicht zur Hochzeit gehen.«

»Was?«

»Ich kann nicht an der Hochzeit teilnehmen.«

»Aber du musst!«, beharrte Jamie.

»Wirklich?«, fragte sein Vater schwach.

»Natürlich«, antwortete Jamie. »Du bist der Brautvater.«

George dachte darüber nach. »Du hast natürlich völlig recht.«

Eine kurze Pause entstand, dann fing George an zu weinen.

Jamie hatte seinen Vater noch nie weinen sehen. Er hatte noch nie einen alten Mann weinen sehen. Außer vielleicht im Fernsehen, in Kriegsfilmen. Ihm wurde ganz übel, und er fürchtete sich und wurde traurig und musste den Drang unterdrücken, seinem Vater zu sagen, dass er nicht auf die Hochzeit zu kommen brauche. Wenn er das täte, würde Katie mit beiden bis an ihr Lebensende kein Sterbenswörtchen mehr reden.

Jamie stand auf und ging vor George in die Hocke. »Dad.« Er rieb die Unterarme seines Vaters. »Wir sind doch alle auf deiner Seite. Und wir werden alle da sein, um dir die Hand zu halten. Wenn du ins Zelt kommst, kannst du erst mal ein paar Gläser Wein trinken … Es wird schon alles klappen. Ich verspreche es dir.«

George nickte.

»Und ich sag Mum Bescheid«, versprach Jamie. »Ich sage ihr, dass du deinen Frieden brauchst.«

Er richtete sich auf. Sein Vater war völlig in sich versunken. Jamie berührte ihn an der Schulter. »Alles okay?«

George sah auf. »Danke.«

»Melde dich, wenn du irgendwas brauchst«, sagte Jamie.

Er verließ das Zimmer, machte die Tür vorsichtig hinter sich zu und ging seine Mutter suchen.

Doch als er die Treppe hinunterging, warf er einen Blick in sein Kinderzimmer und bemerkte Koffer auf dem Bett. Weil er zu sehr mit dem Zustand seines Vaters beschäftigt war, dachte er nicht weiter über die Bedeutung der Koffer nach, bis er seiner Mutter auf dem Flur begegnete, die einen Stoß frischer Gästehandtücher in der Hand hatte.

»Mum, hör mal. Ich hab gerade mit Dad gesprochen und …«

»Ja …?«

Jamie zögerte, weil er nicht wusste, wie er es sagen sollte. Während er damit beschäftigt war, dachte ein anderer Teil seines Gehirns über die Bedeutung der Koffer nach, und er hörte sich sagen: »Die Koffer da in meinem Zimmer …«

»Was ist damit?«

»Wer schläft da?«

»Eileen und Ronnie«, sagte Jean.

»Und ich schlafe …?«

»Wir haben eine sehr hübsche Pension in Yarwell für dich gefunden.«

An diesem Punkt bekam Jamie einen für ihn untypischen Ausraster. Er wusste, dass es der falsche Zeitpunkt für einen Ausraster war, aber er war machtlos gegen die Wut, die ihn übermannte.

104

Jean hatte nach ihrem Sohn gesucht. Um sich für die Szene mit ihrer Schwester in der Küche zu entschuldigen. Um noch mal zu sagen, wie traurig sie war, dass Tony nicht bei der Hochzeit dabei sein würde.

Sie hatte ihn getroffen, wie er gerade die Treppe heruntereilte. Offenbar hatte ihm niemand gesagt, dass Eileen und Ronnie in seinem Zimmer schliefen.

Jean wollte gerade erklären, dass sie einen langen und peinlichen Morgen lang in der Stadtbibliothek verbracht hatte, um eine spezielle Pension ausfindig zu machen, in der Tony und er sich nicht fehl am Platze fühlen würden. Sie war ziemlich stolz darauf und erwartete Dankbarkeit von Jamie. Aber er war nicht in der Stimmung für Dankbarkeit.

»Du wolltest einfach nicht, dass Tony und ich hier im Haus schlafen, was?«

»Du siehst das ganz falsch, Jamie.«

»Ich bin euer Sohn, verdammt noch mal.«

»Bitte, nicht so laut, Jamie. Und außerdem ist das ja jetzt, wo Tony nicht hier ist …«

»Na toll, damit haben sich ja alle deine Probleme gelöst, was?«

Irgendwo in der Nähe ging eine Tür auf, und beide verstummten.

Ray, Katie und Jacob tauchten oben an der Treppe auf. Zum Glück schienen sie nichts von dem Streit mitbekommen zu haben.

»Ah, Jamie«, sagte Ray. »Genau der Mann, den wir gesucht haben.«

»Ich habe einen Power Ranger ausgemalt«, sagte Jacob und streckte eine Zeitschrift hoch.

»Wir wollten dich um einen Gefallen bitten«, sagte Katie.

»Was für einen Gefallen?«, fragte Jamie, dem es offensichtlich gar nicht passte, mitten in einer Auseinandersetzung unterbrochen zu werden.

Ray sagte: »Katie und ich gehen zusammen essen, und Jean trifft sich mit ihrem Bruder. Wir haben uns gefragt, ob du vielleicht auf Jacob aufpassen könntest?«

»Tja, leider schlafe ich heute Nacht nicht hier«, sagte Jamie und drehte sich mit einem schnippischen Grinsen zu Jean um.

»Vielleicht kann euer Vater ja auf Jacob aufpassen«, sagte Jean, um die Aufmerksamkeit von Jamie abzulenken. »Es wird langsam Zeit, dass er mal in die Hände spuckt und sich nützlich macht.«

»Heilige Scheiße, nein«, sagte Jamie.

»Jamie«, sagte Jean. »So was sagt man nicht.«

»Das ist böse-böse«, sagte Jacob.

»Ich mache den Babysitter für Jacob«, sagte Jamie. »Sorry. Vergesst alles, was ich gesagt habe. Natürlich bin ich hier. Sorry. Kein Problem. Na komm, kleiner Mann, wir gehen uns deinen Power Ranger angucken.«

»Das ist ein Yellow Ranger«, sagte Jacob.

Die beiden verschwanden nach oben.

»Was war das denn gerade?«, fragte Katie.

»Ach, nichts«, sagte Jean. »Und, wo geht ihr hin? Oder ist das eine große Überraschung?«

105

Als sie mit dem Essen halb fertig waren, fing Ray an, auf die Uhr zu sehen.

Katie wies ihn darauf hin, dass ein Gentleman so etwas während eines Dinners bei Kerzenschein mit seiner Verlobten unterlassen sollte. Ray entschuldigte sich nur halbherzig. Er schien das komisch zu finden, auch wenn es das gar nicht war, und Katie war hin- und hergerissen, ob sie ernsthaft sauer werden sollte. Aber am Abend vor ihrer Hochzeit wollte sie keinen Streit riskieren.

Ein paar Minuten vor einundzwanzig Uhr beugte Ray sich über den Tisch, ergriff ihre beiden Hände und sagte: »Ich habe ein Geschenk für dich.«

Katie reagierte recht verhalten, nicht nur, weil Ray auf die Uhr geschaut hatte, sondern auch, weil er nicht der Stärkste in puncto Geschenke war.

Ray schwieg.

»Ja …?«, fragte Katie.

Ray hielt einen Finger hoch, was wohl *Wart's ab* heißen sollte oder *Sei still.* Was auch merkwürdig war.

»Na gut«, sagte Katie.

Ray schaute in Richtung Fenster, also wandte Katie den Blick auch dorthin, und Ray zählte: »Fünf, vier, drei, zwei, eins …«. Und ein paar Sekunden lang geschah gar nichts, Ray fluchte leise, aber plötzlich knallte es auf dem Feld neben dem Restaurant, Katie erschrak für einen Moment, bis sie zischende weiße Schlangen, lila Seeigel, gelben Sternregen, Trauerweiden aus strahlend grünem Licht in den Himmel steigen sah. Und das *Wumm*, als würde jemand mit dem Golfschläger auf Pappkartons einschlagen, versetzte sie zurück zu Lagerfeuern und Backkartoffeln in Alufolie und dem Geruch von Wunderkerzen.

Das ganze Restaurant sah zu, und auf jede Explosion folgte ein *Ooh* oder ein *Aah* irgendwo im Raum, und Katie sagte: »Das ist also …«

»Ja.«

»Mein Gott, Ray, das ist einfach Wahnsinn!«

»Gern geschehen«, sagte Ray, der als Einziger nicht zum Feuerwerk sah, sondern in das Gesicht der Braut. »Das oder Chanel No. 5. Ich dachte mir, dir wäre das hier lieber.«

106

Jean sah Douglas und Maureen nur selten. Zum Teil, weil sie in Dundee wohnten. Und zum Teil, weil … na ja, wenn man ganz offen sein wollte, war Douglas ein bisschen wie Ray. Nur noch mehr. Er war Besitzer eines Fuhrunternehmens. Einer dieser wie Schränke gebauten Männer, die schrecklich stolz darauf sind, keine Allüren zu haben.

Allerdings hatte sich ihre Meinung über Leute wie Ray in den letzten vierundzwanzig Stunden maßgeblich verändert, und heute Abend genoss sie die Gesellschaft ihres Bruders richtig.

Sie hatte bereits ein paar Gläser Wein getrunken, als Maureen fragte, was mit George los sei, also dachte sie *Was soll's* und erklärte ihnen, dass er an Stress leide.

Woraufhin Maureen erwiderte: »Das hat Doug vor ein paar Jahren auch durchgemacht.«

Douglas schlürfte seinen Krabbencocktail aus, zündete sich eine Zigarette an, legte den Arm um Maureen und ließ sie erzählen.

»Er hatte kurz hinter Edinburgh einen Black-out, fuhr gerade mit dem Transit. Kam wieder zu sich, als er mit hundertzwanzig an der Leitplanke auf dem Mittelstreifen entlangschrammte. Computertomographie. Blutuntersuchungen. Der Arzt meinte, es wäre Überlastung.«

»Also haben wir den einen Sattelschlepper verkauft und uns drei Wochen nach Portugal verpisst«, sagte Douglas. »Simon hat so lang den Laden geschmissen. Man muss einfach wissen, wann man die Zügel mal aus der Hand gibt. Das ist es doch.«

Jean wollte sagen, dass sie gar nichts davon mitbekommen hatte. Aber ihnen war natürlich bekannt, dass sie nichts davon mitbekommen hatte. Und sie wussten auch alle, warum. Weil Jean nie Interesse daran gezeigt hatte. Jetzt bereute sie es, und sie brachte ihr Mitleid zum Ausdruck. »Ich wünschte, ich hätte euch damals bei uns zu Hause einquartiert.«

»Zusammen mit Eileen?«, fragte Maureen und zog die Augenbrauen hoch.

»Nein, anstelle von Eileen«, antwortete Jean.

»Ich hoffe nur, sie bringt den schrecklichen Hund nicht mit auf die Hochzeit«, sagte Douglas, und sie lachten.

Jean fragte sich ganz kurz, ob sie ihnen von der Schere erzählen sollte, fand dann aber, dass das wohl doch etwas zu weit führte.

107

Jamie hatte noch nie länger auf ein Kind aufgepasst.

Er hatte ein paar Mal Babysitter für Jacob gespielt, als der noch ganz klein gewesen war. Ein oder zwei Stunden, die der Kleine überwiegend geschlafen hatte. Er hatte ihm sogar einmal eine Windel gewechselt – überflüssigerweise. Er hatte den Geruch falsch gedeutet.

Jetzt schrie Jacob aus dem Badezimmer nach ihm, wo er gerade Kacka gemacht hatte; Jamie sah zu, wie er sich verfrüht von der Klobrille herunterrutschen ließ, das letzte bisschen über die Brille verschmierte, wo es dann wie ein feuchter Schokoladenstalaktit vom Rand baumelte. Kein Baby-Aa. Sondern richtige Menschenfäkalien. Mit einem Anflug von Hundekot.

Jamie wurde klar, dass er nie wieder Babysitter spielen würde, vielleicht wieder, wenn Jacob zwölf wäre. Er bewaffnete sich mit einem selbst gewickelten Handschuh aus Klopapier und hielt sich die Nase zu.

Natürlich gab es schlimmere Berufe auf der Welt (Rattenfänger, Astronaut), aber erst jetzt wurde Jamie bewusst, wie weit unten auf der Skala die Kinderbetreuung angesiedelt war.

Jacob war unglaublich stolz auf seine Leistung, und alle anderen Aktivitäten des restlichen Abends (Rührei auf Toast, *He, du. Runter von unserm Zug*, ein sehr, sehr schäumendes Bad) wurden davon begleitet, dass Jacob sein Kloabenteuer noch mindestens zwanzig Mal erzählte.

Jamie hatte keine Gelegenheit, mit seiner Mutter über den Geisteszustand seines Vaters zu sprechen. Und vielleicht war es ja auch besser so. Eine Person weniger, die sich Sorgen machte. Wenn er heute Abend losfuhr, würde er Ray bitten, ein bisschen aufzupassen.

Sein Vater verbrachte den ganzen Abend im Schlafzimmer. Es schien ihm gut zu gehen.

Als Jacob endlich im Bett war, legte Jamie die Füße hoch und schaute sich *Mission Impossible* an (aus unerfindlichen Gründen lag unter dem Fernseher ein Riesensortiment an Actionfilmen).

In der Mitte des Films hielt Jamie das Band an, ging kurz auf die Toilette und sah anschließend nach seinem Vater. Sein Vater war nicht im Schlafzimmer. Auch nicht im Bad. George war nirgendwo. Jamie sah noch einmal in allen Schränken und unter den Betten nach, starr vor Angst, dass George Dummheiten begangen haben könnte.

Er war fast so weit, die Polizei anzurufen, als er hinaus in den dunklen Garten blickte und seinen Vater dort mitten auf dem Rasen stehen sah. Er öffnete die Tür und ging nach draußen. Sein Vater schwankte ein wenig.

Jamie stellte sich an seine Seite. »Was gibt's Neues?«

George starrte hinauf in den Himmel. »Unglaublich, die Vorstellung, dass alles aufhören wird.«

Er hatte getrunken. Jamie konnte es riechen. Wein? Whisky? Schwer zu sagen.

»Musik. Bücher. Wissenschaft. Alle reden von Fortschritt, aber …« Er starrte immer noch nach oben.

Jamie legte eine Hand auf den Arm seines Vaters, damit er nicht umkippte.

»In ein paar Millionen Jahren wird das alles hier ein öder Riesenfelsen sein. Keine Spur mehr davon, dass wir jemals gelebt haben. Nicht mal mehr jemand da, der bemerkt, dass es keine Spur mehr von uns gibt. Niemand, der noch nach einer Spur sucht. Nur … leerer Raum. Und andere Felsbrocken. Die durchs All fliegen.«

Seit unvordenklichen Collegezeiten, als er und Scunny total bekifft gewesen waren, hatte Jamie niemanden mehr in diesem Stil sich äußern hören. »Vielleicht gehen wir besser mal wieder rein.«

»Keine Ahnung, ob das erschreckend oder beruhigend ist«, sagte sein Vater. »Dass alle vergessen sein werden, weißt du. Du. Ich. Hitler. Mozart. Deine Mutter.« Er senkte den Blick und rieb sich die Hände. »Wie spät ist es eigentlich?«

Jamie sah auf die Uhr. »Zwanzig nach zehn.«

»Gehen wir lieber wieder rein.«

Jamie führte seinen Vater sanft auf das Licht der Küchentür zu.

Auf der Türschwelle blieb George stehen und wandte sich Jamie zu. »Danke dir.«

»Wofür?«

»Für's Zuhören. Sonst würde ich es wahrscheinlich nicht schaffen.«

»Gern geschehen«, sagte Jamie und schloss die Tür ab, während sein Vater die Treppe hochschlurfte.

Als alle wieder zu Hause waren, nahm Jamie den Bräutigam beiseite und sagte ihm, dass sein Vater ein bisschen schwach auf der Brust wirke. Er fragte Ray, ob er ihn über Nacht ein wenig im Auge behalten und Katie nichts davon sagen könne. »Kein Problem«, sagte Ray.

Jamie stieg ins Auto und fuhr zu der Pension in Yarwell. Die verschlossene Tür wurde von einer großen Person unbestimmbaren Geschlechts im Kaftan geöffnet, die sich gereizt erkundigte, warum er nicht angerufen habe, um anzukündigen, dass es später würde.

108

Am nächsten Morgen wachte Jean auf, wusch sich und zuckelte zurück ins Schlafzimmer.

George saß mit derselben Trauerkloßmiene wie seit Tagen auf der Bettkante. Sie bemühte sich, ihn möglichst zu ignorieren. Wenn sie erst einmal zu sprechen anfinge, würde ihr der Geduldsfaden reißen. Vielleicht war sie gefühllos, vielleicht war sie altmodisch, aber sie war davon überzeugt, dass es nichts so Bedrückendes geben konnte, dass man es nicht für den Hochzeitstag seiner eigenen Tochter beiseiteschieben konnte.

Sie zog gerade ihren Unterrock an, als er sagte: »Es tut mir leid«, und sie drehte sich um und sah, dass es ihm ganz ernst war.

»Es tut mir so leid, Jean.«

Sie wusste nicht, was sie sagen sollte. Dass es nicht so schlimm war? Es war aber schlimm. Das sah sie ja selbst.

Sie setzte sich an seine Seite, nahm seine Hand und hielt sie fest.

Sie dachte an die Kinder, wie man ihnen beigebracht hatte, sich zu entschuldigen, wenn sie sich gekloppt oder etwas kaputt gemacht hatten. Und für sie war es nur ein Wort. Eine Art, die Scherben ein bisschen unter den Teppich zu kehren. Dann hörte man es jemanden mit vollem Ernst sagen und merkte auf einmal, welche Macht die magischen Worte hatten, die den Zugang zur Höhle freigaben.

»Was kann ich tun?«, fragte sie.

»Ich glaube nicht, dass du etwas tun kannst«, sagte George.

Sie nahm ihn in ihre Arme, aber er rührte sich nicht.

Sie sagte: »Zusammen schaffen wir das.«

Wenige Sekunden später klopfte Katie an der Tür. »Mum …? Könntest du mir vielleicht helfen?«

»Eine Minute!« Sie zog sich an, gab George einen Kuss und sagte: »Es wird alles klappen. Ich verspreche es.«

109

Jamie stand auf und tappte aufs Klo.

Dort überfielen ihn Klopapierrollen mit hellblauem Häkelüberzug und handgemalte Wandteller von der Costa Brava.

Im Laufe der Nacht war er mehrere Male hochgeschreckt, weil er träumte, seinem Vater wäre etwas Fürchterliches zugestoßen. In einem Traum blickte Jamie oben aus dem Fenster auf seinen Vater, der stark blutete, auf halbe Größe geschrumpft war und von einem Wolf durch den Garten gezerrt wurde.

Jamie war folglich noch ziemlich müde, und als er sich vorstellte, was für ein Frühstück ihn unten erwartete (lauwarmer Schinkenspeck mit weißem Fettrand, zu lang gezogener Tee mit Vollfettmilch …), verging ihm beinahe jeder Appetit.

Heute Nacht würde er bei seinen Eltern auf dem Sofa schlafen.

Oder im Festzelt.

Er packte seine Sachen, sah nach, ob die Luft rein war, und huschte auf Zehenspitzen die Treppe hinunter. Er war gerade dabei, die Tür aufzumachen, als das korpulente Mannweib aus der Küche auftauchte und sagte: »Aber wollen Sie denn gar kein Frühstück …?«, und Jamie klemmte die Beine unter den Arm und rannte.

110

Katie lag in einem Liegestuhl auf der Dachterrasse. Sie blickte über Barcelona hinweg. Aber die Terrasse war die aus dem Hotel in San Gimignano. Man konnte das Meer sehen, was dort jedoch nicht möglich gewesen war. Es roch wie eine Mischung aus Sonnenmilch und richtig leckerem Vanillepudding. Jacob schlief oder war bei Mum und Dad in England oder war allgemein abwesend auf eine Art, die sie nicht nervös machte.

Dann trat Ray auf den Playmobil-Ritter und schrie, und Jacob schrie ebenfalls, weil Ray ja die Figur kaputt gemacht hatte, und Katie war wach, und heute heiratete sie, und dies war wahrscheinlich ein Augenblick, den man so richtig schön genießen sollte, aber das klappte nicht recht, weil die Leute vom Partyservice bereits unten gewesen waren, während sie sich die Zähne geputzt und das Gesicht gewaschen hatte, und wissen wollten, wie viel von der Küche sie mit Beschlag belegen durften, also musste sie Mum ganz schnell mobilisieren, und dann regte Jacob sich auf, weil Ronnie ihm vor der Nase die Flakes aufgegessen hatte und sich nicht entschuldigte oder anbot, schnell zum Dorfladen zu laufen und neue zu holen, sondern Jacob eine Predigt hielt, man könne nicht immer haben, was man wollte. Dann kreuzte Ed auf und trat in den Riesenscheißhaufen, den der gottverdammte Labrador mitten auf den Weg gesetzt hatte, und es würde offensichtlich so ziemlich auf diese Art bis zum Ende des Tages weitergehen.

111

Jamie legte einen so zackigen Abgang hin, dass beim Verlassen der Sackgasse die Reifen quietschten. Er schämte sich für seine überstürzte Flucht, bis er in die Hauptstraße einfädelte, wo er sein Tempo verlangsamte und sich damit beruhigte, dass es eine wirklich miese Pension gewesen war, deren Inhaber unfreundlich und befremdlich war (vielleicht eine zum Mann umoperierte Frau, oder doch umgekehrt?) und in der er nur deshalb vor Anker hatte gehen müssen, weil man ihn schändlich aus seinem eigenen Hafen vertrieben hatte. Um die Rechnung, fiel ihm plötzlich ein, würde er sich später noch kümmern müssen. Statt Scham verspürte er rechtschaffene Entrüstung, was ihm die Krankenkassen eines Tages danken würden.

Dann stellte er sich vor, wie er Katie sein Abenteuer erzählen würde (samt Klorollen-Häkeldecken und quietschenden Reifen), und fragte sich laut, was für Handbücher seine Mutter wohl genau in der Bibliothek konsultiert hatte, bevor sie diese Absteige ausgewählt hatte, und seine Entrüstung schlug um in Heiterkeit, was die Krankenkasse noch weiter entlasten würde.

Als er vor dem Haus seiner Eltern hielt, war er ziemlich im Reinen mit sich. Sonst lief er ja nie davon. Er räumte Hotelzimmer vor dem Auschecken auf, hielt schlechte Filme bis zum Ende aus und tat hin und wieder so, als sei Tony nur ein guter Freund. Was nicht gut für die Seele war.

Er hatte es immer fürchterlich gefunden, wenn Tony sich im Restaurant über etwas beschwerte oder in der Öffentlichkeit demonstrativ mit Jamie Händchen hielt. Doch jetzt, in Tonys Abwesenheit, merkte Jamie, wie wichtig das war. Und der Gedanke kam ihm, dass ein besserer Mensch zu werden ein durchaus zweideutiger Prozess war. An die lieben Mitmenschen zu denken war das eine. Das andere war, sich einen Scheibenkleister um das zu scheren, was andere von einem dachten. Trockenes Naanbrot in die Küche zurückgehen lassen. Zungenküsse auf der Blackfriars Bridge.

Ein Gedankengang, der ein Crescendo erreichte, als er die Küche betrat, wo passenderweise gerade Eileen und Ronnie frühstückten. In diesem Augenblick fühlte er Tony an seiner Seite, zumindest im Geiste, und Jamie war egal, was Eileen und Ronnie von ihm denken mochten (dass er bekehrt oder kastriert oder eingesperrt werden musste) – im Grunde ihres Herzens hatten sie schreckliche Angst vor ihm. Was ihm das Gefühl gab, ein bisschen Batman zu sein, der böse aussah, obwohl er eigentlich gut war.

»Guten Morgen, Eileen«, sagte er. »Guten Morgen, Ronnie.« Er sah sie mit strahlendem Lächeln an. »Ich hoffe, ihr habt gut geschlafen.«

Dann klopfte er beiden auf die Schulter, drehte eine Pirouette, und die Luft in der Küche füllte sich mit seinem schwarzen Umhang, und er fegte mit seinen schwarzen Lederstiefeln und Strumpfhose gebieterisch durchs Esszimmer, auf den Flur und in die Gästetoilette.

Diese schien als Zeitmaschine zu fungieren, denn als er die Spülung betätigte und wieder hinaus auf den Flur trat, ging es dort auf einmal zu wie auf dem Bahnhof Euston: Eileen lief in die eine Richtung, seine Mutter und Schwester in die andere, Jacob war ein Kampfflugzeug, der Christenhund jaulte, und zwei verblüffend rotblonde Frauen, die er nicht kannte, standen in weißen Uniformen in der Küchentür.

Katie sagte: »Hi, Jamie« und verschwand.

Ray kam die Treppe hinunter und flüsterte ihm ins Ohr: »Kein Piep letzte Nacht von deinem Dad.«

»Danke«, sagte Jamie. »Ich geh schnell hoch und sag ihm guten Morgen.«

»Wie war's in der Pension?«, erkundigte sich Ray.

»Nicht so toll«, sagte Jamie.

»Katie hat mir erzählt, die Jesus-Leute hätten sich dein Zimmer unter den Nagel gerissen«, sagte Ray. »Vielleicht haben sie einen Exorzismus durchgeführt.«

Jamie erreichte den Treppenabsatz oben und merkte, dass er geistesabwesend gewesen war und nicht auf Rays Witz reagiert hatte, was vermutlich unhöflich gewirkt hatte. Egal. Sein Vater war jetzt wichtiger.

Er klopfte an der Schlafzimmertür.

»Herein.«

Jamie ging hinein und fand George komplett bekleidet auf der Bettkante sitzend.

»Du bist da«, sagte sein Vater. »Hervorragend.« Er ließ die Hände auf die Knie klatschen, als solle jetzt etwas losgehen.

»Wie geht es dir?«, fragte Jamie.

»Hab's mir anders überlegt.«

»Inwiefern?«

»Ich kann wirklich nicht an der Hochzeit teilnehmen.«

»Jetzt mal ganz langsam«, sagte Jamie.

»Ich könnte natürlich in ein Hotel gehen, aber offen gestanden war ich in letzter Zeit schon oft genug in Hotels.«

Jamie wusste nicht recht, was er entgegnen sollte. Sein Vater wirkte völlig bei Sinnen. Nur dass er es natürlich nicht war.

»Das Auto kann ich nicht nehmen, weil deine Mutter es brauchen wird, um zum Standesamt zu fahren. Und wenn ich hier loslaufe, sieht mich bestimmt jemand, den ich kenne.« Sein Vater zog eine amtliche topographische Karte unter der Matratze hervor. »Aber du hast ein Auto.« Er faltete die Landkarte auseinander und deutete auf Folksworth. »Wenn du mich vielleicht da irgendwo raussetzen könntest, könnte ich fünfzehn, zwanzig Kilometer laufen, ohne an eine größere Straße zu kommen.«

»Verstehe«, sagte Jamie.

»Wenn du meinen großen Regenmantel und eine Thermoskanne mit Tee im Kofferraum verstauen könntest, wäre das eine große Hilfe für mich.« Er faltete die Landkarte zusammen und schob sie unter die Matratze zurück. »Ein paar Kekse wären auch gut, wenn das möglich wäre.«

»Ein paar Kekse«, sagte Jamie.

»Vollkornkekse. So was in der Art. Nichts mit viel Schokolade.«

»Vollkornkekse.«

Jetzt fasste George nach der Hand seines Sohnes und hielt sie fest. »Danke. Du bist mir wirklich eine große Hilfe.«

»Gut«, sagte Jamie.

»Na, dann geh mal besser nach unten und misch dich unters Volk. Wir wollen ja nicht, dass sonst jemand Wind davon bekommt, was?«

»Nein«, sagte Jamie.

Er erhob sich und schritt zur Tür. Er drehte sich kurz zurück. Sein Vater wiegte sich von einem Fuß auf den anderen und starrte aus dem Fenster.

Jamie trat auf den Flur hinaus, zog die Tür hinter sich zu, rannte hinunter, schnappte sich sein Handy, schloss sich zum zweiten Mal auf der Toilette ein und rief in der Arztpraxis an. Er wurde mit einer Wochenend-Notrufzentrale verbunden und erklärte, dass sein Vater dabei sei, den Verstand zu verlieren. Er erklärte das mit der Schere und der Hochzeit und dem Fluchtplan und dem Weinen. Spätestens in einer Dreiviertelstunde würde ein Arzt bei ihnen sein.

112

Sie fand Ray draußen im Zelt, wo er eine Änderung des Sitzplanes in letzter Minute beaufsichtigte (einer ihrer Bekannten war diesen Morgen gestolpert und hatte sich einen Schneidezahn am Waschbecken abgebrochen).

»Ray?«, fragte sie.

»Was kann ich für dich tun?«

»Tschuldigung, dass ich dir zur Last fallen muss«, sagte Jean, »aber ich weiß nicht, wen ich sonst fragen soll.«

»Schieß los.«

»Es geht um George. Ich mache mir Sorgen um ihn. Er hat heute Morgen so etwas Komisches zu mir gesagt. Er wirkte gar nicht wie er selbst.«

»Ich weiß«, sagte Ray.

»Wie… du weißt das?«

»Jamie bat mich gestern, George im Auge zu behalten, weil er nicht ganz beieinander sei.«

»Davon hat er mir gar nichts erzählt.«

»Er wollte wahrscheinlich nicht, dass du dir Sorgen machst«, sagte Ray. »Jedenfalls war Jamie heute Morgen schon bei George und hat mit ihm gesprochen. Nur um sicherzugehen.«

Sie merkte, wie die Erleichterung sie durchströmte. »Das ist wirklich wunderbar von dir.«

»Du musst dich bei Jamie bedanken.«

»Das ist wohl wahr«, sagte Jean. »Ich werde es tun.«

Wenige Minuten später bot sich die Gelegenheit dazu, als sie beide einander auf dem Flur begegneten.

»Gern geschehen«, sagte Jamie.

Aber in Gedanken schien er ganz woanders zu sein.

113

George hing am Rand der Toilettenschüssel und stöhnte.

Jamie war jetzt schon seit zwanzig Minuten weg. So viel Zeit brauchte man doch nicht, um Tee und Kekse zu besorgen. Vermutlich würde sein Sohn ihm doch nicht helfen.

Er schwankte von einer Seite auf die andere wie die Eisbären in dem Zoo, in dem sie früher mit den Kindern gewesen waren. Amsterdam. Oder vielleicht auch Madrid.

Schreckte er die Leute ab? Heute Morgen hatte er doch versucht, mit Jean zu reden, aber sie war weggerannt, um irgendeine Hose zu bügeln oder jemandem den Hintern zu wischen.

Er biss sich direkt oberhalb des Handgelenks fest in den Unterarm. Die Haut war erstaunlich zäh. Er biss stärker zu. Seine Zähne schnitten durch die Haut und noch etwas anderes hindurch. Er war sich nicht sicher, was. Es klang, wie wenn man Stangensellerie kaute.

Er rappelte sich auf.

Er würde es allein tun müssen.

114

Die Erdbeerzwillinge hatten sie aus der Küche verbannt, weswegen Katie und Sarah im Festzelteingang standen. Sarah drehte sich um und blies den Zigarettenrauch hinaus in den Garten, um die festliche Atmosphäre nicht zu vergiften.

Ein Junge kehrte die getrockneten Bodenbretter. Blumenbouquets wurden in geschwungenen Eisenständern angeordnet. Ein Mann beugte sich vor, um die Ausrichtung der Tische zu überprüfen, es sah aus, als bereite er sich auf einen besonders schwierigen Billardstoß vor.

»Und Ray ...?«, fragte Sarah.

»Mit ihm ist alles bestens, wirklich«, antwortete Katie.

Eine Frau nahm Besteck aus einem Plastikcontainer und hielt es hoch ans Licht.

»Jetzt tut es mir leid«, sagte Sarah.

»Was denn?«

»Dass ich gedacht habe, du würdest womöglich einen Fehler machen.«

»Du hast also gedacht, ich würde einen Fehler machen?«, sagte Katie.

»Du musst es mir nicht noch vorhalten! Fühl mich selbst schon bescheuert genug. Aber du bist nun mal meine Freundin. Da will man sich ganz sicher sein. Jetzt bin ich mir sicher.« Sarah machte eine kurze Pause. »Er ist ein netter Mann.«

»Das ist er.«

»Ich glaube, sogar Ed ist irgendwie ganz nett.« Sie drehte sich zum Rasen um. »Na ja, vielleicht nicht super nett. Aber ganz okay. Jedenfalls besser als der besoffene Depp, den ich bei dir kennen gelernt habe.«

Katie drehte sich ebenfalls um und sah Ed, der Jacob an beiden Armen wie ein Flugzeug herumschleuderte.

»Guck mal!«, schrie Jacob. »Guck!«

»Ed«, schrie Katie, »pass bloß auf!«

Ed sah zu ihr hinüber, bekam einen kleinen Schreck, lockerte seinen Griff unwillkürlich und ließ Jacobs linke Hand los. Der Junge rutschte in seinen Rupert-der-Bär-Hochzeitshosen über den nassen Rasen.

»Entschuldigung«, schrie Ed und zog Jacob an einer Hand vom Boden hoch wie ein totes Kaninchen.

Jacob kreischte, und Ed versuchte ihn auf die Füße zu stellen.

»Elender Mist«, murmelte Katie, ging hinüber und fragte sich, ob die Erdbeerzwillinge ihr die Benutzung der Waschmaschine erlauben würden.

Das war der Augenblick, in dem sie aufblickte und ihren Vater hampelmannartige Bewegungen im Badezimmer vollführen sah.

115

Am besten wäre es, wenn Jamie bei seinem Vater im Schlafzimmer sitzen würde. Aber vom Schlafzimmer aus konnte man die Straße nicht einsehen. Und Jamie wollte nicht, dass der Arzt unangekündigt hereinplatzte.

Wenn der Arzt seinen Vater wieder hinkriegen würde, konnten sie das Ganze vielleicht deichseln, ohne alle anderen in Aufruhr zu versetzen.

Also lehnte Jamie im Wohnzimmer am Fensterbrett und tat so, als würde er die Magazinbeilage des *Telegraph* lesen. Erst da kam ihm der Gedanke, ob sein Vater am Ende zwangseingewiesen würde, eine Möglichkeit, die er gar nicht in Betracht gezogen hatte, als er den Arzt anrief.

Hätte er sich doch bloß mit irgendjemandem beraten, bevor er die Sache auf eigene Faust zu lösen versuchte!

Aber man konnte doch nur zwangseingewiesen werden, wenn man einen Selbstmordversuch unternahm, oder? Oder wenn man jemanden zu töten versuchte. Im Grunde stammten Jamies Kenntnisse über diese Dinge fast ausschließlich aus dem Fernsehen.

Und wenn der Arzt George gar nicht helfen konnte?

Viele Ärzte taugten wirklich gar nichts. Man brauchte nur drei Jahre mit Medizinstudenten zu verbringen, um den Glauben an diesen Berufsstand ein für alle Mal zu verlieren. Das arme Schwein Markowicz zum Beispiel. War bis zum Hals eingegipst, und dann erstickte er an seinem eigenen Erbrochenen.

Ein Mann mit einer kleinen schwarzen Tasche stieg aus einem blauen Range Rover. Jamie sprang auf, stürmte durch den Flur und zur Tür hinaus, um ihn abzufangen, bevor er einen großen Auftritt hinlegen konnte.

»Sind Sie der Arzt?« Jamie fühlte sich wie in einem richtig schlechten Film. *Holen Sie die heißen Handtücher!*

»Dr. Anderson.« Der Mann streckte ihm die Hand entgegen. Er war einer jener langen, sehnigen Menschen, die nach Seife riechen.

»Es geht um meinen Vater«, sagte Jamie.

»Aha«, sagte Dr. Anderson.

»Er hat eine Art Nervenzusammenbruch.«

»Vielleicht sollten wir uns mal mit ihm unterhalten.« Dr. Anderson drehte sich um und wollte die Straße überqueren.

»Ich muss, glaube ich, noch was erklären, bevor wir reingehen. Meine Schwester heiratet heute.«

Dr. Anderson tippte sich an die Nase und sagte: »Ich schweige wie ein Grab.«

Sie gingen hoch ins Schlafzimmer seiner Eltern. Leider war George dort nicht anzutreffen. Jamie sagte dem Arzt, er solle sich aufs Bett setzen und warten.

Er sah im Wohnzimmer nach, als ihm klar wurde, dass seine Mutter jeden Augenblick ins Schlafzimmer kommen könnte und dort einen fremden Mann auf ihrem Bett erblicken würde. Er hätte Dr. Anderson wirklich unten im Gästeklo einschließen sollen.

Sein Vater war unauffindbar. Jamie fragte Eileen. Er fragte die Köchin. Er fragte den Trauzeugen, dessen Namen er vergessen hatte. Er sah hinter dem Festzelt nach, und als dort auch kein George zu sehen war, begriff Jamie, dass sein Vater weggerannt war. Er sprintete über den Rasen zurück und fluchte halblaut vor sich hin. Unterwegs stieß er auf Katie, die er nicht beunruhigen wollte, weswegen er lachte und das Erstbeste sagte, das ihm in den Kopf kam, was zufällig »Die Taube ist weggeflogen« war, ein Satz, den Tony hin und wieder zum Besten gab und den Jamie nie wirklich verstanden hatte, den Katie auch nicht verstehen würde, aber bevor sie nachfragen konnte, war Jamie bereits wieder die halbe Treppe hinauf. Er platzte zur Schlafzimmertür hinein, und Dr. Anderson sprang vom Bett auf und ging in eine Selbstverteidigungshaltung der Spezialeinheiten.

»Er ist auf und davon«, keuchte Jamie. »Ich kann ihn nirgendwo finden.« Und dann musste er sich hinsetzen und den Kopf hängen lassen, weil ihm leicht schwindlig war.

»Aha«, sagte Dr. Anderson.

»Ich sollte ihn raus aufs Land fahren«, sagte Jamie. »Damit er nicht auf die Hochzeit zu gehen braucht.« Er richtete sich auf, fühlte sich schwach und ließ den Kopf wieder hängen. Aus den Augenwinkeln sah er etwas Rosafarbenes unter der Matratze hervorragen. Er griff danach und zog die amtliche topographische Karte heraus. Sein Vater war ohne sie losgezogen.

»Was ist das?«, fragte Dr. Anderson.

Jamie faltete die Karte auseinander und zeigte auf Folksworth. »Dort wollte er hin. Vielleicht ist er mit dem Taxi gefahren. Ich gehe nach ihm gucken.«

Dr. Anderson zog ein Kärtchen aus der Jacke und gab sie Jamie. »Eigentlich darf ich das nicht. Aber rufen Sie mich doch an, wenn Sie ihn finden, ja?«

»Danke.« Jamie steckte die Visitenkarte in die Hosentasche. »Ich fahr dann mal besser los.«

Auf dem Weg die Treppe hinunter liefen sie Ray über den Weg.

Dr. Anderson lächelte und sagte: »Ich bin der Fotograf.«

»Gut«, sagte Ray und wirkte leicht verwirrt.

Jamie sagte zu Dr. Anderson: »Schon okay, er weiß Bescheid.«

»In diesem Fall bin ich doch der Arzt«, sagte Dr. Anderson.

»Dad ist verschwunden«, sagte Jamie. »Ich werde ihn jetzt suchen. Ich erklär's später.« Dann fiel ihm ein, dass dies unter anderem Rays Hochzeitstag war. »Und er sagte, dass er das alles wirklich bedaure.«

»Ich ruf dich an, falls er auftaucht«, sagte Ray.

116

Jean zog sich um und fragte sich, wo um alles in der Welt George abgeblieben war, als es an der Tür klingelte und natürlich wieder keiner aufmachte. Sie angelte ihre guten Schuhe unten aus dem Schrank, ging hinunter und öffnete die Haustür.

»Alan Phillips«, sagte der Mann. »Rays Vater. Das ist meine Frau Barbara. Sie müssen Jean sein.«

»Sehr erfreut«, sagte Barbara.

Jean bat sie herein und nahm ihnen die Mäntel ab.

»Wie schön, Sie endlich kennen zu lernen«, sagte Alan. »Schade, dass es erst in letzter Minute ist.«

Sie hatte einen größeren, lauteren Mann erwartet. Dann fiel ihr wieder ein, dass Katie etwas von einer Schokoladenfabrik erwähnt hatte, was ihr damals eher komisch vorgekommen war, jetzt aber passend wirkte. Er war die Art Mann, bei dem man sich vorstellen konnte, dass er mit einer Modelleisenbahn spielte oder Nelken züchtete. »Setzen Sie sich doch.«

»Was für ein hübsches Haus«, sagte Barbara, und Jean war geradezu gerührt, wie aufrichtig das klang.

Die beiden hatten etwas Förmliches an sich, was sie durchaus erleichterte. Andererseits sahen sie nicht wie die Art Leute aus, die man einfach im Wohnzimmer absetzte, während man sich weiter um die eigenen Dinge kümmerte.

Wo steckten sie nur alle? George, Jamie, Eileen, Ronnie. Alle schienen sich in Luft aufgelöst zu haben.

»Kann ich Ihnen einen Tee anbieten?«, fragte Jean. Sie klang, als spräche sie mit Mr Ledger, der den Boiler wartete. »Oder einen Kaffee?« Sie könnte die Pressfilterkanne ausgraben.

»Oh«, sagte Barbara, »wir wollen Ihnen keine Umstände bereiten.«

»Das sind doch keine Umstände«, sagte Jean wider besseren Wissens.

»Wenn das so ist, dann wäre Tee für uns beide wunderbar«, sagte Barbara. »Einen halben Löffel Zucker für Alan.«

Wieder einmal wurde Jean von Ray gerettet, der mit einer winzigen gelben Spielfigur vom Auto kam.

»Barbara. Dad.« Er küsste Barbara auf die Wange und gab seinem Vater die Hand.

»Ich wollte deinen Eltern gerade eine Tasse Tee kochen«, sagte Jean.

»Lass mich das mal machen«, sagte Ray.

»Da wäre ich dir aber dankbar«, sagte Jean begeistert.

Ray wollte gerade in Richtung Küche verschwinden, als sie ihn ganz leise fragte: »Du weißt ja nicht zufällig, wo George ist? Nur rein interessehalber. Oder Jamie?«

Ray sagte ziemlich lange gar nichts, was sie ein wenig beunruhigte. Er wollte gerade antworten, als Ed, ein Brötchen mümmelnd, aus der Küche auftauchte. Ray sagte: »Ed.«

»Mr und Mrs Phillips«, sagte Ed mit vollem Mund.

Alan und Barbara standen auf.

»Ed Hobday«, sagte Alan. »Meine Güte. Ich hab dich gar nicht wiedererkannt.«

Ed wischte sich die Krümel vom Mund und gab ihnen die Hand. »Fetter, aber weiser.«

»Oh nein«, sagte Barbara, »du bist nur ein bisschen fülliger geworden.«

Ray berührte Jean an der Schulter und sagte leise: »Komm mit in die Küche.«

117

Als George den Dorfrand erreichte, fühlte er sich ein wenig ruhiger.

Als er jedoch das Feld an der Eisenbahn halb durchquert hatte, sah er Eileen und Ronnie auf sich zukommen. Sie wuchteten ihren Hund gerade über einen Zaunüberstieg, und er war sich ziemlich sicher, dass sie ihn noch nicht bemerkt hatten. Er verkroch sich in die Mulde unter dem Weißdorn.

Der Labrador bellte.

Er konnte nicht zurück, ohne gesehen zu werden, und ein Brombeerdickicht hinderte ihn am Überqueren der Gleise. Ihm wurde eng um die Brust.

Er blutete immer noch am Arm, wo er sich gebissen hatte.

Das Gebell wurde lauter.

Er legte sich hin und ließ sich in den flachen, grasbewachsenen Abzugsgraben vor dem Zaun rollen. Er trug einen grünen Mantel. Wenn er still liegen blieb, würden sie ihn vielleicht nicht finden.

Im Graben war es erstaunlich bequem. Es war auch interessant, die Natur so ganz aus der Nähe zu betrachten, was er seit seiner Kindheit nicht mehr getan hatte. In nächster Nähe wuchsen sicher vierzig oder fünfzig Pflanzenarten, deren Namen er allesamt nicht kannte. Außer den Brennnesseln. Falls das welche waren. Und dem Wiesenkerbel. Falls das Wiesenkerbel war.

Vor sechs Jahren hatte Katie ihm einen Büchergutschein zu Weihnachten geschenkt (ein Geschenk der Faulheit, aber besser als die albernen schwedischen Schnapsgläser, die man sich an einer Strippe um den Hals hängte). Er hatte sich davon das *Große Reader's Digest Buch der britischen Flora und Fauna* gekauft, weil er wenigstens die Namen der Bäume lernen wollte. Das Einzige, was ihm aus dem Buch in Erinnerung geblieben war, war, dass eine Herde Wallabys wild in den Cotswolds lebte.

Ihm wurde klar, dass er gar nicht zu laufen brauchte, um der Hochzeit zu entkommen. Laufen zog viel zu viel Aufmerksamkeit auf sich. Besser, man blieb einfach hier liegen, oder irgendwo tiefer im Unterholz. Nach Einbruch der Dunkelheit würde er herauskommen.

Dann hörte er Eileens Stimme: »George …?« Er hoffte, dass sie einfach weggehen würde, wenn er sich nicht rührte.

Aber sie entfernte sich nicht. Stattdessen sagte sie seinen Namen noch einmal, und als er wieder nicht reagierte, schrie sie: »Ronnie, komm mal her!«

George rollte sich auf den Rücken, um zu zeigen, dass er noch lebte.

Eileen fragte George, was passiert sei. George erklärte, dass er spazieren gegangen sei und sich den Knöchel verstaucht habe.

Ronnie half ihm auf die Füße, und George tat so, als würde er humpeln, und es war einige Minuten lang wohltuend, da – so angenehm der Graben auch gewesen war – die Vorstellung, die nächsten zehn Stunden dort allein zu verbringen, auch eine bedrückende Seite gehabt hatte. Im Grunde war er erleichtert, wieder in der Gesellschaft anderer Menschen zu sein.

Allerdings brachten Eileen und Ronnie ihn auf direktem Weg zurück nach Hause, und das war nicht gut; je näher sie kamen, desto stärker wurde das Gefühl, jemand stülpe ihm eine schwarze Mülltüte über den Kopf.

Als sie an der Hauptstraße ankamen, wäre er um ein Haar losgerannt. Es war ihm egal, ob der Hund abgerichtet war. Die Schande eines Katz-und-Maus-Spiels durchs Dorf mit Ronnie schreckte ihn auch nicht ab (er würde sowieso gewinnen; er hatte derart viel Adrenalin im Blut, dass er schneller als ein Zebra hätte rennen können). Es war die einzige Möglichkeit, die ihm blieb.

Oder?

Eine Möglichkeit gab es noch, und sie war so offensichtlich, dass er nicht fassen konnte, wie er sie hatte vergessen können. Er würde wieder Valium nehmen. Er würde alle Valiumtabletten schlucken, die er noch hatte, sobald er zu Hause ankam.

Und wenn jemand das Fläschchen weggeworfen hatte? Wenn jemand die Tabletten im Klo heruntergespült hatte? Oder sie versteckt hatte, damit sie nicht versehentlich von einem Kind geschluckt wurden?

Er rannte los.

»George«, schrie Ronnie ihm hinterher. »Dein Knöchel.«

Er hatte keinen Schimmer, wovon der Mann reden mochte.

118

Als sie in der Küche standen, wandte Ray sich zu Jean um und sagte: »Wir haben ein kleines Problem.«

»Was für ein Problem denn?«

»George«, antwortete Ray.

»Oh, mein Gott.« Sie musste sich ganz schnell hinsetzen. Was hatte er denn diesmal angestellt?

»Ist leider verschwunden«, sagte Ray.

Sie würde in Ohnmacht fallen. Vor den Frauen vom Partyservice. Vor Ray. Sie atmete ganz tief durch, und Georges Kopf zischte hinter der Fensterscheibe vorbei wie eine übernatürliche Erscheinung. Jetzt war sie auf dem besten Wege, den Verstand zu verlieren.

Die Küchentür wurde aufgerissen, und George stürzte herein. Jean schrie auf, ihre Augen weiteten sich, aber er beachtete sie überhaupt nicht, sondern sprintete in den Flur und die Treppe hinauf.

Jean und Ray blickten einander stumm an.

Sie hörte Ed sagen: »Das war, glaube ich, Katies Vater.«

Ray sagte: »Ich geh mal nach ihm gucken.«

Jean saß eine oder zwei Minuten reglos und wie hypnotisiert da. Jetzt wurde die Tür schon wieder aufgerissen, es waren Eileen und Ronnie und ihr geheiligter Labrador; eben hatte Jean noch gedacht, George wäre tot, und nun war sie von George selbst zu Tode erschreckt worden! Sie ließ alle Diplomatie fallen und bellte die beiden an: »Geht mit dem dummen Hund aus meiner Küche.«

119

Katie schminkte sich und überließ Jacob so lange Sarah, die ihm beizubringen versuchte, dass er mitkommen müsse.

»Will aber hierbleiben«, sagte Jacob.

»Dann bist du aber ganz allein«, sagte Sarah.

»Will aber hierbleiben.«

Noch war es kein Wutausbruch, sie mussten aufpassen, dass es keine Eigendynamik annahm. Und Sarah hatte da wahrscheinlich bessere Karten als Katie. Unbekannte Größe. Mehr Macht.

»Will nach Hause«, sagte Jacob.

»Heute steigt eine tolle Party«, sagte Sarah. »Da wird es auch Kuchen geben. Du musst dich nur noch ein paar Stunden gedulden.«

Ein paar Stunden? Sarah schien das Zeitempfinden von Kindern recht fern zu sein. Jacob konnte im Grunde nicht zwischen letzter Woche und dem Aussterben der Dinosaurier unterscheiden.

»Ich will einen Keks.«

»Jacob…« Sarah nahm seine Hand und streichelte sie. Bei Katie hätte er einfach reingebissen. »Ich weiß, dass dein Spielzeug und deine Videos und deine Freunde nicht da sind. Und ich weiß, dass alle schrecklich beschäftigt sind und gerade nicht mit dir spielen können…«

»Ich hasse dich«, sagte Jacob.

»Nein, das tust du nicht«, sagte Sarah.

»Tu ich wohl«, sagte Jacob.

»Tust du nicht«, sagte Sarah.

»Tu ich wohl«, sagte Jacob.

»Tust du nicht«, sagte Sarah, die am Ende ihres Repertoires angekommen zu sein schien.

Zum Glück wurde Jacobs Aufmerksamkeit von Ray abgelenkt, der hereintrat und sich aufs Bett fallen ließ.

»Was gibt's?«, fragte Katie.

»Ich glaube nicht, dass du das wirklich wissen willst.«

»Erzähl schon«, sagte Katie. »Ich kann ein bisschen Unterhaltung gut gebrauchen.«

»Ich weiß ja nicht, ob das als Unterhaltung durchgehen würde.« Sein Tonfall klang bedenklich düster.

»Vielleicht erzählst du's mir besser später«, sagte Katie. »Wenn gewisse Leute nicht dabei sind.«

Sarah stand auf. »So, junger Mann. Wir spielen jetzt Verstecken. Wenn du mich in zehn Minuten findest, gewinnst du zwanzig Pence.«

Jacob war quasi augenblicklich aus dem Zimmer verschwunden. Sarah schien mehr von Kindermanagement zu verstehen, als Katie ihr zugetraut hatte.

»Also?«, sagte Katie.

»Wahrscheinlich wirst du's irgendwann ja doch mitkriegen«, sagte Ray und setzte sich auf.

»Was mitkriegen?«

»Dein Dad hat die Flatter gemacht.«

»Flatter?« Katie hörte auf, sich zu schminken.

»Fühlte sich etwas wacklig auf den Beinen. So wie beim letzten Mal, als wir hier waren, weißt du? Wahrscheinlich Muffensausen vor der Hochzeit. Jamie hat einen Arzt gerufen ...«

»Einen Arzt ...?« Katies Gedanken überschlugen sich.

»Aber als er eintraf, war dein Dad schon verschwunden. Deswegen ist Jamie ihn suchen gegangen.«

»Und wo ist Dad jetzt?« Katie fühlte sich mittlerweile selbst etwas wacklig auf den Beinen.

»Ach, der ist wieder da. Meinte, er wäre spazieren gegangen, dabei ist er Eileen und Ronnie über den Weg gelaufen. Was stimmen könnte. Allerdings war ich in der Küche, als er zurückkam, und er ist da wie eine gesengte Sau durchgerast.«

»Wie geht es ihm denn?«, fragte Katie.

»Scheinbar gut. Sein Arzt hat ihm Valium verschrieben.«

»Er wird ja wohl keine Überdosis schlucken oder so …?«

»Glaub ich kaum«, antwortete Ray. »Zwei Stück hat er geschluckt. Es schien ihm schon zu reichen, nur die Flasche festzuhalten.«

»Mein Gott«, sagte Katie und atmete ein paar Mal tief durch, damit sich ihr Herzschlag wieder verlangsamte. »Warum hat mir denn keiner was davon gesagt?«

»Jamie wollte nicht, dass du dir Sorgen machst.«

»Eigentlich muss ich sofort mit Dad reden.«

»Bleib mal schön hier.« Ray rappelte sich auf, kam zu ihr und kniete sich vor sie hin. »Wahrscheinlich tust du am besten so, als wüsstest du von nichts.«

Katie hielt Rays Hand fest. Sie wusste nicht, ob sie lachen oder weinen sollte. »Gott. Und das soll unser Hochzeitstag sein!«

Dann sagte Ray etwas ganz Weises, was sie überraschte. »Wir sind doch nur die kleinen Figürchen oben auf der Torte. Bei Hochzeiten geht es um die Familie. Du und ich, wir können noch den gesamten Rest unseres Lebens miteinander verbringen.«

Jetzt musste Katie weinen.

Und Ray meinte: »Oh, Mist. Jamie. Der sucht immer noch nach deinem Dad. Hast du seine Handynummer?«

120

Als George das Schlafzimmer erreichte, durchströmte ihn eine solch heftige Welle der Erleichterung, dass er Stuhldrang verspürte.

Plötzlich wusste er nicht mehr, wo er das Valium versteckt hatte, und die Panik stieg wie Flutwasser in ihm hoch, dick und kalt und schnell, und er musste ums Weiteratmen kämpfen.

Er wusste, dass er wusste, wo das Fläschchen war, beziehungsweise er wusste, dass er vor zehn Minuten noch gewusst hatte, wo es war; warum sollte er so etwas auch vergessen? Und er wusste, dass es an einem dafür geeigneten Ort war. Er brauchte nur das Ablagefach in seinem Hirn zu finden, in dem er die Information gespeichert hatte. Aber sein Gehirn stand kopf und wackelte wie verrückt, und der Inhalt der anderen Ablagefächer fiel heraus und versperrte den Weg.

Er stellte sich mit dem Gesicht zum Fenster und krümmte sich etwas zusammen, um besser Luft zu bekommen.

Unter dem Bett …? Nein. In der Kommode …? Nein. Hinter dem Spiegel …?

Es war im Bad. Er hatte das Fläschchen gar nicht versteckt. Warum hätte er es verstecken sollen?

Er rannte ins Badezimmer, wobei er wieder den Stuhldrang verspürte. Er öffnete das Arzneischränkchen. Da stand es, auf dem obersten Regal, hinter dem Päckchen Heftpflaster und der Zahnseide.

Er drehte am Verschluss, drehte immer weiter und spürte die Panik wieder hochkommen, bis ihm klar wurde, dass es ein kindergesicherter Drehverschluss war, der nach unten gedrückt werden musste. Er drückte also auf den Deckel und hätte um ein Haar das Fläschchen fallen lassen, als er Ray im Spiegel sah, der nur wenige Schritte hinter ihm stand, bei ihm im Badezimmer, und sagte: »George? Ist alles in Ordnung? Ich habe geklopft, aber du hast mich nicht gehört.«

George war drauf und dran, sich den gesamten Inhalt des Fläschchens in den Mund zu schütten und kräftig zu schlucken, nur für den Fall, dass Ray es ihm entreißen würde.

»George?«, fragte Ray.

»Was?«

»Ist alles in Ordnung?«

»Bestens. Alles bestens«, sagte George.

»Du hast ein wenig durcheinander gewirkt, als du in die Küche gerannt kamst.«

»Wirklich?« Er wollte jetzt unbedingt seine Tabletten schlucken.

»Und Jamie hat sich Sorgen um dich gemacht.«

George schüttelte locker zwei Tabletten in seine Hand und schluckte sie beiläufig wie Erdnüsse auf einer Party.

»Er meinte, du hättest dich nicht ganz auf dem Damm gefühlt.«

»Ist nur Valium«, sagte George. »Hat mir der Doktor verschrieben. Das macht mich gleich ein bisschen ruhiger.«

»Wunderbar«, sagte Ray. »Du hast also nicht vor, noch mal spazieren zu gehen? Heute, meine ich. Vor der Trauung.«

»Nein«, antwortete George und zwang sich zu einem kleinen Lachen. Sollte dieses Gespräch lustig sein? Er war sich nicht sicher. »Ich hoffe, ich habe keine großen Umstände gemacht.«

»Nicht so schlimm«, sagte Ray.

»Ich komme auf jeden Fall zur Trauung«, sagte George. Er musste sehr dringend auf die Toilette.

»Gut«, sagte Ray. »Das ist gut. Na, dann muss ich mich mal stiefeln und spornen.«

»Dankeschön«, sagte George.

Ray ging, und George verriegelte die Tür, zog die Hose herunter und setzte sich auf die Toilette, hatte Stuhlgang und schluckte die verbleibenden sechs Tabletten mit leicht unangenehmem Wasser aus dem Zahnbürstenglas, ohne lang an die Ablagerungen auf dem Boden zu denken.

121

Jean entschuldigte sich bei Eileen für ihre Entgleisung, und Eileen sagte auf eine Art: »Ich vergebe dir«, dass Jean beinahe wieder ausfallend geworden wäre.

Ronnie sagte: »Ich hoffe nur, dass es George gut geht.«

Und Jean wurde klar, dass sie schuld war. Er hatte wie ein begossener Pudel auf der Bettkante gesessen und mit ihr reden wollen, und dann war Katie aufgekreuzt, und sie war schrecklich beschäftigt gewesen und nicht zurückgekehrt, um nachzufragen, was er auf dem Herzen hatte.

»Ich bin in ein paar Minuten wieder da«, sagte sie und ging nach oben, wobei sie Ed und Alan und Barbara höflich zulächelte, als sie am Wohnzimmer vorbeikam.

Ihren Tee hatten sie immer noch nicht bekommen, oder?

Na ja, sie hatte Wichtigeres zu tun.

Als sie ins Schlafzimmer trat, zog George sich gerade die Socken an. Sie setzte sich an seine Seite. »Ich hätte heute Morgen nicht einfach so von dir weggehen sollen.«

»Du hattest so viel zu tun«, sagte George.

»Und wie geht es dir jetzt?«

»Viel besser«, antwortete George.

Und er wirkte wirklich ausgeglichen. Vielleicht hatte Ray übertrieben.

»Was hast du denn da am Arm?«

»Ach ja.« George blickte auf die klaffende Wunde an seinem Handgelenk. »Ich muss an einem Stacheldrahtzaun hängen geblieben sein.«

Auf den ersten Blick wirkte es wie eine Bisswunde. Der Hund hatte ihn doch nicht etwa angefallen? »Komm, ich verbinde dir das, sonst kriegst du noch Blut auf deine Sachen.«

Sie ging ins Bad, holte das grüne Erste-Hilfe-Köfferchen und machte ihm einen Verband, wobei er geduldig auf dem Bett saß. Wenn sie ihm nur öfter auf so praktische Weise helfen könnte.

Sie klebte einen zweiten Streifen Heftpflaster darauf, mit dem der kleine Verband festgehalten wurde. »So, bitteschön.«

»Danke.« George legte seine Hand in ihre.

Sie hielt sie fest. »Schon schlimm, dass ich dir so nutzlos gewesen bin.«

»Warst du das?«, fragte George.

»Ich weiß, dass du dich in letzter Zeit nicht wohl gefühlt hast«, sagte Jean. »Und ich weiß ... manchmal kümmere ich mich einfach nicht genug darum. Und das ist nicht gut. Ich ... es fällt mir einfach schwer.«

»Na, um mich brauchst du dir jedenfalls keine Sorgen mehr zu machen«, sagte George.

»Was meinst du damit?«, fragte Jean.

»Ich meine, dass du dir heute keine Sorgen mehr um mich zu machen brauchst«, sagte George. »Ich bin jetzt viel glücklicher.«

»Da bin ich aber froh«, erwiderte Jean.

Er wirkte so entspannt wie schon lange nicht mehr. »Aber wenn dich irgendetwas wieder quälen sollte, dann sagst du es mir, ja?«

»Ich komme schon zurecht.«

»Ich meine es aber ganz ernst«, sagte Jean. »Sag einfach Bescheid, und ich lasse augenblicklich alles fallen, womit ich gerade beschäftigt bin. Wirklich.«

»Ich danke dir«, sagte George.

Sie saßen eine Weile da. Ein Telefon klingelte.

»Das ist doch nicht unser Telefon, oder?«, fragte George.

»Wart mal.« Jean erhob sich und trat hinaus auf den Flur. Das Geräusch kam aus einem Mobiltelefon, das auf dem Fensterbrett lag. Sie nahm es in die Hand und drückte auf den kleinen grünen Knopf und hielt es ans Ohr. »Hallo?«

»Jamie?«, sagte eine Männerstimme. »Tschuldigung. Ich glaube, ich habe mich verwählt.«

»Ray?«, sagte Jean.

»Jean?«

»Ja«, sagte Jean. »Ist da Ray?«

»Ja. Wo bist du?«, fragte Ray.

»Oben an der Treppe«, sagte Jean, die diese Frage etwas verwirrte.

»Ich wollte eigentlich Jamie anrufen«, sagte Ray.

»Er ist nicht hier«, sagte Jean, der Handys seit jeher leicht unheimlich waren.

»Sorry«, sagte Ray und legte auf.

Sie warf einen Blick auf die Uhr. In zwanzig Minuten mussten sie los. Sie musste dafür sorgen, dass George fertig wurde, und dann alle zusammentrommeln.

Sie öffnete den Wandschrank auf dem Flur, um ihr Halstuch herauszuholen, und hätte beinahe einen Herzinfarkt erlitten, als ihr zwischen den Mänteln Sarah entgegenblickte.

»Versteckspiel«, flüsterte Sarah.

122

Von ihrer Tochter erfuhr sie, dass Jamie immer noch nach Dad suchte, worauf Jean in Panik ausbrach. Katie versicherte ihr, dass Jamie doch wisse, wo das Standesamt sei. Vielleicht war er schon auf dem Weg dorthin. Mum beendete ihren Panikausbruch.

Sie standen alle draußen vor dem Haus. Die Luft war voller Rasierwasser und Parfüm und dem Zigarettenrauch von Onkel Douglas und dem Mottenkugelgeruch der besten Jacken. War es traurig oder witzig, dass Jamie die Trauung verpassen würde? Katie wusste es auch nicht so recht.

Sarah und Jacob saßen nebeneinander auf dem Mäuerchen. Er hatte ihr Versteck nicht gefunden, aber sie hatte ihm die zwanzig Pence dennoch geschenkt. Wenn er ein bisschen älter gewesen wäre, hätte Katie vermutet, er sei in sie verknallt.

»Hundepopo-Bodensatz«, sagte Sarah.

»Pferdekacka«, sagte Jacob und lachte wie ein Wahnsinniger.

»Hundepopo-Bodensatz und ein großer Krug Alte-Frauen-Pipi«, sagte Sarah.

Katie gesellte sich zu George. »Und, wie geht's?« Sie versuchte, die Frage so beiläufig zu stellen, dass er nicht merkte, wie viel sie wusste.

Er drehte sich zu ihr um, nahm ihre Hände, sah ihr in die Augen und schien beinahe zu Tränen gerührt zu sein. Er sagte: »Meine wunderbare, wunderbare Tochter«, was sie ebenfalls zu Tränen rührte, und sie umarmten sich kurz, was sie seit sehr Langem nicht mehr gemacht hatten.

Jean blickte auf die Uhr und erklärte offiziell die Zeit des Wartens auf die Ankunft ihres Sohnes für beendet. Die Spannung löste sich, und alle bewegten sich zu den Autos.

123

Eigentlich müsste er jetzt nach Hause zurückfahren. Aber wozu? Ohne seinen Vater würde die Hochzeit kaum stattfinden. Also konnte er auch nicht zu spät kommen.

Jamie stand auf einem schlammigen Pfad in Washingley, nachdem er wie ein kopfloses Huhn jeden Fußweg südlich von Folksworth abgelaufen war. Seine Hose war schlammbedeckt, in den Ärmel seines Jacketts hatte er an einem Stacheldraht ein Dreieck gerissen, und er fühlte sich beschissen.

Er war derjenige, dem sein Vater sich anvertraut hatte. Er war derjenige, der versagt hatte, weil er seinen Vater nicht davon abhalten konnte, seine törichte Ankündigung wahr zu machen. Er war derjenige, der die Hochzeit seiner Schwester versaut hatte.

Mittlerweile war ihm auch klar, dass es sinnlos war, seinen Vater zu suchen. Er konnte in jede x-beliebige Richtung verschwunden sein.

Er würde aller Welt erklären müssen, was vorgefallen war. Er würde sich entschuldigen und die Polizei verständigen müssen. Er ging zurück zum Auto, legte eine Plastiktüte auf den Fahrersitz und fuhr heim.

Vor seinem Elternhaus merkte er sofort, dass etwas nicht stimmte. Es waren keine Autos mehr da. Er schaltete den Motor aus, stieg aus und rannte zur Vordertür. Sie war verschlossen. Er klingelte. Nichts. Er sah zum Fenster hinein. Das Haus war leer.

Vielleicht hatte Ray allen mitgeteilt, was los war. Vielleicht suchten alle nach seinem Vater. Vielleicht hatten sie ihn gefunden. Vielleicht waren alle im Krankenhaus.

Er versuchte, diese Gedanken zu verscheuchen.

Er hatte sein Handy irgendwo verloren. Er musste unbedingt ins Haus. Nur, um an ein Telefon und eine trockene Hose zu kommen. Er versuchte es am Seitentor. Auf der anderen Seite warf sich der Hund von Eileen und Ronnie dagegen, kläffte und kratzte mit den Klauen am Holz. Er drehte am Griff. Abgeschlossen.

Also dann, seine Hose war ja sowieso schon ruiniert…

Er hielt sich am Torpfosten fest, setzte einen Fuß in eine Vertiefung der Steinmauer und schwang sich hoch. So etwas hatte er seit vielen Jahren nicht mehr gemacht, und er brauchte drei Anläufe, bis er eher unbequem rittlings oben auf dem Tor saß.

Er blickte auf der anderen Seite hinunter und fragte sich, wie er am besten mit der großen Höhe und dem durchgedrehten Hund umgehen sollte, als jemand sagte: »Brauchen Sie Hilfe?«

Er drehte den Kopf und erblickte einen älteren Herrn, der ihm vage bekannt vorkam. Der Mann hatte einen Shetlandpullover an und eine Heckenschere in der Hand.

»Geht schon, danke«, sagte Jamie, wenn seine Anwesenheit auf dem Tor den Labrador auch zu immer rasenderem Gebell animierte.

»Sind Sie nicht Jamie?«, fragte der Mann mit der Schere.

»Genau der«, sagte Jamie. Seine Geschlechtsteile begannen zu schmerzen.

»Ich habe Sie nicht gleich erkannt. Ich habe Sie lange nicht gesehen. Seit Sie ein Jugendlicher waren nicht mehr. Ich bin Derek West von gegenüber.«

»Verstehe«, sagte Jamie. Er musste es einfach wagen, trotz des Risikos, sich den Knöchel zu brechen oder von dem Köter zerfleischt zu werden. Er verlagerte sein Gewicht ein wenig.

»Müssten Sie nicht eigentlich auch bei der Hochzeit sein?«, fragte der Mann.

»Natürlich«, antwortete Jamie. Der Mann war wirklich ein Idiot.

»Sie sind ungefähr vor fünf Minuten losgefahren.«

»Was?«

»Sie sind ungefähr vor fünf Minuten los.«

Jamie brauchte ein paar Sekunden, um diese Auskunft zu verarbeiten. »Und sie sind zum Standesamt gefahren?«

»Wohin denn sonst?«, fragte der Mann.

Die Wahrheit begann ihm zu dämmern. »Mit meinem Vater?«

»Ich vermute schon.«

»Aber haben Sie ihn wirklich gesehen?«

»Ich habe natürlich nicht hier gestanden und Buch geführt. Nein. Halt. Ich habe ihn doch gesehen. Weil mir aufgefallen ist, dass er auf dem Bürgersteig ein bisschen gestolpert ist. Und Ihre Mutter ließ ihn auf dem Beifahrersitz einsteigen, sie ist gefahren. Das fiel mir auf, weil ansonsten fast immer Ihr Vater fährt, wenn sie zusammen unterwegs sind. Weswegen ich mich gefragt habe, ob ihm womöglich etwas fehlt. Fehlt ihm denn etwas?«

»Scheiße«, sagte Jamie.

Wozu Mr West nichts mehr einfiel.

Jamie verlagerte den Schwerpunkt zurück auf die andere Seite und sprang herunter, wobei sein Jackett ein zweites Mal einriss. Er rannte zum Auto, ließ die Schlüssel fallen, hob sie wieder auf und fuhr sehr schnell davon.

124

Jean fühlte sich schrecklich.

Jamies Abwesenheit hatte das Fass zum Überlaufen gebracht. Alles war aus dem Lot. George. Eileen und Ronnie. Alan und Barbara. Katie würde heute heiraten. Es müsste ein besonderer Tag sein. Alles müsste glattlaufen. Es müsste romantisch sein.

Dann geschah im Wagen etwas.

Auf der Schnellstraße war eine Baustelle, und sie waren dort, wo der Verkehr sich in eine Spur fädeln musste, zum Stillstand gekommen. George sagte: »Ich bin wohl leider kein so schrecklich guter Ehemann gewesen.«

»Jetzt sei nicht albern«, sagte Jean.

George blickte durch die Windschutzscheibe geradeaus. Feine Regentropfen waren auf dem Glas. »Ich bin ziemlich unterkühlt. Und auch stur. Und das bin ich immer gewesen. Jetzt sehe ich das ein.«

Sie hatte ihn noch nie so reden gehört. Setzte der Wahnsinn wieder ein? Sie wusste nicht, was sie davon halten sollte.

Sie stellte die Scheibenwischer an.

»Und mir ist klar, dass diese Kühle, diese Steifheit, die Wurzel vieler meiner derzeitigen Probleme ist.« George wischte ein Stäubchen von der Klappe des Handschuhfachs.

Der Verkehr begann wieder zu rollen. Jean legte den Gang ein und fuhr an.

George legte die Hand auf ihre, was das Schalten ein wenig erschwerte.

»Ich liebe dich«, sagte George.

Das Wort hatten sie beide schon sehr lange nicht mehr füreinander benutzt. Jean hatte einen Kloß im Hals.

Sie warf einen Blick zur Seite und sah, dass George sie lächelnd anblickte. »Ich habe dir das Leben in der letzten Zeit schrecklich schwer gemacht.«

»Du brauchst dich nicht zu entschuldigen«, sagte Jean.

»Aber ich werde mich ändern«, sagte er. »Ich bin diese Angstgefühle leid. Ich bin es leid, mich einsam zu fühlen.«

Er legte ihr die Hand auf den Oberschenkel, lehnte sich zurück und schloss die Augen.

Und sie merkte, dass ihr Abenteuer zu Ende war. Dass David und sie sich wahrscheinlich nie wieder lieben würden. Aber es war nicht so schlimm.

Ihr Leben mit George war nicht aufregend. Aber würde das Leben mit David nicht irgendwann in denselben Bahnen verlaufen?

Vielleicht war das Geheimnis, nicht immer nach den Kirschen im Nachbargarten zu angeln. Vielleicht war das Geheimnis, aus dem, was man hatte, das Beste zu machen. Wenn George und sie mehr miteinander sprächen, wenn sie ein bisschen häufiger zusammen in Urlaub führen …

Es hatte aufgehört zu regnen. Jean stellte den Scheibenwischer aus, und das Standesamt erschien auf der rechten Seite.

Sie blinkte und bog auf den Parkplatz ein.

125

George fand alles sehr vergnüglich.

Sie stellten das Auto ab, und er ging mit Jean zu dem steinernen Bogen hinter dem Standesamt, wo sich alle für ein Gruppenfoto versammelten.

»Na komm, Dad.« Katie nahm ihn am anderen Arm und führte ihn den kleinen Fußweg entlang.

Er war Katies Vater. Es war ein gutes Gefühl, Katies Vater zu sein.

Er gab seine Tochter weg. Und auch das war ein gutes Gefühl. Weil er sie an einen guten Mann *weggab*. Was für ein komischer Ausdruck das war. Irgendwie altmodisch. *Teilen*. Das wäre ein besseres Wort. Obwohl das auch etwas komisch klang.

Aber wo steckte bloß Jamie?

Er fragte Katie.

»Er sucht nach dir«, antwortete sie, und ihr Lächeln war schwer zu deuten.

Warum suchte Jamie nach ihm? Er wollte dies gerade fragen, als der Fotograf Katie nach vorn zog und sie mit Ray zu sprechen begann. George nahm sich fest vor, nicht zu vergessen, dass er ihr später unbedingt noch diese Frage stellen musste.

Der Fotograf sah Rays Trauzeugen sehr ähnlich. Wie hieß der noch gleich? Vielleicht war es ja Rays Trauzeuge. Vielleicht hatten sie keinen offiziellen Fotografen.

»Na kommt, Leute«, sagte der Fotograf. »Jetzt versucht mal, nicht ganz so trübsinnig dreinzuschauen.«

Er hatte eine sehr kleine Kamera. Er war garantiert kein echter Fotograf.

Ed. So hieß er.

George lächelte.

Ed machte vier Fotos und bat Katie und Ray dann, sich vor dem Torbogen zu postieren.

Als sie den Weg freigaben, stellte sich der Mann neben George vor. George gab ihm die Hand. Der Mann entschuldigte sich, dass er sich nicht schon früher vorgestellt habe. George sagte ihm, das mache doch nichts. Der Mann stellte ihm seine Frau vor. George gab auch ihr die Hand. Sie kamen ihm wie nette Leute vor.

Eine Frau trat aus dem Standesamt. George dachte zuerst, sie wäre eine Flugbegleiterin.

»Wenn die Hochzeitsgesellschaft sich jetzt bitte hineinbegeben würde...«

George ließ den Damen den Vortritt und betrat dann zusammen mit den Männern das Standesamt.

Möglicherweise war das nette Ehepaar Rays Eltern. Das würde auch erklären, warum sie sich zusammen hatten fotografieren lassen. Er würde Jean fragen, sobald sie sich hingesetzt hatten.

126

Sie waren im Auto auf dem Weg zum Standesamt, als Katie aus dem Fenster blickte und einen Penner an eine Bushaltestelle auf der Thorpe Road pinkeln sah, was nicht sehr oft vorkam. Es schien ihr wie ein Zeichen von Gott, der offensichtlich a) Sinn für Humor hatte und b) einer Meinung mit Ray war. Wenn man erwartete, dass der Tag würdevoll und wie geplant ablaufen würde, kam garantiert jemand, der auch den schönsten Plan zunichtemachen würde. Besser, man war noch in zwanzig Jahren zusammen und lachte darüber, als dass alles wie am Schnürchen lief und man sich zwölf Monate später trennte.

Armer Jamie. Wenigstens würde er eine gute Geschichte zu erzählen haben.

Vielleicht konnten sie ja nach der Hochzeitsreise bei ihm vorbeischauen. Und sich da noch mal das Jawort geben. Konfetti mitbringen. Jacob würde das bestimmt gefallen.

Feiner Nieselregen besprühte die Windschutzscheibe. Schnee, Hagel, Regengüsse. Jetzt verstand sie es: Man heiratete trotz, nicht wegen der Hochzeit. Sie sah hinüber zu Ray, und er verzog das Gesicht zu einem breiten Lächeln, ohne die Augen von der Straße zu nehmen.

Die nächsten Minuten schienen sie in einer kleinen Blase zu existieren, die gänzlich von der nassen Welt um sie herum abgeschnitten war. Dann tauchte das Standesamt auf, sie fuhren durch das Tor hindurch, und die vielen Gäste sahen vor dem Mauerwerk des Gebäudes wie tropische Fische aus.

Sie fuhren auf den Parkplatz und stiegen aus, und es hatte aufgehört zu nieseln, und Mum und Dad stiegen aus dem Auto neben ihnen. Dad starrte so angestrengt zum Himmel hoch, dass Katie auch hochblickte, weil sie einen Heißluftballon oder einen Vogelschwarm erwartete. Aber da war nichts, gar nichts.

Mum führte Dad am Ellbogen auf den Torbogen hinter dem Gebäude zu.

Sarah sang: »*Ohhh, Jingle Bells im Hinterfeld, macht die Tiere kalt.*« und ließ Jacob über eine Pfütze fliegen. »*Ihr habt's warm, in eurem Darm, der Teufel holt euch bald!*«

Ray nahm ihren Arm, und sie folgten Mum und Dad und wurden als Erstes von Onkel Douglas gesichtet, der auf der windabgewandten Seite rauchte, und alle brachen in lautes Hurrageschrei aus.

Sie gelangten zum Torbogen, und Sandra eilte heran und umarmte sie, dann umarmte Mona sie, und Onkel Doug hielt seine brennende Zigarette weg und sagte: »Du bist dir ja auch ganz sicher, was, Mädel?», und sie wollte gerade etwas Schnippisches erwidern (Onkel Doug war ein Po-Kneifer), aber dann sah sie, dass er es ernst meinte, und ließ es.

Mona hatte Ray bereits für ein schnelles Verhör mit Beschlag belegt, da sie ihn bisher nicht kennen gelernt hatte, und die Menge teilte sich, und Katie sah Jenny im Rollstuhl, was ein kleiner Schock war, und Katie beugte sich hinunter und umarmte sie, und Jenny sagte: »Kleiner Rückfall, leider«, und jetzt war Katie auch klar, warum sie eine zweite Einladung brauchte, und Jenny sagte: »Das ist Craig«, und Katie schüttelte dem jungen Mann hinter dem Stuhl die Hand und hoffte, dass es eine echte Beziehung war.

Dann trommelte Ed sie alle für Fotos zusammen, und Katie stand mit Ray allen anderen gegenüber, und es war, als stünde man vor einem offenen Kamin, so viel Wärme strahlte ihnen entgegen, auch wenn Eileen und Ronnie ein bisschen säuerlich dreinblickten, wahrscheinlich, weil es keine Kirche war und alle anderen so gut drauf waren.

Die Standesbeamtin erschien in einem ziemlich unschicken marineblauen Kostüm mit einer dieser Chiffonschleifenblusen, die seit dem Zweiten Weltkrieg eigentlich verschwunden waren, und führte die Hochzeitsgesellschaft in das Gebäude, das einer Arztpraxis ähnelte. Beige gestrichene Wände, informative Broschüren und strapazierfähige Auslegware. Immerhin hatte man eine große Vase mit Blumen aufgestellt, und die Standesbeamtin war sogar ziemlich witzig und sagte: »Wenn die Braut und der Bräutigam mir bitte folgen würden, die Gäste mögen sich an meinen Kollegen halten …«

Die Beamtin ging mit ihnen schnell den Ablauf der Feierlichkeiten durch. Dann erklangen die ersten Takte von Bachs Doppelviolinkonzert, und es klang wie ein Filmsoundtrack. Pferdekutsche, Riesenvilla, Brautkleid. Und Katie dachte: Scheiß auf die Überblendung, wir hätten gleich mit James Brown anfangen sollen. Aber dafür war es jetzt zu spät.

Sie bogen um die Ecke zu dem großen Raum am Ende und warteten vor der Tür, während die Standesbeamtin hineinging und sagte: »Wenn Sie sich bitte für den Einzug der Braut und des Bräutigams erheben würden«, und sie betraten den Raum, in dem alles stattfinden würde, und er war sehr sauber und sehr rosa mit Samtvorhängen. Mum lächelte ihr zu. Und Katie lächelte zurück. Dad schien eine alte Fahrkarte oder so etwas zu studieren, die er in seiner Tasche gefunden hatte.

Als sie vorne ankamen, sah Katie ein Seidenkisschen mit einer Bordüre aus unechten Diamanten an kleinen Troddeln auf dem Tisch liegen. Vermutlich für die Ringe.

»Bitte nehmen Sie Platz«, sagte die Standesbeamtin.

Alle setzten sich.

»Guten Tag, meine Damen und Herren«, sagte die Beamtin. »Ich möchte damit beginnen, dass ich Sie alle hier im Standesamt Peterborough zur Hochzeitsfeier von Katie und Ray ganz herzlich willkommen heiße. Heute fängt ein neuer Abschnitt in ihrem gemeinsamen Leben an...«

Katie schloss während Sarahs Lesung die Augen und summte innerlich, damit sie nicht richtig hinzuhören brauchte, *»Euer Freund ist die Antwort auf eure Nöte. Er ist das Feld, das ihr mit Liebe besät und mit Dankbarkeit erntet...«*. Sie dachte darüber nach, ob sie für die zweite Feier in Jamies Küche eine kleine Hochzeitstorte backen sollte. Dattel-Walnuss-Kuchen. Oben drauf ein Batman-Zuckerfigürchen für Jacob.

»Denn im Tau kleiner Dinge findet das Herz seinen Morgen und wird erfrischt.«

Sarah setzte sich, die Standesbeamtin erhob sich und sagte: »Zu meinen Pflichten gehört es, Sie darüber in Kenntnis zu setzen, dass dieser Raum, in dem wir jetzt zusammengekommen sind, gemäß des Gesetzes über die Durchführung von Eheschließungen offiziell anerkannt ist. Sie sind hier, um zu bezeugen, dass Ray Peter Jonathon Phillips und Katie Margaret Hall in den Bund der Ehe treten wollen. Sollte einem der hier Anwesenden ein rechtliches Hindernis bekannt sein, warum diese beiden

Menschen nicht den Bund der Ehe miteinander eingehen sollen, so möge er dieses jetzt vorbringen.«

Und da geschah etwas in Katies Herz, und sie begriff, dass es nicht nur um die Verbindung zweier Menschen, nicht einmal zweier Familien ging. Sie hatte das Gefühl, alle an den Händen zu fassen, die das vor ihr getan hatten, genau wie nach Jacobs Geburt: Ein Gefühl, dass sie endlich dazugehörte, dass sie Teil des großen Unternehmens war, ein Stein in dem großen Bogen, der sich aus der Dunkelheit hinter ihr hochreckte, über ihren Kopf hinweg sich in die Zukunft wölbte, und sie trug dazu bei, dass der Bogen stark und solide blieb und alle darunter Stehenden beschützte.

Die Standesbeamtin bat sie und Ray aufzustehen und sich an den Händen zu halten, und Katie stiegen Tränen in die Augen, und die Beamtin sagte: »Bevor ich Sie hier und heute ehelich miteinander verbinde, muss ich Sie beide an den feierlichen und bindenden Charakter des Versprechens erinnern, das Sie gleich ablegen werden …« Aber Katie hörte nicht mehr genau zu. Sie war da oben und schaute hinab in den Raum voller Menschen, der so klein war, dass er in ihren Handteller gepasst hätte.

127

Als Katie und Ray sich das Eheversprechen geben wollten, hörte Jean ein leises Quietschen. Sie drehte sich um und sah Jamie durch die Tür schlüpfen. Er stellte sich hinter die nette junge Frau im Rollstuhl.

Jetzt war alles perfekt.

»Mir ist nichts bekannt, warum ich, Katie Margaret Hall«, sagte Katie. »Nicht in der Ehe verbunden werden dürfte«, sagte die Standesbeamtin.

»Nicht in der Ehe verbunden werden dürfte«, wiederholte Katie.

»Mit Ray Peter Jonathon Phillips«, sagte die Standesbeamtin.

Jean drehte sich noch einmal nach Jamie um. Was um alles in der Welt war nur mit ihm passiert? Er sah aus, als wäre er rückwärts durchs Unterholz gezerrt worden.

»Mit Ray Peter Jonathon Phillips«, wiederholte Katie.

Jean wurde das Herz schwer.

»Und damit ist der feierliche Augenblick gekommen«, verkündete die Standesbeamtin, »in der Ray und Katie ihre Eheschließung vor Ihnen, ihren Zeugen, Verwandten und Freunden, besiegeln.«

Jean fiel ein, dass sie jetzt nicht traurig sein durfte. Jamie hatte versucht, Gutes zu tun. Und diese Menschen waren gute Menschen. Sie würden verständnisvoll reagieren.

»Darf ich Sie alle bitten, sich zu erheben«, sagte die Standesbeamtin, »und gemeinsam die Feier ihrer Eheschließung zu begehen.«

Alle erhoben sich.

Zu Hause würde Jamie sich umziehen, und dann wäre alles wieder in Ordnung.

»Ray«, sagte die Standesbeamtin, »nehmen Sie Katie zu Ihrer rechtmäßig angetrauten Ehefrau, mit der Sie das Leben teilen, die Sie lieben, unterstützen und trösten werden, was die Zukunft auch bringen mag?«

»Ja«, sagte Ray.

»Katie«, sagte die Standesbeamtin, »nehmen Sie Ray zu Ihrem rechtmäßig angetrauten Ehemann, mit dem Sie das Leben teilen, den Sie lieben, unterstützen und trösten werden, was die Zukunft auch bringen mag?«

»Ja«, sagte Katie.

Mehrere Reihen weiter hinten war Douglas zu hören, der rief: »Zeig's ihnen, Mädel!«

128

George ließ den Blick durch den Raum schweifen und fühlte sich merkwürdig hingezogen zu all diesen Leuten.

Es war kein Gefühl, das er sonst von Familienfeiern her kannte.

Er drückte Jean die Hand. Er war in seine Frau verliebt. Es gab ihm innerlich ein warmes Gefühl.

Von jetzt an würde alles anders werden.

Was sollte denn eigentlich so schlimm am Tod sein? Früher oder später musste jeder dran glauben. Es war Teil des Lebens. Als schliefe man ein, nur ohne das Aufwachen.

Und da kam auch Jamie, natürlich zu spät, wie alle Kinder.

Jamie war ein Homosexueller. Und was war daran so schlimm? Nichts, gar nichts. Hauptsache, es ging hygienisch zu.

Und da war sein Mann neben ihm. Sein Freund. Partner. Wie immer man das auch nannte. Er würde Jamie nachher fragen.

Nein. Das war doch der Mann, der den Rollstuhl für das verkrüppelte Mädchen schob. Untersetzt. Ungepflegte Frisur. Bart. Nein, der konnte kein Homosexueller sein.

Sogar Douglas und Maureen waren ganz in Ordnung. Vielleicht ein bisschen vulgär. Ein bisschen laut. Aber Fehler hatte nun mal jeder.

Und, sieh da, da waren Neonröhren im Raum, so dass es aussah, als ob man sechs Finger hätte, wenn man seine Finger spreizte und sie im richtigen Tempo hin- und herbewegte. War das nicht merkwürdig? Wie wenn sich das Rad an einem Fahrrad drehte, während es so aussah, als würde es stillstehen.

129

Jamie hatte die Frau hinter dem Schreibtisch gefragt, wo die Hochzeit stattfinde, und er glaubte zu sehen, wie sie den Tisch nach einer Verteidigungswaffe absuchte. Er blickte an sich hinunter und entdeckte Blut an seinen Händen und versuchte zu erklären, dass sein Vater weggelaufen sei, was aber nicht zur Beruhigung der Frau beitrug. Also setzte er die Stimme ein, die er bei nervenden Klienten benutzte, und sagte: »Meine Schwester, Katie Hall, heiratet jetzt gerade in diesem Gebäude Ray Phillips, und wenn ich nicht dort bin, um das mitzubekommen, dann werden Sie von meinem Anwalt hören.«

Meinem Anwalt? Wer zum Teufel sollte das sein?

Entweder glaubte sie ihm, oder sie hatte Angst, sich ihm allein in den Weg zu stellen, jedenfalls blieb sie auf ihrem Platz sitzen, als er davonstürmte, um die Brautleute zu suchen.

Er blieb vor einer Tür am Ende des Gangs stehen, öffnete sie einen Spalt und sah eine Frau, die Tante Maureen sein könnte, und ein Dekolleté, das auf jeden Fall zu Onkel Brians Frau gehörte. Also schlüpfte er hinein und hörte die Standesbeamtin sagen: »... stellt ein förmliches und öffentliches Bekenntnis Ihrer Liebe zueinander dar. Ich werde Sie nun beide nacheinander fragen ...«

Sein Vater stand wohlwollend lächelnd neben Jean, und Jamie verspürte eine merkwürdige Mischung aus Aufregung und Enttäuschung, weil er die ganze Fahrt über geglaubt hatte, dass er der Mittelpunkt der Aufmerksamkeit sein würde, und nun feststellen musste, dass er das nicht war; er konnte also nicht auf- und abhüpfen und von seinem albernen Abenteuer berichten, sondern musste stillstehen und den Mund halten.

Vermutlich deswegen grinste er und winkte Katie ohne nachzudenken zu, als sie in seine Richtung sah, was dazu führte, dass sie den Ring an den falschen Finger steckte, was zum

Glück lustig wirkte. Und als Jacob nach vorn raste, um seine Mutter zu umarmen, konnte Jamie sich auch nicht mehr zügeln und stürmte vor. Die Standesbeamtin wirkte irritiert, aber etliche andere Leute machten es Jamie und Jacob nach.

Sie strömten hinaus auf den Parkplatz, und eine Freundin von Katie fragte, wo er sich bloß herumgetrieben habe, und Jamie erwiderte: »Das Auto ist zusammengebrochen. Ich musste ’ne Abkürzung nehmen.« Sie lachte herzhaft, und er hatte den Eindruck, dass er in dieser aufgekratzten Karnevalsstimmung auch mit der Behauptung durchgekommen wäre, von einem Leoparden angefallen worden zu sein. Seine Mutter schien allerdings Wert darauf zu legen, dass er sich so schnell wie möglich umzog.

»Wie geht’s Dad?«, fragte er.

»Er ist in allerbester Form«, sagte sie, was Jamie alarmierend fand, weil er sich nicht erinnern konnte, dass seine Mutter jemals etwas derart Positives über ihn gesagt hatte, selbst nicht in Zeiten, da er völlig bei Verstand war.

Also nahm er seinen Vater beiseite und fragte ihn nach seinem Befinden.

»Du hast sehr komische Haare«, antwortete George, was technisch zutreffend, aber nicht die Antwort war, die Jamie erwartet hatte.

Jamie fragte, ob er getrunken habe.

»Hab Valium geschluckt«, sagte sein Vater. »Von Dr. Barghoutian. Völlig sicher.«

»Wie viel?«

»Wie viel was?«, fragte sein Vater.

»Wie viel Valium?«, fragte Jamie.

»Acht oder zehn«, sagte sein Vater. »Sagen wir’s so: genug.«

»Oh mein Gott!«

»Ich würde sehr gern deinen Freund kennen lernen«, sagte George. »Na, wie hat das geklungen?«

»Hast du vor, bei der Feier eine Rede zu halten?«

»Eine Rede?«, fragte George.

»Du blutest«, sagte Jamie.

George hielt die Hand hoch. Aus seinem Ärmel tropfte Blut. »Das ist aber merkwürdig.«

130

George saß oben im Bad auf dem Klodeckel, während Jamie ihm das Handgelenk neu verband und ihm in ein sauberes weißes Hemd half. Und George erinnerte sich, wie Jean ihn früher schon mal verbunden hatte, nachdem er sich an einem Stacheldraht verletzt hatte. Aber auf welche Art verletzt?

»Du hast also keine Rede geschrieben?«, fragte Jamie.

Natürlich. Jetzt wusste er es wieder. Heute war Katies Hochzeit.

»Dad?«

»Was?«

»Eine Rede?«, fragte Jamie. »Hast du eine Rede geschrieben?«

»Wofür?«

Jamie rieb sich das Gesicht. »Hör zu. Katie ist heute Morgen getraut worden …«

George zog die Augenbrauen hoch. »Ich bin nicht völlig auf den Kopf gefallen.«

»Die Hochzeitsfeier findet im Garten statt«, sagte Jamie. »Nach dem Essen hält der Brautvater normalerweise eine kurze Rede.«

»Sie heiratet doch Ray, stimmt's?«, sagte George.

»Genau. So machen wir das.«

»Was machen wir?«

»Ich werde mit Ed reden«, sagte Jamie.

»Wer ist Ed?«, fragte George. Unter dem Namen konnte er sich nichts vorstellen.

»Dad«, sagte Jamie, »hör mir einfach zu. Also. Ed ist der Trauzeuge. Er wird nach dem Essen bekannt geben, dass du etwas sagen willst. Du stehst auf, hebst dein Glas und sagst einen Trinkspruch. Dann setzt du dich wieder hin.«

»Na schön«, sagte George und fragte sich, warum Jamie so ein fürchterliches Theater darum machte.

»Kriegst du einen Trinkspruch hin?«

»Das hängt davon ab, auf wen ich das Glas heben soll«, erwiderte George. Er war stolz, die Fangfrage erkannt zu haben.

Jamie blies die Backen stark auf, als gelte es, eine schwere Hantel zu stemmen. »Du stehst auf. Du sagst: Ich möchte das Glas auf Katie und Ray erheben. Ich heiße… Nein. Zu kompliziert.«

George hatte den Eindruck, dass Jamie selbst ein bisschen verwirrt war.

»Du stehst auf«, sagte Jamie. »Du sagst: *Auf Katie und Ray.* Dann setzt du dich hin.«

»Ich halte keine Rede«, sagte George.

»Nein«, sagte Jamie. »Du hebst nur das Glas. *Auf Katie und Ray.* Dann setzt du dich wieder hin.«

»Warum halte ich keine Rede?«, fragte George, der sich langsam fragte, warum er den Anweisungen eines Verwirrten folgen sollte.

Jamie rieb sich wieder das Gesicht. »Katie und Ray möchten es gern kurz und schmerzlos haben.«

George ließ sich das durch den Kopf gehen. »Na gut.«

»Du stehst auf«, sagte Jamie. »Du sagst…«

»*Auf Katie und Ray*«, antwortete George.

»Du setzt dich hin.«

»Ich setze mich hin«, sagte George.

»Fantastisch«, sagte Jamie.

Als Jamie gegangen war, blieb George noch ein paar Minuten auf der Toilette sitzen. Er war ein wenig ungehalten, dass ihm die Gelegenheit genommen wurde, eine längere Rede zu halten. Aber wenn er sich vorzustellen versuchte, was genau er länger ausführen hätte wollen, wurden seine Gedanken etwas verschwommen. Also war es vielleicht am besten, den Weg des geringsten Widerstandes zu wählen.

Er erhob sich vom WC, wartete, dass er sich nicht mehr so umnebelt fühlte, und ging die Treppe hinunter.

Jemand drückte ihm ein Glas Sekt in die Hand.

War es ratsam, Sekt zu trinken, nachdem er so reichlich Valium eingenommen hatte? Er hatte damit kaum Erfahrung. Vielleicht war ja unter den Gästen ein Arzt, den er fragen konnte.

Gail erschien vor ihm. »Brian war richtig traurig, dass du nicht mit ihm in Cornwall warst.«

Es war schwierig, nicht auf ihren Busen zu gucken.

»Er hatte sich schon richtig auf ein Pfadfinderabenteuer gefreut«, sagte Gail. »Mit Lagerfeuer und Schlafsäcken.« Sie schüttelte sich vor Lachen. »Ich fahre nächsten Monat hin. Wenn die Dusche angeschlossen und der Teppich verlegt ist.«

Was in Gottes Namen tat dieser Mann hier?

Auf der anderen Seite des Raumes.

George fragte sich, ob er vielleicht Halluzinationen hatte.

»Ist alles in Ordnung, George?«, fragte Gail.

Er hatte keine Halluzinationen. Er war es wirklich. David Symmonds. Der Mann, den er beim Geschlechtsverkehr mit Jean in ihrem Schlafzimmer beobachtet hatte. Jetzt hatte er sich bei Katies Hochzeit eingeschlichen. Hatte der Mann denn gar keinen Anstand?

Die Welt war jetzt wieder klar und deutlich zu erkennen. Es war wie damals in der Nacht in Glasgow. Zu betrunken zum Reden. Ein Blick auf die Flammen im Korridor, und man war umgehend wieder nüchtern.

»Du wirkst ein bisschen abwesend«, sagte Gail.

Das würde er sich nicht bieten lassen. Er schob Gail zur Seite und bahnte sich einen Weg durch die Gesellschaft. Er würde Mr Symmonds auffordern zu gehen.

Hoffentlich würde er ihn nicht schlagen müssen.

131

Jamie warf sich in Schale und ging nach unten, wobei er die höheren Mächte inständig bat, dass sein Vater die Instruktionen nicht vergessen würde.

Er musste mit Ed reden.

Was sollte Ed sagen? Dass Katies Vater sich nicht ganz wohl fühle? Vielleicht brauchte er gar nichts zu erklären. *Katies Vater möchte jetzt einen Trinkspruch ausbringen.* Reden ist Silber, Schweigen ist Gold.

Er bahnte sich auf der Suche nach Ed einen Weg durchs Haus und dachte sich, wie schrecklich, schrecklich gern er jetzt Tony hier hätte, damit er mal Dampf ablassen könnte, ohne ständig aufzupassen, wem er was sagte. Und die Vorstellung von Tony in seinem Kopf war so lebhaft, dass es ihm wie die selbstverständlichste Sache der Welt erschien, als er Tony draußen durchs Tor am anderen Ende des Rasens näher kommen sah.

Dennoch blieb er wie angewurzelt stehen. Tony blieb auch wie angewurzelt stehen.

Tony trug seine Levi's und das hübsche blau geblümte Hemd und ein Samtjackett, das neu war. Er war etliche Kilo schlanker und mehrere Töne dunkler geworden. Er sah einfach unglaublich gut aus.

Und dann kapierte er es. Tony war da. Bei der Hochzeit. Und die Menge schien sich zu teilen wie das Rote Meer, und Jamie und Tony blickten einander durch einen langen Gang aus Gästen an. Oder vielleicht empfand er es auch nur so.

Jamie wollte losrennen. Aber Tony war nicht mehr sein Freund. Seit der schrecklichen Begegnung auf der Treppe vor Tonys Wohnung hatten sie nicht mehr miteinander gesprochen.

Außer dass er jetzt da war. Was heißen musste …

Jamie rannte. Zumindest lief er sehr schnell. Und schon beim Laufen wurde ihm klar, dass es ein kitschiger Schnulzenaugenblick war, aber es war ihm egal, und er spürte das Herz in seiner Brust aufgehen.

Dann lagen sie einander in den Armen, und Tonys Mund schmeckte nach Pfefferminzkaugummi und Tabak, und Jamie sah die Kamera im Kreis um sie fahren und fühlte die Muskeln in Tonys Rücken und roch das neue Duschgel und wollte ihn nackt, und es war, wie nach tausend Jahren nach Hause kommen, und in der Stille, die sie umfing, hörte er eine Frau leise sagen: »Darauf war ich jetzt aber nicht gefasst.«

132

Jean stand auf dem Flur und hörte einem jungen Mann zu, der für Ray arbeitete. Immer wieder ließ sie aber den Blick über die Gästeschar gleiten. Ihr Gesprächspartner war einer von jenen Männern, die erwarteten, dass man den Mund hielt, nickte und hin und wieder ein zustimmendes vorsprachliches Geräusch von sich gab.

Es war schön, dass alle sich so gut amüsierten (Judy lachte; Kenneth war nüchtern), und das war, so fand sie, zumindest teilweise auch ihrem Wirken zu verdanken. Andererseits war sie nicht für jedes Detail verantwortlich und brauchte sich nicht über alle möglichen Gefahren den Kopf zu zerbrechen.

Und da war ja Jamie auf dem Weg in Richtung Küche in einem sehr hübschen dunkelblauen Anzug und einem weißen Hemd. Der Kratzer auf seiner Wange ließ ihn nur männlicher erscheinen.

Sie konnte David sehen, der sich mit Katies Trauzeugin unterhielt und ein wenig in die Enge getrieben wirkte. Sie hatte das Gefühl, ihn von sehr weit weg zu betrachten.

»Vor fünf Jahren«, sagte der Mann, der mit Ray zusammenarbeitete, »kam Ihr Fernsehempfang noch durch die Luft, und die Telefonleitung war in der Erde. In fünf Jahren wird Ihr Fernsehen aus der Erde kommen und das Telefon aus der Luft.«

Sie entschuldigte sich und verschwand in den Garten.

Sie sah einen jungen Mann zum Seitentor hereinkommen, der eine dunkelgrüne Reisetasche in der Hand hatte. Samtjackett, geblümtes Hemd. Er kam ihr irgendwie bekannt vor.

Sie fragte sich gerade, ob er einer von Katies oder von Rays Freunden war, als er die Tasche fallen ließ und von jemandem umarmt wurde, und die beiden drehten sich zusammen im Kreis, und alle sahen zu, und ihr wurde klar, dass das Jamie war, was hieß, dass der Mann Tony sein musste, und sie küssten sich, vor allen Leuten, auf den Mund.

Ihr erster Gedanke war, dass sie die Leute davon abhalten musste, sich das anzusehen, vielleicht indem sie etwas über sie warf, zum Beispiel eine Tischdecke, oder indem sie ganz laut schrie. Aber inzwischen hatte es schon jeder gesehen: Brian zum Beispiel kriegte den Mund nicht wieder zu. Eine Maschinengewehrsalve wäre mindestens nötig gewesen, um die Aufmerksamkeit der Leute abzulenken.

Die Zeit stand still. Das Einzige, was sich im Garten noch bewegte, waren Jamie und Tony und die Asche, die von Eds Zigarette herunterfiel.

Jean musste etwas unternehmen. Und zwar sofort.

Sie strebte auf Jamie und Tony zu. Sie lösten sich voneinander, und Tony sah sie an. Sie spürte den Tag am Rande einer Katastrophe hängen, wie ein Auto über dem Abgrund.

»Sie müssen Tony sein«, sagte sie.

»Der bin ich«, sagte Tony, ohne den Arm von Jamies Taille wegzunehmen. »Sie müssen Jamies Mutter sein.«

»Die bin ich.«

Er streckte ihr die freie Hand hin. »Freut mich, Sie kennen zu lernen.«

»Ich freue mich auch, Sie kennen zu lernen.« Sie streckte beide Arme aus, um ihn zu umarmen und zu zeigen, dass sie es ernst meinte, und allen anderen zu demonstrieren, dass er sich willkommen fühlen sollte. Und Tony ließ Jamie endlich los und nahm sie in den Arm.

Er war wesentlich größer, als er von weitem aussah, weswegen es wahrscheinlich ein eher lustiger Anblick war. Aber sie spürte, wie sich die Atmosphäre im Garten erwärmte und entspannte.

Erst hatte sie ihn nur ein paar Sekunden umarmen wollen, aber sie musste das Gesicht ziemlich lange weiter in Tonys Hemd drücken, weil sie weinte; es überfiel sie einfach, und zwar sollten alle wissen, dass sie Tony in der Familie willkommen hieß, aber sie sollten eigentlich nicht sehen, dass sie jemandem, den sie erst vor zehn Sekunden kennen gelernt hatte, das Hemd nass weinte.

Dann hörte sie Katie begeistert aufschreien: »Tony. Ich werd verrückt! Du bist da!«

133

Im Haus kam George mit gespreizten Beinen und geballten Fäusten hinter David zum Stehen.

David sah in die andere Richtung und wusste gar nicht, wer hinter ihm stand. George würde ihn nicht bitten, sich umzudrehen. Wenn man jemanden um etwas bitten musste, hieß das, dass dieser andere das Leittier war. Wie bei den Hunden. Aber hier war George das Leittier.

Er wollte David aber auch nicht an der Schulter packen und gewaltsam umdrehen. Dergleichen war nur bei Wirtshausprügeleien üblich, und George wollte diese Begegnung ohne großes Aufhebens hinter sich bringen.

Er stand einige Sekunden mit angespannten Muskeln da, bis die Frau, mit der David redete, »George« sagte. David drehte sich um und sagte »George« und lächelte und manövrierte seinen Zigarillo in die Hand mit dem Glas und hielt George die andere Hand hin.

George beobachtete sich dabei, wie er David die Hand gab und »David« sagte, was ursprünglich nicht seine Absicht gewesen war.

»Du musst ja schrecklich stolz sein heute«, sagte David.

»Darum geht es nicht«, sagte George.

Die Frau verkrümelte sich.

»Nein«, sagte David. »Da hast du recht. Das sagt man immer so. Eigentlich eine egoistische Betrachtungsweise. Dass Katie glücklich ist, das ist doch jetzt das Wichtigste.«

Verdammt, war der aalglatt. George begann zu verstehen, wie er sich den Weg zu Jeans Herz geschleimt hatte. Und mit diesem Mann hatte er fünfzehn Jahre lang zusammengearbeitet!

David zog eine Augenbraue hoch. »Sarah hat mir übrigens erzählt, dass Katie und Ray das alles hier selbst finanzieren.«

Er machte eine ausholende Geste, als würde dieses Wohnzimmer ihm gehören. »Das war ja ein raffinierter Schachzug von dir, George.«

Er musste es jetzt tun. »Leider …«

Aber David unterbrach ihn und fragte: »Wie geht es dir denn?«, und in Georges Kopf fing alles an sich zu drehen, und David klang so aufrichtig besorgt um ihn, dass George das Bedürfnis niederkämpfen musste, ihm zu gestehen, dass er sich mit der Schere etwas abgeschnitten hatte und im Krankenhaus gelandet war, nachdem er seine Frau beim Geschlechtsverkehr mit einem anderen Mann beobachtet hatte.

Ihm wurde klar, dass er David nicht auffordern würde zu gehen. Dazu fehlte ihm die Kraft, moralisch und physisch. Wenn er versuchte, David hinauszuwerfen, würde es einen Eklat geben, und er wollte Katie nicht in Verlegenheit bringen. Wahrscheinlich war es besser, nichts zu unternehmen. Heute war ein besonderer Tag, an dem er seine Gefühle hintanstellen musste.

»George?«, fragte David.

»Wie bitte?«

»Ich hatte dich gefragt, wie es dir geht«, sagte David.

»Gut«, antwortete George. »Mir geht's gut.«

134

Katie schob den Lachs von sich.

Die Idee gefiel ihr, die Hochzeit nicht bis zur Halskrause vollgestopft zu beenden, und sie wollte noch ein bisschen Platz für das Tiramisu lassen.

Ray tätschelte ihr unterm Tisch das Bein. Zu seiner Linken unterhielten sich Mum und Alan über Nieswurz und Zierkohl. Zu ihrer Rechten versuchte Barbara, Dad von den Freuden eines

Urlaubs im Wohnwagen zu überzeugen. Dad sah glücklich aus, also dachte er vermutlich an etwas ganz anderes.

Sie saßen ungefähr fünfzehn Zentimeter höher als alle anderen. Es war wie im Fernsehen: die Kellnerinnen in den weißen Uniformen, das Klingen edlen Bestecks, das Rascheln von Tischdecken.

Auf der anderen Seite des Festzeltes saß David Symmonds, der mit Mona plauderte und sich die Mundwinkel mit einer Serviette abtupfte. Sie empfand seine Anwesenheit als seltsam, und sie würde ihn einfach nicht mehr beachten, genauso wenig wie das Bellen des Labradors, der in einen Garten in der Nähe verbannt worden und mächtig sauer darüber war.

Sie leckte sich die Finger und stippte die Krümel auf ihrem Brotteller auf.

Tony und Jamie hielten an ihrem Tisch immer noch Händchen. Sogar Mum fand das süß. Rays Eltern schienen davon nichts mitzubekommen. Vielleicht waren sie kurzsichtig. Vielleicht hielten alle Männer in Hartlepool Händchen.

Dad berührte sie am Arm. »Wie geht's, wie steht's?«

»Es geht und steht gut«, antwortete Katie. »Es geht und steht sogar bestens.«

Das Tiramisu wurde serviert, doch als sie davon aß, war Katie ein bisschen enttäuscht. Dafür waren die Pralinen, die zusammen mit dem Kaffee gereicht wurden, fantastisch. Und als Jacob kam, um es sich auf ihrem Schoß gemütlich zu machen, war er angesäuert, weil sie ihre schon aufgegessen hatte (Barbara bot ihm um des lieben Friedens willen ritterlich ihre Praline an).

Dann wurde laut auf einen Tisch geklopft, das Geplauder verstummte, und Ed erhob sich. »Meine Damen und Herren, es ist bei Hochzeiten so Sitte, dass der Trauzeuge aufsteht und dumme Geschichten und unanständige Witze erzählt, bis sich alle richtig unbehaglich fühlen.«

»So ist's recht«, brüllte Onkel Douglas.

Nervöses Gelächter im Festzelt.

»Aber das hier ist eine moderne Hochzeit«, fuhr Ed fort. »Deswegen werde ich ein paar nette Dinge über Katie und ein paar nette Dinge über Ray sagen. Ich werde ein paar Telegramme verlesen und Dank loswerden. Dann wird Sarah, Katies Trauzeugin, aufstehen und dumme Geschichten und unanständige Witze erzählen, bis sich alle richtig unbehaglich fühlen.«

Wieder nervöses Gelächter im Festzelt.

Jacob lutschte am Daumen und spielte an Katies Ehering herum, und Ray legte den Arm um sie und sagte leise: »Ich liebe dich, Frau.«

135

George nippte an seinem Dessertwein.

»Jedenfalls ließ sie das Ohrläppchen fallen«, sagte Sarah. »Der Polizist musste also unten im Fußraum vom Auto rumwühlen. Und ich weiß nicht, wie viele von Ihnen mal in dem Fiat Panda gesessen haben, aber auf dem Boden von dem Auto hätte man einen ausgewachsenen Hund verlieren können. Apfelbutzen. Zigarettenschachteln. Krümel.«

Judy hielt sich eine Serviette vor den Mund. George war sich nicht sicher, ob sie Lachen oder Übelkeit zu unterdrücken versuchte.

Katies Freundin war eine erstaunlich gute Rednerin. Auch wenn George die Paul-Harding-Story nicht sehr glaubwürdig fand. War es wirklich vorstellbar, dass ein junger Mann aus Katies Schlafzimmerfenster steigen, vom Küchendach fallen und sich den Knöchel hatte brechen können, ohne dass George etwas davon mitbekommen hatte? Vielleicht doch. Es schien so vieles zu geben, was ihm verheimlicht worden oder entgangen war.

Er nahm noch ein Schlückchen Dessertwein.

Jamie und Tony hielten immer noch Händchen. Er hatte absolut keine Ahnung, wie er darauf reagieren sollte. Vor ein paar Monaten hätte er das noch unterbunden, damit niemand Anstoß daran nahm. Aber jetzt war er sich seiner Ansichten nicht mehr so sicher, und seine Einflussmöglichkeiten schienen ihm begrenzt zu sein.

Die Welt entglitt ihm allmählich. Sie gehörte jetzt den jungen Leuten. Katie, Ray, Jamie, Tony, Sarah, Ed. So sollte es auch sein.

Das Älterwerden machte ihm nichts aus. Es war töricht, sich gegen das Älterwerden zu sträuben. Es passierte jedem. Aber das machte es trotzdem nicht leichter.

Er wünschte nur, dass man ihm ein wenig mehr Respekt entgegenbringen würde. Vielleicht war er ja selbst daran schuld. Er erinnerte sich, diesen Morgen einige Zeit in einem Straßengraben zugebracht zu haben. Das war doch seiner unwürdig. Wenn man sich würdelos verhielt, konnte man anderen auch kaum Respekt einflößen.

Er beugte sich hinüber, nahm Jacobs Hand und drückte sie sanft, wobei er dachte, wie ähnlich sie sich waren; beide kreisten in einem äußeren Orbit Tausende von Meilen von dem hellen Zentrum entfernt, wo die Entscheidungen gefällt und die Zukunft bestimmt wurden. Auch wenn sie sich natürlich in entgegengesetzte Richtungen bewegten, Jacob auf das Licht zu und er davon weg.

Jacob reagierte nicht, seine Hand blieb schlaff und leblos. Erst jetzt merkte George, dass sein Enkelkind schlief.

Er ließ Jacobs Hand los und trank sein Weinglas aus.

Die bittere Wahrheit war, dass er versagt hatte. In so ziemlich allem. In der Ehe. Als Vater. Bei der Arbeit.

Mit dem Malen hatte er auch nicht wieder angefangen.

Dann sagte Sarah: »... ein paar Worte vom Vater der Braut«, was ihn völlig überrumpelte.

Zum Glück gab es erst einmal Applaus, währenddessen er sich sammeln konnte. Dabei erinnerte er sich an das Gespräch, das er vor dem Essen mit Jamie geführt hatte.

Er stand auf und warf einen Blick in die Runde. Er fühlte sich doch sehr von seinen Gefühlen überwältigt. Von welchen Gefühlen genau, das war schwer zu bestimmen; es waren so viele unterschiedliche, was verwirrend war.

Er erhob das Glas. »Ich möchte das Glas erheben. Auf meine wunderbare Tochter Katie. Und auf ihren ausgezeichneten Ehemann Ray.«

Das Echo »Auf Katie und Ray« erklang.

Er wollte sich wieder hinsetzen, zögerte dann jedoch. Plötzlich wurde ihm klar, dass dies sein Abschiedsauftritt war, dass nie wieder sechzig oder siebzig Leute an seinen Lippen hängen würden. Diese Gelegenheit nicht wahrzunehmen schien ihm wie ein Eingeständnis des Versagens.

Er richtete sich wieder auf.

»Wir verbringen die meiste Zeit auf diesem Planeten mit der Vorstellung, wir würden ewig leben ...«

136

Jean klammerte sich an der Tischkante fest.

Hätte sie ihm ein bisschen näher gesessen, hätte sie George am Ärmel packen und ihn zurück auf seinen Platz ziehen können, aber Katie und Ray waren im Weg, und alle schauten in seine Richtung, und sie wusste nicht, wie sie eingreifen sollte, ohne alles noch schlimmer zu machen.

»Wie einige von euch vielleicht wissen, ging es mir in letzter Zeit nicht sehr gut…«

Allmächtiger Gott im Himmel, er würde doch nicht darüber reden, dass er sich selbst verstümmelt hatte, im Krankenhaus und beim Psychiater gewesen war? Vor allen Gästen! Dagegen wäre die zur Schau gestellte Liebe von Jamie und Tony nur noch eine Marginalie.

»Wir freuen uns alle auf den Ruhestand. Endlich den Garten in Ordnung bringen. Die Geburtstags- und Weihnachtsbücher lesen, für die man bisher keine Zeit hatte.« Ein paar Leute lachten. Jean verstand nicht, warum. »Kurz nach meinem Eintritt in die Rente entdeckte ich einen kleinen Tumor an meiner Hüfte.«

Wendy Carpenter musste gerade eine Chemotherapie über sich ergehen lassen. Und Kenneth hatte sich letzten August eine Wucherung aus dem Kehlkopf entfernen lassen. Weiß Gott, was die jetzt dachten.

»Mir wurde klar, dass ich sterben würde.«

Jean konzentrierte sich auf die Zuckerdose und versuchte so zu tun, als sei sie in dem schönen Hotel in Paris.

137

Als Jamie sah, wie sein Vater vor siebzig Leuten in Tränen ausbrach, hatte er das Gefühl, einen Blinddarmdurchbruch zu erleiden.

»Ich. Jean. Alan. Barbara. Katie. Ray. Alle werden wir sterben.« Irgendwo hinten im Zelt rollte ein Glas von einem Tisch und zerbarst. »Aber wir wollen es uns nicht eingestehen.«

Jamie warf einen Blick zur Seite. Tony starrte den Redner an und sah aus, als hätte er einen Stromschlag bekommen.

»Uns ist nicht klar, wie wichtig das hier ist. Dieser … dieser Ort. Bäume. Menschen. Torten. Dann wird es einem weggenommen. Und wir sehen unseren Fehler ein. Aber es ist zu spät.«

In einem Garten in der Nähe bellte Eileens Hund.

138

George hatte das Gefühl, den Faden verloren zu haben. Von dem Dessertwein war sein Verstand nicht unbedingt schärfer geworden. Seine Rede fiel wesentlich emotionaler aus, als er es beabsichtigt hatte. Er hatte vom Krebs gesprochen, was nicht zur festlichen Stimmung passte. Hatte er sich möglicherweise zum Narren gemacht?

Er musste seine Rede so schnell und elegant wie möglich zum Abschluss bringen.

Er drehte sich zu Katie um und ergriff ihre Hand. Jacob lag schlafend auf ihrem Schoß, weswegen die Geste etwas unbeholfener als geplant ausfiel.

»Meine schöne Tochter. Meine schöne, schöne Tochter.« Was wollte er eigentlich genau sagen? »Du und Ray und Jacob. Vergesst nie die Freude aneinander.«

Das war schon besser.

Er ließ Katies Hand los und ließ den Blick noch einmal durch die Runde schweifen, bevor er sich setzte. Dann erblickte er ganz hinten in der Ecke David Symmonds. Während des Essens hatte der Mann in die andere Richtung geblickt, so dass sein Anblick George lange erspart geblieben war.

George kam der Gedanke, dass er sich nicht nur zum Narren gemacht hatte, sondern dass er das auch noch vor den Augen von David Symmonds getan hatte.

»Dad?«, sagte Katie und berührte ihn am Arm.

Halb stehend, halb sitzend war George gänzlich erstarrt.

Der Mann wirkte so selbstzufrieden, so gesund, so verdammt adrett.

Die Bilder, die er so lange aus seinem Kopf verbannt hatte, kehrten zurück. Das schlaffe Hinterteil des Mannes, das sich im Dämmerlicht des Schlafzimmers auf und ab bewegte. Die Sehnen in seinen Beinen. Dieser hühnerhautartige Hoden.

»Dad?«, fragte Katie.

139

Jean schrie auf. Nicht nur, weil ihr Mann über den Tisch kletterte, sondern auch, weil er eine Kaffeekanne umgestoßen hatte. Nun lief die heiße braune Flüssigkeit auf sie zu. Jean machte einen Satz nach hinten, und in diesem Augenblick schrie noch jemand auf.

George sprang vom Tisch und schritt durch das Festzelt.

Sie drehte sich zu Ray um. »Um Gottes willen, mach irgendwas!«

Der Bräutigam erstarrte einen endlos langen Augenblick, bevor er aufstand und George nachlief.

Zu spät.

Jean wusste, wohin George wollte.

140

George blieb vor David stehen, der auf einem Stuhl saß.

Es war sehr, sehr still im Festzelt.

George holte aus und schlug mit der Faust nach Davids Kopf, doch David wich in letzter Minute aus, und George verfehlte sein Ziel. Er musste sich bei jemandem an der Schulter festhalten, um nicht hinzufallen.

Als David vom Stuhl aufsprang und flüchten wollte, verhedderte er sich in den Stuhlbeinen und fiel unbeholfen mit dem Möbelstück um, wobei er wie wild mit den Armen ruderte, als versuche er sich auf dem Rücken schwimmend aus Georges Reichweite zu entfernen.

Das gab George eine zweite Chance. Jemanden auszuknocken war wesentlich schwieriger, als es in Filmen aussah, und George hatte äußerst wenig Übung in diesem Bereich. Deswegen traf sein zweiter Faustschlag David nur an der Brust, was nicht befriedigend war.

Der Stuhl war im Weg. Das war das Problem. George kickte ihn weg. Er beugte sich vor, packte David am Jackettaufschlag und versetzte ihm einen Kopfstoß.

Danach war es schwer zu sagen, wer wen schlug. Aber es floss eine Menge Blut, und George war ziemlich sicher, dass es das von David war, also war es gut.

141

Das Bild, das sich Jamies Gedächtnis einbrannte, war das von einer Portion Tiramisu und dem zugehörigen Teelöffel, die in Kopfhöhe zeitlupenlangsam durch die Luft segelten. Sein Vater und David Symmonds waren rückwärts auf den Tisch gestürzt. Dessen Vorderseite hatte sich eingeklappt, und die Rückseite war hochgeschossen wie eine Wippe, wobei sie diverse Gegenstände in die Luft katapultiert hatte. Eine von Katies Freundinnen war sichtlich stolz darauf, eine Gabel gefangen zu haben.

Von diesem Moment an war es eher ein Gefühl wie bei einem Autounfall. Alles war hyperreal und weit weg und verlangsamt. Keine Bauchkrämpfe mehr. Nur eine Serie von Handlungen, die ausgeführt werden mussten, um weitere Verletzungen zu vermeiden.

Ray beugte sich vor und trennte Jamies Vater von David Symmonds. Das Gesicht von David Symmonds war voller Blut. Jamie war beeindruckt, dass ein Mann im Alter seines Vaters so viel Schaden anrichten konnte.

Jamie und Tony sahen einander an und fällten eine dieser augenblicklichen, wortlosen Entscheidungen, dass sie zu Hilfe eilen würden. Sie standen auf und sprangen über den Tisch, was ziemlich Starsky & Hutch-reif gewesen wäre, wenn Jamie nicht ein Butterbrötchen am Hosenbein geklebt hätte.

Beinahe gleichzeitig trafen sie in der hinteren Ecke des Festzeltes ein. Tony, der erfolgreich einen Erste-Hilfe-Kurs absolviert hatte, kniete sich neben David, der mehr Verletzungen davongetragen zu haben schien. Jamie kümmerte sich um seinen Vater.

Ray schrie ihn gerade an: »Warum in Gottes Namen hast du das getan?« Und sein Vater wollte gerade antworten, als Jamies Gehirn auf Warp-Geschwindigkeit beschleunigte und ihm klar wurde, dass niemand wusste, warum sein Vater das gemacht hatte. Nur er und Katie, seine Mutter und sein Vater. Und David natürlich. Und Tony, da Jamie ihm vor dem Essen eine Single-Version der epischen Verstrickungen der letzten Wochen geliefert hatte. Jean war gerade aus dem Zelt gerannt, weil sie glaubte, dass es jetzt alle erfahren würden. Aber wenn Jamie rasch handelte, könnte der Vorfall vielleicht als medikamentös verursachter Wahn erklärt werden. Nach dieser Rede war zumindest offensichtlich, dass sein Vater nicht ganz bei Trost war.

Als sein Vater also anhob: »Weil …«, schlug Jamie ihm einfach mit der Hand auf den Mund und hielt diesen zu; womöglich hatte er ein bisschen fest zugelangt, da das *Klatsch* ziemlich laut war und Ray und sein Vater verblüfft dreinschauten, aber zumindest hielt es seinen Vater vom Reden ab.

Jamie beugte sich zu George vor und flüsterte: »Sag nichts.«

Sein Vater sagte: »Nnnnn.«

Jamie sah Ray an und sagte: »Bring ihn rein. Nach oben. Ins Schlafzimmer. Pass … pass einfach auf, dass er da bleibt, ja?«

Ray sagte: »Wird erledigt«, als hätte Jamie ihn gebeten, einen Sack Kartoffeln wegzutragen. Er zog George hoch und führte ihn aus dem Zelt.

Jamie ging rüber zu Tony.

»Der Mann ist ja total wahnsinnig«, sagte David.

Jamie sagte leise zu Tony: »Bring ihn ins Wohnzimmer und ruf den Krankenwagen.«

»Ich glaube nicht, dass er einen Krankenwagen braucht.«

»Dann halt ein Taxi, irgendwas. Schaff ihn einfach aus dem Haus.«

»Ah, verstehe«, sagte Tony. Er stützte David am Arm. »Na, dann kommen Sie mal.«

Jamie erhob sich, drehte sich um und merkte, dass all dies innerhalb weniger Sekunden passiert war und die übrigen Gäste stocksteif und völlig sprachlos dasaßen, sogar Onkel Douglas, was noch nie vorgekommen war. Und sie erwarteten ganz offensichtlich eine Erklärung, und zwar von Jamie, aber er musste erst mit seiner Mutter reden. Er rief: »Ich bin sofort wieder da«, rannte aus dem Zelt und fand Jean auf der anderen Seite des Rasens, wo sie von einer ihm unbekannten Frau getröstet wurde, während Ray und Tony seinen Vater und David ins Haus führten, beide mit fester Hand, damit sie nicht wieder miteinander in Berührung kommen konnten.

Seine Mutter weinte. Die Frau, die er nicht kannte, hielt sie im Arm.

Jamie sagte: »Ich muss meine Mutter allein sprechen.«

Die ältere Frau sagte: »Ich bin Ursula, eine gute Freundin.«

»Gehen Sie zurück ins Zelt«, sagte Jamie. Die Frau rührte sich nicht. »Tut mir leid. Ich will nicht unhöflich sein. Aber Sie müssen sich jetzt bitte umgehend entfernen.«

Die Frau wich zurück und sagte »schon gut« in jenem Tonfall, den man gegenüber Psychopathen anschlägt, damit sie ruhig bleiben.

Jamie nahm seine Mutter am Arm und sah ihr ins Gesicht. »Es wird alles gut werden.«

»Ich kann alles erklären«, sagte seine Mutter. Sie weinte immer noch.

»Das brauchst du nicht«, sagte Jamie.

»Nein«, sagte seine Mutter. »Der Mann, der, den dein Vater geschlagen hat …«

»Ich weiß«, sagte Jamie.

Seine Mutter unterbrach sich, dann sagte sie: »Oh mein Gott.« Ihre Beine gaben unter ihr nach, und Jamie musste sie ein paar Sekunden lang aufrecht halten. »Mum …«

Sie hielt sich mit einer Hand an seinem Arm fest. »Woher weißt du …?«

»Erklär ich später«, sagte Jamie. »Zum Glück weiß es sonst niemand.« Er konnte sich nicht daran erinnern, sich jemals so männlich und entschlussfreudig gefühlt zu haben. Er musste schnell zur Tat schreiten, bevor der Bann gebrochen war. »Wir gehen jetzt wieder rein. Und ich halte eine Rede.«

»Eine Rede?« Seine Mutter erstarrte zur Salzsäule.

Jamie fühlte sich auch ein wenig nervös.

»Eine Rede worüber?«, fragte seine Mutter.

»Über Dad«, sagte Jamie. »Vertrau mir.«

Glücklicherweise schien seine Mutter außerstande zu sein, Widerspruch einzulegen, und als er den Arm um ihre Schulter legte und sie über den Rasen zurücksteuerte, ließ sie sich führen.

Sie traten in den Zelteingang, das aufgeregte Murmeln erstarb augenblicklich, und sie bewegten sich durch die sehr angespannte Stille zurück zu ihren Plätzen, wobei ihre Schuhe laut auf den Brettern unter ihren Füßen klackten.

Katie hielt Jacob auf dem Schoß. Als Jamie und seine Mutter zum Tisch kamen, sagte Jacob: »Grandpa hat sich gekloppt«, und hinter seiner Schulter hörte Jamie, wie jemand ein hysterisches Kichern unterdrückte.

Jamie streichelte Jacob sanft den Kopf, führte seine Mutter an ihren Platz und drehte sich zu den Gästen um. Ihre Zahl schien sich in den letzten paar Minuten in magischer Weise verdoppelt zu haben. In seinem Kopf war alles leer, und er fragte sich, ob er sich nun genauso zum Narren machen würde wie sein Vater.

Er sagte: »Ich bitte vielmals um Entschuldigung. Das war so nicht geplant.«

Niemand lachte. Verständlicherweise. Er musste ernster werden.

»Meinem Vater ging es in letzter Zeit nicht sehr gut. Wie euch mittlerweile wohl klar sein dürfte.«

Würde er was zum Krebs sagen? Jawohl. Es musste sein.

»Ihr werdet sicher erleichtert sein zu erfahren, dass er keinen Krebs hat.«

Die Aufgabe war vertrackter als gedacht. Im Zelt herrschte eine deutlich spürbare Friedhofsstimmung. Er warf einen Blick hinunter auf seine Mutter. Sie starrte unter sich und drückte ihre Serviette im Schoß zur kleinstmöglichen Kugel zusammen.

»Aber er war sehr depressiv. Und hatte Angstzustände. Besonders wegen der Hochzeit. Besonders, bei der Hochzeit eine Rede halten zu müssen.«

Jetzt hatte er sich gefangen.

»Er hat einen sehr netten Arzt. Der hat ihm Valium verschrieben. Davon hat George heute Morgen ziemlich viel geschluckt. Um ruhiger zu werden. Ich glaube, er hat ein bisschen übertrieben.«

Wieder lachte keiner, aber ein summendes Gemurmel war zu hören, das ermutigend klang.

»Hoffentlich ist er jetzt oben und schläft sich aus.«

Und in diesem Augenblick wurde Jamie klar, dass er nicht nur etwas zur unpassenden Rede seines Vaters, sondern auch zu der Tatsache sagen musste, dass er dem Liebhaber seiner Mutter vor aller Welt einen Kopfstoß versetzt hatte. Was weitaus schwieriger sein würde. Er zögerte. Ziemlich lange. Und die Atmosphäre begann wieder zu erkalten.

»Ich habe nicht die geringste Ahnung, warum mein Vater David Symmonds geschlagen hat. Ich bin mir ehrlich gesagt nicht mal ganz sicher, ob er überhaupt wusste, dass es David Symmonds war, den er da schlug.«

Er hatte das Gefühl, auf Skiern gefährlich schnell durch einen Wald aus lauter Bäumen zu rasen, die viel zu dicht beieinanderstanden.

»Die beiden haben bis vor ein paar Jahren zusammen bei Shepherds gearbeitet. Ich weiß nicht, ob sie einander seitdem gesehen haben. Die Moral aus der Geschichte ist wohl, dass man jemanden, mit dem man auf der Arbeit nicht zurechtgekommen ist, nicht zur Hochzeit seiner Tochter einladen und vorher Hände voll Tabletten schlucken sollte.«

In diesem Moment wurde aus dem Gemurmel Gott sei Dank echtes Lachen. Von den meisten seiner Zuhörer zumindest (Eileen und Ronnie sahen aus, als hätte man sie schockgefrostet). Und Jamie merkte, dass er endlich festen Boden unter den Füßen hatte.

Er wandte sich Katie zu und sah Jacob auf ihrem Schoß, der den Kopf an ihrer Brust vergrub. Armes Kerlchen. Er würde ein ziemlich ausführliches Krisengespräch brauchen, wenn das hier alles vorbei war.

»Aber heute ist Katies und Rays großer Tag«, sagte Jamie mit lauterer Stimme und versuchte munter zu klingen.

»Hört! Hört!«, rief Onkel Douglas und erhob sein Glas.

An der überraschten Reaktion vieler Gäste ließ sich ablesen, dass sie zwischenzeitlich vergessen hatten, auf einer Hochzeitsfeier zu sein.

»Leider kümmert sich der Bräutigam gerade um den Vater der Braut …«

Ray erschien im Zelteingang.

»Ich lüge …«

Alle Augen wandten sich Ray zu, der erstaunt stehen blieb, weil er auf einmal der Mittelpunkt der Aufmerksamkeit war.

»Deswegen möchte ich im Namen von Katie und Ray vorschlagen, dass wir die Ereignisse der letzten zehn Minuten zu vergessen versuchen und mit ihnen zusammen ihre Hochzeit feiern. Katie und Ray …« Er griff nach einem halbvollen Glas auf dem Tisch vor ihm. »Ich wünsche euch eine sehr glückliche Feier. Und wir wollen hoffen, dass der Rest eurer Ehe etwas weniger aufregend wird.«

Alle erhoben die Gläser, und es gab ein leicht verwirrtes Hurrageschrei, und Jamie setzte sich, und alle wurden still, und Sarah fing an zu klatschen, und Jamie wusste nicht recht, ob es für Katie und Ray oder für seine Rede war, auf die er ziemlich stolz war.

Er ließ sich vom allgemeinen Gefühl der Erleichterung derart mittragen, dass er erstaunt war, als er sich umdrehte und sah, dass seine Mutter immer noch weinte.

Sie sah zu Katie hinüber und sagte: »Es tut mir so schrecklich, schrecklich leid. Das alles ist meine Schuld.« Sie trocknete sich die Augen mit einer Serviette, stand auf und sagte: »Ich muss mit eurem Vater reden«, und Katie fragte: »Bist du dir sicher …?«, aber sie war schon weg.

Ray tauchte neben ihnen auf und sagte trocken: »Ich freue mich wirklich auf Barcelona.«

»Großvater hat sich geprügelt«, sagte Jacob.

»Ich weiß. Ich war dabei«, sagte Ray.

Und Katie fügte hinzu: »Der Mann, den er geschlagen hat. Das war …«

»Ich weiß«, sagte Ray. »Dein Vater hat's mir erklärt. Ziemlich detailliert sogar. Das ist ein Grund, warum ich mich *wirklich* auf Barcelona freue. Jetzt hält er übrigens ein kleines Schläfchen. Ich glaube nicht, dass er allzu schnell wieder nach unten kommen wird.«

Und mit einem Schlag wurde Jamie etwas bewusst, was ganz offensichtlich gewesen, ihm selbst aber bisher entgangen war: Sein Vater war schon die ganze Zeit im Bilde gewesen, dass seine Mutter etwas mit David Symmonds hatte.

Ihm wurde leicht schwindlig.

Er drehte sich zu Katie um. »Wusste Mum eigentlich, dass Dad wusste, dass Mum und David Symmonds …?«

»Nein«, antwortete Katie noch trockener als Ray. »Dad hat sich die Bekanntgabe der frohen Kunde offensichtlich für unsere Hochzeit aufgehoben.«

»Mein Gott«, sagte Jamie. »Warum haben sie den Typ bloß eingeladen?«

»Das«, sagte Katie, »ist eine von etlichen Fragen, die ich ihnen gerne später mal stellen würde. Falls sie sich bis dahin nicht gegenseitig abgemurkst haben.«

»Glaubst du, wir müssen …?« Jamie sprang auf.

»Nein«, antwortete Katie schnippisch. »Das sollen die ruhig unter sich ausmachen.«

Ray begab sich zu seinen Eltern, um herauszufinden, ob sie das ganze Spektakel lebend überstanden hatten, und Tony kreuzte mit einer offenen Flasche Sekt und einer Handvoll Gläsern auf. Er setzte sich auf Jeans frei gewordenen Platz und sagte zu Katie: »Das hier ist die erste Hochzeit, an der ich überhaupt teilnehme. Und ich muss sagen, sie ist wesentlich unterhaltsamer, als ich vermutet hätte.«

Was Jamie angesichts Katies Zustand ziemlich gewagt vorkam. Aber Tony kannte sich auf dem Terrain offensichtlich aus, wahrscheinlich weil er Becky zur Schwester hatte. Jedenfalls schnappte Katie Tony die Sektflasche weg, nahm einen Riesenschluck und sagte: »Und weißt du, was das Beste ist?«

»Was?«, fragte Tony.

»Dass du da bist.«

»Das ist wirklich nett von dir«, sagte Tony. »Auch wenn ich nicht erwartet hatte, dass mir jemand derart dramatisch die Schau stehlen würde.«

»Gott«, sagte Katie. »Ich brauch jetzt dringend Musik.«

»Du sprichst mir aus dem Herzen«, sagte Tony.

»Und David …?«, fragte Jamie.

»Ist mit seinem Auto weg«, antwortete Tony. »Ich glaube, er hatte den Eindruck, dass er hier nicht mehr gebraucht wird. Was wahrscheinlich schlau ist.«

In diesem Augenblick tauchte im Zelteingang wie ein übergewichtiger Engel ein Mann auf mit einem großen Lautsprecher, auf dem »Top Sounds« stand.

Jamie sorgte sich stärker um seinen Vater als um Katie. Er

wollte es nicht darauf ankommen lassen, dass seine Eltern es friedlich unter sich ausmachten. So entschuldigte er sich bei Tony und ging ins Haus, wobei er unterwegs öfters stehen blieb, um etlichen Freunden und Verwandten zu versichern, dass es seinem Vater gut gehe.

Er klopfte an der Schlafzimmertür seiner Eltern. Die leisen Stimmen dahinter verstummten. Er wartete, dann klopfte er noch mal.

»Wer ist da?«, fragte sein Vater.

»Ich bin's. Jamie. Ich wollte nur nachfragen, ob bei euch alles in Ordnung ist.« Eine kurze Pause entstand. Offensichtlich war bei ihnen nicht alles in Ordnung. Es war lächerlich, so etwas zu sagen. »Die Leute machen sich nur Sorgen, deswegen.«

»Ich habe leider ein schreckliches Chaos veranstaltet«, sagte sein Vater.

Durch die Tür hindurch war es schwer, darauf zu antworten.

»Würdest du Katie und Ray ausrichten, dass ich es aus tiefstem Herzen bereue, sie in solche Verlegenheit gebracht zu haben?«, sagte sein Vater.

»Werd ich tun«, sagte Jamie.

Ein kurzes Schweigen entstand.

»Mit David alles okay?«, fragte sein Vater.

»Ja, der ist weg«, sagte Jamie.

»Gut«, sagte sein Vater.

Jamie wurde klar, dass er noch nichts von seiner Mutter gehört hatte. Und es schien sehr unwahrscheinlich, dass ihr etwas Schreckliches zugestoßen war, aber diesmal wollte er absolut sicher sein. »Mum?«

Keine Antwort.

»Mum …?«

»Mir geht's gut«, sagte seine Mutter. Ihre Stimme klang ein wenig gereizt, was seltsam beruhigend war.

Jamie wollte gerade fragen, ob sie etwas bräuchten. Dann fragte er sich, was das wohl sein könnte (Wein? Hochzeitstorte?), und beschloss, das Gespräch zu beenden. »Ich gehe jetzt wieder nach unten.«

Keine Antwort.

Als er den Rasen überquerte, versicherte er noch mehr Leuten, dass sein Vater wohlauf sei. Die Disco hatte angefangen, er schlüpfte ins Zelt und setzte sich neben Tony, der mit Ed über Holzleisten und Rauputzdecken plauderte.

Ed verkrümelte sich, und Jamie nahm eine Zigarette aus dem vor Tony liegenden Päckchen, zündete sie an, und Tony schenkte ihm ein Glas Dessertwein ein, und die beiden beobachteten Onkel Douglas, der wie ein verwundeter Stier tanzte, und die Musik war gut, weil sie all die kleinen Pausen ausfüllte, in denen die Gäste versucht sein mochten, über das nachzudenken, was vorgefallen war; wenn man allerdings genau wusste, was vorgefallen war, durfte man nicht zu sehr auf die Songtexte achten (*Groovy Kind of Love*, *Congratulations*, *Stand By Your Man ...*).

Die letzten zwei Wochen über hatte er sich so verzweifelt danach gesehnt, mit Tony zu reden. Jetzt reichte es, neben ihm zu sitzen, sich zu berühren, dieselbe Luft zu atmen. Als sie das letzte Mal nebeneinander gesessen hatten, schienen sie zwei vereinzelte Menschen zu sein. Jetzt waren sie irgendwie ... was geworden? *Ein Paar?* Das Wort schien irgendwie falsch.

Vielleicht war es gut, etwas zu sein, was man nicht benennen konnte.

Sie unterhielten sich mit Mona darüber, wie unklug es war, mit seinem Chef ins Bett zu gehen (ihre Überzeugung war durch Erfahrung gleichsam beglaubigt). Sie unterhielten sich mit Rays Eltern, die sich von dem unorthodoxen Verlauf der Feier merkwürdig wenig aus der Ruhe hatten bringen lassen (Rays Bruder schien im Gefängnis zu sitzen, wovon Katie bisher nichts erzählt hatte, und Barbaras Exmann war einmal in einem Container schlafend von der Polizei aufgesammelt worden). Sie unterhielten sich mit Craig, Jennys schwulem Betreuer, der eigentlich bei der Arbeit keine Privatgespräche führen sollte, aber Jenny war besoffen und verstand sich prächtig mit dem unglaublich langweiligen Kerl aus Rays Firma.

Eine halbe Stunde später kam Jamies Mutter ins Zelt. Und es war ein bisschen, als ob die Königin den Raum beträte, weil alle plötzlich aufhörten zu tanzen und still wurden und nicht wussten, wie sie sich benehmen sollten. Allerdings hatte der Mann von »Top Sounds« keine Ahnung, was zuvor vorgefallen war, weswegen Kylie Minogue weiter sehr laut *The Locomotion* sang.

Jamie wollte aufspringen, zu Jean rennen und sie vor dieser ungewünschten Aufmerksamkeit retten, aber Ursula (die erstaunlich sportlich getanzt hatte) ging zu ihr und umarmte sie, und Jamie wollte Jeans Freundin kein zweites Mal vor den Kopf stoßen. Nach ein paar Sekunden gesellten sich Douglas und Maureen zu ihnen, und bald schon saß seine Mutter an einem Ecktisch und war versorgt.

Einige Minuten später trat sein Vater ins Festzelt. Wieder fragte Jamie sich, ob er ihn wohl beschützen sollte. Aber sein Vater ging geradewegs auf Katie und Ray zu und schien sich sehr ernsthaft für sein Benehmen zu entschuldigen, jedenfalls endete die Begegnung in einer Umarmung, nach der sein Vater von Ed, mit dem er eine innige generationenübergreifende Freundschaft zu schließen schien, zu einem Tisch geführt wurde (Jamie fand später heraus, dass Ed vor ein paar Jahren einen Zusammenbruch erlitten und mehrere Monate lang das Haus nicht verlassen hatte). Und es war ein bisschen merkwürdig, dass seine Eltern an getrennten Tischen saßen. Aber es wäre noch merkwürdiger, sie nebeneinander stehen zu sehen, was sie bei keiner Feier machten; Jamie beschloss, sich die Sorgen bis zum nächsten Tag aufzusparen.

Und als Jamie und Tony ein bisschen später ins Freie traten, wurde es gerade dämmerig, und jemand hatte bunte Bambusfackeln rund um den Rasen angezündet, was ziemlich zauberhaft aussah. Und er hatte endlich das Gefühl, dass der Tag gerettet war, soweit das möglich gewesen war.

Sie spielten Verstecken mit Jacob und fanden Judy mit verzweifelter Miene in der Küche, weil Kenneth auf der Gästetoilette ins Delirium gefallen war. Also suchten sie einen Schraubenzieher und schraubten das Schloss auf und legten ihn in stabiler Seitenlage im Wohnzimmer aufs Sofa, deckten ihn zu, stellten einen Eimer daneben auf den Teppich und zerrten Judy wieder hinaus auf die Tanzfläche.

Und dann musste Jacob ins Bett, und Jamie las ihm *Der Bär unter der Treppe* und *Curious George und der Lastwagen* vor und ging dann nach unten und tanzte mit Tony, und dann lief *Three Times a Lady* von Lionel Richie, und Jamie lachte, und Tony fragte warum, und Jamie zog ihn einfach an sich und knutschte die gesamten drei Minuten mitten auf der Tanzfläche mit ihm, und drei ganze Minuten lang Tonys Schwanz an sich gepresst zu spüren war mehr, als er ertragen konnte, und er war mittlerweile betrunken genug, also zerrte er Tony nach oben und schärfte ihm ein, kein Geräusch von sich zu geben, sonst würde er ihn umbringen, und sie gingen in sein Kinderzimmer, und Tony fickte ihn in voller Sicht von Big Giraffe und der Gesamtausgabe von Dr. Doolittle im Schuber.

Katie war nur froh, dass Jacob bei ihr auf dem Schoß saß, als es passierte.

Ray, Jamie und Tony schienen alles im Griff zu haben, und sie brauchte nur Jacob festzuhalten und zu hoffen, dass ihn die Ereignisse nicht zu sehr durcheinanderbringen würden.

Als es passierte, wirkte er merkwürdigerweise gar nicht schockiert. Er hatte noch nie zwei Erwachsene gesehen, die einander schlugen. Aber offensichtlich verhielten sich Großvater und der andere Mann wie seine Power Rangers. Auch wenn Katie sich nicht an echtes Blut in einem Power-Ranger-Video erinnern konnte und Dad keinen Salto oder Karatetritt vollführt hatte.

Wenn Jacob nicht bei ihr auf dem Schoß gesessen hätte, hätte sie nicht gewusst, wie sie reagieren sollte. Dad litt offensichtlich ganz fürchterlich. Sie hätten sich viel mehr Gedanken machen müssen, als er weggerannt war und das Valium geschluckt hatte. Andererseits sollte man ja meinen, dass er bis nach dem Essen warten und dann mit jemandem raus auf die Straße gehen könnte, statt seiner Tochter die Hochzeitsfeier zu versauen, auch wenn man sich noch so beschissen fühlte.

Und Mum war natürlich außer sich, dass Dad über David Symmonds Bescheid gewusst hatte. Aber warum in drei Teufels Namen hatte sie den Kerl bloß zur Hochzeit eingeladen?

Insgesamt gesehen war Katie einfach dankbar, dass sie nicht ihre Gefühle zu sortieren brauchte, während sie ihre Eltern tröstete, sonst hätte sie sich womöglich selbst noch in einen Power Ranger verwandelt.

Jamie rettete die Lage (der geborene Mannschaftsführer, wie Ray treffend sagte). Sie hatte keinen blassen Schimmer, was er sagen würde, als er aufstand, um seine Rede zu halten (Jamie gestand später, dass er selbst auch keinen Schimmer gehabt hatte), und sie war nervös, allerdings nicht so nervös wie Mum, die es schaffte, ihre Stoffserviette zu zerreißen, während Jamie redete; sie schien überzeugt zu sein, dass er aller Welt haarklein erläutern würde, warum Dad das gemacht hatte.

Aber der Einfall mit der Auseinandersetzung im Betrieb war genial. Die Leute sprangen derart auf die Idee an, dass Katie im Laufe des Abends die unterschiedlichsten Erklärungen hörte, warum Dad einen Groll gegen seinen Exkollegen hegte. Mona zufolge hatte David Gerüchte gesät, damit George nicht den Posten als Geschäftsführer bekam. Onkel Douglas zufolge war David Alkoholiker. Katie schwieg. Am Ende des Abends würde er vermutlich eine ihrer Fabrikarbeiterinnen ermordet und im Wald in der Nähe verscharrt haben.

Sie ließ bei Ray ein wenig Dampf über das Betragen ihrer Eltern ab, aber er lachte sie nur aus, nahm sie ganz fest in die Arme und sagte: »Wollen wir nicht versuchen, trotz deiner Familie ein bisschen Spaß zu haben?«

Als Zeichen des guten Willens und da heute ihre Hochzeit war, gab sie ihm ausnahmsweise mal recht. Natürlich nicht laut, sondern durch fehlende Widerrede.

Er schlug vor, sie solle sich lieber betrinken, was sich als ziemlich gute Idee erwies, denn als Dad wieder auftauchte und sich entschuldigte, hatte sie schon fast vergessen, was vorgefallen war, und konnte ihn umarmen, was vermutlich die diplomatischste Lösung war.

Um elf Uhr abends saßen sie in einem kleinen Kreis am Rand des Rasens. Sie, Ray, Jamie, Tony, Sarah, Mona. Sie redeten über Rays Bruder im Gefängnis. Jamie beschwerte sich, dass ihm diese aufregenden Informationen vorenthalten worden waren. Ray sah ihn ein wenig väterlich an, da das eigentlich kein Thema für amüsante Partygespräche war, erzählte ihnen dann aber alles über die Drogen und die geklauten Autos und das Geld und den Knast und den vielen Kummer, den seine Eltern erlitten hatten, als sie ihn zurück auf den rechten Weg zu bringen versuchten.

Sarah sagte: »Heilige Scheiße.«

»Irgendwann versteht man einfach, dass die Probleme anderer Leute deren eigene Probleme sind«, sagte Ray.

Katie nahm ihn beschwipst in den Arm und sagte: »Du hast nicht nur ein hübsches Gesicht, was?«

»Hübsch?«, sagte Tony. »So weit würde ich wahrscheinlich nicht gehen. Sagen wir kernig. Jedenfalls männlich.«

Ray hatte mittlerweile genug Bier intus, um das als Kompliment aufzufassen.

Und Katie war richtig traurig, dass Jamie und Tony nicht nach Barcelona mitkamen.

143

Jean blieb auf halber Treppe stehen und hielt sich am Geländer fest. Sie fühlte sich benommen, als stände sie oben auf einem Hochhaus.

Plötzlich war alles glasklar.

Ihre Affäre mit David war Vergangenheit. Als George ihn schlug, war es George gewesen, um den sie besorgt war. Dass er verrückt geworden war. Dass er vor ihrer gesamten Verwandtschaft einen Narren aus sich machte.

Sie wusste nicht mal, ob David noch im Haus war oder nicht.

Wenn ihr das bloß schon gestern oder letzte Woche oder letzten Monat klar geworden wäre. Sie hätte es David gesagt. Er wäre nicht zur Hochzeit gekommen, und nichts von alledem wäre passiert.

Wie lange wusste George es schon? War er deswegen so

depressiv? Diese fürchterliche Sache, die er sich in der Dusche angetan hatte. War sie daran schuld?

Vielleicht war auch ihre Ehe vorbei.

Sie ging über den Treppenabsatz und klopfte an der Schlafzimmertür. Von innen war ein Grunzen zu hören.

»George?«

Sie hörte ein weiteres Grunzen.

Sie öffnete die Tür und trat ein. Er lag halb schlafend auf dem Bett.

Er sagte: »Ach, du bist's« und richtete sich sehr langsam zum Sitzen auf.

Sie setzte sich auf den Sesselrand. »George, hör zu …«

»Es tut mir sehr leid«, sagte George. Er lallte ein wenig. »Das war unverzeihlich. Was ich im Zelt gemacht habe. Mit deinem … mit deinem Freund. Mit David. Das hätte ich nicht tun sollen.«

»Nein«, sagte Jean, »ich bin diejenige, die …« Das Sprechen fiel ihr schwer.

»Ich hatte Angst.« George schien ihr nicht zuzuhören. »Angst vor … Ehrlich gesagt, weiß ich gar nicht genau wovor. Vor dem Altwerden. Vor dem Tod. Krebstod. Dem Tod im Allgemeinen. Vor der Rede. Es war alles etwas umnebelt. Irgendwie hab ich vergessen, dass die andern auch alle da waren.«

»Seit wann weißt du es?«, fragte Jean.

»Was?«

»Das mit …« Sie konnte es nicht sagen.

»Ach, ich weiß, was du meinst«, sagte George. »Es spielt eigentlich keine Rolle.«

»Ich will es aber wissen.«

George dachte eine Weile darüber nach. »Seit dem Tag, an dem ich nach Cornwall fahren wollte.« Er schwankte ein wenig.

»Woher?«, fragte Jean verwirrt.

»Ich bin hierher zurückgekommen. Und habe euch gesehen. Hier drin. Im Bett. Hat sich meinem Gedächtnis ganz schön eingebrannt. Wie man so sagt.«

Jean wurde schlecht.

»Ich hätte damals etwas sagen sollen. Es loswerden, weißt du.«

»Ach, George, es tut mir so leid. So schrecklich leid.«

Er stützte sich mit den Händen auf den Knien ab, um sich zu stabilisieren.

»Was soll jetzt geschehen?«, fragte sie.

»Was meinst du?«

»Mit uns.«

»Ich bin mir nicht ganz sicher«, sagte George. »So etwas habe ich ja bisher noch nicht so oft erlebt.«

Jean war sich nicht sicher, ob das ein Witz sein sollte.

Sie saßen eine Weile schweigend da.

Er hatte sie nackt gesehen.

Beim Liebesakt.

Beim Sex.

Es war wie eine glühende Kohle in ihrem Kopf, und es brannte und zischte, und sie konnte rein gar nichts dagegen unternehmen, weil sie es niemandem mitteilen konnte. Nicht Katie. Und nicht Ursula. Sie würde einfach damit leben müssen.

Jamie klopfte an die Tür. Sie sprachen kurz mit ihm, dann ging er wieder weg.

Sie hatte ein schlechtes Gewissen, dass sie sich nicht bedankt hatte. Jetzt war ihr klar, wie gut er zu ihr gewesen war, als er die Rede gehalten hatte. Sie würde es ihm gleich sagen.

Sie blickte George an. Es war nur schwer zu sagen, was er dachte. Oder ob er überhaupt etwas dachte. Er schwankte immer noch ein wenig. Er schien nicht in besonders guter Verfassung zu sein.

»Vielleicht sollte ich dir einen Kaffee holen«, sagte Jean. »Vielleicht sollte ich uns beiden einen Kaffee holen.«

»Ja, das ist wirklich eine gute Idee«, sagte George.

Sie holte zwei Tassen aus der gottlob verwaisten Küche.

George leerte seine Tasse in einem langen Zug.

Sie musste über David reden. Sie musste erklären, dass es alles vorbei war. Sie musste erklären, wie es dazu hatte kommen können. Aber sie war sich sicher, dass George nicht über das Thema reden wollte.

Nach ein paar Minuten sagte er: »Der Lachs war gut, fand ich.«

»Ja«, stimmte Jean zu, auch wenn sie sich kaum noch an das Fischgericht erinnern konnte.

»Katies Freunde scheinen alle sehr nett zu sein. Ich vermute, dass ich einige davon schon kennen müsste, aber ich kann mir Gesichter nicht sehr gut merken.«

»Sie machten einen netten Eindruck«, stimmte Jean zu.

»Traurig mit der jungen Frau im Rollstuhl«, sagte George. »Sie sah so hübsch aus. Wirklich schrecklich.«

»Ja«, sagte Jean.

»Also«, sagte George. Er stand auf.

Jean half ihm auf die Beine.

»Wir gehen besser nach unten«, sagte George. »Das bringt ja nichts. Hier zu sitzen. Sorgt wahrscheinlich für ein bisschen Unruhe.«

»Na gut«, sagte Jean.

»Danke für den Kaffee«, sagte George. »Fühl mich etwas besser.« An der Tür blieb er stehen. »Warum gehst du nicht als Erste nach unten? Ich muss mal für kleine Jungs.« Weg war er.

Jean ging nach unten und hinaus zum Zelt. George hatte die Atmosphäre richtig eingeschätzt: Alle schienen auf sie gewartet zu haben, was ihr sehr unangenehm war. Aber Ursula kam auf sie zu und umarmte sie, und Douglas und Maureen führten sie an einen Tisch und schenkten ihr noch einen Kaffee ein und noch mehr Wein, und ein paar Minuten später kam auch George nach unten und setzte sich an einen anderen Tisch, und Jean versuchte sich auf das zu konzentrieren, was Ursula und Douglas und Maureen zu ihr sagten, was aber gar nicht einfach war. Weil sie das Gefühl hatte, gerade aus einem brennenden Haus gerannt zu sein.

Sie sah zu Jamie und Tony hinüber und dachte nur, wie sehr die Welt sich doch verändert hatte. Ihr Vater hatte zwanzig Jahre lang mit seiner Nachbarin geschlafen. Jetzt tanzte ihr Sohn mit einem anderen Mann, und sie war diejenige, deren Leben in Stücke brach.

Sie fühlte sich wie der Mann in der Gruselgeschichte im Fernsehen, der, der nicht merkte, dass er tot war.

Sie ging zu Katie und Ray und entschuldigte sich. Sie dankte Jamie für seine Ansprache. Sie entschuldigte sich bei Jacob, der aber nicht begriff, worum es ging. Sie tanzte mit Douglas und schaffte es, ein Gespräch unter vier Augen mit Ursula zu führen. Der Schmerz ließ nach, je länger der Abend wurde, und der Alkohol tat seine Wirkung, und kurz nach Mitternacht, als die Reihen der Gäste sich lichteten, merkte sie, dass George nicht mehr da war. Sie verabschiedete sich, ging nach oben und fand George in tiefem Schlaf im Bett.

Sie versuchte etwas zu ihm zu sagen, aber er war nicht wach zu bekommen. Sie fragte sich, ob sie im selben Bett wie er schlafen durfte. Aber wo hätte sie sonst schlafen sollen? Also zog sie sich aus und ihr Nachthemd an und putzte sich die Zähne und schlüpfte neben ihm unter die Decke.

Sie starrte nach oben und weinte ein bisschen, lautlos, damit George nicht aufwachte.

Sie verlor das Gefühl für die Zeit. Die Musik verstummte. Die Stimmen verloren sich. Sie hörte Schritte auf der Treppe. Dann war alles still.

Sie sah auf den Wecker neben dem Bett. Es war halb zwei.

Sie stand auf, zog Hausschuhe und Bademantel an und ging nach unten. Das Haus war leer. Es roch nach Zigarettenrauch und abgestandenem Wein und Bier und gekochtem Fisch. Sie entriegelte die Küchentür und trat hinaus in den Garten, um unter dem Nachthimmel zu stehen und einen klareren Kopf zu bekommen. Aber es war kälter, als sie gedacht hatte. Es fing an zu regnen, Sterne waren nicht zu sehen.

Sie ging wieder hinein und nach oben und kroch ins Bett und lag da, bis der Schlaf sie endlich fand.

144

George erwachte aus einem langen, tiefen und traumlosen Schlaf und fühlte sich zufrieden und entspannt. Er lag da und sah an die Decke. In dem Putz rund um die Deckenlampe war ein schmaler Riss, der ein bisschen wie der Umriss von Italien aussah. Er musste auf die Toilette. Er schwenkte die Beine aus dem Bett, zog die Hausschuhe an und verließ beschwingt das Schlafzimmer.

Auf halbem Weg über den Treppenabsatz fiel ihm jedoch wieder ein, was am Vortag passiert war. Ihm wurde übel, und er musste sich ein paar Sekunden am Geländer festhalten.

Er ging zurück ins Schlafzimmer, um mit Jean zu sprechen. Aber sie schlief noch ganz fest und schnarchte leise mit zur Wand gedrehtem Gesicht. Er wusste, dass es ein anstrengender Tag für sie werden würde, der am besten nicht mit energischem Wachrütteln anfangen sollte. Er trat wieder vor die Tür und schloss sie leise hinter sich.

Er roch Toast und Speck und Kaffee und einige weniger angenehme Duftnoten. In einer halb vollen Kaffeetasse auf dem

Fensterbrett schwammen ein paar Zigarettenkippen. Er fühlte sich etwas benebelt, was die Nachwirkungen vom Valium und dem Alkohol sein konnten.

Er musste mit Katie reden.

Er ging ins Bad, erleichterte sich und steuerte das Erdgeschoss an.

Die erste Person, die er in der Küche sah, war allerdings nicht Katie, sondern Tony. Das hatte er nicht erwartet. Er hatte Tony ganz vergessen.

Tony baute zur Belustigung von Jacob eine Hundeskulptur aus Toaststücken. Hatten er und Tony die Nacht hier verbracht? Es spielte jetzt keine Rolle, merkte George. Und gerade er konnte sich schlecht als Moralapostel aufspielen. Aber sein Gehirn war klein, und die Frage verstopfte es irgendwie.

Als er in die Küche kam, verstummte die Unterhaltung, und alle sahen ihn an. Katie, Ray, Jamie, Tony, Jacob. Eigentlich wollte er Katie unauffällig zur Seite nehmen. Das schien nicht möglich zu sein.

»Morgen, Dad«, sagte Jamie.

»George«, sagte Ray.

Sie klangen etwas förmlich.

Er stählte sich. »Katie. Ray. Ich möchte mich für mein Verhalten gestern entschuldigen. Ich schäme mich dafür, und es hätte niemals so weit kommen dürfen.« Keiner sagte einen Piep. »Falls ich es irgendwie wiedergutmachen kann …«

Alle sahen in Katies Richtung. George bemerkte, dass sie ein Brotmesser in der Hand hatte.

Ray sagte: »Damit willst du ja wohl nicht auf deinen Vater losgehen, oder?«

Keiner lachte.

Katie sah hinunter aufs Messer. »Oh, Tschuldigung, nein.«

Sie legte das Messer hin, woraufhin ein ungemütliches Schweigen entstand.

Dann stand Tony auf und zog seinen Stuhl zurück, damit George sich setzen konnte, faltete ein Küchenhandtuch wie ein Kellner über den Arm und sagte: »Wir haben frischen Kaffee, Tee, Orangensaft, Vollkorntoast, Rührei, weichgekochte Eier …«

George fragte sich, ob das irgendein homosexueller Witz war, aber von den anderen lachte niemand, weswegen er das Angebot wörtlich nahm, sich setzte, Tony dankte und sagte, dass er gern einen schwarzen Kaffee und Rührei hätte, wenn das nicht zu viel Mühe bereitete.

»Ich habe einen Hund aus Toast«, sagte Jacob.

Allmählich kam das Gespräch wieder in Gang. Tony erzählte eine Anekdote, wie er auf Kreta vom Moped gefallen war. Ray erklärte, wie er das Feuerwerk für Katie organisiert hatte. Jacob verkündete, dass sein Toasthund Toasty hieße, woraufhin er ihm den Kopf abbiss und sich halb totlachte.

Nach zwanzig Minuten oder so machten die Männer sich auf den Weg, um ihre Sachen zu packen, und George blieb allein mit seiner Tochter zurück.

Katie tippte sich an die Stirn und fragte, wie es ihm *da oben* ginge. Er tippte sich an die Stirn und sagte, dass es ihm *da oben* recht gut ginge. Er erklärte, dass die Ereignisse des Vortages die Spinnweben weggeblasen hatten. Natürlich gab es noch das ein oder andere Problem, um das er sich würde kümmern müssen, aber die Panik hatte sich gelegt. Er litt an einem Ekzem. Jetzt konnte er das einsehen.

Sie zögerte, dann strich sie ihm über den Arm und wirkte plötzlich sehr ernst. George hatte Angst, dass sie etwas über Jean und David Symmonds sagen würde. Er wollte nicht über Jean und David Symmonds reden. Er würde das Thema am allerliebsten für den Rest seines Lebens vermeiden.

Er nahm Katies Hand und drückte sie kurz. »Na komm. Du musst sicher deine Sachen zusammenpacken.«

»Ja«, sagte Katie, »da hast du wahrscheinlich recht.«

»Geh ruhig«, sagte George. »Ich wasch so lange ab.«

Eine halbe Stunde später wachte Jean endlich auf. Sie wirkte körperlich angeschlagen und erschöpft, wie nach einer Operation im Krankenhaus. Sie sagte nicht viel. Er fragte, ob es ihr gut gehe. Sie nickte kurz. Er beschloss, nicht weiter in sie zu dringen.

Später am Vormittag versammelten sich alle vorn im Flur, um sich zu verabschieden. Katie, Ray und Jacob fuhren nach Heathrow, und Jamie und Tony fuhren zurück nach London. Es herrschte eine etwas düstere Stimmung, und das Haus wirkte unnatürlich still, als sie weg waren.

Zum Glück kamen zehn Minuten später die Leute vom Partyservice, um ihre Utensilien abzuholen, gefolgt von Mrs Jackson und einer jungen Frau mit einem Ring in der Lippe, die sich ans Putzen des Hauses machten.

Als im Wohnzimmer gesaugt war, zogen Jean und er sich mit einer Kanne Tee und einem Teller voll belegter Brote dorthin zurück, während die Küche geschrubbt wurde. George entschuldigte sich abermals für sein Verhalten, und Jean setzte ihn darüber in Kenntnis, dass sie David nicht wiedersehen würde.

George sagte: »Danke.« Es kam ihm angemessen vor.

Jean fing an zu weinen. George war sich nicht sicher, wie er damit umgehen sollte. Er legte ihr die Hand auf den Arm. Das schien keine Wirkung zu haben, also nahm er sie wieder weg.

Er sagte: »Ich will dich nicht verlassen.«

Jean putzte sich die Nase.

»Und ich will dich auch nicht auffordern auszuziehen«, fügte George hinzu, nur damit sie genau wusste, wo sie stand.

Es war sowieso eine idiotische Idee. Was sollte er tun, wenn er ausziehen würde? Oder wenn Jean ausziehen würde? Er war zu alt, um ein neues Leben anzufangen. Sie beide waren zu alt.

»Gut«, sagte Jean.

Er bot ihr noch ein Brot an.

Das Zelt wurde im Laufe des Nachmittags abgebaut, und George konnte vor dem Abendessen noch ein paar Stunden am Atelier arbeiten. Er merkte, dass er traurig sein würde, wenn sein Bauvorhaben fertig war. Zwar hätte er dann endlich einen Ort, wo er zeichnen und malen konnte. Aber er würde andere Projekte brauchen, um seine Zeit zu füllen, und wenn die Begegnung mit dem Gummibaum irgendwie aussagekräftig war, dann würde es Monate dauern, bis Zeichnen und Malen wirklich erfüllend sein würden.

Er könnte ein paar Mal pro Woche ins örtliche Schwimmbad gehen. Das würde ihn fit halten und beim Einschlafen helfen.

Eventuell hatte Jean ja sogar Lust mitzukommen. Vielleicht würde sie das ein bisschen aufmuntern. Im Urlaub war sie immer gern ins Schwimmbad gegangen. Das war natürlich schon ein paar Jährchen her, und sie würde sich jetzt vielleicht im Badeanzug in der Öffentlichkeit unwohl fühlen. Er wusste, dass Frauen sich über solche Dinge mehr den Kopf zerbrachen als Männer. Aber er würde ihr den Vorschlag machen, mal sehen, wie sie ihn fand.

Oder ein langes Wochenende in Brügge. Das wäre eine Möglichkeit. Vor Kurzem hatte er etwas über Brügge in der Zeitung gelesen. Wenn er sich recht erinnerte, lag die Stadt in Belgien. Sie bräuchten also nicht zu fliegen.

Er zitterte. Es war kalt und wurde langsam dunkel. Er verstaute das Baumaterial ordentlich und ging zurück ins Haus. Er zog sich um und kam wieder nach unten in die Küche.

Jean bereitete eine Lasagne zu. Er machte sich eine Tasse Kaffee, setzte sich an den Tisch und blätterte im *TV Guide*.

»Könntest du mir den Aluminiumtopf aus der Schublade geben?«, fragte Jean.

George lehnte sich nach hinten, holte den Topf heraus und reichte ihn ihr. Dabei bemerkte er einen schwachen Hauch von dem blumigen Parfüm, das Jean benutzte. Oder vielleicht war es das Orangenshampoo von Sainsbury's. Es war angenehm.

Sie dankte ihm,und er blickte wieder nach unten in den *TV Guide*. Vor sich sah er das Bild von zwei jungen Frauen, die am Kopf zusammengewachsen waren. Es war kein schöner Anblick, und ihm war etwas unwohl. Er las den Text. Die Frauen waren in einem Dokumentarfilm auf Channel Four zu sehen. Die Dokumentation würde mit Aufnahmen aus dem Operationssaal enden, wo sie chirurgisch voneinander getrennt wurden. Die Operation war angeblich riskant, und eines oder beide Mädchen konnten dabei sterben. Der Artikel verriet nicht, wie es ausgegangen war.

Der Küchenboden kippte ein klein wenig.

»Was magst du zu deiner Lasagne?«, fragte Jean. »Erbsen oder Broccoli?«

»Wie bitte?«, fragte George.

»Erbsen oder Broccoli?«, fragte Jean.

»Broccoli«, sagte George. »Und vielleicht sollten wir eine Flasche Wein aufmachen.«

»So machen wir's, Broccoli und Wein«, sagte Jean.

George sah hinunter auf den *TV Guide*.

Es wurde Zeit, diesem ganzen Unsinn ein Ende zu bereiten.

Er blätterte um und stand auf, um den Korkenzieher zu suchen.